Cai Marin

Nordkap

Thriller

blanvalet

Der Verlag behält sich die Verwertung des urheberrechtlich geschützten Inhalts dieses Werkes für Zwecke des Text- und Data-Minings nach § 44 b UrhG ausdrücklich vor.
Jegliche unbefugte Nutzung ist hiermit ausgeschlossen.

Penguin Random House Verlagsgruppe FSC® N001967

2. Auflage 2025
Copyright © 2025 by Blanvalet in der Penguin Random House Verlagsgruppe GmbH, Neumarkter Straße 28, 81673 München
produktsicherheit@penguinrandomhouse.de
(Vorstehende Angaben sind zugleich
Pflichtinformationen nach GPSR.)

Redaktion: René Stein
Umschlaggestaltung: Johannes Wiebel | punchdesign,
unter Verwendung von Motiven von Adobe Stock (oporkka, Luis)
und shutterstock.com (Pavel Adashkevich, Klever LeveL)
Karte: © Johannes Wiebel | punchdesign
JaB · Herstellung: CS
Satz: Satzwerk Huber, Germering
Druck und Bindung: GGP Media GmbH, Pößneck
Printed in Germany
ISBN 978-3-7645-0872-2

www.blanvalet.de

Für Gabrielle und Andi
de tout mon cœur

If wars can be started by lies,
peace can be started by truth.

Julian Assange

Vier Tage zuvor.

Oslo/Nesoddtangen

Zweihundertachtzig Zeichen. Zweihundertachtzig Tastaturanschläge, die über das Schicksal entscheiden. Sein oder Nichtsein, Leben oder Tod, Gewinn oder Verlust.
Enter.
Das Netz kennt kein Erbarmen, kannte es nie, wird es nie kennen, allen gut gemeinten anderslautenden Lippenbekenntnissen zum Trotz. Hier regiert Endgültigkeit. Kein Recht auf Vergessen, keine Gnade. Alles Begriffe der Analogwelt – einer längst überkommenen, im Strudel der Echtzeitinformation versunkenen Sphäre. *Les jeux sont faits, rien ne va plus.* Maschinen kennen kein Mitgefühl; die digitale Dynamik folgt ihren ureigenen Gesetzen jenseits menschlicher Begrenztheiten.

Was ist ein Menschenleben wert? Eine Schleuserprämie für eine Überfahrt über Mare Nostrum, die See der toten Hoffnung? Das Bestechungsgeld für eine gültige Aufenthaltserlaubnis, unbefristet mit Einbürgerungsperspektive? Eine *Chance*? Oder ist sie denen vorbehalten, die das Glück hatten, von vornherein viertausend Kilometer und zwei Meere nördlicher heimisch zu sein? Mit Parteibuch der Rechtspartei, der »richtigen« Partei, und einem gut dotierten Posten als Staatssekretär im Olje- og energidepartementet, dem einflussreichen Öl- und Energieministerium? Schließlich die Ernennung zum Minister. Das ist sogar für einen gebürtigen Norweger – zumal mit samischen Wurzeln und gerade einmal fünfunddreißig Jahren – eine beachtliche Karriere. Aber das Glück ist eine launische Geliebte, und je kometenhafter der Aufstieg, desto bestürzender der Untergang.

Zweihundertachtzig Zeichen. *Enter.*

Natürlich hatte er die fatalen Zeilen nicht gepostet. Wie hätte er das auch tun können? Schließlich war er selbst Sámi, und jeder in seinem Umfeld wusste, dass der Respekt vor dem rot-grün-gelben Sonnenbanner immer Priorität für ihn gehabt hatte. Aber die, die ihn kannten – *wirklich* kannten –, waren nicht sehr zahlreich, und sie waren nicht hier. Als Staatssekretär hatte er »unter dem Radar« gearbeitet, die öffentlichkeitswirksamen Auftritte verbuchte stets der Minister für sich. Und die Zeit, in der er dann selbst im Storting am Rednerpult stand, war zu kurz gewesen, um sich zu profilieren. Allerdings bezweifelte er, dass die Sache zu verhindern gewesen wäre, selbst wenn er länger im Amt gewesen wäre. Vielleicht lag es daran, dass die »richtige« Partei eben doch nicht die richtige war – ganz zu schweigen vom Ministerium. Alle Freunde hatten ihm mantraartig gepredigt, seine politische Heimat seien doch eher die multikulturell-ökologisch ausgerichteten Bunten – oder wenigstens die Sozialdemokraten. Aber ausgerechnet die konservative Rechtspartei? Und was hatte er im Energieministerium verloren, während das für die Sámi so bedeutende Klima- und Umweltministerium in der Hand der sich zwar liberal nennenden, aber nicht immer liberale Realpolitik betreibenden Freiheitspartei war?

Falsch!, hatte er argumentiert. Gerade das Energieministerium ist für die Sámi wichtig, und gerade in der Rechtspartei ist eine dem repressiven Mainstream entgegengerichtete Kraft notwendig.

Das System von innen unterwandern? Hat noch nie funktioniert!

Dabei war es eigentlich viel banaler gewesen. So, wie es im echten Leben meistens läuft – es hatte sich einfach ergeben. Nach einem medienwirksamen Start als unerschrockener Schüler- und Studentenführer hatte er das »falsche« Parteibuch in erster Linie aus Trotz seinem Vater gegenüber erworben. Die Wahl zum Vorsitzenden der Jugendorganisation war schnell und zwangsläufig gefolgt, der Aufstieg in die Parteispitze ebenso, nachdem er mit seinen unkonventionellen Ansätzen bei zwei aufeinanderfolgenden Wahlen für einigen Wirbel gesorgt hatte. Die Strategie der Funktionäre war so abgedroschen wie effektiv: den Gegner einbinden, um ihn kontrollieren zu können. Doch er hatte die Entwicklung immer als Chance begriffen und sich nie korrumpieren lassen. Als Staatssekretär hatte er maßgeblich dazu beigetragen, dass ein Staudammprojekt auf Sámi-Gebiet gestoppt worden war, weil es den Lebensraum der dort beheimateten Rentiere dramatisch beschnitten hätte – eine Art Neuauflage der Alta-Damm-Katastrophe der Achtzigerjahre, die vom konservativen Spektrum bar jedes gesunden Menschenverstands gepusht worden war –, und ein anderes Wasserkraftwerk deutlich verkleinert wurde. Es hatte ihn nicht gestört, dass den Beifall der Medien andere für sich beanspruchten, es ging schließlich um die Sache. Dass diese Denkweise im Haifischbecken des Politikbetriebs ein fataler Fehler war, hatte er erst viel später verstanden. Vielleicht hatten die Freunde – die echten Freunde, die es nur außerhalb der Politik gab – recht gehabt, und sein Sturz war im Grunde vorprogrammiert gewesen.

Elias Várri hob den Blick. Wie mit filigranem Blattgold überzogen, schimmerte die Hauptstadt jenseits des inneren Oslofjords im Abendlicht. Er hatte die Stelle immer geliebt, hier an der felsigen Küste von Nesoddtangen, der äußersten Nordspitze der Halbinsel Nesodden, wo Oslofjord und Bunnefjord verschmolzen und die wohlhabenden Osloer ihre Strandhäuser hatten. Sie kamen am Wochenende oder auch unter der Woche am Abend, um zu baden und zu feiern, sofern sie nicht dauerhaft hier wohnten und täglich mit der Fähre von Flaskebekk in achtzehn Minuten in die City zu ihren gut bezahlten Bürojobs pendelten. Fast war er einer von ihnen gewesen, hatte selbst eine schmucke Lodge besessen, einen Steinwurf entfernt, mit Blick auf Fjord und Skyline. Doch er hatte immer gespürt, dass er nicht dazugehörte, nie dazugehören würde. Weder Amt noch Geld änderten, was ihn wie eine unlöschbare Aura umgab: Er war Sámi, ein Sumpfmensch. Er war als Sámi geboren, und er würde als Sámi sterben.

Gedankenverloren betrachtete Elias Várri die kleinkalibrige Jagdpistole in seiner Hand, wog sie hin und her, als wüsste er nicht, was er damit anfangen sollte.

Leise platschten die Wellen auf die mit Gestrüpp bewachsenen Felsen zu seinen Füßen. Die Luft war erfüllt von Salz und gedämpfter Lebendigkeit. Der Süden hatte eine völlig andere Energie als Sápmi, das Land seiner Ahnen. Leichter, pulsierender. Er hatte es geliebt, in der Hauptstadt zu leben, die Arbeit im Ministerium und die Freizeit auf Nesodden, von wo aus sich das Geschehen im Zentrum brennglasgleich aus der Außenperspektive betrachten ließ. Er hatte die Städter studiert wie als Kind in den Sümpfen von Kautokeino die Rentiere, hatte versucht, alles über ihr Verhalten herauszufinden, um Vorhersagen treffen zu können und dadurch strategisch im Vorteil zu sein. Alles hatte er einkalkuliert – alles außer zweihundertachtzig Anschlägen auf einer Tastatur.

Im hereinbrechenden Abend fühlte sich das Metall der Waffe schwer und kalt an. Erinnerungsblitze aus seiner Kindheit streiften ihn wie der auffrischende Seewind. Der Vater breit, massig, oft in traditioneller Tracht und mit ungekünstelter Autorität, der ihn nach alter Sitte in die Jagd einführen wollte; die Mutter still und ernst, die glücklichsten Momente beim Joiken mit ihrer unvergleichlichen Stimme, kristallklar wie die eisigen Winternächte. Elias hatte sich geweigert, die Hand gegen ein unschuldiges Wesen zu erheben, durchdrungen vom Bewusstsein, dass alles Leben heilig war. Keine Kompromisse, keine Ausnahmen. Irgendwann hatte sich der Zorn des Vaters gelegt, der Bruch war jedoch nicht zu kitten gewesen bis zu seinem Tod. Die Waffe war bei Elias geblieben, um gepflegt und in Ehren gehalten zu werden, als Andenken und Mahnung, sorgsam verwahrt, ihrer vernichtenden Bestimmung beraubt.

Jetzt befand sich zum ersten Mal nach all diesen Jahren eine Patrone im Lauf – nur eine einzige –, und die Frage drängte sich auf, für wen sie bestimmt sein sollte.

Tatsächlich gab es nicht allzu viele Möglichkeiten, wer in der Lage gewesen sein konnte – und vor allem ein Interesse daran gehabt hatte –, sich in Elias Várris X-Account zu hacken und eine Zeichenfolge in die Welt zu katapultieren, die auch der ausgefuchsteste Spindoctor nicht mehr hätte in die Tastatur zurücksprachregeln können, selbst wenn er es gewollt hätte.

Ein externer Dienstleister war mit der forensischen Analyse des Vorfalls beauftragt worden; Beweise, die zu Várris Entlastung hätten beitragen können, fanden sich jedoch nicht. Da ein Proxy-Server benutzt worden war, ließ sich die IP-Adresse, von der die Nachricht gesendet worden war, nicht ermitteln.

In schwindelerregendem Tempo hatten sich die Medien auf den Skandal gestürzt, Rücktrittsforderungen ließen nicht lange auf sich warten und lieferten der Partei den heiß ersehnten Vorwand, ihn loszuwerden.

Für Elias bestand keinerlei Zweifel daran, dass die Operation ihren Ursprung in seinem Ministerium hatte, einer seiner engsten Mitarbeiter hatte sich offenbar zum Handlanger gemacht. So wurde das Spiel eben gespielt – letztendlich waren sie alle nur Figuren auf einem gigantischen Brett. Der Part, der die Züge ausführte, blieb im Dunkeln.

Plötzlich empfand Elias Várri eine nie gekannte, bleierne Erschöpfung. Zu kräftezehrend waren die Kämpfe gewesen, all die Jahre. Und die vermeintlichen Siege, die Erfolge und Triumphe – nur schale Illusion. Ein letztes Mal blickte er über den Fjord, hinüber auf die vibrierende, goldbeglänzte Stadt.

Dann hob er mit einer schnellen Bewegung die Waffe, schob sich den Lauf in den Mund und drückte ab.

Teil 1
Free Immersion

Nordkap

Breit, massig, düster wie ein von spielenden Gigantenkindern am Ende des langen Tages achtlos zurückgelassener Sandkuchen erhebt sich das Plateau aus der gurgelnden Gischt. Urplötzlich hat der Wind aufgepeitscht und damit begonnen, kleine tanzende Schaumkronen vor sich herzutreiben, dann größere, sich weiter aufbauende Wellenberge, die schließlich ungebremst gegen die fast senkrecht aufragende, dreihundert Meter hohe Wand klatschen. Einsam und schwarz ragen die skelettartigen Ringe des Stahlglobus empor, Wahrzeichen und Symbol internationaler Begegnung, hinter dem sich der champagnerfarbene Ballon auf dem Ostflügeldach der Halle allmählich im Dunst auflöst. Der Ort hat jetzt nichts Menschliches mehr. Einzig das furchtlos aufragende Horn an der Ostflanke des Felskolosses vermag den entfesselten Kräften zu trotzen, während an der Oberfläche alles hinweggefegt wird und kahle, nackte Steinwüste zurückbleibt.

Hunderte Meter tiefer, an der letzten Stelle, die, so scheint es, der Kontrolle des besitzergreifendsten und rücksichtslosesten aller Wesen entzogen ist, holt indessen das Leben auf seine eigene, gänzlich unvorhersehbare Weise zum Gegenschlag aus.

Dienstag. Tag 1.

Honningsvåg

Dreiunddreißig Kilometer weiter südlich, auf der dem Kontinent zugewandten Seite der Insel Magerøya, an der Stelle, an der der Porsangerfjord in die Barentssee mündete, zeigte sich das Meer ruhiger. Spielerisch perlten niedere Wellen über das steinige Ufer unterhalb des Nordvågveien, kurz hinter dem östlichen Ortsausgang von Honningsvåg. Unter den metallenen Augen von Knut Eric Jensen lag der Küstenort, eine Ansammlung locker hingestreuter, farbenfroher Holzhäuschen, in vormittäglicher Lethargie. Der professionelle Blick der von Odin Øistad geschaffenen, auf einem Findling hoch über dem Hafen thronenden Bronzebüste vermochte die Stelle, an der der kleine Körper lag, nicht einzusehen; glücklicherweise oder vielleicht auch nicht, denn die für ihre extremen Nahaufnahmen bekannte Kamera des Regisseurs hätte jedes Detail der Szene unbarmherzig für alle Zeiten auf Zelluloid gebrannt: das makellose, engelsgleiche Gesicht, die raspelkurz geschnittenen strohblonden Haare, das blau-weiß gestreifte Matrosenshirt, ganzer Stolz seines Trägers, das jetzt schlammbespritzt im auffrischenden Wind flatterte. Die hellbraune Schultasche etwa zwei Meter weiter, daneben ordentlich Schuhe mit Strümpfen darin. Die bis über die Knie hochgekrempelte hellblaue Cordhose.

Eine Gruppe Gjesværstappan-Kormorane glitt stumm über den fluoreszierenden Petroleumhimmel. Sie störten sich weder an dem reglos daliegenden Leib noch an dem Blut, das aus unzähligen winzigen Löchern in den aus der Hose ragenden streichholzdürren Beinen sickerte und die Uferkiesel purpurn einfärbte.

Das Erste, was Per-Olaf wahrnahm, als er die Augen öffnete, war ein gigantisches schwarzbraun geschupptes Flügelpaar, das nahezu sein gesamtes Gesichtsfeld ausfüllte. Unter starrem smaragdgrünem Blick sonderte ein hakenförmiger weißgelber Schnabel tiefes, kehliges Kreischen aus. Immer näher schien das gefiederte Monster zu kommen, und Per-Olaf zweifelte nicht daran, dass er im nächsten Augenblick gepackt, in die Luft geschleudert und für alle Zeiten zu einem weit entfernten, unbekannten Ort fortgetragen würde ohne Gnade, ohne die Chance, an irgendetwas Vertrautem festzuhalten – der kleine Bruder, der noch ein Baby war und den er oft gepiesackt hatte, was ihm jetzt leidtat. Seine Mutter, die mit dem Essen wartete, an dem er gewöhnlich herummäkelte, Pinnekjøtt mit Kålrabistappe. Lautlos rollte eine Träne über seine Wange und fiel zwischen die Ufersteine, wo sie im feuchten Erdreich versickerte. Er fühlte sich seltsam schwerelos, spürte seinen Körper kaum, weshalb an Weglaufen nicht zu denken war. Auch konnte er sich nicht an die vergangenen Stunden erinnern, irgendetwas schien geschehen zu sein, weshalb er jetzt nicht am Mittagstisch saß, drüben in dem schönen ockerfarbenen, auf halber Höhe des Hanges gelegenen Haus, seinem Zuhause. Es bestand kein Zweifel daran, dass er allein war, Sven und Kristofer, mit denen er gewöhnlich Schulweg und Geheimnisse teilte, würden ihn nicht vor dem Schicksal bewahren, das für ihn besiegelt schien. Ergeben schloss er die Augen und wartete. Dann entfernten sich die kehligen Laute, und ein anderes Geräusch drang zu ihm durch. Motorenlärm, Bremsenquietschen, Getrappel, wie von den Hufen einer Herde durchgegangener Fjordponys. Schließlich spürte er, wie eisige Hände nach ihm griffen, und sein aufgestautes Entsetzen löste sich in einem gellenden Schrei ...

»Per-Olaf, kannst du mich hören? Keine Angst, du bist in Sicherheit!«

Als er endlich wagte, die Augen erneut zu öffnen, hatte das Flügelpaar einem Kreis von Köpfen über ihm Platz gemacht, und mit der Zeit kristallisierten sich Gesichter aus der undeutlichen Masse. Es waren unbekannte, ernste Gesichter, die auf uniformierten Körpern saßen. Unkontrolliert begann er zu zittern, unfähig, einen weiteren Laut über die Lippen zu bringen, nicht einmal »Mama« konnte er sagen, so sehr er es auch versuchte.

»Alles wird wieder gut, Junge. Du wirst wieder gesund!«

Er spürte, wie sein Körper angehoben wurde, dann verschwand die Außenwelt so schnell wieder, wie sie aufgetaucht war.

Biarritz/Fort de Socoa

Jenseits der Festungsanlage präsentierte sich die Biskaya glatt und schimmernd wie ein Aventurinspiegel, in den die *Mayol* eine schmale, kaum sichtbare Furche zog. Eric Perrain fühlte sich jetzt völlig entspannt. Die Umgebungsreize erreichten ihn abgeschwächt, gefiltert, und der Ruhepuls war bereits auf fünfzehn Schläge pro Minute gefallen. Mit einem raschen Manöver steuerte er den viersitzigen Außenborder an einem kleinen Schwarm Portugiesischer Galeeren vorbei. Der Körper führte all die eingespielten, hundertfach geübten Handlungen aus, während der Geist sich längst in einer anderen Welt befand. In der Lautlosigkeit der Tiefe.

Nach wenigen Minuten hatte er Belhara Perdun erreicht, ein Felsriff im französisch-spanischen Grenzgebiet, zweieinhalb Kilometer vor der baskischen Küste, unweit der historischen Hafenbefestigung *Fort de Socoa*. An seltenen Tagen mit entsprechender Dünung war die Stelle mit ihren bis zu zwanzig Meter hohen Brechern eine Herausforderung für Big-Wave-Hasardeure, für den Rest des Jahres ein stilles Unterwasserparadies. Er drosselte den Motor und warf den Anker aus. Anschließend streifte er langblättrige Tauchflossen über die Füße, setzte die Brille auf und nahm mehrere tiefe Atemzüge. Er füllte seine Lunge bis zur maximalen Sauerstoffkapazität mit Luft, presste mit Lung Packing noch ein weiteres Drittel darauf und ließ sich ins Wasser gleiten. Augenblicklich setzte der Tauchreflex ein, der allen Lungenatmern das Überleben im anderen Element ermöglicht. Der Herzschlag verlangsamte sich, die Gefäße in den Extremitäten verengten sich, und der Körper konzentrierte sich auf die Versorgung der lebenswichtigen Organe, während der zunehmende Wasserdruck die Lunge auf einen Bruchteil ihrer ursprünglichen Größe komprimierte.

Mit kräftigem Flossenschlag tiefer sinkend, breitete Eric die Arme aus. Die Schwerelosigkeit im endlosen Blau euphorisierte leicht wie nach ein paar Gläsern Sekt. Weit entfernt, unwirklich erschienen Welt und Leben jenseits der Wasseroberfläche. Tiefe Ruhe und ein Gefühl des Angekommenseins, das sich jeder Beschreibung entzog, ließen alles andere verblassen. Zeit spielte keine Rolle, nicht der Hauch eines Bedürfnisses zu atmen. Nur flockiges Plankton, das die herabfallenden Lichtstrahlen reflektierte, ein in zehn Metern Tiefe vorbeihuschender Schwarm Meeräschen ...

Das Riff lag bei vierzehn bis achtzehn Metern, der umliegende Meeresboden fiel auf etwa zwanzig Meter ab. Mit weichen, gleichmäßigen Bewegungen glitt Eric an den Felsen entlang, so verschmolzen mit seiner Umgebung, dass sich nicht einmal die bunt schillernden, gicrig Krill einsaugenden Lippfische von ihm gestört fühlten. Er hangelte sich noch tiefer hinab, bis er sich schließlich, am Punkt des negativen Auftriebs angekommen, auf dem sandig-steinigen Grund niederließ.

Rote und orangefarbene Lichtanteile waren hier bereits ausgefiltert, das verbliebene Gelb- und Grünspektrum tauchte die Umgebung in gleichmäßig trüben blaugrünen Schein.

Kein Bedürfnis zu atmen nach wie vor oder jemals wieder aufzutauchen. Jahrelanges Training bewirkte, dass Eric die Stoffwechselvorgänge in seinem Körper genau kannte. Selbst wenn er unter Wasser das Gefühl für Zeit verlor, brauchte er keine Uhr, um den CO_2-Gehalt in seinem Blut exakt genug einzuschätzen und eine Bewusstlosigkeit relativ sicher auszuschließen. Absolute Sicherheit gab es gleichwohl nie, weshalb die erste Regel des Freedivings besagte, sich niemals und unter keinen Umständen allein in die Tiefe zu begeben.

Plötzlich glaubte Eric, eine leichte Strömung hinter sich zu spüren. Er wandte sich um und bemerkte in ein paar Metern Entfernung einen dunklen Schatten, deutlich größer als der Durchschnitt der Riffbewohner. Aufgrund der schnellen, ruckartigen Bewegungen vermutete er zunächst einen Großaugen-Thun, doch Augenblicke später belehrte ihn der vorbeihuschende massige Körper mit seiner breiten, konisch zulaufenden Schnauze eines Besseren. Die Unterseite des etwa zwei Meter langen Fisches, die an den beeindruckenden Kieferbereich anschloss, war schneeweiß. Eric verharrte reglos, während der Weiße ihn mit kleinen schwarzen Knopfaugen argwöhnisch musterte. Er umkreiste ihn, schwamm ein Stück weg, näherte sich dann erneut bis auf Armlänge und schien zu überlegen, mit welch eigenartigem Zeitgenossen er es hier zu tun hatte. Eric war völlig ruhig. Er wusste, dass Begegnungen zwischen Menschen und Haien bei Letzteren in aller Regel von Neugier bestimmt waren. Wenn einer dem anderen nach dem Leben trachtete, so tat das in den allermeisten Fällen der Mensch dem Fisch an und nicht umgekehrt. Folgerichtig entschied der Weiße nach kurzer Zeit, dass das seltsame, auf dem Meeresboden sitzende Wesen Zeitverschwendung war, und zog sich zurück.

Schweren Herzens rief Eric sich ins Bewusstsein, dass das Tier recht hatte. Auch wenn er es anders empfand – er war und blieb ein Lungenatmer, der nicht hierhergehörte. Sein Platz war woanders. Mühsam richtete er sich auf und begann, sich langsam und vorsichtig an den Felsen in Richtung des prismenförmig einfallenden Lichtes emporzuhangeln, um dann das letzte Stück wieder mit kräftigem Flossenschlag aufzusteigen. Dies war der emotional und physisch kraftraubendste Teil der Exkursion, und oft schon hatte er das nahezu unwiderstehliche Bedürfnis empfunden, es nicht zu tun, sondern einfach sitzen zu bleiben, für alle Zeit mit dem Blau zu verschmelzen.

Dann, in etwa zehn Metern Tiefe, trat erneut eine Veränderung ein. Eric konnte zunächst nicht einordnen, was geschehen war, doch er spürte instinktiv, dass etwas nicht stimmte. Irritiert blinzelte er in das von der sich nähernden Wasseroberfläche einfallende Licht, das nun auch wieder den gelb- und orangefarbenen Wellenbereich einschloss. Es waberte unruhig, flirrte wie eine Luftspiegelung in der Wüste. Automatisch scannte er seinen Körper, um etwaige Anzeichen eines Barotraumas zu erkennen, der bei Tauchern gefürchteten Druckverletzung insbesondere der Lunge, die im Extremfall zu einem lebensgefährlichen Lungenriss führen konnte. Doch bei der geringen Tiefe, die er erreicht hatte, war das äußerst unwahrscheinlich. Dennoch stoppte er den Aufstieg für einen Moment, um ganz sicherzugehen, dass kein Dekompressionsproblem entstand. Er befand sich jetzt bereits über sieben Minuten unter Wasser, und der einsetzende Atemreiz zeigte unmissverständlich an, dass sich der Kohlendioxidgehalt in seinem Blut dem kritischen Bereich näherte. Es blieb ihm nicht mehr viel Zeit bis zum Breath-Holding Breaking

Point, dem Punkt, an dem sich der Atemreflex nicht mehr willentlich unterdrücken lässt. Will man keine lebensgefährliche Salzwasseraspiration riskieren, empfiehlt es sich, den Kopf vor diesem Zeitpunkt an der frischen Luft zu haben – so schärften es die Tauchgurus der Côte Basque ihren Adepten ein.

Eric entspannte sich und wollte gerade seinen Aufstieg mit leichtem Flossenschlag fortsetzen, da veränderten sich die Lichtverhältnisse auf einmal derartig drastisch, dass er die Orientierung verlor. Wie ein Bergsteiger im Whiteout war er außerstande, die Wasseroberfläche zu lokalisieren, und nur sein jahrelanges Training und die Routine unzähliger Tauchgänge verhinderten, dass er in Panik geriet. Das Wasser um ihn schien sich von einer Sekunde zur anderen in einen trichterförmigen Strudel verwandelt zu haben, der ihn gleichzeitig verschlang und wieder ausspuckte. *Ein Tsunami*, fuhr es ihm durch den Kopf, doch im selben Augenblick war ihm klar, wie absurd dieser Gedanke war. Alles um ihn herum schien in Bewegung, doch er selbst verblieb seltsam schwerelos wie im Auge des Hurrikans. Dann glaubte er, ein Surren zu hören, als hätte sich ein Schwarm Bienen in einem Anfall kollektiver Suizidalität ins Wasser gestürzt.

Erics nach wie vor klar arbeitender Verstand analysierte die Situation und kam zu dem Ergebnis, dass er sich höchstwahrscheinlich im Vorstadium eines okulokardialen Reflexes befand. Falls die Tauchbrille nicht akkurat saß und aufs Auge drückte, konnte es jederzeit zu einem spontanen Blackout kommen. Ohne Sicherungstaucher hätte er in diesem Fall keine Chance. Noch immer empfand Eric keine Angst, während er versuchte, sich mit minimalem Kraftaufwand in die Richtung vorzuarbeiten, in der er die Wasseroberfläche vermutete. Und dann, plötzlich, sah er *sie*. Er konnte nicht sagen, wie viele es waren. Sie bewegten sich, doch nicht aus eigener Kraft. Der Strudel ließ sie in einer fließenden Bewegung vorwärtsgleiten, gleichsam wie ein einziger wabernder Organismus. Sie kamen näher, umringten ihn, und jetzt konnte er die einzelnen Individuen so detailliert erkennen, als stünde er vor einer Glasscheibe im Aquarium de Biarritz. Verwirrt starrte er auf das seltsame Schauspiel, das sich ihm darbot. *Nicht so*, dachte er. *Nicht hier!*

Der Atemreiz erzwang mittlerweile sofortiges Auftauchen, doch noch immer konnte Eric die Wasseroberfläche nicht sehen. Er schloss die Augen. Da war keine Schuld, kein Bedauern, vielleicht ein leises Gefühl der Wehmut, aber es bestand kein Zweifel daran, dass alles genau so war, wie es sein sollte, dass er war, wo er sein sollte ...

Und dann war es vorbei. So plötzlich und unerklärlich, wie es begonnen hatte. Das Summen verstummte, der Strudel verschwand. Stille.

Eric öffnete die Augen. Der Cyan-Himmel war so nahe, dass er ihn fast greifen konnte, getrennt von ihm nur durch eine kristalline Schicht. Wie hauchdünnes Eis lag die reglose Wasseroberfläche unmittelbar vor ihm. Unter Aufbietung seiner gesamten Willenskraft gab er mit einem letzten Flossenschlag seinem Körper noch einmal Auftrieb, durchbrach die Spiegelschicht, und köstlicher, lebensspendender Sauerstoff flutete seine Lunge.

Als er wieder klar denken konnte, lag Eric auf der Rückbank der sanft am Anker zerrenden *Mayol* und fühlte sich wie ein Säugling, der nach einem Albtraum in den Armen der Mutter gewiegt wird. Er konnte sich weder daran erinnern, wie er ins Boot gekommen war, noch daran, wie er sich der Tauchkleidung entledigt und ein trockenes Shirt übergestreift hatte. Alles, was sich ereignet hatte, bevor er die Wasseroberfläche erreicht hatte, war ihm dafür umso präsenter. Seltsamerweise fühlte er sich absolut wohl, alle Vitalfunktionen waren genau so, wie sie sein sollten. Keine Übelkeit, kein Schwindel, Herzrasen oder Ähnliches, daher schloss er nach reiflicher Überlegung eine medizinische Ursache für sein Erlebnis aus. Er war sich allerdings nicht sicher, ob ihn das eher erleichtern oder beunruhigen sollte.

Hungrig biss er in sein Baguette und trank etwas Mineralwasser, während die Sonne an Kraft verlor und der Wind auffrischte. Kurz bevor ihn die Kälte des hereinbrechenden Abends zur Rückkehr zwang, nahm Eric noch einmal den Skizzenblock zur Hand, auf dem sich nur noch wenige leere Seiten befanden. Diesmal zeichnete er jedoch nicht mit wenigen, in Sekundenschnelle hingeworfenen Bleistiftstrichen, wie zwei Stunden zuvor an der Plage de Ciboure, wo er sich unter dem Kreischen beutesuchender Silbermöwen vor der malerischen Kulisse der Bucht von Saint-Jean-de-Luz mit Pranayama-Techniken auf den Tauchgang vorbereitet hatte, sondern nahm sich Zeit. Er schloss die Augen, rief sich das Bild, das er gesehen hatte, wieder und wieder ins Gedächtnis, bis es minuziös auf dem Papier erschien. Als er fertig war, blickte er kopfschüttelnd auf sein Werk. *Das ist unmöglich,* dachte er zum zweiten Mal. *Nicht hier!*

Dann startete er den Motor und kehrte zum Hafen von Socoa zurück.

Løding

»Was soll das heißen – wir sind noch nicht so weit?« Generalmajor Helge Juul bedachte seinen Gesprächspartner mit einem wenig freundlichen Blick, dem Aksel Strand jedoch gelassen standhielt.
»Das bedeutet, dass dies nicht die Zeit für die militärische Option ist. Noch nicht.«
»Ich dachte, wir waren uns einig?«
»Wir *sind* uns einig. Es hat sich nichts geändert.«
»Aber ...«
Strand lächelte sanft. »Weißt du, mein Freund, was der Unterschied ist zwischen der Frau, die man liebt, und der Frau, mit der man Sex hat?«
Helge Juul verzog keine Miene.
»Für die Frau, die man liebt, nimmt man schon mal einen langweiligen Nachmittag in Kauf. Wir tun gut daran, die momentan aufgeheizte Stimmung nicht zu unterschätzen. Die Sache hat sich leider etwas unglücklich entwickelt und könnte den progressiven Kräften im Storting – oder besser denjenigen, die sich für progressiv *halten* – noch einmal Auftrieb geben. Für eine begrenzte Zeit. Perfektes Markttiming ist alles, mein Freund. Nicht nur auf dem Parkett.«
Juul grunzte. »Was ist das für eine Scheiße mit diesem Várri?«

Strand zuckte mit den Schultern. »*Shit happens.*«

Juul sah durch die Milchglasscheibe in den angrenzenden Raum hinüber, wo eine Handvoll junger Kerle in schwarzen T-Shirts, Cargohosen und Stiefeln zwischen Kabelsträngen an Tischreihen vor Monitoren unterschiedlicher Größe saßen.

Sie befanden sich in einer ausrangierten Lagerhalle am westlichen Ortsausgang des Dörfchens Løding, zwischen Bodø und Reitan, wo das Forsvarets operative hovedkvarter, FOH – Hauptquartier und Kommandozentrale der norwegischen Streitkräfte – seinen Sitz hatte. Und es bestand eine gewisse Wahrscheinlichkeit, dass der unspektakuläre Ort die derzeit verschwiegensten und attraktivsten Arbeitsplätze des Landes beherbergte.

Strand war Juuls Blick gefolgt und nickte anerkennend. »Grønn macht einen hervorragenden Job. Er hat Viridi zu einem Player gemacht, der international in der ersten Liga mitspielt.«

»Ich habe gehört, dass es zuletzt Probleme gab. Ich weiß aus zuverlässigen Quellen, dass eine ausgelieferte Software Schwachstellen enthielt. So etwas darf nicht passieren.«

»Und was sind das für Quellen?«

»Eine Regierungsstelle im arabischen Raum.«

»Das war keine große Sache. Aber du weißt ja selbst, dass es verdammt schwer ist, die besten Security-Experten zu rekrutieren. Meistens treiben sie sich lieber auf sexy Kongressen in Berlin und Vegas herum, als ihrem Land zu dienen. Aber, um auf die andere Sache zurückzukommen – zu gegebener Zeit …«

»Manchmal ändern sich die Dinge schneller, als man denkt«, warf Juul ein.

»Die Politik ist ein Riesenrad. Heute bist du oben, morgen schon vergessen. Deswegen sitzen wir beide auch nicht in der Gondel.« Strand machte eine Pause, bevor er fortfuhr: »Du kennst mich lange genug, um zu wissen, dass ich mich in meinem Bereich nicht oft irre. Und ich sage dir, dass sich die Geschäftspolitik von PolarLys grundlegend ändern wird. Tore Melling hat keine Wahl. Er weiß es nur noch nicht.«

»Wie läuft es in Hammerfest?«

»Ich bin sicher, der Professor wird uns nicht enttäuschen. Ein Prototyp des Katalysators steht unmittelbar vor der Serienreife. Keine Sorge. Schon bald wird Norwegen wieder das sein, was es sein sollte: unabhängig von obsoleten internationalen Schauveranstaltungen. Schon *sehr* bald.«

Juul gab ein kurzes, gurgelndes Lachen von sich. Abgesehen von der Sache mit den Frauen, stimmte er dem Mittfünfziger im teuren, aber schlecht sitzenden Anzug, der ihm gegenüberstand, voll zu.

Honningsvåg

Das Gesicht des kleinen Jungen verschwand fast vollständig hinter buschigen haselnussbraunen Haarsträhnen. Er wurde von Schluchzern geschüttelt, sodass er kaum sprechen konnte. Politistasjonssjef Arne Persson schob eine Packung Papiertaschentücher über den Tisch und wartete, bis sich sein Gegenüber wieder so weit beruhigt hatte, dass er zu ihm durchdringen konnte. Er schätzte den Bengel auf etwa acht Jahre. Die Kinder waren wild wie die raue Natur hier oben nahe dem Kap, und das war auch gut so, doch in diesem Fall lagen die Dinge anders.

Die Nordkapp politistasjon, die lokale Polizeidienststelle, befand sich im Zentrum des kleinen Ortes am Hafen, und was sich an diesem Vormittag nur wenige Hundert Meter von hier abgespielt hatte, war so ungewöhnlich, dass Persson entschieden hatte, sich der Sache selbst anzunehmen.

»Also, Sven«, begann er erneut. »Du hast gesagt, ihr seid den Nordvågveien langgelaufen bis zum Ortsausgang. Stimmt das?«

Wieder flossen Tränen über das runde Jungengesicht. »Muss ... muss ich jetzt ins Gefängnis?«, flüsterte er heiser.

Da der Kleine offensichtlich unter Schock stand und völlig verängstigt war, bemühte Persson sich, etwas weniger streng zu wirken, was ihm angesichts des Ernstes der Situation allerdings schwerfiel. »Nein. Natürlich musst du nicht ins Gefängnis. Wir wollen nur wissen, was Per-Olaf passiert ist.«

»Und Kristofer?«

»Kristofer geht es gut. Er muss auch nicht ins Gefängnis. Er ist nebenan und spricht gerade mit meinem Kollegen. So, wie du mit mir sprichst. Es ist sehr wichtig, dass ihr uns ganz genau erzählt, wie es zu dem Vorfall gekommen ist, damit so etwas nicht wieder passiert – verstehst du das?«

»Kristofer kann nichts dafür. Er war von Anfang an dagegen. Es war meine Schuld, glaube ich ...«

»War die Mutprobe deine Idee?«

Sven schüttelte heftig den Kopf.

»Warum denkst du dann, dass es deine Schuld war?«

»Weil ich doch die Mathehausaufgabe nicht gemacht hatte ... und dann habe ich mir so gewünscht, dass die Stunde ausfällt ... und dann ... dann ...«

»Hör mal, Sven. Ich verrate dir jetzt ein Geheimnis, okay? Aber du musst mir versprechen, dass du es nicht weitererzählst. Als ich in deinem Alter war, habe ich sehr oft meine Mathematikhausaufgaben nicht gemacht. Und ich habe auch immer Angst gehabt, dass ich dafür bestraft werde. Sogar wenn der Lehrer es nicht gemerkt hat, habe ich immer gedacht, dass da noch irgendwas kommt.«

Die hellblauen Kinderaugen blickten jetzt klar und aufmerksam. »Und trotzdem bist du Politistasjonssjef geworden«, sagte Sven ehrfürchtig.

»Trotzdem bin ich Politistasjonssjef geworden. Und deshalb habe ich dafür zu sorgen, dass in dieser Stadt niemandem etwas Schlimmes passiert. Ich verspreche dir, dass das, was Per-Olaf passiert ist, nichts damit zu tun hat, dass du die

Aufgaben nicht gemacht hast. Überhaupt nichts. Es war nicht deine Schuld oder die von Kristofer. Glaubst du mir das?«

Sven nickte.

»Okay. Dann fang doch einfach mal ganz am Anfang an.«

Nachdem die letzten beiden Schulstunden wegen einer plötzlichen Erkrankung des Mathematiklehrers ausgefallen waren und man die jubelnde Schülerschaft in den kalten Magerøya-Vormittag entlassen hatte, blieb Sven mit Kristofer am Schulhofrand stehen. Erwartungsvoll sahen sie Per-Olaf an.

»Jetzt sag schon«, drängte Kristofer. »Was wolltest du unbedingt noch mit uns besprechen?«

Sven fröstelte. Obwohl der Frühling bereits fortgeschritten war, lagen die Temperaturen nur knapp über dem Gefrierpunkt. »Ja, sag schon!«

Per-Olaf machte eine theatralische Geste. »Seid ihr Feiglinge oder Wikingerkrieger?«

Sven und Kristofer tauschten einen Blick.

»Ich denke ja, ihr seid Wikinger wie ich«, fuhr Per-Olaf fort, während er das Schulgelände in südlicher Richtung verließ, »aber so ganz sicher bin ich mir da doch nicht ...«

»Hey, edler Krieger«, rief Sven ihm nach. »Können wir dir das vielleicht ein anderes Mal beweisen? Ich will nach Hause, mittagessen.«

Mit einem spöttischen Grinsen drehte Per-Olaf sich um. »Aha. Aber meine Hausaufgaben schreibst du immer gerne ab, oder? Abgesehen davon – bis zum Mittagessen hast du mindestens noch zwei Stunden Zeit.«

Auch Kristofer schien von der Aussicht auf vormittägliche Abenteuer an diesem Tag nicht übermäßig begeistert zu sein, aber das Risiko, es sich mit Per-Olaf zu verderben und als Drückeberger dazustehen, war ein schlagendes Argument. Also begab sich das Trio auf den Nordvågveien in Richtung Ortsausgang. Kurz nachdem sie die letzten Häuser hinter sich gelassen hatten, bog Per-Olaf von der Straße ab und stapfte über den braungrauen Kies die Uferböschung zum Wasser hinunter. Der Wind hatte aufgefrischt und trieb in Böen kleine Wellen vor sich her, während Per-Olaf sich seiner Schuhe und Strümpfe entledigte und die Hose bis über die Knie hochkrempelte.

»Du willst doch da nicht etwa reingehen?«, entfuhr es Sven entsetzt.

Doch Per-Olaf lachte nur. »Ich hab neulich eine Sendung im Fernsehen gesehen. Bei den Beredskapstroppen wird auf die Art ausgewählt. Wer zuerst aus dem Wasser steigt, ist raus.«

Die berühmte Delta-Einheit der norwegischen Polizei kam bei schwersten Verbrechen, Geiselnahme und Terrorabwehr zum Einsatz und war ein beliebtes Gesprächsthema. Bei Per-Olaf schien sich die Heldenverehrung für die Notfalleinheit allerdings allmählich zu einer fixen Idee auszuweiten.

»Du spinnst«, stellte Kristofer fest, dessen Vater bei der Hafenbehörde arbeitete. »Das hast du dir doch ausgedacht! Und selbst wenn es so wäre, Delta würde das ganz bestimmt nicht hier machen. Das ist eine gefährliche Stelle. Die Strömung kann dich wegreißen, und dann ziehen sie dich vor Novaja Semlja wieder raus. Mein Vater hat gesagt ...«

Per-Olaf verzog das Gesicht. »Dein Vater! Was ist mit dir, Svennie? Hast du auch die Hosen voll, oder traust du dich? Ich wette, an meine Bestmarke kommt sowieso keiner von euch ran!«

»Du hast das schon mal gemacht?«, fragte Sven ungläubig und folgte Per-Olaf zögernd zum Ufer hinunter. »Ganz allein?«

»Und ich lebe immer noch.«

Widerwillig war jetzt auch Kristofer nachgekommen. Da keiner von ihnen der Spielverderber sein wollte, legten sie ebenso Schuhe und Strümpfe ab. Pudrige Schneeflocken stoben über die Wellen, während die drei Jungen vorsichtig, im Abstand von ein paar Metern, in das sieben Grad kalte Wasser wateten. Hier, unmittelbar am Ufer, war es noch flach genug, um zu stehen, ohne sofort von der Strömung mitgerissen zu werden, doch der Streifen bis zur Schelfkante war schmal. Ein falscher Schritt, und man konnte den Halt verlieren. Alle drei waren in Honningsvåg geboren, und sie kannten die Gefahren der Küste.

Bibbernd und schlotternd, standen sie einige Minuten da, bevor Kristofer als Erster das Handtuch warf. Fluchend kletterte er auf die Böschung zurück, rubbelte sich die Füße mit den Socken trocken, schlüpfte in seine Schuhe und wandte sich zur Straße.

»Ihr beide seid doch vollkommen irre. Wenn ihr unbedingt zu den BT wollt, könnt ihr das gerne machen, aber ohne mich!«

Sven rang noch ein paar weitere Minuten mit sich, dann siegte jedoch auch bei ihm der Schmerz in seinen unterkühlten Füßen über die Angst vor der Niederlage, und er rettete sich ebenfalls ans Ufer.

»Hab ich's doch geahnt«, triumphierte Per-Olaf, dessen Lippen bereits blau angelaufen waren. »Ihr beide seid Memmen.«

»Okay, du hast gewonnen«, entgegnete Sven, während er verzweifelt versuchte, in seinem Anorak wieder warm zu werden, indem er auf der Stelle trippelte. »Du kannst jetzt auch rauskommen.«

»Keine Chance. Ich muss erst noch meine persönliche Bestzeit überbieten, und die ist noch lange nicht erreicht!«

Unruhig wanderte Svens Blick zwischen Kristofer, der sich auf der Straße von ihnen entfernte, und Per-Olaf hin und her. »Mach keinen Scheiß und komm jetzt endlich da raus ... Wenn dir die Zehen erfrieren, fallen sie ab – dann kannst du Delta vergessen!« Es war ein Schuss ins Blaue, aber er zeigte Wirkung.

Per-Olaf drehte den Kopf, wiegte ihn ein paarmal unschlüssig hin und her und watete schließlich schwankend die paar Schritte zurück zur Uferböschung. Nachdem er das eiskalte Wasser verlassen hatte, blickte er irritiert an sich herunter. Auch Sven starrte ungläubig auf die Beine und Füße seines Freundes. Dann stieß er einen gellenden Schrei aus, woraufhin Kristofer augenblicklich eine Kehrtwendung machte und zurückgerannt kam, obwohl er bereits wieder am Ortseingang angekommen war ...

Sven stockte, griff nach den Papiertaschentüchern und putzte sich geräuschvoll die Nase.

Arne Persson atmete tief durch. »Erzähl weiter«, sagte er mitfühlend und hoffte dabei inständig, dass die Vernehmung den Schaden, der in der kindlichen Seele durch das traumatische Erlebnis entstanden war, nicht noch vergrößern würde.

»Seine ... seine Beine und Füße waren ... rot. Sie waren eigentlich gar nicht zu sehen ... da war alles voller Blut ... und dann ... dann fiel er einfach um. Ist ... ist er tot?«

Persson schüttelte den Kopf. »Nein, Sven, dein Freund ist nicht tot. Und es besteht eine gute Chance, dass er sogar wieder ganz gesund wird. Und das hat er nicht zuletzt euch beiden zu verdanken – Kristofer und dir, weil ihr sofort Hilfe geholt habt. Ich denke, die wirklichen Wikingerkrieger, das seid ihr beide!«

Unendliche Erleichterung und der Anflug eines Lächelns erschienen auf dem sommersprossigen Kindergesicht.

Kurz darauf wurden die beiden Jungen von ihren aufgelösten Eltern abgeholt. Anschließend trat der Politibetjent, der die Vernehmung mit Kristofer durchgeführt hatte, zu Persson und breitete mit versteinerter Miene die Fotos, die von Opfer und Fundort gemacht worden waren, auf dem Tisch aus.

Persson sog hörbar die Luft ein. »Grundgütiger«, murmelte er. »Was ist das?« Dann fuhr er tonlos fort: »Gib eine Warnmeldung raus. Fischer, Urlauber, Kinder – wer auch immer –, sorg dafür, dass keiner auch nur den kleinen Finger ins Wasser steckt, bevor wir wissen, womit wir es hier zu tun haben. Ich informiere Tromsø.«

Ein Tag früher.

Tromsø

»Tatverdächtiger im Tønsvik-Fall wurde vor etwa einer Viertelstunde im Bereich Prestvannet gesehen«, schnarrte es aus dem Lautsprecher der Freisprechanlage. »Er ist möglicherweise auf einem Motorrad unterwegs. Modell und Kennzeichen bisher unbekannt.«

Kriminaloberrat Simen Sundby bremste hart und wendete mit quietschenden Reifen.

Jonna Vinter hielt sich mit der rechten Hand an der Beifahrertür fest, mit der linken griff sie zum Funkgerät. »Wir übernehmen. Sind in fünf Minuten vor Ort.«

»Braucht ihr Verstärkung?«

Sundby trat aufs Gas und schüttelte den Kopf.

»Vorerst nicht.«

»Verstanden.«

Jonna öffnete das Beifahrerfenster, platzierte die Blaulicht-LED auf dem Wagendach und stellte den Schalter auf stillen Alarm.

Sie befanden sich auf der Rückfahrt von Tønsvik, wo am Vorabend ein lebensgefährlich verletzter Siebzehnjähriger an einer Bushaltestelle aufgefunden worden war. Die Anwohnerbefragung in dem kleinen, fünfzehn Kilometer von der Stadt Tromsø entfernten Dorf hatte den Fokus rasch auf dessen gleichaltrigen Schulfreund gelenkt, einen ortsbekannten Hitzkopf, der schon mehrfach wegen Prügeleien und Fahrens ohne Führerschein aufgefallen war. Es hatte Streit gegeben, mutmaßlich ging es um ein Mädchen – das sich jedoch infolge eines Nervenzusammenbruchs derzeit in der Tromsøer Universitätsklinik befand und ebenso wenig vernehmungsfähig war wie das Opfer.

Nun rasten Sundby und Jonna am Ostufer der Insel Tromsøya entlang in Richtung des künstlichen Sees, der ursprünglich einmal als Trinkwasserreservoir aufgestaut worden war. Inzwischen hatte man das mehrere Hektar große Areal als Landschaftsschutzgebiet ausgewiesen, und die Ufer des Báhpajávri beherbergten Brutplätze für eine Vielzahl seltener Vogelarten.

Während sie mit gleichförmiger Geschwindigkeit schweigend über den Langnesvegen glitten, konnte Jonna nicht umhin, ihrem Kollegen und Chef, den sie als umsichtigen und zurückhaltend agierenden Menschen kannte, einen verwunderten Blick zuzuwerfen. Zum Nachdenken blieb ihr allerdings keine Zeit, denn als sie exakt viereinhalb Minuten nach dem Funkspruch auf den Parkplatz am See einbogen, kam ihnen aus dem Waldweg mit aufheulendem Motor eine Enduro entgegengeschlittert. Der auf den Fußrasten stehende Fahrer vollzog eine stuntreife Drehung und stob, eine graubraune Wolke hinter sich lassend, in Richtung des auf der Westseite der Insel gelegenen Sandnessunds davon.

Sundby bremste kurz ab, beschleunigte dann wieder. Jonna drehte am Schalter der LED. Ohrenbetäubend jaulte die Sirene auf.

Das Motorrad war bereits außer Sichtweite, als sie den Fylkesvei 862 erreichten. Vor ihnen lag der Flughafen, und von hier aus gab es nur eine mögliche Richtung.

»Wenn er drüben ist, ist er weg«, murmelte Sundby.

Jonna griff erneut zum Mikrofon. »Lasst die Kvaløysletta-Seite der Brücke sperren«, sagte sie. »Haben wir eine Streife da?«

»Am REMA-1000-Markt.«

»Sie sollen sich beeilen!«

Dann gingen die dichten, alleenartigen Baumbestände zu beiden Seiten der zweispurigen Kreisstraße unvermittelt in eine zweieinhalb Meter hohe Gitterverkleidung über. Die Landschaft öffnete sich, im trüben Abendlicht glitzerte der Sund – sie waren auf der Brücke. Um den Einsatzwagen vorbeizulassen, drosselten die wenigen anderen Verkehrsteilnehmer ihre Geschwindigkeit und fuhren so weit als möglich zur Seite.

Die über einen Kilometer lange Sandnessundbrücke bildete neben der auf der Ostseite Tromsøyas gelegenen Tromsø-Brücke und dem Tromsøysund-Tunnel eine der drei Straßenverbindungen zu den auf der Nachbarinsel Kvaløya im Norden und dem Festland im Süden gelegenen Stadtteilen.

»Kvaløysletta dicht«, tönte es aus dem Gerät.

Sie erblickten ihn gleichzeitig. Etwa in der Mitte der Brücke, die zugleich ihren höchsten Punkt bildete, lag die Enduro quer auf der Fahrbahn. Der Flüchtige hatte die Absperrung überstiegen und stand nun auf der wenige Zentimeter breiten Fahrbahnaußenkante über dem Abgrund. Mit beiden Händen klammerte er sich ans Gitter.

Jonna schaltete Sirene und Blaulicht aus, Sundby brachte den Wagen abrupt zum Stehen. Mit einer raschen Handbewegung bedeutete er ihr zu warten. Dann stieg er aus und näherte sich mit langsamen Schritten der schwarz gekleideten Gestalt. Zwei oder drei andere Autos, die sich noch auf der

Brücke befanden, waren ebenfalls stehen geblieben. Alles verharrte im Stillstand, seltsam zweidimensional, als befänden sich Schauspieler vor einem eingefrorenen Filmset aus Pappe.

»Komm nicht näher!«, schallte es ihnen entgegen. »Ich springe.«

Sundby blieb stehen und blickte aufs Wasser hinunter. »Ja«, sagte er ruhig. »Das ist eigentlich kein Problem.«

Die Person, von der nun klar erkennbar war, dass es sich um einen schmalen, eher schmächtig wirkenden Jugendlichen handelte, schien irritiert, zögerte.

Nicht der Typ Gewalttäter, dachte Jonna, die ebenfalls ausgestiegen war und die Szene aus einigem Abstand beobachtete.

»Kurt, richtig?«, sagte Sundby. »Bist du ein erfahrener Klippenspringer, Kurt? Einundvierzig Meter.« Er deutete in die Tiefe. »Einundvierzig Meter hat die Sandnessundbrücke an ihrer höchsten Stelle. Wenn man gut ist, kommt man unbeschadet unten an. Allerdings – hast du den Schlamm dort hinten am Ufer gesehen?«

Unwillkürlich wandte Jonna sich um. Auch Kurts Blick wanderte in Richtung des Küstenstreifens.

»Niedrigwasser.« Sundby lehnte sich ans Geländer. »Acht bis zehn Meter Wassertiefe sollten es bei so einem Sprung schon sein. Ich würde nicht darauf wetten, dass wir die in diesem Moment haben. Was denkst du?«

Panik flackerte in den Augen des Jungen. Er begann zu zittern.

»Ich wollte ... das nicht. Ich hab ... ihn geschlagen, das stimmt. Aber doch nicht ... und dann ... ist er hingefallen. Ich schwöre, ich wollte nicht ...«

Sundby nickte. »Das glaube ich dir.«

»Ich kann ... kann nicht ins Gefängnis. Ich bin ... klaustrophobisch.« Er löste eine Hand vom Gitter. »Stieg ist tot.«

Jonna sah, wie sich uniformierte Beamte von beiden Ufern näherten, und beeilte sich, ihnen zu signalisieren, dass sie sich zurückhalten sollten. Die Sonne war jetzt hinter den schneeüberzogenen Berghängen verschwunden. Dunstschleier tanzten vor den Scheinwerfern der Einsatzfahrzeuge. Sie fröstelte.

»Nein, Kurt«, sagte Sundby ernst. »Er lebt. Ebenso wie du. In diesem Augenblick hast du noch die Wahl. Du hast die Chance, etwas wiedergutzumachen. Wenn du das wirklich willst, verspreche ich dir, mich für dich einzusetzen.«

»Das glaube ... ich nicht.«

»Nein. Solltest du auch nicht. Bullen kann man nicht trauen – sagt mein Sohn. Er ist fast so alt wie du. Er denkt, ich sei schuld, dass seine Mutter weggegangen ist. Und dass ich ein schlechter Vater bin. Vielleicht hat er recht. Aber angelogen habe ich ihn noch nie.«

Kurt hatte jetzt wieder beide Hände am Gitter. Reglos, wie hypnotisiert, fixierte er den leeren Raum unter sich. Dann endlich löste er sich aus seiner Erstarrung. Mühsam, mit steifen, unsicheren Bewegungen kletterte er über das Absperrgitter auf die Straße zurück. Sundby ging auf ihn zu, legte ihm einen Arm um die Schulter und führte ihn zum Wagen. Jonna übernahm das Steuer.

»Woher weißt du denn so viel übers Klippenspringen? Macht Lasse so etwas?«, fragte Jonna lächelnd, und kleine Grübchen zeigten sich auf ihren Wangen. Ihr typisch schwedischer Akzent klang an diesem Abend stärker durch als sonst, registrierte Sundby halbbewusst.

Die Vernehmung hatte nicht lange gedauert, und Sundby hatte im Anschluss daran eine ärztliche Haftfähigkeitsprüfung erwirkt. Der Dorfrowdy hatte sich sehr schnell als ein vernachlässigtes Kind entpuppt, das mit seinem großspurigen Gehabe nur seine tief sitzende Unsicherheit zu überspielen versuchte. Kurt konnte von Glück sagen, dass er in das Land mit dem wahrscheinlich weltweit humansten und fortschrittlichsten Justizvollzugssystem hineingeboren worden war. Wenn es gut für ihn lief, würde er direkt in eine Erziehungseinrichtung überstellt werden.

Sundby sammelte einige auf dem Tisch verstreute Notizblätter ein und sah seine Kollegin an. Einmal mehr dachte er, dass die großen weißen Zähne inmitten des mädchenhaftverträumten, von langen dunkelblonden Locken umrahmten Gesichts eher auf das Cover einer Hochglanzzeitschrift passten als in eine staubtrockene Amtsstube. Die Erfahrung und das unerschrockene Auftreten der aus Helsinki stammenden Finnlandschwedin strafte ihr elfengleiches Äußeres jedoch tagtäglich Lügen und hatte ihr in den beiden Jahren, seit sie aus ihrer Heimatstadt hierhergewechselt war, gebührenden Respekt unter den Kollegen eingebracht. Eine hervorragende Polizistin und eine Bereicherung für die Gruppe, das stand außer Frage.

Beim Gedanken daran, seinen eigenen Sohn auf einer Klippe oder Brücke stehen zu sehen, schüttelte er schaudernd den Kopf. Lasses neueste Leidenschaft, das Einhandsegeln, war wahrlich schlimm genug!

»Um ehrlich zu sein, hab ich keine Ahnung vom Klippenspringen. Aber mit der Geografie hier in der Gegend kenne ich mich aus. Na ja, und ein bisschen vielleicht mit der Psychologie eines verliebten Teenagers.«

Jonnas Gesicht verdunkelte sich. »Sagt er wirklich so etwas?«

»Lasse? Ich habe nicht gelogen. An keiner Stelle.«

Sie senkte den Blick, und er wusste, was sie dachte. Ihr Sohn Emil war gerade sieben geworden.

»Hoffen wir, dass Stieg es schafft«, sagte er.

»Und Kurt?«

»Er wird eine Chance bekommen. So oder so. Ob er sie nutzt, liegt allein bei ihm.«

Später am Abend nahm Simen Sundby die Flasche Bivrost Helheim Arctic Single Malt der Aurora Spirit Destillerie, die Lasse ihm zu seinem Fünfzigsten geschenkt hatte, aus der Vitrine und setzte sich seinen Bose QuietComfort Wireless auf. Jenseits der breiten Fensterfront rauschte der Grøtsund in tiefer Dunkelheit. Für zwei oder drei Stunden würde es Nacht sein, es war einer der letzten Tage vor der Zeit der Mitternachtssonne. Ein Frühjahrssturm kündigte sich an.

Zusammen mit seinem Sohn Lars, den alle nur Lasse nannten, bewohnte Simen Sundby zwei geräumige Etagen eines modernen dreistöckigen Plattenbau-Bungalows in Hamna, fast an der Nordspitze der Insel Tromsøya – beigegrauer Beton, großzügige Veranda zum Wasser hin. Außer ein paar weiteren Häusern gab es nicht viel in unmittelbarer Nachbarschaft, und so mancher empfand den Stadtteil als trist. Doch Sundby bot er das gute Gefühl, immerhin ein Minimum an Distanz zwischen Arbeit und Privatleben zu haben.

Während Leonard Bernsteins Sinfonie Nr. 2 *The Age of Anxiety*, interpretiert vom Norwegian Arctic Philharmonic Orchestra unter der Leitung von Christian Lindberg, die Außengeräusche ausblendete, dachte er darüber nach, was sich am

Nachmittag kaum drei Kilometer Luftlinie entfernt ereignet hatte. Alkohol, eine zerbrochene Liebe, ein außer Kontrolle geratener Streit unter Freunden, die sich plötzlich als Rivalen gegenüberstanden. Das tagtägliche Verbrechen hatte allzu oft etwas Banales.

Sundbys Blick wanderte zu der gerahmten Fotografie auf dem Klavier. Ein gut aussehender, durchtrainierter junger Mann mit einem gewinnenden Lächeln an der Reling eines kleinen Bootes. Und weil Lasse nicht zu Hause war, stand Sundby vom Sofa auf, öffnete die Tastenklappe und spielte ein paar Akkorde mit. Er leerte sein Glas, tauchte tief in die Vollkommenheit der Klänge ein und dachte, dass alles auch anders hätte kommen können.

Als ein schmaler Sonnenrand die Wasseroberfläche streifte, überließ er Bernstein wieder den Arktischen Philharmonikern und ging ins Schlafzimmer.

An guten Tagen fügte sich der von Filter Arkitekter entworfene moderne und funktionale Silberquader mit seiner klaren, minimalistischen Fassade aus Glasfronten und Aluminiumplatten elegant in die Umgebung in unmittelbarer Nähe zum Tromsøysund ein. Heute war das Gebäude am Stakkevollvegen nur ein rechteckiger grauer Klotz und im Platzregen kaum zu erkennen.

Simen Sundby betrat die weitläufige Eingangshalle, klappte seinen Schirm zusammen und schüttelte das Wasser ab. Er nickte dem Diensthabenden am Empfang flüchtig zu, passierte die Schleuse und ging zu den Aufzügen hinüber. Im Prinzip war gegen den Neubau des Tromsø Politihus architektonisch nichts einzuwenden – nur die ständige Unruhe im fünften Stock war eine Zumutung.

Hier befanden sich die Büros des Polizeidirektors und der Ermittlungsgruppen für schwere Straftaten. Genau genommen war die dreiköpfige Gruppe unter Kriminaloberrat Sundby für Gewaltverbrechen, insbesondere Mord, zuständig, doch da es in den beiden Nordprovinzen Troms und Finnmark nicht allzu viele Morde gab und die Polizei hier chronisch unterbesetzt war, kümmerten sich er und seine Mitarbeiter oft genug auch um kleinere Delikte wie Betrug, Diebstahl oder Sachbeschädigung. Manchmal entpuppte sich eine vermeintliche Straftat auch als einfacher Unfall.

»Guten Morgen«, sagte Jonna, als Sundby den Raum betrat. »Ich denke, wir können die Akte Tønsvik heute schließen. Kurts Kontrahent ist außer Lebensgefahr. Also wird es auf schwere Körperverletzung im Affekt hinauslaufen. Den Rest erledigt die Staatsanwaltschaft. Den Bericht hast du in spätestens …«

»Lass dir Zeit.« Er musterte sie nachdenklich und fand, dass sie blass und müde aussah. Kein Wunder. Alleinerziehende, berufstätige Mutter eines hyperaktiven Siebenjährigen zu sein, war keine Kleinigkeit. »Wie geht's Emil?«

»Er liebt es, dass er endlich zur Schule gehen darf. Er will alles lernen – am besten sofort.«

»Schön. Genieß die Zeit. Es ist so schnell vorbei …« Kaum hatte er die Worte ausgesprochen, fragte er sich bereits, ob es passend oder eine Torheit gewesen war. Falls ja, ließ sie es sich jedenfalls nicht anmerken. Er beeilte sich, zur Tür zu kommen, dort wandte er sich noch einmal um. »Und schick mir Mikael rüber.«

»Ich hab ihn heute noch nicht gesehen.«

»Dann sobald er da ist.«

Sundby ging eine Tür weiter, schloss sie hinter sich und

lauschte einen Moment in die Stille, bevor er sich an seinen überfüllten Schreibtisch setzte. Beim Blick auf die Tatortfotos spürte er ein unangenehmes Ziehen in seinen Eingeweiden. Er stand auf, trat ans Fenster und blickte hinaus. Der Tromsøysund verschwand hinter graublauen Schlieren.

Lasse würde in einer Woche seinen sechzehnten Geburtstag feiern. Er würde sich Zeit nehmen. Diesmal würde er sich Zeit nehmen! Er würde ihm einen Ausflug vorschlagen – nur sie beide. Vielleicht zum Øvre-Dividal-Nationalpark. Mehrere Tage ...

Weiter kam er in seinen Überlegungen nicht, denn in diesem Moment klingelte der Festnetzapparat auf seinem Schreibtisch. Auf der Anzeige erschien eine externe Nummer.

Während er den Hörer abnahm, schob er die Bilder zwischen die grauen Deckblätter der Akte.

»*God dag.* Spreche ich mit Oberrat Simen Sundby? Arne Persson hier, Nordkapp politistasjon, Honningsvåg.«

»*God dag, kollega.* Was kann ich für dich tun?«

Ruhig und konzentriert, wie es seine Art war, lauschte Sundby den Ausführungen des Kollegen aus Magerøya, doch die Ablenkung entpuppte sich als weit weniger erfreulich, als er gehofft hatte. Eine tiefe, senkrechte Falte bildete sich auf seiner Stirn.

»Ich dachte, Tromsø als übergeordnete Behörde sollte informiert sein.«

Das stimmte zwar genau genommen nicht, denn nach der teilweisen Rückabwicklung der Regionalreform, die vorübergehend das Fylke Troms og Finnmark entstehen ließ, wäre jetzt wieder Vadsø zuständig. Aber als größte Stadt im nördlichen Landesteil hatte Tromsø natürlich einen Sonderstatus inne.

»*Takk, kollega.* Aber du bist hier aus Versehen bei der Ermittlungsgruppe für schwere Straftaten gelandet. Für Badeunfälle ist ...«

»Ja, schon, das weiß ich. Unterstützung vom Klima- und Umweltforschungszentrum ist bereits angefordert. Aber ich wollte mit dir persönlich sprechen.«

»Ach so? Warum denn?«

»Weil du dafür bekannt bist, dich nicht mit dem ersten Anschein zufriedenzugeben.«

»Hm.«

»Simen, ich bin hier geboren. Ich kenne Magerøya wie meine Westentasche. Ich kenne das Kap schon mein ganzes Leben lang. Aber das hier ...«

Sundby spielte mit seinem Bleistift. »Was versuchst du mir zu sagen, *kollega*?«

»Es sieht fast danach aus, als wäre hier oben irgendwas im Wasser, das einen ausgeprägten Appetit auf Menschenfleisch hat.«

Sundby ließ den Bleistift fallen, der ein paar Zentimeter weiterrollte und kurz vor der Schreibtischkante liegen blieb. »Meinst du das ernst?«

»Ich weiß, wie das klingt.«

Kinder! Kaum nahm man aufatmend zur Kenntnis, dass sie dem gefährlichen Lausbubenalter entwachsen waren, drohten bereits neue Risiken. Der falsche Umgang, Autofahrten unter Alkoholeinfluss, nicht bestandene Prüfungen, fehlende Abschlüsse, der drohende Abstieg ins gesellschaftliche Niemandsland. Wenn man Kinder hatte, hörte die Angst nie auf. Alle Eltern waren Teil dieser Schicksalsgemeinschaft. Und jetzt – schon wieder ein Kind. Es war zwar allseits bekannt, dass die Bewohner des äußersten Nordens zum Aberglauben neigten, doch aus irgendeinem Grund hielt Simen Sundby den Honningsvåger Kollegen nicht für einen überspannten Fantasten.

»Verstehe. Ich habe selbst einen Sohn. Ich denke, es wird sich einrichten lassen, dass ich euch einen kurzen Besuch abstatte.«

Nachdem er aufgelegt hatte, starrte Sundby minutenlang auf den Hörer. Da die Tourismus-Saison gerade begann, konnte es nicht schaden, sich die Sache etwas genauer anzusehen. Das änderte allerdings nichts daran, dass er nicht zuständig war.

Mittwoch. Tag 2.

Biarritz/Anglet

Das Laboratoire Ressources Halieutiques Aquitaine, LRHA, war Teil des überregionalen französischen Meeresforschungsinstituts Ifremer und befand sich in den Räumen der wissenschaftlich-technischen Universität in Anglet. Modern, flach, unaufgeregt, ja fast bescheiden fügte sich der lang gezogene Gebäudekomplex, von der Straße durch Bäume abgeschirmt, in die Umgebung ein. Touristen verirrten sich selten hierher. Abseits des Strand-, Shopping- und Vergnügungslebens, das das benachbarte Biarritz dominierte, herrschte hier eine konzentrierte, fast kühle Wissenschaftsatmosphäre. Eine Tatsache, die Eric und die vier weiteren wissenschaftlichen Mitarbeiter zu schätzen wussten.

Eric Perrain arbeitete bereits seit fünf Jahren beim LRHA. Sein Bereich war die Recherche der Küstenökologie und Biodiversität, der übergeordnete Forschungsauftrag bezog sich auf die Auswirkungen des Klimawandels auf den marinen Lebensraum. Nach seinem Studium der Meeresbiologie und daran anschließenden intensiven, aber materiell unsicheren Jahren bei einer internationalen Umweltschutzorganisation hatte sich mit der unbefristeten Festanstellung beim Ifremer ein lange gehegter Lebenstraum für ihn erfüllt. Nicht zuletzt seine Tauchleidenschaft hatte dafür gesorgt, dass er sich bei dem harten Auswahlverfahren gegen eine dreistellige Anzahl Mitbewerber durchgesetzt hatte. Die Hierarchien waren flach und die Zusammenarbeit in der kleinen Außenstelle so gut, dass Eric schnell das Gefühl gehabt hatte, in eine Familie aufgenommen worden zu sein.

Da von der Université de Bordeaux ein umfangreiches Gutachten in Auftrag gegeben worden war, das den Eutrophierungsstatus der gesamten Côte d'Argent erfassen und kartografieren sollte, war der aus La Rochelle stammende Biologe Frédéric mit dem Basken Ilixo und dem schlaksigen Deutschen Hannes, der vom GEOMAR Helmholtz-Zentrum für Ozeanforschung in Kiel zu ihnen gestoßen war, früh am Morgen nach Arcachon gefahren, um sich in der benachbarten Außenstelle mit den dortigen Kollegen abzustimmen. Also waren Sandrine, die offiziell die Leitung des Teams innehatte, was sie sich jedoch nie anmerken ließ, und Eric an diesem Nachmittag allein im Labor.

Seufzend rieb Eric sich die Augen, gähnte und klappte sein MacBook zu. Obwohl alle Fenster offen standen, war es jetzt, am späten Nachmittag, in den nicht klimatisierten Räumen unerträglich heiß. In diesem Jahr waren die Temperaturen sehr früh sprunghaft angestiegen, und für diesen Tag, obwohl erst Mitte Mai, war bereits ein Hitzerekord angekündigt. Eric stand auf, ging in die kleine Küche hinüber, trank etwas kalten Pfefferminztee und biss appetitlos in ein Sandwich. Er spürte Sandrine hinter sich mehr, als dass er sie gehört hätte.

»Ich hab dich gestern Abend beim Institutsstammtisch vermisst.«

Ihr Ton war eine Spur zu bemüht beiläufig.

»Ich war in Socoa. Ich musste nach dem Boot sehen.«

»Nach dem Boot sehen oder vor Belharra tauchen?«

»Beides.«

»Allein?«

Er drehte sich um und sah ihr in die Augen.

»Du bist erwachsen und musst selbst wissen, was du tust«, beeilte sie sich fortzufahren. »Aber ich kann mir im Moment hier keine Ausfälle leisten. Das Planktonlexikon muss so schnell wie möglich in den Druck, und Bordeaux kann es auch nicht schnell genug gehen ...«

Eric schwieg. Er war sich der Tatsache sehr wohl bewusst, dass ihm seine hochgewachsene Statur, die weit auseinanderstehenden kobaltblauen Augen unter buschigen Brauen, die markanten Wangenknochen und seine vollen Lippen ein natürliches Charisma verliehen, mit dem er sich von den Männern der Region deutlich abhob. Einen Moment standen sie voreinander und musterten sich.

»Komm mit«, sagte er dann, einem spontanen Impuls folgend, kehrte zu seinem Arbeitsplatz zurück und zog den Skizzenblock aus seiner Tasche. »Was siehst du?«

»Was meinst du?«

»Auf dem Papier.« Er zeigte auf die Zeichnung. »Was siehst du?«

»Es ist gut. Außergewöhnlich gut sogar.«

Das war nichts Neues. Abgesehen vom Tauchen, war das Zeichnen Erics Passion, und regelmäßig zeigten sich Betrachter beeindruckt und wunderten sich, warum er sein offensichtliches Talent nicht in berufliche Bahnen lenkte. Er lachte dann und entgegnete, die künstlerische Laufbahn sei ihm nicht vorbestimmt, seine Welt befände sich nun einmal unter Wasser, und er dokumentiere sie nur.

»Das meine ich nicht. Was *ist* es?«

»Gammarus Wilkitzkii«, antwortete sie verwirrt. »Ein sehr schönes Exemplar. Wir sollten es als Illustration in die Neuauflage des Lexikons aufnehmen.«

»Und weiter?« Ihm war klar, dass seine Kollegin sich nicht erklären konnte, weshalb er sie nach etwas fragte, das in etwa so offensichtlich war wie die Tatsache, dass ein Auto ein Auto ist.

»Okay, na schön. Gammarus Wilkitzkii, auch Eis-Flohkrebs genannt, ist ein ungiftiger Gammaride, gehört zur Ordnung der Amphipoden und ist Bestandteil des arktischen Zooplanktons. Als Basis des carnivoren marinen Nahrungsnetzes und damit Lebensgrundlage praktisch aller größeren Meeresbewohner, bedarf er des besonderen Schutzes … Ungefähr so wird es in meinem Artikel stehen. Verrätst du mir jetzt, was du mit deinem kleinen Meeresquiz bezweckst?«

»Ich hab ihn gesehen. Gestern. Vor Socoa. Es war ein riesiger Schwarm.«

Verständnislos schüttelte Sandrine den Kopf. »Wie meinst du das, du hast ihn gesehen? Wilkitzkii ist ein Eisbewohner. Er kommt nur in arktischen Gewässern vor und lebt bei Temperaturen um den Gefrierpunkt. Würde man ihn in der Biskaya aussetzen, könnte er dort keine zwei Stunden überleben. Was soll das, Eric? Das weißt du doch.«

Eric nickte ernst. »Ja. Natürlich weiß ich das. Deshalb beunruhigt es mich ja auch.«

Sandrine zog sich einen Stuhl heran und setzte sich. »Okay. Vielleicht erzählst du mir die Sache mal von Anfang an.«

Nachdem er geendet hatte, fixierte sie ihn durchdringend. »Du schließt Hypoxie aus?«

»Wenn das eine Hypoxie war, steige ich nie wieder ins Wasser.«

»Dass du wirklich arktische Amphipoden bei Belharra gesehen hast, ist biologisch unmöglich. Vielleicht waren es Diaptomidae oder Gammarus Locusta.«

Eric griff erneut nach der Zeichnung. »Sieht das für dich aus, als könnte es auch ein Eudiaptomus sein?«

Sandrine schwieg eine Zeit lang, dann sagte sie zögernd: »Ich weiß, es geht mich eigentlich nichts an, aber in deinem Lebenslauf steht, dass du … ich meine, dass es eine Zeit in deinem Leben gab *vor* Marseille …«

Für eine Sekunde verengten sich seine Augen. »Was willst du damit sagen?«

»Damit will ich sagen, dass es für einen Achtjährigen ein hochtraumatisches Erlebnis ist, wenn er von einem Tag auf den anderen seine Familie verliert, aus seinem Umfeld gerissen und in eine völlig andere Welt geworfen wird – in einem fremden Land, dessen Sprache er nicht einmal spricht.«

»Und vierundzwanzig Jahre später sieht dieses Kind dann polares Plankton in der Biskaya herumschwimmen – als Symptom eines posttraumatischen Belastungssyndroms? Meinst du das ernst?«

»Das habe ich nicht gesagt. Ich denke nur, dass es dir guttäte, mit jemandem zu sprechen, das ist alles.«

Minutenlang saßen sie sich gegenüber, ohne etwas zu sagen. Schließlich steckte Eric den Block in die Tasche zurück. »Am besten, du vergisst das Ganze.« Damit stand er auf und verließ den Raum.

Draußen empfing ihn dieselbe Wand aus schwülwarmer Luft, die das Atmen erschwerte. Man kannte diese Wetterlage aus den Metropolen. Seit Jahren machten städtebauliche Mängel und konstant steigende Durchschnittstemperaturen den Bewohnern das Leben zuweilen fast unerträglich, doch hier, in einer Stadt überschaubarer Größe, die unmittelbar an einer windigen Küste lag, war es eher ungewöhnlich, selbst wenn man die Region »BAB« – Biarritz, Anglet und Bayonne – zusammenrechnete. Eric ging die wenigen Schritte zum Parkplatz, setzte sich in seinen offenen Twizy, den er erst ein paar Monate hatte und der sein ganzer Stolz war, und fuhr auf die Avenue de Biarritz Richtung Biarritz-Centre.

Das Appartement befand sich im zweiten Stock eines mäßig gepflegten dreistöckigen Altbaus mit rotbraun gestrichenen Fensterläden und war weder groß noch luxuriös, doch die Lage in der Rue Paul Bert, unmittelbar an der Côte des Basques, war nicht zu überbieten. Daher hatte er nicht lange gezögert, als ein Freund, der beruflich nach Paris wechselte, ihn als Nachmieter vorgeschlagen hatte. Außerdem stimmte der Preis, denn die gut betuchte ältere Dame, in deren Familienbesitz sich das Haus befand, hatte eine Abneigung gegen »Touristenprofit«, wie sie es nannte.

Man hätte die beiden Zimmer und die Wohnküche mit Sicherheit in ein stilvolles und sehr behagliches Zuhause verwandeln können, doch noch immer bestand ein Großteil des Mobiliars aus nicht ausgepackten Umzugskisten, was seinem Stiefbruder Maxime bei dessen seltenen Besuchen regelmäßig ironische Kommentare über Erics Singledasein entlockte.

Eric ließ seine Arbeitstasche auf einen Sessel fallen und öffnete alle Fenster weit. Dann trat er auf die kleine Loggia hinaus, die, wie bei Altbauten üblich, von der Küche auf die Straße hinausging. Er atmete tief durch und blickte nach links, wo man am Ende der Rue Paul Bert und jenseits des Rond-Points ein winziges Stückchen Strand mit türkisfarbener Biskaya erhaschen konnte. Nachdem er ein großes Glas Sirop d'Orgeat mit vielen Eiswürfeln getrunken hatte, überlegte er, kurz schwimmen zu gehen, entschied sich dann aber anders, legte sich aufs Bett und schloss für einen Moment die Augen.

Als er wieder aufwachte, stellte er erschrocken fest, dass die Sonne bereits tief stand. Die Schwüle hatte nachgelassen, und ein angenehm frischer Luftzug durchströmte die Räume. Eric ging barfuß über den kühlen Steinplattenboden in die Küche. Er griff nach dem Skizzenblock, sah ihn eine Zeit lang zweifelnd an, steckte ihn dann in die Tasche zurück. Danach aß er unschlüssig eine Kleinigkeit, ging ins Badezimmer, betrat die Duschkabine und stand lange unter dem kühlen Wasserstrahl.

Honningsvåg

Polizeidirektor Fredrik Wersín hatte zwar die Stirn gerunzelt, die eintägige Stippvisite seines besten Ermittlers in die Nachbarkommune aufgrund des erfolgreichen Abschlusses des Tønsvik-Falls letztendlich dann doch genehmigt. Sollte – was leider immer wieder vorkam – während der Mitternachtssonnensaison an der Küste ein Tourist zu Schaden kommen, wollte sich schließlich hinterher niemand von der Presse Versäumnisse vorwerfen lassen.

Arne Persson hatte Sundby in Valan abholen lassen und ihn freundlich begrüßt, sich dann aber wegen eines Notrufs in einer anderen Angelegenheit kurzfristig entschuldigen müssen. Da das örtliche Gesundheitszentrum nur etwa fünfzehn Minuten zu Fuß vom Polizeirevier entfernt im südlichen Stadtbereich lag, hatte Simen Sundby den Fahrdienst diesmal dankend abgelehnt. Nach den anderthalb Stunden in der stickigen Widerøe-Maschine brauchte er dringend frische Luft. Während er auf der Sjøgata die Bucht umrundete, dann auf die Storgata abbog, die Schule und die Kirche hinter sich ließ, versuchte er, sich ein Bild der Geschehnisse zu machen. Die Kommune im äußersten Norden des Landes war für gewöhnlich ein ruhiger und beschaulicher Ort. Medizinische Notfälle beschränkten sich auf verstauchte Knöchel von Touristen, die unvorsichtig an der felsigen Küste entlanggewandert waren, und das letzte Gewaltverbrechen hatte, wie Persson ihm versichert hatte, stattgefunden, als er noch an der Akademie in Oslo gewesen war. Arne Persson war gebürtiger Honningsvåger. Ein wortkarger und besonnener Mann, der seinen Beruf ohne Dienstwaffe, dafür mit geregelten Arbeitszeiten und berechenbaren Anforderungen zu schätzen wusste. Und es war offensichtlich, dass ihm die Sache, die sich da in seinem Zuständigkeitsbereich abspielte, ganz und gar nicht gefiel.

Mit einem kurzen Kopfnicken ging Sundby am Pförtner des lang gestreckten Gebäudes vorbei, das sowohl das Ärztezentrum als auch die Altenwohneinrichtung der Region beheimatete, und begab sich unverzüglich auf die behandelnde Station, die ihm in der Dienststelle bereits mitgeteilt worden war. Im Treppenhaus, das er wie gewöhnlich dem Fahrstuhl vorzog, wurde ihm allerdings der Weg von einem Hünen in blau-weiß gestreiftem Bademantel und Pantoffeln verstellt. Misstrauisch zusammengekniffene Augen glühten über einem ergrauten Vollbart, den die Überreste der vorangegangenen Mahlzeit zierten.

»Es ist kein guter Ort«, flüsterte der Alte und wischte sich fahrig durch die auf seinem Kopf verbliebenen Strähnen. »Kein guter Ort ...«

Da er an schätzungsweise anderthalb Zentnern Lebendgewicht nicht ohne Weiteres vorbeikam, blieb Sundby auf dem Treppenabsatz stehen. »Was meinst du?«, fragte er. »Was ist kein guter Ort?«

»Das Kap«, raunte der Mann und blickte gehetzt über die Schulter hinter sich. »Es geschehen Dinge dort ... *Dinge* ... Du musst sehr, sehr vorsichtig sein.«

Sundby war sich nicht sicher, wie er reagieren sollte. »Kann ich dir helfen? Soll ich dich vielleicht zu deinem Zimmer bringen?«

»Es war schon immer so. Auf der ganzen Insel. Es sind Kräfte hier. Menschen sollen sich da nicht einmischen ... aber sie tun es doch ...«

Bevor sich Sundby eine Entgegnung überlegen konnte, öffnete sich die Tür, eine Pflegerin kam herausgeeilt und geleitete den Patienten mit beruhigenden Worten auf die Station zurück, ohne den Besucher eines Blickes zu würdigen. Einen Moment blieb der Kommissar auf der Treppe stehen, während unwillkürlich die Mythen der Kindheit in seiner Erinnerung aufblitzten. Dass die Insel Magerøya ein kraftvoller Ort war, an dem die Natur wie an kaum einem anderen dominierte, war nicht von der Hand zu weisen und weit mehr als der Ausdruck eines altersverwirrten Geistes. Die wechselvolle Geschichte der Siedlung an ihrer Südflanke hatte weder mit der fast vollständigen Zerstörung am Ende des Zweiten Weltkrieges begonnen, noch mit den beiden schweren Schiffsunglücken im Hafen in den Sechzigerjahren geendet. Sundby empfand ein eigenartig flaues Gefühl und war sich nicht sicher, ob es mit seiner Vergangenheit – ein schlafloses Kind, nach der Trollgeschichte vom Abend die beängstigenden Schatten an der Zimmerwand beobachtend – oder der beklemmenden Umgebung zu tun hatte. Im Allgemeinen mied er den Kontakt zur weiß gekleideten Zunft lieber. Unwirsch schüttelte er den Kopf und zwang sich, seine Gedanken wieder auf das Hier und Jetzt zu konzentrieren, das ohne jeden Zweifel seine volle Aufmerksamkeit erforderte.

Vom diensthabenden Arzt, einem drahtigen Vierzigjährigen mit dänischem Akzent, erhielt er unverzüglich eine Zusammenfassung der jüngsten Entwicklungen. Die Behandlung gestalte sich schwierig, da die multiplen Blutungen an den unteren Extremitäten zunächst nicht zu stillen gewesen seien und der Patient sehr viel Blut verloren habe. Für den Moment habe man den Zustand des Jungen stabilisieren können, aber man wisse noch nicht, ob man ihn vor Ort weiterbehandeln könne oder ob er nach Tromsø verlegt werden müsse, was man mit Rücksicht auf die zusätzliche Belastung für Kind und Familie zu vermeiden versuche. Zur Ursache der Verletzungen könne man nichts sagen, außer dass keiner im Behandlungsteam jemals etwas Vergleichbares gesehen habe.

»Aber er ist außer Lebensgefahr?«

»Im Augenblick, ja.«

»Ist er ansprechbar?«

»Er ist wach, aber sehr schwach. Als sein Arzt kann ich es nicht verantworten, dass er zu diesem Zeitpunkt vernommen wird.«

»Hör mal zu, was auch immer ihn da draußen angegriffen hat, ist wahrscheinlich noch da. Und in ein paar Wochen wimmelt es hier von abenteuerlustigen Touristen. Ich will nicht wissen, was passiert, wenn sich herumspricht, dass es außer Mitternachtssonne und Nordlichtern jetzt auch noch blutsaugende Monster am Kap zu bewundern gibt.«

»Gegen ein paar Urlauber weniger hab ich nichts einzuwenden.«

»Vielleicht hätte es aber auch den gegenteiligen Effekt. Willst du die Verantwortung dafür übernehmen?«

Der Mediziner warf Sundby einen missbilligenden Blick zu. »Fünf Minuten.«

In dem riesig wirkenden Krankenbett verschwand der kleine Körper fast. Leichenblass zeichnete sich die Kontur eines ovalen Gesichtes mit spitzer Nase zwischen den antiseptisch-weißen Kissen ab. Aus Flaschen, die an Gestellen oberhalb des Kopfes angebracht waren, tropfte Flüssigkeit über transparente Plastikschläuche in Venenkanülen auf beiden Handrücken des Kindes. Breite dunkle Schatten umgaben die halb geschlossenen Augen.

Sundby brauchte keinerlei Fantasie, um zu ermessen, was in der schmalen jungen Frau vorging, die still neben dem Bett saß. Als sie sich ihm zuwandte, schimmerten Tränen in ihren Augen.

»Er ist ein guter Junge«, flüsterte sie. »Sein Vater arbeitet in der Fischfabrik. Er hat ihm alles beigebracht, was man über die Küste wissen muss. In jeder freien Minute war er mit ihm am Wasser. Aber Per-Olaf hat sich immer nur für eines interessiert – Politiet i Norge beizutreten ...« Sie entnahm ihrer Handtasche eine Packung Papiertaschentücher und putzte sich die Nase.

Sundby warf einen Blick aus dem Fenster, wo Nebelschwaden ein silbrig glänzendes Licht erzeugten.

»Das wird er auch«, sagte er. »Ich bin sicher, er wird ein guter Polizist werden. Niemand macht dir oder deinem Mann einen Vorwurf.«

»Was ist ihm passiert? Die Ärzte wollen mir nichts sagen.«

»Die Ärzte *können* noch nichts sagen. Die Behörden tun alles Menschenmögliche, um die Sache schnell aufzuklären. Wissenschaftler aus Tromsø sind schon auf dem Weg hierher. Sie werden jeden Zentimeter der Küste absuchen und analysieren. Es wurden auch schon Blutproben von Per-Olaf zur Untersuchung eingeschickt. Bald wissen wir mehr. Und bis dahin gilt ein striktes Verbot, sich ins Wasser zu begeben. Für die Stadt und darüber hinaus. Darf ich kurz mit deinem Sohn sprechen?«

Die Frau nickte und stand auf, sodass Sundby sich dem Jungen nähern konnte.

Eine Stunde später, zurück im Holmen, wusste er allerdings immer noch nicht mehr. Der Junge war völlig verängstigt und zudem sediert, er hatte von allem, was passiert war, kaum etwas mitbekommen und im Wasser weder irgendetwas gespürt noch gesehen. Also hatte Sundby ihn nicht länger gequält, sondern war auf dem Rückweg noch in dem provisorisch eingerichteten Feldlabor nahe der Unglücksstelle vorbeigegangen, wo bereits die ersten Wasserproben ausgewertet wurden. Doch auch hier hatte man ihm nichts wirklich Neues berichten können, da die Fachleute vom Framsenteret noch nicht eingetroffen waren.

Nach einem Nachmittag mit weiteren unangenehmen Fotos und einem deutlich angenehmeren Imbiss mit Arne Persson am Hafen schaute Sundby zum zweiten Mal an diesem Tag durch die dreifache Acrylverglasung eines Flugzeugfensters. Er hatte zwar das Gefühl, nicht viel mehr als psychologische Unterstützung geleistet zu haben, doch man hatte vereinbart, in engem Austausch zu bleiben. Pressemitteilungen würden sich vorerst auf das absolut Notwendige beschränken. Was den leitenden Beamten vor Ort betraf, fand Sundby seinen ersten Eindruck vom Vortag bestätigt. Arne Persson war keineswegs der Typ, der zu unbegründeter Hysterie neigte.

Tromsø

Es war ein langer Mittwoch gewesen, und er war noch nicht vorbei. Simen Sundby blickte auf den Stakkevollvegen hinunter. Es regnete nicht mehr. Die Luft war glasklar, und die beginnende Mitternachtssonne verströmte milchiges Licht wie in einer Vollmondnacht.

Vor Sundbys Schreibtisch hatte Mikael Holt lässig die langen Beine unter seinem modischen Long Trench übereinandergeschlagen. Wie so oft waren sie abgesehen von der Nachtschicht und den Putztrupps die Letzten im Gebäude. Ab und zu hatte Simen sich schon gefragt, wie es wäre, wenn Mikael nicht zu seiner Gruppe gehören würde, jedoch sprengte dieser Gedanke regelmäßig sein Vorstellungsvermögen. Mikael *war* die Gruppe. Und das nicht nur, weil sie nun schon fast zwanzig gemeinsame Jahre auf dem Buckel hatten. Meine Güte – so lange schon?, dachte Sundby nicht zum ersten Mal. Mit seiner cholerisch-aufbrausenden Art war der hünenhafte Narviker das exakte Gegenteil von ihm selbst. Aber es bestand kein Zweifel daran, dass es in gesamt Nord-Norge – ach was, in ganz Norwegen! – keinen fähigeren Polizisten gab. Und das, obwohl ... Rasch schob Sundby den Gedanken beiseite. Es war nicht der Moment, um abzuschweifen. Er drehte sich um und sah in Mikaels ernstes Gesicht.

»Seltsame Geschichte«, kommentierte dieser Sundbys Zusammenfassung seines Tagesausflugs nach Honningsvåg.

»Offiziell sind wir nicht an der Ermittlung beteiligt, aber es kann nicht schaden, wenn wir die Sache im Blick behalten.«

»Zumal sich das Framsenteret gerade mal zwei Kilometer Luftlinie von uns hier entfernt befindet. Du hast gesagt, sie haben die wissenschaftliche Leitung übernommen?«

»Zumindest unterstützen sie die örtlichen Behörden.«

Mikael grinste verhalten. »Ich bezweifle allerdings, dass sie Piranhas finden werden. Sicher gibt es eine völlig harmlose Erklärung für das Ganze.«

Sundby nahm hinter seinem Schreibtisch Platz und schichtete ein paar Aktenordner um. »Ja ...«, sagte er gedehnt, »... wahrscheinlich.« Und nach einer Pause: »Wo liegt dein Schwerpunkt nach dem Tønsvik-Fall?«

»Ist noch nichts Konkretes bisher. Aber Stipe von der Wirtschaft hat mir gesteckt, dass wir hier oben hochrangigen Besuch bekommen.«

Sundby zog die Augenbrauen hoch.

»Ein gewisser Aksel Strand aus Stavanger beabsichtigt, in großem Stil in der Finnmark in Neubauprojekte zu investieren.«

»Das ist, soweit ich weiß, kein Straftatbestand.«

»Weißt du, wer Aksel Strand ist?«

»Ein Investor?«

»Eher jemand, der zu viel schmuddeliges Geld auf der Seite hat. Wo auch immer die Dinge unappetitlich werden, ist er bestimmt nicht weit. Meistens haarscharf innerhalb der Grauzonen der Legalität. Ist bestens vernetzt in höchste Kreise.«

»Okay. Aber solange er dabei niemanden umbringt, fällt das nicht in unser Ressort.«

»Wie viele Leute von der stahlmantelumhüllten Ware, die er so auf seiner Angebotsliste hat, schon umgebracht worden sind, will ich lieber gar nicht wissen.«

»Verstehe. Bleib meinetwegen mit Stipe in Kontakt und halt mich auf dem Laufenden. Aber sei zur Abwechslung mal ein bisschen diskret, bitte. Wersín braucht nicht noch mehr Gründe, um uns auf dem Kieker zu haben.«

Die Aufklärungsquote der Sundby-Gruppe sprach für sich. Die unorthodoxen Methoden und Alleingänge ihrer Mitglieder allerdings auch, was mit verlässlicher Regelmäßigkeit zu Unstimmigkeiten mit dem amtierenden Polizeidirektor führte.

Mikaels Grinsen wurde eine Spur breiter. »Apropos diskret – was eine bestimmte Art diskreter Backgroundrecherchen betrifft, könnten Jonna und ich …«

Es war nicht das erste Gespräch zu diesem Thema. Anfang des Jahres war der Experte für Technik, IT-Forensik und Datenrekonstruktion einem Ruf in die USA gefolgt. Die Suche nach einem adäquaten Ersatz gestaltete sich schwierig, da der Kandidat neben seiner beruflichen Expertise auch gewisse menschliche Qualitäten aufweisen musste, um die sensible Balance innerhalb der Gruppe nicht aus dem Gleichgewicht zu bringen – ein Problem, das in der Vergangenheit mehr als einmal aufgetreten war. Daher hatte Sundby diese Angelegenheit auf der Prioritätenliste vorerst auf die hinteren Plätze verschoben. Er selbst hatte es zwar nicht so sehr mit den neuen Technologien, aber Jonna und Mikael machten auch in diesem Bereich einen guten Job – entsprechend viele Überstunden allerdings auch.

Beschwichtigend hob er die Hände. »Ich weiß, ich weiß. Ich kümmere mich darum.«

Holt stand auf.

»Mikael?«

Mikael Holt hielt inne und sah seinen Freund und Chef fragend an.

»Wie geht's dir?«

»Es geht mir gut.«

»Kann ich mich darauf verlassen?«

»Kannst du.« Damit rauschte er mit wehendem Trenchcoat und seinen langen, dynamischen Schritten, die ihn zuweilen fast schwebend wirken ließen und flüchtenden Verdächtigen in der Regel nicht den Hauch einer Chance ließen, aus dem Raum.

Simen Sundby blickte ihm nach. Dann streifte er sich den warmen Parka über, den Lena ihm im vergangenen Jahr zu seiner Beförderung zum Kriminaloberrat geschenkt hatte. Der künftige Tromsøer Polizeidirektor könne schließlich nicht wie ein Gammler herumlaufen, hatte sie gesagt, obwohl das natürlich maßlos übertrieben war – in jeder Hinsicht.

Stavanger/Oslo

Es hatte aufgehört zu regnen. Aksel Strand legte die tropfenden Blumen auf der immergrünen Bepflanzung ab und trat einen Schritt zurück. Der matschige Lehmboden gab ein schmatzendes Geräusch von sich, unwillkürlich zuckte Strand zusammen. Er warf einen raschen Blick über die Schulter den Weg entlang, den er vor wenigen Minuten benutzt hatte, vom Eingang an der Theodor Dahls gate kommend. Im ersten Morgenlicht verschwimmende Schatten warfen skurrile Muster auf den hellgrauen Grund. Fahrig griff Strand nach seiner Brille. Dort, auf der rechten Seite, knapp Hundert Meter hinter ihm – war das nicht eine menschliche Silhouette, die sich hinter dem kräftigen Baumstamm verbarg? Er spürte, wie sich kleine Schweißperlen an seinem schütteren Haaransatz bildeten und über seine regennassen Schläfen rannen. Er fasste in die Manteltasche, zog ein Stofftaschentuch heraus, wischte sich damit übers Gesicht und zwang sich, mehrmals tief durchzuatmen. Dann wandte er sich wieder dem Grabstein zu, vor dem er stand.

Er war allein. Niemand war hier außer Malin. Wann hatte er eigentlich aufgehört, nach dem Warum zu fragen, wenn er ihr den üblichen Strauß gelber Nelken brachte, ihre Lieblingsblumen, eine für jedes Lebensjahr? Vierundzwanzig waren es jetzt. Am Anfang waren sie noch zusammen hergekommen, Nora und er. Aber bald schon gingen sie getrennt, und dann kam Nora überhaupt nicht mehr. Sie hatten nie darüber gesprochen, doch er wusste, dass sie den Schmerz nie würde ertragen können und dass sie, vielleicht um überhaupt weiterleben zu können, in ihrem tiefsten Inneren ihm die Schuld gab. Es war das entscheidende winzige bisschen erträglicher, als sich einzugestehen, dass niemand Schuld daran trug. Auch Malin nicht, die an einem sonnigen Maimorgen, fast auf den Tag genau vor fünf Jahren, entschieden hatte, nicht mehr bei ihnen sein zu wollen.

Seither war es still geworden in dem weiß getünchten Holzhaus im Bruvikveien in Kristianslyst – ein Filetstück mit Blick auf den Gandsfjorden und Noras Traum, den er unter Aufbietung seiner besten Beziehungen zur Stadtverwaltung realisiert hatte. Zu still. Nora schlief Tag und Nacht, er dagegen überhaupt nicht mehr. Reflexartig angelte Strand eine kleine Dose aus der Tasche, öffnete sie und schluckte zwei Tabletten ohne Wasser, obwohl die Tranquilizer ihre Wirkung längst eingebüßt hatten. Ein wenig schien der Druck dennoch nachzulassen – für kurze Zeit.

Als er eine Stunde später, einen dünnen, schlecht schmeckenden Kaffee im Plastikbecher vor sich, durch das Fenster der Boeing 737 MAX 8 der Norwegian Air Shuttle auf die zähe, an ein überreifes Baumwollfeld erinnernde Wolkenmasse blickte, war er in Gedanken noch immer bei seiner Tochter. Er dachte nicht an das Gespräch mit dem neuen Energieminister Morten Kolberg, das er unmittelbar nach seiner Ankunft in Oslo führen würde, auch nicht an Bent Wallström oder den Tod von Elias Várri. Die Schuldfrage stellte er sich schon lange nicht mehr, es führte zu nichts. Das Leben war hart und kannte nur Gewinner oder Verlierer, und er hatte früh entschieden, auf welcher Seite er stehen wollte. Malin – das war etwas anderes. Etwas, das nicht eingeplant gewesen war, eine inakzeptable Kränkung wie das beginnende Alter und die nachlassende Körperkraft.

Aksel Strand war gebürtiger Stavanger. Als Kind hatte er die dramatische Metamorphose seiner Stadt vom beschaulichen Fischerei- und Verwaltungszentrum zur Ölhauptstadt des Landes miterlebt, nachdem vor der Küste gewaltige Ölvorkommen entdeckt worden waren und sich der halbstaatliche Monopolist Statoil hier niederließ. Eine Erfahrung, die noch deutlich einschneidender wurde, als sein Vater beschloss, die Fischfabrik gegen die erste, eilig hochgezogene Bohrinsel zu tauschen, zum Entsetzen seiner Mutter, die sich fortan unter Valium in den Schlaf weinte. Die finanziellen Auswirkungen dieses Wechsels waren ebenso dramatisch gewesen und hatten dazu geführt, dass die kleine Familie nach kurzer Zeit ein neues Haus im Bezirk Eiganes og Våland in unmittelbarer Nähe des Sees Mosvatnet bezog. Die häufige Abwesenheit des Vaters bescherte dem Heranwachsenden ungeahnte Freiheiten, die er auszunutzen verstand. Einen weiteren drastischen Einschnitt stellte die Havarie der Bohrinsel Alexander Kielland dar, die im März 1980, knapp zwei Wochen vor Aksels vierzehntem Geburtstag, unter tragischen Umständen hundertdreiundzwanzig Männer in den eisigen Nordseetod riss, darunter Aksels Vater. Nun, da die Abwesenheit des Vaters endgültig war und die Mutter sich ihrer Depression ergab, war für ihn klar gewesen, dass die Kindheit zu Ende war. Er hatte schnell gelernt, worauf es ankam: Was zählte, waren Geld und Macht, denn nur die Stärksten überlebten.

Nachdem es ihn zu langweilen begonnen hatte, gefälschte Adidas-Turnschuhe zu überhöhten Preisen an seine Mitschüler zu verhökern – womit er ein stattliches Sümmchen angehäuft hatte, das er in eine Beteiligung an einem Stavanger Szenecafé reinvestierte –, liebte er es, stundenlang mit dem Fernglas am stürmischen Ufer zu stehen und die Militärmanöver vor der Küste zu beobachten. Der Kalte Krieg hatte gerade wieder an Schärfe zugenommen, und die Angst vor einer sowjetischen Invasion von der Seeseite her war zum nationalen Trauma geworden. Daher wurden verstärkt neuartige Raketen getestet, die mittels Infrarottechnik selbststeuernd von Schiffen eingesetzt werden konnten und später innerhalb der NATO zum Exportschlager wurden. Aksel Strand entwickelte eine regelrechte Manie für die Streitkräfte, deren operative Zentrale sich zu dieser Zeit noch in Stavanger befand, bevor sie 2009 nach Reitan bei Bodø im Norden des Landes verlegt wurde. Seine eigene militärische Laufbahn scheiterte jedoch an den mangelhaft ausgeprägten physischen Voraussetzungen und seinem unüberwindbaren Widerwillen, Befehle jedweder Art entgegenzunehmen und auszuführen. Ganz offensichtlich war es ihm bestimmt, selbst die Fäden des Geschehens in der Hand zu halten.

Aksel Strand würgte den Rest seines mittlerweile erkalteten Plastikkaffees hinunter, bevor die Maschine zum Landeanflug auf Gardermoen ansetzte. Waffen, die Verteidigung des Landes, internationale Konflikte – in den entspannungsberauschten Neunzigerjahren hatte es fast den Anschein gehabt, als wären die Themen, denen er sein Leben gewidmet hatte, aus der Zeit gefallen, doch inzwischen hatte sich der Wind abermals spürbar gedreht. Weltweit griffen unberechenbare Despoten nach der Macht, und das Klima wurde rauer. Unbestreitbar war dies nicht die Zeit für weichgespülte Utopisten wie Elias Várri, auch wenn Strand gegen ihn persönlich nie etwas gehabt hatte. Es war vielmehr eine Frage der Balance. Wenn ein relativ kleines und bevölkerungsarmes Land wie Norwegen sich in diesem globalen Überlebenskampf behaupten wollte, kam es auf Männer wie ihn an. Männer, die in der Lage waren, ein Projekt wie *Sektion 42* aus der Taufe zu heben.

Das Verwaltungsgebäude, das unter anderem das Olje- og energidepartementet beherbergte, war ein moderner, mehrstöckiger Gebäudekomplex mit einer ansprechenden Fassade aus Glas, weißen Kacheln und hellem Granit. Es befand sich in der Akersgata, zwei Querstraßen vom Stortinggebäude entfernt. Aksel Strand passierte die Besucherschleuse und betrat den Aufzug, wo er im Spiegel eilig den Sitz seiner schwarzen Krawatte überprüfte und seine Haare – die wenigen, die ihm noch geblieben waren – zurückstrich.

Im Vorzimmer des Ministeriums empfing ihn Bent Wallström mit hochrotem Kopf. Der junge Mann hatte sich äußerlich dramatisch verändert, seit er vor drei Monaten den begehrten Posten des politischen Beraters übernommen hatte. Die großen Ohrringe und die diversen Piercings um Mund und Nase waren verschwunden, die platinblond gefärbte Mähne war einem kurzen Bürstenschnitt gewichen, und die großflächigen Tattoos wurden von einem hellgrauen Maßanzug verdeckt. Einzig der flackernde Blick und die breiten dunklen Schatten unter den Augen zeugten noch von seiner Vergangenheit, die sich weitgehend in abgedunkelten Kellerräumen abgespielt hatte – vor Computermonitoren, über die grüne Zahlenreihen pulsierten.

Als Strand den Raum betrat, sprang er auf.

»Aksel! Was um alles in der Welt ...«, begann er, doch Strand gebot ihm mit einer energischen Geste zu schweigen.

»Ganz ruhig. Niemand wollte, dass so etwas passiert. Aber es ist nun mal passiert, und jetzt müssen wir eben damit fertigwerden.«

»Damit fertigwerden? Ein Mensch ist gestorben! Und ich bin wahrscheinlich derjenige, der ...«

»Tut mir leid, dass ich dir das sagen muss, aber wer die Hitze nicht verträgt, hat in der Küche nichts verloren. Dein Job ist es, diese Geschichte so zu verkaufen, dass sie keinem schadet. Weder uns noch der Partei.«

Eines der besonderen Talente, derer sich Strand rühmen konnte, war sein untrügliches Gespür für Menschen. Vielleicht hatte er es entwickelt, weil er zu früh erwachsen geworden war und zu früh angefangen hatte, sich auf gefährliche Geschäfte einzulassen. Mehr als einmal hatte ihn diese Fähigkeit vor größeren Schwierigkeiten bewahrt. Und er hatte von Anfang an gewusst, dass Bent Wallström eine gute Investition war. Wallström war im Zuge seiner autodidaktischen Ausbildung im IT-Sicherheitsbereich an verbotene Orte gelangt. Und weil jeder Mensch, egal wie begabt und vorsichtig er auch sein mag, irgendwann einmal einen Fehler macht, war das FOH schließlich auf seine Aktivitäten aufmerksam geworden. Eigentlich war es purer Zufall gewesen, dass Strand sich zu diesem Zeitpunkt gerade in Reitan befand, aber im Bruchteil einer Sekunde hatte er gewusst, dass dieses junge Talent keinesfalls an die Justiz verschwendet werden durfte. Also hatte Strand seine Beziehungen spielen lassen, kleine Anpassungen an Wallströms Lebenslauf vorgenommen und ihm den Schlüssel zu einer Position in die Hand gelegt, die seinen Fähigkeiten entsprach. Die Tür musste er allerdings selbst aufschließen. Für Strand war die Sache mit einer gewissen Genugtuung verbunden gewesen, nachdem zuvor alle seine Versuche gescheitert waren, Elias Várri als Minister zu verhindern – jenen Elias Várri, der sich am vergangenen Freitag nach knapp achtmonatiger Amtszeit das Kleinkaliberprojektil seiner Jagdpistole ins Großhirn gefeuert hatte. An diesem Nachmittag würde er mit staatsmännischen Ehren auf dem Osloer Ostfriedhof seine letzte Ruhe finden, allerdings gegen den erbitterten Widerstand seiner Familie, die verzweifelt versucht hatte, ihn »nach Hause« – nach Sápmi – zu holen und in Kautokeino den Traditionen entsprechend beizusetzen. Doch angesichts der politischen Wellen, die der Fall schlug, hatte der Ministerpräsident es für angebracht gehalten, ein Zeichen zu setzen und sich schließlich durchgesetzt. Dabei ging es natürlich weniger um das Ansehen von Elias Várri als vielmehr um den Machterhalt, denn um nicht von der zahlenmäßig größten Oppositionspartei, den Sozialdemokraten, zu Fall gebracht zu werden, brauchte die konservativ-liberale Minderheitsregierung die Unterstützung der kleineren Parteien sowohl des linken als auch des rechten Spektrums, was ohnehin einer Quadratur des Kreises gleichkam. Hinter verschlossenen Türen war man sich dabei der Tatsache sehr wohl bewusst, dass die Entscheidung gegen die Familie die sich abzeichnenden Unruhen innerhalb der samischen Bevölkerung nicht gerade befrieden würde. Aber wie immer waren auch in diesem Fall die politischen Entscheidungen eine Frage der Prioritäten.

Bent Wallström stand vor Aksel Strand und starrte ihn an. Bevor jedoch einer der beiden die Gelegenheit gehabt hätte, die angespannte Situation aufzulösen, öffnete sich die Tür des Ministerbüros.

Aksel Strand saß dem neuen Energieminister zum ersten Mal unter vier Augen gegenüber. Er hatte sich keine Strategie für das Gespräch zurechtgelegt, für gewöhnlich folgte er seinem Instinkt und ein paar wenigen Grundprinzipien. Das erste Prinzip, das sich in seiner nunmehr fast drei Jahrzehnte währenden parlamentarischen Arbeit bewährt hatte, lautete: Niemals mehr Informationen preisgeben als unbedingt nötig. Die politischen Farben und Akteure wechselten mitunter schneller, als man sich deren Namen merken konnte. Es kam darauf an, trotz der sehr lästigen Gegebenheiten, die eine Demokratie nun einmal mit sich brachte, für eine gewisse Stabilität zu sorgen. Zum Wohle des norwegischen Volkes. Das war, kurz gefasst, das, was er als seinen selbstgegebenen Arbeitsauftrag ansah.

Morten Kolberg begrüßte seinen Gast freundlich-distanziert und bot ihm ein stilgerecht eisgekühltes Glas Aquavit an.

»Ich freue mich, dich als ersten Vertreter der Industrie hier im Ministerium begrüßen zu dürfen«, begann Kolberg das Gespräch mit dem in Skandinavien in allen gesellschaftlichen Bereichen üblichen Du. »Auch wenn dies natürlich ein trauriger Tag ist. Aber das Leben muss ja weitergehen, oder? Jedenfalls hoffe ich, dass unter meiner Führung die Zusammenarbeit mit PolarLys wieder deutlich intensiviert und verbessert wird, nachdem es diesbezüglich zuletzt wohl gewisse ... wie soll ich sagen ... Differenzen gab.«

»Tore Melling wird sich freuen, das zu hören.«

»Sobald die Ermittlungen in dieser unangenehmen und überaus tragischen Geschichte abgeschlossen sind und ich mir der Vertrauenswürdigkeit und Loyalität aller Mitarbeiter sicher bin, werde ich mich in die Projekte einarbeiten, und dann können wir über die entsprechenden Fördermaßnahmen sprechen. Du hast mir Unterlagen mitgebracht?«

Aksel Strand öffnete seinen Aktenkoffer und entnahm ihm einen stattlichen Papierstapel, den er auf den Tisch legte.

Als sie sich eine halbe Stunde später gemeinsam mit den anderen Mitarbeitern des Ministeriums auf den Weg zum Ostfriedhof machten, fühlte er sich entspannter. Es war ein erstes Beschnuppern gewesen, die Duftmarken waren gesetzt – nicht mehr und nicht weniger. Jetzt musste man abwarten, wie sich die Dinge entwickelten, aber die Richtung stimmte.

Die Zeremonie war lang und nervenzehrend wie bei derartigen Anlässen üblich. Zu allem Überfluss begann es, während sie unter den wenig freundlichen Blicken von Elias Várris Familie am offenen Grab standen, auch noch heftig zu regnen. Doch irgendwann war auch das überstanden.

Im Anschluss begab sich der offizielle Teil der Trauergesellschaft ins Regierungsviertel zurück, wo auf dem Dach des Grand Hotels ein Imbiss gereicht wurde. Strand hatte sein Glas gerade zur Hälfte geleert, da nahm Wallström ihn zur Seite.

»Er hat es auf mich abgesehen«, flüsterte er.

Strand schluckte den Rest seines Weißweins. »Wer? Kolberg?«

Bent Wallström nickte.

Strand fixierte ihn mit undurchdringlichem Blick. »Es gibt keine Spuren, richtig? Ich meine, im System?«

Wallström schüttelte den Kopf. »Ich bin ja kein Anfänger. Aber diese Ermittlung ... Kolberg will sich von dem Anschein reinwaschen, er sei mit unlauteren Mitteln in sein Amt gekommen, deshalb fahren sie große Geschütze auf, und falls es ein Bauernopfer geben muss ... Das Sameting hat eine Krisensitzung einberufen ...«

»Vielleicht wird es ein Bauernopfer geben. Sehr wahrscheinlich sogar, schon allein, um die aufgepeitschte Stimmung zu beruhigen. Aber du wirst es nicht sein, *wenn du deinen Job machst.* Du bist jetzt derjenige, der den Leuten erzählt, was wahr ist und was nicht – und am besten fängst du so schnell wie möglich damit an!«

Bents Augen verengten sich, und für einen Moment sah er wieder so aus wie damals, bevor Strand ihn ins bürgerliche Leben katapultiert hatte – wie ein Raubtier, das zum Sprung ansetzt.

»Okay, Strand. Ich schulde dir was. Spindoctor im Energieministerium statt Zwangsurlaub auf Bastøy ist keine Kleinigkeit. Aber ich bin auch derjenige, der für dich den Kopf hinhält, vergiss das nicht. Und ich habe wahrscheinlich einen unschuldigen Menschen auf dem Gewissen – das ist verdammt mehr Payload, als sich mal eben im FOH-System umzusehen. Ich denke, damit sind wir mehr als quitt. Glaub nicht, dass ich deine Marionette spiele, nur weil du der erste Lobbyist und Waffenschieber im Reich bist mit besten Beziehungen in die Führungsebene der Streitkräfte.«

Aksel Strand hob den linken Zeigefinger und tippte damit auf Bent Wallströms Brust. »Sieh mal an, du hast Eier. Gefällt mir.«

Donnerstag. Tag 3.

Oslo

Bent Wallström rieb sich die brennenden Augen. Es war vier Uhr morgens, und er hatte die vergangenen sechs Stunden vor dem Computerbildschirm in seinem Kellerappartement in Gamle Oslo verbracht. Das Altstadtzimmer war eng, stickig und lag unmittelbar neben dem riesigen Gleisstrang zur Sentralstasjon, was bewirkte, dass es sich tagsüber und auch einen Großteil der Nacht so anfühlte, als befände er sich in einem Abteil der Norwegischen Staatsbahn.

Jetzt, da er in die etablierten Kreise der Stadt aufgestiegen war, hätte er sich etwas Besseres leisten können. Ein schickes Loft am Frognerpark zum Beispiel oder eines der neuen Penthouses in Bjørvika mit Dachterrasse und Fjordblick. Wahrscheinlich würde er das auch tun, aber es hatte keine Priorität.

Bent öffnete eines der lukenartigen Fenster, die zum Trottoir hinausgingen, sog die frische Nachtluft ein und lauschte auf die kurze Ruhepause zwischen dem letzten Nacht- und dem ersten Frühzug. Immerhin war seine ausgedehnte Reise ins Schattenreich des Netzes, dorthin, wo sich wenige Kreaturen der Dunkelheit verirrten, von beachtlichem Erfolg gekrönt gewesen, sodass er eine ganze Reihe seiner Fragen beantwortet gefunden hatte.

Aksel Strand war mit Sicherheit ein Mann, den man nicht zum Gegner haben wollte, und wenn man mit ihm zu tun hatte, war man gut beraten, informiert zu sein. Das konnte einem leicht den Kopf retten – ganz abgesehen davon, war die Tatsache, die richtigen Informationen zu haben, Teil von Bents neuer Stellenbeschreibung. Und so, wie er es auffasste, reduzierte sich das keineswegs auf die Informationen, die im Ministerium zugänglich waren.

Er schloss das Fenster wieder, füllte ein Glas mit Wasser aus der verkalkten Leitung, setzte sich an den Balkonklapptisch, auf dem er seine drei Laptops aufgebaut hatte, und vertiefte sich in seine Notizen.

Es schien damit angefangen zu haben, dass das unübersichtliche halbstaatliche Unternehmensgeflecht PolarLys in Schieflage geraten war. Hervorgegangen war der Traditionskonzern mit Hauptsitz in Tromsø aus einem schlichten mittelständischen Leuchtmittelfachbetrieb. In den Sechziger- und Siebzigerjahren hatten sie Leuchtstoffröhren auf Quecksilberbasis hergestellt. Dann war der ursprünglich gute Name jedoch wegen diverser Umweltsünden in Misskredit geraten. Es hieß, sie hätten quecksilberhaltige Abwässer an der Küste ins Meer geleitet, was zu einem gewaltigen Fisch- und Vogelsterben führte, das sich vom Grindøysundet Naturschutzgebiet bis zu den Lofoten ausbreitete. Die Kabeljaubestände gingen dramatisch zurück, und was dennoch gefangen wurde, war so stark belastet, dass es eher auf die Sondermülldeponie als auf den Teller gehörte. Es war eine schmutzige Geschichte, die nicht besser wurde durch die Tatsache, dass man alles unter den Tisch zu kehren versuchte. Konservative Kreise deckten die Machenschaften, und es wurde weder korrekt untersucht und aufgeklärt, noch wurden die Verantwortlichen zur Rechenschaft gezogen. Immerhin stellte die Firma die Produktion um und nahm Abstand von der Quecksilbertechnologie. Stattdessen konzentrierte man sich dann in den Achtzigerjahren auf die damals gerade angesagte Radionuklidtechnik, insbesondere Gaseous Tritium Light Sources, kurz GTLS – Tritiumgaslichtquellen. Das war zwar nicht ökologischer, dafür aber hip und lukrativ. Man pflegte gute Verbindungen zu den norwegischen Streitkräften und baute den Nebenzweig weiter aus, der sich mit Militärtechnologie, Wartungsdiensten und technischen Dienstleistungen aller Art befasste. Tritiumtechnologie kam unter anderem in militärischen Zielfernrohren zum Einsatz. Ein undurchsichtiges Geflecht von Tochterunternehmen entstand ...

Bent blickte vom Bildschirm auf und starrte ins Leere. Einen Teil der Geschichte kannte er bereits. Vor dreizehn Jahren, als idealistischer Soziologiestudent, hatte er einer Gruppe angehört, deren Mitglieder in ihrem jugendlichen Größenwahn geglaubt hatten, sie könnten mit ein bisschen technischem Know-how die Welt verbessern. Als das Skandieren von »A-Anti-Antikapitalista« nicht mehr ausgereicht hatte, war man zu dem Versuch übergegangen, eine neue Form der Transparenz herzustellen. Die Öffentlichkeit sollte erfahren, was die etablierten Medien teils aus Unkenntnis, teils aus Opportunismus verschwiegen. Es war eine geniale Idee, die lange vorher von anderen angedacht worden war und etwa zeitgleich von einem deutlich kompromissloseren Australier verwirklicht wurde – mit globalem Impact. Ihre eigene Version scheiterte letztlich an so banalen Realitäten wie menschlichen Schwächen und materiellen Zwängen. Das von Polar-Lys verursachte Umweltverbrechen der Gerechtigkeit zuzuführen, stand auf der Liste der gescheiterten Aktionen der

Gruppierung, die sich Verdigheten – Würde – nannte. Deutlich erfolgreicher war man dagegen bei dem Versuch gewesen, die samische Bevölkerung in ihrem Kampf um Gleichberechtigung zu unterstützen. Man hatte daraufhin den Kampf gegen den Tiefen Staat aufgegeben, Unternehmen wie PolarLys konnten weiterhin ihre von der Politik gedeckten, mehr oder weniger anrüchigen Geschäfte abwickeln, und die desillusionierte Gruppe hatte sich wenig später aufgelöst. Doch all das war lange her. Bent versuchte, die nostalgischen Gedanken abzuschütteln und sich auf die Fakten zu konzentrieren, die nun vor ihm lagen.

Je tiefer er sich in das Material einarbeitete, desto mehr verdichtete sich sein Eindruck, dass sich der Konzern mit der Zeit in zwei Teile aufgespalten hatte. Einen legalen Bereich, der sich mit viel PR-Aufwand ein positives Image verschaffte, und einen Schattenbereich, der für die schmutzigen Deals in der Grauzone zuständig war. Aber es gelang dem Management, damit weitgehend unter dem Radar zu bleiben. Schwierig wurde es dann, als Japan um die Jahrtausendwende mehr und mehr mit ungiftigen Luminosa-Produkten auf die Märkte drängte und die Firma tief in die roten Zahlen geriet. Es zeichnete sich ab, dass die Tritiumtechnologie, in die man sehr viel investiert hatte, nicht zukunftsfähig war.

Leise pfiff Bent durch die Zähne. »Ich wette, ihr Jungs habt auch ganz kräftig Steuern hinterzogen«, murmelte er.

Dann kam die internationale Bankenkrise, die die Situation verschärfte. In diesen Jahren tauchte erstmals der Name Viridi Technologies auf, eine hundertprozentige Tochter von PolarLys, federführend aus der Taufe gehoben von dem charismatischen Konzernvorstand Tore Melling, der den neuen Bereich in die Hand seines Vertrauten Matias Grønn legte.

Fieberhaft forschte er weiter. Offensichtlich hatte Melling verzweifelt versucht, eine Strategie zu entwickeln, wie er das Unternehmen ins neue Jahrtausend retten konnte. Daher wurde Viridi quasi als Software-Arm aus dem Boden gestampft – eine Kaderschmiede mit Schwerpunkt auf Big-Data-Analysen, Überwachungsinstrumenten und virtuellen Angriffstools.

Ihr habt euch also euren hauseigenen Hackertrupp gezüchtet …, dachte er.

Man musste Tore Melling zugestehen, dass er einige Dinge früher verstanden zu haben schien als andere. In den Jahren zuvor hatte er versucht, im Öl- und Gasgeschäft einen Fuß in die Tür zu bekommen, relativ erfolglos allerdings. Der Bereich wurde von Statoil dominiert, und die Cashflow-Situation erlaubte keine größeren Investitionen. Trotzdem war man mit den Branchengrößen offenbar gut vernetzt und partizipierte als Zulieferer am Aufbau des LNG-Terminals auf Melkøya vor Hammerfest.

Es dauerte eine Weile, bis Bent die Rolle, die Aksel Strand bei der Sache spielte, einordnen konnte. Viridi Technologies schien eine Art Schnittstelle zu sein, in der die Fäden zusammenliefen, und Strand hatte augenscheinlich dafür gesorgt, dass die Firmenzentrale ins abgelegene Løding verlegt wurde, ein Dorf vor Bodø, in unmittelbarer Nähe von Reitan, wo sich Hauptsitz und Kommandozentrale der Streitkräfte befanden. Matias Grønn war die kongeniale Besetzung für die Schlüsselposition des CEO beziehungsweise CTO – nach dem Studium am MIT hatte er sich im Silicon Valley und an der Wall Street die Sporen verdient. Einer von der harten Sorte.

Bent nahm einen Schluck Wasser. »Und deinen Namen hast du dem Laden auch gleich aufgedrückt – Viridi!« Er lachte leise und schüttelte den Kopf. »*Grün* sind hier allerhöchstens die Pixel auf den Monitoren!«

Ganz allmählich verdichteten sich die Puzzleteile zu einem Bild. Strand hatte kräftig lobbyiert, um PolarLys die staatlichen Fördermittel zu verschaffen, die Melling so dringend brauchte. Dabei war ihm allerdings der gerade frisch berufene Energieminister Elias Várri ins Gehege gekommen. Als Indigener hatte Várri sich prinzipientreu und unnachgiebig gezeigt. Er rückte die Rechte der Sámi wieder in den Vordergrund und versuchte, die Macht der Petro-Industrie – die in Norwegen ausschließlich für den Export produzierte, da der inländische Energiebedarf zu hundert Prozent aus erneuerbaren Quellen gedeckt wurde – zu beschneiden. Eine Gesetzesinitiative gegen die immer weiter fortschreitende Erschließung der riesigen Gasfelder in der Barentssee hatte bereits vorgelegen, als eine unbedachte X-Äußerung seiner Karriere ein jähes Ende bereitete ...

Bent Wallström spürte, wie ihm der Schweiß auf die Stirn trat. Er hatte sich einspannen lassen und würde die Konsequenzen dafür zu tragen haben. Es war weniger der attraktive Job gewesen. Aber die Aussicht, auf unbestimmte Zeit seiner Freiheit und des Zugangs zur virtuellen Welt beraubt zu sein, hatten ihn in Panik versetzt. Aksel Strand kam damals wie gerufen und bot einen schnellen und einfachen Ausweg. Scheinbar. Bent war sich der Tatsache bewusst, dass es noch nie seine Stärke gewesen war, die Auswirkungen seiner Aktivitäten in vollem Umfang abzuschätzen. Aber mit dieser tragischen Entwicklung hatte wirklich niemand rechnen können. Es war offensichtlich, dass Várris Tod auch Strand nicht gelegen kam. Der Plan war lediglich gewesen, dass er zurücktreten und den Platz für Morten Kolberg frei machen sollte, wobei Kolberg selbst noch nicht einmal eingeweiht war. Der Wechsel hätte in aller Stille erfolgen sollen, was nun jedoch, durch die sich abzeichnenden Proteste der Sámi, nicht mehr möglich war.

Bent stand auf und hielt seinen Kopf unter eiskaltes Wasser, als ihm die Tragweite dessen, worauf er sich eingelassen hatte, klar wurde. Dass er alles, wofür Verdigheten einmal gestanden hatte, verraten hatte, und zwar in mehr als nur einer Hinsicht, erschien ihm noch als das kleinste Problem. Welche Rolle genau Forsvaret bei der Sache spielte, hatte er zwar noch nicht ganz verstanden, aber er war im – beachtlich gesicherten – internen Viridi-Netz auf einen Namen gestoßen, der ihn mehr als alles andere beschäftigte.

»Was zum ... ist *Sektion 42*?«, murmelte er, und die Frage begleitete ihn in seinen unruhigen, den kurzen Rest der Nacht andauernden Schlaf.

Hammerfest/Rypefjord

Manche bezeichneten es als Vorort von Hammerfest, was die knapp zweitausend Bewohner jedoch nicht gerne hörten. Südlich des bekannten Nachbarn in einer weiten Bucht der Insel Kvaløya gelegen, bot der kleine Küstenort mit seinem Aussichtshügel Tjuven und den vier nahe gelegenen Seen einen eigenen Charme.

Die Luft war jetzt, am frühen Abend, bei leichtem Wind frühlingshaft, was sich zusätzlich euphorisierend auf ihre ohnehin schon freudig erregte Stimmung auswirkte. Sie hatte ihn wenige Tage zuvor bei einer Clubnacht am Hafen von Hammerfest kennengelernt, und sie hatte sofort gewusst, dass er der Eine war. Dieser Eine, den man genau einmal im Leben trifft und den man nie wieder gehen lassen darf. Sie wusste, sie wollte Kinder mit ihm. Ob es mit gerade einmal neunzehn Jahren für derartige Entscheidungen zu früh war, kam ihr gar nicht in den Sinn. Es bestand kein Grund dazu. Sie wusste es einfach.

Sie trug ein geblümtes Kleid und eine farblich passende Strickjacke, ein wenig zu sommerlich vielleicht, was sie leicht frösteln ließ, doch sie schob es auf die Nervosität. Sie kramte ihren Taschenspiegel aus der Handtasche, überprüfte den perfekten Sitz ihrer neuen Frisur und zog zum x-ten Mal ihre

Lippen mit dunkelrotem Gloss nach. Sie hatten sich in der Nähe des Breidablikk-Sees verabredet, vor dem Rypefjord barnehage, dem Kindergarten, wo sie tagsüber arbeitete. Jetzt waren keine Kinder auf dem Spielplatz. Sie setzte sich auf eine Schaukel und ließ ihren Oberkörper in sanftem Rhythmus hin- und herschwingen.

Das Geräusch des Motorrollers war schon von Weitem zu hören. Dann, endlich, war der Moment da. Er nahm den Helm ab.

»Lass uns schwimmen gehen«, schlug sie vor.

»Ist es dafür nicht noch ein bisschen früh?«

Fast übermütig warf sie das Haar zurück. »Nicht für mich. Komm schon, Seiländer, es ist der perfekte Tag für ein Erfrischungsbad!«

Er hatte ihr erzählt, dass seine Familie von der benachbarten Insel Seiland stammte, jedoch vor einigen Jahren ins Zentrum von Hammerfest gezogen war, da sein Vater einen lukrativen Job auf dem Melkøya-Terminal bekommen hatte.

»Zum See?«, fragte er, während er ihr den zweiten Helm reichte.

Sie setzte ihn auf und bestieg den Sozius. »Nein. Zum Fjord.«

Er wandte sich zu ihr um. »Ernsthaft?«

Sie nickte.

In Wahrheit war sie alles andere als der übermütige Typ. Im Gegenteil. Sie mochte weder Risiken noch Veränderungen und war sicher, den Rest ihres Lebens in Rypefjord oder Hammerfest zu verbringen. In der Schule war sie ein eigenbrötlerisches Mauerblümchen gewesen, und der wenig spektakuläre Job im Kindergarten schien wie maßgeschneidert für sie zu sein. Kein Alkohol, Drogen sowieso nicht und eigentlich auch keine Dates. In dem Club war sie auch nur gelandet, weil ihre Freundin damit gedroht hatte, den gemeinsamen Sommerurlaub platzen zu lassen, wenn sie nicht endlich ihr Schneckenhaus verlasse – was natürlich nicht ernst gemeint war. Erstaunlicherweise waren sie dann doch gemeinsam losgezogen. Wie gewöhnlich hatte sie sich unter den vielen ausgelassenen Menschen aber sofort unwohl gefühlt und nur auf einen passenden Moment zur Flucht gewartet. Bis sie *ihn* sah. Jetzt, wenige Tage später, musste ihre außergewöhnliche Gemütsverfassung wohl mit den biochemischen Veränderungen in ihrem Körper zu tun haben, die unmittelbar nach der Begegnung eingesetzt hatten und die ihre Freundin schelmisch grinsend »ziemlich heftige Verliebtheit« nannte.

Er stellte den Roller am Havneveien ab. Ein paar in leuchtenden Farben gestrichene Ruderboote lagen kieloben im Ufergestrüpp. Etwas weiter draußen ankerten drei kleine Segeljachten. Menschen waren weit und breit nicht zu sehen. Sie stieg vom Sitz, streifte ihre Jacke ab und ließ, ohne zu zögern, das Kleid fallen. Nach ein paar Momenten folgte er ihr ins eiskalte Wasser.

»Du bist völlig verrückt«, rief er lachend, als sie sich rücklings fallen ließ, umdrehte und mit kräftigen Zügen hinausschwamm.

»Komm schon, wenn du dich bewegst, wird dir warm!«

Sie passierten die Hafenmauer sowie einen einsam in der leichten Brise schaukelnden Fischkutter und hielten auf die Halbinsel zu, die die gegenüberliegende Flanke der Bucht bildete und lose vor der offenen See zu treiben schien.

Freitag. Tag 4.

Tromsø

Um die Mittagszeit versammelte sich die Kerngruppe des Ermittlungsteams für schwere Straftaten, die derzeit nur aus Jonna Vinter und Mikael Holt bestand und von Simen Sundby geleitet wurde, in Sundbys Büro.

»Ich wollte euch an dieser Stelle noch einmal ausdrücklich für euren Einsatz in der Tønsvik-Sache danken«, begann Sundby, die Akte in der Hand. »Auch im Namen von Wersín. Wir konnten den Fall glücklicherweise innerhalb kürzester Zeit zu einem erfolgreichen Abschluss bringen. Da diesen herausfordernden beiden Tagen bereits anstrengende Wochen vorangegangen sind und im Moment nichts wirklich Dringendes anliegt, können wir es uns aus meiner Sicht mal leisten, ein paar Überstunden abzufeiern.«

Er blickte in zwei erstaunte Augenpaare, und ihm wurde klar, wie ungewöhnlich ein solcher Satz aus seinem Mund klingen musste.

»Und wen von uns dreien meinst du damit ganz genau?«, ließ sich Mikael vernehmen.

Sundby räusperte sich.

»Natürlich gilt das für jeden in der Gruppe gleichermaßen. Was mich betrifft, ich habe mir für nächste Woche drei Tage freigenommen. Lasse …«

»Ach so, Babypause«, kommentierte Mikael lakonisch. »Ich kann mich da leider nicht anschließen. Hier – gerade reingekommen.«

Er legte den Ausdruck eines Faxes auf den Tisch. Sundby und Jonna beugten sich darüber. Der Inhalt war allerdings wenig aussagekräftig.

Sundby zog die Augenbrauen hoch. »Zwei vermisste Personen in Hammerfest ...«

»Ist doch seltsam, oder? Sie sind ins Wasser gestiegen – und verschwunden.«

»Das geht so aus der Meldung nicht hervor.«

»Ich finde, wir sollten uns das ansehen.«

»Ich weiß, was du meinst. Aber wir müssen uns zurückhalten. Nicht alle Kommunen in der Finnmark sind begeistert, wenn Tromsø sich einmischt. Die Sache in Honningsvåg war etwas anderes. Erstens bin ich von dem zuständigen Beamten vor Ort direkt angesprochen worden, und zweitens haben wir dort etwas Konkretes. Apropos – gibt es schon erste Befunde von unseren Nachbarn vom Framsenteret?«

Mikael schüttelte den Kopf. »Wenig Kooperationsbereitschaft. Vielleicht wissen sie auch wirklich noch nichts. Die Mannschaft dort drüben ist momentan zudem etwas ausgedünnt, weil ihr Flagschiff, die *Fram 21*, sich auf einer Expedition nach Svalbard befindet.«

»Bjørnøya«, korrigierte Jonna. »Und sie sind auch noch nicht weg, sie legen am Sonntagabend ab.«

Die Blicke der beiden Männer wandten sich ihr zu.

»Die Mutter einer Klassenkameradin von Emil ist Laborantin im Institut für Küstenökologie.«

»Sehr gut«, sagte Sundby. »Dann übernimm du das jetzt. Wenn sie etwas wissen, will ich es auf meinem Tisch.

Mikael, gibt es etwas Neues in Sachen ... Wie hieß er noch gleich ...?«

»Aksel Strand?« Mikael verzog die Mundwinkel. »Bei der Wirtschaft zweifelt niemand daran, dass er einiges zu verschleiern hat. Auf recht hohem Niveau allerdings. Bisher ist an seinen Investments formal nichts auszusetzen. Aber das wird sich sicher ändern. Würde mich freuen, ihn an Sør-Norge zurückzuverweisen – möglichst weit weg von uns!«

»Ja, ja. Aber da wir bekanntlich ein freies Land sind, komm bitte erst damit, wenn du wirklich etwas hast.« Simen Sundby legte die Hände auf den Tisch und blickte seine Mitarbeiter abwechselnd an, wie ein Lehrer, der zum Nachsitzen einbestellt. »Also – kann ich euch ein paar Tage allein lassen?«

Mikael grinste spöttisch. Jonna lächelte ihr einnehmendes Jonna-Vinter-Lächeln, und Sundby empfand einen kleinen Stich in der Herzgegend. Aber er machte den Stress der vergangenen Wochen dafür verantwortlich.

Alta

Der Altafjord wurde von der Abendsonne in gleißendes Licht getaucht. Es war derselbe orangeglühende Schein, der die ganze Nacht über filigrane Dunstschleier am Firmament reflektieren würde, in dieser Nacht und in fünfzig weiteren Nächten, bevor der kommende Jahreszeitenwechsel ihn vorübergehend zum Erlöschen bringen würde – so, wie es schon gewesen war, als frühe Nordmänner Zeichnungen in den Fels ritzten, einen Steinwurf entfernt nur, und ebenso für die Ewigkeit bestimmt.

Kjell Andresen hielt einen Augenblick inne, den Blick zurück auf die offene See gerichtet, atemlos angesichts der Magie der Natur, die sich jeder Beschreibung entzog. Es war eine Atemlosigkeit, die ihn begleitete, seit er ein kleiner Junge gewesen war, Jahrzehnte bevor ihn eine völlig andere Art von Atemlosigkeit ans Sauerstoffgerät zwang. In Momenten wie diesem spielte das jedoch keine Rolle. Es waren diese Minuten von überirdischer, fast transzendenter Qualität, die ihn dazu brachten, seinen Körper wieder und wieder zu bezwingen, die ihm die Gewissheit gaben, dass alles, was genau hier, genau jetzt *war*, seine unbedingte Richtigkeit hatte, und dass es nichts und niemanden gab, der jemals daran zweifeln konnte. Dann schöpfte er wieder Kraft, um seiner Lunge den nächsten Atemzug abzuringen und den übernächsten und einen weiteren.

Von flachen Wellen bewegt, trieb die kleine Jolle eine Zeit lang dahin, bis Kjell die Kraft für eine erneute Wende fand und das Boot an den Anlegeplatz vor dem Haus lenkte. Nachdem er die *Catherine* sicher vertäut hatte, stieg er die paar morschen Stufen hinauf, die vom Steg zum Eingang führten, und öffnete die Tür des einstöckigen Holzhäuschens, die niemals abgeschlossen war und direkt in den größten Raum führte. Es gab noch zwei weitere Zimmer, die Kjell seit damals jedoch nicht mehr benutzte. Er blickte aus dem Fenster auf der Küchenseite, aus dem man schemenhaft die Spitze der alten weißen Dorfkirche erkennen konnte, das einzige Gebäude, das der vollständigen Zerstörung durch die deutschen »Besucher« im November 1944 getrotzt hatte. Sein Haus befand sich knapp zwei Kilometer entfernt, am westlichen Rand der Gemeinde, auf dem Gebiet der Verwaltungseinheit Bossekop – Kjell bevorzugte allerdings den nordsamischen Ursprungsnamen Bossukopi –, was Walbucht bedeutete. Erst zur Jahrtausendwende war der Ort mit den beiden östlich gelegenen Bezirken Bukta und Elvebakken zur Stadt Alta verschmolzen worden.

Inzwischen ragte im Ortskern der titanplattenverkleidete, spiralförmig gewundene Turm der Nordlichtkathedrale empor. Kjell hatte der auffälligen postmodernen Architektur nie viel abgewinnen können.

Cai Nygard, der in diesem Moment auf der überdachten Loggia seiner Wohnung im Markveien unweit der Abzweigung zum Alta-Campus der Arktischen Universität Tromsø stand und sich eine Zigarette anzündete, hingegen schon.

Cai wohnte noch nicht lange hier, und der Abschied von seiner bescheidenen Holzhütte an der Urnesbukta war ihm nicht leichtgefallen. Doch mittlerweile hatte er den Komfort, den ihm das geräumige, zentrumsnahe Appartement im Obergeschoss eines zweistöckigen Neubaukomplexes aus hellbraunem Backstein bot, zu schätzen gelernt, und er bereute seine Entscheidung nicht. Obwohl er nur mit einem Jogginganzug bekleidet war, fror er nicht, sondern genoss die herbe, salzgetränkte Luft dieses polaren Frühsommerabends.

Nachdenklich ließ er den Blick schweifen. Drüben, auf der anderen Seite des kleinen Ortskerns etwa einen Kilometer entfernt, lag Bossekop, wo einst sein bester Freund mit seiner Familie gewohnt hatte. Eric Andresen war vier Jahre jünger als Cai, und aus einem seltsamen, unerklärlichen Grund hatte Cai immer eine Art jüngeren Bruder in ihm gesehen und ihm so manche Tracht Prügel erspart, die ihm aufgrund seiner Herkunft von der unerbittlichen Dorfbande gedroht hätte. Eine samische Großmutter und eine französische Mutter, noch dazu eine bildende Künstlerin, war wohl einfach zu viel Exotik für die meisten Kinder an einem abgelegenen Ort wie diesem. Sicher war es mehr gewesen, was sie verband, als das in Norwegen eher unübliche »c« im Namen. Eric war ein Außenseiter, genauso wie Cai, der bereits lange vor der Pubertät gespürt hatte, dass auch er irgendwie anders war. Worin genau dieses Anderssein bei ihm bestand, hatte er gleichwohl erst Jahre später herausgefunden. Aus der Zweckgemeinschaft war rasch eine innige Freundschaft entstanden, und der schicksalhafte Tag, an dem sie ebenso plötzlich wie unwiderruflich auseinandergerissen wurden, hatte Spuren hinterlassen. Wie viel schockierender der Einschnitt für Eric gewesen sein musste, wollte Cai sich lieber nicht ausmalen.

Er drückte die Zigarette in dem großen Glasaschenbecher aus, der auf dem Balkontisch stand. Während ein Teil der Asche von der nächsten Windböe in die Luft gewirbelt wurde, ging er ins Zimmer, schloss die Tür und kehrte zu seinem Debian-getunten siebzehn Zoll Acer Predator zurück.

Cai Nygard hätte sich selbst auf keinen Fall als Hacker bezeichnet. Er war Wirtschaftsinformatiker und hielt sich in seinem tiefsten Inneren für eher bodenständig und solide, auch wenn sein bewegtes Leben darauf nicht in jeder Phase hätte schließen lassen. Vor einigen Jahren hatte er die gut bezahlte Festanstellung beim regionalen Ableger der norwegischen Wohnungsbaugesellschaft angenommen, wo er aktuell damit betraut war, das gesamte Vertragsverwaltungsmanagement auf Blockchain-Technologie umzustellen. Damals hatte er geglaubt, endgültig im bürgerlichen Leben angekommen zu sein, und diese Tatsache hatte ihn mit einer gewissen gesättigten Zufriedenheit erfüllt.

Früher, während des Studiums, hatte man sich natürlich die Netze von innen angesehen und mit der Szene sympathisiert, doch war Cai immer eher ein Beobachter gewesen, stets darauf bedacht, nicht zu sehr in die Schusslinie zu geraten. Ganz im Gegensatz zu seinem Kommilitonen Bent Wallström, vor dem buchstäblich kein System sicher gewesen war. Es hatte dann auch nicht lange gedauert, bis Bent sich mit seinen Aktivitäten in ernste Schwierigkeiten gebracht hatte. Bent und Cai waren nicht wirklich eng befreundet gewesen, dafür waren die Monate, die sie beide in der Hauptstadt studiert hatten, zu kurz gewesen. Aber sie hatten gemeinsam die Aktivistengruppierung Verdigheten ins Leben gerufen. Auch politisch war Bent immer der Radikalere von ihnen gewesen, ob es nun um den Kampf gegen skrupellose Profiteure ging oder darum, der samischen Bevölkerungsminderheit zur uneingeschränkten Gleichstellung zu verhelfen. Deshalb hatte Cai es zunächst auch für einen schlechten Scherz gehalten, als er unlängst in den Nachrichten gehört hatte, dass es derselbe Bent zwischenzeitlich zum Spindoctor gebracht hatte – ausgerechnet im erzkonservativ geführten Öl- und Energieministerium! Andererseits hatte Bent es schon damals geliebt, sich immer wieder neu zu erfinden. Cai fragte sich, ob Bent sich nach der für alle Beteiligten schmerzlichen Auflösung von Verdigheten möglicherweise in einem zweiten Anlauf für den langen und mühsamen Marsch durch die Institutionen entschieden hatte. Doch da sie sich längst aus den Augen verloren hatten, machte er sich nicht allzu viele Gedanken darüber, vergaß die Sache wieder und kehrte zu seinem angenehm routinierten Alltag zurück.

Die Erinnerungen an die politisch aktive Zeit waren angesichts der aktuellen Sámi-Proteste kurz wiederaufgeflammt, und für einen Moment hatte er sogar erwogen, Kontakt mit Erics Vater Kjell Andresen aufzunehmen, der noch immer drüben in Bossekop wohnte, doch er hatte den Gedanken schnell wieder verworfen. Zu viel Zeit war vergangen, die Verbindungen waren zu lange abgerissen, wie es eben so war. Doch nun brachen die abgeschlossen geglaubten Jahre mit Wucht wieder hervor, ohne dass er es gewollt hätte.

Nach dem Studium hatte Cai eine Zeit lang für die Stahl-Syberg AS gearbeitet, die ein Jahrzehnt zuvor gemeinsam mit dem Sicherheitsdienstleister Hafslund Security maßgeblich an der Entwicklung des ausgeklügelten Zugangskontroll- und Explosionsschutzsystems für das revolutionäre LNG-Terminal auf Melkøya beteiligt gewesen war. Natürlich war er damals wie viele andere nach Hammerfest gefahren, um das Löschen der Stahlmodule zu beobachten, die von Linde gefertigt und über die See angeliefert worden waren. Die Bilder der in der Abendsonne blitzenden Röhrenkolosse hatten sich tief in sein Gedächtnis gegraben. Das allein wäre jedoch nicht mehr als eine Fußnote in seinem Erinnerungsschatz gewesen, hätte sich nicht noch eine andere Geschichte zugetragen.

Cai hatte sein Coming-out früh gehabt und lebte bereits seit den späteren Schuljahren seine sexuelle Orientierung offen und mit einem gewissen Stolz. Anderssein war zwar nicht immer besser, doch wenn man es war, dann mit Würde – diese Einstellung verdankte er nicht zuletzt seinen samischen Freunden. Und so hatte er es auch immer gehalten. Er war selten über einen längeren Zeitraum monogam, achtete jedoch stets auf gute Gesellschaft und einen fairen Umgang. Er hatte auch meistens ein gutes Gespür für seine Partner und erlebte sehr selten unliebsame Überraschungen – eine Begebenheit ausgenommen.

Irgendwann zwischen dem Abschluss seines Studiums und der Zeit bei Stahl-Syberg hatte er auf einem regionalen Stadtfest einen ziemlich ehrgeizigen jungen Korporal kennengelernt und in der Hitze des Augenblicks einen Quickie zwischen Schießbude und Bierzelt mit ihm gehabt. Sie hatten sich in der Folge ein paarmal getroffen, es war nur Sex, nichts weiter, und obwohl Cai schnell ein ungutes Gefühl bei der Sache überkam, hatte es ihn auch auf eine gewisse Weise fasziniert. Helge mochte es hart, und Cai hatte am Anfang auch nichts dagegen gehabt, doch irgendwann lief die Sache erwartungsgemäß aus dem Ruder. Umso erstaunter war Cai gewesen, als ebendieser junge Korporal, der inzwischen einen beeindruckenden Sprung auf der Karriereleiter hinter sich hatte, wieder mit ihm in Kontakt getreten war. Er hatte ihn mit einem

Headhunter namens Strand bekannt gemacht, der auf der Suche nach IT-Talenten für ein innovatives Software-Unternehmen war. Die ganze Sache hatte auf Cai einen ziemlich zweifelhaften Eindruck gemacht, und er hatte das Angebot sehr schnell dankend abgelehnt, obwohl er sich zu der Zeit durchaus auf Jobsuche befand. Etwas später, bei Stahl-Syberg, war ihm der Name des Unternehmens dann wieder begegnet. Es handelte sich um eine hundertprozentige Tochter der renommierten PolarLys ASA, die plötzlich bei den Sicherheitszugängen auf Melkøya mitmischte. Der Name des zwielichtigen Militärdienstleisters war Viridi Technologies.

Cai verspürte den unwiderstehlichen Impuls, sich eine weitere Zigarette anzuzünden, dabei hatte er eigentlich aufgehört und erlaubte sich den Nikotingenuss nur noch ausnahmsweise auf dem Balkon. Seit ihn sein Chef am Morgen bei Boligbyggelag beiläufig darum gebeten hatte, ein paar Hintergrundinformationen über einen gewissen Aksel Strand einzuholen, der mit einer größeren Summe in den lokalen Immobiliensektor einzusteigen beabsichtigte, wusste er eines mit absoluter Sicherheit – dass er sich die Angelegenheit sehr genau ansehen würde.

Reitan/Bodø

Nachdem der Barkeeper das Glas auf den Tresen gestellt hatte, schwappte die honigfarbene Flüssigkeit ein paar Sekunden hin und her, glättete sich dann allmählich, bis sie schließlich völlig zur Ruhe kam. Es waren keine Eiswürfel darin.

Helge Juul saß reglos auf seinem Hocker in dem schummrig beleuchteten Raum, in dem sich außer ihm und dem Barmann zu dieser frühen Stunde niemand befand. Er hatte die Arme auf dem Tresen vor seinem Glas verschränkt, starrte ins Leere und wusste nicht, wie lange er schon so dagesessen hatte oder wie er überhaupt in die Altstadt von Bodø gelangt war. Irgendwie musste er die fünfundzwanzig Kilometer zurückgelegt haben, von dem abgelegenen Bergort Reitan kommend, wo sich das Forsvarets operative hovedkvarter befand, das Hauptquartier der Streitkräfte, das sich um das zentrale Bürogebäude Nordvern mit seinem rund um die Uhr pulsierenden Herzen, dem Joint Operation Center JOC, gruppierte. In seinem Wagen vermutlich, dem mattschwarz lackierten Bentley Continental, der draußen am Straßenrand geparkt war, so als sei nichts Ungewöhnliches geschehen. Tatsächlich war nichts Ungewöhnliches geschehen. Dass Menschen starben und andere dafür verantwortlich waren, dass Einsätze aus unvorhersehbaren oder vorhersehbaren Gründen blutig endeten – das war Alltag. Krieg war ein Geschäft mit dem Tod, und keiner, der eine Uniform trug, brauchte sich diesbezüglich irgendeiner Illusion hinzugeben. Im JOC liefen die Fäden zusammen. Hier wurde entschieden, egal ob sich die Objekte, auf die sich die Entscheidungen bezogen, an den heimatlichen Küsten oder am Hindukusch befanden. Geografische Entfernungen existierten im digitalisierten Schlagabtausch schon lange nicht mehr. Und er gehörte zu denen, die Entscheidungen trafen und anschließend Verantwortung dafür zu übernehmen hatten. Nicht erst seit gestern. Genau genommen seit ... Er atmete durch und kam auf die stattliche Zahl von dreieinhalb Jahrzehnten, die er sein Leben bereits in den Dienst von ...

Der Barmann zog die Stirn kraus. »Wenn ich dir 'nen gut gemeinten Rat geben darf, mein Freund – lass es sein.«

Juul hob den Kopf und blickte sein Gegenüber ausdruckslos an. Er besuchte die Bar im Bodøsjøveien zum ersten Mal. Vom Hafenviertel aus gesehen, wo er sich gewöhnlich aufhielt und auch wohnte, lag sie auf der anderen Seite der Stadt. Natürlich war das kein Zufall, obwohl er nicht darüber nachgedacht hatte. Es war, als liefe er auf Autopilot, seit er Stunden zuvor zuerst einen ohrenbetäubenden Knall gehört, dann einen grellen Lichtblitz auf dem Monitor gesehen hatte und unmittelbar danach vor den Generalløytnant zitiert worden war. Alltag im FOH, nichts Außergewöhnliches. Juul entledigte sich seiner Uniformjacke, legte sie neben sich und krempelte die Ärmel seines hellblauen Hemdes hoch. An den Schultern prangten seit einiger Zeit zwei Sterne auf gelbem Grund. Der Barmann, der jung, aber nicht zu jung war und unter dessen eng anliegendem schwarzen T-Shirt sich sein muskulöser Oberkörper abzeichnete, musterte ihn interessiert. Dabei hatte das Lächeln auf seinem Gesicht mit den kleinen Sorgenfalten um die Augen nichts Abschätziges.

»Soll ich dir nicht lieber 'ne Cola machen, Major?«

Helge Juul empfand nichts. Da war keinerlei Wut. Weder auf seinen Vorgesetzten, der ihn im Beisein von zwei Kollegen abgekanzelt hatte, noch auf den jungen Kerl vor ihm, der aus irgendeinem unerfindlichen Grund zu wissen glaubte, was gut für ihn war. Auch keine Scham oder Schuld. Einfach überhaupt nichts. Die Hand, mit der er nach dem Glas griff, zitterte nicht.

»Generalmajor«, verbesserte er automatisch. Der Alkohol brannte seine Kehle hinunter und verursachte augenblicklich ein warmes Gefühl im Magen. Er stellte das leere Glas auf den Tresen zurück und deutete mit dem Finger darauf.

Achselzuckend schenkte der Barkeeper nach. »Entschuldigung – Generalmajor. Wie lange bist du ... *warst* du trocken?«

Es schien eine Berufskrankheit zu sein, dass man die Gäste nicht nur bedienen, sondern nebenher auch gleich therapieren musste. Viele wollten das wahrscheinlich so, und vielleicht war manchmal sogar echtes Interesse dabei.

»Lange genug«, beendete Juul unmissverständlich die Unterhaltung, leerte das Glas in einem Zug und zeigte auf die Flasche.

Auch wenn Bodø die Hauptstadt der Provinz Nordland war, konnte man nicht gerade behaupten, dass der Einundfünfzigtausend-Einwohner-Ort über ein ausschweifendes Nachtleben verfügte. Den Touristen, die von der Polarnacht, der Mitternachtssonne oder dem Gezeitenstrom Saltstraumen angelockt worden waren und sich zu langweilen begannen, bot der exzentrisch ausgestattete Club Dama Di meist mehr als genug Excitement. Wenn man jedoch etwas speziellere Bedürfnisse hatte, musste man schon sehr genau wissen, wo man suchte.

Im Gegensatz zum Dama Di war die Altstadt-Kaschemme, in die es Helge Juul an diesem Abend verschlagen hatte, unspektakulär, um nicht zu sagen langweilig – vom attraktiven Ein-Mann-Personal einmal abgesehen. Immerhin hatte Juul es noch geschafft, die Bar zu verlassen, bevor mit der steigenden Gästezahl auch das Risiko stieg, dass jemand darunter war, der ihn kannte. Unter den kritischen Blicken des Barkeepers, dessen Ausstrahlung mit jedem Glas erotischer und provozierender geworden war, hatte er die Flasche zur Hälfte geleert. Kein schlechter Start für den gerade erst beginnenden Abend. Sein Gang war zwar etwas schleppend, doch er fühlte sich nicht im Mindesten benebelt. Er empfand im Gegenteil eine geradezu befreiende Klarheit, als er sich ans Steuer setzte und über den Gamle Riksvei nach Snippen hinüberfuhr, am Bahnhof vorbei zum Hafen hinunter. Hier gab es Stellen, an denen man finden konnte, was man suchte. Juul war oft genug hier gewesen, allerdings seltener in den letzten Jahren. Das hing nicht in erster Linie mit seinem allmählich fortschreitenden Lebensalter oder seiner Abstinenz zusammen – wenngleich Letztere sein Leben deutlich zum Positiven verändert hatte –, sondern hauptsächlich mit der exponentiell gestiegenen beruflichen Verantwortung. Ironischerweise schien gerade diese das Pendel nun wieder auf die andere Seite ausschlagen zu lassen.

Juul erstickte aufkeimende Zweifel entschlossen, drosselte das Tempo und hielt schließlich an. Im Winter war dieser Teil des Hafens so dunkel, dass man außerhalb des Scheinwerferbereichs nicht die Hand vor den Augen sah, doch jetzt erleuchtete mildes Nachtsonnenlicht den Ort, und es war noch nicht unangenehm kalt. Nach wenigen Minuten winkte er eine der schemenhaft schmalen Gestalten heran, die sich an der Mole entlangdrückten, und hielt einen Geldschein aus dem Fenster. Der Bursche war jung, sehr jung, fast zu jung. Er trug Jeans, einen schwarzen Kapuzenpullover und eine Jacke mit Camouflagemuster. Die kurzen blonden Haare hatte er zu einer kunstvollen Stehfrisur gestylt. Ohne zu zögern, griff er nach dem großen Schein, wechselte zur Beifahrerseite hinüber, öffnete die Tür und stieg grinsend ein.

»Wie heißt du, Hübscher?« Juul startete den Motor und ließ den Bentley sanft Richtung Rønvik Vest gleiten.

Der Blonde zog ein Big Pack Elixyr Menthol aus der Jackentasche, schnippte eine Zigarette heraus und zündete sie genussvoll an. »Noa.«

»Das hier ist ein Nichtraucherauto, Noa«, sagte Juul ruhig, während er aus dem Augenwinkel beobachtete, wie das Grinsen auf dem Gesicht seines Beifahrers eine Spur verächtlich wurde.

»Und jetzt? Willst du mich vielleicht wegen Rauchens festnehmen lassen?«

»Das war nicht Teil des Deals!« Die Stimme war nur ein heiseres Krächzen. »Wenn du nicht noch 'ne ordentliche Summe draufpackst, schwöre ich dir, dass ich dich ...«

»Maul halten, hab ich gesagt!«

Helge Juul zog die Riemen fester, mit denen er Hand- und Fußgelenke am Bettgestell fixiert hatte, bis sich bläuliche Verfärbungen zeigten und Noa aufstöhnte, was ihm erneut Schübe von Erregungsschweiß auf die Stirn trieb. Er entledigte sich seiner verbliebenen Kleidungsstücke, setzte sich rittlings auf den Rücken des Jungen, sog die weiße Haut mit allen Sinnen ein, legte ihm die Hände um den Hals und bog ihm den Kopf in den Nacken, bis sich sein Mund unmittelbar an seinem Ohr befand.

»Du stehst doch auf *Basic Instinct*, Kleiner. Na, wie gefällt dir das hier?«

»Ich kenne dich«, flüsterte Noa. »Ich weiß, wer du bist. Ich weiß, wo du …«

Juul verstärkte den Druck seiner Hände. »Falsche Antwort, Blondie. Sag mir lieber, dass ich der Fick des Jahrhunderts bin, wenn du dich auch in Zukunft noch bei Mitternachtssonne am Hafen vergnügen willst.«

»Du … wirst mir nichts tun. Das kannst du dir nicht leisten, alter Mann«, presste Noa hervor.

Helge Juuls Atem beschleunigte sich. Hastig glitt er nach unten und drang mit heftigen Stößen in den weichen Körper ein.

»Lass es drauf ankommen«, keuchte er.

Samstag. Tag 5.

Biarritz

Der Sound war hart. Aus acht zwei Meter hohen Boxen, die sich an den vier Ecken des Raumes auf zwei Ebenen über der kathedralenartigen Tanzfläche türmten, schickte der Drumcomputer einhundertdreißig Beats per Minute. Im Hintergrund prangte ein fünf mal sieben Meter großes, aus über hundertfünfzig Aluminiumplatten zusammengesetztes Porträt von Jimmy Savile. Eine durch den Dunst der Nebelmaschine nur schemenhaft erkennbare wogende Masse aus Körpern wurde von der Bassdrum im unerbittlichen Vierviertaktel auf- und niedergepeitscht. Überwiegend Männer, Jeans, Leder- oder Jogginghosen, weiße Handtücher auf den schweißüberströmten nackten Schultern. Immer wieder lösten sich Paare an den Rändern aus der Körpermasse, begannen, sich leidenschaftlich zu küssen und verschwanden Sekunden oder Minuten später in einem der Darkrooms, die an den Mainfloor angrenzten.

Maxime Perrain warf keinen Blick hinunter. Zu oft schon hatte er auf der an Stahlketten von der Decke herabhängenden Bühne vor dem Battle-Mixer gestanden, den Crossfader von rechts nach links und wieder zurück bewegend, als dass es für ihn noch irgendetwas zu sehen gegeben hätte. Er drehte den Equalizer ein paar Grad weiter, lüftete für einen Moment die Kopfhörer, setzte sie grinsend wieder auf und ließ sich von den Beats treiben. Nach vier, sechs, spätestens acht Stunden am Mixer setzte ein Flow ein, den es nur hier gab, innerhalb der massiven Betonmauern des Basse Plaine. Es lag am südlichen Stadtrand, nicht weit von der Plage d'Ilbarritz. Heute waren es bereits zehn Stunden, und draußen hatte längst ein neuer Tag begonnen. Doch die Gesetze der Außenwelt galten an diesem Ort nicht. Er hatte seine eigenen Gesetze. Keine Spiegel, keine Fotos, keine Tabus. Und der Ruf, den härtesten Sound westlich des Rheins durch die Boxen zu jagen.

Eine halbe Stunde später stand Max am Tresen der Perspective, der Bar der obersten Ebene, die durch milchverglaste Dachfenster erhellt wurde, einen Wodka-Martini in der Hand, und versuchte sich, halb genervt, halb geschmeichelt, der Groupies zu erwehren, die ihn nach seinen Auftritten durchweg bestürmten. Als Resident im Basse Plaine hatte er sich in der Region einen Namen gemacht, vielleicht sogar darüber hinaus. Es gab durchaus Mädchen im Club, wenn auch in der Minderzahl, und in den ersten Jahren hatte er es sich nicht nehmen lassen, die eine oder andere Schönheit für eine Nacht oder zwei mit nach Hause zu nehmen. Aber er hatte schnell gemerkt, dass es ihn langweilte. Also hatte er damit begonnen, die Nächte in den Darkrooms ausklingen zu lassen. Gerade als er begann, sich nach einem passenden Partner für diesen Tag umzusehen, entdeckte er im Hintergrund am anderen Ende der Bar ein Gesicht, mit dem er in diesem Moment zuallerletzt gerechnet hätte.

Als Eric von seinem Stiefbruder gesehen wurde, hatte er bereits eine Zeit lang dort gestanden, etwas abseits, wo die benebelten After-Hour-Gäste nicht ganz so dicht gedrängt standen und die Musik unter der Hundert-Dezibel-Grenze lag. Er trank Kronenbourg und wusste selbst nicht, warum es ihn an einem frühen Samstagmorgen hierher verschlagen hatte, an diesen Ort, der ungefähr alles bot, was ihm zuwider war. Lärm, Menschen, schlechte Luft – es war definitiv nicht seine Welt. Vielleicht hatte ihn die seltsame innere Unruhe aus dem Haus getrieben, die ihn seit dem Erlebnis am Belharra-Riff nicht mehr losließ. Sehnsucht nach Maxime war als Motiv für seinen spontanen Abstecher ins Basse Plaine eher unwahrscheinlich, obwohl sie sich seit geraumer Zeit nicht gesehen hatten. Aber warum hätten sie das auch tun sollen? Nur weil sie einer unglücklichen Wendung des Schicksals wegen denselben Nachnamen trugen? Wie üblich beschlich ihn beim Anblick von Maxime ein unangenehmes, zwiespältiges Gefühl. Eric war nach dem plötzlichen Leukämietod seiner Mutter mit acht Jahren in die Familie seiner Tante Isabelle gekommen, als diese gerade schwanger gewesen war. Natürlich hatte niemals irgendjemand ihn dafür verantwortlich gemacht, dass Maxime, der ganzen Aufregung geschuldet, zu früh kam. Viel zu früh. Ein wochenlanger Kampf um sein Überleben hatte eingesetzt, der an keinem der Beteiligten spurlos vorübergegangen war. Jahrelang war Maxime kränklich gewesen, seinem Alter in der Entwicklung hinterher. Eric hatte die Rolle des Beschützers übernommen, übernehmen müssen, obwohl sie sich niemals wirklich nahegestanden hatten. Er hätte es vorgezogen, den Mädchennamen seiner Mutter, Chevalier, anzunehmen, nachdem sein Vater ihn weggegeben hatte … An dieser Stelle brach Erics Gedankengang abrupt ab. Dieser Vater existierte nicht mehr, und Philippe Perrain hatte das Menschenmögliche getan, ihn zu ersetzen. Beide, Isabelle und Philippe, hatten ihn niemals spüren lassen, dass er nicht ihr eigenes Kind war. Elternlos. Allein. Niemand hatte ihn das jemals spüren lassen, und doch hatte er es immer gewusst. Die Tatsache, dass ihm vieles leichter gefallen war als Maxime, der ständig in Schwierigkeiten steckte, hatte das Verhältnis zwischen den Heranwachsenden nicht besser gemacht. Doch jetzt, das musste Eric zugeben, als er ihn zu sich herüberkommen sah, schien Max sich gefangen zu haben. Natürlich war die Karriere als Plattenaufleger, die er gegen die Ausbildung zum Industrieelektroniker im Betrieb eines Freundes seines Vaters getauscht hatte, nicht gerade der Einstieg ins bürgerliche Leben; doch dem an Versuchungen nicht armen Umfeld zum Trotz hatte er allem Anschein nach immerhin seinen Drogenkonsum unter Kontrolle gebracht.

Maxime blieb vor Eric stehen und hob sein Glas zum Gruß. »*Salut, mon frère, ça va?* Was führt dich ins Nachtleben?«

»Ich hab deine Show gesehen – na ja, die letzte halbe Stunde. Sie war gut.«

»Man tut, was man kann. Ich hab ein Angebot vom Gibus für ein Sommerspecial in ein paar Wochen.«

Der Gibus Club in der Rue du Faubourg du Temple war eine der angesagtesten Locations in Paris, und Eric empfand aufrichtige Freude für Maxime. Sie waren erwachsen – die Rivalitäten der Kindheit lagen lange zurück. »Das ist fantastisch, gratuliere!«

»Und bei dir? Wie läuft's?«

Für den Bruchteil einer Sekunde verspürte Eric das Bedürfnis, Maxime sein Herz auszuschütten, ihm zu sagen, dass sein Leben keineswegs so in Ordnung war, wie er sich selbst tagtäglich glauben zu machen versuchte – wovon nicht nur die unausgepackten Umzugskisten ein trauriges Zeugnis ablegten. So cool und entspannt, wie der Stiefbruder jetzt vor ihm stand, wollte er ihm erzählen, dass er seltsame Erlebnisse hatte. Unter Wasser Dinge sah, die nicht wirklich da sein konnten, und dass er deshalb schon an seinem Verstand zu zweifeln begann. Doch so schnell und rauschhaft wie der Impuls gekommen war, war er auch wieder vorübergezogen, und Eric antwortete, wie er es immer tat.

»Es geht mir gut.«

»Und Sandrine?«

»Da ist nichts, Max. Wir sind nur Kollegen.«

»Bin mir nicht sicher, ob sie das genauso sieht.« Grinsend leerte Maxime seinen Cocktail.

Damit war dann auch schon wieder fast alles gesagt, und wenig später trennten sie sich. Maxime in Richtung der Darkrooms, Eric nach einem weiteren, schal schmeckenden Kronenbourg in Richtung Ausgang.

Später, als er durch die Hügel von Katalinenea zum noch menschenleeren Strand ging, fühlte er sich ruhiger. In der einsetzenden Flut schwamm er weit hinaus und musste seine ganze Kraft aufbieten, um zum Ufer zurückzukehren. Es war ein spielerisches Kräftemessen mit *Le Grand Bleu*, dem allgegenwärtigen Gefährten seit Kindertagen, so wie er es oft tat. Es war seine Zuflucht. Sein Zuhause.

Gegen Mittag lag Eric mit seinem Notebook auf dem Bett und klickte sich gelangweilt durch die Livestreams einiger Fernsehsender. Er blieb eine Zeit lang bei SurfersVillage TV hängen, wurde allmählich müde und wechselte dann, bevor ihm die Augen zufielen, zu einem internationalen Nachrichtensender. Eigentlich hatte er nur vorgehabt, kurz die alltäglichen Absurditäten der Weltpolitik im 21. Jahrhundert zu checken – Flüchtlingstragödien im Mittelmeer, Autokraten, die der Serie *House of Cards* entsprungen zu sein schienen, deprimierende Entwicklungen im Hinblick auf Klimawandel und Umweltschutz – doch als die Stichworte *Sápmi, Karasjok und Rioting* fielen, fuhr er hoch und war schlagartig hellwach.

Im Bruchteil einer Sekunde war alles wieder da. Das Gesicht von Rana Gutna, seiner aus Kautokeino stammenden samischen Großmutter. Ihre weichen Hände, der Duft von gebratenem Rentierfleisch und frischen Preiselbeeren, die meterhohen Schneeverwehungen vor der schlichten Behausung und ihr hypnotischer Gesang, der auf der knapp zweistündigen Rückfahrt nach Alta im Auto nachhallte. Oft war er allein mit seinem Vater nach Kautokeino gefahren. Er konnte sich nicht mehr erinnern, ob es daran lag, dass seine Mutter zu dieser Zeit bereits krank und zu schwach für die Autofahrt war oder dass sie sich mit Rana Gutna nicht verstanden hatte. Aber er konnte sich genau daran erinnern, dass er seinen Vater niemals heiterer und gelöster erlebt hatte als auf diesen Ausflügen. Wenn sie dann auf der Rückfahrt nördlich von Masi am Kraftwerk vorbeifuhren, hatte der Vater manchmal von der Zeit der Alta-Damm-Proteste gesprochen. Kjell war Anfang zwanzig gewesen, als nach den Plänen der norwegischen Regierung der berühmte Lachsfluss Altaelv für ein gigantisches Wasserkraftprojekt aufgestaut werden sollte, was ein ganzes Samendorf und jahrhundertealte Wanderrouten der Rentiere – den kostbarsten Besitz der samischen Bevölkerung – unter Wasser gesetzt hätte. Ein langer und harter Widerstandskampf hatte daraufhin eingesetzt, was zu einer der größten Polizeiaktionen in der Geschichte Norwegens geführt hatte. Die Demonstranten ketteten sich zusammen, und ein einzelner Aktivist versuchte, eine Brücke auf der Zufahrtsstraße zum Damm zu sprengen. Kjell Andresen hatte niemals offenbart, ob er dieser Aktivist gewesen war, aber er hatte auf jeden Fall an vorderster Front mitgekämpft und in den Wirren der Unruhen seine spätere Frau kennengelernt, die aus Bordeaux stammende Kunststudentin Catherine Chevalier. Sie hatte sich damals auf einer Urlaubsreise befunden und war eher zufällig an den Ort des Geschehens gespült worden. Der Damm war dann Anfang der Achtzigerjahre doch gebaut worden, in sehr viel kleineren Ausmaßen allerdings und unter Rücksichtnahme auf Natur und die Rechte der indigenen Bevölkerung. Für die norwegische Energiepolitik stellten die Ereignisse südlich von Alta eine Zäsur dar. Die Umweltschutzbewegung und später die samischen Parlamente gewannen an Einfluss, und es wurde schwieriger, vergleichbare Projekte durchzusetzen. Zur Jahrtausendwende verkündete die norwegische Regierung dann, die Zeit der großen Wasserkraftprojekte sei vorbei. Eine Ankündigung, die allerdings jetzt, weitere zwanzig Jahre später, wieder infrage gestellt schien.

Hastig startete Eric eine kleine Browsererweiterung, mit deren Hilfe er Webseiten eine andere IP-Adresse vorgaukeln konnte. In diesem Fall benötigte er eine norwegische IP, um auch von Frankreich aus uneingeschränkt auf die Livestreams der dortigen Fernsehsender zugreifen zu können. Cai hatte ihm seinerzeit den Trick gezeigt. Cai Nygard, sein Kindergartenfreund und die einzige Verbindung zur Finnmark, die ihm erhalten geblieben war. Doch auch hier lag der letzte Kontakt lange zurück.

Auf NRK1 lief gerade eine Sondersendung von Dagsrevyen. Es wurde ausführlich über die Krisensitzung des Sametings berichtet, die von wütenden Protesten in ganz Sápmi begleitet wurde, hauptsächlich im Raum Karasjok, Kautokeino, Masi – jedoch auch hinauf bis nach Alta und hinüber ins schwedische

Kiruna. Sogar in Oslo hatte es Ausschreitungen gegeben. Anlass der neuerlichen Unruhen innerhalb der indigenen Bevölkerung war der tragische Suizid des samischen Öl- und Energieministers Elias Várri – Resultat einer verworrenen, mutmaßlich auf Rufmord angelegten Kampagne, mutmaßlich der Öl- und Gasindustrie. Es wurden Ausschnitte aus einer viel beachteten Dokumentation gezeigt, die unlängst auf dem Sender ausgestrahlt worden war und die das zeitgenössische Leben der Sámi in der Finnmark und die Belange des Tier- und Naturschutzes in der Region thematisiert hatte. Der Name der Dokumentarfilmerin war Synni Opland, und sie erschien im Anschluss zu einem kurzen Interview im Studio. Eric starrte gebannt in den Monitor. Synni war groß, schlank, und ihre Bewegungen waren weich und fließend wie die eines sibirischen Tigers. Gleichzeitig lag etwas Dunkles, Enigmatisches in ihrer Ausstrahlung.

»Synni, wir freuen uns, dich heute hier zu haben. Dein Film hat eine große positive Resonanz hervorgerufen. Was treibt eine Südländerin aus Kristiansand in den kalten Norden der Finnmark?«

»Dieses Gefühl für Gerechtigkeit und Freiheit war schon immer in mir. Meine Großmutter, bei der ich aufgewachsen bin, war Kulturanthropologin und nahm mich oft auf ihre Reisen mit. Mit zehn Jahren durfte ich an einer Plenarsitzung des Sametings in dem gerade neu eröffneten Parlamentsgebäude in Karasjok teilnehmen. Das war eine prägende Erfahrung.«

»Engagierten sich deine Eltern auch in dieser Richtung?«

»Ich denke, wir sollten hier nicht über mich reden.«

»Was ist deine Meinung zu den jüngsten Ereignissen? Es kam teils zu blutigen Zusammenstößen mit der Polizei. Hast du mit den Verantwortlichen der Aktivistengruppierungen gesprochen?«

»Ja. Ich habe mich in verschiedenen Städten mit Vertretern der samischen Bevölkerung unterhalten. Persönlich denke ich nicht, dass Gewalt eine Lösung ist. Aber ich kann die Wut gut verstehen.«

»Worauf gründet sich diese Wut? Dass Elias Várri Suizid begangen hat, steht außer Frage. Zuvor hat er sich in einem X-Post gegen die eigenen Leute gestellt. Und jetzt solidarisiert man sich auf der Basis vager Vermutungen mit ihm?«

»Auch wenn längst noch nicht alle Hintergründe aufgeklärt sind – dass Elias Várri das Opfer einer perfiden politischen Intrige wurde, ist deutlich mehr als eine vage Vermutung. Sein Gesetz zur Beschneidung der Rechte der Gasindustrie und zum Schutz der unberührten Natur im Nordmeer hat ihm mächtige Gegner eingebracht.«

»So etwas wie der Tiefe Staat in Norwegen? Das klingt jetzt schon ein bisschen nach Verschwörungstheorie.«

»Ich bin keine investigative Journalistin. Ich dokumentiere nur.«

»Ja, und das tust du auf sehr außergewöhnliche Weise. Verrätst du uns, worauf wir als Nächstes gespannt sein dürfen?«

»Aktuell habe ich eine Einladung vom Framsenteret in Tromsø erhalten, eine Expedition nach Bjørnøya zu begleiten. Objekt der Forschungen sind die Methan-Krater in der Barentssee. Auf dieses Projekt freue ich mich ganz besonders.«

»Und wir freuen uns auf einen neuen Film von dir. Danke, dass du hier warst.«

Am Ende der Sondersendung zoomte die Kamera in ein Close-up. Eric erstarrte. In dem fein geschnittenen Gesicht, das von langem rotbraunem Haar umrahmt wurde, blitzten die hypnotischsten hellgrauen Augen, die er jemals gesehen hatte.

Eine Wölfin, schoss es ihm unwillkürlich durch den Kopf.

Sonntag. Tag 6.

Kristiansand/Tromsø

Durch das Fenster im oberen Stockwerk des Holzhauses im Parkveien wehte ein lauer Luftzug. Vierundzwanzig Grad in Kristiansand. Für Tromsø waren fünfzehn Grad weniger angekündigt in den nächsten Tagen, und an Bord würde es noch ein ganzes Stück kälter werden, daher packte Synni Wollpullover und eine dicke Jacke in den Koffer, der aufgeklappt auf dem Bett lag.

Sie bewohnte das Haus gemeinsam mit ihrer Freundin Ruth, die als Korrespondentin für Nordvision jedoch meistens unterwegs war. Auch bei Synni hatten die Reisen zugenommen, seit ihre Dokumentationen einen überregionalen Bekanntheitsgrad erreicht hatten, daher sahen sie sich selten und kommunizierten meistens über Post-it-Notizen, die sie in der Küche hinterließen, manchmal auch über einen privaten Messenger.

Kritisch musterte Synni den Inhalt des Trolleys, legte noch eine kleine Tasche mit Toilettenartikeln, einen Schnellhefter mit Notizen und Unterlagen und zuletzt ihr Notebook darauf. Dann schloss sie die Reißverschlüsse und trug das Gepäck die Treppe hinunter. Sie ging in die Küche und schrieb eine kurze Nachricht für Ruth, die voraussichtlich am übernächsten Tag nach Hause kommen und sich des verbliebenen Kühlschrankinhalts annehmen würde. Synni warf einen Blick auf ihre Armbanduhr, kehrte noch einmal ins obere Stockwerk zurück und schloss das Fenster. Davor stand eine Kommode und darauf ein Glasrahmen mit einer Fotografie, die eine von einem kräftigen Mann im Arm gehaltene hübsche junge Frau zeigte. Beide lachten, trugen den unverwechselbaren Jeanslook der späten Achtzigerjahre, und das lange braune Haar der Frau wehte im Wind. Im Hintergrund konnte man die Varodd-Brücken über den Topdalsfjord erkennen. Für einen Moment blieb Synnis Blick an dem schon leicht vergilbten und verblassten Bild hängen, sie nahm den Rahmen in die Hand und strich zärtlich über das Glas. Dann legte sie ihn mit einer ungeduldigen Bewegung auf die Kommode zurück, das Foto nach oben, eilte die Treppe hinunter, griff nach dem Koffer und schlug die Haustür hinter sich zu.

Der dreistündige Flug nach Tromsø verlief ruhig, und Synni hatte Zeit, sich noch einmal in die wissenschaftlichen Details des Forschungsauftrags einzuarbeiten, den das Framsenteret von der Universität Tromsø übernommen hatte. Im Wesentlichen ging es darum, die Erkenntnisse der ersten Forschungsreise, die ein Jahr zuvor direkt von der Universität gestartet worden war, zu vertiefen und zu erweitern. Damals hatte ein Team von Wissenschaftlern die riesigen Krater am Grund der Barentssee zwischen dem norwegischen Festland und Spitzbergen erstmals entdeckt und dokumentiert. Die Theorie besagte, dass sich das als Methanhydrat gespeicherte Gas durch das Abschmelzen der Eisschilde am Ende der letzten Eiszeit explosionsartig ins Meerwasser entladen hatte. Aufgrund der enormen Wucht der Eruptionen gelangte das Methan wahrscheinlich auch in die Atmosphäre, in der der Wirkungsgrad auf den Treibhauseffekt um das Fünfundzwanzigfache höher war als bei Kohlendioxid. Beunruhigend an den daraus gezogenen Schlüssen war die Hypothese, ein ähnliches Szenario könnte sich durch den Klimawandel wiederholen, weil noch immer riesige Mengen Methanhydrat am Meeresgrund und unter den Permafrostböden eingeschlossen waren. In vergleichsweise geringer Menge entwich kontinuierlich an über sechshundert Stellen bereits jetzt Methan ins Wasser. Diesen Ausgasungen im Bereich zwischen Nordkap und der kleinen, unbewohnten Insel Bjørnøya galt das Hauptaugenmerk der aktuellen Mission, für die das institutseigene Forschungsschiff *Fram 21* zum Einsatz kommen sollte.

Irgendwann zwischen dem offiziellen Empfang am Framsenteret und dem Auslaufen der *Fram 21* würde auch ihr Kameramann Tom Flagstad dazustoßen, der wie sie aus Kristiansand stammte und sich wegen eines anderen Projekts bereits in der Finnmark aufhielt. Tom stellte sich grundsätzlich mit der Bemerkung vor, er sei nicht mit der Sängerin verwandt, und mied offizielle Anlässe mit derselben Konsequenz, mit der Synni das für gewöhnlich tat. Sie kannten sich eine Ewigkeit, arbeiteten jedoch erst seit kurzer Zeit zusammen, da sich Synni noch nicht lange den Luxus eines Kameramanns leisten konnte. Am Anfang hatte sie sich auf Fotoserien beschränkt, später dann eine ganze Zeit lang selbst die Kamera geführt, doch mit Tom hatte ihre Arbeit ohne Zweifel eine qualitative Aufwertung erfahren. Vor ein paar Jahren hatten sie eine kurze Affäre gehabt, die sich aber einvernehmlich in ein geschwisterliches Verhältnis gewandelt hatte, da für etwas Ernsteres die tragfähige Basis gefehlt hatte. Was die Arbeit betraf, war Tom jedoch hochprofessionell und absolut verlässlich, daher freute Synni sich darauf, auch den neuen Film mit ihm gemeinsam machen zu können.

Die *Fram 21* bot eine beeindruckende Erscheinung. Von Weitem erinnerte sie mit ihren fünfundfünfzig Metern Länge, der kompakten Form und den beiden robusten Hebekränen an ein schwimmendes Kraftwerk, und dieser Eindruck war auch nicht ganz falsch. Der in den norwegischen Farben dunkelblau-weiß-rot lackierte dreistöckige Schiffsrumpf war mehrfach wärmegedämmt und durch eine speziell entwickelte Bauweise, sowohl was Materialien als auch was die Konstruktion betraf, darauf ausgelegt, im Packeis driften zu können, ohne durch den enormen Druck des Eises Schaden zu nehmen. Abgesehen von den Kränen, gab es noch einen Heckgalgen und eine vollautomatische Viertrommelforschungswinde. Unter Deck waren neben den komfortablen Kabinen für Besatzung und Gäste sowie einem Besprechungsraum vier verschiedene Laboratorien untergebracht, die entsprechend des jeweiligen Forschungsgebiets eingerichtet waren. Hochauflösende Tiefsee-Lotanlagen zur Erkundung und Vermessung des Meeresbodens, Kühlräume zur Lagerung und Aufbereitung der gesammelten Proben und modernste Datenverarbeitungssysteme zur sofortigen Auswertung und Bearbeitung der Analysen boten den Mitarbeitern nahezu optimale Voraussetzungen, um ihrem anspruchsvollen Auftrag gerecht zu werden. Angesichts der schwierigen äußeren Gegebenheiten, die eine Polarexpedition zwangsläufig mit sich brachte, erschien dies allerdings weniger als Luxus denn als Notwendigkeit.

In ihre Steppjacke vergraben, stand Synni an Deck und ließ ihr Haar vom Fahrtwind durcheinanderwirbeln. Das Wetter hatte am Morgen aufgefrischt. Dunkelgraue Brecher wurden zum rhythmischen Klang der Dieselgeneratoren vom Kiel durchpflügt. Sie hatten in Tromsø spät am Abend abgelegt und befanden sich nun, zwölf Stunden später, bereits auf Höhe des Nordkaps. Der Kapitän hatte die Maschinen über Nacht auf Höchstgeschwindigkeit laufen lassen, um der Mannschaft für die ersten Messungen, die an diesem Tag vor Magerøya stattfinden sollten, das maximale Zeitfenster zu sichern. Ungeduldig wandte Synni sich um und atmete auf, als sie Tom mit der Kameraausrüstung über die Treppe nach oben kommen sah.

»Na endlich! Beeil dich! Siehst du, dort vorne, das Kap! Wir dürfen die Einstellung auf keinen Fall verpassen, ich will sie als Eingangssequenz!«

Tom brachte die Kamera an der Reling in Stellung und begann zu drehen, doch Synni schob ihn beiseite.

»Warte ... lass mich mal.«

Seufzend überließ er ihr das Objektiv. Obwohl sie inzwischen ein eingespieltes Team waren und mehrere Projekte erfolgreich zusammen abgeschlossen hatten, kam es noch immer ab und zu vor, dass Synni das entstandene Vertrauen und seine Geduld durch ihre Alleingänge auf eine harte Probe stellte – das war ihr bewusst. Am Anfang war sie kaum dazu in der Lage gewesen, überhaupt etwas zu delegieren. Sie hatten einige hitzige Diskussionen diesbezüglich geführt, doch es hatte sich erst grundlegend etwas geändert, als er ihr ernsthaft damit gedroht hatte, die Sache ein für alle Mal hinzuwerfen. Für den Moment schien Tom jedoch seinen Ärger vergessen zu haben, denn als der monolithische Felskoloss von weißer Gischt besprüht unmittelbar vor ihnen auftauchte, entfuhr ihm ein unwillkürliches »Wow«. An der Steilwandkante, dreihundert Meter über ihnen, zeichnete sich silhouettenhaft die Aussichtsplattform mit dem alles dominierenden Metallglobus vor dem wolkenverhangenen Himmel ab. Kein lebendes Wesen war an Land zu sehen. Das Schiff und die Menschen an

Bord wirkten beängstigend zerbrechlich, fragile Oase der Zivilisation an diesem durch die Naturgewalten bestimmten Ort.

Synni blieb jedoch keine Zeit, der Stimmung nachzuspüren, denn unvermittelt erwachte die *Fram 21* zu emsiger Geschäftigkeit. Sie wandte die Kamera von der Felsformation ab und den hektischen Aktivitäten an Bord zu. Die Maschinen stoppten, mit ohrenbetäubendem Rasseln fielen die Anker; Netze und Behälter wurden über Bord geworfen und mit der riesigen Winde zu Wasser gelassen. Die Besatzung bildete ein eingespieltes Team, alle Aktionen waren aufeinander abgestimmt, erfolgten zügig und routiniert wie eine einstudierte Choreografie. Wenig später wurden die ersten Proben bereits wieder eingeholt und fanden ihren Weg in die Kühlräume und Labore.

»Kommt mit runter, dann könnt ihr die ersten Auswertungen in Echtzeit dokumentieren«, rief ihnen Askard Hemming zu. Der verantwortliche Forschungsleiter trug eine Reihe Professor- und Doktortitel im Bereich marine Biologie und Chemie, aber wie alle anderen an Bord bevorzugte er den informellen Umgang.

Synni drückte Tom die Kamera in die Hand und folgte Askard und seiner Assistentin ins Nasslabor, wo sich auf mehreren Monitoren lange Datenreihen gruppierten. Deutlich interessanter war jedoch der Bildschirm, der eine Liveübertragung der Kamera des den Meeresboden durchkämmenden Tauchroboters lieferte.

»Hier, seht ihr«, kommentierte Askard, indem er auf die Aufnahme zeigte, »das sind Krater, die bei der letzten Forschungsreise entdeckt wurden. Sie beginnen bereits hier, direkt am Schelf. Weiter draußen sind sie aber deutlich größer.«

Während er sprach, geriet die Kamera plötzlich ins Trudeln, Luftblasen strömten ins Bild, als wäre eine überhitzte Sprudelflasche geöffnet worden, und unmittelbar danach riss die Übertragung ab.

»Oha, da haben wir anscheinend schon den ersten Cold Seep erwischt.« Er wandte sich an seine in die Datenauswertung vertiefte Assistentin. »Wie siehts aus, Liv, haben wir die Kamera verloren?«

»Ich fürchte, sie wurde beschädigt. Ich muss das ROV zurückholen, bevor es manövrierunfähig wird. Der Strömungsdruck ist zu hoch. Da kommen wir von hier aus nicht ran.«

»Gut, dann schicken wir jemanden runter.«

Während Liv den Tauchgang in die Wege leitete, erklärte Askard den Besuchern die Situation.

»Im Gegensatz zu den Schwarzen Rauchern, bei denen Mineralien zum Teil in mehreren Hundert Grad heißem Wasser ausgegast werden, tritt das Methan in den Cold Seeps in kaltem Wasser aus. Cold Seeps können sich direkt am Kontinentalschelf befinden, wir hatten allerdings an dieser Stelle damit nicht unbedingt gerechnet. Die ersten Taucheinsätze waren eigentlich auch für weiter draußen geplant, aber wir wollen uns die Stelle genauer ansehen.«

Tom hielt die Kamera auf den Einsatzleiter gerichtet, während Synni interviewte.

»Ist so ein Einsatz riskant?«

»Nicht riskanter als jeder andere Tieftauchgang auch. Die Ausgasungen erfolgen kontinuierlich, Explosionen sind nicht zu erwarten, und die Strömungen kann ein geübter Forschungstaucher managen.«

Sie verließen das Labor und begaben sich wieder an Deck, wo der Taucher bereits seine Ausrüstung angelegt hatte und in einer käfigartigen Konstruktion zu Wasser gelassen wurde. Er hob die Hand, um dem Taucheinsatzleiter und dem Signalmann anzuzeigen, dass er bereit sei, und verschwand dann im Wasser.

Synni wandte sich an Tom. »Hast du's?«

Er nickte. »Alles im Kasten.«

Die See war noch immer unruhig, und die *Fram* zerrte unwirsch an den Ankerketten. Stirnrunzelnd blickte Askard zum Himmel. »Wenn wir die Sache hier abgeschlossen haben, machen wir für heute Pause. Es wird zu ungemütlich, da riskieren wir sonst zu viel Materialverlust. Nachmittags fahren wir weiter raus. Auch wenn es seltsam klingt, vor Bjørnøya ist es meist angenehmer.«

Tom nieste und putzte sich die Nase. Synni betrachtete ihren Kameramann und fragte sich, ob die etwas blasse Gesichtsfarbe eine sich anbahnende Erkältung oder die Seekrankheit anzeigte.

»Besteht, abgesehen von der Leine, Kontakt zum Taucher?«, fragte sie, wieder an den Forschungsleiter gewandt.

Askard Hemming schüttelte den Kopf. »Es gibt grundsätzlich die Möglichkeit einer zusätzlichen Sprechverbindung, aber sie wird nur bei erschwerten Bedingungen eingesetzt, die wir hier nicht haben. Der Kollege ist sehr erfahren und hat über hundert Tauchgänge absolviert. Seine Aufgabe ist es, die genaue Geoposition des Schlotes zu ermitteln und möglichst aussagekräftiges Videomaterial und Proben mit raufzubringen. Cold Seeps sind auch immer spezielle Ökosysteme, in denen man biochemisch einzigartige Symbiosen findet. Mit der vollautomatischen Ausrüstung kommen wir leider nicht nahe genug ran. Er muss schon ziemlich tief runter, etwa siebzig, fünfundsiebzig Meter, das ist keine Kleinigkeit. Deshalb steht für alle Fälle auch immer ein Sicherungstaucher bereit.«

Während der zweite Taucher in voller Ausrüstung gelangweilt an der Reling lehnte, befragte Synni Hemming zu weiteren wissenschaftlichen Einzelheiten. Diesen Teil wollten sie allerdings später im Institut noch einmal nachdrehen, um eine bessere Aufnahmequalität zu erreichen. Gerade als Tom die Kamera absetzte, da es für den Moment außer dem die Leine in der Hand führenden Signalmann nichts zu beobachten gab, kam plötzlich Unruhe auf.

Der Signalmann verließ seine Position, tauschte hektisch seine Jacke gegen eine Schwimmweste aus und stieg dann über eine kleine Leiter am Außenbord zur Wasseroberfläche hinunter. Synni beugte sich über die Reling und sah, wie er, an der Leine zerrend, immer wieder ins Wasser griff, bis er schließlich fast mit dem gesamten Oberkörper untergetaucht war. Die gelangweilte Haltung des Sicherungstauchers war angespannter Aufmerksamkeit gewichen. Fragend wandte sich Synni zu Askard um, doch dieser schien völlig gelassen.

»Die Leine hat sich verhakt. Das kommt schon mal vor, sollte aber kein größeres Problem sein«, kommentierte er.

Er hatte die Worte kaum ausgesprochen, als er von einem dumpfen Aufschlag abrupt unterbrochen wurde; zeitgleich sprang der Sicherungstaucher ins Wasser. Askard wirbelte herum.

Bevor Tom protestieren konnte, hatte Synni schon wieder die Kamera in der Hand und hielt sie aufs Wasser gerichtet. Im ersten Moment sah es so aus, als hätte der Signalmann den Halt verloren und sei abgestürzt, doch noch während der Sicherungstaucher ihn in eine eilig abgeworfene Rettungsinsel zog, färbte sich das Wasser um sie herum tiefrot.

Die vom Kapitän, der den Vorfall von der Brücke aus beobachtet hatte, ausgelöste Alarmsirene sorgte dafür, dass augenblicklich der größte Teil der Besatzung an Deck erschien. Mehrere Männer zogen die Rettungsinsel an Bord, gleichzeitig löste der zweite Taucher die Verbindungsleine, die sich etwas tiefer am Schiffsrumpf verfangen hatte, und holte seinen Kollegen zurück. Ein anderes Team leitete unverzüglich Erste-Hilfe-Maßnahmen ein. Askard stürmte zur Brücke.

Synni ließ die Kamera sinken. Der bewusstlose Mann blutete stark aus einer Vielzahl kleiner Wunden an Händen, Armen und Hals. Fieberhaft wurde versucht, die Blutungen mit Druckverbänden zu stillen, und ihm wurde Sauerstoff verabreicht. Inzwischen war auch Askard, der einen Rettungshubschrauber angefordert hatte, wieder an Deck und half dem ebenfalls zurückgekehrten Forschungstaucher mit seiner Ausrüstung. Besondere Aufmerksamkeit galt hierbei der Unterwasserkamera, und Synni meinte, aus den Wortfetzen, die sie durch die Geräuschkulisse hindurch erreichten, schließen zu können, dass sich Aufnahmen darauf befänden, die möglicherweise Aufschluss über das rätselhafte Geschehen geben konnten.

Quälend lange Minuten später erzitterte die Luft von den Schlägen der Rotorblätter. Wie ein riesiges Insekt verharrte der aus Honningsvåg angeforderte Rettungshubschrauber über ihnen, die Trage wurde mit Karabinern an den heruntergelassenen Riemen befestigt und sofort wieder hochgezogen. Dann verschwand der Helikopter ebenso schnell und gespenstisch, wie er aufgetaucht war. Zurück blieben dunkle Blutspuren an Deck.

»Was ... was ist passiert?«, fragte Synni verstört.

Askard Hemming rieb sich mit den Händen über das aschfahle Gesicht. »Wissen wir nicht«, entgegnete er tonlos. »Irgendwas hat ihn da unten angegriffen. Ich habe solche Blutungen noch nie gesehen. Sie fliegen ihn in die Universitätsklinik Tromsø.«

Mit steifen Bewegungen wie ein ferngesteuerter Roboter verschwand er mit der Kamera des Tauchers in einem der Labore. Die Aufregung an Deck wich allmählich routinierten Aufräumarbeiten.

Starr blickte Synni dem Forschungsleiter nach, während Tom ihr in einer hilflosen Geste den Arm um die Schulter legte.

»Ich will diese Aufnahmen sehen«, flüsterte sie.

Montag. Tag 7.

Øvre-Dividal-Nationalpark

Die höchste Erhebung des Tages und ein endlos anmutendes Geröllfeld hatten sie bereits hinter sich gelassen. Jetzt bogen sie auf eine hügelige Heidelandschaft ein. Moose, Flechten und dichtes rotbraunes Gestrüpp bedeckte die weiten Flächen zwischen den verstreut umherstehenden niederen Kiefern, von denen sich einzelne, wie um nicht aufzufallen, an den Boden schmiegten.

Kurz vor dem schmalen hölzernen Hängesteg, der über eine mehrere Meter breite Flussschleife führte, holte Simen Sundby seinen Sohn mit schnellen Schritten ein. Er berührte ihn am Ärmel, legte den Finger an die Lippen und deutete zur gegenüberliegenden Seite der Brücke. Lasse hielt inne und folgte seinem Blick. Sofort leuchteten seine Augen auf, und sie kauerten sich nebeneinander auf den sumpfigen Boden. Lautlos angelte Sundby ein Fernglas aus dem Rucksack und reichte es ihm.

Das possierliche Wesen, das kaum dreißig Meter von ihnen entfernt seine spitze Schnauze auf der Suche nach Genießbarem die Bodendecker durchpflügen ließ, mutete auf den ersten Blick an wie eine etwas zu groß geratene Kreuzung aus Perserkatze und Shiba Inu, die sich versehentlich in die Wildnis verirrt hatte. Mit seinem von Hellbraun ins Schwarz changierenden Pelz und seinen relativ kurzen, kräftigen Beinen mit langen Krallen an den Pfoten hob sich das Tier kaum vom Untergrund ab. Es maß, den buschigen Schwanz eingerechnet, deutlich mehr als einen Meter.

Lasse starrte gebannt durch das Glas. Obwohl der stattliche Gulo die Anwesenheit menschlicher Beobachter bemerkt haben musste, ließ er sich bei seiner intensiven Tätigkeit nicht im Mindesten beirren.

Sundby war sich der Tatsache bewusst, dass es trotz ihrer relativ hohen Populationsdichte an diesem Ort keine Selbstverständlichkeit war, eines der streng geschützten, überwiegend nachtaktiven Tiere aus nächster Nähe beobachten zu können. Lächelnd legte er Lasse die Hand auf die Schulter.

Später, als der Pelzige seine Suche nach Leckereien in Richtung des Dreiländerecks bei Kilpisjärvi fortgesetzt hatte, machten auch Simen Sundby und sein Sohn Rast und packten ihre Sandwiches und die Thermoskannen mit warmem Tee aus.

»Wie weit ist es noch bis zur Hütte?«, fragte Lasse kauend.

Sundby faltete die Karte auseinander, richtete seinen Kompass aus und ließ den Blick über den Horizont schweifen. Quellwolken bedeckten den Himmel. »Drei Stunden Marsch haben wir sicher noch vor uns. Du machst doch nicht schon schlapp, oder?«

»Vor dir? Machst du Witze?«

Lasse schraubte seine Thermoskanne zu, verstaute sie wieder im Rucksack, klopfte sich die Brotkrümel von der Jacke und stand auf. Sundby tat es ihm gleich. Während sie sich der wenig vertrauenerweckenden Hängebrücke näherten, fragte er sich, welches Gefühl gerade in ihm überwog – die Erleichterung darüber, dass nach einem etwas holprigen Start das Eis zwischen ihnen seit dem Vortag endlich gebrochen schien, oder die Beunruhigung über seine körperliche Verfassung. Was diesen Punkt betraf, hatte Lasse zweifellos recht – wenn einer von ihnen beiden unterwegs schlappmachte, war es wahrscheinlich nicht der Junge! Da die physischen Herausforderungen im Berufsalltag meist Mikael übernahm, hatte Sundby allzu oft eine willkommene Ausrede gefunden, um sich in sicherer Entfernung zum Fitnessbereich im Stakkevollvegen aufzuhalten. Er nahm sich fest vor, daran in Zukunft etwas zu ändern.

Sie hatten die Tour zwei Tage zuvor auf dem Rostadalen Campingplatz begonnen, und Sundby freute sich jetzt, nach einer weiteren, eher ungemütlichen Nacht im Zelt auf etwas, das hoffentlich wenigstens den Anschein eines Bettes erwecken würde. Er wurde nicht enttäuscht. Als sie erschöpft und mit Blasen an den Füßen bei ihrem Etappenziel eintrafen, fanden sie eine gepflegte und komfortabel eingerichtete Behausung aus hellbraun gestrichenem Holz vor. Lasse ließ sich sogleich in die Sofaecke vor den großen Fenstern fallen, die den Blick auf den unmittelbar davor gelegenen See freigaben. Auch Sundby entledigte sich seines Rucksacks und begab sich dann in die Küche, um das Abendessen zuzubereiten – Erbsensuppe und Ravioli aus der Dose, die nach dem langen Marsch besser schmeckten als jedes Fünf-Sterne-Menü.

»Können wir für den Rest der Zeit nicht einfach hierbleiben, Papa?«, meinte Lasse seufzend, als sie später gemeinsam auf den von der beginnenden Mitternachtssonne erhellten See hinaussahen. Und nach einer Weile, etwas leiser: »Schade, dass Mama nicht dabei ist.«

Sundby schwieg. Sie hatten sich für die vier Tage in der Natur digitale Abstinenz verordnet. Kein Laptop, kein Tablet – kein Handy! Und zu seinem großen Erstaunen hielt sich Lasse daran, was zur Folge hatte, dass sie in den vergangenen beiden Tagen wahrscheinlich bereits mehr miteinander geredet hatten als im gesamten vergangenen Jahr – dem ersten ohne Lena.

Lars Sundby sah seinen Vater jetzt mit großen dunkelbraunen Augen an. Die Augen deiner Mutter, dachte Simen wie so oft.

»Werdet ... ihr euch scheiden lassen?«

Er schüttelte den Kopf. »Nein. Bestimmt nicht.«

»Aber sie kommt nicht zurück, oder?«

Lena war zu ihrer Schwester nach Vadsø gezogen, ganz im Osten der Finnmark, nahe der finnisch-russischen Grenze. Vorübergehend. Eine Auszeit. Aber unmerklich hatte sich der vorübergehende Zustand zu einem Dauerzustand entwickelt. Einfach so, ohne dass es eine bewusste Entscheidung gewesen wäre. Lasse besuchte seine Mutter regelmäßig, und schließlich war er ja aus dem Gröbsten raus und fast erwachsen. Doch sosehr Sundby es auch versuchte – die nagenden Zweifel ließen sich mit halbgaren Ausflüchten nicht beseitigen. Er strich seinem Sohn den viel zu langen Pony aus der Stirn.

»Ich weiß es nicht, Junge. Wir werden sehen.«

Eine Zeit lang schwiegen sie, dann stand Sundby auf und stellte das benutzte Geschirr in die Spüle. »Den Abwasch verschieben wir auf morgen früh, okay? Aber wenn ich mir dich so anschaue – was hältst du von einem neuen Haarschnitt vor dem Schlafengehen?«

»Meinst du das ernst? Allerhöchstens unter der Bedingung, dass wir uns nebenher mal in Ruhe über die Tjörn Runt unterhalten.«

Sundby kramte in seinem Rucksack und förderte eine kleine Vielzweckschere zutage. »Ich glaube, die Einstellung deiner Mutter zu Freizeitaktivitäten wie der größten Segelregatta Schwedens kennst du.«

Breitbeinig baute sich sein Sohn vor ihm auf, die Arme vor der Brust verschränkt. »Haare gegen Startfreigabe.«

»Erste Polizeiregel: Provoziere niemals einen bewaffneten Gegner«, konterte Sundby mit gespieltem Ernst.

Lasse brach in schallendes Gelächter aus.

Die Dickköpfigkeit hast du nicht von mir, dachte Sundby. Diesen Charme aber wahrscheinlich auch nicht. »Haare gegen Diskussion«, gab er nach. »Ergebnisoffen.«

»Das hängt von deiner Qualifikation als Stylist ab!«

Alta/Anglet

Es war wieder kälter geworden. Obwohl man in der vergangenen Woche bereits an der Zwanzig-Grad-Marke gekratzt hatte, lagen die Höchsttemperaturen in diesen Tagen nur noch bei knapp sieben Grad. Schneidende Windböen fegten fahle Dunstwolken durch die menschenleeren Straßen des Ortes.

Cai stand dicht an der Uferböschung vor Skaialuft und blickte über den Fjord nach Norden. Hammerfest, Honningsvåg – das Kap. Irgendwo dort draußen im unergründlichen Europäischen Nordmeer befand sich jetzt die *Fram 21*, die wenige Stunden zuvor abrupt ihren Kurs geändert hatte. Unmittelbar danach war in der Universitätsklinik Tromsø eine neue Patientenakte geöffnet worden.

Cais Atem kondensierte zu feinem Nebel. Irgendwann, als die Schatten bereits lang waren und die Kälte unter seine Kleidung kroch, zog er das Handy hervor, streifte einen seiner Handschuhe ab und tippte eine lange Nummer ein.

Dreitausend Kilometer weiter südlich wischte sich Eric den Schweiß von der Stirn. Er fühlte sich klebrig nach dem langen, schwülen Arbeitstag und freute sich auf ein erfrischendes Bad im Meer. Der Klingelton, der auf dem Weg zur Tür aus seiner Tasche drang, war Stromaes »Alors on danse«.

Sandrine blickte amüsiert von ihrem Bildschirm auf. Sie waren die Letzten im Institut an diesem Abend.

Eric zuckte mit den Schultern. »Maxime ...«, erklärte er in ihre Richtung. Er nahm den Anruf an, ohne vorher aufs Display zu schauen, im selben Moment blieb er wie angewurzelt stehen.

An die folgenden Minuten würde er sich später nur noch bruchstückhaft erinnern. Worte drangen an sein Ohr, verdichteten sich zu Inhalten, sein Gehirn transformierte diese erneut in Laute, die über seine Lippen kamen, mühsam, stockend zuerst, dann immer flüssiger. Als er den Anruf beendet hatte, starrte Sandrine ihn mit einem Ausdruck im Gesicht an, der nahelegte, er habe soeben angefangen, fließend Mandarin zu sprechen, wenn nicht Schlimmeres.

»Nur Norwegisch«, beschwichtigte er abwesend. »Kein Grund zur Sorge.«

»Ist etwas mit deinem Vater?«

Stumm schüttelte er den Kopf, ging an ihr vorbei in die Küche und goss sich ein Glas Wasser ein. Dann setzte er sich wie ein Schlafwandler wieder an seinen Arbeitsplatz.

»Das war ... ein Freund. Cai«, murmelte er. »Es gab Vorfälle ... am Nordkap. Sie machen es noch nicht publik, wahrscheinlich, um eine Panik zu verhindern. Cai will, dass ich raufkomme und mir die Sache dort ansehe.«

Sandrine war aufgestanden. »Dir *was* ansiehst?«

»Die Amphipoden. Amphipodenschwärme haben vor dem Kap Menschen angegriffen.«

»Was erzählst du mir da? Amphipoden greifen keine Menschen an. Sie fressen Aas.«

»Niemand kann es sich erklären. Es könnte eine Mutation sein. Aber sie sind sich ziemlich sicher, dass es sich um ...«

Er stockte. »Es handelt sich mit ziemlicher Sicherheit um eine Form von – Gammarus Wilkitzkii.«

Minutenlang war es so still, dass das Tropfen des Wasserhahns aus dem Nebenraum wie das Ticken einer Zeitbombe klang.

Irgendwann löste Sandrine sich aus ihrer Erstarrung. »Du solltest hinfahren«, sagte sie entschlossen.

Eric hob den Kopf und sah sie an, als erwachte er aus einem Traum. »Ernsthaft? Ich soll hier alles stehen und liegen lassen und mich Hals über Kopf in die Finnmark aufmachen, nur weil jemand, den ich vor einer halben Ewigkeit mal kannte, gerade seinen Hang zu Verschwörungstheorien wiederentdeckt hat? Dass Cai über die eine oder andere spezielle Fähigkeit verfügt, will ich ja gar nicht bestreiten, aber hast du mir nicht gestern erst erklärt, dass du hier im Moment niemanden entbehren kannst?«

Sandrine runzelte die Stirn. »Verschwörungstheorie? Tatsache ist, dass die genetische Struktur von Amphipoden, insbesondere Gammariden, eine nicht unerhebliche Disposition für Modifikationen aufweist. Experimentell wurde nachgewiesen, dass bereits insignifikante Veränderungen der natürlichen ...«

»Sicher könnte es aus wissenschaftlicher Sicht interessant sein ...«, unterbrach Eric sie ungeduldig.

»Interessant? Wenn das, was dein Freund gesagt hat, stimmt, dann ist es eine Sensation – mehr als das! Es könnte bedeuten, dass sich hier ein Tipping Point manifestiert –, dass die Abnahme der Salinität im Norwegischen Strom durch die Veränderungen der thermohalinen Zirkulation bereits heute manifeste Auswirkungen auf den carnivoren Planktonbestand und damit auf ...«

»Sandrine! Du weißt ebenso gut wie ich, dass die Veränderungen der globalen Strömungsmuster, die wir zurzeit sehen, von einer Vielzahl noch völlig unzureichend ausgeforschter Faktoren abhängig sind und gleichermaßen vielschichtige Auswirkungen haben. Neben Temperatur- und Salzkonzentrationsunterschieden kommen tausend andere Ursachen für Auffälligkeiten innerhalb der marinen Biosphäre in Betracht.«

»Wenn sie eine Folge des anthropogenen Klimawandels oder anderer anthropogener Beeinträchtigungen sind – wovon auszugehen ist –, müssen die Vertragsstaaten der Klimarahmenkonvention darauf reagieren. Es wäre der erste manifeste Tipping Point mit unmittelbaren Folgen für die skandinavischen Länder. Norwegen könnte seine ökologische Pionierrolle ausbauen und ...«

»Norwegen steht auf dem vierzehnten Platz der weltweiten Erdölförderländer und betreibt staatlich subventionierten Walfang!«

»Und deckt seinen Energiebedarf zu hundert Prozent aus erneuerbaren Energiequellen.«

»Wofür schon mal ein paar samische Siedlungen über die Klinge springen.«

»Verdammt, interessiert es dich denn gar nicht, was da oben vor sich geht?«

Eric zwang sich dazu, mehrmals tief ein- und auszuatmen. »Cai hat gesagt, dass die aktuelle Expedition des Forschungseisbrechers *Fram 21* heute Morgen vor dem Nordkap nach einem unbestätigten Vorfall unterbrochen ... oder abgebrochen wurde. Framsenteret wird auch die wissenschaftlichen Untersuchungen in Honningsvåg leiten – dort ist der erste Unfall passiert.«

»Framsenteret – das Klima- und Umweltforschungsinstitut in Tromsø?« Sie dachte einen Augenblick nach. »Wir könnten ihnen natürlich auch ganz offiziell eine Kooperation anbieten.«

»Auf Basis wovon? Einer Hypoxämie bedingten Halluzination? Oder denkst du jetzt, dass es mutierte Wilkitzkii schon bis in die Biskaya geschafft haben?«

»Und wenn es so wäre?«

Eric schüttelte den Kopf. »So wie ich Cai verstanden habe, findet dort oben im Moment alles unter strenger Geheimhaltung statt. In Hammerfest sollen zwei Schwimmer in der Bucht spurlos verschwunden sein. Aber nicht einmal die Medien vor Ort kommen an Informationen ran.«

»Dann fahr hin und finde es selbst raus.« Forschend sah sie ihn von der Seite an. »Oder hast du vielleicht Angst?«

»Vor blutsaugenden Flohkrebsen?«

»Das hab ich nicht gemeint. Ich habe eher das Gefühl, dass du versuchst, vor deiner Vergangenheit zu fliehen.« Sie lächelte. »Du hast dich doch schon längst entschieden. Na los, geh und buch deinen Flug. Ich halte dir hier inzwischen den Rücken frei.«

Spät am Abend, beim Landeanflug auf die endlosen Lichterketten von Paris Charles de Gaulle, dachte Eric an Elias Várri.

Oslo

Es war nicht seine Idee gewesen, seine Antrittsrede im Storting mit einer Schweigeminute für Elias Várri beginnen zu lassen, sondern die von Sofia. Manchmal hatte seine zweite Frau diese begnadeten Momente, diese unbezahlbaren Karriereschubeingebungen. Er hätte sich nur gewünscht, sie hätte ihm nicht unmittelbar nach der Korrektur seines Redemanuskripts eröffnet, dass sie seit sechs Monaten ein Verhältnis mit dem ortsansässigen Elektrotechniker hatte. Morten Kolberg überlegte, ob diese Tatsache Ursache oder Folge davon war, dass sich der Einbau der stufenlos dimmbaren Multicolor-Beleuchtungsanlage in ihrem Neubau im Süden von Bygdøy über eine unbestimmte Zeitspanne hinzog. Bei Uta hatte es ähnlich angefangen. Erst war es nur eine unbedeutende Affäre, dann wurde es mehr. Man lebte sich auseinander, hatte sich nichts mehr zu sagen, wahrte den Schein nur noch für die Öffentlichkeit. Vielleicht war das der Preis, den man für den Aufstieg in die erste Reihe zu bezahlen hatte, dafür, einmal in der Woche am Stortingpult zu stehen.

Die Scheidung von Uta hatte er diskret über die Bühne gebracht, sie lebte jetzt mit ihrem gemeinsamen Sohn Micke wieder in Stockholm, wo er sie auf einer seiner ersten Geschäftsreisen, damals noch als juristischer Referendar, kennengelernt und nach einer stürmischen Romanze ihrer Heimat entrissen und ins benachbarte Oslo entführt hatte. Seit der Trennung weigerte sich Micke, mit ihm zu sprechen, und hatte sich augenscheinlich einer linksradikalen Gruppierung angeschlossen. Immerhin war er erwachsen, da musste er selbst wissen, was er tat.

Bei Mia lag der Fall naturgemäß völlig anders, denn mit ihren knapp fünfzehn Jahren war sie noch ein Kind. Außerdem war Sofia glücklicherweise klug genug zu wissen, dass er sich momentan keinerlei Scharmützel mit der Klatschpresse leisten konnte, nicht nur, weil er nur noch wenige Jahre vor sich hatte, um nach dem höchsten Amt im Staat zu greifen, sondern nicht zuletzt deshalb, weil skandalwitternde Pressehyänen nur danach lechzten, auch noch den geringsten – und selbstredend nicht existenten – Blutstropfen des unglücklichen Várri an ihm zu identifizieren. Doch jetzt, nach seinem ebenso pietätvollen wie glühenden Stortingauftritt, standen sie mit ebenso leeren wie er mit sauberen Händen da.

Das selbstzufriedene Lächeln, mit dem er den Applaus der eigenen Fraktion – und nicht nur dieser – entgegennahm, begleitete ihn zurück in die Akersgata, wo sich Bent Wallström diensteifrig von seinem Arbeitsplatz erhob.

»Ich gratuliere. Wir haben den Livestream hier drüben verfolgt, das war ...«

Doch Kolberg winkte ab, verschwand in seinem Büro und schloss die Tür. Ihm war nicht nach Lobhudeleien seines Spindoctors, aus dessen Feder der Text ohnehin maßgeblich stammte. Er mochte Wallström nicht, hatte ihn von Anfang an nicht gemocht, und daran würden weder devote Anbiedereien noch brillante Texte – und die verfasste der Berater zweifellos – etwas ändern.

Mit einer eigenartigen Mischung aus Genugtuung und Genervtheit nahm olje- og energiminister Morten Kolberg wieder hinter seinem Schreibtisch Platz und setzte sein zwei Stunden zuvor unterbrochenes Studium der Unterlagen fort, die Aksel Strand ihm einige Tage zuvor zur Prüfung überlassen hatte. Er nahm die Sekretärin kaum wahr, die erst einen Kaffee, dann noch einen Kaffee, dann eine neue Flasche Mineralwasser und schließlich ein Lachssandwich vor ihn stellte. Die Sonne hinter den getönten Scheiben des Ministeriums war längst untergegangen, als er zum Telefonhörer griff.

Eine Stunde später schloss seine Sekretärin, die er anschließend, wie zuvor bereits Bent Wallström, in den späten Feierabend schickte, die Tür hinter Aksel Strand.

»Gut, dass du so kurzfristig noch vorbeikommen konntest.« Kolberg stellte zwei Gläser und eine Flasche Aquavit auf den von zwei schwarzen Ledersesseln flankierten Glastisch, der dem ausladenden Schreibtisch gegenüberstand, und sie setzten sich.

»Ich hatte gerade in der Stadt zu tun. Morgen früh fliege ich nach Tromsø, wo ich unter anderem Tore Melling sehen werde ...«

»Dann trifft es sich ja gut.«

Kolberg füllte die Gläser, und sie prosteten sich zu. Er spürte Aksel Strands abschätzenden Blick auf sich ruhen und fühlte sich plötzlich unbehaglicher als im Storting, obwohl ihm das Reden vor Publikum auch nach all den Jahren noch nicht leichtfiel. Als Kind hatte er angefangen zu stottern, nachdem er im Alter von sieben Jahren bei der Apfelernte von einer Leiter gefallen war und sich beide Beine gebrochen hatte. Die Beine waren relativ schnell geheilt, aber das Stottern hatte ihn jahrelang begleitet und zum Gespött seiner Mitschüler gemacht. Erst in der Oberstufe hatte er es mithilfe eines geduldigen und sehr kompetenten Logopäden überwinden können, woraufhin seinem Entschluss, die juristische Laufbahn zu wählen, nichts mehr im Weg gestanden hatte. Reden zu halten, hatte er gelernt, doch die richtigen Worte fanden bis heute meist andere für ihn. Leute wie Bent Wallström. Oder Sofia. Beim Gedanken an den Elektriker, der in diesem Moment wahrscheinlich mit ihr im Bett lag, durchzuckte ihn ein schmerzhafter Stich, und er beeilte sich, sein Glas zu leeren.

»Ich habe gehört, dass es heute Vormittag eine Gedenkminute für Elias Várri gegeben hat«, überbrückte Strand die entstandene Pause. »Ich bin sicher, das wird die erhitzten Gemüter im Norden etwas abkühlen.«

Nachdenklich musterte Morten Kolberg sein Gegenüber. Er machte sich keine Illusionen darüber, dass er selbst nicht zu den smartesten zehn Prozent der lokalen Elite gehörte und den Stuhl, auf dem er saß, einer Reihe von Umständen zu verdanken hatte, die sich seinem Zutun entzogen. Dennoch hatte er schon immer ein untrügliches Gespür für Macht besessen. Und ihm war bewusst, dass er einen sehr gefährlichen Mann vor sich hatte.

»Wie du weißt, stehe ich gewissen ... Anliegen deutlich offener gegenüber als mein Vorgänger«, begann er, seine Worte mit Bedacht wählend. »Trotzdem ist es natürlich Teil meines Mandats, mit den materiellen Spielräumen meines Amtes maximal nachhaltig und verantwortungsvoll umzugehen.« Er machte eine bedeutungsvolle Pause und glaubte, ein kurzes Flackern in Strands Blick wahrgenommen zu haben. »Kurz gesagt, es gibt Unstimmigkeiten, die eine Subventionierung zu diesem Zeitpunkt oder in naher Zukunft wenig aussichtsreich erscheinen lassen.«

Auch Aksel Strand leerte seinen Gilde Taffel in einem Zug und nickte. »Unstimmigkeiten – gibt es die nicht immer?«

Kolberg verzog sein Gesicht zu einem maskenhaften Grinsen. »Ich muss Rücksichten nehmen. Du weißt, wie das ist. Es gibt Gerüchte. Wenn das Ministerium erst neu aufgestellt ist und alle juristischen Fragen abschließend geklärt sind, können wir weiterreden.«

»Du bist in einer schwierigen Situation, das verstehe ich. Gerade dann ist es wichtig, dass man weiß, auf wen man sich verlassen kann. Du bist ein Mann mit Ambitionen. Männer wie dich braucht das Land.«

Kolberg war lange genug in der Politik, um zu wissen, wie das Spiel gespielt wurde. »Du musst mir schon was geben«, sagte er.

»Bent Wallström ist ein guter Berater. Der beste, den du haben kannst.«

»Verstehe. Und weiter?«

»Tore Melling an der Spitze von PolarLys wird das Land voranbringen. Es wäre ein großer Fehler, das Potenzial des Unternehmens zu unterschätzen.«

»Ich sehe momentan vor allem, dass sie sich mit den giftigen Tritiumprodukten kräftig verzockt haben. Viridi Technologies ist zweifellos ein ambitioniertes Projekt, und Mellings Schachzug, Matias Grønn die Leitung zu übertragen, war genial, aber ich bezweifle, dass das ausreicht, um den Equity Value des Gesamtunternehmens aus der Gefahrenzone zu bringen. Ganz zu schweigen davon, dass uns die Ökologen zu Hackfleisch verarbeiten werden, wenn sie sich Grønns Laden mal genauer anschauen. Und früher oder später *wird* jemand genauer hinschauen. Wir sind ein freies Land.«

»Bestimmte Entwicklungen auf dem Markt waren nicht vorherzusehen. Aber das wahre Potenzial von PolarLys ist nicht Viridi. Ich spreche von etwas Großem. Groß genug, um jemanden ganz nach oben zu bringen – in den Høyblokka.«

Morten Kolbergs Blick wanderte aus dem Fenster, wo sich auf der anderen Straßenseite gespenstisch die Silhouette des H-Blocks abzeichnete – einst stolzes Wahrzeichen und höchstes Gebäude des Regierungsviertels, jetzt stilles Mahnmal einer der dunkelsten Stunden der norwegischen Geschichte.

»Der Høyblokka ist zerstört.«

»Er wird restauriert. Norwegen lässt sich von einem Irren nicht in die Knie zwingen. Aber Melling braucht Handlungsspielraum. Und er ist ein Mann, der nichts vergisst.«

»Das reicht mir nicht.«

Mit ausdrucksloser Miene fixierte Aksel Strand seine rauchschwarze TAG Heuer Autavia. »In diesen Tagen finden an einem geheimen Hochsicherheitsstandort die letzten Tests für eine völlig neuartige Produktionslinie statt, die LENR wie eine Bombe in den globalen Markt einschlagen lassen wird.«

Kolberg runzelte die Stirn. Er hasste arrogante Strippenzieher, die meinten, sie könnten Politiker wie Tanzbären am Nasenring durch die Manege zerren. Doch leider war auch das Teil des Spiels, und ohne Leute wie Strand würde er es nicht in den D-Block schaffen – den fast fertiggestellten neuen Sitz des amtierenden Ministerpräsidenten.

»LENR?«

»Die Kalte Fusion.«

Teil 2
Constant Weight

Zehn Jahre früher.

Oslo/Reykjavík

Der Tag, an dem Halvar Thorvaldsens Leben von einer Minute zur anderen wie ein Kartenhaus in sich zusammenstürzte, begann mit einem atemberaubenden Farbspiel. Zentimeter für Zentimeter zog die aufsteigende Oktobersonne ein schmales rot-orange geflecktes Band zwischen das Petrol des spiegelglatten Wassers und die zartcremig schimmernden Schleierwolken über dem inneren Oslofjord. Für die Jahreszeit war es noch sehr mild an diesem Freitag.

Am Vorabend hatten sie im physikalischen Department der Universität eine kleine Feier veranstaltet und den durchschlagenden Erfolg der LENR-Versuchsreihe sowie Halvars aufsehenerregende Publikation in *Science Tomorrow* begossen, einem der renommiertesten internationalen Wissenschaftsjournale. Nach der langen arbeits- und entbehrungsreichen Zeit war der Entspannungsbedarf bei dem achtköpfigen Forschungsteam hoch gewesen, entsprechend spät war es geworden. Also hatte Halvar den Wecker an diesem Morgen eine Stunde später gestellt und wischte sich gerade den Rasierschaum vom Gesicht, als Ingrid mit dem *Norske Nyheter* in der Hand ins Badezimmer gestürzt kam.

»Kannst du mir das bitte erklären, Halvar?«

Thorvaldsen streifte sich ein frisches weißes Oberhemd

über die Boxershorts und griff nach der Zeitung, die ihm seine Frau entgegenstreckte. Nachdem er im angrenzenden Schlafzimmer seine Lesebrille vom Nachttisch geangelt hatte, erstarrte er. Mit gnadenloser Unabänderlichkeit prangte der Aufmacher auf dem Titelblatt:

»Heimild Banki hf. zahlungsunfähig.« Und darunter: »Alle ausländischen Einlagen eingefroren.«

Halvar Thorvaldsen wurde es erst heiß, dann schwindelig. Er setzte sich auf die Bettkante.

Ingrid, die seinem Blick gefolgt war, schüttelte jedoch den Kopf und zeigte auf einen deutlich kleineren Artikel im unteren Drittel der Seite, den Halvar zunächst übersehen hatte, obwohl er mit seinem Namen begann.

»Halvar Thorvaldsen – hochdekorierter Plasmaphysiker und geachteter Professor der Universitetet i Oslo präsentiert gefälschten Durchbruch bei der Kalten Fusion.« Kalte Fusion war – ungewöhnlich für ein seriöses Nachrichtenblatt – farblich hervorgehoben. Darunter konnte man lesen: »Schlittert Norwegen nach der Affäre um fragwürdige Krebsstudien in einen neuen Wissenschaftsskandal? Im Fokus der Aufmerksamkeit steht jetzt die maßgeblich von Professor Thorvaldsen vorangebrachte angewandte Physik. Der vor wenigen Tagen bekannt gewordene Erfolg bei einer Low-Energy-Nuclear-Reactions-Versuchsreihe im Rahmen einer Forschungsgruppe an der hiesigen Universität basierte offenbar auf manipulierten Messwerten. Wie aus Wissenschaftskreisen verlautete, ist eine Schallwellen-Kavitation, wie sie Thorvaldsen in *Science Tomorrow* beschrieb, empirisch nachweislich nicht haltbar. Das Rektorat distanzierte sich in einer Pressemitteilung bereits von den Ergebnissen. Bis zu diesem Zeitpunkt war jedoch noch niemand zu einer persönlichen Stellungnahme bereit.« Für den Text verantwortlich gezeichnet hatte ein gewisser Jonas Lund, Hauptstadtkorrespondent.

Kleine Schweißtropfen bildeten sich auf Halvars Stirn, und er bekam Atemnot.

»Halvar«, wiederholte Ingrid. »Was hat das zu bedeuten?« Ihr Tonfall und Gesichtsausdruck spiegelten eine Fassungslosigkeit wider, die er noch nie an ihr gesehen hatte.

Er holte Luft und setzte zu einer Entgegnung an, obwohl er keinerlei Vorstellung davon hatte, wie sie aussehen sollte, aber er kam nicht dazu, denn im selben Augenblick begannen fast zeitgleich, sowohl sein Handy als auch der Festnetzanschluss im Wohnzimmer zu klingeln. Er wischte sich mit dem Handrücken über die Stirn, erhob sich, trat zum Fenster und schob die Gardine ein Stück zur Seite. In der Straße hatten sich bereits mehrere kleine Vans eingefunden, Kameras und Mikrofone bahnten sich ihren Weg zum Gartentor.

Thorvaldsen ignorierte das hartnäckige Telefonklingeln, zog sich eilig Hose und Jackett an und rannte die Treppe hinunter.

Er drückte Ingrid, die ihm mit wehendem Morgenmantel hinterherlief, einen raschen Kuss auf die Wange. »Mach dir keine Sorgen, Liebes, das kann nur ein Missverständnis sein. Ich muss zum Institut. Sprich mit niemandem von der Presse. Es wird sich alles aufklären!«

»Die Bankangelegenheiten hattest du ja geregelt?«, rief sie ihm noch nach, doch da war er bereits aus der Tür.

Mit etwas Glück schaffte er es, den Reportern auszuweichen und sich in seinen Wagen zu retten. Es waren nicht allzu viele, die meisten waren offensichtlich mit der erneut eskalierenden Bankenkrise beschäftigt, doch noch nicht einmal das war eine gute Nachricht an diesem Morgen.

Halvar zwang sich, tief und gleichmäßig zu atmen, während er den Wagen durch den morgendlichen Berufsverkehr vom Stadtteil Frogner aus, wo sie eine bescheiden-elegante Gründerzeitvilla bewohnten, über die Bygdøy allé in die Osloer Innenstadt steuerte. Bei der Auswahl des Hauses war ihnen wichtig gewesen, dass alle vier Kinder ein eigenes Zimmer bekamen, obwohl die beiden älteren bereits selbst Wohnungen hatten. Die monatlichen Belastungen waren hoch, die Besoldung allerdings auch, weshalb sie nach Halvars Berufung in die Hauptstadt nicht lange gezögert und das attraktive Immobilienangebot angenommen hatten.

In diesem Augenblick war er sich nicht sicher, welche der beiden Schlagzeilen des Tages die verheerendere Wirkung auf sein Leben haben würde. Auch konnte er sich nicht im Mindesten einen Reim darauf machen, wer oder was für die offensichtliche Kampagne gegen ihn verantwortlich war. Zwei Dinge wusste er allerdings mit bestürzender Gewissheit. Erstens, dass sein Durchbruch bei der LENR-Versuchsreihe nicht auf fehlerhaften Messdaten beruhte. Und zweitens – und das war vielleicht die noch verstörendere Wahrheit –, dass er die »Bankangelegenheiten« nicht geregelt hatte. Er hatte geglaubt, es könnte warten. Ein Irrtum.

Dabei waren die vergangenen Monate in jeder Hinsicht vielversprechend verlaufen. Anfang des Jahres waren endlich die seit Langem beantragten zusätzlichen Forschungsmittel für das Physik-Department bewilligt worden. Thorvaldsen hatte im Vorfeld ein hochkarätiges Team angehender Kernphysiker, Elektrochemiker und Elektrotechniker zusammengestellt, die sich gemeinsam mit ihm durch alle denkbaren LENR-Designs gearbeitet hatten. Ergänzt wurde die Gruppe durch jeweils einen Doktoranden der Mathematik und der theoretischen Informatik, die für die quantitativen Analysen zuständig waren und von allen standesgemäß nur *die Quants* genannt wurden.

Es war Halvar Thorvaldsens fünftes Jahr als Forskningsprofessor an der Universität Oslo. Seine Biografie und sein untadeliger Ruf hatten ihm, was seine Tätigkeit betraf, größtmögliche Freiheiten verschafft. Ihre Grenze fand diese Freiheit allerdings wiederholt bei dem Antrag auf eine Genehmigung für den Einsatz von Tritium. Der Betastrahler wurde trotz weitreichender Sicherheitsvorschriften als zu riskant eingestuft, was die Experimente auf die Basis von Wasserstoff und Deuterium reduzierte.

Natürlich ging es nicht darum, den Durchbruch bei der so genannten Kalten Fusion zu erzielen, und Halvar rechnete es allen Beteiligten hoch an, dass dieser emotional aufgeladene Begriff in der Öffentlichkeit bisher auch nie gefallen war. Sie betrieben reine Grundlagenforschung. Falls überhaupt Erwartungen gehegt worden waren, so hatten sich diese ursprünglich sogar eher in die gegenteilige Richtung bewegt. Letztlich war es das Verdienst der Quants, dass die Resultate deutlich über das hinausgingen, was in dem gesteckten Rahmen zu vermuten gewesen wäre.

Begonnen hatte das Team mit dem Myonen-katalytischen Ansatz. Es hatte sich jedoch sehr schnell gezeigt, dass Experimente mit reinem Deuterium hier nicht weiterführten. Bereits bei der Palladium-Katalyse traten jedoch einige bemerkenswerte Messungen auf. Die pyroelektrisch induzierte Verschmelzung ließen sie außen vor, da diese bereits hinreichend ausgeforscht und wegen der fehlenden Skalierbarkeit uninteressant war. Spektakulär waren die Messungen dann bei einer mittels Schallwellen ausgelösten Kavitation gewesen. Die Quants hatten eine Serie von Anweisungen entwickelt, die die jeweiligen Parameter für die Versuchsanordnung so optimierten, dass die Reaktionszeit das statistische Maximum erreichte. Das Script war ein echter Scoop, der sie über Nacht drei Jahre in die Zukunft katapultierte und vom Informatik-Quant den Namen »Pepper-Algorithmus« erhielt. Und exakt diese Ergebnisse hatte Halvar Thorvaldsen dann in Form einer ausführlichen wissenschaftlichen Abhandlung in einer internationalen Fachzeitschrift publiziert. Nicht mehr und nicht weniger.

Es waren unruhige Monate gewesen. Durch die Doppelbelastung von Forschung und Lehre verbrachte Halvar lange Arbeitstage in völliger Weltabgeschiedenheit am Institut, vom Kontakt mit seiner Familie ganz zu schweigen. Natürlich nahm er Ingrids sorgenvolle Stimme wahr, die ihn spät am Abend regelmäßig mit aufgewärmten Spaghetti bolognese und den Neuigkeiten der sich zuspitzenden weltwirtschaftlichen Großwetterlage empfing.

»Es war unter anderem auch von der Heimild Bank die Rede, Halvar.«

»Natürlich ist auch von der Heimild die Rede«, entgegnete er dann jedes Mal zerstreut, während er in Gedanken die jüngsten Messwerte der Sono-Katalyse wieder und wieder Revue passieren ließ, was seinen Herzschlag dramatisch beschleunigte. »Es ist das größte Kreditinstitut Islands und eines der größten in ganz Skandinavien.«

»Wir sollten unsere Einlagen dort abziehen. Nur zur Sicherheit.«

»Wie stellst du dir das vor? Ich kann das Festgeldkonto nicht von heute auf morgen auflösen.«

»Dann wenigstens das Tagesgeld. Und das Depot.«

»Und dann?«

»Transferierst du beides auf ein norwegisches Konto.«

»Wir waren uns doch einig, dass die Konditionen bei der Heimild ...«

»Ja. Aber jetzt ist es anders. Alle sprechen von einer drohenden Insolvenz.«

»Ingrid, ich glaube, du übertreibst. Es wird nie so heiß gegessen, wie gekocht wird. Außerdem gibt es ja noch so etwas wie eine Einlagensicherung. Mach dir keine Sorgen.«

»Versprichst du mir, dass du dich darum kümmerst?«

»Versprochen.«

Eine weitere Woche war vergangen, in der Halvar ausschließlich mit seinem Artikel beschäftigt war, oft zu spät zu seinen Vorlesungen erschien und von der Außenwelt nichts mitbekam. Am Dienstag war der Beitrag endlich erschienen, doch die auf die Finanzwelt fokussierte Medienlandschaft hatte zunächst nicht reagiert. Schon glaubte Halvar, seine spektakulären Ergebnisse würden wie so oft in der sensationsüberfrachteten Öffentlichkeit verpuffen. Doch dann, an jenem Oktoberfreitag, der so friedlich begonnen hatte, kam alles anders.

Bjarne Oleson erhob sich von seinem Sessel hinter dem breiten Eichenholzschreibtisch, als Halvar eintrat. Sein Gesichtsausdruck war freundlich-distanziert wie meistens. Er kam auf Halvar zu, schüttelte ihm kurz die Hand und dirigierte ihn zu dem großen braunen Ledersofa, auf dem Halvar zuletzt gesessen hatte, als er vor fünf Jahren die Professur antrat. Oleson war kein Mann vieler Worte. Ursprünglich aus der Jurisprudenz kommend, sah er sich in seiner Funktion als Leiter der größten und ältesten Bildungsinstitution Norwegens, die er seit knapp sieben Jahren innehatte, als Manager. Effizienz war sein oberstes Prinzip. Seine Wahl war damals nicht unumstritten gewesen, doch er hatte sich Respekt verschafft, wenngleich ihm von Teilen der Studentenschaft noch immer eine zu große Nähe zur Privatwirtschaft und seine konservative politische Ausrichtung zur Last gelegt wurden. Thorvaldsen gegenüber war er stets höflich und korrekt aufgetreten, aber es war kein Geheimnis, dass der Fachbereich Physik auf seiner Prioritätenliste nicht an oberster Stelle stand. Dennoch hatte Halvar die Geschwindigkeit überrascht, mit der das Rektorat öffentlich gegen ihn Stellung bezogen hatte.

Zehn Minuten später war klar, dass das »Missverständnis«, das beim *Norske Nyheter* entstanden zu sein schien, deutlich schwieriger aus der Welt zu schaffen war, als er gehofft hatte. Weitere zehn Minuten später verließ er den Raum mit einer einstweiligen Beurlaubung. Man könne sich keinen Skandal leisten und werde die Faktenlage durch eine unabhängige Kommission prüfen lassen. Wichtig sei, der Presse keine weitere Angriffsfläche zu bieten. Wenn sich die Situation beruhigt habe, sehe man weiter.

Thorvaldsen ging in sein Büro hinüber und packte verwirrt die wenigen persönlichen Gegenstände, die sich an seinem Arbeitsplatz befanden, in einen Pappkarton. Es war derselbe Karton, in dem ein paar Monate zuvor der eigens für die Schallwellen-Versuchsanordnung entwickelte Akustikgenerator geliefert worden war. Minutenlang blieb sein Blick an den gerahmten Fotos von Ingrid und den Kindern hängen, aufgenommen im Garten vor dem Haus, das ihres war und gleichzeitig auch nicht. An diesem Morgen weniger denn je.

Thorvaldsen startete den Computer und versuchte, sich in seinen Account bei der Heimild einzuloggen, aber wie erwartet war die Seite nicht erreichbar. Kurz danach poppte eine News-Push-Mitteilung auf seinem Handy auf. Die norwegische Regierung hatte die Kontrolle über alle Norwegen betreffenden Aktivitäten der Bank übernommen. Bis zur Entscheidung über das weitere Verfahren in Island blieben alle Einlagen ausländischer – auch norwegischer – Sparer eingefroren.

Die Tür öffnete sich, und der Mathematik-Quant steckte den Kopf herein, doch Halvar bedeutete ihm unwirsch, dass es nicht der passende Moment war. Nachdem sich die Tür wieder geschlossen hatte, führte er ein paar kurze Telefonate und buchte einen Platz in der nächsten Maschine nach Reykjavík. Dann verließ er das Institut, ohne auf die Fragen der Kollegen und Studenten zu reagieren, die ihm im Treppenhaus begegneten, und fuhr direkt zum Flughafen Gardermoen.

Am frühen Nachmittag traf er in Keflavik ein, nahm das nächstbeste Taxi und stand vierzig Minuten später vor dem klotzigen rotbraunen Dolerit-Gebäude im Zentrum Reykjavíks, welches das Althing beherbergte, das weltweit älteste Parlament eines unabhängigen Staates. Der sonst so idyllische Platz zwischen Fußgängerzone und dem Stadtsee Tjörnin quoll über von einer aufgebrachten Menge, die lautstark eine Reaktion der gewählten Volksvertreter einforderte. Die ganze Stadt schien auf den Beinen zu sein. Transparente versperrten die Sicht, vereinzelt flogen Knallkörper durch die neblige Luft.

Halvar hatte sich zunächst im Hintergrund gehalten, in hohem Maße irritiert angesichts der Situation an diesem Ort, unter diesen Menschen, die er bislang ausschließlich als ruhiges und besonnenes Volk kennengelernt hatte. Aber natürlich zählten Kraft und Unbeugsamkeit ebenso zur isländischen Volksseele, und es war klar, dass man entschlossen war, einer wie auch immer gearteten Macht furchtlos entgegenzutreten. Als wollte die Natur dies unterstreichen, verdunkelte sich allmählich der Himmel, und es begann erst leicht, dann immer heftiger zu regnen. Widerstandslos ließ Halvar sich durch die Parkanlage Richtung Rathaus spülen, ohne zu wissen, woher und wohin, Sinnbild des individuellen und kollektiven Kontrollverlusts. Erst als er von hinten einen kräftigen, wenn auch unbeabsichtigten Schubs erhielt und sich auf allen vieren im Matsch wiederfand, erlangte er einen Ansatz von Selbstwirksamkeit zurück. Mühsam rappelte er sich auf und kämpfte sich zur Vonarstraeti durch, an einem Café vorbei, bis er direkt am Monument des unbekannten Bürokraten den See erreichte. Hier, Auge in Auge mit einem Aktenkofferträger, dessen Kopf und Oberkörper in einem Felsblock steckten, erreichte die Absurdität der Szene ihren vorläufigen Höhepunkt, und Halvar begann, an die Statue gelehnt, triefend von Wasser und Schmutz, hart zu lachen.

»Halvar?«

Die Demonstration hatte sich inzwischen zum Hafen weiterbewegt, wo sich die Zentrale der Heimild Bank befand, der Platzregen war in ein sanftes Tröpfeln verklungen, und am Ufer des Tjörnin war es ruhig geworden. Dennoch dauerte es eine Weile, bis Halvar sich der Stimme hinter ihm bewusst wurde.

»Halvar Thorvaldsen?«

Jetzt war der Sprecher auch in seinem Gesichtsfeld aufgetaucht, und Halvar wusste nicht, ob er erschrocken, erleichtert oder peinlich berührt sein sollte.

»Olafur!«

Seit sie sich bei der – zugegebenermaßen recht ausschweifenden – Studienabschlussfeier zuletzt begegnet waren, hatte Olafur Hallgrimsson sich nicht im Mindesten verändert. Die kupferrote Mähne wehte nach wie vor ungebändigt um den gleichfarbigen Vollbart, und noch immer blitzten schwarze Knopfaugen über beneidenswert weißen Zähnen, die von einem schelmischen Grinsen freigelegt wurden. Es musste an der magischen Kraft der Insel aus Feuer und Eis liegen, dass er seit der Studienzeit keinen Tag älter geworden zu sein schien. Im selben Augenblick fand Halvar sich in einer Umarmung wieder, die ihn unwillkürlich an einen hydraulischen Maschinenschraubstock denken ließ.

»Halvar Thorvaldsen! Der berühmte Professor Thorvaldsen! Du bist es wirklich! Was um alles in der Welt machst du hier?«

Nachdem der Schraubstock sich gelockert hatte, nahm Halvar erleichtert zur Kenntnis, dass seine Lunge sich wieder mit Luft füllte. »Ich wollte es sehen«, antwortete er heiser.

»Sehen? Was wolltest du sehen? Einen echten isländischen Wolkenbruch? Das hättest du schon früher haben können, wenn du eine meiner Einladungen angenommen hättest«, scherzte Olafur unbeschwert, als wäre ansonsten keineswegs irgendetwas von Bedeutung vorgefallen.

»Ich – musste – es – mit – eigenen – Augen – sehen«, wiederholte Halvar gedehnt, den Blick starr nach Norden gerichtet, wo sich Althing und Heimild ungefähr in einer Flucht befanden.

Hallgrimssons Augen weiteten sich. »Ó fjandinn!«, entfuhr es ihm. »Du hast doch nicht etwa Kohle da drin stecken?«

»Viel sogar.«

»Verstehe. Und jetzt? Willst du die Bank plündern? Die Geldautomaten sind schon seit letzter Nacht alle außer Betrieb. Es kann Tage dauern, bis die Regierung entschieden hat, wie es weitergehen soll.«

Ein eisiger Wind strich, vom Hafen kommend, über den See. Halvar fröstelte.

»Du brauchst was Frisches zum Anziehen«, stellte Hallgrimsson fest, der seit jeher genauso praktisch veranlagt wie herzlich war. »Komm mit, ich wohne nicht weit von hier.«

Bevor Halvar protestieren konnte, fand er sich von baumstarken Armen weggezogen, am Reykjavíkurtjörn vorbeidirigiert, zur anderen Seite hinüber, wo sie zunächst in die Njardargata einbogen, dann in den Laufásvegur und schließlich vor einem quadratischen graubraunen Einfamilienhaus stehen blieben.

»Komm rein, nun mach schon!«

Halvar ließ seine verschmutzten Schuhe am Fußabtreter zurück und folgte Olafur hinein. Das Erdgeschoss wurde von einem mit antiquarischem Mobiliar bestückten Wohnraum dominiert, daran schlossen sich die geräumige Küche sowie das Badezimmer an. Eine Holztreppe führte ins obere Stockwerk, aus dem sich unverzüglich eine energische Stimme meldete.

»*Er það þú, sonur?*«

»*Já, mamma, ég er þarna.*«

Während Hallgrimsson ein großes hellblau-weiß gestreiftes Frotteetuch aus dem Schrank nahm und Halvar zum Bad dirigierte, wo er sofort die geothermale Fernheizung hochdrehte, fügte er erklärend hinzu: »Meine Mutter. Sie wohnt oben. Am besten, du stellst dich erst mal unter heißes Wasser, sonst erkältest du dich noch.«

Da jeglicher Widerstand offensichtlich zwecklos war, entledigte sich Thorvaldsen folgsam seiner durchnässten Kleidung, verschwand in der geräumigen, rustikalen Duschkabine und ließ den dampfenden Strahl über seinen Körper sprudeln. Als er zehn Minuten später ins Handtuch gewickelt zum Wohnzimmer zurückkehrte, empfing Olafur ihn mit einem grob gestrickten rostroten Wollpullover, hellen Flanellhosen und einem Becher heißer Moosmilch mit braunem Zucker in der Hand. Die Kleider waren zwar mehrere Nummern zu groß, doch der Trunk ließ augenblicklich seine Lebensgeister zurückkehren, wofür er, in einem Ohrensessel sitzend, den Studienfreund dankbar anblickte. Doch Olafur grinste nur und winkte ab, dann schaltete er den Fernseher ein.

Natürlich waren die Proteste in der Hauptstadt das alles dominierende Nachrichtenthema; zur Situation und Zukunft der Heimild Banki hf. konnte die Moderatorin noch nichts Neues sagen, außer dass isländische Sparer voraussichtlich mit Entschädigungen würden rechnen können, wohingegen ausländische Einlagen wahrscheinlich nicht abgesichert wären. Seufzend stellte Halvar seinen leeren Moosmilchbecher auf den Tisch, während Olafur zur Fernbedienung griff. Bevor der Bildschirm erlosch, bahnte sich allerdings eine weitere Nachricht ihren Weg in diese abgelegene Gegend der Welt, und Halvar vernahm zum ersten Mal den Begriff, der die nächste Dekade seines Lebens maßgeblich prägen würde.

Olafur Hallgrimsson war mitten in der Bewegung erstarrt. Das bedrückende Schweigen, das folgte, wurde kurz darauf unterbrochen von einer fordernden Stimme aus dem Obergeschoss, die er jedoch ignorierte. Stattdessen wandte er sich zu Halvar um. Sein Gesichtsausdruck zeigte irgendetwas zwischen Verblüffung, Mitgefühl und unterdrückter Belustigung.

»*ConFusionGate*?«, wiederholte er ungläubig.

Halvar zuckte mit den Schultern. »Höre ich auch zum ersten Mal.«

»Aber dass deine Forschung diskreditiert wird, wusstest du schon?«

»Seit heute früh. Ich bin beurlaubt.«

Kopfschüttelnd ging Olafur zu der Vitrine neben dem Kücheneingang, nahm eine Flasche Svarti Dauði heraus und füllte zwei Gläschen bis zum Rand. »*Skál!*«

»*Skál*«, erwiderte Halvar schicksalsergeben und leerte sein Glas in einem Zug. Der Branntwein machte seinem Namen alle Ehre, das Blut schoss in Halvars Gesicht, und er rang nach Luft. Ein erneutes Befüllen seines Glases konnte er gerade noch verhindern.

Unbeeindruckt leerte Hallgrimsson seinerseits ein zweites. Er war jetzt ernst, jeder Anflug von Erheiterung war verschwunden, und sein Verstand arbeitete schnell und klar, so wie es schon zu Studienzeiten gewesen war. »Wer tut so was? Und warum?«, fragte er in den Raum.

Halvar empfand tiefe Dankbarkeit dafür, dass dieser Mann, obwohl er ihn ein halbes Leben lang nicht gesehen hatte, offenbar keinen Gedanken daran verschwendete, an den Manipulationsvorwürfen gegen ihn könnte irgendetwas dran sein. Daher gab er ihm eine Antwort, die er wohl niemandem sonst in diesem Augenblick gegeben hätte.

»LENR«, sagte er langsam, »ist eine disruptive Technologie. Eine Revolution. Sie wird jeden Gedanken, den wir jemals über Energieversorgung gedacht haben, aus den Angeln heben. Auf den Kopf stellen. Global. Büchse der Pandora oder Gral – das kommt auf den Standpunkt an. Will sagen: maßgeblich darauf, womit du dein Geld verdienst. Wir reden hier von Dimensionen – dagegen ist der Crash der Heimild Portokasse.«

Hallgrimsson presste die Lippen zusammen und nickte. »Pass auf dich auf, mein Freund.« Nach einer Pause fuhr er fort: »Wenn du Hilfe brauchen solltest, weißt du, wo du mich findest. So, und jetzt essen wir noch eine gute Portion Harðfiskur, bevor ich dich rüber nach Keflavik fahre.«

Dienstag. Tag 8.

Hammerfest/Oslo

Bis zum Abflug blieb noch etwas Zeit. Ingrid parkte vor dem Terminal und sah Halvar fragend an.
»Trinken wir noch einen Kaffee?«
Er warf einen raschen Blick auf seine Kerbholz-Armbanduhr, die sie ihm im vergangenen Jahr zum fünfundvierzigsten Hochzeitstag geschenkt hatte – Modell Franz, Farbe Walnuss-Asphalt, schlichtes, aber edles Design, nicht übertrieben teuer, dabei geschmackvoll und ungewöhnlich –, und nickte.
Das kleine Flughafengebäude von Hammerfest war an diesem Vormittag menschenleer. Die Bedienung, die sich an der Kaffeebar langweilte, schien erfreut, immerhin zwei Caffè Latte servieren zu können. Draußen, auf dem tauglitzernden Rollfeld, standen die Widerøe-Maschinen für den Cityhop nach Tromsø bereit. Thorvaldsen spürte einen kurzen Kälteschauer beim Blick auf die Bombardier Dash-8 turboprop. Eigentlich hatte er seine sporadisch auftretende Flugangst seit einigen Jahren im Griff, doch von Zeit zu Zeit meldeten sich Signale aus der Vergangenheit. Das menschliche Gehirn war ein faszinierendes Mysterium mit enigmatischen Verschaltungen. So schien es ihm fast, als habe die ConFusionGate-Affäre weniger sein Herz als vielmehr sein Verhältnis zu kleinformatigen Propellermaschinen nachhaltig belastet.

Aber vielleicht war das auch nur eine Ausflucht, und es ging in Wirklichkeit darum, dass ihn der Anlass seiner kurzen Reise in die Hauptstadt nervös machte. In den letzten Jahren hatte er nicht mehr oft vor einem großen Publikum gesprochen, und inzwischen hatte die wissenschaftlich-technische Entwicklung nicht haltgemacht. Neue Spieler hatten das Feld betreten, das er nach wie vor als seines betrachtete, wie Björn Borg einst die Courts dieser Welt. Jüngere Spieler.

»Alles okay?«

Ingrids Stimme riss ihn aus seinen Gedanken. »Ja, natürlich. Ich habe nur ...«

Sie ersparte ihm die Antwort. »Du denkst doch daran, diesen Roboter zu besorgen, wie hieß er noch gleich? Ida spricht seit Tagen von nichts anderem mehr!«

Wie hätte er das Geburtstagsgeschenk für seine Lieblingsenkelin vergessen können? Tatsächlich bestand für ihn nicht der leiseste Zweifel daran, dass der Kauf eines mit künstlicher Intelligenz gefütterten Kinderspielzeugs der weitaus gewichtigere Grund für einen Abstecher nach Oslo war als eine Rede zum aktuellen Stand der Fusionsforschung auf dem Nordic Development Forum!

Er lächelte. »Actmo.«

»Actmo, richtig. So ganz wohl ist mir ja nicht bei dem Gedanken, eine autonom agierende Maschine im Haus zu haben, die von einer Sechsjährigen erzogen und beaufsichtigt wird. Vielleicht hätten wir uns doch besser nach einem Welpen umsehen sollen?«, meinte sie halb scherzhaft.

»Siebenjährig – ab morgen«, korrigierte Halvar. »Keine Sorge, Ida ist jetzt schon eine bessere Python-Programmiererin, als ich es zu meinen besten Zeiten war. Außerdem ist der Kerl nicht größer als ein Tennisball. Und notfalls kann man ihn sogar abschalten – das dürfte mit einem Welpen etwas schwieriger sein. Kann ich dich auch wirklich mit den ganzen Vorbereitungen für das Fest allein lassen?«

Ingrid lachte. »Falls mich deine Tochter Lea überhaupt irgendetwas machen lässt! Und heute Abend kommen ja auch Magnus und Alexa.« Sie schwieg einen Augenblick. »Du … wirst wahrscheinlich keine Zeit haben, um bei Oskar vorbeizuschauen, oder?«

Halvar seufzte unhörbar und griff nach seiner kleinen Reisetasche. Auf den folgenschweren Bruch in ihrem Leben vor zehn Jahren war der überstürzte Wegzug aus der Hauptstadt gefolgt. Ingrid und er hatten sich unversehens in der unwirtlichen Kälte des äußersten Nordens wiedergefunden, die Großfamilie war inzwischen über das ganze Land verstreut. Dass sie ausgerechnet mit ihrem Ältesten, der als Einziger nach wie vor in Oslo lebte, am wenigsten Kontakt hatten, machte es nicht besser.

»Ich versuche es.«

Gemeinsam gingen sie zum Gate, und er drückte sie fest an sich, so wie er es immer tat, wenn sie sich verabschiedeten. »Wir sehen uns morgen. Ich rufe heute Abend an.«

Der kurze Flug nach Tromsø verlief ruhig, und als Halvar nach dem fünfzigminütigen Transit die wesentlich größere und vertrauenerweckendere Boeing 737 bestieg, war ihm bedeutend wohler. Er traf am frühen Nachmittag in Gardermoen ein, nahm den Flytoget Airport-Express und war zwanzig Minuten später am Nationaltheatret. Warme Frühlingsluft strömte ihm entgegen, als er über die Rolltreppe aus dem Metroschacht auftauchte, und bevor er zum Studenterlunden-Park hinüberschlenderte, zog er den Mantel aus.

Er checkte im Grand Hotel ein, das sich auf der anderen Seite des Parks, direkt gegenüber dem Parlamentsgebäude befand. Das Zimmer, das von der NDF-Organisation für ihn reserviert worden war, lag im vierten Stock mit Blick auf Stortinget und Park, etwas klein zwar, doch abgesehen davon, äußerst komfortabel. Halvar nahm sich jedoch nicht die Zeit, den Luxus zu genießen, sondern machte sich, nachdem er seine Tasche abgelegt hatte, sofort wieder auf den Weg ins Zentrum.

In einem Elektrofachmarkt an der Grensen fand er Actmo und empfand Erleichterung darüber, dass dieser Programmpunkt schnell und stressfrei abgehakt war. Kurz erwog er, Oskar anzurufen, doch ein weiterer Blick auf die Kerbholz sagte ihm, dass ein Besuch an diesem Tag nicht mehr in den Zeitplan passte. Natürlich hätte er sich für den folgenden Tag mit ihm verabreden können, zum Frühstück oder zu einem frühen Lunch, da sein Rückflug erst für vierzehn Uhr gebucht war. Doch aus irgendeinem Grund tat er es nicht. Stattdessen ging er zur Universität hinüber und fand an der Kristian IVs gate ein ruhiges Restaurant, wo ihn nach all den Jahren niemand mehr kannte.

Das Nordic Development Forum war in der Folge der Bankenkrise aus einer isländischen Initiative entstanden, ursprünglich als Diskussionsplattform der skandinavischen Länder, um neue Impulse im Wirtschafts- und Finanzsektor zu entwickeln und sich von den globalen und zentraleuropäischen Fehlentwicklungen abzukoppeln. Nach mehreren Veranstaltungen, unter anderem in Reykjavík und Kopenhagen, war in diesem Jahr die Wahl auf Oslo gefallen. Halvar beobachtete die Entwicklung des Events mit gemischten Gefühlen.

Für sein Empfinden drohte, was ein sinnvolles Korrektiv im Sinne einer verstärkten demokratischen Kontrolle und Regulierung hätte werden können, mehr und mehr zu einer reinen Lobbyveranstaltung der CMVINX-Index-Unternehmen zu werden. Da jedoch immer hochrangige Vertreter aus Wissenschaft und Technik anwesend waren, hatte er die Einladung dennoch als Ehre empfunden und nach reiflicher Überlegung entschieden, sie nicht abzulehnen.

Obwohl vonseiten der Direktion alles getan wurde, um einen angenehmen und reibungslosen Ablauf zu gewährleisten, war offensichtlich, dass das Hotel eigentlich viel zu klein und mit der Veranstaltung völlig überfordert war. Der auf rund hundert Gäste ausgelegte Tagungsraum platzte mit den mindestens dreihundert Anwesenden aus allen Nähten. Die Luft war entsprechend stickig, und Halvar nahm erleichtert zur Kenntnis, dass sein Redebeitrag früh am Abend eingeplant war, sodass er sich anschließend in ruhigere Bereiche der Zusammenkunft würde flüchten können. Die interessantesten Begegnungen fanden erfahrungsgemäß ohnehin an der Hotelbar statt. Kaum hatte er den für ihn reservierten Platz in der zweiten Reihe eingenommen, wurde er bereits angekündigt.

»… freue ich mich ganz besonders, euch heute Abend einen Mann präsentieren zu können, den die meisten von euch kennen werden und der lange Zeit in unserer schönen Stadt zu Hause war.«

Nachdem das Gemurmel abgeflaut war und der Moderator sich Gehör verschafft hatte, folgte ein kurzer Abriss des beruflichen Werdegangs des Referenten. Gebürtig in Trondheim, Studium der angewandten Physik an der dortigen Technisch-Naturwissenschaftlichen Universität, mehrere Semester Plasmaphysik in Boulder/Colorado und Berlin. Promotion über die Optimierung des Pinch-Effekts im Tokamak mittels supraleitender Spulen. Wissenschaftlicher Mitarbeiter am Max-Planck-Institut in Garching, anschließend Forschungsprofessur in Oslo.

»Von seinen Studenten geschätzt und verehrt, hat er sich vor einigen Jahren jedoch entschieden, seine Forschung in einem praxisorientierteren Umfeld fortzuführen. Die Rede ist natürlich von einem – genauer gesagt, von *dem* Pionier der Fusionsforschung. Meine Damen und Herren, liebe Wissenschaftsfreunde, bitte begrüßt mit mir Prof. Dr. Halvar Thorvaldsen.«

Verhaltener Applaus folgte, und während Thorvaldsen sich erhob und ans Rednerpult trat, überlegte er sich, ob er den letzten Teil der Anmoderation eher als aus dem Ruder gelaufene Höflichkeitsgeste oder als blanke Unverschämtheit werten sollte. Auch wenn die Aufmerksamkeitsspanne in der sich immer atemberaubender beschleunigenden Welt kaum weiter als bis zu den Schlagzeilen vom vergangenen Tag reichte, bestand nicht der leiseste Zweifel daran, dass ConFusionGate nicht nur den Pressevertretern im Raum noch geläufig war. Aber da es hier und jetzt nicht um ihn als Person ging und zu dem unerfreulichen Thema alles längst gesagt war, entschied er sich, darauf nicht weiter einzugehen. Stattdessen bemühte er sich, den globalen Entwicklungsstand der Kernfusionsreaktoren in einer Weise darzustellen, die sowohl dem wissenschaftlichen Fachpublikum als auch dem nicht technischen Teil der Zuhörerschaft gerecht wurde.

Er beschrieb die inzwischen weitgehend ausgereifte Tokamak-Technologie, die mit dem europäischen JET-Projekt im englischen Culham maßgeblich vorangetrieben worden war und aktuell durch das internationale Forschungsprojekt ITER im südfranzösischen Cadarache weiterentwickelt wurde, hob jedoch das technisch deutlich anspruchsvollere, gleichzeitig aber aus seiner Sicht in der Anwendung vielversprechendere Stellarator-Prinzip hervor, das ursprünglich in Princeton entwickelt worden war. Seit den 1990er-Jahren war es sowohl in Japan im Large Helical Device als auch im deutschen Forschungsreaktor Wendelstein 7-X in Greifswald im Rahmen von wissenschaftlichen Großprojekten erfolgreich realisiert worden. Die Unterschiede bezogen sich im Wesentlichen auf das Handling des auf hundert Millionen Grad erhitzten Plasmas, eine Herausforderung, die bei allen Ansätzen zur Realisierung einer Nettoenergiegewinnung das zentrale Problem darstellte und mit den modernsten Materialien sowie exponentiell gestiegenen Rechnerkapazitäten überhaupt erst möglich geworden war. Halvar ließ keinen Zweifel an seiner festen Überzeugung aufkommen, die Fusionstechnologien seien in ihren Möglichkeiten den erneuerbaren Energien weitaus überlegen und zur Sicherung des stetig steigenden Energiebedarfs einer wachsenden Weltbevölkerung schlichtweg alternativlos.

»Aber die Kernfusion operiert doch auch mit radioaktiven Substanzen und hinterlässt strahlende Abfallprodukte?«, warf eine Pressevertreterin ein.

»Das stimmt. Im Gegensatz zu den bei der Kernspaltung eingesetzten Elementen ist Tritium allerdings nur schwach radioaktiv, die Handhabung vergleichsweise unproblematisch und mit geringen Risiken behaftet. Die radioaktiven Abfallprodukte, die bei der Fusion anfallen, haben lediglich eine Halbwertszeit von einhundert Jahren. Das unlösbare Problem einer Endlagerung entsteht nicht. Auch eine unkontrollierbar sich selbst verstärkende Reaktion mit dem Risiko einer Explosion ist in einem Fusionskraftwerk per Design ausgeschlossen. Es kann also keinen GAU geben. Darüber hinaus sind die benötigten Ausgangsstoffe – Deuterium und Lithium – in praktisch unbegrenzter Menge verfügbar.«

An dieser Stelle breitete sich Unruhe im Saal aus, und die sich anschließende Diskussion drehte sich eine Zeit lang um die Möglichkeiten und Grenzen der Erneuerbaren. Namentlich der Widerstand lokaler Bevölkerungsgruppen gegen einzelne Wind- und Wasserkraftprojekte war eine Realität, die man in Norwegen lange Zeit negiert hatte. Unbestreitbar hatte sich das gesellschaftliche Klima wieder in Richtung einer größeren Offenheit neuen Technologien gegenüber gewandelt. Weitere Fragen tauchten auf, die Halvar so gut wie möglich beantwortete.

»Das ist ja alles schön und gut«, meldete sich ein Abgesandter der Gasindustrie etwas unwillig zu Wort. »Aber wir wissen doch alle, dass wir von einer kommerziellen Nutzbarkeit der Fusion immer zwanzig Jahre entfernt sind. Seit über einem halben Jahrhundert. Und der Beweis dafür, dass sich das in absehbarer Zeit ändert, steht noch aus.«

Obwohl die Offshore-Gasförderung durch die Erschließung großer Felder in der Barentssee aktuell boomte, gab es nicht Wenige, die ihre Pfründe bedroht sahen.

»Tatsächlich sind in den vergangenen Jahren durch die auf der Basis von CPA – Chirped Pulse Amplification – erheblich verbesserte Laserleistung auch im Bereich der laserinduzierten Trägheitsfusion entscheidende Fortschritte erzielt worden«, konterte Thorvaldsen. »Aus Gründen der Skalierbarkeit und Materialermüdung bieten die auf magnetischem Einschluss des Plasmas basierenden Ansätze jedoch das unbestritten größere Potenzial.«

»Könntest du das präzisieren?«, ließ sich der Moderator vernehmen.

»Natürlich, gerne. Einfach ausgedrückt, ist es so: Die Fusion an sich ist nicht das Problem. Das ist tatsächlich ein relativ simpler physikalischer Vorgang und mit verschiedenen technischen Ansätzen bereits vielfach realisiert worden. Die Herausforderung besteht darin, viel Fusion zu machen – sehr viel. Und hier kommt das Plasma ins Spiel. Der Plasmazustand ist ein faszinierender, aber auch enorm anspruchsvoller Materiezustand. Nicht zuletzt ist er bekanntermaßen für unsere wunderschöne Attraktion Aurora borealis, das Nordlicht, verantwortlich. Fusionsreaktionen in einer Weise stabil aufrechtzuerhalten, die uns auch nur in die Nähe einer Nettoenergieausbeute im kraftwerkrelevanten Bereich führt, wurde bisher ausschließlich mit den magnetfeldbasierten Techniken realisiert. Sowohl Hochleistungslaser als auch Ansätze, die auf mechanischen Schockwellen – vergleichbar mit herkömmlichen Dieselmotoren – basieren, liegen hier weit zurück. Doch auch die Magnetfeldfusion bringt die technischen Möglichkeiten von heute noch an ihre Grenzen. Im Wendelstein wird mit einem 3-Komponenten-System und allerhöchsten Materialstandards gearbeitet, was das Projekt zeitintensiv, groß und teuer macht. Dennoch: Wendelstein und ITER sind die wahrscheinlich letzten Meilensteine auf dem Weg zur Realisierung des ersten Demonstrationskraftwerks DEMO. Die Fachwelt erwartet, dass es Mitte des Jahrhunderts in Betrieb gehen wird.«

»Und wird DEMO ein Tokamak oder ein Stellarator sein?«

»Das ist aktuell noch nicht entschieden. Aber meiner persönlichen Einschätzung nach wird es ein Stellarator sein. Das toroidale Design des Tokamak macht es notwendig, elektrischen Strom ins Plasma einzuleiten, weswegen dieser nur gepulst betrieben werden kann. Ein Kraftwerk müsste folglich im Sechs- bis Acht-Stunden-Rhythmus herauf- und wieder heruntergefahren werden, was an sich schon der Albtraum jedes Ingenieurs ist. Erschwerend kommt noch hinzu, dass Strom im Plasma Instabilitäten erzeugt, die eine Stromdisruption zur Folge haben können. Das Plasma würde abrupt in sich zusammensacken und eine Erschütterung generieren, die erhebliche Schäden verursachen würde. Diese Probleme gibt es beim Stellarator nicht.« Er machte eine kurze Pause. »Sollte es gelingen, die Turbulenzen im Plasma zu kontrollieren, das heißt, aktiv zu steuern oder wenigstens auf ein Minimum zu reduzieren, wäre die letzte große Hürde genommen. Dies ist meine persönliche Vision und meine Hoffnung für alle derzeit in diesem Bereich aktiv Forschenden. Ich danke euch vielmals für eure Aufmerksamkeit.«

Gerade als Halvar sich anschickte, die Bühne zu verlassen, erhob sich ein leger gekleideter Mittvierziger mit kurzer Bürstenfrisur aus der vorletzten Reihe.

»Guten Abend, Professor. Vielen Dank für den ansprechenden Vortrag. Ich war allerdings der Meinung, deine persönliche Vision beziehe sich eher auf die Realisierung der *Kalten Fusion*.«

Thorvaldsens Herzschlag beschleunigte sich. Er blickte auf, konnte den Sprecher ohne Brille auf die Entfernung jedoch nur undeutlich erkennen. Er atmete tief durch, bevor er ruhig und gelassen antwortete.

»Mir ist bewusst, dass das Schlagwort *Kalte Fusion* in der Presse und in Teilen der interessierten Öffentlichkeit noch immer eine gewisse Faszination hervorruft, aber das gehört eher in den Bereich der Thriller-Literatur. Wissenschaftlich sprechen wir von LENR – Low Energy Nuclear Reactions. Dazu kann ich nur sagen, dass alle diesbezüglichen Ansätze bisher einer praktikablen Anwendung nicht standgehalten haben. Mit keinem der erprobten Verfahren ließen sich stabile Reaktionen katalysieren.«

»Stimmt es nicht, dass du deine Professur an der hiesigen Universität dadurch verloren hast, dass du fälschlicherweise behauptet hast, du hättest den Beweis für eine Niedrigtemperatur-Fusion erbracht?«

»Mit wem spreche ich, bitte?«

»Ach so, natürlich, Verzeihung. Andreas Vik vom *Dagens Rapport*.«

»Darf ich dich daran erinnern, dass der *Norske Nyheter* in diesem Zusammenhang wegen Rufmordes zu einer erheblichen Schadensersatzzahlung verurteilt wurde?«

»Was, wenn ich mich recht erinnere, eine nicht unumstrittene Entscheidung war. Es ist doch eine Tatsache, dass die Hochschule, dessen ungeachtet, zu der Einschätzung gelangt ist, dass deine Versuchsanordnung auf fehlerhaften Daten beruhte und du deine Professur nicht zurückbekamst, weil du dich geweigert hast, dies öffentlich einzugestehen?«

Gespannte Stille breitete sich im Saal aus, und Halvar Thorvaldsen spürte, wie ihm der Schweiß ausbrach. In diesem Moment trat der Moderator mit einem raschen Schritt neben ihn und kündigte als nächsten Redner den Manager eines Hedgefonds an, der sich durch besonders aggressives Agieren einen zweifelhaften Ruf erarbeitet hatte, woraufhin der Einwurf des Journalisten im allgemeinen Raunen unterging.

Der Anflug auf Hammerfest verlief wetterbedingt unruhig, und die Landung war entsprechend hart. Nachdem die Maschine mit quietschenden Reifen im strömenden Regen zum Stehen gekommen war, entschuldigte sich der Pilot über Lautsprecher, doch die meisten Passagiere in der nur halb besetzten Dash-8 nahmen es mit norwegischer Gelassenheit. Man war dergleichen hier gewohnt. Halvar Thorvaldsen löste seine schmerzhaft verkrampften Hände von den Armlehnen seines Sitzes, erhob sich mühsam und angelte seine Tasche aus dem Overhead Bin, wobei ihm eine lächelnde Stewardess zu Hilfe kam. Erleichtert atmete er auf, als er im Flughafengebäude endlich wieder festen Boden unter den Füßen hatte.

Ingrid stand fröhlich winkend am Gate, das Wasser troff von ihrem wadenlangen Regenmantel, und sie legten die wenigen Meter bis zum Wagen im Laufschritt zurück.

»Ich hoffe, die ganze Reise war angenehmer als der Rückflug«, sagte sie, stellte die Scheibenwischer auf Maximalleistung ein und verließ das Flughafengelände Richtung Finnmarksveien.

»Nur bedingt«, gab er nachdenklich zurück.

Sie sah ihn rasch von der Seite an.

»Es gab da ein paar kritische Fragen. Ich hätte damit rechnen müssen.«

»Gut, dass du darauf nicht mehr angewiesen bist.«

Halvar betrachtete schweigend das Abendlicht, das von der nassen Straße reflektiert wurde und über dem Hafen in einen filigranen Nebelschleier floss. Sie bewohnten jetzt ein hübsches Haus an der Rossmolbukta, zwar bescheiden im Vergleich zu ihrer einstigen Villa in Oslo, dennoch fast zu groß, da die Kinder längst in allen möglichen Teilen des Landes ihre eigenen Familien gegründet hatten, bis auf Oskar, der noch immer allein lebte. Halvar hegte insgeheim die Vermutung, dass sein ältester Sohn sich zu Männern hingezogen fühlte, doch dieser hatte es bislang vorgezogen, sich über seine Beziehungen auszuschweigen, und das wurde natürlich respektiert. Magnus, der Jüngste, hatte erst im vergangenen Jahr geheiratet und lebte mit seiner Frau Alexa in Bergen. Die ältere der beiden Töchter, Sara, betrieb mit ihrem Mann ein kleines Gästehaus in Vestersand auf den Lofoten, und sie sahen sich leider auch nur noch selten. Umso mehr hatten Ingrid und Halvar sich gefreut, dass sie durch den Umzug nach Hammerfest, der auf das Forschungsangebot von PolarLys gefolgt war, jetzt in derselben Stadt wie ihre jüngere Tochter Lea lebten und damit in unmittelbarer Nachbarschaft von immerhin dreien der insgesamt acht Enkel. Zumal Ida, die mittlere von Leas und Alexanders Töchtern, ihrem Großvater in inniger Zuneigung verbunden war.

Ida war etwas Besonderes. Mit ihrem aufgeweckten Wesen, ihrem unbändigen Wissensdurst und dem unerschöpflichen Interesse an naturwissenschaftlichen – besonders physikalischen – Themen erstaunte sie seit frühester Kindheit ihre Umgebung. Halvar ließ keine Gelegenheit aus zu betonen, dass sie den Forscherdrang und die offensichtliche Hochbegabung natürlich von ihm geerbt habe, und er betrachtete es selbstverständlich als seine Aufgabe, ihre Talente entsprechend zu fördern. Die Kleine dankte es ihm mit hingebungsvoller Anhänglichkeit, sodass Ingrid bisweilen Befürchtungen geäußert hatte, die Eltern könnten sich zurückgesetzt fühlen. Aber da bei Alexander mit seinem FinTech-Start-up Vierzehnstundentage die Regel waren und Lea sich sehr dankbar für die Unterstützung durch die Großeltern zeigte, waren alle Bedenken schnell zerstreut. So war Ida häufiger Gast in ihrem

Haus, und natürlich fand auch das Geburtstagsfest bei ihnen statt und nicht in der zwar gemütlichen, aber räumlich sehr begrenzten Neubauwohnung von Lea und Alexander.

Kaum war der Wagen vor dem Haus zum Stehen gekommen, stürmte Ida bereits heraus.

»Opa, Opa ... hast du mir Actmo mitgebracht?«

Halvar stieg aus und nahm das Kind lachend auf den Arm.

»*Hei*, du kleiner Wirbelwind. Hat deine Mutter dir nicht beigebracht, dass man bei diesem Wetter nicht ohne Regenkleidung auf die Straße geht?«

Mit entsprechend tadelndem Gesichtsausdruck erschien Lea in der Haustür. Nachdem sie sich begrüßt, abgetrocknet und die Torte – oder besser das, was die nachmittägliche Kinderschar, die eingeladen gewesen war, davon übrig gelassen hatte – gekostet hatten, übergab Halvar das ersehnte Geschenk. Idas Augen leuchteten, während sie hastig die Schachtel vom Papier befreite und öffnete. Zum Vorschein kam ein rundliches, hamstergroßes Etwas mit Raupenrädern und einem Infrarot-Laserscanner-Gesicht.

»Wollen wir ihn zum Leben erwecken?«, fragte Halvar.

Ida nickte aufgeregt.

Thorvaldsen installierte rasch die App des Herstellers auf seinem Handy, verband es mit dem Wi-Fi des Roboters und ließ das initiale Set-up durchlaufen. Daraufhin schlug das neue Haustier smaragdgrüne HD-Kameraaugen auf und musterte die Anwesenden neugierig.

»Du musst jetzt ›*Hei*, Actmo‹ sagen«, flüsterte Halvar seiner Enkelin zu. »Damit er dich kennenlernen kann.«

»*Hei*, Actmo«, sagte Ida sofort.

Der Hamster piepste, fuhr zweimal hin und her und drehte sich dann zu Ida um. »Hallo!«, antwortete er mit einer leicht blechernen Stimme, die entfernt an den jungen Bob Dylan erinnerte. »Wer bist du?«

Ida war entzückt. »Ich bin Ida. Willst du mit mir spielen?«

Das Gerät lachte scheppernd.

»Er ist jetzt vollkommen autonom, also selbstständig«, kommentierte Halvar und trennte die Verbindung zur Smartphone-App. »Er versteht dich und wird von dir lernen. Probier es aus.«

Nachdem Thorvaldsen sich davon überzeugt hatte, dass keine Unterstützung seinerseits mehr erforderlich war, setzte er sich wieder an den Tisch. Lea hatte sich in die Küche zurückgezogen und mit dem Abwasch begonnen, Ida spielte selbstvergessen auf dem Teppich mit ihrem neuen Freund.

Ingrid musterte ihren Mann sorgenvoll. »Haben wir jetzt eine Abhörwanze im Kinderzimmer?«

»Keine Sorge. Ich habe die Verbindung zu den Herstellerservern vorsorglich gekappt. Das schränkt die Funktionalität vorübergehend zwar etwas ein, aber später kann Ida selbst über das API …«

»Okay, okay«, unterbrach Ingrid rasch. »So genau wollte ich es gar nicht wissen.«

Eine Zeit lang schwiegen sie, und nur das Fiepen und Plappern des Roboters war zu hören.

»Und die andere Sache – möchtest du darüber reden?«, fragte Ingrid schließlich.

Halvar trank einen Schluck Kaffee.

»Es war doch nicht … Lund?«

Er schüttelte den Kopf. »Nein. Nicht der *Nyheter*. Ein junger Kerl vom *Rapport*. Versuchte, die Diskussion auf LENR zu bringen, um seine Auflage zu pushen.«

»Bist du drauf eingegangen?«

»Natürlich nicht. Wie du weißt, habe ich eine Verschwiegenheitserklärung unterschrieben. Aber die Moderation hat es auch schnell abgebogen. Insgesamt war es okay.«

»Und du hast ...«

»Oskar getroffen?« Schuldbewusst leerte Halvar seine Tasse und schüttelte abermals den Kopf.

»Opa, was ist Lenner?«, ließ sich Ida vernehmen, der wie immer nichts entgangen war.

Halvar hob das Kind auf seinen Schoß. Sie stellte den Roboter auf dem Tisch ab, der daraufhin unter Ingrids kritischen Blicken begann, auf seinen Raupenrädern zwischen benutzten Tassen und Tellern herumzufahren und seine neue Umgebung akribisch zu inspizieren, wobei er sorgsam darauf bedacht war, nichts umzustoßen. Als er die Tischkante erreichte, bremste er ab, stoppte unmittelbar davor, die LED-Augen in seinem quadratischen Gesicht weiteten sich, und mit einem erschrockenen »Ooooohhhhhh« setzte er ruckartig zurück und wendete. Ingrid musste lachen. Ida jedoch war bereits völlig von ihrem neuen Thema in Anspruch genommen. Natürlich musste alles, was Erwachsene mit Begriffen wie »Verschwiegenheit« oder »geheim« belegten, sofort aufgeklärt werden.

»Was ist Lenner?«, wiederholte sie in einem Tonfall, der sicherstellte, dass Ausflüchte sinnlos waren.

Halvar überlegte. »Okay. Mal sehen, wie ich dir das erkläre. Du weißt doch noch, was ich dir über die Fusion erzählt habe, oder?«

»Das ist das, was in der Sonne passiert. Da verschmelzen ständig Atome miteinander, und dabei wird ganz viel Energie frei. Deshalb wird die Sonne nie aufhören zu scheinen, auch wenn man sie bei uns monatelang nicht sehen kann. Sie scheint trotzdem immer und immer weiter ...«

»Genau, *søtnos*. Aber das funktioniert nur, weil es in der Sonne unglaublich heiß ist. Die Atomkerne, die da miteinander verschmelzen, stoßen sich nämlich ganz stark ab, weil sie dieselbe elektrische Ladung haben. Das ist ungefähr so wie bei zwei Magneten mit dem gleichen Pol. Die würden unter normalen Umständen auch nie zusammenkommen. In einem elektrischen Feld nennt man das Coulombkraft. Und diese Barriere, die Coulombbarriere, muss dadurch überwunden werden, dass die Teilchen durch die große Hitze und den hohen Druck, der in der Sonne herrscht, viel Energie bekommen und ganz dicht zusammengedrückt werden. Erst dann können sie miteinander fusionieren und wieder neue Energie erzeugen.«

»Das passiert auch in der großen Maschine in Deutschland, die du mir im letzten Jahr gezeigt hast.«

»Ja, so ähnlich versuchen wir es auch in den Fusionsreaktoren, die zurzeit erforscht werden.«

»Und was ist jetzt Lenner?«

»LENR bedeutet nukleare Reaktionen bei viel weniger Energie. Man nennt es auch Kalte Fusion. Manche Wissenschaftler glauben, dass es möglich ist, die Coulombbarriere auch anders zu überwinden als durch unglaublich hohe Temperaturen. Wenn das gelänge, könnte man viel kleinere und besser funktionierende Anlagen bauen als die, die du gesehen hast.«

»Und kannst du das machen? Bestimmt kannst du das machen.« Idas Blick folgte dem kleinen Roboter, dem seine Erkundungstour auf dem Kaffeetisch inzwischen langweilig geworden zu sein schien, weshalb er sie unmissverständlich dazu aufforderte, weiter mit ihm zu spielen.

Halvar Thorvaldsen seufzte. »Nein, mein Engel«, sagte er leise. »Niemand hat das bisher geschafft.«

Ingrid sah ihn durchdringend an.

Tromsø

Sundby und Lasse hatten gerade das Gepäck aus dem Auto geholt und auf dem Wohnzimmerboden abgestellt, als das Festnetztelefon klingelte.
»Das ist Mama«, kommentierte Lasse mit Blick auf die Anzeige.
»Geh ruhig ran. Ich spreche dann anschließend mit ihr«, sagte Sundby und ging in die Küche, um die restlichen Lebensmittel im Kühlschrank zu verstauen. Anschließend stieg er die Treppe hinauf ins Obergeschoss, wo sich die Schlafzimmer und das Badezimmer befanden. Er wusch sich Hände und Gesicht, strich sich über die kurzen hellbraunen Haare und musterte sein Spiegelbild. Die vier Tage in der Natur hatten zwar ein paar Anstrengungsfurchen hinterlassen, der fahle Hautton, den er in letzter Zeit nach langen Bürotagen immer öfter auf seinen Wangen bemerkt hatte, war jedoch vollständig verschwunden. Wohlwollend betrachtet, könnte er durchaus noch für Anfang vierzig durchgehen, dachte er. Gleichzeitig empfand er ein Gefühl der Befremdung, denn Eitelkeit hatte bisher nicht zu seinen Schwächen gehört. Ungeduldig schüttelte er den Kopf, während Gesprächsfetzen aus dem Erdgeschoss zu ihm heraufdrangen. Es ging um die Tjörn Runt. Natürlich. Auch in den vergangenen Tagen war

es immer wieder darum gegangen. Zur Feier seines Geburtstags hatte Lasse es sich in den Kopf gesetzt, bei der jährlich im August stattfindenden Regatta nicht wie bisher auf der Zuschauertribüne zu sitzen, sondern dieses Mal aktiv teilzunehmen – wenn auch nur bei der Lilla Tjörn Runt, einem kleineren Format, das für die Jugendlichen ausgerichtet wurde.

Mit seiner schmucken blau-weißen Jolle *Juvel* hatte Lasse bereits erfolgreich an ein paar Wettbewerben teilgenommen. Das Boot war ein Geschenk von Ania, Simens Schwester, die zugleich Lasses Patentante war. Seit Ania vor fünf Jahren den schwedischen Architekten Daniel Lindström geheiratet hatte und nach Malmö gezogen war, verbrachte Lasse einen Großteil seiner Ferien dort. Sofern die Arbeit es zuließ, flog auch Sundby gerne für ein paar Tage hin. Fester Bestandteil des Sommerprogramms war ein Ausflug nach Göteborg zur Tjörn Runt, an der Daniel, ein passionierter Segler, so oft als möglich teilnahm.

Sundby war zunächst nicht gerade begeistert gewesen, als sich abzuzeichnen begann, dass Lasse beabsichtigte, in die Fußstapfen seines berühmten Onkels zu treten. Wenn er ihm schon nacheifern wollte, hätte es aus seiner Sicht lieber das Zeichenbrett sein sollen. Doch es wurde schnell klar, dass Lasse es mit dem Segeln ernst meinte, und natürlich hatte er sich nicht dagegengestellt, als Daniel und Ania ihn in seinem neuen Hobby fördern wollten. So hatte schließlich die *Juvel* in Tromsø und in ihrem Leben Einzug gehalten – und mit ihr eine Sorge mehr in Simen Sundbys Nächten.

Was die Anmeldung für die Lilla Tjörn Runt betraf, so hatte er nach längeren Diskussionen unter der Prämisse zugestimmt, dass er sich vorher noch einmal aus nächster Nähe vom Stand der Segelkünste seines Sohnes überzeugen konnte.

Auf dieser Basis hatten sie auch entschieden, schon heute Abend, und nicht erst wie ursprünglich geplant am nächsten Tag, nach Tromsø zurückzukehren.

Als Lasses Stimme im Erdgeschoss vernehmbar lauter wurde, beeilte er sich, wieder nach unten zu kommen. Mit einem resignierten Schulterzucken reichte Lasse ihm den Hörer.

»Lena ...«, setzte Sundby an.

»Du hast ihm das doch nicht etwa erlaubt?«

Er konnte spüren, wie sehr sie sich bemühte, ruhig und gefasst zu klingen.

»Er ist kein Kind mehr, Lena. Du solltest ihm vertrauen.«

»Vertrauen? Unser Sohn will mit kaum sechzehn bei einer der gefährlichsten Regatten in ganz Skandinavien antreten – inmitten von eintausend Seglern völlig unterschiedlicher Größe und Qualifikation, und alles, was du dazu sagst, ist, dass ich ihm vertrauen soll?«

Als extrem gefährlich hätte Sundby die Tjörn Runt zwar nicht unbedingt bezeichnet, andererseits war es in ihrer über fünfzigjährigen Geschichte durchaus zu dem einen oder anderen Zwischenfall gekommen. Auf der achtundzwanzig Seemeilen langen Strecke rund um die Insel Tjörn mussten die Boote zahlreiche riskante Manöver und enge Durchfahrten meistern – jedenfalls die der erwachsenen Teilnehmer.

Aber vielleicht ging es ja auch um etwas ganz anderes. Es war ein harter Schlag für seine Frau gewesen, als Lasse ihr Angebot, zu ihr nach Vadsø zu ziehen, abgelehnt hatte. Wenngleich Sundby sich keine Illusionen darüber machte, dass die Gründe dafür mit Sicherheit nicht in der engen Bindung zu ihm selbst zu suchen waren. Lasse litt unter der Trennung von seiner Mutter mehr, als Lena wahrscheinlich bewusst war, aber von einem Sechzehnjährigen zu erwarten, er würde seine Freunde und alles, was damit zusammenhing, auf der Basis einer unklaren Trennungssituation seiner Eltern aufgeben, war nie realistisch gewesen.

»Moment, Moment, da hast du vielleicht etwas missverstanden. Er tritt in der Juniorenklasse an. Nicht etwa bei den Erwachsenen.«

»Und mit was für einem Boot? Willst du die *Juvel* tausendvierhundert Kilometer auf dem Schlepper da runterziehen?«

»Daniel hat ihm seinen Daysailer angeboten. Da er in diesem Jahr selbst nicht startet, könnte er ihn hinbringen.«

»Daniels Daysailer! Eine ausgewachsene Jacht, mit der Lasse keinerlei Erfahrung hat!«

»Das stimmt so nicht, Lena. Das Boot ist nur unwesentlich größer als die Jolle, und er war schon oft genug damit draußen, unten in Malmö. Einmal fast bis rüber nach Kopenhagen, wie du dich sicher erinnern wirst.« Klarer als ihm lieb war, entstand das Bild seines Sohnes in der Dünung unter der gigantischen Öresundbrücke vor ihm. Wie er sich dabei gefühlt hatte, blendete er in diesem Moment lieber aus. »Daniel traut ihm das ohne Weiteres zu, und er kann das definitiv einschätzen. Er würde ihn auf keinen Fall einem Risiko aussetzen.«

»Lasse oder seinen Daysailer?«

»Lena!«

Während Lena weitere Bedenken und Argumente formulierte, überlegte er einmal mehr, wie sie an diesen Punkt gekommen waren. Eigentlich waren sie ein gutes Team gewesen. Als Lena schwanger geworden war, hatte sie die Fliegerei bei Scandinavian Airlines aufgegeben und war zwei Jahre später halbtags in die Tromsøer Stadtverwaltung gewechselt. Aber mit der Zeit hatte der Beruf sich dann doch mehr und mehr zwischen sie gedrängt. *Sein* Beruf. Sie hatte sich nie beklagt. Nur ihre Schwester in Vadsø hatte sie immer öfter besucht. Er hatte unterschätzt, wie einsam sie gewesen war, hatte es nicht bemerkt, so wie er vieles andere auch nicht bemerkt hatte, bis es eines Tages zu spät war …

»Simen?«

»Ja … ja, ich bin da. Ich …« Er wollte ihre Sorgen nicht vom Tisch wischen, auch wenn er sie nicht teilte. Seine Risikobewertung wich von ihrer ab. Immer schon. Er fragte sich, ob auch das mit seinem Beruf zu tun hatte. Als leitender Ermittler musste er Risiken eingehen. Für sich selbst und oft genug auch für andere. Tag für Tag. Das konnte einen Menschen zweifellos verändern.

»Hör mal, ich habe morgen noch einen freien Tag. Den werde ich ausschließlich dafür nutzen, mir Lasses Trainingsstand einmal sehr genau anzuschauen. Und das bei deutlich raueren Bedingungen, als sie im Hochsommer im Skagerrak und Kattegat zu erwarten sind. Wenn er Tromsøya und Håkøya fehlerfrei umfahren hat, sehen wir weiter.«

Am anderen Ende der Leitung war es eine Zeit lang still.

»Simen«, begann Lena dann erneut. »Die Leute reden. Es soll … irgendwas passiert sein. Im Wasser … Weißt du etwas darüber?«

Sundby atmete durch. »Ich bin sicher, das klärt sich alles auf. Wenn es etwas gibt, dann spielt sich das oben am Kap ab. Weder ihr in Vadsø noch wir in Tromsø müssen uns deswegen Sorgen machen, das verspreche ich dir.«

Sie legten auf, und Sundby fragte sich, ob das Versprechen nicht etwas vorschnell gewesen war. Er zog sein Handy aus der Tasche, öffnete die Kontaktliste und wählte Mikaels Nummer aus. Doch bevor er die Anruftaste drücken konnte, begegnete er Lasses fragendem Blick.

»Was ist? Tromsøya, Håkøya und Store Grindøya. In unter drei Stunden. Glaub aber bloß nicht, dass ich mit Hand anlege!«

Lasse grinste, und Sundby schaltete das Mobiltelefon wieder aus.

Mittwoch. Tag 9.

Tromsø

»Sie sahen aus, wie das, was du auf dem Teller hast, wenn du mit deinen Sparerips fertig bist.«

Irritiert blickte Jonna von ihrem Bildschirm auf. Mikael hatte sich auf den gegenüberliegenden Schreibtisch gesetzt.

»Wie bitte?«

»Die beiden Vermissten. In Hammerfest. Willst du sie sehen?« Er breitete eine Anzahl Bilder vor ihr aus.

Jonna wandte sich ab. »Sie sind gefunden worden?«

»Sind einem Fischer ins Netz gegangen. Weit draußen vor Håja. Hätte mich auch gewundert. Selbst Piranhas lassen für gewöhnlich irgendwas übrig.«

Jonna fragte sich, ob Mikaels marine Kenntnisse seinem bekanntermaßen außergewöhnlichen wissenschaftlichen Hintergrundwissen oder seiner Neigung zu billigen Horrorfilmen entsprangen. »Und weiß man schon …?«

Er schüttelte den Kopf. »Framsenteret ist bisher ausschließlich mit der Honningsvåg-Sache befasst. Und bei den Hammerfestern kennt man sich nur mit Offshore-LNG aus. Die sind da oben völlig überfordert. Wir sollten dringend …«

»Wir sollten uns da raushalten. Mindestens bis zu einem offiziellen Amtshilfeersuchen. Ich finde, Simen hat recht. Es muss nicht noch mehr Öl in die Troms-Finnmark-Kontroverse gegossen werden.«

Offiziell war der parteiübergreifende Streit um die Zusammenlegung der beiden Nordprovinzen zwar beigelegt, seit die Regierung beschlossen hatte, Teile der Regionalreform wieder rückgängig zu machen; doch noch immer waren die Gemüter erhitzt.

»Zurück in die Kleinstaaterei? Historischer Fehler! Funktioniert im 21. Jahrhundert nicht mehr. Ich rufe Simen an.«

»Das kannst du tun, ich bezweifle aber, dass du Erfolg haben wirst. Er hat Lasse versprochen, das Handy nicht anzurühren. Vor morgen früh wird da nichts zu machen sein.«

Mikael verzog den Mund. »Meinetwegen. Dann forsche ich inzwischen von hier aus ein bisschen nach. Was sagt dein Kontakt bei der Küstenökologie?«

»Seit gestern liegt das Forschungsschiff wieder hier. Die ursprünglich geplante Bjørnøya-Expedition wurde vor dem Nordkap abgebrochen.«

Mikael runzelte die Stirn. »Moment mal – dass sie nicht nach Bjørnøya fahren, wenn sie Honningsvåg unterstützen sollen, verstehe ich ja. Aber warum kommen sie dann hierher zurück, wenn sie schon fast dort sind? Das ist doch von Paris nach Rom über London!«

»Es war ja ursprünglich nicht geplant, dass die *Fram 21* nach Honningsvåg fährt, schon gar nicht mit der Bjørnøya-Crew und einer Ausrüstung, die auf die Erforschung von Methan-Kratern ausgelegt ist. Ist wohl sehr kurzfristig entschieden worden.«

»Na, tröstlich zu wissen, dass es bei denen im Laden scheinbar genauso chaotisch zugeht wie bei uns hier.«

»Erschwerend kommt wohl dazu, dass sich die Sache wegen des angekündigten Unwetters um mindestens einen weiteren Tag verzögert.«

»Das gibt Simen immerhin die Chance, vorher noch seinen Babyurlaub zu beenden.« Mikael erhob sich und sammelte zu Jonnas Erleichterung die Fotos ein.

»Nebenbei: Ich esse keine Sparerips.«

»Hm – solltest du aber. Ich kenne da eine sehr nette kleine Bar in Elverhøy ...« Er grinste schelmisch.

Jonna lächelte zurück. Sie kannte ihn inzwischen gut genug, um zu wissen, dass das seine sehr eigene Art war zu signalisieren, dass er sie respektierte. Und sie wusste auch, wie es gewöhnlich ausging, wenn Mikael Holt ein Mitglied der Gruppe nicht respektierte. In der Vergangenheit war die Sundby-Gruppe ihrer endgültigen Auflösung mehr als einmal nur mit viel Wohlwollen von Wersín entgangen.

»Ach ja«, sagte Mikael noch, während er bereits mit wehendem Trench an der Tür war. »Wir bekommen bald den neuen Cyber. Wird auch Zeit. Mein Computer hängt sich so oft auf, dass ich mit dem Neustarten kaum noch nachkomme.«

»Ist für so was nicht die IT-Abteilung zuständig?«

»Bis du von denen jemanden an den Tisch kriegst, haben wir den Fall hoffentlich längst gelöst.«

»Welchen Fall?«

Mikael war in der Tür stehen geblieben. »Gute Frage«, sagte er ernst. »Aber es wird einer. Jede Wette.«

Damit war er verschwunden. Jonna wandte sich wieder ihrem Bildschirm zu. Insgeheim hoffte sie, dass der neue »Cyber« über die entsprechenden Nehmerqualitäten verfügen würde – falls er denn tatsächlich irgendwann kam.

Hammerfest/Melkøya

Die in der Bucht von Hammerfest gelegene Insel Melkøya maß nur einen knappen Quadratkilometer, war jedoch von internationaler Bedeutung. Kurz nach Beginn des neuen Jahrtausends entstand hier ein Hochtechnologieprojekt, das seinesgleichen suchte. Nachdem man auf dem einst von Kühen und Schafen bevölkerten und im Zweiten Weltkrieg von der Wehrmacht besetzten Eiland Tonnen von Gestein abgesprengt hatte, wuchs hier, unter den klimatisch extremen Bedingungen nördlich des Polarkreises, eine gigantische Erdgasverflüssigungsanlage aus dem Boden.

Das durch Pipelines von den neu erschlossenen Offshore-Feldern Snøhvit, Albatross und Askeladd kommende Gas wurde in der Anlage prozessiert und, nachdem es auf minus 163 Grad Celsius heruntergekühlt worden war, in flüssiger Form weiterverschifft. Das ehrgeizige Unternehmen war in Zusammenarbeit des Öl- und Gaskonzerns Statoil – seit 2018 Equinor ASA – mit dem deutschen Technologiekonzern Linde entstanden, wobei die Anlagenteile modular an verschiedenen europäischen Standorten gefertigt und auf dem Seeweg an ihren Bestimmungsort überführt und dort endmontiert wurden. Der kleinen, auf drei Inseln rund um Melkøya verteilt liegenden Kommune Hammerfest, die traditionell mit dem Slogan »Nördlichste Stadt der Welt« warb und eine der ältesten Ansiedlungen Nordnorwegens war, bescherte der Petro-Boom 2.0 einen ungeahnten Aufschwung. Nachdem in den Neunzigerjahren eine starke Abwanderung eingesetzt hatte, erstrahlte der Ort jetzt in neuem Glanz. Neue Wohnhäuser, Hotels, Büros, Shops und ein Kulturhaus waren entstanden, und die einst schmucklose Hafenpromenade präsentierte sich in fröhlichem Weiß-Blau. Nachts gab sie den Blick frei auf den surreal-futuristisch scheinwerferbestrahlten Edelstahlrohrwald des Fabrikkolosses.

Während Aksel Strand den zwei Kilometer langen Melkøysundtunnel durchfuhr, der den auf der Insel Kvaløya gelegenen Stadtteil von Hammerfest unterseeisch mit dem LNG-Terminal verband, dachte er weder an die Glanzleistung der Ingenieurskunst, die ihn als einen der wenigen mit umfassender Sicherheitsfreigabe ausgestatteten Besucher erwartete, noch an die technischen Schwierigkeiten, die die Inbetriebnahme der Anlage über einen längeren Zeitraum überschattet und verzögert hatten. Dabei hatten genau diese anfänglichen Schwierigkeiten dazu geführt, dass der ambitionierteste jemals von ihm eingefädelte Deal – eine Art persönliches Vermächtnis, das er insgeheim sein »Baby« nannte – eine Heimat gefunden hatte. Nicht irgendeine Heimat. Es war perfekt. Das LNG-Terminal – genauer gesagt, ein offiziell nicht existierender und in etwa der Größe einer gehobenen Osloer Altbauwohnung entsprechender Bereich des Terminals – war der ideale Standort für *Sektion 42*.

Da es Sektion 42 nicht gab, hatte auch der Name keine tiefere Bedeutung als die, dass es sich bei der Zahl 42 um eine metasyntaktische Variable handelte, die just zu dem Zeitpunkt, als er eine irgendwie geartete Benennung für die Unternehmung gebraucht hatte, auf dem Bildschirm irgendeines Programmierers von Viridi Technologies aufgetaucht war. Das war in einem ehemaligen Lager des Forsvarets spesialkommandos FSK gewesen, am Rand der winzigen Ortschaft Løding, wenige Kilometer vom Hauptsitz der norwegischen Streitkräfte entfernt. Viridi Technologies war der Geniestreich des Mannes, der ihn aktuell auf der anderen Seite des Tunnels erwartete: Tore Melling.

Die gesamte Insel war als Explosionsschutzgebiet ausgewiesen, daher hatte der damals führende norwegische Anbieter von elektronischen Sicherheitssystemen Hafslund Security gemeinsam mit dem Marktführer für explosionsgeschützte elektrische Betriebsmittel Stahl-Syberg AS ein ausgeklügeltes Zugangskontrollsystem entwickelt, das gemäß der ATEX-Richtlinie 94/9/EG zur Verwendung in explosionsgefährdeten Bereichen zertifiziert war. Es bestand aus insgesamt achtzehn Stahlsäulen mit berührungsloser Mifare-Technologie, an denen sich jeder Mitarbeiter mittels einer Zugangskarte und persönlichem Sicherheitscode identifizieren musste. Abgesehen von den Konvertern für das Lichtleiter-Übertragungssystem, verfügte jede Kontrollsäule über Mikrofon und Lautsprecher, um bei Problemen mit der Zentrale Kontakt aufnehmen zu können. Acht der Säulen sicherten den Zugang von Fahrzeugen – Pkw und Lkw –, die übrigen waren für den Zugang des Personals zu bestimmten Bereichen innerhalb des Terminals programmiert. Weitere Bestandteile des Hochsicherheitskonzepts waren integrierte Fahrzeugregistrierungen mittels elektronischer Module sowohl am Zugangspunkt zu Melkøya als auch zu anderen Bereichen innerhalb der Anlage. Antennen entlang der Straßen gewährleisteten, dass im Falle eines Gasaustritts die Zentrale jederzeit den Aufenthaltsort sämtlicher Mitarbeiter und Fahrzeuge feststellen konnte.

Der Edelstahlsteuerungskasten am Zugangspunkt zu Sektion 42 unterschied sich äußerlich nicht von den anderen Säulen. Allerdings war die Software hinter Mifare-Kartenleser und Tastatur zur Eingabe des Sicherheitscodes hier nicht von Hafslund Security, sondern von Viridi Technologies programmiert worden. Eine Freigabe für diesen Bereich besaßen aktuell sechs Personen.

Nachdem Aksel Strand an den schutzbehelmten und mit Mountainbikes von Rohr zu Rohr hastenden Arbeitern vorbei die letzte Sicherheitsschleuse erfolgreich passiert hatte, öffnete sich eine massive Brandschutztür und gab den Blick auf einen weiß gekachelten Raum frei, der unter grellem Neonlicht unwirklich konturenlos und damit deutlich größer erschien, als er tatsächlich war. Obwohl dies keineswegs sein erster Besuch war, verspürte Strand aufkommenden Schwindel und das unwiderstehliche Bedürfnis, nach den Benzodiazepinen in seiner Jackentasche zu greifen. Doch bevor er dazu kam, eilte ein hochgewachsener Mittvierziger in einem cremefarbenen Maßanzug von Christiania Skreddersøm auf ihn zu und zog ihn in einen weniger spartanisch ausgestatteten und angenehmer beleuchteten Nebenraum.

»Aksel! Gut, dich zu sehen. Hattest du eine angenehme Anreise? Mit dem Wagen, den ich für dich am Flughafen habe bereitstellen lassen, scheint ja alles geklappt zu haben. Kaffee? Oder was Stärkeres?«

Strand rang sich ein Lächeln ab, und Melling füllte zwei Kristallgläser. Dann nahmen sie auf dem schlicht designten, mit steingrauem Samt bezogenen Ecksofa von Jella & Jorg Platz. Eines der Dinge, für die der CEO von PolarLys bekannt war, war sein exquisiter Geschmack. So trug selbst dieser abgelegene Ort, an dem er sich nur äußerst selten aufhielt, seine unverwechselbare, der Tromsøer Firmenzentrale nachempfundene Handschrift.

»Ich hoffe, du bringst gute Neuigkeiten mit!«

Aksel Strand nippte an seinem Drink. Da sie beide viel beschäftigt waren und sich persönliche Treffen – zumal auf Melkøya – sehr selten einrichten ließen, schien es angebracht, ohne Umschweife zur Sache zu kommen. »Morten Kolberg und sein Ministerium werden zweifellos wieder einen anderen Kurs einschlagen. Bei unserem ersten Gespräch, das umständehalber kurz verlief, hat er sich gegenüber den Projekten von PolarLys aufgeschlossen und interessiert gezeigt. Ich denke, wir können zeitnah mit konkreten Angeboten seinerseits rechnen. Natürlich muss den demokratischen Prozessen genüge getan werden.«

In den letzten Satz mischte sich ein beißender Unterton, den sein Gegenüber mit einem mehrdeutigen Verziehen der Mundwinkel quittierte.

»Gut.«

Strand war sehr wohl bewusst, dass Melling unter enormem Druck stand. Die vergangenen fünf Jahre waren für das herkömmliche Geschäftssegment eine Durststrecke gewesen, die Viridi Technologies keinesfalls allein abfedern konnte. Die Rücklagen schmolzen schneller, als sich Ergebnisse abzeichneten. In einer derartigen Situation konnte es leicht existenzbedrohend werden, auf die quälend langsamen Abläufe innerhalb der Behörden angewiesen zu sein. Doch es gab Institutionen, die darauf angelegt waren, deutlich schneller reagieren zu können.

»Forsvaret hat großes Interesse an Sektion 42. Ich hatte ein vertrauliches Gespräch mit Generalmajor Helge Juul in

Reitan. Ein fähiger Mann. Er würde lieber heute als morgen einsteigen.«

Tore Melling hob den Kopf. »Die militärische Option muss Ultima Ratio bleiben. Aber ich will dir nichts vormachen. Wir stehen mit dem Rücken zur Wand. Nicht zuletzt, weil die Tritiumkosten explodiert sind. Wenn Thorvaldsen nicht sehr bald liefert, sind wir am Ende.« Er leerte sein Glas in einem Zug. »Für den Fall eines Erfolges gäbe es unmittelbar zivilwirtschaftliches Interesse. Sogar mehr als das. Aber wir brauchen eine industriereife Anordnung. Da darf nichts schiefgehen. In der Vergangenheit wurde im Bereich von LENR schon zu viel Vertrauen verspielt.«

»Wie weit sind wir aktuell?«

»Ich denke, das kann uns niemand besser beantworten als Halvar Thorvaldsen selbst.«

Aksel Strand folgte Melling zurück in den konturenlosen Eingangsbereich, wo sie Tritiumschutzanzüge sowie Handschuhe aus dickem PVC überstreiften.

»Eine reine Vorsichtsmaßnahme«, kommentierte Melling Strands kritischen Blick. »Das Wasserstoffisotop Tritium ist zwar ein radioaktiver Betastrahler, aber nicht stark radiotoxisch. In Tromsø haben wir weit weniger hohe Sicherheitsstandards, und es kam noch nie zu einem Zwischenfall. Sofern man keine Tritiumverbindung einatmet oder direkt über die Haut aufnimmt, besteht kein relevantes Risiko. Vorsicht ist nur bei Schwangerschaft geboten, aber ich schätze mal, dass dieser Umstand auf dich aktuell nicht zutrifft.«

Erneut lächelte Strand mühsam unter seiner Schutzmaske. Die Chance, vor dem Laborbesuch noch einmal rasch zur Toilette zu verschwinden, hatte er leider verpasst. Nachdem sie eine weitere Sicherheitsschleuse hinter sich gelassen hatten, befanden sie sich am Ziel. Dies war das Herz von Sektion 42 – ein Ort, der nicht existierte und an dem nichtsdestoweniger die Zukunft der Menschheit aus der Taufe gehoben werden würde, dessen war sich Strand gewiss. Er hatte seinerzeit auf Halvar Thorvaldsen gesetzt wie zuletzt auf Bent Wallström, und er wusste, dass beide ihn nicht enttäuschen würden. Er spürte, wie ihm unter dem schweren Anzug der Schweiß ausbrach. Es war eine seltsame Mischung aus Nervosität und Euphorie – die untrügliche Gewissheit, hier und jetzt unmittelbar vor einer Zeitenwende zu stehen. Dabei ging es nicht um Geld. Tore Melling und er, Aksel Strand, würden Geschichte schreiben.

Interessiert blickte Aksel Strand sich um. Sein letzter Besuch im Labor war bereits eine Zeit lang her, und seither hatte sich einiges verändert. Die verschiedenen Testanordnungen waren einem einzigen zylinderförmigen Gebilde von der Größe eines handelsüblichen Mittelklassewagens gewichen, das den Raum etwa zur Hälfte ausfüllte. Darum herum gruppierten sich Stahlbehälter, die über Pumpsysteme mit weiteren Metallbehältern verbunden waren, die ihrerseits Rohrverbindungen zum zentralen Zylinder aufwiesen. Das Ganze wirkte ein bisschen wie ein Miniaturmodell des gesamten LNG-Terminals draußen.

Halvar Thorvaldsen löste sich von seinen beiden Mitarbeitern, mit denen er vor dem Steuerungsmonitor gestanden hatte, und kam auf sie zu. Alle drei trugen ebenfalls weiße Ganzkörperschutzanzüge mit Atemmasken und Handschuhen. Nach einer kurzen Begrüßung setzte der Professor mit unverhohlenem Stolz zur Erläuterung an.

»Wir pumpen das Tritiumgas, das aktuell vom CANDU-Reaktor in Pickering/Ontario an PolarLys geliefert wird, zuerst um und speichern es als Urantritid, weil der Originalstoff eine zu hohe Diffusionsfähigkeit aufweist. HTO, also tritiiertes Wasser, durchdringt sogar Beton. Um das Tritium dann in den Hyde-Katalysator einzuleiten, benutzen wir platinbeschichtete Rohre.«

»Er nennt das Modell Hyde-Katalysator«, warf Tore Melling ein.

»Hyde-Katalysator?«, fragte Strand. »Nach Dr. Jekyll und Mr. Hyde?«

»Nein«, antwortete Thorvaldsen. »Nach William Hyde Wollaston.«

»Dem Entdecker des Palladiums«, ergänzte Melling.

»Das Palladium ist der Schlüssel zu LENR«, fuhr der Professor fort. »Diesen Beweis haben wir erbracht. Seinerzeit, an der Universität von Oslo, hatten wir auf die Sonofusion gesetzt, das war eindeutig ein Fehler. Außerdem bietet Tritium wesentlich größeres Erfolgspotenzial als reines Deuterium, auch wenn es gewisse Ansprüche beim Handling stellt. Fleischmann und Pons haben bereits 1989 ...«

»Bitte keine Physikvorlesung, Professor«, unterbrach Melling so höflich wie möglich. »Für uns ist ausschließlich die Anwendung relevant.«

»Natürlich. Also, das zentrale Problem war für lange Zeit die Tatsache, dass Fusionsreaktionen zwar nachweislich stattfanden, sich aber nicht stabil aufrechterhalten ließen. Wir arbeiteten damals in Oslo mit einem völlig neuartigen, von uns selbst entwickelten Algorithmus, dessen einziger Zweck es war, sämtliche für die Anordnung relevanten Parameter zu optimieren. Wir nannten ihn Pepper-Algorithmus, weil er der Sache eben den nötigen Pfeffer ... na ja, wie auch immer.«

»Der Algorithmus wurde von unseren besten IT-Spezialisten weiterentwickelt und auf die metall-katalytische Anwendung abgestimmt«, fuhr Tore Melling fort. »Das Softwareprojekt wurde von Matias Grønn geleitet. Und ich glaube, wir hatten damit Erfolg, nicht wahr, Professor?«

Thorvaldsen nickte. »Das kann man wohl sagen. Wir fanden heraus, dass eine Veränderung der Oberfläche des Palladiums notwendig war, um genug Tritiumatome aufzunehmen, sie zu Helium-4 zu fusionieren und einen stabilen Neutronenfluss zu produzieren.«

Aksel Strand verstand zwar nur die Hälfte, schwitzte dafür aber umso mehr unter seinem Anzug. »Und wie weit ist die Entwicklung aktuell? Wann kann man den Investoren einen industriereifen Prototyp vorstellen?«

Halvar Thorvaldsen zögerte einen Augenblick und warf einen raschen Blick auf den Steuerungsmonitor. Einer seiner Assistenten hob den Daumen.

»Es gibt zwar noch einen gewissen Optimierungsbedarf auf der Ebene der Anatomie, um es mal so auszudrücken. Insbesondere im Hinblick auf Transportabilität. Aber was die inneren Organe betrifft …« Thorvaldsen machte eine bedeutungsvolle Pause. »Das *Herz* unseres neuen Freundes hier hat ohne jeden Zweifel angefangen zu schlagen.«

Alta

Die Reise war zu lang. Er hatte Biarritz am frühen Montagabend verlassen und nach der ersten Etappe im Novotel Roissy-en-France in unmittelbarer Nähe des Flughafens Charles-de-Gaulle übernachtet, da es an diesem Tag keinen Anschlussflug mehr gegeben hatte. Erst am folgenden Nachmittag ging es mit SAS weiter nach Oslo, wo er wiederum fast vier Stunden Transitzeit hinter sich bringen musste, bis er endlich in der Maschine nach Alta saß, wo er spät am Abend eintraf. In Paris hatte er schlecht geschlafen – das Hotelzimmer war laut und unangenehm stickig –, daher fühlte er jetzt, in der kalten Dunkelheit der Finnmark, deren Boden er nach vierundzwanzig Jahren erstmals wieder betrat, nichts außer bleierner Müdigkeit. Und er war froh darüber.

Da der Schalter der Autovermietung bereits geschlossen hatte, ließ er sich vom erstbesten Taxi zum Altafjord Gästehaus im Bossekopveien bringen und empfand erneut Erleichterung darüber, dass im Licht einer wolkenverhangenen Mitternachtssonne hinter den beschlagenen Wagenfenstern kaum etwas zu sehen war. Es störte ihn zwar, dass sich seine Unterkunft nur einen Steinwurf vom Haus seines Vaters entfernt befand, aber das Scandic im Zentrum war ihm als die noch schlechtere Alternative erschienen.

Nach einem späten Snack an der Hotelbar stieg er die Treppe zu seinem rustikal eingerichteten Zimmer hinauf, warf seine Reisetasche in eine Ecke, schloss die schweren Vorhänge, zog Jacke und Schuhe aus und legte sich aufs Bett. Er hatte vorgehabt, sich nur kurz auszuruhen und sich anschließend einen ersten Überblick über die Situation zu verschaffen, in die er plötzlich, ohne dass er sich erklären konnte, wie es dazu gekommen war, hineingeworfen wurde. Doch er fiel sofort in einen tiefen, traumlosen Schlaf, und als er die Augen wieder öffnete, brachen helle Sonnenstrahlen durch die Vorhangritzen.

Eine Stunde später hatte Eric den Schlüssel zu einem moosgrünen VW Up in der Hand und ließ den Motor an. Der Up war das günstigste Angebot der Autovermietung gewesen. Er fuhr sich angenehm weich und spritzig, und Eric genoss die Fahrt in der Morgensonne, die E45 hinunter, Richtung Masi und Kautokeino, eine Strecke, die er selbst jetzt noch wiedererkannte. Er hatte sich keinen Plan, kein Ziel zurechtgelegt, verfolgte keine bestimmte Absicht. Es war, als würde er von einer unsichtbaren Hand gesteuert, auf diesen ersten Kilometern in eine längst vergangene Zeit. Er fuhr, so weit es möglich war, stellte dann den Wagen ab und wanderte den sich in überwältigenden Dimensionen entfaltenden Sautso Canyon entlang, an dessen trichterförmigem Grund sich der Altaelv wie ein träges anthrazitfarbenes Reptil durch den karg bewachsenen Fels schlängelte. Nach mehreren Querungen durch flaches Wasser – barfuß, die Jeans bis über die Knie hochgekrempelt – erreichte er schließlich sein Ziel. Senkrecht und gigantisch ragte die hellgraue Betonwand des Staudamms vor ihm auf und schnitt allem Lebendigen endgültig und unwiderruflich den Weg ab.

Unwillkürlich setzte Erics Atem aus. Reglos stand er am Fuß des steinernen Monsters, während Bilder vor seinem inneren Auge vorbeizogen. Wütende junge Menschen, Joik-Gesänge, Feuerschein. Schließlich eine ohrenbetäubende Explosion ... Es waren Bilder, die er niemals selbst gesehen hatte, und die sich dennoch tief in seine Identität gegraben hatten, gleichsam in seiner DNA verankert waren. Minuten vergingen, während allmählich, Schicht für Schicht, jahrelang verschüttete Bereiche seiner selbst freigelegt wurden. Irgendwann, nach einer Zeitspanne, in der ein untrainierter Mensch längst das Bewusstsein verloren hätte, füllten sich Erics Lungenflügel wieder mit Luft. Er tauchte auf, so wie er unzählige Male aus den Tiefen seines Elements aufgetaucht war, erstaunt, dass sein Körper noch immer nach Sauerstoff verlangte, noch immer nach all den Jahren des Nichtatmens.

Stunden später, in einem billigen Imbiss irgendwo in der Stadt seiner Kindheit, war er noch benommen von den sich prismenförmig überlagernden Eindrücken. Er versuchte, eine Verbindung herzustellen zwischen dem Vorher und dem Jetzt, den Veränderungen, die teils real waren, teils auf kognitiven Verzerrungen zu basieren schienen. Zweifellos hatte Álaheadju, wie die Sámi ihre Siedlung nannten, sich gewandelt. Es war größer geworden, schneller, moderner. Paradoxerweise erschien ihm vieles jedoch sonderbar klein. Die Entfernungen, Straßen, Gebäude, der ausladende, mit Quarzitplatten übersäte Hafen, die mit roter Tranfarbe übergossenen Rorbuer. Einzig die sich wie ein Fallbeil dreißig Kilometer südlich der Stadtgrenze eingrabende Alta-Damm-Staumauer hatte nichts von ihrer ursprünglichen Größe eingebüßt.

Eric wischte sich mit einer Papierserviette das Ketchup von den Fingern und beobachtete die Menschen, die durch die Eingangstüren des schlichten Diners kamen und gingen, sich ihren Hotdog, Burger oder ihre gebratene Dorschzunge mit frittierten Königskrabben abholten oder die spätnachmittägliche Hauptmahlzeit gleich hier an den mit weißen Plastiktüchern bedeckten Holztischen zu sich nahmen. Die wettergegerbten Gesichter, halb verständliche Gesprächsfetzen, der Duft nach Öl, Salz und Fisch, all das fühlte sich gleichzeitig vertraut und fremd an, als befände er sich in einem Traum, den er unzählige Male geträumt hatte und aus dem er im nächsten Augenblick erwachen würde.

Einer spontanen Eingebung folgend, schlenderte Eric anschließend zum Hafen hinunter, wo er am Vormittag zufällig das Logo eines Tauchclubs erspäht hatte. Nach kurzer Zeit hatte er gefunden, was er suchte, und kehrte in sein Quartier zurück. Am frühen Abend machte er sich endlich auf den Weg zu seinem eigentlichen Ziel.

Im Vergleich zur südfranzösischen Hitze zeigte sich das Klima in der Finnmark Mitte Mai rau und unfreundlich, doch Eric war Temperaturänderungen gegenüber schon immer unempfindlich gewesen, so nahm er die stürmischen Böen, die ihn in den Markveien begleiteten, kaum wahr. Minutenlang stand er vor dem ansprechenden, hellen Neubau, den Blick auf das Klingelschild mit dem Namen »Nygard« gerichtet, und konnte sich nicht dazu durchringen, auf den Knopf zu drücken. Irgendwann öffnete sich die Haustür und ein hochgewachsener, schlanker Mittdreißiger in einem hellbraunen Parka, Trekkingboots und Schirmmütze verließ das Gebäude. Er steuerte energischen Schrittes auf eine marineblaue 1964er Alfa Romeo Giulia zu, die auf der gegenüberliegenden Straßenseite geparkt war. Plötzlich hielt er jedoch inne, drehte sich um, kam zurück und fixierte Eric mit ungläubigem Ausdruck.

»Eric?« Als er keine Antwort erhielt, machte der Norweger einen weiteren Schritt auf ihn zu. »Eric, verdammt noch mal! Hast du schon mal was von einer wirklich bahnbrechenden Erfindung gehört – sie heißt Telefon!«

Stumm lächelnd, musterte Eric den Freund aus Kindertagen. Ein Stück der Anspannung, die ihn seit Cais unerwartetem Anruf zwei Tage zuvor begleitet hatte, fiel unvermittelt von ihm ab, und er fragte sich beinahe, warum ihm die Entscheidung so schwergefallen war.

Es war Cai – derjenige, dem er die besten und ungetrübtesten Erinnerungen an die ersten acht Jahre seines Lebens verdankte. Er war es, der ihn stets beschützt und begleitet hatte, wie ein großer Bruder, ihn traf keine Schuld. Um jemand anderen ging es hier nicht.

Noch immer wortlos, da ihm eine passende Begrüßung partout nicht einfallen wollte, ließ er sich in das marmorverkleidete Treppenhaus ziehen, und kurz darauf fand er sich auf einem bequemen Sofa wieder, eine Dose Ringnes Guajiro in der Hand.

»*Skål*«, prostete Cai ihm zu. »Gut, dass du da bist!«

»Schön hast du es hier ...«, begann Eric unsicher. »Ich verstehe aber ehrlich gesagt immer noch nicht ganz, was genau meine Rolle bei dieser Geschichte eigentlich sein soll ...«

»Was ich dir gesagt habe, hat aber offensichtlich ausgereicht, um dich neugierig zu machen. Wo hast du überhaupt dein Gepäck?«

»Ich wohne im Gjestegaard am Fjord, ich bin gestern Abend spät angekommen.«

»Kommt überhaupt nicht infrage, du kannst doch hier wohnen, wenn du nicht bei deinem Vater ...«

»Cai«, unterbrach Eric rasch, »lass uns darüber später sprechen. Erzähl mir die Sache mit den Gammariden. Mit allen Details, bitte.«

Cai nickte. »In Ordnung. Komm mit rüber. Ich zeig dir, was ich habe.«

»Also, jetzt noch mal ganz langsam zum Mitschreiben.« Während der Regen des von Westen hereingezogenen Sturmtiefs gegen die Fensterscheiben klatschte, stellte Eric die zweite leere Dose auf den Tisch zurück und musterte Cai mit zusammengekniffenen Augen. »Ich habe verstanden, dass du beruflich und privat mit einer ganzen Reihe ziemlich schillernder Persönlichkeiten zu tun hast. Und auch, dass du deine Recherchen noch immer gern auf unkonventionelle Weise durchführst ...«

»Nur, wenn es sich nicht vermeiden lässt. Die wilden Zeiten sind lange vorbei.«

»Okay. Also jetzt erklär mir bitte noch mal genau, wie du von der harmlosen Überprüfung eines potenziellen Kunden zu einer Politverschwörung shakespeareschen Ausmaßes kommst.«

»Es ist dieser Strand. Er hat einfach überall seine Finger drin.«

»Du hast gesagt, dass er versucht hat, dich für dieses IT-Unternehmen anzuwerben, wie hieß es gleich?«

»Viridi Technologies.«

»Aber das ist doch Jahre her.«

»Ja, das muss acht oder neun Jahre her sein. Und ich hatte die ganze Sache längst vergessen. Aber jetzt, als dieser Strand bei uns als Investor auftrat, fiel es mir wieder ein, und ich wurde neugierig. Deshalb hab ich ein bisschen tiefer gegraben, als ich es hätte tun müssen.«

»Und dabei bist du bei der LNG-Anlage von Hammerfest gelandet.«

»Es kam mir schon damals seltsam vor, dass es einen dritten Beteiligten gab, der bei den Sicherheitszugängen mitmischte. Die Anlage ist kritische Infrastruktur, und das Unternehmen Viridi ist in recht undurchsichtigen Bereichen unterwegs. Sie verkaufen Überwachungstechnologien an Diktaturen. Schlecht designte Tools obendrein. Für PolarLys ist der Ableger eine Art Lebensversicherung, und die anrüchigen Deals werden gedeckt. Politik und Militär sind da involviert ...«

»Das ist eine ziemlich gewagte These, die du da aufstellst. Kannst du das belegen?«

»Ich arbeite daran. Aber ich verstehe selbst noch nicht, wie das alles zusammengehört. Sicher ist, dass hinter dem Tod von Elias Várri mehr steckt, als behauptet wird.«

»Und deshalb willst du deine Kontakte aus Studentenzeiten wiederbeleben.«

»Ich gehe davon aus, dass Bent Wallström uns ein paar interessante Informationen geben könnte. Die Frage ist nur, warum er das tun sollte. Wir müssen erst mehr wissen.«

»Aber ich verstehe immer noch nicht, wie das alles mit den Amphipodenunfällen zusammenhängt.«

»Vielleicht tut es das gar nicht. Tatsache ist allerdings, dass es mit einer gewissen statistischen Signifikanz Tote gibt, wo Aksel Strand auftaucht. Seine Tochter nahm sich vor ein paar Jahren auf tragische Weise das Leben. Ebenso, wie wir wissen, ein junger, aufstrebender Energieminister, der sich mächtige Gegner geschaffen hatte. Und dann verschwinden plötzlich zwei Menschen in der Bucht von Hammerfest. Ich habe auch immer noch nicht rausgefunden, was genau Strand auf Melkøya macht. Unbestreitbar ist aber, dass er sich recht häufig dort aufhält.«

»Woher du das alles weißt, frag ich jetzt lieber nicht.«

»Ist keine große Sache. So was kann heutzutage jeder halbwegs technikaffine Teenager.«

»Erzähl mir von Hammerfest.«

»Viel konnte ich nicht rausfinden. Aber es scheint ein junges Pärchen gewesen zu sein, das in der Bucht schwimmen gegangen war. Ob sie inzwischen gefunden wurden, kann ich dir noch nicht sagen. Von offizieller Seite wird gemauert.«

»Könnte das nicht einen ganz anderen Hintergrund haben? Vielleicht sind sie einfach nur durchgebrannt.«

»Und lassen vorher ihre Kleider und alles andere am Ufer zurück?«

»Um eine falsche Spur zu legen?«

Cai schüttelte den Kopf. »Sehr unwahrscheinlich.«

»Gemeinsamer Suizid?«

»Denkbar. Wäre aber eine bemerkenswerte Koinzidenz. Außerdem wären dann ganz sicher schon entsprechende Gerüchte im Umlauf.«

Eric zuckte mit den Schultern. »Badeunfälle passieren.«

»Weißt du, wie viele lebensgefährliche Badeunfälle wir in der Finnmark in den letzten zwanzig Jahren hatten? Und nun sind es gleich drei Vorfälle hintereinander.« Cai machte eine vielsagende Pause. »Vor diesem Hintergrund ist es schon extrem ungewöhnlich, dass bisher so wenig von alldem an die Öffentlichkeit durchgesickert ist.«

»Nachrichtensperre – um die laufenden Ermittlungen nicht zu beeinträchtigen.«

Cai nickte. »Und weil man keine Panik auslösen will. Aber in Honningsvåg ist in vertraulichen Dokumenten von diesen Krebstieren die Rede. Es ist wissenschaftliche Unterstützung aus Tromsø angefordert worden. Jetzt, wo die Expedition zu den Methan-Kratern nach dem Zwischenfall vor dem Nordkap abgebrochen worden ist, wird es wahrscheinlich sogar die *Fram 21* sein.«

Eric horchte auf. »Ich habe vor Kurzem zufällig eine Sendung gesehen. Es gab ein Interview mit einer Dokumentarfilmerin, die daran teilnehmen wollte. Sie hatte einen ungewöhnlichen Namen – Svan … Svinn …«

»Synni Opland?«

»Genau! Du kennst sie?«

»In der Finnmark musst du schon unter einem Stein leben, um ihren Namen noch nicht gehört zu haben. Sie hat sich enorme Verdienste um die samische Bevölkerung erworben und ist hier ungeheuer populär und beliebt.«

»Sie sprach auch von einer Verschwörung um den Tod des Energieministers. Es fiel der Begriff ›Tiefer Staat‹.«

Cai lachte. »Es *ist* der Tiefe Staat, Baby! Dass Várri allem Anschein nach selbst abgedrückt hat, ändert daran nichts.«

»Und wie passen die Gammariden in dein Bild?«

»Das herauszufinden, mein Freund, ist dein Job. Genau deshalb bist du hier. Und ich schlage vor, wir fangen gleich morgen in Honningsvåg damit an.«

Tromsø

Der Blick vom Tromsdalstinden war atemberaubend. Synni nahm die Sonnenbrille ab und beobachtete Tom, der zwischen heftigen Böen und losem Gestein auf dem schneebestäubten Gipfel einen stabilen Standort für das Stativ erkämpfte, um das Panorama mit der Kamera einzufangen. Im Hintergrund ragten die schroff zerklüfteten Bergkronen der Insel Kvaløya in einen wolkenlosen graublauen Himmel und warfen ihre langen Schatten über die weite Bucht, in der die kleinere, das Zentrum von Tromsø beherbergende Insel Tromsøya lag. Auf der gegenüberliegenden Seite wurde der Sund von der Tromsø-Brücke durchschnitten, die die Stadt mit dem Festland verband und auf die E8 Richtung Hundbergan und Fagernes mündete. Es war der Weg, den sie wenige Stunden zuvor im Wagen eines gut gelaunten Framsenteret-Mitarbeiters zurückgelegt hatten, um die zwanzig Kilometer außerhalb von Tromsø gelegene Forschungsstation Ramfjordheide zu besuchen, wo im Rahmen des internationalen EISCAT-Projekts mittels eines riesigen Dezimeterwellen-Radars an der mittleren Atmosphäre geforscht wurde. Gemessen wurden Interaktionen zwischen Sonne und Erde, die sich in Störungen zwischen der Magnetosphäre und der Ionosphäre manifestierten – diejenigen Prozesse, die für die regionale Touristenattraktion verantwortlich waren: Polarlichter.

Nach der optisch und inhaltlich beeindruckenden Führung über das Gelände und einem Mittagessen in der Kantine der Forschungseinrichtung hatten sie sich von ihrem sympathischen Chauffeur verabschiedet, um den nahe gelegenen Berg, Wahrzeichen und Attraktion der nordsamisch Romsa genannten Polarmetropole, von der Südostseite aus zu begehen. Anschließend hatten sie vor, über den steilen und anspruchsvolleren Nordwestgrad abzusteigen und die verbleibenden sechseinhalb Kilometer in die Stadt zurückzuwandern.

Synni kniff die Augen zusammen und schaute angestrengt in Richtung des Tromsøysunds. Spielzeugklein gruppierten sich die Gebäude ums Wasser. Nach einer Weile glaubte sie, das Framsenteret und die in unmittelbarer Nähe im südlichen Hafenbereich ankernde *Fram 21* ausmachen zu können.

Tom setzte die Kamera ab. »Jetzt verstehe ich, warum Sálasoaivi für die Sámi ein heiliger Ort ist.«

Synni nickte. Am Vortag hatten sie Gelegenheit gehabt, sich in die Geschichte der flächengrößten Stadt Norwegens einzuarbeiten, die das kulturelle Zentrum der Finnmark darstellte und während der Besetzung Südnorwegens im Zweiten Weltkrieg sogar zeitweise die Hauptstadt des Landes gewesen war. Dabei waren sie auch auf eine Geschichte gestoßen, die selbst für Synni neu war. Nach einer heftigen Kontroverse war es dem Samenparlament 2004 gelungen, die Bewerbung der Stadt Tromsø für die Olympischen Winterspiele 2014 zu verhindern, da ein Erfolg im Auswahlverfahren die technische Erschließung des Berges nach sich gezogen hätte. Letztlich hatte man die kulturelle Bedeutung von Sálasoaivi für die Sámi respektiert, und die Pläne wurden aufgegeben.

Während sie noch versunken in die spürbare Magie der Landschaft dastanden, frischte der Wind plötzlich auf, und erste Wolken verschleierten den Himmel. Askard Hemming hatte ihnen vor dem Aufbruch eingeschärft, den Nordabstieg unbedingt vor dem erwarteten Wetterumschwung abgeschlossen zu haben, doch da dieser erst für die Abendstunden angekündigt war, hatten sie keinen Grund zu übertriebener Eile gesehen. Aber das Wetter in diesen Breiten konnte ein launischer Begleiter sein. Tom schraubte die Kameraausrüstung auseinander und verstaute sie in seinem Trekkingrucksack.

»Gehen wir?«

Synni nickte erneut, und sie folgten der Wegbeschreibung auf der Karte, die man ihnen mitgegeben hatte. Nach wenigen Hundert Metern fiel der Weg übergangslos im scharfen Winkel ab, und lose, rutschige Steine forderten erhöhte Konzentration. Tom, der vorneweg gegangen war, wandte sich um.

»Alles klar?«, rief er über die Schulter zurück. »Sei vorsichtig!«

Dies war das Stück, vor dem man sie gewarnt hatte. Es war keine lange Passage. Etwas weiter unten, am Loftet, dem ersten von zwei Felsabsätzen, die sie überwinden mussten, würde es schon wieder flacher und einfacher werden. Sie verfügten zwar über keinerlei alpine Erfahrung, doch im Allgemeinen seien festes Schuhwerk und eine normale Kondition absolut ausreichend, hatte man ihnen versichert.

»Bist du sicher, dass wir hier noch richtig sind?«, fragte Synni in Toms Richtung, während sich der Himmel bedrohlich verfinsterte.

»Ganz sicher«, antwortete er. »Ich kann das Loftet schon sehen. Es ist nicht mehr weit.«

In diesem Augenblick peitschte ein Platzregen so überraschend aus dem Nirgendwo auf sie herunter, dass Synni für einen Moment nichts mehr sehen konnte. Im nächsten Augenblick spürte sie einen stechenden Schmerz im linken Knöchel und landete hart auf Händen und Knien. Sie versuchte, sich wieder aufzurappeln, stöhnte jedoch auf. Tom, der beim ersten Geräusch herumgewirbelt war, hatte keine Chance, den Sturz zu verhindern. Jetzt war er neben ihr und tastete das Sprunggelenk ab, während der Platzregen bereits wieder abebbte.

»Scheint nicht gebrochen zu sein. Kannst du aufstehen?«

»Geht schon. Ist keine große Sache.«

»Sollen wir Askard anrufen, damit er jemanden schickt?«

»Mach dich nicht lächerlich. Glaubst du, ich habe stundenlang darum gekämpft, dass wir morgen wieder an Bord sein dürfen, damit wir jetzt wie vertrottelte Touristen dastehen und er uns doch noch rauswirft?«

Es war tatsächlich nicht einfach gewesen, dem Forschungsleiter das Einverständnis abzuringen, bei der neuen Mission mit von der Partie sein zu dürfen. Unmittelbar nach dem Zwischenfall vor dem Nordkap war entschieden worden, die ursprünglich geplante Reise abzubrechen und bis auf Weiteres in den Heimathafen zurückzukehren. Nach ihrer Ankunft hatte man sie dann darüber informiert, dass die *Fram 21* die wissenschaftliche Leitung zur Untersuchung eines Unglücksfalls in Honningsvåg übernehmen würde, der beunruhigende Parallelen zu dem Vorfall an Bord aufwies.

In Windeseile waren die Ausrüstung sowie Teile der Mannschaft ausgetauscht worden, und einzig der Zeitverzug durch das angekündigte Unwetter hatte Synni die Gelegenheit gegeben, den Forschungsleiter davon zu überzeugen, sie und Tom erneut mitzunehmen. Im Gegenzug hatten sie Askard versprechen müssen, über alle Vorgänge im Zusammenhang mit den mysteriösen Unfällen strengstes Stillschweigen zu bewahren und eventuelles Bildmaterial erst nach Sichtung und mit ausdrücklicher Autorisation des Framsenteret öffentlich zu machen. Synni hätte ohne Zögern jede wie auch immer geartete Verschwiegenheitserklärung unterschrieben. Als Askard klar wurde, dass sie nicht lockerlassen würde, hatte er schließlich nachgegeben. Um die übrige Zeit des erzwungenen Aufenthalts produktiv zu nutzen, hatten sie dann den Tagesausflug aufs Festland geplant.

Synni biss die Zähne zusammen, zog sich an Tom hoch und versuchte behutsam, den Fuß zu belasten. Sie unterdrückte ein erneutes Aufstöhnen, zuckte jedoch zusammen.

»Auch wenn es nur eine Prellung oder Verstauchung ist, kann das ganz schön wehtun«, kommentierte Tom lakonisch. »Ich kann deinen Rucksack nehmen, aber ich kann dich nicht tragen.«

»Ist mir klar.«

Der Regen war in ein rhythmisches Tröpfeln verklungen, doch unberechenbare Böen und glitschiges Gestein machten den weiteren Abstieg nicht einfach.

»Wir könnten auch zurückgehen und wieder auf die Sommerroute …«, schlug Tom vor, doch Synni schüttelte den Kopf.

»Das ist zu weit. Lass uns weitergehen.«

»Du bist der Boss. Da vorne ist das Loftet. Sind nur noch ein paar Meter.«

Mühsam überwanden sie den ersten der beiden Felsvorsprünge und wandten sich dem direkt über Tromsdalen gelegenen Nerloftet zu. Unterhalb des letzten Wegabschnitts blieb Synni stehen, ließ sich erschöpft auf einen Felsblock sinken und rieb den anschwellenden Knöchel.

»Bis Tromsø schaffst du es mit deinem Fuß nicht«, stellte Tom fest. »Lass uns zur Ramfjordheide zurückgehen. Dort wird sich sicher irgendwer finden, der uns mit zurück in die Stadt nimmt.«

Donnerstag. Tag 10.

Tromsø

»Schon am Montag?!«, tobte Mikael. »Und warum, um alles in der Welt, erfahren wir das erst jetzt?«

»Beruhige dich«, sagte Sundby. »Erstens ist es immer noch nicht offiziell unser Fall, und außerdem hatte ich sehr wohl eine Meldung auf dem Tisch.«

»Aber du warst ja nicht da.«

»Sehr richtig. Ich war nicht da. Weil es auch ein Leben außerhalb dieses Gebäudes gibt.«

Unmittelbar nach Sundbys Rückkehr hatten sie sich in seinem Büro zum Briefing getroffen, und schlagartig war das entspannte Gefühl, das die intensiven Tage mit seinem Sohn hinterlassen hatten, von der geballten Wucht des ganz normalen Polizeialltags hinweggefegt worden.

»Immerhin ist das, was auf der Fram passiert ist, kein Verbrechen«, konstatierte Jonna. »Offiziell wird es als Arbeitsunfall geführt.«

»Und das betreffende Besatzungsmitglied liegt jetzt hier in der Klinik?«

Jonna nickte. »Ist aber weit davon entfernt, vernehmungsfähig zu sein. Bisher ist nicht einmal klar, ob der arme Mann es überleben wird. Aber die Parallelen zu Honningsvåg nimmt man beim Framsenteret sehr ernst.«

»Und ist die *Fram* jetzt auf dem Weg dorthin?«

»Noch nicht. Die Sturmwarnung wird wohl erst im Lauf des Nachmittags aufgehoben.«

»Dann können sie ja auch gleich einen Zwischenstopp in Hammerfest einlegen«, ließ sich Mikael vernehmen. »Das scheint mir doch der gravierendste Vorfall zu sein.«

»Hammerfest wird bisher nicht mit den beiden anderen Fällen in Verbindung gebracht«, sagte Sundby. »Der Zustand der Körper lässt keine Rückschlüsse auf die mögliche Todesursache mehr zu.«

»Ach nein? Dann haben wir also jetzt zusätzlich zu den Piranhas auch noch den weißen Hai hier im Wasser?«

»Mikael, das bringt uns nicht weiter. Ich schlage vor, wir machen einen Spaziergang zum Hafen hinunter und unterhalten uns mal mit den Verantwortlichen. Jonna, du besorgst bitte inzwischen ein paar Hintergrundinformationen zu den Opfern. Sonst noch was?« Er blickte in die Runde.

Mikael nickte. »Wenn wir schon unterwegs sind, können wir auch gleich einen Abstecher nach Bjerkaker machen.«

Sundby zog die Augenbrauen hoch.

»Dort befindet sich die Firmenzentrale von PolarLys.«

»Ist mir bekannt.«

»Aksel Strand steht in enger Verbindung mit dem CEO Tore Melling.«

»Hat Stipe etwas Konkretes?«

»Du weißt doch, wie solche Ermittlungen sind – personalaufwendig und zäh wie Schuhsohle.«

»Gib mir was, wofür Wersín mich nicht nach Svalbard versetzen lässt – dann fahren wir hin.«

Harstad

Es war entschieden worden, dass die Geschichte der Menschheit ihren neuen Verlauf im sich ansonsten unauffällig präsentierenden Harstad antreten sollte. Die Wahl war rasch auf die zwischen Bodø und Tromsø auf der Insel Hinnøya gelegene Kommune und drittgrößte Stadt in Nord-Norge gefallen, nicht nur weil sie mit zweimotorigen Cityhop-Maschinen und ihrer Schnellbootverbindung nach Tromsø gut erreichbar war, sondern hauptsächlich weil sie in idealer Weise Infrastruktur und Diskretion für ein Ereignis dieser Größenordnung bot.

Mit zufriedener Miene musterte Aksel Strand den von Tore Melling angemieteten Hangar im hinteren, von neugierigen Blicken abgeschirmten Bereich einer der zahlreichen ortsansässigen Werften. Das handverlesene Publikum war auf die Hotels Scandic, Thon und Clarion verteilt worden und brachte Strands Schätzungen zufolge locker einen achtstelligen Betrag auf die Waage – Dollar, versteht sich, nicht Kronen. Entsprechend hoch bemaß sich der Anspannungspegel der Veranstaltenden. Einzige Ausnahme schien Thorvaldsen zu sein, der seit dem frühen Morgen wortkarg und selbstvergessen am Aufbau seiner Präsentation schraubte. Das Objekt seiner Aufmerksamkeit erinnerte an eine hochwertige Flugzeugtransportbox und hatte in etwa die Maße eines Kleinfamilienesstisches. Strahlenschutzmaßnahmen seien keinesfalls erforderlich, hatte der Wissenschaftler betont, als handle es sich bei dieser Idee um eine persönliche Beleidigung. Schließlich sei der Hyde-Katalysator zwar ein Prototyp, jedoch voll ausgereift, in jeglicher Hinsicht sicher und marktreif. Die Kernreaktionen fänden in einem hundertprozentig isolierten salamigroßen Borosilikatglaszylinder statt, der Neutronenjet werde digital erfasst und zu Demonstrationszwecken automatisiert in Nettoenergieausbeute umgerechnet. Veranschaulicht werde das Ganze in Form eines angeschlossenen Generators, der den zuvor abgedunkelten Raum mithilfe einer LED-Lichterkette ausschließlich im elektromagnetischen Sinn zum Strahlen bringen werde.

Die für den späten Vormittag angesetzte Generalprobe verlief nach Plan, und so begaben sich Thorvaldsen, Melling und Strand gefolgt von einer Handvoll wissenschaftlicher Mitarbeiter zu einem ausgedehnten Mittagessen ins zentrumsnahe Big Horn Steak House. Etwas später stieß noch der kurzfristig aus Bodø eingeflogene Matias Grønn dazu in Begleitung eines angegrauten Endvierzigers, der einen leicht aus der Zeit gefallen wirkenden dunkelbraunen Zweireiher trug und den Anwesenden als Anders Ris Karlsen, Geschäftsmann aus Bergen, vorgestellt wurde.

Die Diskussion während des Essens – die Steaks waren ausgezeichnet – drehte sich schwerpunktmäßig um den umfangreichen Themenkatalog der vielfältigen Implikationen, die die Markteinführung einer derartig disruptiven Technologie mit sich bringen würde. Nicht zuletzt vor dem Hintergrund der portfoliostarken Interessenten aus unterschiedlichsten Wirtschaftsbereichen, die aus dem ganzen Land angereist waren und denen man nach der für fünfzehn Uhr geplanten Präsentation Rede und Antwort würde stehen müssen. Obwohl – oder gerade weil – sich die ganze Sache unter Ausschluss der Öffentlichkeit abspielte, hatte sich bereits im Vorfeld ein enormer Konkurrenzdruck abgezeichnet, und Summen waren unter der Hand genannt worden, die Tore Melling Schweißtropfen auf die Stirn trieben. Würde es zu einem erfolgreichen Abschluss dieser Dimension kommen, musste er sich über die Zukunft von PolarLys, die untrennbar mit seiner persönlichen verbunden war, keine Gedanken mehr machen. Tatsächlich würde er sich *nie wieder* über irgendetwas Gedanken machen müssen ...

Auffällig still vor seinem gemischten Salat und seinem Sodawasser sitzend, wohnte der Bergener Geschäftsmann dem Gespräch bei. Als Thorvaldsen ihn schließlich ansprach, zuckte er leicht zusammen.

»Darf ich fragen, auf welche Branche sich deine Produktion bezieht, Anders?«, fragte er höflich.

»Werkzeugmaschinen für die Schifffahrtindustrie ...«, antwortete der Angesprochene ausweichend.

»Ist das ein besonders energieintensiver Bereich?«

»Eine autonome und extrem kostengünstige Energieproduktion würde jedem Unternehmen erhebliche strategische Vorteile verschaffen«, unterbrach Strand rasch. »Allerdings müssen gewisse wirtschaftliche Voraussetzungen gegeben sein, um eine Investition in dieser Höhe zu rechtfertigen. Nach diesem Kriterium haben wir die Gäste des heutigen Tages ausgewählt.«

Da die Zeit allmählich drängte, wurde die Bedienung herbeigerufen und die Rechnung beglichen, was weitere Nachfragen vonseiten des Wissenschaftlers einstweilen unterband.

Draußen wurde die kleine Gruppe von einem schneidenden Nordwind empfangen, und der Small Talk wich schweigender Nervosität.

Der Hangar hatte sich bis auf den letzten Platz gefüllt, als Halvar Thorvaldsen seinen kurzen Vortrag begann. Ausführliche Erläuterungen waren gleichwohl unnötig, da die Interessenten im Vorfeld ausreichend Gelegenheit gehabt hatten, sich mit den technischen Gegebenheiten der Konstruktion vertraut zu machen – selbstverständlich unter Wahrung derjenigen Anteile, die Tore Melling als betriebssensibel klassifiziert hatte. Nachdem der Wissenschaftler geendet hatte, verlosch die Deckenbeleuchtung, und augenblicklich hätte man eine Stecknadel fallen hören. Der Hyde-Katalysator startete gleichermaßen lautlos, und der Generator illuminierte die Lichterkette mit leisem Surren, unter das sich kurz darauf das Rauschen der Kühlbelüftung mischte. Nach wenigen Sekunden wurden alle Geräusche vom Applaus des Publikums übertönt, welcher jedoch schlagartig durch einen kurzen, scharfen Knall abgebrochen wurde.

Es war der Klang einer Kleinkaliberschusswaffe.

Der Schütze schien sich im Inneren des Fusionsreaktors zu befinden. Zeitgleich tauchte das Verlöschen der LEDs den Raum in tiefe Dunkelheit. Ein unruhiges Raunen ging durch die Reihen der Anwesenden, gefolgt von hektischem Stühlerücken. Die geistesgegenwärtig von Melling, Strand und Grønn gestarteten Beschwichtigungsversuche verloren sich im Lärm der zum Ausgang drängenden Menge. Einzig der Mann im altmodischen braunen Zweireiher blieb reglos und ungerührt auf seinem Platz weit hinten, ganz oben auf der provisorisch errichteten Tribüne sitzen.

Der Mann, der sich Anders Ris Karlsen nannte.

Bodø

Helge Juul stand am Fenster seines Apartments und blickte in den trüben Nachmittag hinaus, während er ungeduldig die Knöpfe seines Jacketts öffnete, es hastig abstreifte, aufs Bett warf und gegen die Uniformjacke tauschte. Matias Grønn beobachtete ihn von der Zimmertür aus.

»Modetechnisch zwar nicht auf dem allerneuesten Stand, aber sonst war der Auftritt doch ganz gelungen«, kommentierte er lakonisch.

Juul schnaubte. »Das sehe ich anders. Karlsen aus Bergen, Maschinenzulieferer in der Schifffahrtindustrie! Hätte Strand sich nicht eine bessere Legende einfallen lassen können? Dieser Wissenschaftler ist schließlich nicht auf den Kopf gefallen! Ich wette, er hat den Braten gerochen.«

»Und wenn schon. Was kann er groß machen? Erstens hat er eine umfassende Verschwiegenheitserklärung unterschrieben, und zweitens glaube ich nicht, dass er scharf auf eine Neuauflage von ConFusionGate ist. Er ist erledigt, und das weiß er genau.«

»Das bedeutet noch lange nicht, dass er deswegen alles mitmacht.«

»Verlass dich drauf. Er wird ein Angebot bekommen, das er nicht ablehnen kann.«

Juul hatte sich fertig umgezogen und grinste schief. »Wollt ihr ihm vielleicht einen abgeschnittenen Pferdekopf unter die Bettdecke legen? Wie habt ihr das eigentlich technisch angestellt? Es klang, als hätte jemand Mr. Hyde mit einer Kleinkaliberwaffe abgeschossen.«

»War kein Problem. Wir haben den Pepper-Algorithmus immerhin optimiert. Danach haben wir ihn eben noch ein zweites Mal optimiert.«

»In einer hochgesicherten Halle?«

»Physischer Zugang ist heutzutage nur noch in den allerseltensten Fällen nötig, das solltest du eigentlich wissen.«

»Keine Spuren?«

»Doch, sicher. Alles weist darauf hin, dass eine hochprofessionelle chinesische Hackergruppe hinter dem Angriff steckt, die es vornehmlich auf europäische Industriekonzerne abgesehen hat und sich ›Shatter‹ nennt. Wahrscheinlich ging es bei dem Angriff nicht um Sabotage, sondern um Industriespionage. Aber da die chinesischen Profis eben doch nicht ganz so professionell waren, gab es gewisse Kollateralschäden. Wie auch immer – im Moment interessiert das sowieso niemanden mehr. Auf absehbare Zeit ist an eine zivile Markteinführung dieser Technologie nicht mehr zu denken.«

»Was sagt Melling?«

»Soviel ich weiß, bespricht er die Lage gerade mit Aksel Strand.«

Juul nickte. »Ich nehme die Spätmaschine nach Hammerfest. Heute Abend treffe ich Strand auf Melkøya. Sobald Melling grünes Licht gegeben hat, werden wir uns um Sektion 42 kümmern. Es soll schließlich alles vorbereitet sein, wenn das wissenschaftliche Team das neue Projekt antritt.«

Hammerfest

Ida kauerte lächelnd, ihre neuen Kinderkopfhörer über den Ohren, auf dem Teppichboden und spielte mit ihrem Tabletcomputer. Actmo zog leise scheppernd, offensichtlich schmollend darüber, dass sie ihm ihre Aufmerksamkeit entzogen hatte, seine kleinen Runden um sie herum. Schweigend, den Kopf in die Hände gestützt, beobachtete Halvar Thorvaldsen seine Enkelin vom Wohnzimmertisch aus.

Ingrid kam aus der Küche und stellte ein Fiskekakersandwich vor ihn. »Du solltest etwas essen.«

Seufzend blickte er auf und rieb sich die Augen, unter denen dunkle Schatten lagen. »Das war Sabotage«, murmelte er tonlos. »Genau das ist es, was es war.«

Ingrid warf einen raschen, besorgten Blick zu Ida hinüber, doch diese hatte weiterhin Kopfhörer auf und schien vom Gespräch nichts mitzubekommen. Sie setzte sich ihm gegenüber.

»Dass es an der Technik lag, schließe ich aus«, fuhr er fort, mehr zu sich selbst als zu seiner Frau sprechend. »Irgendjemand will mich fertigmachen. Mich oder Melling.«

»Hast du einen konkreten Verdacht?«

Er schüttelte den Kopf. »Es gibt eine Anzahl Möglichkeiten. Wenn es um Kategorien dieser Größenordnung geht – nicht nur in Bezug auf Geld, sondern vor allem auf Macht –, sind zu viele Interessen im Spiel. Jemand wie ich ist da nur Mittel zum Zweck. Darüber habe ich mir nie Illusionen gemacht. Vielleicht war ich trotzdem zu ... naiv, zu sehr auf meine Forschung fixiert. Wissenschaft war schon immer untrennbar von Verantwortung. Das wissen wir nicht erst seit Oppenheimer ...«

»Halvar! Du hast nicht die Atombombe erfunden, sondern das genaue Gegenteil. Du hast eine saubere, friedliche Form der Energieerzeugung entwickelt, die der Menschheit von kaum zu ermessendem Nutzen sein kann – sein *wird*.«

Erneut schüttelte er resigniert den Kopf. »Ich wünschte, es wäre so einfach«, murmelte er.

Ingrid runzelte die Stirn. »Da ist doch noch was anderes – sag's mir, komm schon.«

»Der PST war da.«

»Was sagst du da? Politiets sikkerhetstjeneste bei der Präsentation? Wie kommst du darauf?«

Der norwegische Inlandsnachrichtendienst genoss zwar einen besseren Ruf als manch einer seiner europäischen und internationalen Pendants, doch selbst in einem freiheitlichen skandinavischen Vorzeigeland bekam man es mit den Geheimen nicht gerne zu tun.

»So auffällig unauffällig und schlecht angezogen kommt sonst keiner daher.«

»Von wem sprichst du?«

»Er nannte sich Anders Ris Karlsen. Aber schon bei der einfachen Frage nach seinem beruflichen Background kam er ins Schleudern. Wurde von diesem Strand rausgehauen, seinerseits meines Wissens Waffenschieber und aalglatter Lobbyist. Ich verstehe nicht, warum ein integrer Mann wie Tore Melling sich auf solche Leute einlässt!«

»Und du denkst, dieser Karlsen war vom PST? Aber warum sollte …« Sie unterbrach sich, denn Ida hatte ihre Kopfhörer abgelegt und rutschte auf den Schoß ihres Großvaters.

»Opa, gehen wir heute Abend wieder in die Maschine?«, fragte sie hoffnungsvoll. Seit Halvar sie vor wenigen Tagen zum ersten Mal auf eine virtuelle Begehung der Stellarator-Anlage Wendelstein 7-X mitgenommen hatte, wollte sie von Gutenachtgeschichten nichts mehr wissen.

Thorvaldsen lächelte angestrengt. »Heute nicht, *søtnos*. Oma wird dir später etwas vorlesen. Wie wäre es, wenn du dir in der Zwischenzeit schon mal die Zähne putzt?«

Mit unverhohlener Enttäuschung trollte sich die Kleine ins Obergeschoss, jedoch nicht ohne vorher ihren treuen Begleiter Actmo vom Boden aufzuheben und mitzunehmen.

Versonnen blickte Halvar dem Kind über die Treppe nach. »Ich verstehe nur nicht, wie sie es angestellt haben. Es muss während des Essens passiert sein. Aber es waren Sicherheitsleute vor Ort. Ich kann nicht glauben, dass Melling von der Aktion gewusst hat. Aber wenn er es nicht wusste, dann …« Er versank in Schweigen.

»Halvar, was geht da vor sich?« Jetzt schwang vernehmbar Angst in Ingrids Stimme mit.

»Ich wünschte wirklich, ich wüsste es, Liebste.«

Tromsø

Es war früher Nachmittag, als Simen Sundby und Mikael Holt das Framsenteret verließen, die Straße überquerten und wieder ins Auto stiegen. Da sie anschließend noch einem Hinweis über einen Fall von mutmaßlicher ehelicher Gewalt nachgehen mussten, der ihnen vom Inhaber der an der Südspitze von Tromsøya gelegenen Robukta Lodge zugetragen worden war, hatten sie sich dann doch gegen den Spaziergang und für den Dienstwagen entschieden. Insgeheim war Sundby erleichtert darüber, denn der Muskelkater der Segelpartie tags zuvor steckte ihm noch deutlich spürbar in den Knochen.

Der hellbraune Passat B7 Variant 4motion 2.0 TDI war gepflegt und gut in Schuss – das Standardfahrzeug der norwegischen Polizei, jedoch ohne die bei den Streifenwagen neu eingeführte, auffällige retroreflektierende Beklebung. Mikael übernahm wie gewöhnlich das Steuer.

»Was hältst du davon?«, fragte Sundby.

Mikael schüttelte den Kopf. »Keine Ahnung.«

Sowohl im Institut als auch an Bord des Forschungsschiffes hatte man sie freundlich und zuvorkommend empfangen und ihnen wissenschaftliche Abhandlungen über gefühlt sämtliche im Küstengewässer vorkommende Klein-, Mittel- und Großlebewesen gegeben – nur um damit zu enden, dass man bisher noch absolut nichts sagen könne. Jedenfalls nicht, bevor man das Material in Honningsvåg begutachtet habe. Einen vielversprechenden Augenblick hatte es gegeben, als ihnen der noch sichtlich unter Schock stehende Verantwortliche auf der *Fram 21*, Askard Hemming, eine kurze Sequenz Filmmaterial aus einer Unterwasserkamera zeigte. Die Aufnahmen seien unmittelbar vor dem Unfall entstanden. Viel mehr als eine schwarze Verwirbelung war darauf allerdings nicht zu erkennen gewesen. Techniker würden sich der Bilder annehmen, aber es war wenig wahrscheinlich, dass man mehr würde herausholen können.

»Ich verstehe einfach nicht, warum man den Hammerfest-Fall nicht miteinbezieht«, fuhr Mikael fort, während sie am noch immer aufgewühlten Sund entlang das kurze Stück nach Bjerkaker hinunterfuhren.

»Abweichender Tathergang«, kommentierte Sundby.

Mikael blickte ihn von der Seite an. »Wir reden hier von Fischen!«

»Wissen wir nicht.«

»Und du denkst immer noch, dass die Kollegen dort keine Unterstützung brauchen?«

»Eins nach dem anderen.«

Sie waren jetzt bei der Lodge angekommen. Wie sich herausstellte, waren die betreffenden Gäste jedoch kurz zuvor abgereist. Da es zwischenzeitlich keine weiteren Vorkommnisse gegeben hatte, entschied man, die Sache auf sich beruhen zu lassen.

Seufzend steuerte Mikael den Wagen auf den Strandvegen zurück. »Ich schätze, ich kann dich weiterhin nicht zu einem Besuch bei unserem Traditionsunternehmen bewegen? Ich meine, jetzt, wo wir schon mal hier sind ...«

Simen warf ihm seinen berüchtigten Sundby-Blick zu.

»Okay, okay – war nur eine Frage.«

Dessen ungeachtet verlangsamte Mikael die Fahrt auf Schrittgeschwindigkeit, als sie an einem sechsstöckigen Gebäude mit ansprechender Naturholzverkleidung und üppig begrünten Loggien vorbeikamen. Vor der Einfahrt prangte ein wenig bescheidenes Hinweisschild mit dem Firmenlogo von PolarLys. Mikael war für einen Augenblick so abgelenkt, dass er den Fußgänger, der plötzlich von links die Straße überquerte, zu spät bemerkte. Mit quietschenden Bremsen kam die Kühlerhaube des Passats eine Handbreit vom Oberschenkel des Mannes entfernt zum Stehen. Dieser würdigte sie jedoch keines Blickes, sondern setzte seinen Weg zielstrebig in Richtung des Eingangs fort.

Sundby holte Luft, doch Mikael kam ihm zuvor. »Das gibt's doch nicht!«, rief er aus, während die Person bereits im Gebäude verschwunden war.

»Mikael!!«

Holt beeilte sich, eine beschwichtigende Geste zu machen. »Ja, sorry, tut mir leid, kommt nicht wieder vor. Aber weißt du, wer uns da gerade vors Auto gelaufen ist?«

»Wen du gerade mit viel Glück nicht überfahren hast – was den Tatbestand der fahrlässigen Körperverletzung erfüllt hätte –, willst du sagen?«

»Das war Aksel Strand!«

»Schon möglich. Für den Moment ändert das allerdings nicht das Geringste. Es bleibt dabei: Wir reden weiter, wenn du etwas Konkretes hast. Und bitte versuch, auf der Rückfahrt weitere Tote und Verletzte zu vermeiden.«

Mikael ließ das Auto wieder anrollen. »Machen wir dann wenigstens noch beim Pizza-Express halt?«

Sechs Stockwerke höher ließ Aksel Strand seinen Blick über die Edvard-Munch-Drucke gleiten, die die Wände von Tore Mellings elegantem Büro zierten. Er hätte sich auch nicht gewundert, wenn es sich um Originale gehandelt hätte, doch die hingen seines Wissens irgendwo in Oslo – Tøyen oder Bjørvika oder wo auch immer. Den Polizeiwagen hatte er kaum wahrgenommen, so intensiv war er in Gedanken an das bevorstehende Gespräch vertieft gewesen.

»Ein Angriff von einem ausländischen Dienst?«, wiederholte Melling ungläubig. »Wie, um alles in der Welt, konnte das passieren? Ich dachte, wir hätten gute Leute dafür. Wo war *Matias*?« Es folgte eine umgangssprachliche Unmutsäußerung, die der Umgebung nicht eben angemessen war.

Strand unterdrückte seine Belustigung. »Wir wissen doch alle, dass sich so etwas nie völlig ausschließen lässt. Grønn trifft keine Schuld. Im Gegenteil. Viridi hat sehr schnell und effektiv reagiert. Die Systeme sind hundertprozentig bereinigt.«

»Aber wir wissen nicht, ob Informationen abgeflossen sind?«

»Das ist leider sehr wahrscheinlich.«

Melling ging zu der kleinen Vitrine hinter seinem Schreibtisch hinüber und schenkte sich einen großen Schluck des Hochprozentigen ein, den sein Gesprächspartner zuvor abgelehnt hatte.

»Du weißt, dass Reitan interessiert ist«, fuhr Strand fort.

Nachdem Melling das Glas geleert hatte, stellte er es ab und sah ihn mit ernstem Blick an. »Die Streitkräfte oder dieser Juul? Der Mann gefällt mir nicht. Dieser Auftritt bei der Präsentation ... Wessen Idee war das?«

»Grønn hielt es für angemessen, ihm einen gewissen Einblick zu gewähren. Nenn es politische Landschaftspflege.«

»Militärische Landschaftspflege trifft es wohl eher«, murmelte Melling düster.

»Tore. Die Situation hat sich aus mehr als nur einer Perspektive heraus verändert. Wir müssen handeln.« Als eine Antwort ausblieb, hakte er nach: »Dann sind wir uns einig?«

Melling leerte ein zweites Glas. »Thorvaldsen wird sich darauf niemals einlassen. Soweit ich weiß, ist er erklärter Pazifist. Ich kann auch nicht gerade behaupten, dass mich die Option begeistert. Ich habe nicht unerheblich viel Lebenszeit darin investiert, der Firma zu einem sauberen Image zu verhelfen. Kriegswaffenproduktion gehört heutzutage definitiv nicht zu den populären Wirtschaftszweigen.«

»Populär ist, was profitabel ist.«

»Hat dir schon mal jemand gesagt, dass du ein Zyniker bist?«

Strand quittierte das zweifelhafte Kompliment mit einem Schmunzeln. »Mehr als einmal, glaub mir. Dafür habe ich auch schon mehr als einmal eine drohende Insolvenz abgewendet. Und nebenbei werden wir die geostrategische Situation unseres Landes auf ein neues historisches Niveau heben. Auch das ist in diesen Zeiten von nicht ganz unerheblicher Bedeutung.«

»Wer weiß von der Sache?«

»Abgesehen uns beiden, Juul und Grønn bisher nur unser neuer und sehr vielversprechender Energieminister. Er wird uns politisch den Rücken frei halten. Er ist im Storting gut vernetzt.«

»Wie lange wird es dauern, bis wir Ergebnisse sehen? Wir stehen mit dem Rücken zur Wand. Wenn die Produktionskosten weiter explodieren ... Außerdem wird es immer schwieriger, Sektion 42 unter dem Radar zu halten. Wenn die Ermittlungen wegen der Todesfälle in der Bucht auf Melkøya übergreifen sollten ... Diese seltsame Geschichte kommt wirklich zur Unzeit.«

»Mach dir deshalb keine Sorgen. Ich habe schon ein paar Anrufe getätigt.«

Tore Melling runzelte die Stirn.

»Das war keine große Sache. Jemand schuldete mir noch einen Gefallen. Die Akte wird sehr bald ohne viel Aufsehen geschlossen werden. Das Terminal ist kritische Infrastruktur. Niemand hat ein Interesse daran, die Abläufe dort in die Öffentlichkeit zu zerren.«

Melling verzog das Gesicht, und es war nicht ganz klar, ob er damit seine Bewunderung oder seine Abscheu zum Ausdruck brachte.

Strand entschied sich für Ersteres. »Beziehungen sind in meiner Branche alles, mein Freund.« Er lächelte bescheiden. »Und was den anderen Punkt betrifft: Die Technologie ist entwickelt, sie muss nur noch umgesetzt werden.«

»Bleibt die Frage, wie wir Thorvaldsen davon überzeugen. Wir sind auf ihn angewiesen.«

»Und er auf uns. Überlass das ruhig mir. Im Überzeugen bin ich ziemlich gut.«

Die Polizistenkneipe in Gimle war an diesem Abend gut besucht. Traditionell trafen sich am Donnerstag die Uniformierten auf ein Bier – oder mehr – im Kollegenkreis. Sundby und Mikael grüßten im Vorbeigehen die bekannten Gesichter, setzten sich an einen Ecktisch am Fenster und orderten zwei Pilgrim Pale Ale. Aus den Lautsprechern hinter der Bar tönte der unverwechselbare Hip-Hop-Sound von Karpe, was bei Mikael für Begeisterung, bei Simen für einen leichten Schauder sorgte. Nun gut, es konnte eben nicht immer das Arctic Philharmonic sein. Draußen peitschte der Wind noch immer schaumkronenbedeckte Brecher vor sich her, doch der Höhepunkt des Sturms war überschritten.

»Ich würde zu gerne wissen, was die da drin besprochen haben«, sinnierte Mikael, die etwas kleinere Schaumkrone auf seinem Glas fixierend.

Sundby, der gedanklich zum Segeltörn des vergangenen Tages zurückgekehrt war, blickte auf.

»Strand«, erklärte Mikael. »Strand und Melling.«

Mikael Holt war ein Terrier. Wenn er sich einmal an etwas festgebissen hatte, ließ er nicht mehr los, und Geduld gehörte bekanntermaßen nicht zu seinen Stärken. Eine Zeit lang diskutierten sie die Faktenlage. Doch an der unbefriedigenden Situation, dass sich noch kein greifbarer Fall daraus ableiten ließ, war für den Moment nichts zu ändern.

»War wenigstens dein kleiner Ausflug ins Privatleben erfolgreich?«, wollte Mikael beim zweiten Pilgrim wissen. »Schön gefeiert?«

»Wie man's nimmt«, gab Sundby nachdenklich zurück.

»Aber er macht sich doch nicht schlecht, oder? Ich meine – trotz allem. Wenn man sich andere in seinem Alter anschaut...«

Kurz tauchte das verängstigte Gesicht einer schwarz gekleideten Gestalt hinter einem Brückengeländer vor Sundby auf. Er hatte für Kurt getan, was in seiner Macht stand, und fragte sich, ob er es schaffen würde. »Natürlich. Lasse ist großartig. Ich wünschte nur, ich hätte ...«

Mikael seufzte. »Der ewige Schuldkomplex aller Eltern. Lass es, Simen. Du bist ein guter Vater. Du warst immer für ihn da.«

Sundby lächelte. Für Mikael Holts Verhältnisse war das ungefähr das Maximum zu verteilender Streicheleinheiten.

»Er will im August bei der Lilla Tjörn Runt antreten. Gestern hat er sich ganz gut gehalten.«

»Du warst mit ihm draußen? Gestern? Sportlich!«

»Ja, gegen Ende wurde es tatsächlich rau. Ich habe keinen Zweifel daran, dass er eine 25-Fuß-Kieljacht in halbwegs ruhigem Gewässer managen kann. Es ist nur ...«

»Nur was?«

»Ach, weißt du, diese ganze Segelei ...«

Mikael begann zu lachen. »Ich versteh schon. Passt nicht zu deinem sozialistischen Mindset.«

»Nein ... so würde ich es nicht ausdrücken.«

»Wie dann? Sag Bescheid, wenn die Silverrudder Challenge dran ist.«

»Hör bloß auf. Von Malmö nach Kopenhagen und zurück hat Lena schon genug schlaflose Nächte beschert!«

»Du solltest dankbar sein, dass deine illustre Verwandtschaft deinem Sohn eine solche Möglichkeit eröffnet. Für das Gros der Polizistennachkommenschaft dürfte das eher nicht zutreffen. Wie macht er sich denn so im Eheleben, der berühmte Daniel Lindström? Ist er noch immer der Jahrhundertsnob, den ich bei Anias Hochzeit kennenlernen durfte? Er betrügt sie doch nicht etwa mit seinen Assistentinnen?«

Es war kein Geheimnis, dass Simen Sundbys Schwager seit seiner Beteiligung am Entwurf von Malmös prestigeträchtigem Wahrzeichen, dem dekonstruktivistischen Wolkenkratzer *Turning Torso*, in den Olymp internationaler Stararchitekten aufgestiegen war.

»Nein, wohl nicht. Eigentlich ist er ein ganz netter Kerl, und Ania ist wirklich glücklich mit ihm.«

»Hm. Immerhin. Ich hoffe nur, dass sie nicht inzwischen in das verdrehte Ding reingezogen sind. Mich wundert jeden Tag, dass es noch steht.«

Jetzt war es Sundby, der lachte. »Und das wird auch noch eine ganze Weile so bleiben. Keine Sorge, die Leute, die das Schmuckstück aufgestellt haben, verstehen ihr Geschäft mindestens so gut wie wir unseres. Nein, Ania und Daniel wohnen noch in ihrem Haus an der Limhamn Marina.« Er seufzte. »Zwei Jachten vor der Tür, Urlaube in Miami … Ist einfach nicht meine Welt.«

»Onkel bist du aber noch nicht geworden?«

Sundby schüttelte den Kopf. Er würde wohl auch keiner mehr werden – jedenfalls nicht von dieser Seite. Ania hatte im vergangenen September ihren dreiundvierzigsten Geburtstag gefeiert. Tatsächlich kannte er die Gründe nicht, warum die Ehe seiner Schwester kinderlos geblieben war. Sie hatte nie darüber gesprochen, und er war bisher zu diskret gewesen, um direkt zu fragen.

»Wahrscheinlich der Beruf«, mutmaßte Mikael. »Ania ist eine tolle Anwältin. Was, nebenbei bemerkt, gut zu wissen ist. Kann ja immer sein, dass man mal einen Rechtsbeistand braucht.«

Sundby neigte den Kopf zur Seite und versuchte, herauszufinden, ob sich hinter der letzten Aussage eine Mehrdeutigkeit verbarg. Doch er wollte die entspannte Stimmung nicht trüben. Er genoss es, einmal wieder mit Mikael zu plaudern – einfach so, von Freund zu Freund. Früher hatten sie das oft getan. In den letzten Jahren immer seltener.

Mikael leerte sein Glas in einem Zug. »Und was Lasse betrifft: Er muss selbst entscheiden, wie er leben will. Lass ihn mal machen. Er findet seinen Weg schon.«

Sundby schmunzelte. »Du sprichst aus Erfahrung, nehme ich an.«

»Sicher.«

Als sie eine Stunde später das Lokal verließen, war die Luft frisch und klar. Der Regen hatte aufgehört.

Honningsvåg

Da es mehr Ruhe versprach als das Scandic Bryggen direkt am Hafen und ihnen auch optisch besser zusagte, entschieden Cai und Eric sich für das am nördlichen Ortsausgang gelegene Scandic Honningsvåg. Über die gut ausgebauten Verbindungsstraßen E6 und E69 hatten sie die zweihundert Kilometer mit Cais Alfa Romeo in unter zwei Stunden hinter sich gebracht. Zu Erics gemietetem VW Up hatte sich Cai nicht überreden lassen, außerdem seien es doch völlig unnötige Kosten, hatte er argumentiert, also hatte Eric den Leihwagen zurückgebracht. Ans Steuer seiner marinefarbenen Giulia, von der Eric lieber nicht wissen wollte, was sie wert war, ließ Cai erwartungsgemäß niemanden. Eric, der verwundert feststellte, dass die Ereignisse der vergangenen Tage eine ungewohnte Erschöpfung bei ihm ausgelöst hatten, verbrachte die Fahrt dösend. Umso wacher war er, sobald sie in Honningsvåg eintrafen. Sie checkten im Hotel ein und verschafften sich anschließend einen Überblick über die Situation. Zur Unfallstelle drangen sie jedoch nicht vor, da der Bereich weiträumig abgesperrt worden war. Aus der Ferne konnte man ein weißes Zelt im Wind flattern sehen, das wiederholt von Gestalten in ebenso weißen Overalls betreten und verlassen wurde.

Ein Tauchgang schien zu diesem Zeitpunkt wenig aussichtsreich und beinhaltete zudem das Risiko, Aufmerksamkeit zu erregen. Außerdem waren auch hier noch die Ausläufer des Orkantiefs spürbar, das derzeit den gesamten Schiffsverkehr im Nordmeer und der Barentssee behinderte. Also begnügten sie sich mit einem ausgedehnten Spaziergang rund um den kleinen Ort und ließen den Abend an der Hotelbar ausklingen, wo sie erneut versuchten, die einzelnen Fragmente zu etwas zusammenzusetzen, das zumindest die Ahnung eines Bildes ergab. Jedoch ohne großen Erfolg.

»Warte!«, rief Cai aufgeregt aus, als Eric die letzten Drinks geordert hatte, bevor die Bar schloss. »Ich hab was!« Er drehte den Laptop zu ihm um. »Hier – siehst du?«

Eric schaffte es gerade noch, die beiden Gläser zur Seite zu schieben. »Was um ... was ist das?«

»Das sind die Originalfotos des Leichenfundes.«

Eric sah ihn verständnislos an.

»Hammerfest. Sie haben die beiden gefunden. Ich bin endlich in die Polizeiwache dort reingekommen.«

Vorsichtig riskierte Eric einen zweiten Blick. »Meine Güte.«

»Es scheint, als seien die Behörden vor Ort mit der Einordnung des Vorfalls ziemlich überfordert. Man schließt zum jetzigen Zeitpunkt auch ein Verbrechen nicht aus.«

»In der Art eines Froschmannkannibalen?«

Cai sah Eric ernst an. »Können diese ... Krebse so was machen?«

»Ist dir eigentlich klar, wie groß ein durchschnittlicher Wilkitzkii ist? Nicht mal ein Zentimeter!« Eric verfiel in Schweigen und starrte ins Leere.

»Was denkst du?«

Nachdenklich richtete Eric seinen Blick auf die stattliche

Anzahl Flaschen im Regal an der gegenüberliegenden Wand. Der Barkeeper polierte ein paar Gläser und wartete geduldig darauf, dass die letzten späten Gäste das Feld räumen würden.

»Es kommt weltweit vergleichsweise selten vor, dass Menschen durch Meeresbewohner ernsthaft verletzt oder sogar getötet werden. Im Europäischen Nordmeer tendiert die Chance gegen null. Piranhas, die wirklich gefährlich werden können, leben nur in tropischen und subtropischen Gewässern, außerdem sind sie Süßwasserfische. Wale gibt es hier zwar, sie fressen aber keine Menschen, da sie sie überhaupt nicht schlucken könnten. Überhaupt sind Wale äußerst friedliche Tiere. Die Geschichten über angebliche Killerwale sind mediale Sensationshascherei. Haie können bekanntermaßen in Ausnahmefällen gefährlich sein. Aber die einzige hier vorkommende Art ist der Grönlandhai, der sich praktisch ausschließlich in großen Tiefen von bis zu zweitausend Metern aufhält. Man kann von Glück sagen, wenn man überhaupt einmal ein Exemplar zu sehen bekommt. Ansonsten ist bei den meisten Fischen höchstens ihr Gift gefährlich, aber nicht ihre Zähne. Aus Europa sind einige Fälle von Bissen durch Riesenwelse bekannt. Das sind aber wie die Piranhas Süßwasserfische.«

»Hm. Aber du hast doch gesagt …«

»Ja, das stimmt. Vor ein paar Jahren gab es einen Amphipodenangriff in Melbourne. Es waren Lysianassidae, die dort heimisch sind. Der Vorfall war dem in Honningsvåg sehr ähnlich. Man ging damals davon aus, dass sie mehr oder weniger aus Versehen auf den Mann übergesprungen sind. Er stand im flachen Wasser – wahrscheinlich, ohne es zu merken, in der Nähe eines Tierkadavers …« Eric machte eine Pause. »Aber das hier«, er zeigte auf den Bildschirm, »habe ich noch nie in meinem Leben gesehen. Nicht mal annähernd. Und ich hab im Wasser schon so einiges gesehen, glaub mir.«

Cai stellte sicher, dass er bei seinem virtuellen Besuch auf der Polizeiwache unsichtbar geblieben war, leerte sein Glas in einem Zug und klappte den Computer zu. »Na, das ist doch mal eine Ansage. Dann fahren wir da morgen hin.«

»Nach Hammerfest?« Eric schüttelte langsam den Kopf.

»Was ist?«

»Hast du nicht gesagt, dieses Forschungsschiff soll hierherkommen? Aus Tromsø?«

»Die *Fram 21*, ja. Sobald die Sturmwarnung aufgehoben ist.«

»Lass uns noch ein bisschen hierbleiben. Hammerfest läuft uns nicht weg.«

Freitag. Tag 11.

Hammerfest/Honningsvåg

In Absprache mit dem Kapitän hatte Askard Hemming die kürzeste Route durch die Sunde gewählt. Unmittelbar nachdem der in Böen orkanartige Wind sich gelegt hatte und das Unwetter nach Jan Mayen abgezogen war, hatte die *Fram 21* Tromsø erneut in Richtung Magerøya verlassen. Da die Mitternachtssonne weiterhin von dichten Wolken verdeckt wurde, war es jetzt, südlich von Arnøya, fast dunkel an Deck.

Tom trat hinter Synni, die in Schal und Jacke gehüllt an der Reling lehnte. »Wie geht's dem Fuß?«

»Geht schon. Die Eispackung, die mir der Sani verpasst hat, hat gut geholfen.«

»Schön. Komm, lass uns runtergehen und etwas schlafen. Morgen wird wieder ein anstrengender Tag.«

Doch Synni schüttelte den Kopf. »Wir werden diesmal den Sund zwischen Sorøya und Seiland passieren. Ich will auf keinen Fall den Blick auf die LNG-Anlage bei Hammerfest verpassen.«

»Synni! Bis wir auf der Höhe von Hammerfest sind, dauert es sicher noch drei Stunden! Und was willst du dort bitte schön sehen außer einer Kontrollfackel und ein paar beleuchteten Rohren?«

»Du solltest lieber die Kamera raufholen.«

Tom seufzte. »Okay. Sag mir, was du denkst.«

»Es gab auch auf Kvaløya einen Zwischenfall. In der Hammerfest-Bucht oder jedenfalls ganz in der Nähe. Ich hab die Nachricht nur zufällig entdeckt. Als ich vorhin mit der Eispackung herumlag, hab ich ein bisschen zu den merkwürdigen Unfällen recherchiert. Auffällig ist, dass es bisher noch wenig Nachrichten darüber gibt. In Hammerfest sind wahrscheinlich zwei Menschen gestorben – und die Öffentlichkeit erfährt nichts!«

»Witterst du schon wieder eine Verschwörung? Bestimmt gibt es eine ganz harmlose Erklärung dafür. Die Medien wollen sich nicht zu weit aus dem Fenster lehnen, solange die Informationen noch nicht gesichert sind. Und eine Panik will sicher auch keiner auslösen.«

»Sei nicht naiv, Tom. Panik ist doch sonst auch willkommen, wenn sie Auflage macht. Nein, das hier sieht mir schon weit eher nach Nachrichtensperre aus. Drei Vorfälle in einem Radius von fünfzig Kilometern innerhalb weniger Tage – das ist doch kein Zufall!«

»Von Hammerfest nach Honningsvåg sind es immerhin neunzig Kilometer Luftlinie.«

»Du bist ja gut informiert.«

Einen Moment lang musterten sie sich in der Dunkelheit, während ihr Atem kleine, unsichtbare Nebelschwaden in die Kälte zog. Plötzlich stiegen in Synni Erinnerungen an ihre erste gemeinsame Nacht auf, als sie sich nach einem langen und anstrengenden Drehtag – es war das erste Projekt gewesen, bei dem er sie als Kameramann begleitet hatte – in seiner Wohnung auf dem Küchenboden wiederfanden. Nur ein kleiner Absacker hatte es werden sollen, doch es wurde eine ebenso leidenschaftliche wie kurze Liaison. Mit Mühe widerstand sie dem unwillkürlichen Bedürfnis, ihn zu küssen. Sie schüttelte den Kopf, um den unpassenden Impuls abzuwehren, und überlegte, wie lange es her war, dass sie ... Nein. Die Arbeit bestimmte ihr Leben, für Beziehungen war keine Zeit, und das war auch gut so. Es gab eben nur diese Augenblicke ...

»Alles okay?«, fragte er.

»Sicher. Lass uns runtergehen und einen Kaffee trinken. Aber vor Hammerfest sind wir wieder hier oben. Mit der Kamera.«

Es wurden Aufnahmen, die die Anstrengung lohnten. Die *Fram* passierte Melkøya im Abstand von kaum einem Kilometer. Wie ein sich im schwarzblauen Wasser spiegelndes Polygon aus Licht lag der Industriekoloss vor ihnen, wach und schlafend zugleich. Aufgeregt bedeutete Synni Tom die Perspektiven, die sie haben wollte.

»Zoom ganz nah ran ... jetzt den Anlegebereich ... kannst du in die technischen Details der Prozessanlage auf der Barge reingehen?«

Tom setzte die Kamera ab. »Was, um alles in der Welt, bezweckst du damit? Soll das jetzt eine Snøhvit-Doku werden? Das passt doch überhaupt nicht in unser Konzept.«

»Rede nicht, dreh! So was kriegen wir nie wieder. Hast du die Gastanks?«

»Alles im Kasten.«

Dann waren sie auch schon an dem winzigen Eiland vorbei, näherten sich der Nordspitze von Kvaløya und steuerten mit unverminderter Geschwindigkeit auf Havøysund zu. Synni fröstelte.

»Komm jetzt endlich runter in die Kabine und lass uns versuchen, bis Magerøya wenigstens noch ein bisschen Schlaf zu kriegen.«

Sie hatten nicht am Hafen angelegt, sondern südlich der Menesbukta, nahe dem Ortsausgang und unmittelbar vor dem provisorischen Feldlabor, das oberhalb der Unfallstelle aufgebaut worden war. Da die Uferböschung hier steil abfiel, konnte das große Schiff problemlos dicht am Ufer ankern, und das wissenschaftliche Team gelangte bequem über einen mobilen Steg an Land. Arne Persson und die vor Ort befindlichen Mitarbeiter des Nordkapp legesenter begrüßten die Ankömmlinge mit spürbarer Erleichterung, da allen bewusst war, dass die erforderlichen chemischen Analysen die Möglichkeiten des zwar gut ausgestatteten, mit dem Umfang einer Universitätsklinik jedoch nicht vergleichbaren örtlichen Krankenhauses deutlich überstiegen. Um den Wissenschaftlern den größtmöglichen Komfort zu bieten, wurden sie auf Anweisung von Persson für die Dauer ihres Aufenthalts im Scandic Bryggen untergebracht, während die Mannschaft einstweilen an Bord blieb, bis geklärt sein würde, wie lange die technischen Einrichtungen der *Fram* gebraucht würden. Idealerweise, so die einstweilige Planung von Kapitän und Forschungsleiter, würde das Schiff mit dem Material so bald wie möglich in den Heimathafen zurückkehren, um weitere Tests in Tromsø durchzuführen. Ein Teil des Teams würde die Kräfte vor Ort unterstützen, solange das nötig war, und später mit dem Flugzeug zurückkehren.

Synni und Tom hatten nach der langen Nacht an Deck so tief geschlafen, dass Askard sie mit wiederholtem Klopfen wecken musste.

»Für euch sind auch zwei Zimmer im Scandic reserviert«, sagte er, als Synni schlaftrunken die Kabinentür öffnete.

Sie nickte. »Gibt es schon was Neues?«

»Die hiesigen Leute haben sehr gut gearbeitet. Es ist genug Material vorhanden, es muss nur noch endausgewertet werden. Ihr könnt euch sowohl an Land als auch an Bord alle Analysen ansehen. Aber wie besprochen – keine Aufnahmen, keine Stellungnahmen. Es gibt zwei Buslinien ins Zentrum von Honningsvåg, die Haltestelle ist gleich dort hinten. Wenn euch das Gepäck nicht zu schwer ist, könnt ihr auch laufen. Bis zum Hotel ist es ungefähr ein Kilometer. Es liegt direkt am Hafen, und alles, was man so braucht, gruppiert sich darum herum.« Damit verschwand er, und Synni beeilte sich, etwas zum Anziehen zu finden.

Den Wissenschaftlern beim Mikroskopieren der Wasserproben, in denen sich unzählige Kleinstlebewesen tummelten, über die Schulter zu schauen, erwies sich als weit weniger spektakulär als gedacht. Am Nachmittag hielt Synni es nicht mehr aus und zog Tom aus dem Zelt.

»Wir haben noch immer nicht die Aufnahmen des Tauchers gesehen«, sagte sie nachdenklich.

»Ich gehe auch nicht davon aus, dass sich das in absehbarer Zeit ändern wird«, mutmaßte Tom. »Askard hält sich bedeckt. Wir können von Glück sagen, dass wir überhaupt hier sein dürfen.«

»Dann lass uns wenigstens sehen, was das Snøhvit-Material gebracht hat.«

Da sie beide dringend frische Luft brauchten, schlenderten sie zu Fuß zum Ortszentrum zurück. Bevor sie zum Hotel gingen, legten sie noch einen kurzen Zwischenstopp im Arctic

Sans ein, um eine Kleinigkeit zu essen. Sie bestellten Chicken Wings, Pommes frites und Salat, und Synni merkte erst jetzt, dass sie kurz vor dem Verhungern gewesen war. Nach dem Kaffee kehrte die Energie allmählich zurück.

»Lass uns gehen. Ich kann es kaum erwarten, die Aufnahmen von Melkøya zu sehen.«

Sie standen auf und wandten sich zur Tür. Während Synni in ihre Jacke schlüpfte, betraten zwei weitere Gäste den Raum und ließen sich an einem Ecktisch nieder. Sie boten keine auffällige Erscheinung und hoben sich kaum vom Gros der Touristen, die das kleine Restaurant am Hafen üblicherweise bevölkerten, ab. Und doch gab es etwas, das Synni innehalten ließ. Tom, der noch damit beschäftigt war, die Rechnung zu begleichen, bekam nicht mit, wie sich die Blicke von Synni und einem der beiden Neuankömmlinge kreuzten. Der Fremde mochte in seinen Dreißigern sein, obwohl er jünger wirkte, war groß und athletisch, mit markanten Gesichtszügen, die auf ungewöhnliche Weise gleichzeitig skandinavisch und südländisch wirkten. Er trug legere Outdoorkleidung und das dunkle Haar halblang, was ihm eine jungenhafte Ausstrahlung verlieh, die jedoch vom Ernst seines Blickes kontrastiert wurde. Auch er schien sekundenlang seinen Begleiter, der unentwegt auf ihn einredete, nicht mehr wahrzunehmen. Dann war der Moment vorüber, und Tom, der mit dem Bezahlen fertig war, schob sie aus der Tür.

Draußen, im auflebenden Wind des frühen Abends, atmete sie tief durch.

»Was ist? Alles okay?«, fragte Tom.

Sie nickte, zögerte kurz und erwiderte: »Hast du ... die beiden Männer gesehen, die gerade reinkamen?«

»Nein, hab nicht drauf geachtet. Warum? Was war mit ihnen?«

»Ach nichts, schon gut. Komm, beeil dich, wir haben noch einen langen Abend vor uns.«

Eric hob das Wasserglas, das die Bedienung vor ihn gestellt hatte. Dann setzte er es wieder ab.

»Hörst du mir eigentlich zu?«, fragte Cai irritiert.

»Hast du sie auch gesehen?«

»Wen gesehen?«

»Synni. Das war Synni Opland, die da gerade zur Tür rausgegangen ist. Die Dokumentarfilmerin.«

Cai, der mit dem Rücken zur jetzt wieder geschlossenen Eingangstür saß, drehte sich kurz um. »Synni Opland? Bist du sicher? Kann ich mir nicht vorstellen.«

»Sie müssen heute mit der *Fram* gekommen sein.«

»Schon möglich. Aber was sollte sie hier?«

»Überleg doch mal. Sie war auf dem Schiff, als die Sache mit dem Taucher passierte. Und jetzt ist sie hier. Am Ort einer polizeilichen Ermittlung.«

»Soweit ich weiß, ist Synni keine investigative Journalistin. Sie dreht Reportagen.«

»Da hatte ich neulich bei dem Fernsehinterview aber einen ganz anderen Eindruck.«

Cai lehnte sich zurück, legte die Hände auf den Tisch und sah Eric eindringlich an. »Okay«, sagte er dann langsam. »Wenn du das denkst und sie wirklich hier ist, dann sollten wir vielleicht mit ihr reden.«

Tromsø

»*Fy pokker!*« Wütend knallte Mikael den Hörer auf die Gabel. Jonna blickte über den leeren Schreibtisch, der zwischen ihnen stand – der Platz, an dem eigentlich der Spezialist für Technikfragen sitzen sollte –, zu ihm hinüber. »Was ist denn los?«

Mikael streckte sich und drehte sich zu ihr. »Hammerfest!«

»Ja – und?«

»Ich verstehe es nicht.«

Wenn Mikael sich kryptisch ausdrückte, erwies es sich erfahrungsgemäß als kontraproduktiv nachzufragen, also wandte Jonna sich wieder ihrem Computer zu.

Kurz danach stand Mikael auf, ließ sich auf dem unbesetzten Schreibtisch nieder und schaute auf ihren Bildschirm. »Was Neues bei dir?«

»Gammarus Wilkitzkii.«

»Gammarus – *was*?«

»Wilkitzkii. Eis-Flohkrebse. Sie wurden in ungewöhnlich großer Menge in den Wasserproben in Honningsvåg gefunden. Ein Zusammenhang mit den beiden Unfällen ist noch nicht bestätigt, wird aber für möglich gehalten.«

»Und die greifen Menschen an?«

»Normalerweise nicht.«

»Hm.«

Jonna speicherte ihre Eingabe ab und sah ihn an. Dunkle Schatten lagen unter seinen Augen. In den beiden Jahren, seit sie von Helsinki hierhergewechselt war, hatte sie es geschafft, sich seinen Respekt zu erarbeiten. Das war keine Kleinigkeit, zumal in ihrer Situation als alleinerziehende Mutter. In der Regel arbeiteten sie effektiv und vertrauensvoll zusammen – was auch notwendig war in einem Beruf, in dem im Extremfall nicht weniger als das eigene Leben auf dem Spiel stehen konnte. Dennoch wusste sie über sein Leben außerhalb der Dienstzeiten so gut wie nichts. Es mochte daran liegen, dass es für Mikael Holt ein »außerhalb der Dienstzeiten« genau genommen gar nicht zu geben schien. Simen Sundby war ihr mit seiner ausgeglichenen und freundlichen Art schnell ans Herz gewachsen. Er war offen, gesellig und hatte ein Privatleben, welches er zwar vom Beruf zu trennen wusste, aus dem er andererseits aber auch kein großes Geheimnis machte. Mikael dagegen war ein Buch mit sieben Siegeln. Er schien sich nicht viel daraus zu machen, was andere von ihm dachten – völlig egal, ob es sich um Kollegen, Vorgesetzte oder Verdächtige handelte. Dass es aber durchaus noch einen anderen Mikael gab als den, den er für gewöhnlich nach außen hin zeigte, ahnte sie seit einer besonders kalten Januarnacht in ihrem ersten Tromsøer Winter. Damals hatte sie mitbekommen, wie er, ohne zu zögern, einen älteren obdachlosen – und offensichtlich alkoholkranken – Mann wochenlang bei sich zu Hause übernachten ließ, obwohl es durchaus städtische Angebote für die neuerdings auch in den reichen skandinavischen Ländern angekommene zentraleuropäische Armut gab und niemand Gefahr lief, auf der Straße zu erfrieren.

»Das war Hammerfest, da eben.« Er deutete mit dem Kopf zu dem Festnetztelefon auf seinem Schreibtisch. »Zuerst wollten sie mich zu dem verantwortlichen Beamten gar nicht durchstellen, und als ich ihn dann endlich an der Strippe habe, erzählt er mir, dass er mir aus ermittlungstechnischen Gründen keine Auskünfte geben kann. Fünf Minuten später faselt er noch was von Personalknappheit. Das klang fast so, als wollten sie schnell und möglichst unauffällig einen Deckel drauf haben.«

»Bist du sicher, dass du da nicht zu viel hineingeheimnisst? Vielleicht ist es nur die alte Troms-Finnmark-Rivalität. Und was den Personalmangel betrifft – es ist ja nicht gerade so, dass wir das nicht kennen würden, oder?«

»Es ist doch vollkommen offensichtlich, dass man die Hammerfest-Sache nicht von den beiden anderen Vorfällen getrennt betrachten kann. Aber das will einfach niemand hören. Lieber kommen sie mit einem mysteriösen Unbekannten um die Ecke, der vielleicht ein Motiv gehabt haben könnte, zwei unbescholtene ortsansässige Feierabendschwimmer zu filetieren.«

»Framsenteret hält es zu diesem Zeitpunkt auch für annähernd ausgeschlossen, dass der Hammerfest-Fall in dasselbe Raster passt wie Nordkap und Honningsvåg.«

Mikael schüttelte den Kopf. »Mag ja sein. Aber das ist es nicht. Bisher war der Ton einfach anders, wenn ich mit den Kollegen dort drüben zu tun hatte.«

»Was meinst du damit – der Ton war anders?«

»Ich hatte fast das Gefühl, dass da jemand Druck ausübt.«

Jonna neigte den Kopf zur Seite. »Willst du das mit Simen besprechen?«

Mikael schüttelte den Kopf. »Noch nicht.« Damit rauschte er aus der Tür.

Hammerfest

Ingrid blickte Halvar mit einem Blick an, den er noch nie an ihr gesehen hatte. »Sag mir, dass das nicht wahr ist.«

»Die ganze Sache war ein Fehler. Von Anfang an. Ich hätte es kommen sehen müssen.«

»Wovon redest du?«

»Die ganze Geheimnistuerei. Verträge mit Verschwiegenheitsklauseln. Der Hochsicherheitsbereich auf Melkøya, der offiziell gar nicht existiert. Dieser zwielichtige Strand, der immer wieder auftaucht. Ein Waffenschieber. Sie haben es von Anfang an geplant. Ich sollte nicht mal mit dir darüber reden. Ich bringe dich in Gefahr.«

»Du wirst dich doch auf so etwas nicht einlassen …?«

»Natürlich nicht. Aber ich bezweifle, dass sie ein Nein akzeptieren werden. Sie haben zu viel investiert.«

Seit Thorvaldsen eine halbe Stunde zuvor aschfahl zur Haustür hereingekommen war, standen sie sich im Treppenhaus gegenüber. Jetzt ließ Ingrid sich erschöpft auf die unteren Stufen sinken.

»Wer ist *sie*? Von wem redest du? Der PST? So etwas kann doch nicht einfach so an den offiziellen Stellen vorbei …«

»Leider ist es wahrscheinlich genau so. Ich weiß nicht, wer dahintersteckt. Von Melling ging das jedenfalls nicht aus, da bin ich mir ziemlich sicher. Aber es gibt Leute ... Männer mit sehr viel Macht und eindeutigen Interessen. Und das sind nicht dieselben, die vom norwegischen Volk gewählt worden sind.«

»Halvar! Wir reden von einem der fortschrittlichsten und liberalsten Länder der Welt!«

»In Norwegen ist es nicht anders als irgendwo sonst auf der Welt. Erinnerst du dich noch an den Wechsel im Energieministerium, den wir vor kurzer Zeit gesehen haben? Ich muss bei der Sache immer an Olof Palme denken ...«

»Halvar, du machst mir Angst.«

Lange Zeit sahen sie sich nur schweigend an. Als ein Schlüssel ins Haustürschloss gesteckt wurde, schreckten beide abrupt hoch.

Es war ihre jüngste Tochter Lea. Sie trug das vier Monate alte Baby, die kleine Emily in einem Tragetuch vor ihrem Bauch und hielt Ida an der Hand, die sich, kaum hatte sich die Tür geöffnet, sofort losriss und ihrem geliebten Opa an den Hals warf. Mechanisch hob er sie hoch und bedachte sie mit den üblichen Koseworten.

»*Hei*«, grüßte Lea von der Tür, indem sie sich schon wieder zum Gehen wandte. »Ich lasse sie hier, ich muss gleich Islin vom Geigenunterricht abholen, ich dachte ...«

Eigentlich hätte Ida auch gleich ganz bei ihren Großeltern einziehen können. Sie verbrachte ohnehin mehr Zeit hier als in ihrem Elternhaus und hatte seit Kurzem sogar ihr eigenes Kinderzimmer, da Ingrid es für nicht mehr vertretbar erachtet hatte, dass sie ständig im Gästezimmer wohnte. Das sei nicht kindgerecht, hatte Ingrid gesagt, und Halvar hatte ihr natürlich zugestimmt. Platz gab es in dem großen Haus genug. Lea war mit dem Baby und der neunjährigen Islin mehr als ausgelastet, und Alexander fuhr noch immer Doppelschichten, um sein Start-up auf die Beine zu bringen. Ida jedoch schien sich keineswegs vernachlässigt oder zurückgesetzt zu fühlen, sondern zeigte sich von der Situation, die sie jeden Tag Zeit mit dem angehimmelten Wissenschaftler-Großvater verbringen ließ, regelrecht begeistert. Normalerweise beruhte das auf uneingeschränkter Gegenseitigkeit. Doch dies war kein normaler Tag.

»Lea«, unterbrach Thorvaldsen seine Tochter rasch. »Komm bitte kurz rein. Ich muss mit dir reden.«

Irritiert zog Lea die Tür zu und trat zu ihrem Vater. Sorgenfalten zeigten sich auf ihrer Stirn. »Alles in Ordnung, Papa? Geht's dir gut?«

»Mir geht es gut, *skatten min*.« Er stellte Ida ab und schickte sie mit einem liebevollen Klaps die Treppe hinauf. »Na, geh schon, Actmo wartet oben sehnsüchtig auf dich.«

Das Mädchen, das die angespannte Stimmung nicht mitbekam, ließ sich nicht zweimal bitten und stürmte die Treppe hinauf zu ihrem Zimmer.

Halvar ging zum Wohnraum hinüber und bedeutete seiner Tochter, ihm zu folgen. »Setz dich bitte kurz.«

Lea warf einen raschen Blick auf ihre Armbanduhr. »Islin …«, begann sie.

»Es dauert nicht lange.«

Auch Ingrid war ihnen ins Zimmer gefolgt, und sie nahmen an dem breiten Eichentisch Platz, der fast ausschließlich benutzt wurde, wenn Gäste zum Essen kamen. Sonst nahmen Halvar, Ingrid und Ida, wenn sie da war, die Mahlzeiten in der geräumigen Küche ein.

»Was ist los, Papa?«, fragte Lea beunruhigt.

Seine Tochter kannte ihn gut genug, um zu wissen, dass irgendetwas ganz und gar nicht stimmte.

»Hör zu, Lea. Du, Islin, Ida und die Kleine, ihr werdet ein paar Wochen Urlaub machen. Ingrid wird euch begleiten.«

Ingrid klappte die Kinnlade herunter, und Lea sah für einen Augenblick so aus, als hielte sie das Ganze für einen Scherz. Doch war ihm in diesem Moment alles andere als zum Scherzen zumute.

Lea hatte sich als Erste wieder gefasst. »Wie stellst du dir das vor? Islin muss in die Schule. Ganz abgesehen davon, dass …«

»Ich regle das. Lea, ich würde das bestimmt nicht sagen, wenn es nicht so ernst wäre. Ich hoffe zwar immer noch, dass meine Befürchtungen unbegründet sind, aber ich kann nicht ausschließen, dass du und die Kinder … und auch du, Ingrid …, dass ihr in Gefahr seid. Oder in Gefahr geraten könntet. Ich will, was euch betrifft, kein Risiko eingehen. Nicht das allerkleinste, versteht ihr? Ich könnte nicht damit leben, wenn einem von euch …« Seine Stimme wurde brüchig.

»Hat es mit deiner Arbeit zu tun?«, fragte Lea leise.

Er nickte. »Es ist besser, du weißt nicht mehr, Liebes. Zu deinem eigenen Schutz.«

»Und wo sollen wir hin?«

»Nach Vestersand.«

»Zu Sara?«

Halvar war bewusst, dass seine jüngere Tochter von der Idee, einen ausgedehnten Urlaub im Gästehaus ihrer Schwester auf den Lofoten zu verbringen, alles andere als begeistert war. Und das lag sicher nicht an der unvergleichlichen Landschaft, Sehnsuchtsziel unzähliger Touristen jahraus, jahrein. Aber es war leider eine Tatsache, dass seine beiden Töchter sich nie wirklich gut verstanden hatten. Sie waren einfach zu verschieden. Doch derartige Dinge durften jetzt keine Rolle spielen. Nach dem Gespräch mit Aksel Strand auf Melkøya hatte er Sara auf der Heimfahrt noch vom Auto aus angerufen. Als er angedeutet hatte, dass es sich um einen Notfall handelte, hatte seine Älteste dann auch nicht lange gezögert und ihm eines der Gästeapartments auf unbestimmte Zeit zugesagt.

»Ich hab das schon mit ihr besprochen. Ihr seid willkommen und dort sehr gut untergebracht. Ich schlage vor, du holst Islin ab und fährst dann nach Hause und packst.«

In diesem Moment kam Ida die Treppe herunter, den kleinen Roboter in der Hand. »Opa, weißt du, was Actmo mir gerade erzählt hat …«, begann sie. Dann schien auch sie endlich zu begreifen, dass etwas nicht stimmte. Sie blieb stehen und neigte den Kopf zur Seite.

Halvar strich ihr zärtlich über den blonden Schopf. »*Søtnos*, warum fragst du Actmo nicht, wie er es finden würde, eine wunderschöne Urlaubsreise mit dir zu machen?«

Honningsvåg

»Merkwürdig.« Synni kehrte wieder und wieder zu einer Kameraeinstellung zurück.

»Was denn?«, fragte Tom.

»Wie viel Uhr ist es da ... Das muss gegen drei in der Nacht gewesen sein ... Das ist schon ein seltsamer Zeitpunkt für ein Meeting.«

Seit gut zwei Stunden waren sie bereits mit der Auswertung des Melkøya-Materials beschäftigt. Als sie mit der ersten Durchsicht fertig gewesen waren, hatte Synni ihrer Begeisterung kaum Einhalt gebieten können. Er habe sich diesmal selbst übertroffen, beglückwünschte sie ihren Kameramann. Und auch Tom zeigte sich überaus zufrieden. Die Qualität der Videos ließ buchstäblich keine Wünsche offen. Die High-Zoom-Nahaufnahmen boten streckenweise Einblicke ins Innere der Anlage, als wären sie direkt vor Ort entstanden. An einem Ort, an dem Drehgenehmigungen sehr schwer zu bekommen waren, wenn überhaupt. Alle Terminalbereiche waren taghell ausgeleuchtet, sodass Details erkennbar wurden, die der Öffentlichkeit in dieser Form zuvor nicht zugänglich gewesen waren. Natürlich würden sie das Einverständnis des Betreibers brauchen, um damit auf Sendung zu gehen, und wahrscheinlich würde die eine oder andere Sequenz herausfallen, aber das war erst ihr übernächstes Problem. Vorrangig ging es nun darum, einen geeigneten Themenkontext zu schaffen, denn der ursprüngliche Plan war ja gewesen, eine Dokumentation über Methan-Krater zu drehen. Da erforderte eine Flüssiggasanlage schon ein gewisses Umdenken. »So gehen wir immerhin nicht mit leeren Händen aus der Sache raus«, hatte Synni zufrieden festgestellt. Natürlich hatten sie auch darüber diskutiert, eine Story zu den Badeunfällen zu bringen, doch aufgrund der umfassenden Nachrichtensperre würde sich das extrem schwierig gestalten. Insofern waren qualitativ hochwertige Impressionen eines Vorzeigeprojekts deutsch-spanisch-skandinavischer Ingenieurskunst kein schlechter Outcome. Natürlich brauchte das Ganze einen aktuellen Aufhänger. Nicht zuletzt deshalb gingen sie die Bilder wieder und wieder durch. Als am spannendsten schienen sich die wenigen Sequenzen zu erweisen, auf denen neben Stahlkolossen auch Menschen ins Bild traten. Überwiegend handelte es sich dabei um Wartungspersonal in den üblichen blauen Arbeitsoveralls, doch in einer kurzen Einstellung erschienen plötzlich zwei Gestalten im Bild, die nicht recht in die Gesamtsituation passen wollten. Sie verließen nacheinander einen Bereich im Inneren der Barge, der nicht einsehbar war. Gestikulierend und scheinbar in einer intensiven Unterhaltung begriffen, traten sie aus dem Hintergrund hervor und bewegten sich in Richtung der westlichen Uferböschung. Sie gingen so voreinander her, dass der größere und breitere der Männer seinen Begleiter fast vollständig verdeckte, ohne dass dabei jedoch sein Gesicht zu sehen war. Er trug einen konventionellen Anzug mit Krawatte. Doch dann, für den Bruchteil einer Sekunde, unmittelbar bevor die Aufnahme abbrach, wurde der Schatten vom Schein der Uferlaterne erhellt, und der zweite Mann war zu erkennen. Er trug die Uniform eines hohen Dienstgrades der norwegischen Streitkräfte.

»Hast du das gesehen?«, flüsterte Synni heiser. »Was, um alles in der Welt, geht da vor?«

Tom sah die Sache wesentlich gelassener. »Ein Uniformierter in einer Industrieanlage. Und wenn schon. Das kann alle möglichen Gründe haben.«

»Um halb vier Uhr morgens?«

»Warum nicht? Auch der Schutz kritischer Infrastruktur gehört zu den Aufgaben von Forsvaret.«

Doch Synni schüttelte den Kopf. »Irgendwas stimmt da nicht«, beharrte sie. »Ich hab nur beim besten Willen keine Vorstellung davon, was es ist.«

»Also hier wohnen sie jedenfalls nicht.« Cai schlug die Autotür zu und wartete auf Eric, der ihm in die Lobby folgte. »Natürlich kann es sein, dass sie auf dem Schiff geblieben sind, aber ich bin ziemlich sicher, dass ich heute Vormittag Leute vom Framsenteret am Hafen gesehen habe. Viele Möglichkeiten gibt's da nicht. Ich tippe aufs Bryggen.«

Eric sah auf die Uhr. Es war kurz nach neun. »Dann lass uns nachsehen.«

»Ich dachte, wir hatten entschieden, dass wir damit noch bis morgen warten.«

»Ich finde, wir sollten keine Zeit verlieren.«

»Und mit welcher Begründung willst du um diese Zeit bei ihr aufschlagen? Du riskierst, dass sie dich für einen Stalker hält.«

»Das Risiko gehe ich ein. Komm, wir gehen zu Fuß. Unterwegs überlegen wir uns was.«

Schweigend schlenderten sie die Hafenpromenade entlang. Der Abend war mild, eine leichte Brise streifte sie von der kaum bewegten See. Eng umschlungen kam ihnen ein junges Pärchen entgegen, sonst war der kleine Ort friedlich-verschlafen und fast menschenleer. Nichts deutete auf die dramatische Entwicklung hin, die in der Woche zuvor nur gut einen Kilometer entfernt ihren schicksalhaften Verlauf genommen hatte.

Kurz bevor sie vom Vågen in die Einfahrt des Scandic Bryggen abbogen, blieb Eric, der während des zehnminütigen Spaziergangs immer stiller und in sich gekehrter geworden war, unvermittelt stehen.

»Was ist?«

»Lass uns zurückgehen.«

»Was? Warum denn?«

»Es ist ... ich glaube, es war doch keine so gute Idee ...«

Im matten Schein der Mitternachtssonne meinte Cai einen Anflug von Rot auf Erics Wangen ausgemacht zu haben. Augenblicklich brach er in schallendes Gelächter aus. »Hat dich jetzt doch der Mut verlassen? Du bist doch sonst nicht so ein Hasenfuß. Na los, komm schon, irgendwas wird uns schon einfallen.«

Doch Eric rührte sich nicht von der Stelle. »Nein. Wir sollten nichts überstürzen. Lass uns ... lass uns morgen tauchen gehen und versuchen, an mehr Informationen zu kommen. Danach können wir immer noch Kontakt mit ihr aufnehmen.«

Da er wusste, dass mit Eric nicht zu verhandeln war, wenn er sich einmal auf etwas versteift hatte, zuckte Cai resigniert mit den Schultern.

Eric schlief unruhig in dieser Nacht. Nass geschwitzt, wälzte er sich von einer Seite auf die andere. Maxime tauchte mahnend vor ihm auf. »Stell dich deiner Vergangenheit«, wiederholte er wieder und wieder in vorwurfsvollem Ton. Dann verwandelten sich seine ebenmäßigen Züge auf einmal in das wettergegerbte Gesicht seines Vaters, und Eric schreckte hoch.

Er ging ins Bad, ließ kaltes Wasser über seinen Kopf laufen und trank einen Schluck. Später in der Nacht begleitete ihn eine silbergraue Wölfin auf einem Tauchgang. Er streckte die Hand aus, um sie zu berühren, aber sie entglitt ihm. Dennoch zog sie ihn tiefer und tiefer hinab in einen formlosen, schwerelosen, farblosen Abgrund. Seine Erfahrung signalisierte ihm eindeutig, dass die Sauerstoffreserven in seiner Lunge fast erschöpft waren und dass es höchste Zeit war, aufzusteigen. Doch seltsamerweise war ihm das völlig egal. Schemenhaft erkannte er die Konturen des Wolfs in der Ferne, bis dieser sich plötzlich umdrehte und ihn anstarrte. Es waren Synnis hellgraue Augen. Eric versuchte, etwas zu sagen, doch Wasser strömte in seinen Mund, seine Nase und seine Lunge. Dann lag die Wasseroberfläche vor ihm wie ein blassblauer Spiegel. »Triff eine Entscheidung«, schien sie zu sagen. Unter Aufbietung aller Kräfte kämpfte er sich nach oben, über ihm teilte sich die Flut, Wasser schoss aus seinem Mund.

Zitternd und schweißbedeckt, mühsam nach Luft ringend, fand Eric sich im Bett sitzend wieder.

Samstag. Tag 12.

Honningsvåg/Nordkap

Als Cai endlich mit dem Frühstück fertig war, hatte Eric bereits alles für den Tauchgang vorbereitet.

»Komm. Wir fahren hoch auf die andere Seite«, drängte er.

»Was meinst du mit anderer Seite?«, fragte Cai verwirrt.

»Wir werden auf der Nordseite der Halbinsel tauchen. Ich hab mir das auf der Seekarte angesehen. Dort herrschen ideale Bedingungen. Außerdem laufen wir dort nicht den Leuten von der Politistasjon in die Arme.«

Das Badeverbot in und um Honingsvåg wurde von den Behörden weiterhin streng überwacht.

»Das ist aber ziemlich weit weg von der Stelle, wo sich der Zwischenfall ereignet hat«, wandte Cai ein.

Eric wischte die Krümel vom Frühstückstisch und breitete eine Karte aus. »Schau dir mal den Strömungsverlauf an. Was auch immer da unten sein Unwesen treibt, ist höchstwahrscheinlich vom Kap runtergekommen.«

»Das würde zu dem zweiten Unfall passen«, murmelte Cai und besah sich die Karte. »Da ist aber der Honningsvåger Flughafen.«

»Der stört uns nicht. Wir fahren ein Stück westlich in die Bucht rein. Vertrau mir.«

Sie verließen den Ort in nördlicher Richtung, folgten dem Nordkappveien, bis dieser in die E69 mündete, weiter am Flughafen vorbei, dann westlich bis zur Seibukta an der Mündung des Sees Seibuktvatnet. Cai parkte am Straßenrand an einer geschützten Stelle vor dem steil aufsteigenden, spärlich bewachsenen Abhang, der aus losem Gestein bestand. Die Küstenstraße schmiegte sich zwischen Hang und Uferböschung, auch das Ufer war hier steinig und rau, aber flach und gut zugänglich. Die bräunliche Färbung des Wassers wandelte sich zum offenen Ende des Skipsfjords in tiefes Kobalt. Auf der gegenüberliegenden Seite konnte man die winzigen Häuschen des Ortes Skipsfjord erkennen. Der Fjord selbst erstreckte sich über eine Länge von vier Kilometern und erreichte eine Tiefe von rund hundert Metern, bevor er in den Kamøyfjord und schließlich in die offene Barentssee mündete.

»Sicher, dass du hier tauchen willst?«, fragte Cai skeptisch.

Eric sah auf die Uhr. »Gleich ist Ebbe. In einer halben Stunde steigt das Wasser wieder. Dann haben wir mehrere Stunden, die ungefährlich sind. Die Tide ist hier im Übrigen nicht sehr ausgeprägt.«

»Und was ist mit den ... was auch immer sich da unten rumtreibt?«

Ungeduldig zerrte Eric die Ausrüstung aus dem Kofferraum. »Darüber haben wir doch schon gesprochen. Das hier ist ein Sieben-Millimeter-Neoprenanzug mit Eisweste und Kopfhaube. Da sollen die Biester sich erst mal durchbeißen. Sowieso ist es ziemlich unwahrscheinlich, dass wir beim ersten Versuch gleich einen Treffer landen. Ich will mich da unten nur mal umsehen. Sobald mir etwas komisch vorkommt, breche ich ab.«

»Ich weiß nicht ...«

Doch Eric hatte bereits seine Sachen abgestreift und war in den dicken Overall geschlüpft. »Es war doch deine Idee, dass ich herkomme.«

»Ja. Aber das war, bevor ...«

Eric stellte sich breitbeinig vor seinen Freund, legte ihm die Hände auf die Schultern und sah ihm fest in die Augen. »Ich kenne mich da unten aus. Glaub mir. Wenn Gefahr droht, werde ich es merken, okay?«

Dann setzte er sich im Schneidersitz an die Böschung und begann seine Tauchvorbereitung. Cai sah ihm nachdenklich zu.

»Lass uns ein Stück aus dem Ort rausfahren und die Umgebung erkunden.« Synni stellte ihre leere Kaffeetasse auf den Tisch und wischte sich die Finger an der Serviette ab. Das Frühstücksbüfett im Bryggen war ausgezeichnet, und sie griffen immer ordentlich zu, um sich das Mittagessen zu sparen. »Einen weiteren Tag in diesem stickigen Labor ertrage ich nicht. Wir können ein paar Aufnahmen machen.«

Tom schien von der Idee angetan zu sein. »Hoch zum Kap?«

»Warum nicht. Am besten fahren wir erst mal mit dem Bus zum Flughafen und mieten uns dort einen kleinen Wagen.«

Sie ergatterten einen honigfarbenen Peugeot 107, Tom setzte sich ans Steuer, und sie verließen Valan über den Zubringer, der in die E69 mündete. Nach etwa zweihundert Metern verlief die Straße unmittelbar am Skipsfjord entlang, bevor sie auf der gegenüberliegenden Seite ins Innere der Insel Magerøya abbog und dann hinauf zum Kap führte. Synni atmete durch, öffnete das Fenster einen Spalt und lehnte sich auf dem Beifahrersitz zurück. Der Blick über den sonnenbeglänzten Fjord war atemberaubend. Gerade wollte sie sich wieder vorbeugen, um das Radio einzuschalten, da hielt sie plötzlich inne.

»Stopp, stopp, stopp!«, entfuhr es ihr, und Tom trat erschrocken so heftig auf die Bremse, dass sich glücklicherweise kein Fahrzeug hinter ihnen befand. Allerdings ließ sich das Verkehrsaufkommen in der Finnmark auch nicht mit dem an anderen Orten Zentraleuropas oder Südskandinaviens vergleichen – meistens hatte man die Straße ohnehin für sich allein.

»Siehst du das?«, fragte Synni.

Sie hatten soeben eine Biegung hinter sich gelassen und steuerten nun auf die Seibukta zu. Am linken Straßenrand stand unübersehbar ein gut gepflegter marineblauer Oldtimer. Tom passierte die Stelle in Schrittgeschwindigkeit und zuckte mit den Schultern.

»Touristen, na und?«

»Nein, nein, da drüben.« Aufgeregt zeigte Synni aufs Wasser.

Tom wandte seinen Blick kurz von der Straße ab, konnte außer gleißendem Blau jedoch nichts weiter entdecken. Dann hatten sie bereits die nächste Biegung passiert. »Was denn?«

»Halt an ... Tom! Hältst du jetzt bitte an?«

»Okay, okay.«

Nachdem er geparkt hatte, sah er Synni fragend an. »Erklärst du mir das mal?«

Doch Synni war bereits mit der Kamera beschäftigt. »Ein Taucher. Da war ein Taucher! Oder zwei ... Das müssen wir uns näher ansehen.«

»Bist du sicher? Dann hat es wahrscheinlich mit der Untersuchung zu tun«, mutmaßte Tom.

»Glaube ich nicht. Der Wagen hatte ein Altaer Nummernschild.«

Widerstrebend stieg er aus und folgte Synni, die sich mit geschulterter Kamera bereits auf den Weg zurück in die Mulde der Seibukta gemacht hatte.

»Synni! Warte doch ... Was versprichst du dir davon, ein paar Hobbytaucher zu filmen?« Jetzt hatte er sie eingeholt und hielt sie am Arm zurück. »Was soll das?«

Sie blieb stehen, ließ die Kamera sinken und fixierte ihn durchdringend. »Wie lange arbeiten wir jetzt schon zusammen, Tom? Fünf Jahre? In all dieser Zeit – kannst du dich an eine Situation erinnern, in der mich mein Instinkt nicht in die richtige Richtung geführt hat? Eine einzige?«

Tom gab sich geschlagen. »Aber bitte tu mir den Gefallen und lass uns erst mal mit den Jungs reden, bevor du sie zum Opfer deines Jagdinstinkts machst.«

Die Tiefe zeigte sich von ihrer dunklen, kalten und feindseligen Seite. Es schien, als hätten ihre Bewohner ein stummes Abkommen geschlossen, das besagte, jeden Eindringling auf maximaler Distanz zu halten.

Der Kamøyfjord gehörte zu den fischreichsten Fjorden der Welt. Alles hier war XXL. Dorsche, Steinbeißer, Köhler, Schellfische und Rotbarsche von majestätischer Gestalt umflossen das Schelf, das vor wagenradgroßen, sechs bis sieben Kilogramm schweren Königskrabben strotzte. Ein Heilbutt, der gut und gerne zweihundert Kilo auf die Waage brachte, glotzte Eric im Vorbeigleiten mitleidig an, als wollte er sagen: »Verschwinde, du kannst hier nicht mithalten!« Mit weit geöffnetem Maul verleibten sich die Unterwasserbewohner das Plankton ein, das hier durch den warmen Golfstrom in extrem sauerstoffreichem Wasser eine außergewöhnliche Dichte erreichte. Ein Schlaraffenland knapp unter Normalnull.

Eric ließ sich von der sanften Bewegung der Fischschwärme mitziehen, sank hinunter bis zu einer Tiefe von etwa fünfzig Metern und ließ die Schwingung dieser ihm unvertrauten Klimazone auf sich wirken. In all den Jahren des Freedivings hatte er sich fast ausschließlich in warmen oder zumindest gemäßigten Gewässern aufgehalten. Die Biskaya bis hinunter nach Nazaré und Dean's Blue Hole auf den Bahamas waren sein Spielplatz. Auch dort umfing jeden aus dem anderen Element kommenden Fremden in der Tiefe Kälte und Dunkelheit, aber hier herrschten andere, rauere Bedingungen. Auch der dicke Anzug war ungewohnt und schien ihn vom Kontakt mit den Anwohnern abzuschneiden. Doch nach und nach gewöhnte er sich an die veränderte Situation und sog die neuen Eindrücke in sich auf.

Er war bereits mehrere Minuten unter Wasser und bereitete sich allmählich auf den Aufstieg vor, da entstand vor ihm plötzlich eine Bewegung. Im spärlichen in dieser Tiefe verbliebenen Licht erkannte er einen Strudel, wie eine Waschmaschine, die zum Schleudergang ansetzt. Er glaubte, in dem Organismus, den er unmittelbar vor sich ausmachte, Einzelwesen zu erkennen, die Gammariden sein konnten, eine gigantische Anzahl, und die Erinnerung an sein Erlebnis vor Belharra schoss in ihm hoch. Jeder Muskel in seinem Körper spannte sich an, bereit, einer wie auch immer gearteten Attacke zu begegnen. Doch dann war der Schwarm bereits lautlos an ihm vorbeigeglitten und verursachte lediglich eine leichte Strömung wie die Brise eines lauen Abendwindes. Jetzt wurde es allerdings höchste Zeit, den Anforderungen seines nach Sauerstoff verlangenden Körpers nachzukommen, und er stieg mit kräftigem Flossenschlag auf.

Zurück an der Oberfläche, brauchte er einen Moment, um sich zu orientieren. Er war mehrere Hundert Meter weit in den Fjord hineingeschwommen und sah sich nach dem am Ufer stehenden Cai um, der zu seiner Überraschung nicht mehr allein war. Mit gleichmäßigen Zügen hielt Eric aufs Ufer zu. Nach und nach wurde das Bild klarer, und er erkannte eine junge Frau mit einer Kamera in der Hand zwischen Cai und einem weiteren Mann. Augenblicke danach setzte sein Herz einen Schlag lang aus. An der Stelle, an der er kurz zuvor ins Wasser gestiegen war, stand ohne den geringsten Zweifel Synni Opland.

Synni hielt den Atem an. Die wenigen Minuten, die verstrichen waren, seit sie sich und Tom mit dem Altaer Oldtimerfahrer, der eindeutig einer der beiden Männer aus dem Diner war, bekannt gemacht hatte, reichten nicht aus, um sie auf die jetzige Begegnung vorzubereiten. Gebannt verfolgte sie die ruhigen Bewegungen des Tauchers, wie er durch die kleinen Schaumkronen auf sie zukraulte, die sich im aufkommenden Wind über den Wellen gebildet hatten. Auf magische Weise schien er mit dem Meeresarm verschmolzen, als sei er ein Teil von ihm. Sie wunderte sich fast, als er schließlich aus dem Wasser stieg, sich die Haube vom Kopf streifte, und darunter eine menschliche Gestalt sichtbar wurde. Während Cai seinem Freund ein Handtuch reichte, musste sie sich regelrecht dazu zwingen, den Schwimmer nicht unentwegt anzustarren.

Auch der Wassermensch schien nicht zu wissen, wie er mit der unerwarteten Begegnung umgehen sollte. Tom versuchte, die Situation zu retten, indem er etwas unbeholfen erklärte, sie seien unterwegs zum Nordkap, um Material für eine Dokumentation über die Finnmark zu sammeln – was zwar nicht völlig falsch, aber auch nicht die ganze Wahrheit war –, und natürlich interessierten sie sich dafür, was zwei Altaer dazu veranlasste, zum Freediving an den Skipsfjord zu fahren.

»Eigentlich nur ein Altaer«, antwortete Cai nachdenklich, während Eric zum Wagen hinüberging, um sich umzuziehen. »Mein Freund ist Meeresbiologe und lebt in Südfrankreich. Er sieht sich die Situation des polaren Planktons hier in der Gegend an.«

Synni wurde hellhörig. »Im Zusammenhang mit dem Badeunfall in Honningsvåg?«

Cai musterte Synni lange und ernst. »Im Zusammenhang mit allen *drei* Unfällen. Aber inoffiziell«, antwortete er schließlich.

Tom und Synni tauschten einen raschen Blick. »Vielleicht sollten wir uns darüber in Ruhe unterhalten«, sagte sie.

Cai nickte und sah sich nach Eric um, der sich angezogen hatte und jetzt wieder zu ihnen trat. »Ja. Genau das denken wir auch.«

Eine Stunde später saßen sie bei heißem Kakao im Restaurant Kompass in der Nordkap-Halle an einem Ecktisch mit fantastischem Blick über das Eismeer. Eric hatte den Skizzenblock vor sich und bannte das Panorama einschließlich Globus und Mitternachtssonnendenkmal mit einem weichen Bleistift auf grobkörniges Papier, während Cai behutsam begann, Tom zu taxieren. Er versuchte herauszufinden, inwieweit die beiden Südnorweger auf der Basis des wenigen, was man zu diesem Zeitpunkt voneinander wusste, schon dazu bereit waren, sensible Informationen preiszugeben. Denn dass sie über solche verfügten, dessen war er sich ziemlich sicher.

Tom wandte sich immer wieder Hilfe suchend nach Synni um, deren Aufmerksamkeit jedoch Erics flüchtig hingeworfenen Bleistiftstrichen galt. Eric selbst schien völlig in seiner Tätigkeit versunken und von der Unterhaltung kaum etwas mitzubekommen. Schließlich legte er den Stift jedoch beiseite, klappte den Block zu und fixierte einen Punkt weit hinter den großflächigen Panoramafenstern.

»Also hier ist es passiert«, murmelte er.

Cai unterbrach seinen verhaltenen Informationsabgleich mit Tom und beobachtete, wie Synni sich Eric zuwandte. Er brauchte nicht viel Fantasie, um sich vorzustellen, was die Erinnerung an den blutüberströmten Körper mit ihr machte, und sah, wie Erics dunkelblaue Augen einen mitfühlenden Ausdruck annahmen.

»Ja. Direkt vor dem Kap.« Sie schüttelte den Kopf. »Es war ...«

»Habt ihr Aufnahmen davon?«, fragte Eric.

Sie nickte. »Aber man sieht nicht viel darauf. Die Aufnahmen, die der Forschungstaucher der *Fram* unter Wasser gemacht hat, scheinen deutlich interessanter zu sein. Vielleicht sieht man darauf sogar, was die Verletzungen bei dem Signalmann verursacht hat. Aber an dieses Material kommen wir nicht ran. Keine Chance.«

»Ich würde mir deinen Film trotzdem gerne ansehen«, meinte Eric.

»Ich habe, ehrlich gesagt, noch nicht ganz verstanden, was eure Verbindung zu der ganzen Sache ist«, entgegnete sie nachdenklich.

»Meine Aufgabe beim LRHA ist es, vereinfacht gesagt, die Auswirkungen klimatischer Veränderungen auf die marine Ökologie zu erforschen. Mein Freund Cai fand Hinweise darauf, dass es möglicherweise zu Mutationen bei einer bestimmten Amphipodenart gekommen ist. Das könnte von großer Relevanz für eine Studie sein, an der ich aktuell arbeite ...«

»Der anthropogene Klimawandel frisst seine Verursacher?«

»Bisher ist das reine Spekulation. Der Zusammenhang kann auch völlig anders sein.«

»Wir versuchen herauszufinden, wer ein Interesse daran hat, die Öffentlichkeit aus der Sache rauszuhalten«, warf Cai ein. »Unter anderem deshalb wollen wir uns morgen die Gegend um Hammerfest mal etwas genauer anschauen.«

Synni und Tom sahen sich an.

»Warum Hammerfest?«, fragte sie vorsichtig.

Auch Eric blickte skeptisch, doch Cai hatte entschieden, mit offenen Karten zu spielen. Wenn sie Informationen von der anderen Seite wollten, war das ihre beste Option. »Hört mal zu. Ich weiß, wir kennen uns jetzt gerade mal knappe zwei Stunden. Wir wissen vielleicht ein bisschen was über euch, ihr praktisch nichts über uns. Warum also solltet ihr uns vertrauen? Die Antwort ist: Ihr solltet es nicht. Aber ich kann euch Folgendes sagen: Ich hatte beruflich ein bisschen Einblick in die technischen Abläufe auf Melkøya. Ich habe mal bei einem der Unternehmen gearbeitet, die damals an der Entwicklung des Explosionsschutz- und Zugangskontrollsystems beteiligt waren ...« Er machte eine Pause und überlegte, wie er es vermeiden konnte, von den anderen als paranoider Verschwörungstheoretiker angesehen zu werden. »Es war zwar lange nachdem die Anlage in Betrieb ging, und ich hatte auch nicht unmittelbar damit zu tun, aber ich lernte ein paar Leute kennen ... und jetzt arbeite ich bei der Städtischen Wohnungsbaugesellschaft und überprüfe unter anderem Kunden, bei denen es um viel Geld geht. Na ja, und da tauchte ein Name im Zusammenhang mit der LNG-Anlage auf, der mir schon mal begegnet ist ...« Erneut unterbrach er sich und verwünschte sich dafür, wie wirr das für Synni und Tom klingen musste. Zu seinem Erstaunen zeigte sich auf Toms Gesicht ein breites Grinsen.

»Hacker, was?«

Synni dagegen war sehr ernst. »Und weiter?«

»Der Name des Kunden ist Aksel Strand. Er ist ...«

»Ich weiß, wer – oder besser *was* Aksel Strand ist.« Synnis Gesichtsausdruck ließ keine Zweifel aufkommen.

Cai nickte. »Er hat Verbindungen zu einem dubiosen Unternehmen namens Viridi Technologies, das scheinbar ein paar der Zugangsterminals auf der Insel programmiert hat. Und in der letzten Zeit ist er auffällig oft dort gewesen, obwohl es keinerlei offizielle Geschäftsbeziehungen zu geben scheint.«

»Und was genau ist jetzt der Zusammenhang mit den Unfällen, außer dass einer davon sich genau dort ereignet hat?«, wollte Tom wissen.

»Das versuchen wir herauszufinden. Aber wenn es ein reiner Zufall wäre, dann hätte die Informationspolitik völlig anders ausgesehen. Ich habe so was schon mal gesehen.«

»Wovon sprichst du?«

»Vor einigen Jahren gab es einmal eine Gruppe namens Verdigheten ...«

Synni horchte auf. »Dasselbe Verdigheten, das an der Erweiterung der Bibliothek im Sameting in Karasjok beteiligt war?«

Cai nickte. »Ein paar junge und ziemlich idealistische Leute, die ein bisschen im Trüben fischten und fast einen gigantischen Umweltskandal aus den Siebzigerjahren aufgeklärt hätten.«

»Die Grindøysundet-Geschichte?«

»Genau die. Leider erwies sich der Gegner als zu stark. Mitglieder unserer Gruppe wurden gezielt eingeschüchtert. Ich gehe davon aus, dass wir unterwandert waren. Damals habe ich viel gelernt über ...«

»Den Tiefen Staat?«

Einen Augenblick herrschte Schweigen.

»Ich weiß, das alles klingt ...«

»Nein«, entgegnete Synni entschlossen. »Das klingt überhaupt nicht komisch. Ich denke genau dasselbe. Irgendwas stimmt da nicht. Wir sollten nach Honningsvåg zurückfahren. Da gibt es etwas, das ihr euch ansehen solltet.«

Tom hatte den gesamten Inhalt der CF-Karte seiner Canon XF300 bereits abgespeichert. Sie hatten das Fenster von Synnis Zimmer abgedunkelt und starrten nun auf den Bildschirm seines Notebooks. Monoton und gespenstisch erhob sich die LNG-Anlage aus der schwarzblauen See. Es schien fast, als versuche sich der träge Koloss dagegen zu wehren, den Beobachtern die Geheimnisse seines eisgekühlten Innersten zu offenbaren. Unwillkürlich spürte Cai, wie ein kurzer Schauer seinen Rücken entlangglitt. Es war ein ähnliches Gefühl wie damals, im September 2005, als er in Hammerfest an der Hafenmauer gelehnt und beobachtet hatte, wie die von Linde gefertigte Barge auf der Blue Marlin aus Puerto Real eintraf.

Minutenlang schmiegte sich die Kamera in inniger Umarmung an Leitungsrohre, Stahlträger, Tanks. Kroch schleichend die aufgeschüttete Uferböschung entlang. Tastete sich immer tiefer ins Labyrinth der illuminierten Hochvolt-Verbindungen.

Dann, endlich, nach einer gefühlten Ewigkeit, traten menschliche Gestalten ins Blickfeld. Sofort stellte Tom auf Slow Motion. Zwei Männer erschienen, der eine hinter dem anderen verdeckt. Auch das Gesicht des vorderen Mannes befand sich im Schatten und war nicht zu erkennen. Ein teurer Anzug.

»Jetzt«, sagte Synni.

Der zweite Mann, jener in Uniform, löste sich aus dem Schatten seines Begleiters und stand nun voll ausgeleuchtet vor ihnen.

Cai erstarrte. »Das ist Helge Juul«, raunte er. »Und ich verwette meinen Arsch darauf, dass es Aksel Strand ist, mit dem er da unterwegs ist.«

Nachdem Cai seine Verbindung zu Helge Juul – wenn auch nicht in allen Einzelheiten, so doch in angemessener Ausführlichkeit – dargestellt hatte, hatten sie die Schlusssequenz der Hammerfest-Aufnahmen wieder und wieder abgespielt. Cai blieb bei seiner Einschätzung, dass es sich bei dem zweiten Mann um Aksel Strand handelte. Doch auch die Einzelbildauflösung brachte keine vollständige Klarheit, ganz zu schweigen von der Frage, was das nächtliche Treffen zu bedeuten hatte. Danach hatten sie sich die Aufnahmen des Unfalls vor dem Nordkap angesehen, die jedoch nur eine dramatische Rettungsaktion zeigten und, wie Synni bereits angekündigt hatte, keinerlei Hinweise auf die Ursache des Geschehens gaben. Es waren keine schönen Bilder, und nachdem man noch ein paar persönliche Informationen ausgetauscht hatte, wurde eine gedrückte Mattigkeit spürbar, die Tom und Cai mit dem Vorschlag zu bekämpfen versuchten, man müsse die neue Freundschaft dringend in der Hotelbar begießen, sowieso sei man inzwischen völlig ausgetrocknet. Eric war nicht nach einem Schlummertrunk zumute, und er verabschiedete sich in Richtung des nördlichen Scandic. Auch Synni wollte nicht mit in die Bar.

Als Cai und Tom bereits aus der Tür waren und Eric sich anschickte, ihnen zu folgen, sagte sie: »Ich könnte etwas frische Luft vertragen. Darf ... ich dich ein Stück begleiten?«

Eric wandte sich um. Im Schein der Deckenbeleuchtung kontrastierten die hellgrauen Augen das von mahagonifarbenem Haar umrahmte Gesicht.

»Natürlich ...«, erwiderte er mit einem nahezu unmerklichen Zögern.

»Sicher, dass es dich nicht stört?«

Er nickte. Sie schlüpfte in ihre Jacke und folgte ihm zur Hafenpromenade hinunter. Schweigend schlenderten sie die von der Mitternachtssonne in mildes Licht getauchte Sjøgata entlang. Die Luft war kristallklar und kalt, knapp über dem Gefrierpunkt. Nicht ungewöhnlich für den Beginn des Sommers in diesen Breiten.

»Also, du bist gebürtiger Altaer, hast aber die meiste Zeit deines Lebens in Frankreich verbracht?«, fragte sie, als sie etwa in der Mitte des Hafenbeckens angekommen waren.

Er blieb stehen und ließ den Blick über die See schweifen. Genau dort, am Horizont, jenseits der Porsanger-Halbinsel, lag sie. Die Stadt seiner Kindheit. Die Stadt, in der noch immer der Mann lebte, dessen Namen er vor langer Zeit aus seinem Leben verbannt hatte. Fast glaubte er, durch die hundertdreiundfünfzig Kilometer Luftlinie hindurch bis hinein in das Haus sehen zu können, in dem er geboren worden war. Das kleine, einstöckige Häuschen in Bossukopi, das direkt am Wasser lag und von dem jetzt, das wusste er, nur noch ein einziges Zimmer benutzt wurde. Die beiden anderen Zimmer gehörten der Vergangenheit. Einer Vergangenheit, die er aus seinem Leben verbannt hatte, hatte verbannen müssen, als er, elternlos in der Fremde, einen kränklichen Stiefbruder geschenkt bekam, dem fortan alle Aufmerksamkeit galt. In diesem Moment hatte er gewusst, dass er allein war. Unwiderruflich, unabwendbar allein. Daraufhin war die Tiefe Gespielin, Mutter, Zuflucht gewesen ...

»Eric?«

»Entschuldige ... ja ... ja, das stimmt. Ich wuchs bei meiner Tante auf. Meine ... Eltern sind früh verstorben.«

Synni nickte. »Ich weiß, was das bedeutet. Ich bin bei meiner Großmutter aufgewachsen.«

Eric sah sie an, und für eine Sekunde glaubte er, einen Anflug von Zerbrechlichkeit an ihr wahrzunehmen.

»Es war ein Unfall«, kam sie seiner unausgesprochenen Frage zuvor. »Aber lass uns über die aktuellen Dinge reden. Dein Freund Cai verfügt über eine ganze Menge ziemlich sensibler Informationen. Warum teilt ihr all das mit uns?«

»Ich denke, wir stehen auf derselben Seite. Außerdem habt ihr auch Informationen, die für uns wichtig sind. Uns fehlt immer noch ein wichtiges Puzzleteil. Das Verbindungsstück. Dein Film ...«

»Hat die Sequenz letztlich nicht mehr Fragen aufgeworfen als geklärt?«

Sie hatten die Sjøgata hinter sich gelassen und waren in den Holmen eingebogen.

»Nein, die Aufnahmen scheinen Cais Vermutungen eher zu untermauern. Es gibt etwas, das aus der Öffentlichkeit herausgehalten werden soll. Und dieses Etwas befindet sich höchstwahrscheinlich auf Melkøya.«

»Was genau hast du mit deinem Tauchgang heute Vormittag eigentlich bezweckt?«

»Es war nur eine erste Erkundung. Ich wollte mir die Sache da unten einfach mal ansehen. Und ans südliche Ufer kommt man ja im Moment nicht ran.«

»Und hast du irgendwas Interessantes gesehen?«

Eric zögerte. »Ja … nein … das heißt …« Er wusste nicht, wie er es beschreiben sollte. »Ich habe einen Schwarm gesehen. Es waren möglicherweise Amphipoden. Aber das ist nicht ungewöhnlich. Sie kommen hier in großer Dichte vor.«

»Was ist es dann?«

Eric musterte Synni von der Seite. Ihr ebenmäßiges Profil und ihre dunkle, leicht rauchige Stimme hatten etwas Vertrautes. Als kenne er sie schon sehr lange. »Es ist mehr ein Gefühl. Ich kann es dir nicht genau erklären. Aber es passt zu den wenigen Informationen, die Cai finden konnte.«

»Du hast von einer Mutation gesprochen …«

»Ja. Es ist eine ganz bestimmte Gattung Plankton, der Eis-Flohkrebs, Gammarus Wilkitzkii. Normalerweise kommt er nur in polaren Gewässern vor und ernährt sich ausschließlich von Aas. Wir haben Hinweise gefunden, dass er sich eventuell in wärmere Gebiete ausgebreitet haben könnte. Und eine Genmutation hat möglicherweise dazu geführt, dass einzelne Schwärme auch lebende Beute angreifen.«

»Also auch Menschen?«

»Es wäre möglich. Amphipoden – also auch Eis-Flohkrebse – sondern ein Blutverdünnungsmittel aus. Das würde die massiven Blutungen bei den Opfern erklären.«

»Du hast gesagt, deine Forschung legt klimatische Veränderungen zugrunde?«

»Das stimmt. Es ist ein Spezifikum von Amphipoden, dass sie eine hohe Mutationsrate der mitochondrialen DNA aufweisen, verursacht beispielsweise durch oxidativen Stress. Es wären aber auch andere Ursachen denkbar. Der Fortpflanzungszyklus dieser Spezies ist kurz. Veränderungen könnten sich daher innerhalb einer kurzen Zeitspanne einstellen, sofern der Auslöser einen starken Effekt erzeugt.«

»Giftstoffe?«

»Umweltgifte, Radioaktivität ... alles Mögliche kommt infrage.«

»Du weißt sicher, dass in der Barentssee mehrere gesunkene russische Atom-U-Boote liegen. Niemand weiß genau, was sie emittieren.«

»Ja, aber sie liegen da schon länger. Die aktuellen Ereignisse sprechen eher dafür, dass es einen neuen Vorfall gibt oder vor Kurzem gegeben hat.«

»Und ihr glaubt, das Snøhvit-Konsortium – also Equinor – ist der Verursacher?«

Eric schwieg nachdenklich.

»Natürlich gab es da diese Probleme, als die Anlage in Betrieb ging«, fuhr Synni fort. »Gas musste abgefackelt werden, und jede Menge Kohlendioxid, Stickoxide und Ruß gelangten in die Atmosphäre. Was Verunreinigungen des Küstenwassers betrifft, ist Flüssiggas, soviel ich weiß, aber eine vergleichsweise saubere und sichere Technologie. Quecksilber oder Radioaktivität kommen dabei jedenfalls nicht zum Einsatz.«

»Genau das ist der Punkt. Uns fehlt immer noch der entscheidende Teil.«

»Trotzdem könnte es auch eine ganz harmlose Erklärung für das Zusammentreffen geben«, wandte Synni ein, doch sie klang nicht überzeugt. Sie waren jetzt an der Einfahrt des Scandic Honningsvåg angekommen.

»Wir werden es herausfinden. Cai und ich fahren morgen nach Hammerfest. Warum begleitet ihr uns nicht? Wenn wir etwas finden, könntest du es direkt dokumentieren. Du hättest eine Story und wir eine Lebensversicherung.«

»Denkst du, dass ihr die braucht?«

»Es sind bereits Menschen gestorben.«

»Vielleicht solltet ihr die Sache Profis überlassen.«

»Du meinst die Art Profis, die hinter dem Tod von Elias Várri stehen?«

Synni blickte auf. »Warst du auch bei Verdigheten?«

Er schüttelte den Kopf. »Nein. Aber meine Großmutter, Rana Gutna ... Sie war Sámi. Und mein Vater war damals ... Er war dabei, als der Alta-Damm verhindert wurde. Ich meine, in der ursprünglich geplanten Form verhindert wurde.«

Sie musterte ihn mit einem rätselhaften Ausdruck aus ihren Wolfsaugen, nickte verhalten, drehte sich um und ging mit forschem Schritt den Weg zurück, den sie gekommen waren.

Eric sah ihr nach, bis sie vom Schein der Mitternachtssonne verschluckt wurde.

Tromsø

Obwohl es nicht ungewöhnlich war, dass Ermittlungsgruppen bei dringenden Fällen die Wochenenden durcharbeiteten, blickte ihm der diensthabende Beamte am Empfang verwundert nach, als Simen Sundby am Samstagabend um einundzwanzig Uhr fünfundvierzig die Eingangshalle der Polizeizentrale am Stakkevollvegen durchquerte.

Im fünften Stock angekommen, knipste er zusätzlich zur ohnehin immer eingeschalteten Deckenbeleuchtung die Schreibtischlampe in seinem Büro an. Er schaute unter die verschiedenen Papierstapel auf dem Tisch, legte die Aktenordner zur Seite, öffnete nacheinander alle Schubladen. Dann setzte er die Untersuchung mit dem Rest des Mobiliars fort, warf einen Blick in sämtliche anderen Räume, die er am Vortag aufgesucht hatte, einschließlich der Toilette, bis er sich schließlich seufzend auf dem kunstlederbezogenen Besuchersessel niederließ, der seinem Schreibtisch gegenüberstand. Noch einmal besah er sich nachdenklich das Zimmer, den Boden, die Fensterbank. Nach ein paar Minuten stand er kopfschüttelnd auf, ging zum Schreibtisch und knipste das Licht wieder aus. Er war bereits auf dem Weg zur Tür, da hielt er plötzlich inne, machte kehrt und starrte auf den dunklen Computermonitor. Ohne die Schreibtischlampe wieder einzuschalten, fuhr er den Rechner hoch, meldete sich an und blickte ungläubig auf seinen Desktop. Er zögerte kurz, öffnete dann eine Datei. Fast zeitgleich angelte er sein Handy aus der Jackentasche und klickte einen Kontakt an.

Exakt siebzehn Minuten später stand Mikael Holt in seinem Büro.

»Also, jetzt noch mal eins nach dem anderen, bitte.«

»Es war die Kameraanzeige«, sagte Sundby. »Sie war aktiv.«

»Wie – aktiv?«

»Sie leuchtete. Die Aktivitäts-LED leuchtete rot. Es ist mir aufgefallen, weil uns der Sicherheitsmann doch instruiert hatte, die Webcam immer deaktiviert zu halten, sofern sie gerade nicht in Gebrauch ist. Ich brauche sie praktisch nie, da ich, wie du weißt, sehr ungern Videoschalten beiwohne. Deshalb ist sie so gut wie immer inaktiv. Und selbstständig schaltet sie sich auch nicht ein.«

»Es sei denn, jemand hilft nach.«

Sundby nickte. »Also wollte ich natürlich nachsehen, ob mit dem Rechner alles in Ordnung ist.«

»Und dann hast du das da gefunden.«

Mikael zeigte auf den Desktop, auf dem eine geöffnete Textdatei lag.

»Ja.«

»Und du hast dir keine Gedanken darüber gemacht, dass du dir mit dem Öffnen der Datei erst recht was einfängst?«

»Korrigier mich, wenn ich mich irre – aber ganz offensichtlich war doch schon jemand in meinem Computer drin. Und wenn es noch eine zusätzliche Aktivität meinerseits gebraucht hätte, hätte derjenige es dann so auffällig gemacht? Außerdem habe ich mir vorher die Dateiendung angesehen. Ein reines Textformat.«

Mikael grinste. »Gar nicht übel dafür, dass du immer betonst, du hättest es nicht so mit den neuen Technologien. Aber dir ist schon klar, dass wir jetzt wahrscheinlich abgehört werden?«

»Ich habe Kamera und Mikrofon wieder deaktiviert. Außerdem glaube ich ... na ja, es sieht eigentlich nicht so aus, als wollte uns hier jemand schaden. Natürlich muss die IT sich das so schnell wie möglich anschauen – aber bis dahin ...«

»Was um alles in der Welt hast du überhaupt am Samstagabend hier gemacht?«

»Mein Notizbuch gesucht.«

»Was?«

»Mein kleines schwarzes Notizbuch. Ich habe es verlegt – oder verloren. Zu Hause hab ich schon alles abgesucht, also dachte ich, dass es vielleicht hier ...«

»Stand was Wichtiges drin?«

»Nichts Sensibles, glücklicherweise. Es ist nur ärgerlich ... Aber sag mir lieber, was du hiervon hältst?«

Mikael las den kurzen Text der Nachricht, die den Dateinamen »ReadMe« trug, erneut durch. »Hm. Wenn jemand einen anonymen Hinweis geben will, kann er es einfacher haben.«

»Vielleicht wollte derjenige sichergehen, dass wir die Sache ernst nehmen.«

»Was er erreicht haben dürfte. Dass wir uns einen gewissen Aksel Strand mal genauer ansehen sollten, sage ich ja schon die ganze Zeit. Ich kann dich aber insofern beruhigen, als ich nicht dein Hacker bin.«

Sundby verzog den Mund. »Aber von der Verbindung zwischen PolarLys und dem LNG-Terminal auf Melkøya wusstest du nichts, oder?«

Mikael schüttelte den Kopf. »Ich schätze mal, jetzt wird es allmählich auch für die Kollegen von Økokrim interessant. Allerdings ...«

»Ja?«

»Ist nur ein Gefühl. Aber als ich gestern mit Hammerfest gesprochen habe, schien es mir fast so, als hätte da jemand interveniert ... um die Sache kleinzuhalten. Als kämen polizeiliche Ermittlungen irgendjemandem dort ungelegen.«

»Gut.« Sundby schloss die Datei und fuhr den Rechner herunter. »Ich werde die Nachtschicht anweisen, die Systeme genau im Blick zu behalten. Ansonsten kann die Sache, denke ich, bis morgen warten. Und was Økokrim angeht – die lassen wir zu diesem Zeitpunkt tunlichst außen vor. Die Dinge sind auch ohne zusätzliches Zuständigkeitswirrwarr schon unübersichtlich genug.«

Er seufzte. Es war alles andere als ein Geheimnis, dass auch in einer vergleichsweise gut funktionierenden Gesellschaft beileibe nicht alle Arme des Systems immer reibungslos und kooperativ zusammenarbeiteten, geschweige denn vertrauensvoll. Dabei war eine übergeordnete nationale Behörde zur Verfolgung von Wirtschafts- und Umweltverbrechen an sich keine schlechte Errungenschaft. Doch überall, wo es Menschen gab, waren auch menschliche Interessen und Befindlichkeiten nicht weit. So war es, und so würde es immer sein.

Mikael zuckte mit den Schultern. »Wenn du meinst.«

Gemeinsam verließen sie das Büro. Im hellen Schein der Aufzugsbeleuchtung sah Sundby Mikael forschend in die Augen.

»Was ist? Willst du mich wieder fragen, wie's mir geht?«

Sundby schwieg.

»Soll ich vielleicht in einen Becher pissen?«

»Übertreib es nicht. Aber danke, dass du so schnell hier warst. Nächste Woche sehen wir uns dieses PolarLys mal etwas genauer an.«

Die Aufzugstüren öffneten sich, sie waren im Erdgeschoss angekommen.

»Übrigens – was dein Notizbuch betrifft: Hast du schon im Wagen nachgesehen?« Mikael Holt durchmaß mit langen Schritten das Foyer und verschwand.

Sundby schmunzelte verhalten und drückte auf den Knopf zur Tiefgarage.

Lofoten

Einen Direktflug nach Leknes gab es nicht. Die kürzeste Verbindung sah Zwischenstopps in Tromsø und Bodø vor, wo sie jeweils eine Stunde Aufenthalt hatten. Da es mit der Lofoten-Hauptstadt Svolvær jedoch auch nicht besser ausgesehen hätte, hatten sie sich dann doch für den winzigen Flughafen des 2.700-Einwohner-Ortes entschieden, der eine knappe halbe Autostunde von ihrem Reiseziel entfernt lag.

Lea unterdrückte ein Aufstöhnen, als sie und Ingrid spät am Abend mit drei völlig übermüdeten Kindern in Saras klapprigen Pick-up stiegen und die E10 nach Norden tuckerten. Sie würde auch in hundert Jahren nicht begreifen, wie ihre Schwester auf die Idee gekommen war, ihr Leben im Nirgendwo zu fristen. Okay, da war ihr Mann, Krister, ein gebürtiger Lofoter, der das kleine Gästehaus geerbt hatte und den Sara aus tiefstem Herzen liebte. Aber für eine Touristenunterkunft, die kaum den Lebensunterhalt abwarf, ausgerechnet nach Vestersand zu ziehen … Wahrscheinlich musste man ein echtes Naturkind sein, um die Attraktionen dieses Fleckchens Erde angemessen zu schätzen, denn außer überwältigender Landschaft gab es in Vestersand tatsächlich – nichts. Für jede Art von Zeugenschutzprogramm schien es gleichwohl der ideale Ort zu sein. Immerhin hatte sie ihrem besorgten Vater abgerungen, wenigstens ein Handy mitnehmen zu dürfen, jedoch nur, weil sie ihn vor die Alternative gestellt hatte, dass sie ansonsten keinen Fuß auf die Gangway der Maschine setzen würde. Nun gut, es ließ sich nicht ändern, und nach Lage der Dinge blieb ihr nichts anderes übrig, als zu versuchen, das Beste aus dem unverhofften Familienurlaub zu machen. All das war sowieso zweitrangig gegenüber der Gefahr, in der sich ihr Vater aktuell scheinbar befand, über deren konkreten Hintergrund er sich jedoch weiterhin hartnäckig ausschwieg. Sie vermutete, dass ihre Mutter mehr wusste, doch auch die gab sich auf Nachfragen wortkarg. Also konnte sie auch ihrer Schwester nicht mehr erzählen, als dass Halvar sie sehr lieb grüßen ließ, er werde mit der Situation schon zurechtkommen, wichtig sei nur, dass es ihnen gut gehe. Und wie dankbar er Sara dafür sei, dass sie für die Familie sorge. Sobald sich die Dinge geklärt hätten – was sicher nicht lange dauern würde –, ginge alles wieder seinen ganz normalen, alltäglichen Gang …

Insgesamt war bereits die Anreise ein einziger Albtraum gewesen. Islin quengelte, weil sie ihre Geigenstunden verpassen würde und ihre beste Freundin nicht hatte mitnehmen dürfen. Emily vertrug den Flug nicht, erbrach und schrie die meiste Zeit und war nun endlich eingeschlafen, während Ingrid mit tiefen Sorgenfalten auf der Stirn vor sich hinstarrte. Die Einzige, deren sonniges Gemüt nichts trüben konnte, war Ida, die selbstvergessen mit ihrem kleinen Roboter spielte.

Løding

Aksel Strand zog ein großes Stofftaschentuch aus der Manteltasche und schnäuzte sich geräuschvoll. Es bahnte sich bereits eine Erkältung an. Missmutig blickte er sich auf der menschenleeren Straße um, griff erneut in die Manteltasche und schluckte eine weitere Valium. Er mochte den Norden nicht, hatte ihn noch nie gemocht, und er war schon viel zu lange hier unterwegs. Nun gut, dieser eine Termin noch, dann würde er die nächste Maschine zurück nach Stavanger nehmen. Dass es auch dort nicht besser sein würde, dass Nora ihn mit diesem stillen, schmerzenden Vorwurf im Blick ansehen würde, wie sie es seit fünf Jahren tat, dass er wieder im Wohnzimmer auf dem Sofa schlafen und am nächsten Morgen mit Rückenschmerzen aufwachen würde, diese Gedanken verbot er sich. Immerhin war zu Hause das Klima besser.

Mit entschlossenen Schritten näherte Strand sich dem flachen grauen Betongebäude, das den Firmensitz von Viridi Technologies beherbergte und sich am Ortsrand nahe der alten Bunkeranlage befand. Er schauderte. Zwar hatte er selbst maßgeblich dazu beigetragen, dass dieser Standort gewählt worden war, gleichwohl war er froh, dass es ihn äußerst selten hierher verschlug. Die nur wenige Kilometer entfernten Joint Headquarters schienen ihren düsteren Atem über die gesamte

Gegend zu verströmen, und selbst die stattliche Anzahl Benzodiazepine, die er sich seit dem Morgen bereits einverleibt hatte, vermochten die Beklemmung nicht zu lindern, die sich wie ein eiserner Panzer um seine Brust schloss.

Er zwang sich zu einem verbindlichen Lächeln, als ihm die Tür von Matias Grønn geöffnet wurde und dieser ihn in sein Büro führte, wo Helge Juul bereits ungeduldig wartete. Die Nachrichten, die Strand von seinem verspäteten Flug aus Hammerfest mitbrachte, waren allerdings nicht dazu angetan, die allgemeine Stimmung zu heben.

»Was soll das heißen – Schwierigkeiten?«, blaffte Juul. »Es war besprochen, dass die Geschichte jetzt endlich zügig über die Bühne geht. Ich riskiere meinen ...«

»Du –«, unterbrach Strand energisch und hob den Zeigefinger, als wollte er einen ungehorsamen Schüler zur Ordnung rufen, »bist hier nicht der Einzige, der was riskiert.«

Matias Grønn lehnte mit verschränkten Armen an seinem Schreibtisch. »Tut mir leid, Aksel, aber an dieser Stelle muss ich dem Generalmajor recht geben. Thorvaldsen geht auf deine Kappe. Wir beide haben unseren Job gemacht.«

Aksel Strand spürte, wie Feuchtigkeit vom Hemd auf das Jackett überging, sowie ein leichtes Schwindelgefühl, und er war sich nicht sicher, ob dies eine Folge des Schnupfens oder der großzügig bemessenen Tranquilizerdosis war. »Leider lassen sich Menschen nicht so leicht umprogrammieren wie Maschinen«, sagte er mit einem kritischen Blick auf die Computermonitore diesseits und jenseits der getönten Scheiben des Raumes.

»Falsch«, entgegnete Grønn. »Menschen lassen sich noch viel leichter umprogrammieren. Man muss nur ihre Schwachstelle kennen.«

»Er sagt, er hat ein Schriftstück bei einem Anwalt hinterlegt. Falls ihm also etwas zustoßen sollte ...«

»Was unwahrscheinlich ist«, stellte Juul fest. »Denn ohne seine Expertise würde sich das Projekt schwerlich realisieren lassen.«

»Aber der hochdekorierte Wissenschaftler erfreut sich, wenn ich richtig informiert bin, einer stattlichen Großfamilie«, sagte Grønn.

»Die hat er angeblich auf unbestimmte Zeit in den Urlaub geschickt. Mit unbekanntem Ziel.«

Matias Grønn setzte sich an seinen Bildschirm. »Unbekannte Ziele gibt es schon lange nicht mehr. Du hast doch nicht etwa geglaubt, wir lassen unser wertvollstes Pferdchen im Stall unüberwacht?«

Es dauerte keine zehn Minuten, bis Grønn Thorvaldsens Telefon ausgelesen und den aktuellen Standort seiner Gesprächspartner bestimmt hatte. Dann drehte er den Bildschirm, sodass Strand und Juul die markierten Positionen sehen konnten.

»Hammerfest, Oslo und – sieh mal an.«

Strand beugte sich vor. »Ist das ...?«

»Ja. Das ist direkt gegenüber von uns hier. Einmal mit der Fähre über den Vestfjord.«

»Lofoten?«

»Vestersand.«

Aksel Strand seufzte. »Okay. Ich rede mit ihnen.«

Doch Helge Juul schüttelte energisch den Kopf. »*Ich* mache das. Und du –«, er hob den Zeigefinger, wie es Strand zuvor getan hatte, was den skurrilen Eindruck entstehen ließ, sie kreuzten imaginäre Florette, »*du* wirst in der Zwischenzeit unseren Energieminister besuchen. Du wirst ihn darauf vorbereiten, zu gegebener Zeit – in der nahen Zukunft – ein vertrauliches Gespräch im Verteidigungsministerium zu führen. Ich hoffe, wir sind uns einig, dass es keine weiteren *Schwierigkeiten* mehr geben wird.«

Der letzte Satz kam mehr gespuckt als gesprochen, und der Punkt ging zweifelsfrei an Juul.

Sonntag. Tag 13.

Lofoten

»*Hei*, Actmo.«

»*Hei*, Actmo!«

Ida kauerte auf dem Boden in dem kleinen Zimmer, das sie sich mit ihrer Schwester teilte, und versuchte verzweifelt, ihren Freund aus seinem Tiefschlaf zu wecken. Es war nicht fair. Sie hatte die verlockende Gelegenheit zu einem Ausflug nach Svolvær ausgeschlagen, wohin der größte Teil der Familie am Vormittag aufgebrochen war, nur um ungestört mit ihrem Liebling spielen zu können – und jetzt das! Zuerst hatte sie sich nichts dabei gedacht, als der Akku nach der langen Reise am Vorabend komplett leer gewesen war und das Spielzeug sich abgeschaltet hatte. Sie hatte den Roboter über Nacht auf seine Ladestation gesetzt, also musste er längst wieder voll aufgeladen sein. Trotzdem wollte er einfach nicht reagieren.

Ida nahm Actmo in die Hand und lief die Treppe hinunter, wo ihre Tante an der Rezeption in einem riesigen Buch blätterte.

»Na, Schatz, spielst du schön?«, fragte Sara zerstreut, ohne sich von den Eintragungen im Gästebuch abzuwenden.

»Nein«, stellte Ida fest.

Jetzt blickte Sara erstaunt auf und nahm die Lesebrille ab. »Nicht? Was ist denn los?«

»Actmo wacht nicht auf.«

Sara musterte das Spielzeug in der Hand des Kindes. »Hast du ihn aufgeladen?«

Ida nickte eifrig. »Die ganze Nacht. Aber er reagiert einfach nicht.«

»Hat er einen Einschaltknopf?«

Ida nickte erneut. »Hab ich schon versucht. Geht nicht.«

Sara legte die Stirn in Falten. »Ist er dir runtergefallen oder so?«

Ida sah ihre Tante empört an. »Natürlich nicht!«

»Hm ... tja, dann weiß ich auch nicht ... Vielleicht muss man einen Reset machen. Es kommt schon mal vor, dass Elektronik sich aufhängt. Mach dir keine Sorgen. Wenn Krister nach Hause kommt, kriegt er das bestimmt wieder hin.«

»Und wann ist das?«

»Bis heute Abend wirst du dich schon gedulden müssen.« Damit wandte Sara sich wieder den Buchungen zu, und Ida trollte sich nach oben.

Sie setzte Actmo wieder auf seine Ladestation und fixierte ihn intensiv. Bis zum Abend zu warten, kam auf gar keinen Fall infrage, so viel stand fest. Angestrengt versuchte sie, sich daran zu erinnern, wie ihr Großvater das erste Set-up durchgeführt hatte. Man musste dazu die App vom Hersteller installieren und den Roboter damit verbinden. Jetzt hatte sie ja ihr Tablet, damit sollte es eigentlich kein Problem sein. Sicher würde ihr Großvater sehr stolz auf sie sein, wenn sie das allein schaffte! Sie hatte zwar die Startanleitung nicht, die befand sich in Hammerfest, aber sie wusste, dass es auf der Unterseite des Gerätes einen versenkten Reset-Knopf gab, den man mit einem mitgelieferten Metallstäbchen drücken konnte. Natürlich befand sich dieses ebenfalls in Hammerfest, doch sie hatte die Erwachsenen oft genug beim Wechseln einer SIM-Karte beobachtet, um zu wissen, dass es eine aufgebogene Büroklammer ebenso tat. Und Büroklammern gab es an der Rezeption mehr als genug!

Nachdem dieses Problem gelöst war, lud Ida die App auf ihr iPad. Glücklicherweise hatte sie die Account-Anmeldedaten selbst ausgesucht, daher erinnerte sie sich ohne Mühe daran. Aufgeregt drückte sie mit dem offenen Ende der Klammer den Reset-Knopf und presste gleichzeitig den Zeigefinger der anderen Hand auf den Einschaltknopf. Ihr Herz hüpfte vor Freude, als sofort das Display aufleuchtete – doch eine Sekunde später stellte sie den Roboter enttäuscht ab. Actmo bot ihr nun zwar sein Wi-Fi an, um das Set-up abzuschließen, fragte jedoch nach einem Passwort.

Ein Passwort? Wie war das möglich? Sie hatte keinerlei Schwierigkeiten gehabt, sich an die Anmeldedetails zu erinnern. Aber ein Wi-Fi-Passwort? Nein. Ein Wi-Fi-Passwort hatte sie ganz sicher nicht vergeben. Mist! Sie musste einen Augenblick unaufmerksam gewesen sein, als ihr Großvater diesen Schritt durchgeführt hatte. Dieses Problem würde jedenfalls auch Onkel Krister am Abend nicht lösen können. Es gab nur einen, der das konnte!

Lautlos schlich Ida auf den Flur und trippelte auf Zehenspitzen zum Schlafzimmer ihrer Tante und ihres Onkels hinüber. Gedämpft drang Tante Saras Stimme von unter herauf. Offensichtlich telefonierte sie. Ida wartete, bis das Gespräch beendet war, dann drückte sie vorsichtig die Klinke zum Schlafzimmer herunter und schloss die Tür leise hinter sich. Sie wusste, dass sich ein weiterer Festnetzapparat neben dem Bett befand, das hatte sie am Vorabend gesehen, als man ihnen das Haus gezeigt hatte. Es wurde wirklich Zeit, dass sie ein eigenes Handy bekam! Die Nummer ihres Großvaters in Hammerfest kannte sie auswendig. Sie hatte sie von zu Hause aus oft genug gewählt.

Nach vier Klingeltönen meldete sich der Anrufbeantworter. Natürlich arbeitete Halvar Thorvaldsen um diese Zeit noch.

»Opa ...«, flüsterte sie beschwörend. »Opa, ich bin's, Ida. Ich musste Actmo zurücksetzen, weil er nicht mehr reagiert hat. Jetzt ist er wieder aufgewacht, aber mir fehlt das Passwort für sein Wi-Fi. Bitte, ruf ganz schnell an, damit ich ...«

Weiter kam sie nicht, denn sie hörte plötzlich Schritte auf der Treppe. Obwohl ihr niemand verboten hatte, das Schlafzimmer zu betreten oder das Telefon zu benutzen, hatte sie irgendwie das Gefühl, es wäre besser, sich bei ihrer Aktion nicht erwischen zu lassen. Ida legte den Hörer zurück, huschte aus der Tür und verschwand in dem Augenblick in ihrem Zimmer, als Tante Saras Kopf am oberen Treppenabsatz erschien.

Die dreistündige Überfahrt von Bodø nach Moskenes war windig und unruhig gewesen, und Helge Juul verspürte ein flaues Gefühl in der Magengegend. Er war froh, als sich die Ausgangsschleusen der Fähre endlich öffneten und er wieder eine feste Straße unter den Reifen seines Bentleys hatte. Strahlender Sonnenschein ließ die Landschaft zu beiden Seiten der E10 nahezu überirdisch wirken. Zwischen schroffen, schneebepuderten Felswänden und weiten Glitzerbuchten bahnte sich das schmale Anthrazitband seinen Weg durch Tunnel und über Brücken. Alle Inseln des Archipels waren so zu einer einzigen, auf den sagenumwobenen Moskenesstraumen – den Mahlstrom – gerichteten Halbinsel verschmolzen.

Juul hatte jedoch keinen Blick für die außergewöhnlichen Segnungen der Natur. Seit Tagen bereits nahm er eine Unruhe an sich wahr, die schleichend durch seine Körperzellen sickerte und sich, einem in homöopathischen Dosen verabreichten letalen Nervengift gleich, seiner Sinne bemächtigte, ohne Chance auf Entrinnen. Genauer gesagt, seit dem schicksalhaften Abend im Bodøsjøveien, der mit einem guten Glas begonnen und mit noch besserem Sex geendet hatte. Eine einmalige Sache, hatte er sich wieder und wieder gesagt. Ein Ausrutscher. Es gab wichtigere Dinge. Die Detonation auf dem Monitor, irgendwo in einer verlassenen Gegend auf der anderen Seite des Globus, war nur eine Randnotiz. Collateral Damage. Alltag im computeranimierten Krieg. Die Demütigung durch seinen Vorgesetzten – kaum der Rede wert. In ein paar Wochen würde die Sache längst vergessen sein. Und doch. Es war eine nicht verheilende Wunde, so wie auch das eine Glas eines zu viel, die eine Flasche eine zu viel gewesen war. Aber er hatte eine Mission. Später würde man nicht mehr über den Weg sprechen, der dahin geführt hatte – allein, was am Ende dabei herauskam, zählte! Und diese Mission durfte er auf gar keinen Fall durch eine lästige menschliche Schwäche gefährden. Für das Gespräch, das vor ihm lag, brauchte er einen klaren Kopf.

Eine weitere Brücke, ein weiterer Tunnel.

Er kam bis Ramberg, dann hatte er verloren.

Juul bog von der Durchfahrtsstraße ab und verschaffte sich rasch einen Überblick über das kleine Dorf. Da in Norwegen aufgrund des staatlichen Weinmonopols Alkohol, abgesehen von Bier, nicht im Lebensmittelhandel erworben werden konnte und zudem Sonntag war, sah er sich gezwungen, sich mit einem Gastwirt zu arrangieren, was jedoch kein größeres

Problem darstellte. Juul bot für die Flasche Hochprozentigen in der Papiertüte, mit der er nach kurzer Zeit das Restaurant wieder verließ, einen guten Preis, und alle waren zufrieden. Fünfzig Minuten später hatte er Vestersand erreicht, die Flasche befand sich bei zwei Dritteln, und er fühlte sich bedeutend ruhiger.

Er parkte unweit des örtlichen Gästehauses und beobachtete eine Weile das Kommen und Gehen der Touristen. Verächtlich rümpfte er die Nase. *Touristen!* Man erkannte sie auf einen Kilometer gegen den Wind! Es war ein karges Fleckchen Erde, an das es ihn und die Handvoll Einheimischer und Besucher verschlagen hatte. Ein asphaltierter Durchfahrtsweg, der den Namen Straße kaum verdiente, von grünbraunem Gestrüpp überzogene Erde zwischen den wenigen bunt gestrichenen Holzhäusern, umrahmt von Hügeln, die im Hintergrund zu Bergen aufstiegen. Kleine Brücken, die über die ausgedehnten Wasserflächen führten. Die Natur ließ hier keinen Zweifel daran, wer das Sagen hatte.

Während sich die Sonne ermattet bis knapp über den Horizont senkte, genehmigte Juul sich einen weiteren Schluck, der brennend durch seine Kehle rann. Dann stieg er aus. Er näherte sich dem hellbraunen Gebäude, stieg ein paar Stufen hinauf und trat durch die nur angelehnte Eingangstür. Eine aschblonde Frau, die er auf Mitte dreißig schätzte, obwohl ihr wettergegerbtes Gesicht sie älter wirken ließ, sah von dem Tresen auf, der offenbar als Rezeption diente, begrüßte ihn freundlich und bot ihm ein Zimmer an. Er seinerseits stellte klar, dass er nicht als Feriengast kam und erkundigte sich nach den Inhabern, woraufhin sie sich als Ehefrau des Hausbesitzers zu erkennen gab. Ihre Frage nach seinem Anliegen wurde unterbrochen von einem die Treppe herunterstürmenden, etwa siebenjährigen Kind. Es winkte der Gastwirtin fröhlich zu und verschwand nach draußen.

»Entschuldigung. Was sagtest du, in welcher Angelegenheit du meinen Mann sprechen wolltest?«

»Eigentlich wollte ich mit dir sprechen. Jedenfalls, wenn es stimmt, dass du die Tochter von Halvar Thorvaldsen bist.«

Ihr Ausdruck verfinsterte sich, und sie warf einen besorgten Blick über die Treppe hinauf ins Obergeschoss, doch von dort schien keine Unterstützung zu kommen.

»Vielleicht gehen wir in mein Büro«, sagte sie dann.

Die Unterredung hatte nicht lange gedauert. Als Juul zu seinem Wagen zurückkehrte, empfand er eine zufriedene Genugtuung. Er hatte die Situation unmissverständlich dargestellt – ruhig im Ton, doch absolut klar in der Sache –, und er zweifelte nicht daran, dass seine Botschaft angekommen war. Es ging hier schließlich um eine Frage von nationaler Bedeutung. Eine Frage der nationalen Sicherheit. Persönliche Befindlichkeiten mussten zurückstehen. Das hatte seine Gesprächspartnerin auch sofort eingesehen. Sie würde unverzüglich Kontakt mit ihrem Vater in Hammerfest aufnehmen, mit ihm sprechen und ihn zweifellos zur Vernunft bringen. Also war doch nun alles in Ordnung – oder?

Ein weiterer Schluck aus der Flasche beseitigte letzte Zweifel, und Juul steuerte den Bentley über den Sandveien zurück zum Ortsausgang. Er hatte nicht vor, länger als unbedingt nötig an diesem verlassenen Ort zu bleiben. Leichter Nieselregen setzte ein. Während die Scheibenwischautomatik ansprang, versuchte Juul mit einer Hand, die Flasche im Handschuhfach zu verstauen, dabei löste sich der Schraubdeckel und rollte unter den Beifahrersitz. Fluchend bückte

Juul sich hinunter, um ihn wieder hervorzuziehen, wobei er in Schrittgeschwindigkeit weiterfuhr. Auf dem menschenleeren Durchfahrtsweg konnte man sich ein solches Manöver erlauben. Weit und breit war niemand zu sehen, andere Fahrzeuge waren nicht unterwegs. Während Juul noch zur Seite gebeugt war und die Straße aus den Augen verloren hatte, machte der Wagen urplötzlich einen Ruck. Von unten griff er fest nach dem ausbrechenden Lenkrad, gleichzeitig trat er heftig mit dem Fuß auf die Bremse. Ein Rest brauner Flüssigkeit schwappte aus der fast leeren Glasflasche und durchweichte die Papiertüte, in die sie noch immer eingewickelt war. Helge Juul war mitten in der Bewegung erstarrt, der Bentley ebenso. Er spürte, wie ihm der Schweiß ausbrach, während die Gedanken durch sein Gehirn rasten. Es bestand kein Zweifel daran, dass er mit irgendetwas kollidiert war. Was konnte das gewesen sein? Steinschlag, den er übersehen hatte? Ein Wildtier, das unversehens die Straße überquert hatte? Doch was für eines sollte das sein? Die meisten einheimischen Tiere hielten sich entweder in der Luft oder im Wasser auf. Es konnte höchstens ein Hund oder eine Katze gewesen sein. Die Aussicht, ein verletztes Haustier von der Straße aufsammeln zu müssen, erschien ihm nicht eben verlockend, und er erwog, einfach wieder aufs Gas zu treten, schnell und ohne sich umzusehen. Doch aus irgendeinem Grund tat er es nicht. Stattdessen richtete er sich ganz langsam wieder auf. Vorsichtig spähte er aus der Windschutzscheibe. Er war etwas von der Fahrbahn abgekommen. Die beiden Reifen auf der Fahrerseite standen im Matsch. Noch immer trommelte rhythmisch der Frühlingsregen aufs Dach. Sonst war im dichten Nebel, der schlagartig aufgezogen war, nichts zu sehen. Auch im Rückspiegel nicht. Aber er wusste, dass da etwas war. Und es führte kein Weg daran vorbei nachzusehen, *was* es war. Juul wischte seine feuchten Hände an der Hose ab, öffnete die Fahrertür, stieg aus und trat vor seinen Wagen.

Dann wurde ihm übel, und er übergab sich heftig.

Hammerfest

Über Kåfjord, Olderfjord und Skaidi brauchten sie ungefähr zweieinhalb Stunden bis Hammerfest. Obwohl die Strecke am Fjord entlang landschaftlich wunderschön war, hatte sich eine angespannte Stimmung im Wagen ausgebreitet, und es wurde wenig gesprochen. Nach einiger Diskussion hatten sie sich am Morgen darauf geeinigt, gemeinsam zu fahren. Cai steuerte seinen Alfa, Tom saß neben ihm, um während der Fahrt kurze Sequenzen über den Porsangerfjord hinweg zu drehen, Synni und Eric teilten sich die schmale Rückbank. Endlich tauchte die Silhouette der zwar deutlich südlicher als Honningsvåg gelegenen, jedoch traditionell trotzdem als »nördlichste Stadt Europas« beworbenen Gemeinde am Horizont auf.

Die Touristenattraktion in der Finnmark war zusammen mit Vardø Nordnorwegens älteste Stadt und wies eine lange Tradition sowie zahlreiche Sehenswürdigkeiten auf. Ihr Name stammte von der früheren Anlegemöglichkeit der Schiffe am Felshang. Von der wechselvollen, durch mehrere Kriege geprägten Stadtgeschichte zeugte noch eine alte Verteidigungsschanze auf der Halbinsel Fuglenes, die die nördliche Begrenzung der Hammerfest-Bucht bildete und sich zwischen dem Stadtzentrum im Süden und der noch weiter nördlich gelegenen Insel Melkøya in den Sund reckte.

Die malerisch gelegene Landzunge schien den idealen Standort für eine erste Erkundung zu bieten, und so passierten sie das Stadtzentrum auf der Durchfahrtsstraße 94, die sie erst kurz vor dem Flughafen verließen. An der Rossmolbukta verfuhren sie sich zunächst, da sich die Meridiangata hier in zwei Richtungen gabelte, doch schließlich entdeckten sie den Meridianstotten – die Meridiansäule, die an die erste Vermessung der Erdkugel erinnern sollte, ein beindruckendes, nachts angestrahltes Denkmal, entworfen von dem deutschnorwegischen Künstler Wilhelm von Hanno – und erreichten endlich die wenig romantisch unmittelbar neben einer kleinen Werftanlage gelegene Schanze. Die Schanzenanlage selbst befand sich auf einer aus losem Gestein aufgeworfenen Anhöhe und wurde von einer alten Kanone dominiert. Zum Schutz vor den allgegenwärtigen Rentierherden war ein Zaun um den über eine Holztreppe begehbaren Hügel gezogen worden. Am Fuß der Treppe war ein blaues Hinweisschild angebracht, das an die Napoleonischen Kriege erinnerte, in deren Verlauf die Stadt vollständig zerstört worden war.

Nachdem sie das Sightseeing- und Touristenprogramm im Eiltempo absolviert hatten, wobei Tom einige attraktive Shots einfangen konnte, wandten sie sich ihrer eigentlichen Mission zu. Eric stapfte mit Neoprenanzug bekleidet und den Flossen in der Hand auf die Nordseite der Halbinsel und sah nach Melkøya hinüber, wo die Stahlkolosse in der Mittagssonne glitzerten. Das Terminal ragte knapp drei Kilometer Luftlinie von der Stelle entfernt auf, an der sie sich befanden.

»Man könnte das leicht abschwimmen«, stellte er fest.

»Die engste Passage, nördlich des Flughafens, ist sogar nur rund vierhundert Meter breit«, entgegnete Cai.

»Ja. Über dem Melkøysundtunnel. Das könnte man sogar durchtauchen.«

Cai runzelte die Stirn. »Mit einem Atemzug?«

»Na ja, nicht ganz.«

»Das würdest du aber müssen, falls du dich der Insel ernsthaft nähern wolltest«, warf Synni ein. »Melkøya ist Sperrgebiet. Da kommt niemand rein, der nicht autorisiert ist.«

»Das werden wir nicht riskieren, sofern es sich vermeiden lässt«, sagte Cai, während Eric sich ruhig und konzentriert auf den Tauchgang vorbereitete. Tom begleitete ihn mit der Kamera. Von dieser Idee war Eric zwar nicht begeistert gewesen, im Hinblick auf eine fruchtbare Zusammenarbeit hatte er sich aber dann doch dazu bereit erklärt.

Synni verfolgte Erics Atemritual, das sich über zwanzig Minuten hinzog. Sie beobachtete, wie sein Brustkorb sich hob und senkte, er rhythmisch, stoßweise Sauerstoff einsog und ausstieß, sich den maximalen Vorrat zuführte, während sein ganzer Körper immer weicher und geschmeidiger zu werden schien. Alle waren jetzt von Spannung erfüllt, selbst die Umgebung schien innezuhalten, und abgesehen von dem leisen Surren des Zooms aus Toms Kamera, war kein Geräusch zu hören. Dann erhob sich Eric ebenso lautlos und glitt mit einer sanften Wellenbewegung ins Wasser.

Tom setzte die Kamera ab. Es war ein nahezu windstiller Tag, ungewöhnlich in dieser Region. Wie hellblaues Pergament lag der Sund zwischen Kvaløya, Håya und Sørøya vor ihnen. Das Blau hatte sich über Eric geschlossen, nichts deutete darauf hin, dass sich ein Eindringling im anderen Element befand, ein Lungenatmer, der dort nichts verloren hatte. Die Minuten vergingen quälend langsam. Unruhig blickte Synni zu Cai hinüber, der dicht am Ufer stand. Fast wirkte es, als sei er bereit, jederzeit ins Wasser zu springen, falls es erforderlich wäre. Erinnerungen an die Szene vor dem Nordkap wurden in Synni wach. Schließlich hielt sie es nicht mehr aus.

»Cai, er ist schon zu lange da unten. Wir müssen was tun. So lange kann niemand ...«

Doch Cai hob beschwichtigend die Hand. »*Er* schon.«

Eine weitere Minute verstrich, und Synni war kurz vor dem Punkt, selbst zu springen, obwohl ihr klar war, dass das völlig sinnlos gewesen wäre, weil Eric sich inzwischen in einem Radius von mehreren Hundert Metern überall befinden konnte und die Strömungen für einen ungeübten Schwimmer lebensgefährlich waren.

Cai schien ihre Gedanken zu erraten. »Ganz ruhig«, flüsterte er. »Er kommt zurück. Es kann nicht mehr lange ...«

In diesem Augenblick sahen sie weit draußen, in nördlicher Richtung, eine kleine Bewegung auf dem Wasser.

Tom zoomte heran. »Er ist aufgetaucht und scheint okay zu sein ... aber er zeigt nach Osten ... Ich glaube, er meint, dass er dort zum Ufer schwimmen will.«

»Ja, da hat er deutlich weniger Strecke. Aber das ist direkt am Flughafengelände. Wow, ich hoffe, wir kommen da hin!«

Ohne weitere Zeit zu verlieren, sprangen sie in den Wagen, und Cai hetzte zur Rossmolbukta zurück, die sie auf demselben Weg überquerten, auf dem sie sich eine Stunde zuvor verfahren hatten. Für kurze Zeit mussten sie das Ufer verlassen und einen kleinen Schlenker fahren, doch dann stellte sich glücklicherweise heraus, dass es auch auf der Höhe des Flughafens eine befahrbare Küstenstraße gab.

»Da ... da ist er!« Synni deutete aufgeregt auf den Schwimmer, der sich mit kräftigen Zügen dem Ufer näherte. Sie waren jetzt fast am Endpunkt der Straße, und Melkøya auf der gegenüberliegenden Seite schien zum Greifen nahe.

Während Cai den Alfa mit quietschenden Reifen zum Stehen brachte, zog Eric sich mühsam an der Böschung hoch und sackte unmittelbar vor ihnen auf dem steinigen Ufer zusammen.

Cai sprang aus dem Wagen und stürzte zu ihm. »Eric ... was ist? Ist alles okay ...? Sag was!«

Mühsam rang Eric nach Luft, während Cai ihm half, die Schutzhaube vom Kopf zu ziehen.

»Alles ... alles gut«, keuchte er schließlich. »Es war nur ... ein bisschen anstrengend ... die Strömungen da unten sind ... *il y en a vachement, je te dis!*«

Cai begann zu lachen. »Okay. Mein Französisch ist zwar nicht besonders, aber ich kann mir ungefähr vorstellen, was du meinst.« Dann wurde er ernst. »Wir hätten das nicht tun sollen. Das Risiko ist zu groß für dich.«

Doch Eric schüttelte den Kopf. »Nein. Es war gut. Es hat sich gelohnt. Wir hatten recht.«

Synni kniete sich neben Eric, der damit begann, den Anzug abzustreifen. Tom holte ein Handtuch aus dem Auto.

»Was meinst du?«, fragte sie. »Womit hattet ihr recht?«

»Die Mutationen. Es gibt sie tatsächlich. Wir sind ganz dicht dran.«

Mit einem finsteren Ausdruck blickte er hinüber zu der nur einen Steinwurf entfernten Flüssiggasanlage.

Sie gaben Eric Zeit, sich etwas zu erholen, und fanden dann ein ruhiges kleines Restaurant im Zentrum von Hammerfest, wo er sich unter den staunenden Augen seiner Begleiter in Rekordzeit einen Premiumburger mit einer stattlichen Menge Kartoffelecken einverleibte.

Synni knabberte an ihrem Salatteller. »Okay, also jetzt noch mal ganz langsam. Es waren also … Wie heißen die Viecher gleich wieder?«

»Gammarus Wilkitzkii. Eis-Flohkrebse.«

»Und die hast du da unten gesehen. Und es waren viele«, rekapitulierte Tom, was sie bisher bereits gehört hatten.

Eric nickte. »Das allein wäre noch nicht ungewöhnlich. Obwohl der Schwarm sehr groß war. Absolut ungewöhnlich ist aber, dass der Schwarm … also zuerst dachte ich, sie würden versuchen, mich anzugreifen. Sie hielten direkt auf mich zu. Aber dann bemerkte ich plötzlich unterhalb von mir eine riesige Forelle, bestimmt zehn Kilo schwer … und sie haben … also, ich würde es auf keinen Fall glauben, wenn ich es nicht mit eigenen Augen gesehen hätte … sie haben diesen großen Fisch … regelrecht zerfleischt.« Seine Gesichtsfarbe wurde noch eine Schattierung fahler.

»Und das würden sie normalerweise nicht tun?«, hakte Synni nach.

»Auf keinen Fall. Amphipoden ernähren sich von Aas. Unter normalen Umständen hätte die Forelle die Gammariden gefressen – nicht umgekehrt!«

»Könnte das eine Folge der Mutation der mitochondrialen DNA sein, ausgelöst durch irgendeinen Giftstoff?«, fragte Synni, die sich gut an ihr nächtliches Gespräch in Honningsvåg erinnerte.

Eric nickte erneut. »Es passt alles zusammen.«

Seufzend legte Tom sein Besteck beiseite und musterte die Reste der Pizza auf dem Teller. »Okay. Also spricht alles dafür, dass die da drüben irgendeine Sauerei ins Wasser kippen. Unter normalen Umständen wäre das jetzt der Moment, die zuständigen Stellen zu informieren.«

Erics Blick wanderte zum Fenster hinaus, irgendwo in die Ferne.

Cai kannte diesen Blick nur zu gut. »Da ist doch noch was, Eric«, forschte er. »Na los, sag schon.«

»Es ist nicht nur irgendeine Sauerei«, murmelte Eric mehr zu sich selbst als zu den anderen. »Für diese Art von Mutationen innerhalb einer kurzen Zeitspanne gibt es eigentlich nur einen denkbaren Auslöser. Ich habe mal vor einigen Jahren an einer Studie teilgenommen …«

»Mach's nicht so spannend.«

»Tritium. Ich glaube, sie leiten HTO ins Wasser. Oder sogar T2O. Es lagert sich in die DNA ein und verändert sie. Für Menschen ist es weitgehend ungefährlich, da es sich schnell verflüchtigt. Bei Kleinstlebewesen, die in direkten Kontakt damit kommen, sieht das aber ganz anders aus.«

»Kommt Tritium in der Flüssiggasproduktion irgendwo zum Einsatz?«, wollte Tom wissen.

»Auf keinen Fall«, entgegnete Cai. »Da ist noch was ganz anderes im Gange. Das hab ich von Anfang an geahnt.«

»Tritium …«, wiederholte Synni und versuchte krampfhaft, sich an den Chemieunterricht in der Oberstufe zu erinnern. »Ist das nicht das, was man Schweres Wasser nennt? Es spielte bei der Verteidigung des Landes im Zweiten Weltkrieg eine Rolle.«

»Da verwechselst du was«, erklärte Eric. »Was du meinst, ist Deuterium. Das ist ungefährlich. Tritium ist ein Wasserstoffisotop mit einem weiteren Neutron. Überschweres Wasser. Ein schwach radioaktiver Betastrahler.«

»Okay, aber es geht um Radioaktivität. Wie können wir sicher sein, dass es sich nicht doch um Emissionen eines der U-Boote handelt? Immerhin wäre es möglich, dass durch Erosion erst jetzt eine größere Menge des Stoffes ausgetreten ist. Soviel ich weiß, werden die Wracks nicht überwacht, und sie liegen völlig ungesichert da unten. Keiner hat Lust, sich damit zu befassen ...«

»Das können wir definitiv ausschließen. Die Entfernung wäre viel zu groß. Das tritiierte Wasser hätte sich längst verdünnt und wäre nicht mehr nachweisbar. Die Emissionsstelle liegt ganz zweifelsfrei in der unmittelbaren Umgebung.«

»Okay, verstehe ich«, bohrte Synni weiter. »Aber wobei *kommt* es dann zum Einsatz?«

Eine angespannte Stille breitete sich aus.

»Soviel ich weiß, ist es Bestandteil des radioaktiven Abfalls, der in Atomkraftwerken anfällt«, sagte Cai nachdenklich. »Vor allem in den kanadischen CANDU-Reaktoren. Auch in Fukushima gibt es jede Menge tritiumhaltiges Kühlwasser.«

»Ich gehe mal nicht davon aus, dass sie das heimlich auf LNG-Tankern nach Norwegen verschiffen, um es loszuwerden.«

Tom grinste. »Als Verschwörungstheorie gar nicht mal so übel!«

»Das Einzige, was mir sonst noch zu dem Thema einfällt«, ergänzte Cai, »sind Fusionstechnologien.«

Synni horchte auf. »Kann es sein, dass die im Geheimen auf Melkøya an so was forschen?«

»Ausgeschlossen. Was die plasmabasierte Forschung in diesem Bereich betrifft, sind das riesige, technisch extrem aufwendige, multinationale Projekte. So was ließe sich keinesfalls geheim halten. Und schon gar nicht auf Melkøya realisieren. Es gibt inzwischen zwar auch alternative Ansätze, die mit Lasern oder Schockwellen arbeiten, aber auch das ...« Er schüttelte den Kopf.

Erneut war es still.

»Es sei denn …«, fuhr er endlich fort. »Es ginge dabei um die *Kalte* Fusion.«

»Wie plausibel ist das?« Synni sah Tom an.

Ihr Kameramann zuckte mit den Schultern. »Die Kalte Fusion … Die meisten seriösen Beobachter halten das Ganze für pathologische Wissenschaft. Für ein Hirngespinst, das sich niemals realisieren lassen wird. Vor ein paar Jahren gab es einen Italiener, der behauptete, er habe einen Katalysator gebaut, mit dem sich die Energieprobleme der Menschheit für alle Zeiten lösen ließen. Quasi zum Nulltarif. Aber er konnte den Beweis dann doch nicht erbringen und verschwand nach einer kurzen Phase der medialen Aufregung wieder in der Versenkung.«

Synni fuhr hoch. »Moment mal. Wir hatten hier doch auch so was. Hier in Norwegen. Wie hieß dieser Wissenschaftler … wann war das noch … *ConFusionGate* …«

»Halvar Thorvaldsen«, sagte Cai.

»Richtig, Thorvaldsen! Kennst du ihn?«

»Ich habe ein paar Semester in Oslo studiert. Er war damals eine Legende. Eine internationale Koryphäe der Plasmaphysik. In eine Vorlesung von ihm reinzukommen, war ein Sechser im Lotto. Nicht nur bei den Physikern. Auch die Mathematiker und Informatiker rissen sich um ihn. Er war bei den Studenten unglaublich beliebt. Charismatisch. Auch politisch engagiert. Er nahm kein Blatt vor den Mund und sprach unbequeme Wahrheiten ziemlich laut aus. Wahrscheinlich stand er deshalb schon längst auf der Abschussliste, und als ihm dann dieses Missgeschick passiert ist … aber das war erst viel später. Ich habe ihn nur zwei- oder dreimal gehört und bin dann nach Bergen gewechselt.«

Tom klappte sein Notebook auf und googelte es. »Ja, richtig. ConFusionGate. Das war vor ungefähr zehn Jahren. Er verlor daraufhin seine Professur und zog sich aus der Öffentlichkeit zurück. Es gibt keinerlei aktuelle Einträge zu seinem Namen ... warte, doch ... aber das ist nur eine winzige Notiz. Er war als Gastredner beim Nordic Development Forum eingeladen. Das ist aber auch schon alles.«

»Keine Einträge dazu, was er aktuell macht, oder wo?«

Tom schüttelte den Kopf. »Aber es dürfte wohl nicht unmöglich sein, das rauszufinden«, sagte er mit Blick auf Cai.

»Wahrscheinlich nicht«, murmelte Cai.

»Also, wie geht's jetzt weiter?«, überlegte Synni. »Dass Eric mal eben auf die Insel schwimmt und sich die Sache dort anschaut, ist wohl keine realistische Option. Wir sind ja nicht bei James Bond.«

Dem Ernst der Situation zum Trotz erntete ihr Einwurf breites Grinsen von allen Seiten.

»Nein«, sagte Cai schließlich. »James Bond brauchen wir auch gar nicht. Wir haben etwas viel Besseres. Wir haben einen Spindoctor im Energieministerium. Und es wird allerhöchste Zeit, dass ich mal mit ihm spreche.«

Lofoten

Den Dienstgradabzeichen der beiden uniformierten Beamten zufolge, die binnen kurzer Zeit von der Vest-Lofoten politistasjon zu ihnen herausgefahren waren, nahm man die Angelegenheit in Leknes ernst.

»Also, noch mal von Anfang an«, rekapitulierte der jüngere und kleinere der beiden, nachdem Ingrid die schluchzende Lea aus dem Raum geführt hatte. »Du sagtest, deine Nichte lief am späten Nachmittag aus dem Haus. Wann genau war das?«

Sara dachte einen Augenblick nach. Sie spürte Kristers beruhigende Wärme dicht neben sich und konnte sich nur mühsam zurückhalten, nach seiner Hand zu greifen. Es war ihr jedoch wichtig, vor den Polizisten einen möglichst beherrschten und gefassten Eindruck zu machen. Die Situation war unübersichtlich, und sie musste sich genau überlegen, was sie sagen konnte und was nicht. Panik und Hysterie halfen hier nicht weiter. Sie erinnerte sich noch daran, wie ein spontanes Unwohlsein in ihr aufgestiegen war, als der mysteriöse Fremde die Lodge betreten hatte. In diesem Moment war Ida die Treppe heruntergekommen und aus dem Haus gerannt. Krister war noch nicht von dem Tagesausflug nach Svolvær zurück gewesen, zu dem ihn Ingrid und Lea mit Islin und dem Baby begleitet hatten, also konnte es noch nicht allzu spät gewesen sein ...

»Sara?«, fragte der Uniformierte eindringlich nach.

Krister sah sie ernst an.

»Ja ...«, stotterte sie. »Es muss ... muss so gegen halb sechs gewesen sein.«

»Und sie hat kein Mobiltelefon bei sich?«

Sara schüttelte den Kopf. »Ihre Mutter ... meine Schwester hat gesagt, das sollte sie erst zu ihrem nächsten Geburtstag bekommen. Wir konnten ja nicht wissen, dass ...«

»Was geschah dann?« Es sprach weiterhin nur der junge Polizist. Sein Kollege stand mit ausdruckslosem Gesicht daneben und musterte die Zimmerwände.

»Ich war ... mit einigen Gästen beschäftigt. Etwas später hat es plötzlich angefangen zu regnen. Da bin ich rausgegangen, um nach ihr zu sehen ...«

»Ist es normal, dass sie allein draußen unterwegs ist? Wenn ich es richtig verstanden habe, kennt sie sich hier nicht aus.«

»Wir haben ihr eingeschärft, nicht ans Wasser zu gehen und sich nicht weit vom Haus zu entfernen. Ida ist ein kluges und vorsichtiges Kind. Es schien kein ...« Sara schluckte und zwang sich dazu, sich zu konzentrieren. »Als ich sie vor dem Haus nicht gesehen habe, habe ich natürlich sofort alles abgesucht. Die ganze Gegend. Auch ein paar der Feriengäste haben mitgeholfen. Als mein Mann wenig später mit meiner Mutter und meiner Schwester nach Hause kam, sind wir mit dem Wagen losgefahren. Aber da war dann dieser Nebel, und wir konnten nicht ...«

»Was passiert denn jetzt?«, schaltete sich Krister ungeduldig ein, während Ingrid aschfahl wieder in der Zimmertür erschien. »Wir dürfen keine weitere Zeit verlieren!«

Jetzt sprach zum ersten Mal der größere und ranghöhere Beamte. »Die Suche ist schon eingeleitet. Das Foto, das ihr uns gegeben habt, geht an alle umliegenden Dienststellen. Die Svolvær politistasjon schickt Taucher herüber, die die Bucht absuchen werden, außerdem die Mündung des Urvatnet-Sees. Unsere Leute durchkämmen währenddessen den gesamten Bereich zwischen Haverringen und Sandveien. Ich muss dich um eine genaue Beschreibung der Kleidung des Kindes bitten.«

»Sie ... sie trägt einen blau-gelben Pullover und eine blaue Jeans ... einen roten Anorak und rote Gummistiefel.«

»Hatte sie irgendetwas dabei, als sie rausging? Eine Tasche vielleicht oder einen Rucksack?«

Sara blickte ratlos.

»Actmo«, meldete sich Ingrid mit heiserer Stimme von der Tür. »Ganz sicher hat sie Actmo dabei. Sie macht keinen Schritt ohne ihn.«

»Actmo?«

»Ein Roboter«, erklärte Ingrid. »Ein kleiner, elektrischer Spielzeugroboter.«

»Ja, richtig«, sagte Sara. »Sie hatte ein Problem damit. Er ließ sich nicht einschalten. Wir wollten uns am Abend darum kümmern ... aber ... ja, doch ... ich glaube, sie hatte ihn in der Hand, als sie nach draußen lief.«

Der Uniformierte horchte auf. »Wisst ihr, ob dieses Elektronikspielzeug über ein integriertes GPS-Modul beziehungsweise eine SIM-Karte verfügt? Ist es mit einem Computer gekoppelt?«

Doch der zweite Politibetjent winkte ab. »Wenn es ausgeschaltet ist, bringt uns das sowieso nichts.«

»Trotzdem würde es uns helfen, den Hersteller und die genaue Artikelbezeichnung zu kennen«, hakte sein Kollege nach. »Dann wissen wir immerhin, wie das Spielzeug genau aussieht. Falls wir da draußen etwas finden.«

»Ich weiß nur, dass der Roboter ›Actmo‹ heißt«, entgegnete Ingrid. »Was den Hersteller betrifft ... da müsste ich meinen Mann fragen.«

»Na gut. Fürs Erste sollte das reichen.«

»Sie ... sie kann doch nicht ins Wasser gefallen sein, oder?«, flüsterte Sara. »Sie hat sich doch ganz sicher nur verlaufen ...«

»Wir tun wirklich, was wir können. Ihr bleibt am besten zu Hause. Wir melden uns, sobald wir irgendetwas wissen.«

Sara nickte und beobachtete, wie die beiden Männer das Haus verließen.

»Du hättest es ihnen sagen sollen«, stellte Krister fest, als die Polizisten außer Hörweite waren. »Ich respektiere deine Entscheidung, aber ich halte sie nicht für richtig. Immerhin ist es sehr gut möglich, dass Ida entführt wurde.«

»Wenn das tatsächlich der Fall sein sollte, was ich nicht glauben will und nicht glauben kann, dann hätte ich ihnen *erst recht* nichts davon sagen dürfen.« Flehend blickte Sara zu Ingrid, die rasch die Zimmertür schloss und sich zu ihr und Krister setzte.

»Kein einziges Wort darüber zu Lea, hast du mich verstanden?«, sagte sie.

Tromsø

Den gesamten Tag über hatte die IT-Abteilung sämtliche Systeme mikroskopisch genau durchleuchtet. Mit dem Ergebnis, dass es keinen noch so kleinen Hinweis auf einen potenziellen Eindringling gab. Es waren keine Dateien verändert und keine Sicherheitsmechanismen ausgehebelt worden – jedenfalls nicht sichtbar. Alles funktionierte einwandfrei und befand sich exakt an dem Ort, an den es gehörte.

»Mit Ausnahme einer kleinen Grußbotschaft mitten auf meinem Desktop«, kommentierte Sundby die Ratlosigkeit der aus dem Wochenende geholten Techniker lakonisch.

»Einen Zero-Day kann man nie völlig ausschließen«, gab der Leiter der Security achselzuckend zurück. »Ich sage ja schon lange, dass es besser wäre, auf Open-Source-Lösungen ...«

»Und ich bin diesbezüglich, wie du weißt, bereits in Verhandlungen mit Wersín. Aber aufgrund der ungelösten Kompatibilitätsfrage lässt sich das eben nicht von jetzt auf gleich umsetzen – unter anderem deshalb. Aber *irgendwas* müsst ihr doch sagen können?«

»Na ja. Die gute Nachricht ist, dass es ganz offensichtlich kein bösartiger Angriff ist. Was dein Besucher sich alles angeschaut hat, kann ich dir natürlich nicht sagen, nur dass er definitiv keinen Schaden angerichtet hat. Kamera und Mikrofon hab ich dir sicherheitshalber dauerhaft deaktiviert. Allen anderen in der Abteilung auch. Bis auf Weiteres steht nur der Rechner im Konferenzraum für Videoschalten zur Verfügung.«

»Hm. Und die schlechte Nachricht?«

»Also, wenn du meine ganz persönliche Meinung hören willst – dein Gast ist nicht erst seit gestern da. Er könnte über ein Word-Makro das Active Directory übernommen haben. Vielleicht schon vor Wochen oder Monaten. Makros aus nicht verifizierten Quellen wurden systemseitig leider erst vor Kurzem gesperrt. Lichtjahre zu spät, wenn du mich fragst! Wie auch immer. Wir werden ihn natürlich rausschmeißen, aber wenn wir dabei nicht euren gesamten Betrieb lahmlegen sollen, kann es ein bisschen dauern.«

»Alles klar. Halt mich auf dem Laufenden.«

In diesem Moment betrat Mikael den Raum. »Ach, ihr seid noch da«, begrüßte er die IT. »Und haben meine andauernden Bluescreens auch was mit dieser Geschichte zu tun?«

Der Techniker stöpselte seine Tastatur von Sundbys Rechner ab, packte sein Werkzeug zusammen und schüttelte den Kopf. »Bei euch drüben sind wir schon durch. Deine Bluescreens dürften eher mit einem gewissen Investitionsstau zu tun haben. Aber dafür ist dein Chef zuständig, ich kann da leider nichts machen.« Augenzwinkernd grüßte er Sundby und verschwand, gefolgt von seinen beiden Begleitern.

Mikael setzte sich lässig auf eine freie Ecke von Sundbys aktenbeladenem Schreibtisch. »Trotzdem noch einen schönen Abend gehabt?«

Schmunzelnd zog Sundby ein kleines schwarzes Notizbuch aus der Jackentasche. »Im Wagen. Es war unter den Beifahrersitz gerutscht.«

»Immerhin. Beruhigend zu wissen, dass die unsichtbaren Eindringlinge sich vorerst auf den virtuellen Bereich zu beschränken scheinen.« Er überlegte einen Moment. »Simen – ein alter Kollege aus meiner Narviker Zeit hat mich gerade angerufen. Er arbeitet jetzt in Leknes. Dort ist ein kleines Mädchen verschwunden ... in Vestersand, um genau zu sein.«

Sundby runzelte die Stirn. »Das ist Nordland.«

Mikael nickte. »Er hat mich auch nur angerufen, weil es eine Verbindung nach Hammerfest gibt. Scheinbar handelt es sich um die Enkelin von Professor Thorvaldsen. Und natürlich wissen sie dort auch von den Badeunfällen in der Finnmark.«

»Thorvaldsen? Müsste man den kennen?«

»Eine ehemalige Koryphäe der angewandten Physik. Hat sich nach einer kontroversen Publikation vor einigen Jahren aber zurückgezogen. Die Familie lebt jetzt in Hammerfest. Das Kind kannte sich vor Ort nicht aus und war allein draußen unterwegs. Keine Anzeichen für einen kriminellen Hintergrund. Also geht man von einem tragischen Unglücksfall aus.«

»Gibt es Hinweise darauf, dass sie ins Wasser gegangen – oder gefallen – ist?«

»Bisher nicht.«

»Angesichts einer Distanz von mehr als achthundert Kilometern scheint mir nach jetzigem Informationsstand ein Zusammenhang recht weit hergeholt zu sein.«

»Ja, wahrscheinlich ... zumal auch der Hammerfest-Vorfall offiziell nach wie vor nicht mit den beiden anderen in Verbindung gebracht wird. Vom Framsenteret ist, abgesehen von der recht schwammigen Aussage über diese seltsamen Flohviecher, nicht groß was zu hören. Und da die Kollegen in der

›nördlichsten Stadt Europas‹ auf unsere Unterstützung nicht eben erpicht zu sein scheinen ...«

Eine Pause entstand.

Sundby musterte nachdenklich seinen Bildschirm, wo noch immer die mysteriöse Datei lag. »Es würde mich ja schon interessieren, wer sich hier als Whistleblower versucht.«

Mikael zog vielsagend die Augenbrauen hoch.

Sundby nickte. »Anfangsverdacht. Jetzt kriegst du deinen Besuch bei PolarLys. Gleich morgen früh.«

Oslo

Immer wieder hektisch hinter sich blickend, hetzte Aksel Strand die Akersgata entlang. Als er endlich auf der Höhe des Regierungsparks angekommen war, blieb er stehen und wischte sich den Schweiß ab, der nun in Bächen über seine Stirn lief. Die Straße schien übersät von dunklen Limousinen mit noch dunkleren Scheiben. Er wurde beobachtet! Natürlich wurde er das, kein Zweifel! Und spätestens seit der Ecke beim Stortingsbygningen wurde er auch zu Fuß verfolgt – vielleicht schon länger. Sie waren vorsichtig. Wenn er sich umwandte, verschwanden sie. Aber sie waren da! Nur wer sie waren, darauf fand er keine befriedigende Antwort. Wahrscheinlich ein offiziell nicht existierender Dienst, beauftragt von der Regierung des skrupellosen Regimes eines der Länder, mit denen er Geschäfte weit jenseits der Grauzone getätigt hatte. Man wollte keine unliebsamen Zeugen, Beispiele für dieses Vorgehen gab es genug. Er hatte schon immer geargwöhnt, dass man ihn eines Tages unter rätselhaften Umständen tot in der Badewanne irgendeines Hotels finden würde. »Suizid« würde die erste Pressestellungnahme lauten. Ein depressiver Vertreter opportunistischer Interessen, zu viel Benzodiazepin, zu viel Alkohol. Und dann, wenn sich Spuren weiterer Beteiligter nicht mehr leugnen ließen, würde es heißen »assistierter Suizid«. Verstrickungen in unappetitliche Angelegenheiten, persönliche Bereicherung, verheddert in den Fallstricken des eigenen Erfolgs. Und die Causa würde zu den Akten gelegt werden.

Atemlos überquerte Strand die Straße. Jetzt stand er vor dem modernen neuen A-Block, der mit seiner markant angeschnittenen Flanke das abgerissene Y-Gebäude ersetzte und fast fertiggestellt war. Das riesige Picasso-Mural *The Fisherman*, das zuvor den Patz dominiert hatte und vorübergehend von einer Stahlkonstruktion gehalten in einer Holzkiste lagerte, würde bald auch seine Fassade wieder schmücken. Er machte ein paar Schritte und warf einen Blick durch das Sichtfenster des Kastens auf das Kunstwerk. Den Glaubenskrieg um den Erhalt des historischen Brutalismus-Bauwerks hatte der Y-Block verloren, ebenso wie zwei andere stark beschädigte Gebäude. Der H-Block, das Hochhaus, hatte überlebt, wenn auch mit zwei Stockwerken weniger. Die Regierung würde der Høyblokka gleichwohl nicht wieder beherbergen. Der 22. Juli hatte eine Zäsur gesetzt. Er hatte Spuren hinterlassen, die bleiben würden.

Strand hielt inne und las die siebenundsiebzig Namen auf der provisorischen Gedenktafel. Unschuldige Opfer. Unschuldig, wie Malin unschuldig gewesen war. Welche Anmaßung seinerseits, sich angesichts einer solchen Absurdität um seine eigene, unbedeutende, schuldhafte Existenz zu sorgen! Dieser Gedanke brachte ihn mit einem Ruck in die Realität zurück, und er wandte sich langsam um. Niemand stand hinter ihm. Einzig das neue, unversehrte Gebäude auf der anderen Straßenseite, welches nun das Öl- und Energieministerium beherbergte, erhob sich dort.

Zehn Minuten und zwei weitere Valium später war Aksel Strand nichts mehr anzumerken, und nachdem er Bent Wallström mit einem kurzen Kopfnicken begrüßt hatte, schloss sich Morten Kolbergs Bürotür hinter ihm.

Bent wartete ein paar Minuten ab. Die Gelegenheit schien günstig. Da Sonntag war, befand sich außer ihm selbst, dem Minister und seinem Gast niemand in den Räumen. Und auch Bent war nur gekommen, weil Kolberg beim Framing des Kurswechsels im Energieministerium für eine Talkshow, die am späten Abend live ausgestrahlt werden sollte, noch kurzfristigen Optimierungsbedarf sah – was nichts anderes bedeuten konnte, als dass sein Chef die Hosen gestrichen voll hatte. Wenn er die induktiv-quantitative Analyse des aktuellen Stimmungsbildes der führenden Leitmedien beendet habe, könne er gehen und die Überstunden gerne im Laufe der nächsten Woche abfeiern.

Bent Wallström hatte mit leichtem Erstaunen zur Kenntnis genommen, dass Morten Kolbergs Ton ihm gegenüber verbindlicher geworden war. Allerdings brauchte es keine hellseherischen Fähigkeiten, um zu wissen, wer hinter dieser Verbesserung des Arbeitsklimas steckte. Genauso war ihm aber auch klar, dass er weiterhin nicht mehr als ein kleiner Bauer auf dem großen Schachbrett war. Und er hatte den unverzeihlichen Fehler begangen, sich in gefährliche Abhängigkeiten zu begeben. Das Schicksal von Elias Várri konnte ihn jederzeit einholen, darüber machte er sich keine Illusionen. Die einzige Versicherung, die es für ihn in dieser Situation noch gab, waren Informationen. Doch selbst für ein Ausnahmetalent wie ihn gab es Grenzen, und obwohl er die vergangenen Nächte damit zugebracht hatte, nach weiteren Informationen über das zu forschen, was ihm unter der kryptischen Bezeichnung »Sektion 42« ein- oder zweimal im Zusammenhang mit Aksel Strand und Viridi Technologies begegnet war, war es ihm nicht gelungen, herauszufinden, was es damit auf sich hatte. Doch genau diese Tatsache bestätigte ihn in seiner Vermutung, dass hier der Schlüssel lag. Ein Schlüssel, der eine Lebensversicherung für ihn bedeuten konnte.

Lautlos erhob sich Bent von seinem ergonomischen Håg-Bürosessel und nahm einen kleinen Gegenstand aus seiner Aktentasche. Es handelte sich um einen schwarzen Metallzylinder, kaum größer als eine Streichholzschachtel, in den er handelsübliche Klinkenkopfhörer einstöpselte. Die Kopfhörer steckte er sich in die Ohren, dann setzte er den Zylinder ebenso lautlos auf die Verbindungstür zu Kolbergs Büro. Was er hörte, wurde zu seinem Ärger von Rauschen dominiert. Natürlich hätte er den Stethoskop-Geräuschverstärker selbst bauen sollen, statt sich auf dubiose Drittanbieter zu verlassen, doch das Arbeitspensum im Ministerium und die nächtlichen Recherchen fraßen einen Großteil seiner begrenzten Zeit. Und ein Minimum an Schlaf forderte sein Körper leider auch.

Angestrengt versuchte er, sich auf die Stimmen hinter dem Rauschen zu konzentrieren. Zunächst verstand er nur zusammenhanglose Gesprächsfetzen. Es ging um Geld, natürlich. Subventionen. Er meinte, den Namen »PolarLys« identifiziert zu haben. Dann hörte er ein gläsernes Klimpern. Offensichtlich wurde angestoßen. Plötzlich näherten sich Schritte der Tür. Bent fuhr zurück, schoss zu seinem Arbeitsplatz und versteckte sich hinter seinem Computermonitor, das Gerät in der Hosentasche vergraben. Doch es geschah nichts weiter. Die Bürotür öffnete sich nicht.

Nach weiteren Minuten atemloser Anspannung erhob Bent sich erneut und platzierte die Abhörwanze auf der Tür. Wieder Rauschen. Doch eine der Stimmen schien jetzt etwas näher und besser verständlich. Mehrmals hörte er das Wort »Lenner«, was ihm jedoch nichts sagte. Dann war eindeutig von Melkøya die Rede. Auch Hammerfest war zu verstehen. Es schien sich um Produktionsabläufe innerhalb der Flüssiggasanlage zu handeln. Bent war enttäuscht. Alles deutete darauf hin, dass das Treffen nichts weiter war als völlig unspektakuläre Lobbyarbeit. Poltisches Alltagsgeschäft, weit entfernt davon, ihm zu den sensiblen Informationen zu verhelfen, die er benötigte. Er brauchte etwas, wovon weder die Öffentlichkeit noch die eigentlich zuständigen Stellen etwas wussten, etwas, womit er sowohl Strand als auch Kolberg in der Hand hatte, was aber nicht wie die Várri-Geschichte auf ihn selbst zurückfallen konnte. Doch für den Moment schien ihm diese lebensrettende Aussicht verwehrt.

Die Unterredung dauerte nun bereits fast eine Stunde, und noch immer hatte Bent keine verwertbaren Informationen. Er war drauf und dran, seinen Lauschposten aufzugeben, den Computer auszuschalten, nach Hause zu fahren und im Netz weiterzugraben, als es ihm unvermittelt den Atem verschlug. Klar und deutlich vernehmbar, von Aksel Strand gesprochen, hörte er: »Das ist die *eigentliche* Bedeutung von Sektion 42.« Wieder Rauschen, dann: »... im Verteidigungsministerium ...«

Stühle rücken, Schritte.

Bent Wallström hechtete hinter seinen Monitor, im selben Augenblick öffnete sich die Tür. Ein verbindliches Händeschütteln, Strand würdigte ihn beim Hinausgehen keines Blickes.

»Du bist ja noch da, Bent. Hast du die Unterlagen bereit? Wunderbar. Ruf bitte den Fahrer an und sag ihm, ich bin in zehn Minuten unten. Er soll schon mal die Route checken.

Wir müssen in spätestens einer halben Stunde im Hauptstadtstudio sein ...«

Kolberg war offensichtlich so damit beschäftigt, sein Lampenfieber unter Kontrolle zu halten, dass er ihn kaum wahrnahm. Nachdem Bent die Kommunikationsmappe übergeben hatte, in der er alle relevanten Primes mit dicken orangefarbenen Marker-Hervorhebungen versehen hatte und der Minister in Richtung Toilette verschwunden war, verstaute er den Geräuschverstärker wieder in seiner Tasche und machte sich auf den Heimweg.

Noch immer hatte er nicht, was er brauchte, aber es war besser als nichts.

Hammerfest

Da sich im Laufe des Tages abgezeichnet hatte, dass die Recherchen in Hammerfest deutlich mehr Zeit in Anspruch nehmen würden als ursprünglich geplant, hatten sie sich kurz entschlossen im hiesigen Smarthotel eingemietet. Der moderne, pastellig grün-rosa gestrichene, siebenstöckige Gebäudequader lag direkt an der Hammerfest-Bucht östlich des Ortskerns, war angenehm ruhig, preisgünstig und komfortabel. Eric fühlte sich in der neuen Übergangsbehausung auf Anhieb wohl. Er kannte das charmante, nur zwei Autostunden nördlich seines Geburtsortes gelegene Städtchen noch aus der Zeit seiner Kindheit. Die Erinnerungen waren verschwommen, aber sie waren da. Lange vor dem Bau der LNG-Anlage war der Charakter der Siedlung noch dörflicher, fischereigeprägter gewesen, doch ansonsten schien sich nicht allzu viel verändert zu haben.

Er stand gedankenverloren an die Hafenmauer gelehnt, während die Mitternachtssonne einmal mehr ihr gleißend rotgelb-oranges Flammenmeer über dem blauschwarzen Wasser ausgoss und alles überirdisch, traumgleich wirken ließ. Schemenhaft spiegelten sich die schneebedeckten Gipfel der benachbarten Inseln in den sich spielerisch kräuselnden Wellen, er glaubte, darin das Gesicht seiner Mutter zu erkennen. Sanft, wunderschön, zart duftend hatte er sie in Erinnerung, ihre Stimme war weich und melodiös gewesen, alles an ihr war Kreativität und Inspiration. Unschwer nachzuvollziehen, dass ein solcher Verlust einem einfachen Kupferbergarbeiter das Herz brach. Unwillkürlich wanderte Erics Blick nach Süden, Richtung Alta, und er spürte einen würgenden Kloß in der Kehle.

»Eric?«

Er war so in seine Gedanken vertieft gewesen, dass er sie nicht hatte kommen hören. Jetzt stand sie dicht vor ihm, und er schreckte hoch wie aus einem Traum.

»Entschuldige, ich wollte dich nicht stören.«

Die Sonne hatte ihren tiefsten Punkt bereits erreicht, und auch Synnis Haar war in diesem Moment leuchtend rot. Ohne darüber nachzudenken, reflexartig, berührte er eine Strähne, zog die Hand jedoch sofort wieder zurück, als hätte er sich verbrannt.

Ihr Lächeln war sanft, wissend, nicht unähnlich dem Ausdruck seiner Mutter damals, in dem anderen, für alle Zeiten verlorenen Leben.

»Kannst du auch nicht schlafen?«

Er schüttelte den Kopf.

»Es ist die Sonne«, sagte sie, indem sie ein paar Schritte aufs Wasser zuging. »Niemand schläft hier in dieser Zeit.«

Er folgte ihr schlafwandlerisch, und sie gingen schweigend eine Zeit lang nebeneinander her. Der vergangene Tag, alarmierende Veränderungen im lokalen Ökosystem, Cais vergebliche Versuche, mit Bent Wallström in Oslo in Kontakt zu treten, ein Phantom namens Halvar Thorvaldsen, das sich nicht greifen ließ, all das war von der grellen Dunkelheit verschlungen wie die vielen Erinnerungen, die aus seinem Gedächtnis gelöscht waren, unwiederbringlich – für immer.

Plötzlich drehte sie sich zu ihm um, und er blickte direkt in ihre weiten Wolfsaugen, ihr Mund war halb geöffnet, als wollte sie etwas sagen. Dann, im Bruchteil einer Sekunde, verschmolzen sie ineinander wie Quecksilber, wurden eins, als hätte es niemals ein Getrenntsein gegeben. Eric fühlte pulsierende Ströme seinen Körper durchfluten, ähnlich einer Tiefe von hundert Metern und mehr, automatisch setzte sein Atem aus, als er ihre Lippen berührte und ihren Körper umschloss, während die Wucht der Welle, die über ihm zusammenschlug, ihm die Sinne nahm.

Irgendwann später lag er neben ihr in ihrem Hotelzimmer, das sich auf einem anderen Stockwerk befand als die Zimmer der anderen – Zufall oder Schicksal? –, noch immer benommen. Doch gleichzeitig fühlte er sich leicht, vibrierend, wie nach einem Zuviel aus der Sauerstoffflasche nach einem zu langen Tauchgang. Das Grau ihrer Augen reflektierte in silbrigem Glanz, während kühles Morgenlicht allmählich in den Raum rann.

»Wie ist es für dich ... wieder hier zu sein nach all diesen Jahren?«

Als hätte sie seine Gedanken gelesen, stellte sie die eine Frage, um die sich alles in seinem Leben zu drehen schien, die einzige Frage, die gleichzeitig so unbeantwortbar war, wie die nach dem Warum der vergangenen Stunden. Doch er hatte längst aufgehört, nach dem Warum zu fragen, in jener anderen Welt, in der andere Gesetze galten. Und die Begegnung mit Synni fand zweifelsfrei dort statt – *unter dem Meeresspiegel.*

Er versuchte sich nicht an einer Antwort, die es nicht gab. »Erzähl mir von dir«, sagte er stattdessen.

»Da gibt es nicht viel. Das meiste weißt du schon.«

»Du hast gesagt, dass du bei deiner Großmutter aufgewachsen bist ...«

Ein Schatten glitt über ihr Gesicht, und für einen Augenblick bereute er die Frage. »Du musst nicht darüber sprechen«, fügte er rasch hinzu.

Doch sie schüttelte den Kopf. »Schon okay. Ist lange her. Mehr als zwanzig Jahre glaubte ich, dass es ein Autounfall war. Es war das, was meine Großmutter mir erzählte. Und ich habe nie weiter gefragt. Dann machte ich irgendwann einen Film über die Osloer Drogenszene. Es war meine erste große Reportage, abgesehen von den Beiträgen über die Situation der Sámi – etwas ganz anderes und eine große Herausforderung. Ich stürzte mich in die Recherche und grub eine Geschichte aus den frühen Neunzigerjahren aus. Ein Dealer hatte mit Strychnin gepanschtes Heroin in Umlauf gebracht, es gab mindestens zwanzig Tote. Die Polizei griff zu drastischen Maßnahmen und bot den Junkies an, ihren Stoff straffrei zu testen. Aber nur wenige ließen sich darauf ein. Man traute der anderen Seite einfach nicht, obwohl es wirklich darum ging, Leben zu retten ...«

»Deine Eltern waren unter den Opfern?«

»Irgendwann bekam meine Großmutter Angst, dass ich es selbst herausfinden würde, und erzählte es mir. Sie starben beide in derselben Nacht. Ich war zwei Jahre alt. Am nächsten Morgen fand uns meine Großmutter. Ich lag ganz friedlich mit ihnen im Bett.«

Eric schwieg betroffen.

»Und was ist dein Geheimnis – im Hinblick auf deine Eltern?«

Es war wie eine Befreiung. Als hätte er nur darauf gewartet, den Stein, der ihn zu erdrücken drohte, abzuwerfen. »Meine

Mutter starb, als ich acht war. Ich kam dann zu meiner Tante nach Frankreich. Aber mein …« Noch immer war es schwer, das Wort auszusprechen, doch jetzt gab es kein Zurück mehr. »Mein *Vater* ist nicht tot. Er lebt. In Alta. Ich habe seit … damals keinen Kontakt zu ihm.«

Synni nickte. »Ich glaube, du wirst – *wir* werden – die Tritiumquelle finden. Aber vielleicht ist ja das andere der eigentliche Grund, warum du hier bist …«

Plötzliches lautstarkes Klopfen an der Tür riss sie jäh aus ihren Gedanken. Eric fuhr erschrocken hoch und blickte auf den grünlich schimmernden Superluminova-Leuchtstoff auf dem Zifferblatt seiner Citizen Diver Taucheruhr. Die Zeiger standen auf kurz vor sechs.

»Synni«, erklang gleichzeitig eine Stimme vom Hotelflur. »Synni, wach auf. Es gibt Neuigkeiten.«

Es war Cai.

Synni blickte Eric fragend an, und er schüttelte rasch den Kopf. Sie nickte. Dann warf sie sich einen Morgenmantel über, ging zur Tür und öffnete sie nur einen Spaltbreit, sodass Cai nicht ins Zimmer sehen konnte.

»Na immerhin«, kommentierte er lakonisch. »Eric ist nicht wach zu bekommen. Ich habe bei ihm geklopft, bis sich die anderen Gäste nebenan beschwert haben. Das Handy hat er scheinbar auch ausgeschaltet. Tom ist schon unten in der Lobby, kommst du bitte auch, damit wir die nächsten Schritte planen können? Es ist wichtig.«

»Alles klar, gib mir fünf Minuten«, entgegnete Synni und schloss die Tür wieder.

Eric war bereits angezogen. »Ich hab mir gestern die Fluchtwege für einen Brandfall angesehen. Es gibt eine Treppe, die zum Hinterausgang führt, der ist von der Lobby aus nicht zu sehen. Ich werde in einer Viertelstunde zu euch stoßen und sagen, dass ich draußen war ...« Er sah sie an. »Es ist nicht, weil ...«, begann er und suchte nach den richtigen Worten.

Synni lächelte. »Alles okay. Konzentrieren wir uns darauf, warum wir hier sind.«

Erleichtert schlüpfte Eric aus dem Raum. Synni warf den Bademantel aufs Bett, streifte ein paar Kleidungsstücke über und nahm den Aufzug zum Foyer.

Cai und Tom saßen bereits ungeduldig bei einer Tasse Kaffee in einer der Sitzecken außerhalb des Frühstücksbereichs, wo man sich diskret und ungestört unterhalten konnte.

Synni begrüßte Tom und setzte sich. »Hast du deinen Freund im Energieministerium erreicht?«, spekulierte sie zu Cai gewandt über den Inhalt der Neuigkeit.

Cai schüttelte den Kopf. »Noch nicht. Aber ich habe Halvar Thorvaldsen gefunden. Und rate mal, wo er sich gegenwärtig aufhält.«

Tom nippte an seinem dampfenden Kaffee, während Synni Cai fragend ansah.

»Hier.«

»Was?«

»Du hast richtig gehört. Thorvaldsen lebt aktuell mit Teilen seiner Familie in Hammerfest. Wie lange schon und warum genau, konnte ich nicht rausfinden. Was auch immer er momentan tut, findet unter dem Siegel der Verschwiegenheit statt. Er bemüht sich auffällig darum, weit unter dem Radar der Öffentlichkeit zu bleiben.«

»Aber ich denke, man braucht kein Philip Marlowe zu sein, um zu deduzieren, wo genau sich sein derzeitiger Arbeitsplatz befindet«, ergänzte Tom. »Denn dass er nach Hammerfest gezogen ist, um sich hier zur Ruhe zu setzen, ist sehr unwahrscheinlich, da es in seiner Biografie keinerlei Verbindungen in die Finnmark gibt. Er ist gebürtiger Trøndelager und früher kaum je in nördlicher Richtung über Midt-Norge rausgekommen.«

»Melkøya?«, fragte Synni.

Cai wiegte den Kopf hin und her. »Sonst gibt's hier nicht so viel, oder?«

Synni genehmigte sich einen Schluck aus Toms Tasse. »Wozu brauchen die dort drüben einen Plasmaphysikexperten? Diese Geschichte mit der Fusion …«

In diesem Moment trat Eric mit grauem Shirt und Jogginghose bekleidet zu ihnen. Er war außer Atem und ein bisschen verschwitzt.

Cai sprang auf. »Mann, wo warst du?«

»Nur ein bisschen laufen. Ich hab euch von draußen hier sitzen sehen. Was ist denn los?«

Rasch brachten sie ihn auf den neuesten Stand. Eric blickte Cai ernst an. »Was denkst du?«

Stirnrunzelnd schüttelte Cai den Kopf. »Ich wünschte, ich wüsste es.«

»Wie hast du rausgefunden, dass er hier ist?«

»Ich hab einen Blick in die Passagierlisten von Widerøe's Flyveselskap geworfen.«

Eric grinste. Es zahlte sich immer wieder aus, Weltklasse-Hacker zu seinen Freunden zu zählen. »Hast du seine Adresse?«

Cai schüttelte den Kopf. »Noch nicht. Die persönlichen Daten sind verschlüsselt auf dem Server der Fluggesellschaft gespeichert – immerhin –, aber an die Namen auf den Passagierlisten kam ich problemlos ran. Es gab mehrere Flüge auf seinen Namen in den vergangenen Monaten Richtung Süden. Oslo, Trondheim, Svolvær ... immer mit Rückflug nach Hammerfest.«

»Und jetzt?«, fragte Synni ungeduldig.

»Ich werde heute nach Melkøya schwimmen. *Unter* Wasser. Es wird keine Aufmerksamkeit erregen«, beschloss Eric. »Wir brauchen dringend mehr Informationen über die Tritiumquelle.«

»Auf keinen Fall. Das ist viel zu gefährlich. Nein, ich muss unbedingt Bent erreichen. Aus irgendeinem Grund habe ich das Gefühl, dass er uns das fehlende Puzzleteil besorgen kann.«

»Aber da Hammerfest nicht besonders groß ist, könnten wir ja parallel dazu schon mal versuchen, diesen Thorvaldsen hier ausfindig zu machen«, warf Tom ein. »Kannst du nicht mal einen Blick ins Melderegister der Stadt werfen, Cai?«

»Sicher. Und wie ich unsere Behörden kenne, sind sie kryptografisch noch nicht im neuen Jahrtausend angekommen.«

Montag. Tag 14.

Oslo

Von seiner unterirdischen Altstadtbehausung aus schlenderte Bent Wallström unentschlossen zu dem nur wenige Hundert Meter entfernten Mittelalterpark hinüber. Fröstelnd stand er vor dem See Tenerife und starrte ins Nichts. Der frühe Morgen war ebenso trüb und verhangen wie seine Stimmung. In wenigen Wochen würde das Gelände von den Klängen der Musikfestivals widerhallen, was den Geräuschpegel in seiner Wohnung weiter anheben würde, und die Straßen würden von Horden ausgelassen feiernder Menschen überquellen. Früher hatte er selbst dazugezählt, jetzt konnte er sich nicht einmal mehr vorstellen, wie es war, fröhlich und unbeschwert zu sein. Ein Mühlstein schien um seinen Hals zu hängen, und sosehr er sich auch bemühte, er konnte ihn nicht abstreifen.

Nach seinem mäßig erfolgreichen Abhörversuch vom vergangenen Abend hatte Bent kaum geschlafen. Ruhelos war er vom Bett zum Laptop und wieder zurück gewandert, gefühlt unzählige Male. Schließlich hatte er es nicht mehr ausgehalten und war in die graue Morgendämmerung hinausgetreten. Jetzt ließ er Park und See hinter sich und wanderte über die Sørengkaia auf die Halbinsel Sørengautstikkeren hinaus, eine künstlich angelegte Landzunge, die in den inneren Oslofjord ragte. In den vergangenen zwanzig Jahren waren hier, in unmittelbarer Nachbarschaft zur Oper und dem extravaganten Barcode-Quartier, Oslos exklusivste Neubauten aus dem Boden gewachsen. Seitlich des Hafens mit Fjordblick und Strandbad vor der Tür waren die mit Schieferplatten in changierenden Grautönen verkleideten Monolithe im Sommer beliebter Promenadentreffpunkt. An diesem Morgen zeigte sich die Bispevika-Bucht jedoch noch völlig ausgestorben.

Bent ging langsam weiter, über die hölzernen Planken des Sørenga sjøbad bis zum Pier, von wo aus man hinüber nach Nesoddtangen blicken konnte.

Nesoddtangen ...

Beim Gedanken an Elias Várri zog ihn der Mühlstein um seinen Hals plötzlich mit einer derartigen Wucht in die Tiefe, dass er sich mit beiden Händen am Metallgeländer festhalten musste, um nicht ins Wasser zu stürzen. Augenblicklich stellte sich ein Würgereiz ein, ihm wurde schwindelig, und seine Knie gaben unter ihm nach. Er fürchtete, dass sich im nächsten Moment sein aus einer unklaren Anzahl Energydrinks bestehender Mageninhalt auf die Planken ergießen würde und blickte sich verstohlen nach neugierigen Blicken um, doch noch immer war er allein. Hinter den schweren Gardinen der Luxusapartments leuchteten allmählich Lampen auf, aber jenseits der Dreifachverglasungen interessierte sich niemand für den morgendlichen Spaziergänger. Bent tastete seine Taschen nach dem Diensthandy ab. Er wollte im Büro anrufen, um sich für den Tag krankzumelden, da er sich keinesfalls in der Verfassung dazu fühlte, Morten Kolberg oder – wesentlich schlimmer – eventuell Aksel Strand unter die Augen zu treten. Er förderte allerdings nur sein privates Telefon zutage. Widerwillig schaltete er es ein. Das Fairphone, auf dem ein modifiziertes CalyxOS lief, war tagelang ausgeschaltet gewesen. Er hatte abtauchen und außerhalb seiner Arbeitszeit für niemanden erreichbar sein wollen, dementsprechend hatte sich einiges an eingehenden Nachrichten angesammelt. Rasch überflog er die Texte in seinen zahlreichen verschlüsselten Messengern, aber es war nichts von Bedeutung dabei. Der übliche Austausch mit seinen wenigen privaten Kontakten, allesamt High-Level-Hacker – hier ein neuer Zero-Day, dort die Analyse der aktuellen Ransomware nebst Attributionsmutmaßungen, ein weiterer Jailbreak. Alles interessant, zweifellos, an anderen Tagen hätte es seine Aufmerksamkeit gefesselt. Heute entlockten ihm die Nachrichten nicht einmal einen zweiten Blick. Was seine Aufmerksamkeit allerdings tatsächlich erregte, war die Anrufliste. Es gab nur sehr wenige Menschen, die über seine Mobilfunknummer verfügten, und die waren ausnahmslos in seiner Kontaktliste gespeichert. Jetzt befanden sich aber unter den in den vergangenen beiden Tagen eingegangenen Anrufen mehrere, die von einer unbekannten Nummer kamen. Es handelte sich jedes Mal um dieselbe Nummer, doch auf der Mailbox war keine Nachricht hinterlassen worden. Bent rätselte noch darüber, was diese sehr ungewöhnliche Tatsache zu bedeuten hatte und wie er weiter damit verfahren sollte, als das Telefon in seiner Hand zu zirpen begann. Auf dem Display erschien abermals die unbekannte Rufnummer.

Nach kurzer Überlegung meldete Bent sich mit einem unverbindlichen »Hallo?« Die Neugier hatte über die Bedenken gesiegt.

Die Stimme am anderen Ende des Funkstroms war sympathisch und äußerst lebhaft. »Bent? Bist du es? Mann, das hat aber gedauert!«

Bent Wallström grinste. Sie hatten sich zwar über ein Jahrzehnt nicht mehr gesprochen, es bestand jedoch kein Zweifel daran, von wem der hingeworfene Satz kam.

»*Verdighet vinner*«, grüßte er mit ihrem alten Slogan.

»*Verdighet vinner!*«, entgegnete Cai. »Bent, ich brauche deine Hilfe. Um der alten Zeiten willen.«

»Da du es geschafft hast, meine Nummer ausfindig zu machen, gehe ich davon aus, dass es wichtig ist.«

»Es war nicht so schwer. Lass uns auf einen privaten Kanal wechseln, dann können wir in Ruhe reden.«

Cai erklärte Bent kurz, wie er sich mit ihm über Toxic verbinden konnte. Toxic war eine kleine Spielerei von ihm, mit der er sich in den vergangenen beiden Jahren so manche Nacht um die Ohren geschlagen hatte. Es basierte auf dem Tox-Protokoll, doch ohne die bekannten Sicherheitslücken. Auf einer minimalistischen Benutzeroberfläche bot es Chat und VoIP. Die Videofunktion befand sich gegenwärtig noch im Nightly Status, die würden sie allerdings auch nicht brauchen.

»Ist es sicher?«, fragte Bent. »Du weißt ja – traue keiner Software, die du nicht selbst …«

»… in den Sand gesetzt hast«, ergänzte Cai. »Leider haben wir jetzt keine Zeit dafür, dass du dir zuerst den Quelltext anschaust. Das Toxic-VoIP basiert auf SRTP/ZRTP mit SAS.«

Nachdem er noch den Verschlüsselungsstandard sowie die Schlüssellänge hinzugefügt hatte, gab Bent sich damit zufrieden, und Cai nannte ihm einen von ihm selbst betriebenen Server, von dem Bent sich den entsprechenden Client laden konnte. Minuten später verbanden sich die beiden Anwendungsprogramme und tauschten ihre Schlüssel aus. Anschließend verglichen Bent und Cai noch den vierstelligen SAS-

Code, um einen Man-in-the-Middle auszuschließen. Dann waren sie privat.

»Erzählst du mir jetzt, wie du Hurensohn es angestellt hast, an diese Nummer zu kommen?«

Cai lachte. »Erinnerst du dich noch an Sue?«

Bent schwieg. Die Frage war rhetorisch. Kein Mitglied von Verdigheten hätte sich *nicht* an Sue Han erinnert. Die gebürtige Koreanerin war das einzige weibliche Mitglied der Gruppe gewesen und hatte mit ihrer unvergleichlichen Mischung aus technischer Expertise und betörender asiatischer Weiblichkeit regelmäßig sämtlichen männlichen Wesen schon aus der Distanz jeden Funken Verstand geraubt. Mehr als einmal war ihnen ihr charismatischer Charme bei Social-Engineering-Aktionen nützlich gewesen, und außer Cai hatten alle in der Gruppe versucht, sie ins Bett zu bekommen. Alle vergeblich. Alle bis auf Bent, wie Cai vermutete, doch sie hatten nie darüber gesprochen.

Bent räusperte sich, und seine Stimme klang rau, als er antwortete. »Wie geht es ihr?«

»Sie ist jetzt Systemadministratorin für Booz Allen Hamilton und lebt in Kailua-Kona. Also gehe ich davon aus, dass es ihr gut geht.«

»Lass mich raten. Du hattest was gut bei ihr, weil du der Einzige bist, der sie nicht angebaggert hat.«

»So ähnlich.«

»Hat sie ... irgendwas über mich gesagt?«

»Nein. Wenn du was mit ihr zu klären hast, machst du das besser selbst.«

»Also, was kann ich für dich tun?«, fragte Bent schließlich.

Nachdem er ihm zu seinem Karrieresprung gratuliert hatte,

umriss Cai skizzenhaft die Situation, in der sie sich gegenwärtig in Hammerfest befanden.

»Wow«, war der einzige Kommentar, den Bent zunächst dazu abgab, als Cai geendet hatte.

»Im Augenblick sind wir hier in einer Sackgasse. Uns fehlen wichtige Informationen. Informationen, an die du in deiner Stellung im Ministerium kommen kannst ... Ich weiß, was ich da verlange.«

Bent dachte eine Weile über Cais Worte nach. Einerseits machte das, was er soeben gehört hatte, vieles von dem, was er bereits selbst recherchiert hatte, deutlich verständlicher. Es bestand kein Zweifel daran, dass seine Erkenntnisse und das, was er eventuell noch beschaffen konnte, die Aufklärung der Geschehnisse einen wesentlichen Schritt voranbringen würden. Andererseits befand er sich aufgrund seiner eigenen unheilvollen Verstrickung in die Geschichte in einer Zwickmühle. Ihm war klar, dass Aksel Strand nicht zögern würde, ihn als Bauernopfer einzusetzen, falls ein solches gebraucht würde und er ihm nicht länger von Nutzen war. Vor dem Hintergrund dessen, was ihm jetzt blühen konnte, erschien die juristische Lage, die ihn in das Ganze erst hineingebracht hatte, wie der reinste Erholungsurlaub.

»Bist du noch dran?«, fragte Cai, und als er keine Antwort erhielt, fuhr er fort: »Bent, es geht um PolarLys. Dasselbe PolarLys, das für die Grindøsundet-Schweinerei verantwortlich ist.«

Und für das Ende von Verdigheten, fügte Bent in Gedanken hinzu. Vielleicht war er derjenige, der am meisten darunter gelitten hatte, dass sie damals gegen den übermächtigen Gegner den Kürzeren gezogen hatten. In Wirklichkeit war er nie darüber hinweggekommen, dass sie es nicht geschafft hatten, den Maulwurf in der Gruppe zu entlarven. Dadurch war nicht zuletzt auch seine ebenso kurze wie intensive Beziehung mit Sue in die Brüche gegangen. Je mehr er jetzt darüber nachdachte, desto folgerichtiger erschien ihm alles, was in den Jahren danach geschehen war. Seine immer verzweifelteren Versuche, die Grenzen des Machbaren zu erkunden, als hätte er es förmlich darauf angelegt, irgendwann erwischt zu werden, wirkten nun wie ein gradueller, in die virtuelle Welt verschobener Suizid. Nun gut, wenn man es so sah, konnte er es ebenso gut zu Ende bringen.

»Du meinst, wir sollten dem Tiefen Staat noch mal so richtig in die Eier treten?«

»Darauf kannst du wetten, mein Freund.«

Bent teilte Cai in aller Kürze den Stand seiner eigenen Nachforschungen mit. Als er die Stichworte »Sektion 42« und »Verteidigungsministerium« aus seinem abgehörten Gespräch zitierte, pfiff Cai leise durch die Zähne. Allmählich verdichteten sich die Einzelteile zu einem Bild. Dennoch klaffte immer noch ein Loch.

»Was noch, Bent, komm schon, irgendwas hast du vergessen!«

Die genauen Umstände des Todes von Elias Várri und seine Verbindung dazu hatte Wallström nicht erwähnt, und er hatte auch nicht vor, das zu tun. In diesem Moment spielte es keine Rolle.

»Mehr war da nicht, ich hab dir alles erzählt. Ruf mich heute Abend wieder an, dann weiß ich vielleicht mehr.«

Eine Pause entstand.

»Es sei denn ...«

»Was?«

»Im Zusammenhang mit dieser ominösen Sektion 42 tauchte noch ein Wort auf, mit dem ich allerdings nichts anfangen kann ... aber vielleicht habe ich auch was Falsches gehört, meine Wanze hat, wie gesagt, nicht die allerbeste Qualität. Es hieß Lenner ... oder so ähnlich.«

Auf Cais Seite war es einen Augenblick still.

»Bent, ist dir klar, was du da gerade gesagt hast? Ich weiß, was Lenner bedeutet, aber wir brauchen Beweise. Ich melde mich wieder, so schnell ich kann. *Verdighet vinner!*«

Dann war die Verbindung unterbrochen. Bent starrte auf das eiskalte Telefon in seiner Hand.

Hammerfest

Cais Neuigkeiten schlugen bei den anderen buchstäblich ein wie eine Bombe.

»Wie bitte, was hast du da gerade gesagt?«, fragte Eric ungläubig.

Zum zweiten Mal an diesem Tag, jetzt am späten Vormittag, saßen sie zu viert zusammen. Diesmal jedoch nicht in einer der Nischen in der Lobby, sondern in Synnis Zimmer, wo einigermaßen sichergestellt war, dass sie unter sich waren. Auch Tom und Synni blickten ungläubig.

»Denkt doch mal nach«, insistierte Cai auf seiner zugegebenermaßen recht abenteuerlich klingenden Theorie. »So passt alles zusammen. Das Auftauchen von Helge Juul, Aksel Strands hartnäckiges Lobbyieren – der Mann ist ein international agierender Waffenschieber –, ein hochgeheimes Forschungsprojekt, an dem eine Koryphäe der Plasmaphysik beteiligt zu sein scheint, ein eilig anberaumter Termin im Verteidigungsministerium, Tritium im Küstengewässer. Als Bent *Lenner* sagte, hat es bei mir Klick gemacht.«

»Low Energy Nuclear Reactions – LENR. Die *Kalte Fusion*«, murmelte Tom. »Okay, das kann ich mir ja gerade noch vorstellen. Aber die Technologie *waffenfähig* machen? Nimm's mir nicht übel, Cai, aber das klingt verdächtig wie Kühlwasser aus Fukushima von LNG-Tankern aus vor Hammerfest verklappen! Und wenn es wahr wäre, sollten wir schleunigst die zuständigen Stellen informieren, denn dann ist diese Geschichte mehr als nur ein paar Nummern zu groß für uns.«

»Du hast doch gerade selbst gesagt, was das Ganze ist«, konstatierte Cai düster. »Eine krude Verschwörungstheorie, nicht mehr. Was wir brauchen, sind Beweise.«

»Dafür gibt es professionelle Ermittler«, schaltete Synni sich ein. »Ich sehe es wie Tom. Immerhin leben wir in einem Rechtsstaat und nicht in irgendeiner Bananenrepublik.«

Cai schüttelte den Kopf. »Ihr kapiert es einfach nicht. Wir bewegen uns hier in einem Bereich, in dem die Kategorien Rechtsstaatlichkeit oder Bananenrepublik nicht mehr greifen. Hier geht es um knallharte Interessenvertretung. Geld, Macht, geostrategische Vorteile. Norwegen ist ein wunderbares Land, aber auch hier sind die Menschen *Menschen*.«

»Du hast nicht zufällig ein Problem mit deinem Menschenbild, oder?« Tom kniff die Augen zusammen und fixierte Cai grimmig.

»Wenn ihr aussteigen wollt, kann ich euch jederzeit nach Honningsvåg zurückfahren. Eric und ich schaffen das auch allein.« Fragend sah Cai zu Eric hinüber, doch der hatte wieder seinen weit in die Ferne gerichteten Blick und schien nicht ansprechbar.

Synni traf eine Entscheidung. »Beruhigt euch, Jungs. Cai, wenn du die Adresse von Halvar Thorvaldsen herausfinden kannst, versuchen wir, Kontakt mit ihm aufzunehmen. Wenn das nichts Konkretes ergibt, sind wir raus.«

»*Fair enough*«, brummte Cai. »Gib mir eine Stunde.« Er schnappte sich sein Notebook und verschwand.

Eric folgte ihm und holte ihn auf dem Weg nach unten ein.

»Ich werde da rüberschwimmen. Jetzt.«

Da Cai wusste, dass es keinen Menschen auf der Welt gab, der Eric von etwas abhalten konnte, das er sich einmal in den Kopf gesetzt hatte, nickte er nur. »Wir treffen uns in zehn Minuten auf dem Parkplatz.«

Schweigend fuhren sie in nördlicher Richtung aus dem Ort, bis die Straße endete. Eric schulterte seinen großen Rucksack, und sie wanderten das letzte Stück am Ufer entlang. Nach etwa einem Kilometer hatten sie die Stelle erreicht, an der der Abstand zur Insel nur knapp vierhundert Meter betrug. Eric setzte den Rucksack ab.

Cai blickte zur Insel hinüber, dann musterte er Eric mit einem kritischen Blick. »Dass ich vor deinen Fähigkeiten unter Wasser die allergrößte Hochachtung habe, brauche ich dir nicht zu sagen. Aber sogar mir ist klar, dass du ein Delfin sein müsstest, um da rüber- und wieder zurückzuschwimmen, ohne aufzutauchen. Ganz zu schweigen davon, dir vor der Insel noch irgendwas genauer anzusehen. Das Gelände ist Hochsicherheitssperrgebiet. Willst du uns auffliegen lassen?«

Statt einer Antwort öffnete Eric den Rucksack und hob zu Cais Erstaunen neben Maske, Anzug und Flossen ein komplettes Drucklufttauchgerät mit Flasche, Atemregler und Tarierjacket heraus.

»Du und ein Scuba? *Seriously*?«

»Nur, wenn es sich absolut nicht vermeiden lässt.«

»Und wo hast du das plötzlich hergezaubert? Im Flugzeug ist das schwierig, soweit ich weiß.«

»Ich dachte, es kann nicht schaden, auf alles vorbereitet zu sein. Die Jungs vom Altaer Tauchclub sind schwer in Ordnung, solltest du unbedingt kennenlernen. Ist nur geliehen.«

Cai lachte und pfiff durch die Zähne. Er fragte sich, ob er den Freund unterschätzt hatte.

Währenddessen hatte Eric bereits Schuhe und Kleider abgestreift und schlüpfte in den Neoprenanzug. »Ich werde ein bis zwei Stunden Zeit haben, je nachdem, wie tief ich runtergehe und wie kalt es wird. Wenn es gut läuft, kann ich vielleicht sogar die ganze Insel umrunden.« Er zog die Haube über den Kopf und setzte die Maske auf.

Cai wusste, dass es nicht der richtige Zeitpunkt war, doch er konnte nicht anders. »Eric...« Er suchte nach den richtigen Worten. »Ich hoffe, du weißt, was du tust, Mann.«

»Ich gehe kein Risiko ein.«

»Ich spreche nicht vom Wasser.«

Eric blickte aufs Meer hinaus. Der Himmel war mit weißen Schleierwolken überzogen, die wie übergelaufene Schlagsahne in die ruhige See hinuntertropften und sie am Horizont aufhellten. Inmitten der friedlichen Postkartenidylle erhob sich ein Feuer speiendes Monument aus Stahl und Beton, Zeugnis dessen, wozu die aggressivste aller Spezies in der Lage war.

»Es ist nicht so, wie du denkst...«

Cai nickte. »Hab ich irgendwo schon mal gehört.«

Eric wich dem durchdringenden Blick seines Freundes aus, legte umsichtig das Scuba an, nahm das Mundstück zwischen die Zähne und drehte das Ventil auf. Dann sprang er ins Wasser.

Cai setzte sich ans Ufer, klappte sein Notebook auf und begab sich erneut auf die Suche nach Halvar Thorvaldsen.

Tatsächlich befand sich derselbe Halvar Thorvaldsen in diesem Augenblick so nahe der Stelle, an der Cai auf der Uferböschung saß und eine scheunentorgroße Backdoor zum Server der Stadtverwaltung öffnete, dass er ihn hätte sehen können.

Der Wind hatte aufgefrischt, und Thorvaldsen zog fröstelnd seinen langen Mantel um sich zusammen. Doch die Kälte, die er empfand und die schmerzhaft durch seine Blutgefäße rann, sein Herz und seine Eingeweide zusammenkrampfen ließ, hatte nur wenig mit der Außentemperatur zu tun. Noch immer konnte er nicht fassen, was sich seit ein paar Tagen in seinem Leben abspielte. Er hatte das Gefühl, in einem Film gefangen zu sein, zu dem er nicht gehörte und der nichts mit ihm zu tun hatte. Und doch wusste er mit erbarmungsloser Bestimmtheit, dass er sich dem schicksalhaften Verlauf der Ereignisse nicht entziehen konnte, nicht er noch sonst irgendjemand, wie unschuldig derjenige auch sein mochte. Entfernt erinnerte das Gefühl an die Zeit der ConFusionGate-Katastrophe, doch selbst diese bisher schwerste Krise in seinem Leben erschien nur als ein lächerlicher Abklatsch dessen, was jetzt stattfand. Verzweifelt versuchte der Wissenschaftler, das wirre Knäuel in seinem Kopf zu entflechten. Irgendwo musste er sein, der systemische Zugang, der die Dinge wieder in eine physikalische Ordnung bringen würde, wo sie sich – so viel stand fest – momentan nicht mehr befanden. Es war, als hätte ein gigantisches Schwarzes Loch alles aufgesogen, was zu seiner Welt gehört hatte, einschließlich seiner selbst; doch perfiderweise war er, Halvar, wieder ausgespien worden, an diesen Ort, an dem er nicht sein wollte, auf dieses Eiland, dessen wechselvolle Geschichte ihm einst fast Ehrfurcht eingeflößt hatte, ihm nun jedoch erschien wie ein Mahnmal der Schande.

Melkøya.

Natürlich hätte er den Forschungsauftrag niemals annehmen dürfen, auch damals nicht, als er noch in dem guten Glauben gehandelt hatte, seine Arbeit diene dem Fortschritt im Sinne der Menschheit, würde ihr Segen und Zukunft bringen. Aber wahrscheinlich hatte er sich nur etwas vorgemacht, die ganze Zeit über, hatte das Offensichtliche einfach nicht sehen wollen, aus billigem Opportunismus. Thorvaldsen verspürte den unwiderstehlichen Impuls, sich Hals über Kopf in die grau schäumende Gischt unter seinen Füßen zu stürzen, zurückzufallen in das Schwarze Loch, dieses Mal endgültig, ohne Rückfahrkarte. Leider stand ihm diese Option nicht offen, denn das Leben derer, die er mehr liebte als alles andere auf der Welt, hing von jedem seiner Schritte, von jedem seiner Worte ab. Daher folgte er den beiden Wachmännern, die ihn neuerdings auf Schritt und Tritt begleiteten, widerstandslos zurück in die heliumgetränkte Neonlichtatmosphäre seines gegenwärtigen Arbeitsplatzes, von dem es kein Entrinnen zu geben schien.

Sektion 42.

Tromsø

Mikael Holt hatte den Wagen auf dem Firmenparkplatz von PolarLys abgestellt. Seite an Seite mit ihm betrat Sundby das Gebäude, sie wiesen sich aus und wurden sogleich in den sechsten Stock begleitet. Alles hier, angefangen von der Architektur über die Inneneinrichtung bis hin zu den Mitarbeitern, strahlte eine reservierte Eleganz aus, die stilistisch eigentlich mehr nach Oslo als nach Tromsø passte.

Nach einer kurzen Vorankündigung durch ihre Begleiterin fanden sie sich im ebenso stilsicher ausgestatteten Büro des Firmenoberhaupts wieder. Sundby kannte Tore Melling weder persönlich, noch konnte er sich daran erinnern, in letzter Zeit ein aktuelles Foto von ihm gesehen zu haben, dennoch kam keinerlei Zweifel daran auf, wen sie vor sich hatten. Das Auftreten des CEO stand seiner tadellosen Erscheinung in nichts nach.

»Womit kann ich helfen?«, fragte er in freundlich-verbindlichem Tonfall, nachdem er ein Getränk angeboten hatte.

»Wir ermitteln zurzeit in Zusammenarbeit mit den zuständigen Stellen vor Ort in mehreren mysteriösen Badeunfällen rund ums Nordkap«, begann Sundby.

Melling zeigte sich empathisch. »Ich habe davon gehört. Schreckliche Sache für die Betroffenen und ihre Angehörigen! Kennt man denn schon die Ursache?«

»Die Untersuchungen dauern an. Wie wir erfahren haben, ist PolarLys auch in der Finnmark engagiert. In Hammerfest, um genau zu sein.«

Für einen Moment schien Tore Melling perplex. Ein Anflug von Irritation glitt über sein Gesicht, doch er hatte sich so schnell wieder im Griff, dass die Mikroexpression einem ungeschulten Beobachter höchstwahrscheinlich entgangen wäre.

Sundby nahm sie allerdings sehr wohl wahr. »Was ist die Funktion der dortigen Niederlassung, die sich, wenn wir richtig informiert sind, auf Melkøya befindet?«, hakte er nach, bevor sein Gegenüber den Versuch machen konnte, etwas abzustreiten.

»Niederlassung kann man es eigentlich nicht nennen«, begann Melling, bemüht, nicht unsicher zu wirken. »Es handelt sich eher um eine Kooperation …«

»Mit Equinor? Dem Betreiber des LNG-Terminals? Mir war nicht bekannt, dass PolarLys im Öl- und Gassegment aktiv ist«, mischte sich Mikael ein.

»Sind wir auch nicht – nicht direkt. Unser Tochterunternehmen Viridi Technologies übernimmt eine … unterstützende Funktion im Hinblick auf sicherheitsrelevante Fragestellungen … Darf ich fragen, in welche Verbindung wir zu den tragischen Vorfällen gebracht werden?«

»Wir ermitteln keineswegs gegen die Firma oder einzelne Mitarbeiter«, beschwichtigte Sundby. »Aber jeder wie auch immer geartete Hinweis könnte für uns wichtig sein. Gab es irgendwelche besonderen Vorkommnisse in letzter Zeit – insbesondere am Standort Melkøya?«

Melling schüttelte den Kopf. »Es tut mir leid, aber ich glaube wirklich nicht, dass ich in dieser Angelegenheit helfen kann.«

Auch auf alle weiteren Nachforschungen redete sich Melling genauso eloquent wie inhaltsleer heraus, verwies auf firmensensible Inhalte und endete bei irgendetwas mit der kryptischen Bezeichnung »Flüssiggasprozessmanagement«.

Da sie sich mit ihrer Befragung ohnehin auf dünnem Eis befanden, entschied Sundby schließlich, es fürs Erste dabei zu belassen. Er reichte Melling seine Karte. »Abschließend würde uns nur noch interessieren, in welcher Verbindung Aksel Strand zu dem Unternehmen steht«, beendete er das Gespräch.

»Er übernimmt für uns die Koordination mit den übergeordneten Instanzen in der Hauptstadt. Und er hat sich, wenn ich das sagen darf, in dieser Funktion enorme Verdienste für unser Haus erworben.«

»Der überraschende Wechsel im Energieministerium dürfte den hier Beteiligten nicht ganz ungelegen kommen«, konnte Mikael sich nicht verkneifen, auf dem Weg nach draußen noch hinterherzuschieben.

Das Lächeln, das Tore Melling zur Verabschiedung zeigte, war noch immer freundlich-verbindlich. Mit einem winzigen verhärteten Zug um die Mundwinkel.

Auf dem Weg zurück zum Politihus starrte Sundby über den Tromsøysund. Die Eismeerkathedrale drüben in Tromsdalen war schon beleuchtet. »Koordination mit den übergeordneten Instanzen ... ist das die übliche Umschreibung für Lobbying?«

»Je nachdem, von welcher Seite die Gaben fließen, könnte man es wahrscheinlich auch Korruption nennen.«

Sundby warf Mikael einen kritischen Blick zu. »Diese Firma Viridi Technologies, kennst du die?«

Mikael nickte. »Eine Art Überlebensversicherung für PolarLys, seit sie Schlagseite haben. Versuchen Geld damit zu machen, bürgerliche Freiheitsrechte auszuhebeln. Niemand, den du auf deinem Rechner haben willst.«

»Hm. Derjenige, den ich tatsächlich auf meinem Rechner habe – oder hatte –, scheint aber jedenfalls zu wissen, wovon er spricht.«

»Dass es Melling nicht gelegen kam, dass wir uns für das LNG-Terminal interessieren, war kaum zu übersehen.«

»Ich denke, wir fragen bei Equinor direkt nach. Mal sehen, was die dazu sagen.«

»Fahren wir hin? Ich wollte dieses prestigeträchtige Wirtschaftswunderdenkmal schon immer aus der Nähe bewundern.«

Sundby schüttelte den Kopf. »Dafür reicht es nicht. Aber bleib mit Stipe im Austausch. Und schau dir etwas genauer an, was dieser Strand so in der Hauptstadt treibt. Nimm Jonna dazu.«

»Ist das jetzt eine offizielle Ermittlung?«

»Bis wir mehr haben, bleibt es unter uns dreien.« Doch kurz bevor Mikael in die Tiefgarage im Stakkevollvegen einfuhr, fügte Sundby hinzu: »Natürlich kann dir niemand verbieten, in deiner Freizeit jede Art von Denkmal zu bewundern. Wie viele Überstunden, sagtest du, sind in diesem Monat bei dir schon angefallen?«

Bodø

»Du hast *was*?« Matias Grønn starrte seinen Gesprächspartner an, als hätte er einen Geist gesehen.

Helge Juul trug einen dicken weißen Bademantel und frottierte sich mit einer Hand das, was von seiner einst ansehnlichen Kopfbehaarung übrig geblieben war, während kleine Wassertropfen auf das Parkett perlten. Nach seiner überstürzten Rückkehr hatte er sofort Grønn angerufen, sich die Kleider vom Leib gerissen, die jetzt über den Fußboden des Wohnzimmers verstreut lagen, und sich dann unter die heiße Dusche gestellt. Das Türklingeln, nur knappe fünfzehn Minuten später, hatte ihn unvermittelt in die Realität zurückkatapultiert. Der Versuchung, seinem Restalkoholgehalt noch rasch einige weitere Promille hinzuzufügen, hatte er in letzter Sekunde widerstanden – für das, was er zu sagen hatte, gab es ohnehin keine Worte, ob besoffen oder nicht.

»Kannst du das bitte noch mal wiederholen?«

Juul ließ das Handtuch fallen und sank auf eine Ecke des hellgrau bezogenen Stressless-Sofas, das den minimalistisch ausgestatteten Raum dominierte. »Was hätte ich denn machen sollen?«

»*Was du hättest machen sollen?*«, echote Grønn schnaubend. »Was man normalerweise so macht, wenn man einen

Menschen – noch dazu ein Kind! – angefahren hat. Die Polizei verständigen, Erste Hilfe leisten, ins Krankenhaus fahren ...«

»Matias. Ich hatte getrunken. Und was hätte ich deiner Meinung nach sagen sollen? Dass ich einen Erholungsurlaub auf den Lofoten machen wollte, wo mir rein zufällig die Enkeltochter eines Plasmaphysikers vor die Kühlerhaube rennt? Desselben Plasmaphysikers, bei dem ich unlängst einer spektakulär gescheiterten Low-Energy-Nuclear-Reactions-Präsentation beigewohnt habe – unter falscher Identität, versteht sich. Ganz zu schweigen vom Anlass des Aufenthalts der Familie an jenem idyllischen Ort, an dem ich sie, wie gesagt, völlig zufällig antraf ...«

»Hör auf! Das reicht!«

»Ich hatte keine Wahl!«

»Man hat immer eine Wahl.«

»Hast du mir nicht zugehört? Es wäre alles aufgeflogen. Du, Strand, Melling, Kolberg! Ich hätte euch alle mitgerissen. PolarLys wäre erledigt gewesen. Viridi erst recht. Vom politischen Beben ganz zu schweigen. Das kann sich niemand leisten. *Niemand*, verstehst du?«

»Und das wiegt das Leben eines Kindes auf?«

»So schnell stirbt man nicht. Ich glaube nicht, dass sie schwer verletzt ist. Denk doch mal nach. Genau genommen verbessert das unsere Situation doch. Jetzt haben wir ein Druckmittel in der Hand, dem sich Thorvaldsen auf keinen Fall widersetzen kann. Er wird alles tun, um sie nicht weiter in Gefahr zu bringen, das ist klar.«

»Und wie groß ist die Gefahr tatsächlich?«

»Diese Höhlen auf der Westseite von Moskenesøy sind der ideale Ort, um für einige Zeit unterzutauchen. Die meisten sind überhaupt nicht erschlossen und schwer zugänglich. Ich habe eine ausgesucht, an die man nur vom Wasser aus herankommt. Ausgeschlossen, dass sich ein Tourist dahin verirrt. Es ging ganz leicht. Ich habe mich als Kabeljaufischer ausgegeben, in Å ein kleines Boot gemietet, Ausrüstung in einem großen Kasten an Bord gebracht ...«

»Und die Kleine hat das alles klaglos mitgemacht?«

»Na ja. Nicht ganz.«

Grønn runzelte die Stirn.

»Ich hab immer ein paar K.-o.-Tropfen bei mir. Für den Notfall. Da draußen laufen einfach zu viele Freaks herum, du weißt schon ...«

»Verschone mich mit den Einzelheiten.«

»Ich hab ihr eine Decke und etwas zu Essen dagelassen, wenn sie aufwacht. Für ein paar Tage wird es schon gehen.«

»Und dann bist du mitten durch den Mahlstrom geschippert – einen der berüchtigtsten Gezeitenströme weltweit.«

»Die See war ruhig.«

»Und was hast du jetzt vor?«

Juul schwitzte. »Ich glaube nicht, dass sie mich ... und falls doch ... sie haben nichts gegen mich in der Hand. Wie gesagt: viele Freaks da draußen.«

Grønn überlegte einen Augenblick. »Ich denke, du solltest eine Zeit lang Urlaub machen. Bis sich die Wogen wieder geglättet haben. Was hältst du von Lappeenranta? Ist sehr idyllisch.« Er verzog die Mundwinkel, kramte einen Schlüsselbund aus der Jackentasche, trennte zwei Schlüssel ab und warf sie auf den Couchtisch. »Peltola. Kannelkatu 15.«

Wenig begeistert griff Juul danach.

»Nimm den Wagen. Nicht das Flugzeug. Und versuch, nüchtern zu bleiben – wenigstens, bis du dort bist. Ich kümmere mich um den Rest.«

Hammerfest

Die Tiefe war erfüllt von Klang und Licht.

Es war der Joik seiner frühen Kindheit, die Stimme Rana Gutnas, die Eric begleitete, bis sich die Schelfränder der Milchinsel in der Ferne abzeichneten. Riesige Loddenschwärme und kleinere Gruppen gelbgrün schimmernder Kabeljaue zogen an ihm vorbei. Weiter vorne, Fata-Morgana-gleich, ein Weißschnauzendelfin-Weibchen, das sich jedoch auflöste, als Eric sich ihm mit rhythmischen Schwimmzügen näherte. Rechts, auf der Seite der Insel, immer wieder lumineszierende Kalmare, überirdisch schön, mit Bewegungen, die den wallenden Schleiern einer Raqs-Sharqi-Tänzerin ähnelten. Geblendet suchte Eric Orientierung, während lange Fangarme nach ihm griffen, ihn tiefer zogen, bis er das Gefühl hatte, sich unterhalb des Eilands zu befinden. Fast befürchtete er, hineingesogen zu werden in den unterseeischen Straßentunnel, der sich östlich befand.

Lachend verabschiedete sich der leuchtende Tiefseebewohner, und Eric blickte irritiert auf den Atemregler, doch mit dem Gasgemisch, das Atemzug für Atemzug seine Lunge durchströmte, schien alles in Ordnung zu sein. Er stieß sich von einem Riff ab, schwamm höher hinauf und begann, die Insel in Strömungsrichtung zu umrunden.

Je weiter nördlich er sich vorwärtsbewegte, desto dunkler wurde es. Hier erhellten keine Photophoren seinen Weg, das abgesprengte Gestein, das scharfkantig zur Uferböschung aufstieg, lag grau und öde vor ihm. Eric ließ sich von der Strömung tragen, bewegte sich fast ohne Kraftaufwand, während kleine Luftblasen zur Wasseroberfläche stiegen. Kalt und kathedralenartig zogen sich die unterseeischen Felsformationen hin, in die Unendlichkeit, wie es schien. Lange Zeit war er allein in seinem Gotham Sub-Zero. Allein, wie er es unzählige Male gewesen war, vor Belharra, im freien Fall in Dean's Blue Hole, auf der Jagd nach einem neuen Tiefenrekord, der längst nichts mehr bedeutete. Irgendwann war es wichtig gewesen, hatte ihm die verlorene Identität ersetzt, ihm die Illusion einer Existenzberechtigung gegeben, neben dem kranken Bruder, der so viel mehr zu sein schien. Jetzt zählte nur noch die blanke, unmittelbare Begegnung mit dem unbeschreibbar anderen, einer Welt ohne Atem. Hinab in die ewige Dunkelheit, das wusste er, konnte ihm nur ein Wesen folgen, das selbst der Dunkelheit entsprang. Eine Raqs-Sharki-Wölfin, ein lumineszierender Kalmar, der ihn mit einem gezielten Schlag seiner Tentakel im Bruchteil einer Sekunde auslöschen konnte.

Für einige Minuten wurde die Sicht so trüb, dass Eric befürchtete, die Orientierung zu verlieren, dann öffnete sich die Unterwasserlandschaft, und er erkannte, dass er bereits wieder auf der Südseite angelangt war. Wenige Meter noch, dann würde er die Richtung zum Festland hinüber einschlagen. Allmählich spürte Eric die Anstrengung des Tauchgangs. Er schwamm nun gegen die Strömung, und mit jedem Zug wurden seine Glieder schwerer. Er kannte diesen Zustand gut, und er liebte ihn. Er hatte es immer geliebt, die Sicherheit aufzugeben, sich vollkommen hinzugeben – nichts zurückhalten bedeutet keine Reserve. Eric warf einen Blick auf den Atemregler und stellte fest, dass sein Sauerstoffvorrat ihn nicht bis zum Festland zurückbringen würde. Da er sich nicht in einer Freedive-Situation befand, war es schwer abzuschätzen, wie sein Körper reagieren würde, wenn er ihm einen großen Teil des Rückwegs ohne Flaschenatmung zumutete. Doch im Grunde war es immer so. Kein menschliches Wesen, das sich mit einem Atemzug in mehr als hundert Meter Tiefe begab, konnte jemals sicher sein, die Wasseroberfläche unbeschadet wieder zu durchbrechen. Erneut tauchte in der Ferne der scheue Weißschnauzendelfin auf, für einen Moment nur, dann wurde er von der unendlichen Dunkelheit verschluckt. Mit den letzten Atemzügen aus der fast leeren Flasche machte Eric kehrt und hielt aufs Festland zu.

Dann, plötzlich, sah er sie. Hunderte. Tausende. Wie aus dem Nichts schossen sie auf ihn zu, waren über ihm, unter ihm, hielten ihn umschlossen, wie ein Rudel ausgehungerter Savuti-Löwen, das eine Antilope reißt. Eric blieb keine Zeit zu überlegen. Instinktiv kauerte er sich zusammen wie ein Embryo, überließ sich dem gurgelnden Strudel aus unzähligen winzigen Einzelwesen, die auf magische Weise zu einem großen Ganzen verschmolzen zu sein schienen, einem gigantischen Heuschreckenschwarm gleich. Wie die zu große Welle den Surfer erfasst, und das Einzige, was er tun kann, ist, zu warten, bis sie seiner überdrüssig ist und ihn wieder ausspuckt, wartete auch er darauf, dass er irgendwann – vielleicht – wieder ausgespuckt würde.

Irgendwo, weit weg, beobachtete indessen still ein kleiner Weißschnauzendelfin die Szenerie …

»*Jævla gjort!*«, schnaubte Cai atemlos.

Wasser troff aus seinem Haar und von seiner Kleidung. Die zehn Minuten, die vergangen waren, seit er Eric aus dem eiskalten Fjord gezogen hatte, hier, vor Hammerfests felsiger Küste, wo das Europäische Nordmeer an die Barentssee grenzte, hatten nicht zum Luftholen gereicht. Genauer gesagt, hatte er jeden einzelnen seiner Atemzüge unverzüglich in Erics Mund geblasen, seine Hände schmerzten von der Herzdruckmassage, die er gleichzeitig durchführte, und nun, da sein aschfahl vor ihm liegender Freund endlich eine Wasserfontäne ausspuckte, zu husten begann und die Augen öffnete, war Cai selbst der Bewusstlosigkeit nahe.

»*Jævla gjort*«, wiederholte er matt. »Was hast du dir bloß dabei gedacht? Ich hab dir vertraut! Du hast gesagt, du hast es unter Kontrolle und gehst kein Risiko ein. Du hättest tot sein können, Mann! Und ich auch!«

Cai war ein guter Schwimmer, aber wenn ihm jemand am Vorabend gesagt hätte, dass er unvorbereitet und in voller Bekleidung einen Siebzig-Kilo-Erwachsenen hundertfünfzig Meter weit durch starke Strömung in fünf Grad kalter See schleppen, an Land hieven und anschließend reanimieren würde, hätte er ihn schallend ausgelacht. Jetzt sank er vollkommen erschöpft neben Eric auf die steinige Uferböschung, an der er kurz zuvor noch seelenruhig hinter seinem Laptop gesessen und Halvar Thorvaldsens Privatadresse ausfindig gemacht hatte. Immer wieder hatte er zwischendurch aufgeschaut, den Blick über die spiegelnde Wasserfläche schweifen lassen bis hinüber nach Melkøya. Er hatte keinerlei ungute Vorahnungen gehabt, sondern erwartet, Eric schon bald unbeschadet unmittelbar vor sich wieder aus der Tiefe steigen zu sehen – jetzt verwünschte er sich für seine Naivität. Er wandte sich zu seinem Freund, der sich, noch immer hustend und nach Luft ringend, mühsam aufrichtete.

»Was, um alles in der Welt, ist da draußen passiert?«

Erics Augen waren starr aufs Wasser gerichtet. »Wo ist sie?«

»Wo ist wer?«

»Die Delfinin.«

Cai schüttelte den Kopf. »Ein Delfin? Ich hab keinen gesehen. Was ich allerdings …«

»Du *musst* sie gesehen haben. Ein Weißschnauzendelfin-Weibchen. Sehr scheu und wunderschön … sie hat … mich da rausgeholt … sonst hätte ich es nicht geschafft.«

»Du *hast* es nicht geschafft, Mann. Und zu deiner Information: *Ich* bin derjenige, der dich da rausgezogen hat! Und du hättest uns beide um ein Haar umgebracht!«

Langsam begann Eric sich aus dem Neoprenanzug oder besser aus dem, was davon noch übrig war, zu schälen. Das Material sah aus, als wäre es versehentlich in einen Reißwolf geraten. Fröstelnd, doch weitgehend unverletzt, wickelte er sich in ein Badetuch. »Vorher, Cai. *Bevor* du mich erreicht hast. Wenn sie nicht gewesen wäre, hätte der Schwarm uns in Stücke gerissen.«

»Also hatten wir recht.«

Eric nickte. »Die Emissionsquelle ist genau hier. Und es ist noch viel schlimmer, als ich befürchtet hatte.«

Schweigend saßen sie nebeneinander und blickten aufs Meer hinaus, während der Stahlkoloss sich in der Sonne blutrot färbte. Von dem kleinen weiß gefleckten Delfin war weit und breit nichts zu sehen.

Eric schleuste den durchnässten und unterkühlten Cai über den Hintereingang ins Hotel, und mit etwas Glück erreichten beide ihre Zimmer, ohne dass sie gesehen wurden. Nachdem sie ausgiebig heiß geduscht und sich umgezogen hatten, trafen sie sich bei Cai. Es blieb noch etwas Zeit, bis sie mit Tom und Synni zum Essen verabredet waren.

»Was sagen wir ihnen?«, wollte Cai wissen.

»Lass es uns nicht unnötig dramatisieren«, gab Eric zurück.

Also ließen sie kurz darauf im Speisesaal Cais ungeplantes Bad im Fjord weg und beschränkten sich auf die Fakten.

Synni nickte. »Das passt zu dem, was ich gerade vom Forschungsteam der *Fram 21* gehört habe. Bei den Untersuchungen auf Magerøya wurden in den Planktonproben erhöhte Tritiumwerte gemessen. Die *Fram* wird übrigens voraussichtlich übermorgen nach Tromsø zurückfahren. Wenn Tom und ich wieder an Bord gehen wollen, sollten wir spätestens morgen Abend in Honningsvåg sein.«

Cai runzelte die Stirn. »Hast du Askard Hemming irgendwas erzählt?«

»Nein. Im Allgemeinen halte ich mich an Abmachungen. Konntest du die Adresse von Thorvaldsen herausfinden?«

Cai nickte. »Ich glaube allerdings nicht, dass es unsere Chancen auf neue Informationen erhöht, wenn wir zu viert bei ihm aufschlagen.«

»Cai wird allein gehen«, entschied Eric. »Er ist derjenige, der am meisten über die physikalischen Zusammenhänge weiß.«

Tom blickte finster, doch er enthielt sich eines Kommentars.

Das im typischen Hammerfest-Stil gebaute bambusgelb gestrichene Haus befand sich in der Rossmollgata, direkt an der Bucht, kurz vor der Einmündung der Fiskergata. Es besaß einen zur Straße hin vorgelagerten Eingangsbereich, zu dem beidseitig acht Stufen hinaufführten. Im ersten Stock diente das Dach des Vorbaus als schmucke, mit einem metallenen Ziergeländer umfasste Loggia. Türen und Fensterrahmen waren weiß gestrichen, ebenso der Lattenzaun, der den zum Wasser hin gelegenen Garten begrenzte.

Cai saß nun bereits seit einer guten Stunde im Auto vor der Adresse, die er als Halvar Thorvaldsens derzeitige Privatanschrift identifiziert hatte, und allmählich begann er wieder zu frösteln. Während die Abenddämmerung hereinbrach, ging er, um sich die Zeit zu vertreiben, wieder und wieder die gespeicherten Fotos auf seinem Handy durch. Sie zeigten den Wissenschaftler bei verschiedenen Anlässen – ein sympathisches Gesicht, wache graublaue Augen, eine haselnussbraune Mähne. Alle Aufnahmen waren älteren Datums. Neue Einträge zu seinem Namen waren, bis auf die winzige Randnotiz vom Nordic Development Forum, nicht zu finden, als hätte er sich nach der ConFusionGate-Affäre in Luft aufgelöst.

Endlich näherte sich aus nordwestlicher Richtung ein Fahrzeug. Es parkte vor dem Haus, und ein dunkel gekleideter Mann stieg aus. Seine noch immer üppig vorhandenen Haare waren jetzt zwar schlohweiß – was ihn, abgesehen von dem fehlenden Oberlippenbart, entfernt an Albert Einstein erinnern ließ –, doch es bestand kein Zweifel daran, dass es sich um den einst renommiertesten Plasmaphysiker des Landes handelte. Erstaunlich leichtfüßig für sein Alter erklomm er die Stufen zur Eingangstür, wo Cai ihn mit raschen Schritten einholte.

»Professor Thorvaldsen?«

Der Mann fuhr herum. Klirrend landete der Hausschlüssel auf dem Treppenabsatz.

Cai bückte sich danach und reichte ihn seinem Gegenüber. »Bitte entschuldige. Ich wollte dich nicht erschrecken.«

Halvar Thorvaldsens Miene drückte alles andere als Begeisterung über den ungebetenen Besucher aus. »Was willst du von mir?« Seine Stimme zitterte leicht.

Tatsächlich hatte Cai nicht den blassesten Schimmer, wie er es anstellen sollte, nicht augenblicklich des Grundstücks verwiesen zu werden. Doch er hatte gelernt, sich in unübersichtlichen Situationen auf seine Intuition zu verlassen.

»Ich will dir helfen«, sagte er daher, ohne zu überlegen. Als der andere sich nicht rührte, fügte er hinzu: »Ich glaube, du bist in Schwierigkeiten.«

»Wer bist du?«

»Mein Name ist Cai Nygard. Mein Freund Eric Andresen untersucht im Auftrag des französischen Meeresforschungsinstituts Ifremer die toxikologischen Hintergründe einer Reihe von schweren Badeunfällen, die sich in den vergangenen Wochen hier in der Umgebung ereignet haben.«

Dass diese Darstellung nicht ganz den Tatsachen entsprach, störte nicht. Immerhin versprach sie ein Minimum an Legitimation.

»Und was habe ich damit zu tun?«

Thorvaldsen schien sich wieder gefasst zu haben, sein Ausdruck war jedoch nach wie vor abweisend.

Cai sah sich rasch um. »Ich glaube, Professor, das besprechen wir besser drin.«

Halvar Thorvaldsen wusste nicht, warum er den Fremden in sein Haus ließ, warum er überhaupt mit ihm redete. Im ersten Moment hatte er geglaubt, er gehöre zu *denen*. Doch schnell hatte sein Gefühl ihm gesagt, dass von dem ernst blickenden, hochgewachsenen jungen Mann, der mit dem unverkennbaren Akzent der Finnmark sprach, keine Gefahr ausging. Mechanisch streifte er seinen Mantel ab und hängte ihn an der Garderobe auf, dann ging er weiter ins Wohnzimmer.

Cai war ihm gefolgt. Da der Wissenschaftler keine Anstalten machte, Höflichkeiten auszutauschen, hielt Cai es für angebracht, direkt und ohne Umschweife zur Sache zu kommen. »Professor, wir glauben, dass eine durch radioaktive Emissionen hervorgerufene Mutation innerhalb des polaren marinen Planktonbestandes für die Zwischenfälle rund um das Nordkap verantwortlich ist.«

»Ich verstehe noch immer nicht ...«

»Wir glauben, dass die Emissionsquelle auf Melkøya liegt.«

Halvar Thorvaldsen runzelte die Stirn. »Das scheint mir schwer vorstellbar ...«

»Darf ich fragen, worin deine Tätigkeit innerhalb des Terminals besteht?«

»Tut mir leid, darüber darf ich nicht sprechen. Es besteht eine Vertraulichkeitsvereinbarung mit meinem Arbeitgeber.«

»Der PolarLys heißt – nicht etwa Equinor, richtig?« Cai blickte in Halvar Thorvaldsens versteinertes Gesicht.

»Hör zu, ich glaube wirklich nicht, dass ich ...«, setzte der Physiker an, doch Cai unterbrach ihn.

»Es geht um Tritium, Professor. Wir wissen, dass irgendwo auf der Insel in relevantem Umfang Tritium ins Küstenwasser gelangt. Und wir wissen auch, dass die Emission nicht in Zusammenhang mit der Gasproduktion stehen kann, weil dort keine Wasserstoffisotope zum Einsatz kommen.«

Thorvaldsen wurde bleich.

»Wir glauben, dass PolarLys unter dem Deckmantel der LNG-Anlage etwas völlig anderes macht«, fuhr Cai unbeirrt fort. »Ich bin zwar nur Hobbyphysiker, aber da gibt es nicht allzu viele Möglichkeiten. Ich weiß, dass innerhalb des Energieministeriums von LENR im Zusammenhang mit Melkøya die Rede war. Wirklich beängstigend wurde die Sache, als sich Anhaltspunkte dafür ergaben, dass auch Forsvaret auf irgendeine Art involviert ist. Professor, du bist ein Mensch, der immer auf der richtigen Seite stand. Deine Vorlesungen waren legendär. Die Physik-Fakultät hat damals den Neid der gesammelten Informatik- und Mathematikstudentenschaft auf sich gezogen, nur wegen eines Namens. *Deines* Namens. Deshalb verstehe ich nicht, wie ...«

Die Gesichtsfarbe des Wissenschaftlers glich nun einem randvollen Aschenbecher. Er begann, schwer zu atmen, und griff sich mit der rechten Hand an die Brust. Mit der Linken an der Sofalehne Halt suchend, sank er zusammen. Cai stürzte zu ihm und stützte ihn, dann half er ihm aufs Sofa.

»Professor, was ist ... Soll ich einen Arzt rufen?«

Halvar schüttelte den Kopf. »Angina Pectoris«, keuchte er. »Ich habe ein Spray ... in meiner Manteltasche ...«

Cai rannte aus dem Zimmer, griff in die Tasche des an der Garderobe hängenden Mantels und eilte zu Thorvaldsen zurück, der röchelnd nach Luft rang. Halvar sog mehrere kräftige Sprühstöße ein, und nach wenigen Augenblicken beruhigte sich sein Atem.

Als er wieder in der Lage war, zu sprechen, sagte er: »Bitte geh. Ich kann dir nicht helfen. Ich muss ...« Schon war er wieder auf den Beinen und auf dem Weg nach draußen.

Doch Cai hatte nicht die Absicht, aufzugeben. Nicht jetzt, wo sie so nahe am Ziel waren. »Du kannst in diesem Zustand auf keinen Fall Auto fahren. Du würdest nicht nur dich selbst gefährden.«

»Wenn es wirklich eine Emission gegeben hat, muss ich sofort ...« Fahrig tastete Halvar in seinen Taschen nach dem Handy, fand es und scrollte hektisch durch das Adressverzeichnis, doch als er gefunden hatte, was er suchte, ließ er es wieder sinken. Angst und Verwirrung spiegelten sich in seinen Zügen.

Plötzlich fiel bei Cai der Groschen. »Setzen sie dich unter Druck? Haben sie irgendetwas gegen dich in der Hand, ist es das?« Als er keine Antwort bekam, hakte er nach: »Halvar – Eric und ich sind im Moment deine beste Option. Wir sind unabhängig, und wir arbeiten mit der Dokumentarfilmregisseurin Synni Opland zusammen. Ich habe vor langer Zeit mal eine NGO gegründet, die sich auf die Fahnen geschrieben hatte, Sauereien jeglicher Art aufzudecken. Vornehmlich solche, die von mächtigen Playern an den Institutionen vorbei oder durch sie hindurch gepusht wurden. Gegen die Interessen der Zivilgesellschaft. Wir nannten es den Tiefen Staat – andere haben es den militärisch-industriellen Komplex genannt. Du weißt genauso gut wie ich, dass es ihn schon sehr lange gibt. Überall auf der Welt – und leider sogar in diesem wunderbaren Land. PolarLys war damals schon nicht gerade zimperlich unterwegs.«

»Verdigheten?«, flüsterte Thorvaldsen.

Es war ein Schuss ins Blaue gewesen, aber offensichtlich hatte Cai einen Volltreffer gelandet. Dabei war es ja gar nicht unwahrscheinlich, dass ein politisch engagierter Hochschulprofessor mit einer links-ökologischen Aktivistengruppe sympathisierte. Der Name Opland tat ein Übriges.

Halvar Thorvaldsen griff sich an den Kopf und raufte seine weißen Locken. »Es ist aber vollkommen unmöglich, dass Tritium ... Ich kann mir nicht vorstellen, wie das geschehen ...

Ich habe das Labor auf höchstem Sicherheitsniveau ... *det er forferdelig!*«

»Bitte Halvar – damit wir helfen können, brauchen wir Informationen. Hat PolarLys mit deiner Hilfe auf Magerøya an der Kalten Fusion geforscht? Ist das die Bedeutung von Sektion 42?«

Thorvaldsen nickte.

»Und welche Rolle spielt Forsvaret dabei?« Cai kannte die Antwort. Doch noch nie zuvor hatte er so inständig gehofft, er sei tatsächlich der durchgeknallte Verschwörungstheoretiker, für den die meisten seiner Freunde ihn hielten.

Er war es nicht.

Und dann sprach Halvar Thorvaldsen sie aus – die beiden Worte, die Schübe von Eiswasser durch Cais Adern trieben.

»Die *Kalte Bombe*.«

Cai atmete durch, trat an die Spüle, ließ etwas Leitungswasser in ein auf der Geschirrablage stehendes Glas laufen und reichte es dem Wissenschaftler.

Schweiß stand auf Thorvaldsens Stirn. »Eine Neutronenwaffe ohne initialen Fissionssprengsatz. Klein, kostengünstig, dabei hocheffizient. Der Fusionssprengstoff wird mit derselben Technologie ausgelöst, mit der auch die Fusion in meinem Katalysator initialisiert wird. Das Konzept ist genial. Alle Probleme des Classical Super werden umgangen, das aufwendige Design von Sacharows dritter Idee wäre somit obsolet. Sie müssen schon seit Jahren daran gearbeitet haben. Sie haben mir Pläne vorgelegt, hochprofessionell erstellte, präzise ausgearbeitete Konstruktionsskizzen. Das Einzige, was ihnen fehlte, war die initiale Katalyse – LENR. Ich habe ihnen den Schlüssel gegeben.« Seine Augen wurden feucht.

»Also eine Art Wasserstoffbombe«, murmelte Cai. »Norwegen wäre über Nacht Atommacht und im Verteidigungsfall völlig unabhängig.«

»Keine Wasserstoffbombe. Etwas völlig Neues. Eine taktische Waffe, die es so noch nie gegeben hat. Dabei nicht weniger zerstörerisch. Aber so ... war es nie geplant! Das musst du mir glauben. Die Palladium-Reaktion war für einen rein zivilen Einsatz vorgesehen. Erst als die Präsentation scheiterte ... aber ich bin sicher, dass es Sabotage war ...«

Cai zog sein Handy aus der Hosentasche und öffnete eine Bilddatei. »War dieser Mann beteiligt?«

Thorvaldsen setzte eine Brille auf. »Anders Ris Karlsen. Er war bei der Präsentation. Ich glaube, er ist vom PST.«

Cai schüttelte den Kopf. »Das ist Helge Juul. Generalmajor im Operative hovedkvarter in Reitan.«

»Meine Güte ... dann hat Forsvaret den Katalysator sabotiert?«

»Nein, das glaube ich nicht. Ich kenne Juul. Ich bin mir ziemlich sicher, dass er zusammen mit Aksel Strand an den offiziellen Stellen vorbei operiert. Offensichtlich in Kooperation mit Tore Melling ... und einer Handvoll Handlanger in den Ministerien.«

Einen Augenblick war nur das schwere Atmen von Halvar Thorvaldsen zu hören.

»Womit erpressen sie dich?«

Halvar war am Ende seiner Kräfte und weinte nun hemmungslos.

»Sie haben meine Enkelin entführt. Ida ... sie ist ... sieben Jahre alt. Sie wird seit gestern Abend vermisst.«

»Okay. Erzähl mir bitte ganz genau, wie das passiert ist. Jedes Detail ist wichtig.«

Als Thorvaldsen geendet hatte, musterte Cai minutenlang die weiß gestrichene Holzverkleidung der Zimmerwand.

»Was der Mann, der deine Tochter aufgesucht hat, gesagt hat, passt nicht zum weiteren Verlauf der Ereignisse«, rekapitulierte er nachdenklich.

Halvar Thorvaldsen hatte mühsam seine Fassung wiedererlangt. »Wie meinst du das?«

»Es klingt nicht so, als sei die Entführung geplant gewesen. Die Geschichte ist chaotisch, völlig undurchdacht. Immerhin könnt ihr den Besucher jederzeit identifizieren.«

»Wir werden auf keinen Fall ein Risiko für Ida eingehen.«

»Natürlich nicht. Aber sie können sie ja nicht ewig gefangen halten.«

»Diese Leute haben Macht. Selbst wenn wir jemanden identifizieren *könnten*, glaube ich nicht, dass ...« Thorvaldsen starrte auf seine Schuhe.

»Hat deine Tochter dir den Mann beschrieben?«

Eine Weile war es totenstill. Dann räusperte sich Halvar Thorvaldsen. Seine Stimme klang heiser.

»Er sah aus wie Anders Ris Karlsen ... ich meine ...«

»Helge Juul«, ergänzte Cai mit zusammengebissenen Zähnen.

Wieder breitete sich eine bedrückende Stille aus.

»Du bist dir absolut sicher, dass ihr der Polizei nicht die ganze Geschichte erzählen wollt?«

»Auf keinen Fall. Die Entscheidung von Sara war richtig.«

Cai dachte nach. »Verwaltungszentrum von Nordland ist Bodø. Also befindet sich dort auch die für die Lofoten zuständige übergeordnete Polizeidienststelle. Ich kann verstehen, dass du den Behörden vor Ort nicht vertraust.« Er zögerte. »Aber in Tromsø gibt es jemanden ... der vielleicht helfen könnte. Jemand, von dessen Integrität und Fähigkeiten ich fest überzeugt bin.«

Heftig schüttelte Thorvaldsen den Kopf. »Nein, bitte – das musst du mir versprechen. Nicht, solange wir nicht wissen, wie weit nach oben es geht.« Er sah Cai flehend an.

»Okay. Gibt es irgendeinen Anhaltspunkt, wohin er sie gebracht haben könnte?«

»Die ganze Umgebung wurde abgesucht. Er muss sie im Auto mitgenommen haben und könnte inzwischen in halb Norwegen mit ihr sein.«

»Was fuhr er für einen Wagen? Ein Fremder muss in dieser abgelegenen Gegend doch auffallen.«

»Sara hat den Wagen nicht gesehen. Sie war von dem Gespräch so verstört, dass sie nicht nach draußen geschaut hat. Außerdem hat die Saison gerade begonnen, also …«

Cai biss sich auf die Lippen. »Du hast gesagt, Ida hat kein Handy bei sich – vielleicht ein Tablet mit einer SIM-Karte?«

»Ihr Tablet hat keine Mobilfunkverbindung. Sie hat … mich noch angerufen … das muss unmittelbar davor gewesen sein. Sie hinterließ mir eine Nachricht …« Thorvaldsen schnäuzte sich.

»Was hat sie gesagt?«

»Es ging um ihren Roboter. Actmo. Er hatte Probleme zu booten, deshalb wollte sie ihn zurücksetzen. Sie brauchte das Passwort für sein Wi-Fi.«

Cai horchte auf. »Kann es sein, dass sie den Roboter dabeihat?«

»Das weiß ich nicht, da müsste ich meine Tochter noch mal anrufen.«

»Ja, mach das bitte. Das ist wichtig. Und hast du zufällig noch die Originalverpackung?«

Thorvaldsen überlegte einen Moment. »Doch, ich glaube, ich habe sie aufgehoben, für den Fall einer Reklamation.«

Er verschwand nach oben und kam wenige Minuten später mit einer weißen Pappschachtel zurück. »Ja. Sara sagt, Ida hatte den Roboter dabei, als sie das Haus verließ.«

Cai drehte die Schachtel und warf einen Blick auf die Daten, die darauf abgedruckt waren.

»Das Passwort heißt *access*«, murmelte Halvar. »Es ist das Standardpasswort des Auslieferungszustands. Ich habe es nicht geändert. Was hast du vor?«

»Zuallererst werden wir jetzt Ida finden.«

Oslo

Die Sonne war längst hinter den Granitfassaden des Regierungsviertels verschwunden, als sich Morten Kolbergs Bürotür öffnete, der Energieminister heraustrat und die Tür hinter sich abschloss, bevor er grußlos das Vorzimmer durchschritt. Ein kühler Luftzug wehte aus dem Treppenhaus herein, und Bent Wallström hörte das metallene Klappern der sich schließenden Aufzugtüren.

Es war nicht unüblich, dass Bent sich als Letzter in den Räumen des Ministeriums befand. Meist kam er morgens etwas später, und Kolberg hatte es mit der Zeit zu schätzen gelernt, dass sein Spindoctor im Gegenzug auch spät am Abend noch bereit war, die Redemanuskripte und Presseerklärungen für den nächsten Tag zu überarbeiten. Die erste Staatssekretärin hatte Kinder und ging ohnehin immer als Erste.

Nachdenklich blickte Bent in den wolkenverhangenen Nachthimmel hinaus und lauschte auf die gedämpft vom Treppenhaus herüberziehenden Geräusche der sich leerenden Nachbarbüros, die allmählich weniger wurden und schließlich abebbten.

Als er sicher war, dass er allein auf der Etage war und die Nachtwache ihre Runde frühestens in zwei Stunden antreten würde, griff er in seine Hosentasche.

Zweifelnd musterte er den kleinen Metallgegenstand in seiner Hand. Es war fast zu einfach gewesen, das beunruhigte ihn. Hinter einfachen Zugängen verbargen sich in aller Regel unliebsame Überraschungen.

Nachdem am Morgen allgemeine Freude und Erleichterung darüber geherrscht hatte, dass die Resonanz auf den Talkshowauftritt vom Vorabend sowohl in der etablierten Presse als auch in den sozialen Netzwerken überwiegend positiv-wohlwollend ausgefallen war, hatte Kolberg das Ministerium wie üblich zu einer ausgedehnten Mittagspause verlassen, ungefähr zur selben Zeit wie die Staatssekretärin. Der Minister war eher ein Freund von Bequemlichkeiten als von akribischen Sicherheitsmaßnahmen, deshalb ließ er, wenn er das Büro tagsüber verließ, meist seine Aktentasche zurück, und auch sein Schlüsselbund lag wie gewöhnlich auf seinem Schreibtisch.

Da Bent nach dem Gespräch mit Cai klar gewesen war, dass er keine Zeit mehr verlieren durfte, hatte er die Chance, ohne zu zögern, genutzt, Kolbergs Büro betreten und in aller Eile sämtliche Unterlagen durchgesehen, die sich in der Tasche und auf dem Tisch befanden. Erwartungsgemäß ohne etwas Verwertbares zu finden. Der Rechner des Ministers war heruntergefahren und passwortgeschützt, und Bent hatte von seinem eigenen Arbeitsplatz keinen Zugriff darauf. Den hätte er sich zwar verschaffen können, jedoch wäre das sowohl mit einem gewissen Aufwand als auch mit einem erhöhten Risiko verbunden gewesen, ungewollte Aufmerksamkeit auf sich zu ziehen. Er war sich ziemlich sicher, dass er auf dem Computer etwas finden würde, aber dafür brauchte er deutlich mehr Zeit, als die Mittagspause ihm bot, zumal die Staatssekretärin oft schon nach zwanzig Minuten mit ihrem Salat to go aus der

Kantine zurückkam. Also hatte er keinen anderen Weg gesehen, als auf eine vielfach erprobte Geheimdienst- und Polizeimethode zurückzugreifen.

Fahrig und mit zitternden Fingern riss er auf einer freien Ecke von Morten Kolbergs Schreibtisch die beiden Beutel der Abformmasse seines Multipick Quick Key Easy Pro Schlüsselkopier-Kits auf, mit dem er sich vorsorglich ausgestattet hatte. In aller Eile verknetete er die teigige Substanz, drückte sie in die Hartplastik-Gießformhälften, glättete alles ab und streute etwas Talkumpuder darüber. Der Schlüssel des Ministerialbüros war leicht zu identifizieren, denn er war etwas größer als die anderen. Bent löste ihn vom Ring und legte ihn vorsichtig auf eine der Hälften. Dann setzte er die zweite Gießformhälfte auf den Schlüssel, schob die Überwurfhülse darüber und drehte sie fest. Atemlos wartete er zwei Minuten, bis das Material abgebunden hatte, schraubte die Hülse ab, trennte die Hälften, nahm den Schlüssel wieder heraus, reinigte ihn sorgfältig und hängte ihn an den Schlüsselbund zurück. Danach schraubte er den schwarzen Plastikbehälter erneut zusammen, sammelte die leeren Plastiktütchen ein und ließ alles in seinen Hosentaschen verschwinden. Er hatte gerade noch Zeit, den Talkumstaub vom Schreibtisch zu wischen und zu seinem Arbeitsplatz zurückzuhetzen, als auch schon die Sekretärin in der Tür stand.

Später am Nachmittag hatte er das Büro unter dem Vorwand eines Termins beim Steuerberater verlassen und war nach Hause gefahren. Dort ritzte er mit dem Taschenmesser einen kleinen Einfülltrichter in die Formmasse, wobei er sich in der Eile in den Finger schnitt. Dann schmolz er eine der kleinen Spezialmetalldublonen in der dafür vorgesehenen Gießkelle, indem er ein Sturmfeuerzeug darunterhielt.

Obwohl er die Prozedur keineswegs zum ersten Mal vollzog, handelte er sich in seiner Nervosität ein paar Brandblasen ein. Er zwang sich zur Ruhe und ließ das flüssige Metall behutsam in die Negativform fließen.

Bent wischte sich den Schweiß von der Stirn, ließ kaltes Wasser über seine Finger laufen und beklebte sie mit Pflastern. Zum Tisch zurückgekehrt, drehte er die Kappe von der Negativform, trennte die Hälften und entnahm vorsichtig das ausgehärtete Metallstück. Nach einer kurzen Endbearbeitung mit Nagelfeile und Poliertuch betrachtete er zufrieden lächelnd sein im Sonnenlicht glänzendes Werk. Der Schlüssel war perfekt!

Der Staatssekretärin, die ihn bei seiner Rückkehr stirnrunzelnd musterte, erklärte er, er habe sich die Hand in der Tür eingeklemmt, es sei aber nicht weiter schlimm und ganz sicher kein Anlass für einen Arbeitsunfallbericht.

Jetzt, vier Stunden später, lag der Zweitschlüssel kühl und schwer in seiner Hand. An einer silbernen Panzerhalskette trug Bent wie immer den unscheinbaren, winzigen USB-Stick mit integriertem Kartenleser. Der Stick gehörte zu seiner »Grundausstattung« und beherbergte die neueste Version von Ophcrack mit allen aktuellen Rainbow Tables – nur für den Fall.

Ohne jeden Zweifel *war* dies ein solcher Fall.

Ein letztes Mal holte Bent Wallström tief Luft und lauschte. Nichts. Er war allein. Aber er fühlte sich nicht so. Von allen Seiten schienen Kameras und unsichtbare Mikrofone auf ihn gerichtet, die jede seiner Bewegungen und jedes Geräusch, das er verursachte, aufzeichneten. Offensichtlich war sein Nervenkostüm nach allem angegriffener, als er geglaubt hatte. Aber jetzt gab es kein Zurück mehr. Er schlich zur Verbindungstür des Ministerialbüros, steckte vorsichtig den Schlüssel ins Schloss, drehte. Und es geschah – nichts.

Bent bot etwas mehr Kraft auf, drehte erneut, doch mit demselben Ergebnis. Der Schlüssel ließ sich keinen Millimeter bewegen. Kühler Schweiß rann seinen Rücken entlang. Er wusste, wenn er noch mehr Kraft einsetzte, würde die Speziallegierung brechen, die deutlich weniger robust war als ein herkömmlicher Stahl- oder Messingschlüssel. Was dann geschehen würde, wollte er sich lieber nicht ausmalen. Er hielt einen Moment inne und horchte ins Treppenhaus. Kein Laut war zu hören. Bent zog den Schlüssel aus dem Schloss und kramte in den Tiefen seiner Taschen nach seinem Victorinox-Multifunktions-Taschenmesser. Er feilte an der Oberseite des Schlüsselhalms eine kleine Kerbe in das Metall, steckte ihn anschließend wieder ins Schloss, klappte die Schraubendreherfunktion des Taschenmessers auf und gab damit im Bereich der Kerbe zusätzlich Druck auf den Schlüssel.

Klick. Eine Umdrehung. Eine weitere. Die Tür sprang auf.

Sekundenbruchteile später stand Bent schwer atmend vor Morten Kolbergs Schreibtisch.

Da es in Norwegen traditionell keine Lichtschalter gab und folglich die Grundbeleuchtung in allen Räumen zu jeder Zeit eingeschaltet war, brauchte er sich keine Sorgen darüber zu machen, er könnte eventuell von der Außenseite des Gebäudes Aufmerksamkeit erregen. Als er den Stick in den Computer steckte und im Boot-Menü die altvertraute Ophcrack-Oberfläche sah, fühlte er sich bereits wesentlich wohler. Jetzt befand er sich wieder auf vertrautem Terrain. Das Tool startete einen ersten Brute-Force-Angriff auf das Zugangspasswort, fand jedoch nichts. Bent zog sich einen weiteren Table aus dem Terminal und startete das Cracken erneut. Diesmal dauerte es deutlich länger. Nervös blickte er auf seine Uhr. Es war kurz nach neun. Obwohl es sehr unwahrscheinlich war, dass eine Nachtwache vor zweiundzwanzig Uhr heraufkommen würde, wahrscheinlich sogar sehr viel später oder gar nicht, dehnten sich die Minuten zu Ewigkeiten. Endlich endete der Suchbalken, und das Passwort wurde angezeigt. Eilig fuhr Bent den Rechner herunter, bootete neu und gab die Zeichenfolge ein. Bereitwillig gewährte die Maschine dem Besucher nun Zugang.

Leider bezog sich dieser nicht auf die E-Mail-Kommunikation, denn die war solide Ende-zu-Ende-verschlüsselt, und die PGP-Passphrase war innerhalb des Zeitfensters, in dem Bent sich bewegte, unmöglich zu knacken. Den Metadaten entnahm er, dass es tatsächlich einen kurzen Austausch mit dem Verteidigungsministerium gegeben hatte, datiert vom selben Tag, doch das brachte ihn nicht wirklich weiter.

Er nahm sich die Dateien vor und fing an, systematisch alle Ordner zu durchsuchen, beginnend mit dem aktuellsten Datum, aber er merkte schnell, dass er auf diese Weise die ganze Nacht für seine Recherche brauchen würde. Also blieb ihm nur eine Stichwortsuche.

Er probierte »Sektion 42« – Fehlanzeige. »LNG« und »Melkøya« brachten dafür umso mehr Treffer, doch schien es sich dabei durchweg um völlig legale Förderanträge zu handeln. Nachdem er die Dokumente überflogen hatte, gab er sämtliche Stichworte ins Datei-Suchfenster ein, die ihm im Zusammenhang mit Waffen einfielen – nichts.

»Komm schon, Baby«, flüsterte er. »Du wirst mich doch nicht hängen lassen!« Beschwörend streichelte er über den kühlen Aluminiumkörper. Er *musste* etwas finden. Cai verließ sich auf ihn! Plötzlich fiel Bent Cais seltsame Reaktion am

Ende ihres Telefonats vom Vormittag wieder ein. Schweißtropfen standen auf seiner Stirn.

»Lenner« tippte er. Kein Ergebnis. Er wandelte das Wort ab. »Lener.« *Fuck!* Warum hatte Cai ihm nicht sofort gesagt, was er wusste? Er ließ ihn nach Beweisen suchen, ohne ihm zu sagen, wonach *genau* er eigentlich suchen sollte. Wütend hackte Bent diverse Buchstabenkombinationen in die Tastatur, bis er bei L E N R angekommen war, und erstarrte.

»Bingo«, murmelte er und schob eine größere Anzahl Ordner auf die microSDXC-Speicherkarte, die im Steckplatz des Sticks angezeigt wurde. Sein Blick flog vom Kopierbalken zur Eingangstür, dann zu seiner Armbanduhr und wieder zurück zum Bildschirm. Nach einer weiteren gefühlten Ewigkeit verschwand der Balken. Bent fuhr den Rechner herunter, zog den Stick ab und befestigte ihn wieder an der Kette. Dann schloss er die Bürotür ab – was sich diesmal glücklicherweise problemlos gestaltete –, hastete lautlos ins Treppenhaus und verließ das Gebäude durch den aus Brandschutzgründen unversperrten Hinterausgang.

Draußen, in der kühlen Nachtluft, wischte er sich den Schweiß von der Stirn. Ohne darüber nachzudenken, lief er in Richtung Schlosspark los, weiter über den Uranienborgveien und die Professor Dahls gate bis zum Frognerpark, wo er sich erschöpft auf eine Steinmauer am tiefschwarzen See setzte. Als sein Puls wieder eine halbwegs gesunde Frequenz angenommen hatte, legte er mit zitternden Fingern die Speicherkarte in sein Smartphone und verschlüsselte sie. Danach öffnete er den Toxic-Client.

Cai nahm seinen Anruf sofort entgegen.

»Eine völlig neuartige Nuklearwaffe! Ist es das, was du wissen wolltest? Du hättest was sagen können!«

»Was hast du?«, fragte Cai, ohne auf den Vorwurf einzugehen.

»Dateien von Kolbergs Rechner. Ich schätze, wir haben es hier mit der krassesten Krise des Parlamentarismus seit Rocambole zu tun!«

Cai, der sich gerade auf dem Rückweg von Halvar Thorvaldsen zum Hotel befand, hielt den Wagen an und parkte am Straßenrand. Bents Vergleich mit den geheimen Stay-behinds aus der Gründungszeit der NATO entbehrte nicht einer gewissen Bitterkeit, denn ohne Zweifel ging es hier um exakt dasselbe nationale Trauma. Ein kleines, friedliebendes Land, hilflos ausgeliefert einem übermächtigen Besatzer. Okkupation! Auch nach dem Ende des Kalten Krieges war das Gespenst offenbar sehr lebendig. Zumindest in den Köpfen einiger einflussreicher Player.

»Ich wollte, dass du neutral an die Sache rangehst«, sagte er. »Unvoreingenommen und ergebnisoffen. Ich hatte meine Theorie, aber ich musste sicher sein, dass sie standhält. Inzwischen sind wir hier allerdings auch schon ein ganzes Stück weiter.« Er fasste kurz seine Begegnung mit Thorvaldsen zusammen.

Bent pfiff durch die Zähne.

»Ich brauche Namen, Bent. Thorvaldsen ist nur ein Opfer.«

»Was ich gefunden habe, belegt, dass es mindestens ein konspiratives Treffen zwischen Morten Kolberg und dem Verteidigungsminister gegeben hat. Mit an Sicherheit grenzender Wahrscheinlichkeit auf Betreiben von Aksel Strand.«

»Und das lag unverschlüsselt auf seinem Bürorechner herum?«

»Im Ordnerverzeichnis taucht davon nichts auf. Ich bin nur zufällig mit einer Stichwortsuche drüber gestolpert. Davon abgesehen gehört Kolberg allerdings auch nicht gerade zu den smartesten zehn Prozent auf diesem Planeten, wenn du verstehst, was ich meine. Ganz im Gegensatz zu Strand. Der ist wirklich gefährlich ...«

»Okay.«

»Wer bei PolarLys involviert ist, ist unklar, aber eine Operation dieser Größenordnung dürfte kaum ohne die Zustimmung des CEO zu machen sein.«

»Ich gehe davon aus, dass Melling beteiligt ist. Was ist mit Forsvaret?«

»Sorry, Bro. Dazu hab ich nichts gefunden.«

Cai biss sich auf die Lippen. Er war sicher, dass Helge Juul auch vor der Entführung schon mehr als nur eine Statistenrolle bei dem Stück innegehabt hatte. Genauso sicher war allerdings auch, dass Juul den Kopf aus der Schlinge bekommen würde, wenn das, was sie gegen ihn in der Hand hatten, nicht hieb- und stichfest war.

»Was noch?«

»Es gibt ein Dokument, aus dem hervorgeht, dass man die Sache mindestens bis zur nächsten Parlamentswahl unter dem Deckel halten will. Wir haben im Moment zwar eine konservativ-liberale Koalition, aber das ist, wie du weißt, eine Minderheitsregierung. Solange die Sozialdemokraten zusammen mit den Bunten Mehrheiten bilden können, hat eine Neutronenbombe, so innovativ und disruptiv sie mit ihrer auf Kalter Fusion basierenden Technologie auch sein mag, keine Chance. Man setzt darauf, dass sich die Mehrheitsverhältnisse im Zuge des Backlashs nach rechts, der sich aktuell weltweit abzeichnet, in naher Zukunft verändern werden. Hochgeheime Strategiepapiere werden erarbeitet, wie sich diese Entwicklung unterstützen und beschleunigen lässt. Dabei scheint es keinerlei Tabus zu geben – Propaganda, Desinformation, False-Flag-Operationen im Inland ... Rocambole gibt es offiziell nicht mehr, aber, glaub mir, *Gladio* ist alles andere als Vergangenheit.«

Cai brauchte einen Augenblick, um das Gehörte zu verarbeiten. Das hier übertraf seine wildesten Verschwörungsfantasien bei Weitem.

»Wir können sie auffliegen lassen, Bro«, fuhr Bent fort. »*Verdighet vinner!*«

»Das werden wir, Bent. Aber zuerst müssen wir ein kleines Mädchen in Sicherheit bringen. Und dafür brauche ich Remote-Zugriff auf ein Device. Kannst du da was machen?«

Bent atmete hörbar aus. »Welche Art Device?«

»Ein KI-Robot.«

»Ein Actmo?«

»Exakt.«

»Kein GPS, kein LTE, nur Wi-Fi. Wenn du bis auf hundert Meter weißt, wo er ist ...«

»Das ist ja genau das Problem. Es geht darum, ihn zu finden.«

»Kannst du es eingrenzen?«

»Ja. Auf halb Norwegen.«

Cai hörte einen weiteren Seufzer am anderen Ende der Funkverbindung. »Ein bisschen kleiner hast du's nicht, oder?«

»Deshalb frag ich ja dich.«

»MAC?«

»Nein. Aber die Seriennummer.«

»Okay.«

»Es gibt allerdings ein Problem.«

»Noch eins?«

»Wir wissen nicht sicher, ob er aktiv ist.«

»Na dann bete. Wenn er inaktiv ist, kannst du's vergessen. Ich kann hacken, aber nicht hexen.«

»Sie ist sieben Jahre alt und in Lebensgefahr. Es muss schnell gehen.«

»Gib mir die Daten. Aber ich kann dir nichts versprechen.«

Hammerfest

Eric stand dicht am Ufer und ließ den Blick über die mitternachtssonnenbeschienene Bucht schweifen, hinüber zur anderen Seite, wohin Cai Stunden zuvor aufgebrochen war, um Halvar Thorvaldsen aufzusuchen. Er drehte sich nicht um, als er Synnis kühle Hand auf seiner Schulter spürte.

»Wo bleibt er nur«, murmelte er, mehr zu sich selbst. »Er müsste längst zurück sein.«

»Warum rufst du ihn nicht an?«

»Hab ich versucht, aber er geht nicht ran.«

»Gib ihm noch etwas Zeit. Er wird sich melden, sobald er etwas herausgefunden hat.«

Jetzt sah er sie an. Ihr im Wind spielendes Haar reflektierte tiefrot, und fast schien es, als sei sie es, die leuchtete, nicht der dicht über dem Wasser stehende, glühende Ball.

»Synni...« Der Klang der fünf Buchstaben schwappte über die steinige Böschung und versank im Meer.

»Es bedeutet Sonne.«

Längst hatte er aufgehört, sich darüber zu wundern, dass sie seine Gedanken in Worte fasste. Minutenlang standen sie schweigend dicht beieinander, ohne sich zu berühren. Wieder wehten durch ihre sanften Züge Erinnerungen, fern, verschwommen, und doch klarer und wahrer als jemals zuvor.

»Was denkst du?«

Er zwang sich zu atmen, zwang sich zurück in die Gegenwart. »Werdet ihr ... auf die *Fram* zurückgehen?«, hörte er sich mit rauer Stimme fragen.

»Und ihr? Was ist der Plan?«

»Wir werden eure Hilfe brauchen. Öffentlichkeit ist das Einzige, was wir gegen sie in der Hand haben ... vielleicht ...«

Eric wusste, dass es hier und jetzt nicht um eine disruptive Technologie ging. Es ging nicht um den geplanten Putsch einer subversiven Gruppierung, nicht um eine Massenvernichtungswaffe. Es ging um etwas anderes. Und er wusste, dass sie es wusste.

Weit oben, im achten Stock des Hotels stand Tom reglos am Fenster und blickte auf die beiden Schatten hinunter.

»Na endlich!« Eric stürzte zum Wagen, noch bevor Cai den Motor ausgeschaltet hatte. »Wo, um alles in der Welt, hast du so lange gesteckt? Es ist nach Mitternacht!«

Cai stieg aus und begleitete Eric zum Hoteleingang zurück. »Es gab einiges zu besprechen. Wo sind Tom und Synni? Am besten briefen wir sie gleich mit.«

»Da muss ich dich leider enttäuschen. Sie sind schon schlafen gegangen. Sie wollen morgen früh den Bus nach Honningsvåg nehmen.«

»Sie fahren mit der *Fram* zurück nach Tromsø?«

Eric nickte. »So bekommen wir die Neuigkeiten über die Forschungsergebnisse aus erster Hand. Es wäre leichtfertig, diese Informationsquelle versiegen zu lassen. Wir bleiben natürlich in Verbindung.«

Sie waren nach oben in Erics Zimmer gegangen und

saßen jetzt nebeneinander auf dem Bett. Cai musterte Eric eindringlich. »Es gab nicht noch andere Gründe?«

»Meinst du vielleicht im Hinblick auf deine Beziehung zu Tom? Die schien mir zuletzt doch recht angespannt.«

»Komm schon, du weißt sehr gut, was ich meine.«

»Ich glaube, wir sind alle erwachsen.«

»Ach ja? Da bin ich mir manchmal, ehrlich gesagt, nicht so sicher.«

»Wie wäre es, wenn du mich mal auf den neuen Stand brächtest, anstatt über Gespenster zu spekulieren.«

In knappen Worten umriss Cai seinen Abend bei Halvar Thorvaldsen und das Gespräch mit Bent.

»Wow. Das ist mehr, als wir erwarten konnten. Was machen wir jetzt?«

»Ich schlage vor, wir beide fahren morgen erst mal nach Alta zurück. Wir dürfen nicht riskieren, Aufmerksamkeit zu erregen. Abgesehen davon könnte ich ein paar frische Klamotten vertragen. Mit Thorvaldsen kann ich über einen sicheren Kanal kommunizieren. Bent ist an der Sache mit dem Robot dran. Sobald wir wissen, wo sich das Kind befindet ...«

Skeptisch richtete Eric den Blick zur Wand. »Findest du nicht, dass das ein paar Nummern zu groß für uns ist?«

Cai zögerte, holte Luft, biss sich dann auf die Lippen, schwieg.

»Was ist?«

»Ich habe ... auch darüber nachgedacht. Aber jetzt – hat sich die Situation verändert. Idas Sicherheit hat Priorität. Es ist Thorvaldsens Entscheidung, nicht unsere.«

Eric runzelte die Stirn. »Verheimlichst du mir etwas?«

»Es gab da einmal eine Sache, ist lange her ... und jetzt nicht wichtig. Wenn wir wirklich Hilfe brauchen sollten, gibt es jemanden … aber das ist nicht der richtige Zeitpunkt dafür.« Er stand auf. »Lass uns auch schlafen gehen. Im Moment können wir nichts weiter tun, und wir werden unsere Kräfte noch brauchen.«

Dienstag. Tag 15.

Oslo

Kühle weiße Strahlen fielen durch die gekippten Fenster von der Bordsteinkante in das Kellerzimmer herunter, während die Stadt draußen träge in einen neuen Frühsommertag erwachte.

Bent Wallström löschte die Tischlampe, stand auf, lief ein paarmal hin und her, setzte sich wieder und starrte erneut auf den Monitor.

»Sie ist sieben Jahre alt und in Lebensgefahr!«, hallte es seit dem Vorabend in seinem Kopf.

Actmo.

Er kannte den Robot, auch wenn sich sein Interesse daran bisher in Grenzen gehalten hatte. Dass der Hersteller wenige Monate nach dem Launch Pleite gemacht hatte und die weitere Pflege der Produkte an einen Drittanbieter übergegangen war, machte es nicht besser. Immerhin gab es noch Updates, und die Codeanalyse, mit der Bent sich seit geraumer Zeit beschäftigte, bot durchaus Anlass zur Hoffnung. Wie Cai bereits gemutmaßt hatte, handelte es sich um eine Firmware, die standardmäßig die Seriennummer aus der MAC-Adresse generierte. Primär kam es also darauf an, die entsprechende Codesequenz zu identifizieren. Wenn der Algorithmus nicht allzu komplex war, würde er aus der Seriennummer direkt auf die MAC zurückschließen können.

In der Praxis gestaltete sich der Prozess jedoch aufwendig, da sich der Code dann doch umfangreicher und unübersichtlicher präsentierte als erwartet. Eine Tatsache, die offensichtlich dem Wechsel des Entwicklerteams geschuldet war.

Bent verkniff sich einen genervten Kommentar und nahm stattdessen einen Schluck seines Energydrinks. Er hatte sich mit vier Dosen hochprozentigen Koffeins durch die Nacht gebracht, was sich allmählich spürbar auf seine Herzfrequenz auswirkte und ihm Schweißperlen auf die Stirn trieb. Nach einer weiteren Stunde Kampf hatte er es dann endlich geschafft, die entsprechende Stelle zu finden und das letzte Octet zu brute forcen.

Bent atmete tief durch und biss in ein Sandwich. Dann loggte er sich in seinen Server ein und überprüfte das Datenaufkommen seiner Apps. Er sah sich nicht in erster Linie als Coder. Früher, in seiner aktiven Zeit, hatte er sich eher mit dem Auffinden von Bugs und dem Basteln der entsprechenden Exploits beschäftigt und sich mit verschiedenen Identitäten auch ein beachtliches Renommee erworben. Aber an ein paar kleinen Apps hatte er sich im Laufe der Jahre dann doch auch versucht. Legendär war in der Szene noch immer sein Highspeed-Network-Sniffer, der allerdings wegen der unzureichenden rechtlichen Grundlage aus sämtlichen Shops geflogen war und sich aktuell nur auf gejailbreakten beziehungsweise gerooteten Phones installieren ließ. Ein Problem, das sich bei seiner Wi-Fi-Visualizer-App glücklicherweise nicht stellte. Insofern erfreute sich diese seit geraumer Zeit großer Beliebtheit, was in der aktuellen Situation zweifellos auch ihre einzige Chance war.

Bent schrieb eilig ein Update für die App, das sie nach einem Wi-Fi von der MAC-Adresse des zu Idas Seriennummer gehörenden Gerätes suchen ließ und bei einem Treffer die GPS-Position des Smartphones zurück an seinen Server meldete. Er schickte es als Hotfix raus. Jetzt konnten sie nur noch hoffen, dass sich ein Telefon mit der aktualisierten App dem Robot bis auf mindestens hundert Meter nähern würde. Bent erstellte auf Basis der Verbreitung der App und des ungefähren Suchradius eine Wahrscheinlichkeitsrechnung und landete bei beachtlichen achtundvierzig Prozent innerhalb von vierundzwanzig Stunden im städtischen Bereich. In den dünn besiedelten ländlichen Regionen sah es allerdings deutlich anders aus. Alles unter der Bedingung, dass Actmo überhaupt Wi-Fi-Beacons sendete. Was voraussetzte, dass Ida ihn tatsächlich zurückgesetzt hatte, dass der Akku aufgeladen und der Roboter eingeschaltet war. Und selbst *wenn* sie eine Rückmeldung bekämen – hätten sie noch immer erst den Robot. Ob sich das Kind am selben Ort befand, war eine weitere offene Frage.

Aber das war dann nicht mehr sein Problem.

Hastig zog er sich um. Wenn er keine ungewollte Aufmerksamkeit erregen wollte, war es allerhöchste Zeit, dass er sich im Büro blicken ließ.

Hammerfest

Aufgrund eines »plötzlichen Krankheitsfalls innerhalb der Familie« und des ohnehin kaum noch vertretbaren Überstundenkontingents war es natürlich kein Problem gewesen, sich den Tag kurzfristig freizunehmen.

Die Cityhop-Verbindung war gut und der kurze Flug verlief ruhig, sodass Mikael um zehn Uhr vormittags ausgeruht und in bester Stimmung am Hammerfester Flughafen ein schneeweißes Taxi bestieg und sich zum Melkøysundtunnelen chauffieren ließ. Bereits am Zugangscheckpoint erhielt seine Laune allerdings einen herben Dämpfer. *No trespassing – sorry.* Kommissar aus Tromsø? Bedauerndes Kopfschütteln. Zufahrt zur Insel nur mit ausdrücklicher behördlicher Ausnahmegenehmigung. Brandschutzgebiet. Kritische Infrastruktur.

Mit seiner sehr eigenen Kombination aus unwiderstehlichem Nordland-Charme und unmissverständlichem Druck schaffte Mikael es über gefühlt ein Dutzend Vorgesetzte hinweg schließlich doch irgendwann bis auf die Insel. Wahrscheinlich, weil man von seiner kaltschnäuzigen Hartnäckigkeit inzwischen so genervt war, dass man sich auf diese Weise erhoffte, ihn schneller wieder loszuwerden. Er durfte einen Spaziergang entlang des zum Festland hin gelegenen Außenbereichs machen, den Schiffsanleger, die gigantischen Gastanks und, weiter hinten gelegen, die Unterkünfte der Mitarbeiter begutachten. Alles nur von außen natürlich und mit wenig erhellenden Kommentaren seines offensichtlich auf Pressekontakte gebrieften Führers.

Über eine mögliche Kooperation mit PolarLys oder Viridi Technologies könne er leider keine Auskünfte geben, dafür solle man sich doch bitte schriftlich an die entsprechenden Pressestellen wenden, dann werde man sicher Informationsmaterial zugesendet bekommen. Die E-Mail-Adresse befinde sich auf der Website. Ja, es sei richtig, dass der Vater einer der beiden in der Bucht ums Leben gekommenen Personen als Produktionsoperator innerhalb des Terminals arbeite – im Moment sei der arme Mann selbstverständlich freigestellt. Abgesehen davon bestünde zwischen dem bedauerlichen Vorfall und Melkøya mit Sicherheit keinerlei Verbindung. Außerdem habe sich dieser ja auch zwischen Rypefjord und Håja abgespielt, also ein ganzes Stück weiter südlich. Da die Arbeiten auf der Insel ein Höchstmaß an Konzentration erforderten, habe auch keiner der hier Beschäftigten etwas beobachtet, aber falls sich neue Hinweise ergeben sollten, werde man sich selbstverständlich mit den Ermittlungsbehörden in Verbindung setzen.

Trotz der wenig substanziellen Erkenntnisse konnte Mikael sich dem Eindruck des kraftstrotzenden Stahlmonuments nicht entziehen. Eine seltsame Energie ging von dem Bauwerk aus, fast so, als handle es sich um ein lebendes Wesen.

Er spürte es noch immer, als er eine Stunde später am Ufer nördlich des Snøhvit Motorklubbs stand und auf die Insel zurückblickte. Lächelnd sog er die kalte, glasklare Luft ein. Dieser Duft nach – was war es eigentlich? Weite. Gemischt mit etwas anderem. Wasser? Schnee? Er hätte es nicht beschreiben können, aber es war derselbe Geruch wie in Narvik, der Stadt seiner Kindheit. Tromsø roch anders. Weniger wild. Warum auch immer.

Nach einer Weile bemerkte er, dass er nicht allein war. Ein paar Hundert Meter entfernt machte er zwei junge Männer aus. Sie schienen einen Feldstecher dabeizuhaben und blickten gestikulierend über den Sund. Offensichtlich waren sie der Besonderheit des Ortes ebenso erlegen wie er selbst.

Da er offiziell Urlaub hatte, beschloss Mikael, das sonnige Wetter für einen Spaziergang in den Ort hinein zu nutzen. Kurz überlegte er, einen Abstecher zur hiesigen Polizeiwache zu machen und den Kollegen dort etwas auf den Zahn zu fühlen, doch beim Gedanken an das unerfreuliche Telefonat der vergangenen Woche verwarf er die Idee schnell wieder. Bei der Adresse des männlichen Opfers traf er niemanden an, so besuchte er die Hinterbliebenen der jungen Frau, aber diese Option erwies sich als mindestens ebenso unerfreulich und brachte auch keine neuen Erkenntnisse. Der Schmerz um das eigene Kind war immer wieder aufs Neue erschütternd – eines der Dinge, an die man sich in diesem Beruf niemals gewöhnte. In deutlich niedergeschlagenerer Stimmung als am Vormittag wanderte Mikael die Hammerfest-Bucht entlang zurück. Irgendwo in der Gegend des Struve-Bogens fand er ein einsames Stück steiniger Küste und setzte sich auf einen Felsvorsprung.

Und dann war es plötzlich wieder da – das Dauerfeuer in seinem Kopf. Die Erschöpfung all der Jahre aufreibender Ermittlungsarbeit. Die unzähligen Tage – und oft genug auch Nächte – ausgefüllt damit, seltsamen Gestalten hinterherzujagen. Zu welchem Zweck? Auf diese Frage fehlte ihm in letzter Zeit immer häufiger die Antwort. Sein Blick wanderte zu der ledernen Aktentasche hinüber, die neben ihm lag, und zu dem kleinen Seitenfach, das er nie öffnete und dessen Inhalt ihn tagtäglich daran erinnern sollte, was er war. So weit die Theorie. In der Praxis sah es allerdings so aus, dass er das Seitenfach eben doch gelegentlich öffnete. Selten. Aber immer noch zu oft.

Nachdem er sich vergewissert hatte, dass er allein war, griff er nach der Tasche, klappte das Seitenfach auf, ließ die Hand hineingleiten, schnippte mit einem Finger eine Prise Pulver aus einem winzigen Glasröhrchen auf den Handrücken und zog es durch die Nase. So schnell, dass ein Beobachter Mühe gehabt hätte, den Vorgang überhaupt wahrzunehmen.

In Sekundenbruchteilen hatte das Tropan-Alkaloid Vergangenheit und Zukunft ausradiert. Was blieb, war reine, unverfälschte Gegenwart. Stillstand. Die Härchen auf Mikaels Haut richteten sich auf, die Pupillen wurden weit, der Atem beschleunigte sich. Eine kühle, metallische Taubheit breitete sich aus, begleitet von wohltuender Ruhe. Mikael schloss die Augen. Schließlich war er nicht im Dienst. Er hatte Urlaub.

Als die Sonne bereits tief über dem Sund stand, klickte er die Taxi-App auf seinem Handy an und ließ sich von einem weiteren schneeweißen Wagen – der erstaunlicherweise nach kurzer Zeit auftauchte – zum Flugplatz zurückfahren.

Spätabends in Simen Sundbys Büro hatten seine Pupillen bereits annähernd wieder ihre normale Größe zurückerlangt.

»Der Job des Vaters ist also die einzige Verbindung«, resümierte Sundby.

»Ein völlig unbescholtener, hart arbeitender Einheimischer.

Und da dort oben sowieso kaum jemand *nicht* in irgendeiner Weise rund ums LNG arbeitet …«

»Also hat uns dein Ausflug nicht wirklich weitergebracht. Jonna hat auf dem offiziellen Weg bei Equinor bisher auch nichts erreicht. In puncto Verschwiegenheit nehmen es unsere Energieerzeuger locker mit jedem Nachrichtendienst auf.«

»Sie können es sich offensichtlich leisten. Aber ein beeindruckendes Stück Technik haben die da oben schon im Meer versenkt, das muss man sagen. Wie auch immer. Was uns betrifft, ist es ja vielleicht doch einfach eine kalte Fährte. Oder höchstens ein Fall für die Wirtschaft. Morgen konzentriere ich mich auf diesen Strand. Vielleicht bringt uns das ja weiter.«

Simen nickte. »Mach das.«

»Dein anonymer Mitarbeiter hat sich nicht wieder gemeldet?«

»Bisher nicht.«

»Hm. Gehen wir was trinken?«

»Heute nicht, ein andermal.«

»Musst du wieder Babysitten?«

Beim Hinausgehen warf Sundby Mikael einen kurzen Blick von der Seite zu, sagte jedoch nichts.

Alta

Ruhig und friedlich lag das kleine Holzhaus in Bossukopi im Abendlicht.

Eric verharrte reglos, atemlos, ziellos. Er wusste nicht, wie er hergekommen war. Ganz sicher hatte er es nicht vorgehabt. Er wolle noch etwas Luft schnappen, hatte er Cai zugerufen, nachdem dieser im Bad verschwunden war.

Sie waren dann doch erst am Nachmittag von Hammerfest aufgebrochen. Vorher hatten sie noch mit einem Fernglas, das sie bei Kleven Jakt & Fiske aufgetrieben hatten, versucht, vom Ufer aus eventuelle Abweichungen in den Abläufen des Terminals zu identifizieren. Doch auf Melkøya wirkte alles alltäglich und routiniert, was nur bedeuten konnte, dass die offiziellen Stellen den Ursprung der Tritium-Emission noch nicht ermittelt hatten.

Die Rückfahrt war Eric lang und stickig vorgekommen, umso mehr hatte er nun den halbstündigen Spaziergang genossen. Vom Markveien kommend, an der Kirche vorbei, hinunter zur Bucht. Dann am Wasser entlang, immer weiter, ohne darüber nachzudenken, wo er war oder wohin er ging. Synnis Lächeln begleitete ihn, verschmolz mit den kupfernen Schaumkronen der hereinziehenden Flut.

Seit unbestimmter Zeit stand Eric etwa vierzig Meter entfernt auf der anderen Seite des Strandveien. Vierundzwanzig Jahre, die er diese Erde unter seinen Füßen nicht mehr betreten hatte, verdichteten sich zu einem einzigen, unendlichen Augenblick.

Irgendwann, Stunden oder Minuten später, öffnete sich die Haustür, und eine leicht gebückte Gestalt trat heraus. Schemenhaft erkannte Eric die Schläuche des Sauerstoffgerätes, und ein schmerzhafter Stich durchzuckte ihn. Der alte Mann blickte die Bucht entlang. Erst in Richtung Alta, dann hinunter nach Hjemmeluft. Dann in Erics Richtung. Er drehte sich um, schien wieder im Haus verschwinden zu wollen, hielt inne und drehte sich erneut in Erics Richtung. Abermals verging eine Zeitspanne, die sich unmöglich quantifizieren ließ. Dann überquerte Eric zögernd die Straße.

Es roch vertraut. Ein Gemisch aus Fisch, Salz, feuchtem Holz und etwas anderem, Undefinierbarem, etwas, das es nur hier gab … und das typisch für jene Momente war, in denen seine Mutter die Bettdecke zurechtgezupft, das Licht gelöscht und die Tür bis auf einen schmalen Spalt zugezogen hatte. Dann lauschte er den beiden Stimmen, die gedämpft zu ihm herüberdrangen und ihn begleiteten, während er allmählich in eine Traumwelt hinüberglitt. Es waren Träume von gigantischen Wellen, exotischen Fischen und anderen regenbogenfarbenen Meeresbewohnern, all den wundersamen Dingen aus der anderen Sphäre, die sein Vater ihm am Tag gezeigt hatte. Er war stolz darauf, dass er mit ihm hinaus in den Fjord fahren durfte und bereits im Alter von fünf Jahren oft selbst am Steuer der *Catherine* stand, wenn sein Vater im Heck saß und den bescheidenen Fang fürs Abendessen einholte.

Jetzt lehnte Eric am Fenster des großen Raumes, der damals als Wohn- und Esszimmer gedient hatte, und blickte auf den Steg hinaus, an dessen Ende das kleine Boot im Wind schaukelte.

Es hatte sich nicht viel verändert. Derselbe Holztisch mit vier Stühlen. Die Kommode, die Geschirr und Handtücher beherbergte, neben dem schmalen Durchgang zur Küche. Das Porträt seiner Mutter an der Wand. Sanft, jung, glücklich – wunderschön sah sie aus. Nur das ungemachte Bett und der kleine Kleiderschrank waren hinzugekommen, was das Zimmer jetzt deutlich enger und etwas übermöbliert wirken ließ.

Kjell Andresen hatte lange an der Tür gestanden und ihn wortlos gemustert. Auch Eric hatte nichts gesagt. Es schien, als wäre das, was zu sagen war, nach diesen vierundzwanzig Jahren zu viel, zu kompliziert, zu aberwitzig, um auch nur den Versuch zu unternehmen. Und gleichzeitig bedurfte es keines einzigen Wortes.

Mit schleppenden Schritten ging Kjell in die Küche, wo er Wasser aufkochte. Nach wenigen Minuten kehrte er zurück, stellte Tassen auf den Tisch und schenkte den heißen Tee ein. Blitzartig wurde Eric klar, was der andere, vertraute Duft des Raumes war. Es waren die Kräuter des Ingwertees, täglich verzehrtes Allheilmittel für Körper und Seele. Dennoch hatte er nicht verhindert, dass die Leukämie das Blut seiner Mutter weiß färbte und dem Leben von fünf Menschen unwiderruflich eine andere Richtung gab. Und viele Jahre später verhinderte er auch die Silikose nicht, die der Quarzfeinstaub des Kupferbergwerks in der Lunge des Vaters hinterlassen hatte.

Kjell nahm das Sauerstoffgerät ab, setzte sich und trank einen Schluck des dampfenden Gebräus. Auch Eric setzte sich.

Dann begaben sich beide auf die lange Suche nach Worten für Dinge, für die es keine Worte gab.

»*Hei*, wo hast du denn so lange gesteckt?« In seinen eigenen vier Wänden, geduscht und umgezogen, fühlte Cai sich wieder sichtlich wohler.

Eric fischte ein Mountain Dew aus dem Kühlschrank, ließ sich erschöpft in der Sofaecke nieder und trank aus der Flasche. »Ich habe einen Besuch gemacht.«

Cai hätte um ein Haar sein Handy fallen lassen, auf dem er seit Stunden mit wachsender Ungeduld den Rückruf von Bent Wallström erwartete. »Du hast *was*?«

Bevor Eric zu einer Erklärung ansetzen konnte, gab das Telefon in Cais Hand endlich den ersehnten Klingelton von sich. Der Anruf dauerte nur wenige Augenblicke.

»Verstanden. Wir sind auf dem Weg.«

Cai klickte die Verbindung weg, wählte neu, und Eric hörte zu seinem Erstaunen, wie er versuchte, zwei Flüge nach Svolvær zu buchen.

»Morgen Nachmittag? Transit in Tromsø und Bodø? Nein, das ist zu spät. Was ist mit Leknes? Gut, danke.« Entnervt brach er das Gespräch ab.

»Hey, klärst du mich mal auf?«

»Bent hat einen Treffer. Der Robot befindet sich am Fischereihafen von Å. Aber mit dem Flugzeug sind wir frühestens nachmittags auf den Lofoten. Pack deine Sachen, wir nehmen den Wagen.«

»Bist du sicher? Das sind fast achthundert Kilometer Landstraße. Da fahren wir locker elf Stunden.«

»Nein. Wir wechseln uns ab und schaffen es in acht.«

»Wir wissen doch nicht mal, ob das Kind überhaupt noch dort ist.«

»Das Risiko müssen wir eingehen.«

Mittwoch. Tag 16.

Lofoten

Das mit dem Abwechseln am Steuer hatte Eric zwar nicht geglaubt, doch kurz vor Oteren hatte Cai bewiesen, dass er es ernst meinte. Eric fuhr natürlich deutlich langsamer und vorsichtiger, aber da praktisch kein Verkehr auf der E6 unterwegs war, kamen sie dennoch zügig voran.

Im ersten Morgenlicht bei Evenskjer, kurz vor Vesterålen, tauschten sie die Plätze erneut. Eric verschlief fast die gesamte Strecke durch die landschaftlich atemberaubenden Lofoten, bis am späten Vormittag endlich der letzte Ort an der Südspitze des Archipels – nicht mehr als eine Handvoll hingewürfelter Holzhäuschen, die meisten davon mit der traditionellen rostroten Tranfarbe gestrichene Rorbuer – vor ihnen lag.

Das Ende der Welt.

Cai parkte unweit der Mole, die die kleine Bucht begrenzte. Gähnend stieg Eric aus und streckte seine schmerzenden Glieder. Mehrstündige Autofahrten waren seine Sache nicht, das stand fest. Das Wasser plätscherte einladend kühl zwischen den zierlichen weißen Motorbooten, die man vereinzelt mieten konnte, und fast hätte er sich gewünscht, der Roboter läge auf dem Grund der Bucht, nur um schnellstmöglich darin versinken zu können.

Während Eric noch damit beschäftigt war, sich in der ungewohnten Umgebung zu orientieren, hatte Cai sich bereits mit dem Wi-Fi des Roboters verbunden und führte eine Signalstärkemessung durch.

»Wir sind schon ganz dicht dran. Er muss hier irgendwo sein.«

Sie liefen ein Stück zurück und passierten einen Holzplankensteg, der zu einem Restaurant führte. An beiden Seiten wurde der Steg von auf schlanken Pfählen stehenden Rorbuer-Hütten flankiert, zu deren Füßen weitere kleine Boote ankerten.

Cai schüttelte den Kopf. »Nein, das Signal wird schwächer. Wir sind schon zu weit.«

Kurz entschlossen kletterte er über den ebenfalls rostrot gestrichenen hölzernen Sicherheitszaun und begann, den Bereich unterhalb der Hütten abzusuchen. Die annähernd mannshohen Pfähle, auf denen die Rorbuer ruhten, waren in grobes Gestein eingelassen, und die gesamte Konstruktion wirkte, als könne sie jederzeit abrutschen. Erstaunlicherweise hielten die Häuser jedoch jahraus jahrein den Kräften von Wetter und Flut mit stoischer Ruhe stand.

Eric folgte Cai und versuchte, abzuschätzen, wie oft und wie hoch das Wasser hier wohl anstieg. Tatsache war, dass sie sich in unmittelbarer Nähe des sagenumwobenen Mahlstroms befanden, eine Region, die Eric aus vielen Erzählungen seiner Kindheit kannte, jedoch noch nie gesehen hatte. Cai dagegen war, wie er auf der Fahrt erwähnt hatte, schon mehrmals hier gewesen auf der Suche nach Ruhe und Abgeschiedenheit in anstrengenden Phasen seines bewegten Lebens.

In Gedanken versunken blickte Eric auf die vom Wasser gezeichneten dunklen Ringe an den Holzpfählen, als Cais aufgeregte Rufe ihn hochschrecken ließen.

»Eric, hier! Ich hab ihn!«

Eric balancierte über die Steinblöcke zu Cai hinüber. Actmo lag dicht am Ufer, und es grenzte fast an ein Wunder, dass er trocken geblieben war. Behutsam hob Cai ihn auf.

»*Hei*, Actmo«, sagte er leise. »Verrätst du uns, wo deine Besitzerin ist?«

Ob er es getan hätte, wenn er dazu in der Lage gewesen wäre, würden sie nie erfahren. Alles, was der Roboter im Augenblick tun konnte, war Wi-Fi-Beacons auszusenden und auf sein neues Set-up zu warten. Kurz darauf tat er auch das nicht mehr. Der Akku war leer.

»Wow«, raunte Cai. »Das war knapp.«

Schweigend blickten sie hinaus auf die graublaue See, die am Horizont mit einem wolkenverhangenen Himmel verschmolz.

Eric ging in die Hocke, legte eine Hand ins Wasser und ließ es tastend durch seine Finger rinnen. »Wie geht's jetzt weiter?«

Cai steckte Actmo in seine Tasche. Noch war das Dorf fast menschenleer, doch es würde nicht mehr lange dauern, bis die Touristenströme aus aller Welt mit den Fähren vom Festland herüberkommen würden, um das Fischereimuseum, das Stockfischmuseum und die Tørrfiskgestelle zu bewundern. Spätestens dann würden alle Fremden für die rund hundert Ortsansässigen zu einer undifferenzierten Masse verschwimmen. Doch in diesem Augenblick stand der Zeitfaktor noch auf ihrer Seite. »Komm mit.«

Sie kletterten auf den Steg zurück und kehrten in dem modern-rustikalen Brückenrestaurant ein, wo sie Tørrfisk mit Pommes frites bestellten. Erst als das Essen vor ihm stand, realisierte Eric, dass er bereits kurz vor dem Verhungern war.

Da es in Norwegen nicht üblich war, zu so früher Stunde zu Mittag zu essen, befanden sie sich fast allein in dem geräumigen Speisesaal, der Teil des zugehörigen Hotels war. Die Mahlzeit war hervorragend, und ein offensichtlich unterbeschäftigter Kellner war bestrebt, ihnen auf unaufdringliche Art und Weise alle Wünsche von den Augen abzulesen. Nachdem Cai ihm ein üppiges Trinkgeld zugesteckt hatte, zeigte er sich sofort offen für eine kleine Plauderei und schien sich nicht im Mindesten zu wundern, dass die beiden Gäste sich für andere Neuankömmlinge der vergangenen Tage interessierten.

»Also ein Bentley?«, rekapitulierte Cai den vermutlich interessantesten Hinweis.

Der Kellner, der sich als »Ragnar« vorgestellt hatte, zupfte mit einem Anflug von Eitelkeit die schneeweiße Serviette zurecht, die er über dem Unterarm trug. »Ja. Da bin ich mir ganz sicher. Ich interessiere mich für Autos. Wir sehen hier so manches, aber dieser Wagen war außergewöhnlich. Er hatte eine Sonderlackierung. Mattschwarz.«

»Und hast du auch den Fahrer gesehen?«

»Natürlich. Er hat hier gegessen. Es gibt hier ja nicht viele Möglichkeiten ...«

Cai schob sein Handy über den Tisch. »War es vielleicht dieser Mann?«

Der Kellner warf einen Blick auf die Bilddatei. »Ja, so sah er aus.«

»War er in Begleitung? Ist vielleicht ein Kind bei ihm gewesen?«

»Nein, er war allein. Er war ... na ja ...«

Cai hob fragend die Brauen.

Ragnar senkte die Stimme. »Also, er war ziemlich betrunken, wenn du verstehst, was ich meine.«

»Hat er ... sich unpassend benommen?«

»Na ja ... nicht direkt ... es waren nur ... diese Blicke – du weißt schon.«

Ganz allmählich begann Eric, der die ganze Zeit nur schweigend dabeigesessen hatte, zu dämmern, dass hier noch etwas anderes lief. Die Unterhaltung der beiden Männer hatte einen Subtext.

Unbeirrt fuhr Cai fort: »Und was geschah nach dem Essen? Hat er hier übernachtet?«

»Nein. Er hatte es ziemlich eilig und fragte mich nach einem Bootsverleih.«

»Aha. Und dieser Bootsverleih ...?«

»Es gibt nur einen im Ort. Ihr könnt ihn nicht verfehlen. Immer die Straße lang.«

»Danke, Ragnar. Du hast uns wirklich sehr geholfen.«

»Wir tun alles, damit unsere Gäste zufrieden sind.« Er machte eine bedeutungsvolle Pause. »Unsere Zimmer sind übrigens auch äußerst komfortabel.«

Cai grinste. »Wir kommen darauf zurück.«

»Was sollte das?«, echauffierte sich Eric, kaum waren sie aus der Tür. »Worum geht es hier eigentlich?«

»Was hast du denn? Wir haben in kürzester Zeit mehr Informationen bekommen, als wir uns erträumen konnten.«

»Wie kommt dieser Kerl dazu, dich vor meinen Augen anzubaggern?«

Lachend klopfte Cai Eric auf die Schulter.

»Du wirst doch nicht etwa eifersüchtig werden, oder? Nimm's mir nicht übel, mein Freund, aber dass du ein hoffnungsloser Heterofall bist, sieht man noch in der Polarnacht auf fünf Kilometer.«

Sie waren bereits auf dem Weg zu dem Bootsverleih, der sich nur wenige Minuten entfernt befand.

»Denkst du, dass Juul …?«, begann Eric unbehaglich.

Cai schüttelte den Kopf. »Ida geht es gut. Sie können sich nicht leisten, dass ihr etwas passiert. Nicht jetzt.«

Doch sie wussten beide, dass ein Boot keine gute Nachricht war.

Der Inhaber des Verleihs zeigte sich weit weniger kooperativ als Ragnar und musterte sie misstrauisch, als sie sich, nachdem sie sich über die Chartermöglichkeiten informiert hatten, vorsichtig nach einem bestimmten Besucher der vergangenen Tage erkundigten. Doch Cai stellte erneut unter Beweis, dass er keine seiner Social-Engineering-Fähigkeiten verloren hatte, und schüttelte aus dem Stegreif eine herzzerreißende Lovestory aus dem Ärmel, die es absolut unabdingbar machte, den Reiseweg des Kunden nachzuverfolgen. Staunend beobachtete Eric, wie der Widerstand des bulligen Nordländers dahinschmolz. Da die Logik der Geschichte jedoch nicht in Gänze zu erschließen war, schien die Ursache des Sinneswandels dann doch eher bei dem Fünfhundertkronenschein zu liegen, den Cai über den Tresen schob.

»Wie, sagtest du, war der Name?«

Cai zögerte nur unmerklich. »Karlsen«, sagte er dann. »Anders Ris Karlsen.«

»Ja, der war hier.«

Für ausufernde Gesprächigkeit reichte das Mitgefühl des Inselbewohners allem Anschein nach noch nicht. Schließlich bekam Cai jedoch aus ihm heraus, dass besagter Karlsen drei Tage zuvor eine kleine Motorjacht gemietet und am nächsten Morgen wieder zurückgebracht hatte.

»Er wollte sein Glück mit dem Kabeljau versuchen. Ich hab

ihm gesagt, dass es nicht ungefährlich ist, hier an unserer Küste, wegen den Strudeln ... aber das Wetter war gut. Die See war glatt wie ein Babypopo. Nur gefangen hat er scheinbar nichts. Was mich gewundert hat bei der Ausrüstung, die er mit sich herumschleppte.«

»Ausrüstung?«

»Ja, er hatte einen riesigen Anglerkoffer dabei. Deshalb bin ich auch davon ausgegangen, dass er das Boot händeln konnte, obwohl er ...«

»Was?«

»Na ja, er hatte wohl schon einen gehoben ... aber das machen ja die meisten. Also, jedenfalls hatte ich keine Beanstandung bei der Rückgabe. Und er hat bar bezahlt.«

»Wo würde man hinfahren, wenn man einen Mitternachtssonnen-Angelausflug machen wollte? Nach Mosken oder Værøy?«

»Nee, zu weit. Eher Sørholmen.«

»Und wenn man auf der Suche nach – sagen wir, einem diskreten Ort wäre ... einem Ort, wo man ganz sicher allein und ungestört wäre. Wäre Sørholmen dafür geeignet?«

»Nee, sicher nicht. Zu viele Touristen. Vor allem jetzt, wo die Insel als Nationalpark ausgewiesen worden ist.« Da es nun um seinen Kiez ging, kam der Lofoter allmählich in Fahrt. »Wenn ich hundertprozentig ungestört sein wollte«, fuhr er bedeutungsvoll fort, »würde ich mir eine der Höhlen an der Westflanke aussuchen. Davon kann ich allerdings nur abraten. Wenn du dich nicht auskennst und die Flut steigt, kommst du da nicht mehr lebend raus.« Er warf einen kurzen Blick auf den Kalender an der Wand. »Morgen ist Vollmond – Springtide. Dann hast du da besser eine gute Tauchausrüstung dabei!« Er brach in ein kehliges Gelächter aus.

»Na gut. Tauchen können wir«, kommentierte Eric trocken, als sie sich eine halbe Stunde später auf dem Weg zum Anlegeplatz befanden.

Cai runzelte die Stirn. »Gefällt mir nicht«, murmelte er. »Wir wissen *nichts*. Nicht, ob sie jemals in einer der Höhlen gewesen ist. Nicht, ob sie aktuell noch dort ist. Nicht, was in den vergangenen fünfundsechzig Stunden passiert ist. Die Chance, dass wir sie dort lebend finden, steht bei eins zu ...«

Eric blieb stehen. »Haben wir eine Alternative?«

»Nein.«

»Dann los.«

Eric warf die Tasche mit dem Equipment ins Heck der blau-silber lackierten Kværnø 585 und sprang an Bord. Cai folgte ihm, löste die Vertäuung, ließ den Außenborder an und setzte sich hinters Steuer. Unter einem dunstverwaschenen Himmel, der sich nicht von der Wasseroberfläche abhob, nahm er Kurs auf die Spitze des Archipels. Südlich des Kaps ragte der monolithische Felsen Mosken wie ein Backenzahn dunkel aus dem Blau heraus, und noch etwas weiter zeichnete sich die scharfkantige Silhouette von Værøy ab. Schneidend fraß sich die kalte Luft durch Kleidung und Haut, die Motorengeräusche mischten sich mit dem Heulen des Fahrtwindes, als rufe der Moskenesstraumen ihnen einen frostigen Willkommensgruß entgegen. Vor der Einfahrt des Sundes kringelten sich kleine schaumige Kronen auf der ansonsten spiegelglatten See.

Cai drosselte die Geschwindigkeit. »Bereit?«

Eric nickte.

Die Kværnø wandte sich steuerbords, kehrte dem schützenden Vestfjord den Rücken und steuerte in Richtung offene See. Jenseits des Strudels – das europäische Nordmeer. Jan

Mayen. Grönland. Erics Blick war in die Ferne gerichtet, dorthin, wo der unsichtbare Horizont die Elemente verschmelzen ließ, als ihn urplötzlich eine weiße Wand wie eine Lawine aus dem Nichts traf und ihm jegliche Sicht nahm. Er verlor das Gleichgewicht, griff instinktiv nach der Reling, suchte im endlosen Weiß nach Orientierung, fühlte den Schiffsboden unter seinen Füßen, ahnte das Meer darunter. Das Boot hatte leicht zu schlingern begonnen, schemenhaft konnte Eric Cai ausmachen, der sich unmittelbar neben ihm befand und angestrengt gegensteuerte.

»Alles okay«, hörte er ihn sagen. »Das ist nur ein Meernebeleinbruch. Auf der Westseite kann er einen treffen wie ein fucking Whiteout!«

Luft und Wasser waren jetzt untrennbar miteinander verbunden, Schatten und Konturen weggewischt. Sie befanden sich in einem unendlichen Raum ohne Dimensionen. In dem Maße, wie das Weiß in schmutziges Grau überging, fühlte Eric Schwindel und Übelkeit aufsteigen. Mühsam ertastete er den Sitz hinter sich und zog sich darauf, während Cai im Versuch, den dicksten Schwaden zu entkommen und die Gefahr einer Kollision mit den Küstenfelsen abzuwenden, einen Schlenker in Richtung Backbord fuhr. Dann, ohne jede Vorwarnung, öffnete sich der Abgrund unter ihnen. Ein gigantischer, rotierender Trichter tat sich auf, aus dem ein gewaltiges, nachtschwarzes Ungeheuer emporstieg. Gierig riss es an Erics Gliedern, zerrte ihn immer tiefer hinab. Hinab in das andere, das Bodenlose. Brodelnd schäumten die Ränder des Strudels, tief unten gewahrte Eric das Antlitz seines Vaters, der mitgeschleudert wurde in diesem alles verschlingenden Nichts. Nichts und niemand konnte dem mörderischen Treiben Einhalt gebieten, nicht einmal Catherine, seine Mutter, die mit lange verklungener melodischer Stimme nach ihm rief. Eric merkte nicht, wie sein Oberkörper sich weiter und weiter über die Reling bewegte, spürte nicht das Salz auf seiner Haut, nicht das Wasser in seinem Haar, hörte nur das Tosen der Tiefe. Ein überwältigendes Gefühl von Freiheit und Freude ergriff von ihm Besitz, als er sich der Kraft überließ, die ihn heimzuholen versprach an einen Ort ohne Worte. Ohne Schmerz. Ohne Licht. Ohne Atem.

Dann löste sich aus dem grauweißen Sturm ein Lichtstrahl, gleichzeitig spürte er eine andere Kraft, die an seinem Nacken ansetzte und ihn zurückriss. Sekundenbruchteile später schlug er auf dem Boden des Bootes auf. In ruhiger See, von mildem, milchigem Schein umgeben, erhob sich die Westflanke der Insel Moskenesøy vor ihnen.

»*Jævla gjort!*«, schrie Cai, der ihn unsanft am Jackenkragen gepackt hatte. »Willst du dich umbringen?«

Verwirrt rieb sich Eric das Salzwasser aus den Augen. »Was ist passiert?«

»Was passiert ist?«, echote Cai, der wieder nach dem Steuer gegriffen hatte und die Kværnø langsam an der Felsküste entlangmanövrierte. »Sag du's mir!«

»Ich hab ihn gesehen«, murmelte Eric. »Den ... Strom. Ich hab den Mahlstrom gesehen ...«

Cai schüttelte verständnislos den Kopf. »Was redest du da? Wir können froh sein, dass man ihn bei diesem ruhigen Wetter *nicht* sieht. Und auch nicht spürt.« Er fixierte Eric durchdringend. »Muss ich mir Sorgen machen?«

Eric stand auf und warf sich ein Handtuch über den Kopf. »Nein.«

»Ich brauche dich hier.«

»Ich weiß.«

Die Sicht war jetzt wieder glasklar. Sie hatten die Eilande Rødøya, Helle und Kjeholmen hinter sich gelassen und bogen in die Buvågen-Bucht ein. Schroff, zackig, orangerot bot sich die Felsformation dar. Cai steuerte dicht am Ufer entlang, beide suchten mit dem Blick die Küste ab. Suchten nach irgendeinem Zeichen, das sie ihrem Ziel näherbringen konnte. Ein Kleidungsstück, ein achtlos weggeworfener Gegenstand, ein Loch im Gestein. Doch die Abhänge waren glatt, unberührt, umgeben nur von Geröll, zum Teil bewachsen mit braungrünen Bodendeckern. Plötzlich blitzte etwas Rotes aus den Erdfarben hervor, sie entdeckten es gleichzeitig, angespannt hofften sie auf etwas Fremdes, etwas, das dort nicht hingehörte, etwas, das einen Hinweis auf einen kürzlichen Besucher ergab. Doch bei genauerem Hinsehen war es nur ein Strauch reifer Moltenbeeren.

Schweigend fuhren sie weiter, an der Insel Sørholmen vorbei, während die Sonne bereits tief über dem Horizont hing. Obwohl sie nicht untergehen würde, würde es bald zu dunkel sein, um die versteckt gelegenen Höhlen auszumachen. Dann, wenige Hundert Meter weiter westwärts, auf halbem Weg in die Refsvika-Bucht, tat sich unvermittelt ein gigantischer Schlund im Felsen auf. Wo eigentlich ockerschattiertes Sedimentgestein den Elementen trotzen sollte, prangte ein etwa fünfzig Meter hohes und zwölf Meter breites ovales Loch mitten im Abhang.

Eric riss den Arm hoch. »Da, da!«, schrie er.

Cai schüttelte den Kopf. »Das muss Kollhellaren sein. Die Refsvik-Höhle. Sie steht unter Denkmalschutz, weil Höhlenmalereien darin gefunden wurden. Sie ist gesperrt und kann nur mit einem Führer besichtigt werden. Als Versteck für ein Entführungsopfer ist sie denkbar ungeeignet.«

»Vielleicht sind wir schon vorbei«, mutmaßte Eric und biss in eine der Zimtschnecken, die sie als Proviant mitgenommen hatten.

»Schon möglich. Wir fahren noch weiter rauf bis Gjerdvika. Dann sind wir fast auf der Höhe von Å auf der anderen Seite. Wenn wir bis dahin nichts finden, machen wir kehrt und suchen die Strecke noch mal ab.«

Im Schein der Mitternachtssonne passierten sie einen weiteren Sund, umfuhren eine weitere Landzunge und bogen in die nächste Bucht ein. Hier wurde der Küstenstreifen flacher, sanfter. Land und Meer begegneten sich weniger schroff. Fast versöhnlich breitete sich ein kleiner Sandstrand zwischen den Felsen aus. Gemächlich tuckerte die Kværnø dahin, in etwas größerem Abstand zum Ufer jetzt, um nicht im seichten Gewässer auf Grund zu laufen. Cai starrte versonnen vor sich hin, die nächste Bucht im Blick. Als sie bereits auf Höhe der nächsten Biegung waren, hob Eric abermals den Arm und zeigte auf den Sand, der tagsüber beige-zuckrig war, sich nun jedoch in verschwommenem Dunkelbraun präsentierte.

»Warte. Hast du das gesehen?«

Cai wandte sich um. »Was?«

»Da … im Sand, da war etwas … eine Furche, als wäre etwas darübergeschleppt worden.«

»Sicher, dass es nicht eine von den Wellen verursachte Verwerfung war?«

»Nein. Ich bin nicht sicher.«

Cai machte kehrt und steuerte in die von Eric angezeigte Richtung. Die Sicht war jetzt so schlecht, dass alles nur ein Anthrazit-in-Anthrazit war. »Okay. Schauen wir's uns an.«

Er stoppte den Motor und warf den Anker aus. Eric schlüpfte in seinen notdürftig mit Isolierband geflickten Neoprenanzug, Cai in Schwimmweste und Gummischuhe. Dann sprangen sie im Leuchtstrahl eines 1000-Lumen-Handscheinwerfers ins hüfttiefe Wasser und wateten an Land.

»Hier, siehst du das?« Eric deutete auf ein Muster im Sand, das man mit einiger Fantasie tatsächlich als Schleifspur hätte interpretieren können, genauso gut jedoch als von Wind und Strandgut verursacht. Nach wenigen Metern endete die Vertiefung im Gestrüpp. Dahinter ging der schmale sandige Streifen bereits wieder in Klippen über.

Cai ließ den Scheinwerferstrahl über das Gestein wandern. Plötzlich entstand eine rasche Bewegung in einer der Felsspalten, blitzschnell schoss ein Schatten daraus hervor und verschwand in der Dunkelheit. Eric zuckte zusammen.

»Ein Hermelin«, kommentierte Cai grinsend. »Den haben wir wohl gestört. Komm, hier ist nichts.« Er wandte sich um und begann, wieder aufs Boot zuzuwaten, doch Eric folgte ihm nicht.

»Warte«, flüsterte er. »Hörst du das?«

Cai blieb stehen. Leise plätschernd, umspülte das Küstenwasser seine Füße. »Was?«

»Da war etwas ... es klang wie ... ein Wimmern. Es kam von dort oben.« Er deutete vage den Abhang hinauf.

»Nein. Da ist nichts. Du halluzinierst wieder. Komm schon, es wird langsam ...«

Seine weiteren Worte wurden vom Nordmeer verschluckt. Ohne dass Eric auch nur eine Idee davon gehabt hätte, was geschah, sah er, wie Cai schlagartig absackte, als hätte sich die Erde unter ihm geöffnet. Der Handscheinwerfer wirbelte durchs Wasser, Sekundenbruchteile später tauchte die Schwimmweste tanzend wieder an der Oberfläche auf.

Eric hechtete mit dem Kopf voraus ins Wasser und kraulte

auf die wenige Meter entfernte Stelle zu, an der Cai verschwunden war. Der aufgewirbelte Küstenschlick nahm ihm jede Sicht, und er konnte die Richtung nur erahnen. Auch, was geschehen war, konnte er nur erahnen, doch es war so unwahrscheinlich, dass er einmal mehr an seinem Verstand zweifelte. Er spürte Bewegung um sich, kleine, geisterhafte Körper huschten an der Außenseite seines Neoprenanzugs entlang. Mit hektischen Bewegungen wehrte er sie ab und arbeitete sich mühsam vorwärts, bis er vor sich einen trüben Lichtschein ausmachte. Erstaunlicherweise hatte der Handscheinwerfer dem Wasser getrotzt und erhellte den Meeresboden in einem kleinen, unwirklich schimmernden Radius, in dem sich auch die schlaffe, leblose Gestalt befand, eine Szenerie, wie einem sehr billigen Horrorfilm entnommen. Eric bekam den schweren, wassergetränkten Körper zu fassen, stemmte sich mit ihm in die Höhe, zerrte ihn in Richtung der vor Anker liegenden Kværnø und schaffte es irgendwie, zuerst Cai und dann sich selbst über die Reling ins Boot zu hieven. Augenblicklich färbte sich der Schiffsboden rot. Erinnerungen an die Bilder von Synnis Aufnahmen schossen durch seinen Kopf.

Das ist nicht möglich!, dachte er. *Wir sind über sechshundert Kilometer vom Kap entfernt und über fünfhundert von Hammerfest. Es ist nicht möglich!*

Während die Gedanken automatisiert durch seinen Kopf ratterten, öffnete er den Erste-Hilfe-Koffer, der glücklicherweise sehr gut ausgestattet war, und versuchte, die vielen kleinen Blutungen zu stillen. Zeitgleich setzte auch Cais Atmung wieder ein, und ein Schwall von braunem Salzwasser mischte sich mit dem Blut und verdünnte es zu einer unappetitlichen Soße.

»*Jævla gjort*«, sagte Eric, als Cai die Augen aufschlug. »Willst du dich umbringen?«

Cai versuchte ein Grinsen. »Was ist passiert?«

»Was eigentlich nicht passiert sein *kann*. Bist du okay? Kann ich dich kurz allein lassen?«

Ohne eine Antwort abzuwarten, war Eric bereits wieder ins Wasser gesprungen und schwamm, die Lampe fest in der Hand, aufs Ufer zu.

Der Fels begrüßte ihn schwarz. Eric lauschte in die Stille, kletterte vorsichtig ein Stück den Abhang hinauf, lauschte erneut, nahm nur das sich unter seinen Füßen lösende Geröll wahr, das mit leisem Knirschen in die Tiefe rutschte. Er musste sehr vorsichtig sein, um einen einigermaßen sicheren Tritt zu finden. Weit und breit war nichts zu sehen außer dunkler, trister Einöde. Dann hörte er es wieder. Er war sich sicher, dass es eine menschliche Stimme war. Leise zwar, doch unverkennbar. Der auffrischende Wind machte es jedoch nahezu unmöglich, die Richtung, aus der das Geräusch gekommen war, zu lokalisieren. Eric versuchte, sich zu konzentrieren, folgte mehr seiner Intuition als seinem Verstand, kletterte weiter, überwand einen Felsvorsprung – und mit einem Mal sah er sie.

Die Höhle lag unmittelbar vor ihm. Hinter dichtem Buschwerk versteckt, hatte der Eingang kaum die Größe eines Streethockeytors.

»Ida«, rief Eric. »Bist du da?« Dann noch einmal, etwas lauter. Als Antwort erhielt er jedoch nur den vom Wind davongetragenen Hall seiner eigenen Stimme.

»Ida! Sag was!«

Er kroch ein Stück in den flachen Höhlenmund hinein und realisierte entsetzt, dass der Boden dahinter stark abfiel. Feucht-muffiger Geruch strömte ihm entgegen, und ein schwaches Glucksen drang aus der Tiefe herauf. Eric stockte der Atem. Was er hier vor sich hatte, glich eher einem Brunnenschacht als einer Berghöhle. Es war offensichtlich, dass der tiefer gelegene Teil wenn nicht ständig, so doch zumindest bei Flut unter Wasser stand. Falls sich das Kind in einem weiter hinten gelegenen Bereich befand, würde es zu diesem Zeitpunkt, da sie sich der Springtide näherten, unmöglich sein, sie ohne eine professionelle Höhlentauchausrüstung herauszuholen. Seine einzige Chance war, dass sie sich an einem Ort befand, der noch nicht vom eindringenden Wasser abgeschnitten war. Wieder glaubte er, ein leises Wimmern wahrzunehmen. Jetzt war jeder Zweifel verflogen. Er hatte Ida gefunden.

Zwei Tage früher.

Løding

»Er hat's versaut.«

Einmal mehr fragte sich Aksel Strand, was er hier tat. Anstatt nach Stavanger zurück hatte er am Abend den letzten Flug nach Bodø genommen. Grønn hatte am Telefon nicht sagen wollen, was genau das Problem war, doch dass es Probleme gab, war unübersehbar. Dabei hatte der Tag eigentlich gut angefangen. Im Anschluss an die erfolgreiche Unterredung mit dem amtierenden Energieminister am Vorabend hatte sich Strand ein ausgiebiges Frühstück am üppig bestückten Büfett des Scandic genehmigt, nachdem er seit geraumer Zeit zum ersten Mal wieder lange und tief geschlafen hatte. Er war auf die Mittagsmaschine nach Stavanger gebucht gewesen und hatte gerade einen Spaziergang durch die sonnige Osloer City gemacht, wo er in einem Anflug von Überschwang im Paleet Shopping Center die teuersten Velourslederhandschuhe erstanden hatte, die er finden konnte. *Damenhandschuhe.* Er machte sich zwar keine Illusionen darüber, dass ein derartiges Mitbringsel an der Kälte zwischen Nora und ihm irgendetwas ändern würde oder an der Tatsache, dass er die nächste Nacht wieder auf dem Sofa verbringen würde. Aber es fühlte sich trotzdem gut an.

Das gute Gefühl hatte gerade einmal für fünf Minuten angehalten, nachdem er das Kaufhaus in der Stenersgata verlassen hatte. Dann klingelte das Handy.

Der nächste Flug nach Bodø, auf dem er einen Platz bekam, ging erst am Abend ab Gardermoen, also sah er sich dazu gezwungen, den Rest des Tages in unangenehmer Anspannung und mit geringer Vorfreude auf sein neues Reiseziel zu verbringen. Jetzt stand er Matias Grønn in dessen Büro im Viridi-Gebäude gegenüber. Es war spät, sie waren allein, und Aksel Strand fror.

»Wir müssen das fixen«, ergänzte Grønn.

Strand konnte sich eines Anflugs von Genugtuung über die Tatsache nicht erwehren, dass seine Dienste nun, da das Kind buchstäblich in den Brunnen gefallen war, wieder gefragt waren. So war es immer gewesen. Wenn die Befehlsempfänger versagten, kam es auf Männer an, die in der Lage waren, Entscheidungen zu treffen.

Aksel Strand schwieg eine Weile und knetete seine Unterlippe. »Du hast ihn nach Finnland geschickt?«

»Fürs Erste. Aber ich glaube nicht, dass ...«

»Glauben hilft uns hier nicht weiter. Du wirst ein paar Nachforschungen anstellen. Das kannst du doch, oder? Wir brauchen was Handfestes. Ein Glas über den Durst – das reicht nicht. Finde was. Dann ziehe ich uns alle – Melling, Kolberg und dich – da raus. Weder PolarLys noch Viridi noch das Ministerium werden Schaden nehmen. Aber du musst mir was geben, klar?«

»Das Kind ...«, warf Grønn heiser ein.

Aksel Strands Augen verengten sich zu schmalen Schlitzen. »Du hast dir hier was Nettes aufgebaut in den vergangenen paar Jahren. *Wir* haben etwas Nettes aufgebaut.« Er blickte aus den mit Lamellenjalousien versehenen Glasscheiben des Büroraums hinüber in das angrenzende Loft, wo sich ein rundes Dutzend Arbeitsplätze befand. Teure Hardware. Eine auf einer von Grønn persönlich weiterentwickelten Linux-Distribution basierende Software. Tagsüber hackten Jungs in die Tastaturen, die genauso gut in Palo Alto, Redwood, Mountain View oder Cupertino grüne Monitore zum Glühen hätten bringen können. Natürlich hatte Melling das Seinige zum kometenhaften Aufstieg der Eliteschmiede beigetragen. Aber wenn er es sich genau überlegte, dachte Strand, war wohl doch eher sein eigener Beitrag ausschlaggebend gewesen. Der strategische Standort hatte sich als Volltreffer erwiesen, und das wusste niemand besser als Matias Grønn.

Aksel Strands Stimme wurde sanft, als er fortfuhr: »Matias – gefällt dir eigentlich, was du hier tust?«

»Worauf willst du hinaus?«, gab Grønn sichtlich unbehaglich zurück.

»Beantworte meine Frage.«

»Du weißt genau, dass Viridi mein Leben ist ...«

Strand nickte langsam. »Eben.«

Eine Pause entstand, die die Raumtemperatur um einige weitere Grade absinken ließ.

»Ich sage dir jetzt etwas, Matias. Und ich sage es genau *ein* Mal.«

Grønn stand vor ihm wie erstarrt, als Aksel Strand jedes einzelne Wort betonte: »Es gibt kein Kind. Es gibt keine Höhle. Und schon gar keinen Unfall. Nichts von alldem hat jemals existiert. Das Gespräch zwischen Juul und dir hat nie stattgefunden. Hast du das verstanden?«

»Wie stellst ...«, begann Grønn.

»Ein Vorteil dieser verrückten Zeit mit durchgeknallten Präsidenten und Schwanzlängen messenden Despoten ist, dass es keine Fakten mehr gibt. Postmoderne. Alles eine Frage der Interpretation. Wahrheit wird *gemacht*. Sie ist nichts anderes als die am härtesten gepushte Geschichte. Damit kenne ich mich aus, glaub mir. Du tust genau das, was ich dir sage. Grab etwas über Juul aus. Egal, was. Schaffst du das?«

Matias Grønn nickte bleich. »Und was machst du?«, krächzte er.

»Ich kümmere mich darum, dass uns dieser Mist nicht im Storting um die Ohren fliegt.«

Ein Tag früher.

Oulu

Nachdem er neun Stunden fast ohne Pause und ohne nachzudenken gefahren war und den schwedischen Norden ohne größere Schwierigkeiten durchquert hatte, trat Helge Juul hart auf die Bremse. Mit einem wütenden, lang gezogenen Hupton überholte ihn der nachfolgende Saab, und der Fahrer streckte ihm im Vorbeifahren wenig freundlich den erhobenen Mittelfinger entgegen. Diese Geste brachte Juuls Blut endgültig zum Kochen. Unsanft brachte er seinen Wagen auf dem Seitenstreifen der gut ausgebauten Überlandstraße zum Stehen. Mit zusammengebissenen Zähnen starrte er auf die neben ihm liegenden Schlüssel.

Lappeenranta. Peltola. Kannelkatu 15.

Er griff nach seinem Handy und klickte eine Nummer an, doch noch bevor die Verbindung hergestellt war, drückte er den Anruf wieder weg. Minutenlang verharrte er reglos, unfähig eine Entscheidung zu treffen. Dann öffnete er den SIM-Karten-Steckplatz, entnahm den Chip und schleuderte ihn mit aller Kraft aus dem Beifahrerfenster. Zufrieden beobachtete er, wie der kleine Prozessor auf Nimmerwiedersehen im Ultramarin des Bottnischen Meerbusens versank.

Danach wendete er entschlossen und raste dieselbe Strecke zurück, die er gerade gekommen war.

Lofoten

Benommen blickte Cai an sich herunter. Im dämmrigen Mitternachtssonnenlicht sah er weiße Verbände, die sich wie Seerosenblüten um seine Unterschenkel wanden. Daneben verschmiertes Blut auf dem Boden des Bootes, das sanft im aufkommenden Wind schaukelte. Schmerzen spürte er nicht, auch keine Angst. Nur Verwirrung. Wenige Meter entfernt zeichnete sich die Silhouette des Strandes ab, an dem Eric im Gebüsch des Hanges verschwunden war, vor … Wie lange war es her? Fünf Minuten? Zehn? Eine halbe Stunde? Er vermochte es nicht zu sagen. Vorsichtig richtete Cai sich auf und versuchte, ein Bein zu belasten. Es gelang ihm ohne Schwierigkeiten. Was auch immer mit ihm geschehen war – allzu großen Schaden schien es nicht verursacht zu haben, stellte er mit Erleichterung fest. Während er noch dabei war, sich ein Bild von der Situation zu machen, tauchte Eric wieder am Ufer auf, sprang ins Wasser und schwamm auf das Boot zu.

»Cai, ich hab sie!«, rief er. »Schnell, wirf mir die Ersatzankerleine rüber.«

Cai verstand kein Wort. »Was?«

Eric befand sich jetzt unmittelbar vor ihm und hielt sich mit beiden Händen an der Reling fest. »Ich hab Ida gefunden. Sie ist in einer Höhle, aber es ist schon Wasser eingedrungen, und ohne Seil komme ich nicht an sie heran. Es muss irgendwo eine Ersatzleine geben – beeil dich!«

Mühsam löste sich Cai aus seiner Erstarrung. Sekunden später hatte er die Tasche mit einem zehn Meter langen Polyesterseil gefunden und reichte sie Eric.

»Ich komme mit. Du brauchst jemanden, der dich sichert.«

»Auf keinen Fall. Du weißt, was passiert, wenn der Schwarm noch in der Nähe ist und du ohne Schutzkleidung ins Wasser steigst.«

Ohne Cais Antwort abzuwarten, hatte Eric bereits kehrtgemacht und war Augenblicke später im Zwielicht verschwunden.

Angestrengt lauschte Cai in die Nacht. Er vernahm das beredte Schweigen unberührter Natur. Das Rascheln der kleinen Landbewohner, die den Küstenstreifen bevölkerten, ab und zu unterbrochen vom Plätschern ungezählter regenbogenfarbener Wasserwesen, untermalt vom kaum hörbaren Flüstern des Windes. Es war die Erzählung einer Welt jenseits des gierigen Eingriffs der gefährlichsten, aggressivsten Erdenspezies – doch er wusste, dass es sich selbst hier, an diesem scheinbar entlegenen Fleckchen Universum, um eine Illusion handelte.

Stille.

Hatte Eric tatsächlich das leise Wimmern eines Kindes im Schacht einer vielleicht hundert Meter entfernten Höhle gehört? Hören *können*? Oder war es etwas anderes, Unerklärbares, das ihn geleitet hatte? Hätte er ihm folgen sollen? Bis zum Strand waren es höchstens zwanzig Meter. Wenn er die Kværnø noch etwas weiter an die Küste setzte …

Bevor er in der Lage war, eine Entscheidung zu treffen, wurde Cais Gedankenstrom jäh von einem neuen Geräusch unterbrochen. Noch konnte er es nicht einordnen. Ein Rauschen, das sich aus den gleichförmigen Klängen der Windböen zu lösen schien, kaum wahrnehmbar zuerst, dann immer klarer. Jetzt ein Brummton, der eindeutig nicht natürlichen Ursprungs war. Der Ton schwoll an, riss dann unvermittelt ab. Cai meinte den Ursprung des Geräuschs auf der Seite der Gjerdvika-Bucht zu verorten, die durch die dazwischenliegende Landzunge von seiner Position aus nicht einsehbar war. Vom Hang aus müsste man ... Noch ehe Cai den Gedanken zu Ende gedacht hatte, wusste er es plötzlich, und im selben Augenblick wurde ihm eiskalt.

Es war ein Boot.

Soeben hatte ein zweites Boot in der Nebenbucht geankert.

Eric schlang das eine Ende der Leine um eine etwa drei Meter vom Eingang der Höhle entfernt stehende kräftige Fichte, das andere knotete er um seine Hüfte. Dann kroch er vorsichtig ins Innere des nachtschwarzen Schlundes.

Die schleimig-feuchten Wände des nach wenigen Metern steil abfallenden Schachts glitzerten im Schein der Handleuchte. Eric konnte eine Gesteinsformation erkennen, die bei trockenem Wetter relativ sicheren Tritt zu versprechen schien; jetzt jedoch war der Boden, wie er bereits vermutet hatte, durchgängig glitschig und spiegelglatt. Er leuchtete den Abhang hinunter, doch der Lichtstrahl verlor sich im Nebel.

»Ida! Bist du da unten?«

Angestrengt horchte er in die Dunkelheit und glaubte, ein verhaltenes Schluchzen zu vernehmen.

»Hab keine Angst! Ich hole dich da raus!«

Vorsichtig, sich Meter für Meter Seil gebend, hangelte er sich in die Tiefe. Bei jedem zweiten Schritt rutschte er aus, suchte in den Einbuchtungen des Gesteins Halt, tastete sich weiter vorwärts.

»*Merde*«, flüsterte er kaum hörbar. »Ich bin Freediver, kein Freeclimber!«

Unwillkürlich stiegen Erinnerungen an einen Tauchgang an Dean's Blue Hole auf. Wie ein Basejumper war er in die Tiefe gesprungen, im freien Fall ins Bodenlose. Das hier war etwas anderes. Es war die Welt der Fledermäuse, nicht der Delfiniden.

Mit zusammengebissenen Zähnen kletterte er weiter. Je tiefer er kam, desto höher stand bereits das Wasser, das kontinuierlich anstieg. Nachdem er ein paar Minuten gegangen war, wurde der Boden allmählich ebener. Bis zu den Oberschenkeln im Wasser stehend, arbeitete er sich weiter vorwärts.

»Ida! Sag was! Ich heiße Eric. Mein Freund Cai hat mit deinem Opa gesprochen. In Hammerfest. Er macht sich große Sorgen um dich!«

»Ich will nach Hause«, erklang ein ersticktes Stimmchen, das Eric rechter Hand und nicht mehr weit entfernt lokalisierte.

»Keine Angst, Ida. Wir bringen dich nach Hause. Wo bist du?«

»Ich bin hier ...«

Er leuchtete den Raum aus, der sich erweitert hatte und direkt vor ihm erneut steil abfiel. Der tiefer liegende Bereich stand bereits komplett unter Wasser. Auf der rechten Seite schien ein Seitengang abzuzweigen. Eric kroch hinein. Selbst durch den dicken Neoprenanzug fraß sich allmählich die Kälte. Dann, endlich, sah er sie. Zitternd, in eine feuchte Decke gewickelt, kauerte sie auf einem Felsvorsprung.

»Du bist ein sehr tapferes Mädchen, Ida. Ich möchte, dass du zu mir rüberkommst. Schaffst du das?«

Sie nickte und bewegte sich mühsam auf allen vieren auf ihn zu.

»Sei vorsichtig, dass du nicht abrutschst!«

Eric robbte ihr entgegen, streckte die Hand nach ihr aus, bekam sie zu fassen und schloss sie fest in seine Arme.

»Alles ist gut. Du bist in Sicherheit. Siehst du dieses Seil? Es wird uns wieder nach oben bringen.«

Eric zog ein Stück Leine nach, knotete einen Palstek und sicherte das Kind.

»So. Jetzt steig auf meinen Rücken und halte dich gut fest, okay?«

Mit dem zusätzlichen Gewicht wurde das Vorwärtskommen nicht gerade einfacher, doch sie gelangten überraschend gut bis zu dem Punkt der steilsten Steigung. Kälte spürte Eric jetzt nicht mehr, stattdessen tropfte der Schweiß über sein Gesicht und mischte sich mit dem eindringenden Meerwasser. Er zog die Ankerleine stramm und begann, sich daran hinaufzuhangeln. Dies war vertrauteres Terrain. Unzählige Male hatte er sich an Führungsseilen aus der Tiefe hochgezogen. Zurück ans Tageslicht. Zurück ins Leben.

Auch mit Gewichten hatte er Erfahrung. Er sog intensiv die Luft ein, als bereite er sich auf einen Tauchgang vor, mobilisierte alle Kräfte, alle Konzentration, gab alles Gewicht auf die Leine – und stürzte zurück.

Mit einem schmatzenden Geräusch landete das obere Ende des Seils neben ihm und Ida im Höhlenschlick.

Sich an Gestrüpp und einzelnen spärlichen Tundragrasbüscheln festhaltend, stieg Cai die kleine Anhöhe hinauf, der Richtung folgend, in die Eric verschwunden war. Er versuchte, dabei so wenige Geräusche wie möglich zu machen, und ließ die kleine Reservetaschenlampe ausgeschaltet, die er in der Eile mitgenommen hatte. Glücklicherweise spendete die Mitternachtssonne ausreichend Licht. Mehr ahnte er, wo er Eric finden würde, als dass er es wusste. Wie bei den Hacks lange vergangener Tage hatte sein Instinkt die Führung übernommen, da rationale Überlegungen in Extremsituationen erfahrungsgemäß allzu leicht in die Irre führten. Sein Instinkt hatte ihm eindeutig signalisiert, dass Eric Hilfe brauchte. *Jetzt*. Sein Instinkt hatte ihm auch gesagt, dass er es riskieren konnte, das kurze Stück vom Boot bis zur Küste zu schwimmen. Noch immer wehrte Cai sich jedoch dagegen, die dritte, letzte Botschaft seines Instinkts zu akzeptieren – diejenige, die besagte, dass sie nicht mehr allein waren. Er hielt es für äußerst unwahrscheinlich, dass ein weiteres Boot rein zufällig exakt in diesem Moment in der Nachbarbucht vor Anker ging. Die einzig plausible Schlussfolgerung war, dass der – oder die – Entführer zurückgekehrt waren. Entweder um ihr Opfer zu befreien – oder um sich seiner für alle Zeiten zu entledigen.

Cai kannte die Gegend recht gut und wusste, dass man von der Gjerdvika-Bucht aus über die rückwärtige Flanke der Anhöhe genauso schnell zu der Stelle gelangen konnte, an der er die Höhle vermutete, wie über den Weg, den Eric gegangen war und dem er jetzt folgte. Außer Zweifel stand, dass Eric und Ida – sollte er sie gefunden haben – dem oder *den* anderen in der Höhle völlig schutzlos ausgeliefert waren. Was er selbst, unbewaffnet und mit blutenden Beinen, gegen möglicherweise mehrere Kriminelle ausrichten wollte, darüber dachte er lieber nicht nach. Er hatte ohnehin keine Wahl.

Horchend hielt er inne, blickte sich im Halbdunkel um und versuchte, sich zu orientieren. Einzelne boreale Nadelbäume ragten dürr und schwarz in den weiten Nordlandhimmel hinein. Eine eisige Brise ließ die nassen Kleider wie Schmelzwasser an seinem Körper kleben, doch er nahm die Kälte kaum wahr. Es musste wohl am Adrenalin liegen. Er konzentrierte sich darauf, nicht ohnmächtig zu werden, und schlich vorsichtig das letzte Stück bis zur Kuppe hinauf. Dann, als eine dunkle Wolke, die die tief über dem Nordmeer hängende Sonne verdeckt hatte, vorbeigezogen war, entdeckte er plötzlich, wenige Meter entfernt, die weiße Ankerleine. Im selben Augenblick löste sich ein Schatten aus der Dunkelheit, die breite Klinge eines Jagdmessers blitzte auf, und das Seil verschwand, einer aufgeschreckten Kreuzotter gleich, in der Erde. Zurück blieb eine Schlinge um einen Baum – ohne Anfang und Ende.

Dann hob der Schatten den Kopf. Cai wurde es übel, eine schwarze Wand stieg vor ihm auf. Der, der da kaum einen Steinwurf von ihm entfernt stand, war kein anderer als Helge Juul.

Juul war über die unverhoffte Begegnung nicht weniger erschrocken als Cai. Er erstarrte, hatte sich jedoch binnen Sekunden wieder gefasst.

»Sieh mal an. Ist 'ne ganze Weile her. Stalkst du mich etwa?« Sein Gesicht verzog sich zu einem schiefen Grinsen.

»Was geht hier vor, Helge?« Auch Cai hatte sich wieder unter Kontrolle und blickte sich rasch um, doch er konnte keine weitere Person ausmachen. Natürlich war es möglich, dass sich noch jemand in dem Boot befand, mit dem Juul gekommen war, aber dieses Risiko musste er eingehen. Außerdem war unschwer erkennbar, dass Helge getrunken hatte. Damit schwand dessen strategischer Vorteil erheblich. Cai kalkulierte intuitiv seine physischen Chancen Juul gegenüber und kam unter Berücksichtigung aller Gegebenheiten auf ein Patt. Okay. Das war ein fairer Deal.

»Du trägst gern Schuhe, die ein paar Nummern zu groß für dich sind, Junge. Das ist nicht gesund. Hab ich dir früher schon mal gesagt. Hier geht es um Belange der nationalen Sicherheit.«

»Für mich sieht es eher nach Entführung und versuchtem Mord aus.« Cai wich ein Stück nach links aus. Er konnte jetzt den Höhleneingang sehen, in den wenige Augenblicke zuvor die Ankerleine verschwunden war. »Eric«, rief er. »Ich bin hier. Ich hole dich da raus!«

»Cai«, schallte es gedämpft aus der Tiefe. »Was ist da oben los?«

Behutsam bewegte Cai sich in Richtung des Erdlochs.

»Tut mir leid«, sagte Juul. »Aber das kann ich nicht zulassen. Nationale Sicherheit, wie gesagt.« Er machte ein paar rasche Schritte und brachte sich zwischen der Höhle und Cai in Stellung. Die Klinge des Jagdmessers reflektierte die Mitternachtssonnenstrahlen.

»Gib auf, Helge. Die Kalte Bombe wird es nicht geben.«

Helge Juuls Züge froren ein, und in seinen Augen spiegelte sich etwas, das Cai nicht deuten konnte. Wie in Zeitlupe nahm Cai den auf sich zufliegenden Körper wahr. Unfähig, rechtzeitig zu reagieren, spürte er den dumpfen Aufprall, der von einem brennenden Schmerz begleitet wurde. Er bäumte sich auf, mobilisierte seine gesamten Kräfte und schleuderte den Angreifer zurück. Klirrend sprang die Stahlklinge über den Fels. Juul taumelte einige Schritte zurück, bückte sich, griff nach dem Messer. Doch Cai war bereits bei ihm und riss ihn zurück. Zwei Wrestlern im Ring gleich, wälzten sie sich am Boden, ineinander verkeilt, wie damals beim Sex. Und schon damals hatte Helge Juul es nicht ertragen, nicht der Dominante zu sein. Jetzt, das spürte Cai, war es eine Frage von Leben und Tod.

»Cai, sag was! Was geht da oben vor?«

Erics Stimme schien jetzt ganz nahe, und Cai meinte, den frostigen Atem der Höhle neben sich wahrzunehmen. Mit einer letzten, übermenschlichen Kraftanstrengung stemmte er den keuchenden Körper über sich hoch und stieß ihn weg in Richtung des modrigen Luftzugs. Er vernahm ein Knirschen, wie von sich lösendem Gestein, dann hallte ein markerschütternder Schrei durch die Nacht.

Teil 3
No Limit

Donnerstag. Tag 17.

Tromsø

Als Simen Sundby am Donnerstagmorgen sein Büro betrat, fand er ein Memo vor. Er solle sich unverzüglich beim Polizeidirektor einfinden – was ein leicht mulmiges Gefühl auslöste. Derartige kurzfristig anberaumte Unterredungen hatten zumeist einen eher unangenehmen Hintergrund, und aktuell gab es wahrlich genug Anlässe, wegen derer er den Unmut seines Vorgesetzten hätte auf sich ziehen können. Angefangen von eigenmächtigen Nachforschungen in einer Angelegenheit, die nicht in seinen Zuständigkeitsbereich fiel, bis hin zu gewissen ernst zu nehmenden persönlichen Problemen seines engsten Mitarbeiters – über die Sundby sich jedoch hartnäckig ausschwieg. Er seufzte, als er mit einem raschen Handgriff den Sitz seiner Krawatte überprüfte und sich dann über den Flur drei Türen weiter begab. Wahrscheinlich hatte sich Tore Melling über sie beschwert.

Es war keineswegs so, dass Fredrik Wersín ein übler Typ gewesen wäre. Ganz im Gegenteil. Genau genommen war er ein meist gut gelaunter und durchaus angenehmer Zeitgenosse. In der Vergangenheit hatte es eine Anzahl feucht-beschwingter Abende in der Polizistenkneipe drüben in Gimle gegeben – nach erfolgreich abgeschlossenen Fällen und in größerem Kreis. Doch Wersín war eben kein Freund von

Unannehmlichkeiten, und sehr zu seinem Missfallen fand er sich regelmäßig in der undankbaren Rolle desjenigen wieder, der die Methoden seiner Untergebenen öffentlich vertreten musste. Beziehungsweise – wie er es ausdrückte – der »den Kopf hinhalten« musste. Folglich rauschten Sundby und er im Alltagsgeschäft mit derselben Regelmäßigkeit aneinander – vor dem Hintergrund sehr unterschiedlicher Vorstellungen über die angemessene Vorgehensweise im jeweiligen Einzelfall. Irgendwann hatten sie die stillschweigende Übereinkunft getroffen, dass Wersín sich aus Sundbys Arbeit weitestgehend heraushielt, und sie beschränkten den Kontakt auf das Notwendigste. Für Entspannung hatte zweifellos die Aufnahme von Jonna Vinter ins Team gesorgt, und Sundby konnte sie mit ihrem professionellen, dabei stets freundlichen Auftreten nur immer wieder als großen Gewinn bezeichnen. Dieser Gedanke verschaffte ihm eine gewisse Erleichterung, als er klopfte und anschließend die Klinke heruntedrückte.

Fredrik Wersín legte den Telefonhörer auf, winkte Sundby heran und machte sich eine Notiz auf seinem Block. »Wann hattest du vor, mir von dem anonymen Hinweis zu erzählen?«

Sundby griff nach der Lehne eines der Besucherstühle, blieb jedoch stehen. »Ich wollte erst wissen, ob da wirklich etwas dahintersteckt.«

»Tagelang stellt die IT das gesamte System auf den Kopf, und du hältst es nicht für nötig, mich über die Hintergründe in Kenntnis zu setzen?«

Sundby setzte zu einer Rechtfertigung an, doch Wersín wehrte ab. »Wir müssen dringend die vakante Position in eurer Gruppe neu besetzen. Ich habe mich diesbezüglich mit Oslo ausgetauscht. Sie schicken uns nächste Woche ...«

»Moment, Moment – ich dachte, wir waren uns einig, dass ich das übernehme. Du weißt, dass unsere Gruppe ... na ja ... nicht jeden Mitarbeiter verträgt.«

»Gut. Aber dann mach es auch. Kümmere dich darum.«

Eine Pause entstand.

»War es das, worüber du mit mir reden wolltest?«

Wersín schüttelte den Kopf und deutete auf das Telefon. »Leknes«, sagte er.

Sundby runzelte die Stirn.

»Ab sofort sind Urlaube, Feiertage und Wochenenden für eure Gruppe gestrichen. Du hast einen neuen Fall. Dringlichkeitsstufe eins. Die Hauptstadt schaut uns auf die Finger. Also *bitte* halt mich auf dem Laufenden.«

Eine Viertelstunde später saßen Mikael und Jonna Simen Sundby in seinem Büro gegenüber.

»Wie bitte?«, fragte Mikael konsterniert.

Auch Jonna blickte verblüfft.

»Ja, leider«, sagte Sundby. »Dein tragischer Unglücksfall auf den Lofoten entpuppt sich als eine mutmaßliche Entführung. Wahrscheinlich sogar versuchter Mord, mindestens Totschlag. Dass das Kind überlebt hat, grenzt an ein Wunder. Und da alle Beteiligten vergangene Nacht nach Tromsø in die hiesige Universitätsklinik ausgeflogen wurden, ist es jetzt offiziell unser Fall. Überstunden abfeiern ist bis auf Weiteres passé.«

Jonna war blass geworden. »Sieben Jahre, hast du gesagt?«

Sundby nickte. »Damit fällt die Vernehmung des Mädchens ganz eindeutig in dein Ressort. Es wird aber wohl noch eine Weile dauern, bis sie dazu in der Verfassung ist. Die Familie ist unterwegs. Da es sich bei dem Opfer um Ida Thorvaldsen handelt, die Enkelin eines bekannten Wissenschaftlers, hat die Geschichte eine gewisse Brisanz.«

»Gibt es Hinweise darauf, dass die Entführung mit der Position des Großvaters in irgendeiner Verbindung steht?«, wollte Mikael wissen.

»Den besseren Draht nach Leknes hast zwar du, aber allem Anschein nach weiß man bisher über die Hintergründe noch so gut wie gar nichts.«

»Und zwei junge Männer aus Alta haben sie zufällig gefunden?«

»Wobei mindestens einer der beiden relativ schwer verletzt wurde. Wie zufällig oder nicht zufällig, werden wir klären.«

»Heißt das, wir lassen die andere Geschichte jetzt außen vor?«

Sundby überlegte. »Wir ermitteln zweigleisig«, entschied er. »Mikael, du bleibst mit Leknes in Verbindung. Wir brauchen mehr Informationen über die Familie. Was sie machen, wo sie es machen und mit wem sie es machen. Jonna, sieh zu, ob es etwas Neues vom Umweltinstitut gibt. Aksel Strand und PolarLys laufen nebenher. Wenn die Hammerfest-Koinzidenz reiner Zufall ist – gut. Aber wenn nicht, will ich es wissen! Ich fahre in die Klinik.«

Am frühen Nachmittag traf Simen Sundby vor dem Kaffeeautomaten auf Jonna.

»Du bist schon zurück? Willst du auch einen?«

Er schüttelte den Kopf. In der vergangenen Woche hatte er seinem Hausarzt versprechen müssen, endlich besser auf seinen angegriffenen Magen zu achten.

»Und, was Neues?«

»Allzu viel konnte ich in der Klinik nicht ausrichten. Die Familie ist noch nicht eingetroffen, das Kind ist noch nicht vernehmungsfähig, und einer der beiden jungen Männer aus Alta, Cai Nygard, ist immer noch nicht bei Bewusstsein.«

»Und der andere?«

»Tja, das ist seltsam. Laut seiner Personalien ist er Franzose. Eric Perrain. Außerdem ist er im Augenblick unauffindbar ...«

Er folgte Jonna zu ihrem Platz. Nachdenklich musterte er die beiden leeren Schreibtische.

»Mikael ist schon eine Weile weg. Wohin, weiß ich nicht.«

Sundby nickte. »Immerhin hatte ich ein interessantes Gespräch mit dem behandelnden Arzt.« Er breitete einige Fotos aus der Krankenakte vor ihr aus. »Kommt dir das bekannt vor?«

Jonna hielt eine der Aufnahmen ins Licht. »Das ist jetzt nicht dein Ernst – schon wieder Bisse? Aber es passt zu dem, was ich vorhin vom Framsenteret erfahren habe. In Honningsvåg ist man sich inzwischen relativ sicher, dass bei diesen Krebstieren eine Mutation stattgefunden hat. Die Mutanten produzieren ein blutgerinnungshemmendes Sekret, das sie quasi über Nacht zu Vampiren werden lässt. Anstatt auf Aas richten sie sich plötzlich auf lebende Beute aus. Die durch das Sekret ausgelösten Blutungen können sehr schnell lebensbedrohlich werden.«

»Moment – das verstehe ich ja. Aber warum ausgerechnet Menschen? Oder wurde auch der Fischbestand attackiert?«

»Davon geht man aus. Nur dass kiemenatmende Opfer in der Regel keine groß angelegten polizeilichen Ermittlungen nach sich ziehen.«

»Sagen sie etwas dazu, wodurch es zu dieser Mutation gekommen ist?«

»Scheinbar durch irgendeine toxische Substanz. Radioaktivität könnte eine Rolle spielen.«

»Radioaktivität? Das klingt nicht gut. Konnten sie schon die Quelle identifizieren?«

»Das ist genau das Problem. Es scheint ein Gift zu sein, das sich sehr schnell verflüchtigt, weil man im Gewässer selbst bei den Analysen nichts gefunden hat. Der Nachweis kann also nur indirekt über das betroffene Plankton erbracht werden. Tritium ist wohl im Gespräch, aber das ist noch vollkommen ungesichert. Nicht zuletzt deshalb, weil sich keiner erklären kann, wo ein so seltener Stoff hergekommen sein könnte. Sie haben wohl Angst davor, dass irgendetwas an die Öffentlichkeit gelangen könnte, was sich im Nachhinein als nicht haltbar erweist. Schon mit diesen Informationen hat sich mein Kontakt bei der Küstenökologie ziemlich weit aus dem Fenster gelehnt.«

»Alles klar. Bleib dran. Und bezieh Mikael mit ein. Er kann den chemischen Teil wahrscheinlich am besten einschätzen.«

»Was ist eigentlich mit dem Mann, der auf der *Fram* war? Du weißt schon, der Unfall vor dem Nordkap – liegt er nicht auch hier in der Klinik?«

»Allem Anschein nach geht es ihm deutlich besser. Die medizinischen Parallelen zu dem Honningsvåg-Fall sind aber eindeutig. Man geht von derselben Ursache aus. Das sind dann wohl diese mutierten ...«

»Eis-Flohkrebse. Gammarus Wilkitzkii.« Jonna besah sich erneut die Fotos. »Und jetzt haben wir einen weiteren Fall auf den Lofoten? Wurde dort ein Badeverbot ausgegeben?«

»Dafür reicht der Befund bei Nygard nicht aus. Seine Beinverletzungen sind vergleichsweise harmlos. Deutlich weniger harmlos ist das hier.« Sundby zeigte auf eine weitere Aufnahme. »Da ist jedenfalls definitiv kein Fisch dafür verantwortlich.«

In diesem Moment kam Mikael in den Raum. »Wofür ist kein Fisch verantwortlich?« Er beugte sich über die Bilder, und Sundby brachte ihn auf den neuesten Stand.

»Lassen wir nach Perrain fahnden?«

Sundby schüttelte den Kopf. »Er steht nicht unter Verdacht. Genauso wenig wie Nygard. Außerdem gehe ich davon aus, dass er wiederauftaucht.«

»Und wie kommst du an die medizinische Akte, wenn der Patient unter keinem Verdacht steht?«

»Forensischer Grenzfall.«

»Hm. Aber das solltest du vielleicht noch mal überdenken. Es gibt nämlich Neuigkeiten aus Leknes. Männliche Leiche. Ende vierzig. Todesursache Genickbruch. Identität noch nicht abschließend geklärt.«

Sundby und Jonna richteten sich ruckartig auf und starrten Mikael an.

»Eine Leiche? Wo?«

»Ungefähr dort, wo auch das Mädchen gefunden wurde.«

»Ungefähr dort oder genau dort?«

»Sie melden sich, sobald sie mehr wissen.«

Sundby dachte nach. Der Fall entwickelte sich deutlich unübersichtlicher als angenommen. »Zur Ursache der Stichverletzung und der diversen Prellungen bei Nygard ist aus den Medizinern nichts Konkretes herauszubekommen. Ein Unfall erscheint demnach ebenso plausibel wie ein Kampf. Also ändert das erst mal nichts. Nach jetzigem Informationsstand haben Nygard und Perrain das Mädchen gerettet und nicht entführt. Was wohlgemerkt nicht bedeutet, dass wir bei ihnen nicht sehr genau hinschauen werden. Bis zum Beweis des Gegenteils sind sie aber lediglich Zeugen. Für alle Beteiligten gilt: Nicht die kleinste Information verlässt diese Räume. Insbesondere, was das Kind und die Familie betrifft.«

»Noch was, Simen«, sagte Mikael. »Halvar Thorvaldsen ...«

»Ja?«

»Es wird dich interessieren, wer sein derzeitiger Arbeitgeber ist.«

»Sag jetzt nicht ...«

»Doch. Unser umtriebiger ortsansässiger Traditionskonzern. Und der aktuelle Arbeitsplatz dieser Legende der Plasmaphysik befindet sich nirgends anders als innerhalb des LNG-Terminals auf Melkøya – was zumindest ein paar interessante Fragen aufwirft.«

Sundby runzelte die Stirn. »Jonna, versuch bitte, an ein paar Hintergrundinformationen über die Anlage zu kommen. Morgen früh fährst du als Erstes in die Klinik und sprichst mit dem Kind.«

Allmählich kristallisierten sich Klänge aus dem Nichts. Undeutlich noch, wie aus weiter Ferne. Cai wehrte sich dagegen. Er wollte in der wattigen weißen Unbeschwertheit bleiben. Im Whiteout, wie demjenigen vor Moskenesøy. White ... out. White ... out.

»Cai! Kannst du mich hören?«

White ... out.

»Cai. Ich bin's, Eric.«

Ohne dass er es wollte, zeichneten sich im Whiteout Konturen ab. Ein Gesicht.

»Eric ...«, flüsterte er, doch sein Mund fühlte sich an, als wäre er angefüllt mit Holzwolle.

»Das wird schon wieder, okay? Du kommst wieder in Ordnung!«, sagte die Stimme. Erics Stimme ...

»Wie geht's ihm?«
Synnis helle Wolfsaugen glitzerten wie Diamanten. In der Nachmittagssonne. Am Ufer. Irgendwo zwischen Gimle und Nygård. Eric konnte sich nicht erinnern, wie sie hierhergekommen waren – oder vielleicht doch, er meinte, etwas gesagt zu haben wie: Lass uns irgendwo hingehen, wo keine Menschen sind ... Er spürte ihre Hand in seiner, spürte, wie sein Herz raste, ähnlich dem Moment, in dem er es irgendwie geschafft hatte, mit Ida die spiegelglatte Höhlenwand zu erklimmen. Das war nach dem Moment gewesen, als ein schwerer Körper dicht neben ihnen aufgeschlagen war. Einen entsetzlichen Augenblick lang hatte Eric im Dunkeln geglaubt, Cai wäre abgestürzt. Dann, zurück an der Oberfläche, hatten sie ihn gefunden. Ebenso leblos, doch atmend. Mühsam setzte Erics Gehirn die vergangenen Stunden zusammen.
»Entschuldige ... was hast du gesagt?«
»Wie geht es Cai? Wird er ...«
Eric nickte. »Er wird wieder gesund.« Dann zog er sie an sich, er konnte nicht anders. Sog ihren berauschenden Duft ein, kostete ihre weichen Lippen. Warm drang ihr Atem in ihn ein. Er überließ sich ihr, gab sich auf, spürte die Kälte nicht, als er unter ihr auf dem steinigen Boden lag, spürte nur die Wärme und Sanftheit ihres Körpers. Wellen jenseits von Zeit und Raum durchfluteten ihn, er glitt in die Tiefe, die er kannte, die Tiefe, in der es nur einen einzigen Atemzug gab, und er empfand dasselbe Bedürfnis, nie mehr aus dieser Tiefe aufzutauchen, das er unzählige Male zuvor empfunden hatte.
Atemlos.

Am Abend saßen sie in einer ruhigen Ecke in der Bar des futuristischen Hotelkomplexes The Edge, und Eric wärmte sich die Hände an einer heißen Tasse Tee. Verunsichert blickte er sich um. »Das ist ... ziemlich teuer hier, oder?«

Synni lachte. »Mach dir keine Sorgen. Die Kosten trägt Framsenteret. Ist noch Teil der offiziellen Forschungsreise. Noch für ein paar Tage. Du kannst Toms Zimmer haben. Braucht keiner zu erfahren.«

»Tom ist nicht mehr hier?«, fragte er verblüfft.

Synni schüttelte den Kopf. »Er musste gestern beruflich zurück nach Kristiansand. Tatsächlich konnten wir hier auch nicht mehr viel tun. Framsenteret kommt nur sehr langsam vorwärts. Oder sie halten die Ergebnisse zurück.«

Eric blickte abwesend ins Leere. Noch immer wirbelten Fragmente der vergangenen vierundzwanzig Stunden durch seinen Kopf.

»Eric?«

Mühsam gelang es ihm, ins Hier und Jetzt zurückzukehren. Er sah sie an. Ihr schmales, ebenmäßiges Gesicht. Die alles durchdringenden Augen, die jetzt einen traurigen und mitfühlenden Ausdruck hatten. Die sanft geschwungenen Lippen, die ihn an seine Mutter erinnerten. Fast wartete er darauf, dass melodiöse Joik-Synkopen aus ihrem Mund erklangen.

»Willst du mir erzählen, was passiert ist?«

So gut es ging, versuchte er, die Bruchstücke in eine chronologische Abfolge zu bringen. »Nachdem wir uns in Hammerfest getrennt hatten, sind Cai und ich nach Alta gefahren ...«

Für eine Sekunde ließen die vertrauten vier Buchstaben ein anderes Bild aufscheinen. Ein kleines mintgrün gestrichenes

Holzhaus. Die Silhouette des alten Mannes im Abendlicht. Er schüttelte den Gedanken ab.

»Dann bekam Cai von Bent die Information, dass er den Roboter orten konnte. In Å. Wir sind sofort hingefahren und fanden heraus, dass Helge Juul dort ein Boot gemietet hatte. Cai war sicher, dass wir Ida in einer der Höhlen auf der Westseite finden würden. Und so war es auch. Aber dann … geriet es außer Kontrolle.«

Mit zitternden Fingern führte Eric die Tasse zum Mund. Nachdem er sie wieder abgestellt hatte, griff Synni nach seiner Hand. Ihre Haut fühlte sich kühl und beruhigend an. »Zuerst wurde Cai im Wasser angegriffen … ich hatte nicht damit gerechnet, dass sich die Mutation schon so weit ausgebreitet haben könnte … dann hab ich versucht, das Kind da rauszuholen, aber es war bereits viel Wasser eingedrungen, und … auf einmal war noch jemand da. Cai und er haben miteinander gekämpft, dann ist der andere abgestürzt. Er war sofort tot.«

»War es Juul?«

»Wahrscheinlich, aber ich bin nicht sicher. Ich habe das Bild auf Cais Handy gesehen, aber unten war es dunkel, und er trug einen Bart. Cai wird es uns sagen, sobald …«

»Was geschah dann?«

»Irgendwie hab ich es geschafft, mit dem Kind rauszukommen. Oben fand ich Cai bewusstlos. Er hatte eine ernste, aber meiner Einschätzung nach nicht unmittelbar lebensgefährliche Stichverletzung am Oberkörper. Ich hab die Wunde notdürftig versorgt und dann beide ins Bezirkskrankenhaus nach Leknes gebracht.«

»Du meinst, du bist zurück nach Å gefahren und hast dort den Wagen genommen?«

Eric schüttelte den Kopf. »Nein. Es ging sehr viel schneller mit dem Boot. In Leknes wurde sofort ein Rettungshubschrauber angefordert.«

»Okay.«

»Ida liegt auf der Kinderstation. Sie ist unterkühlt, steht unter Schock und hat ein paar Prellungen. Sie kann sich an nichts erinnern – bisher jedenfalls. Aber vielleicht ist das ja auch besser so.«

Synni nickte.

»Cai hat großes Glück gehabt. Es sind keine inneren Organe verletzt worden. Auch der Amphipodenangriff scheint vergleichsweise glimpflich verlaufen zu sein. Vielleicht hat sich die Mutation inzwischen bereits abgeschwächt.«

»Was hast du der Polizei erzählt?«

»Nichts.«

»Was heißt das – nichts? Bist du denn noch nicht vernommen worden?«

»In Leknes war dafür keine Zeit. Sie haben Ida anhand der Vermisstendatei sofort identifiziert, aber bevor die zuständigen Ermittler eintrafen, sind wir bereits abgeflogen.«

»Dann übernimmt jetzt wahrscheinlich Tromsø. Du wirst eine Aussage machen müssen.«

»Das ist es ja ... alles ist durcheinander. Ich habe keine ... ich habe wirklich keine Ahnung, was ich sagen soll.«

»Wie wäre es mit der Wahrheit?«

»Auf keinen Fall. Nicht bevor ich mit Cai und Thorvaldsen gesprochen habe. Es ist ihre Entscheidung, nicht meine. Im Moment weiß niemand außer dir, wo ich bin.«

»Lange wirst du dich nicht verstecken können.«

»Ich weiß.«

Ein Tag früher.

Stavanger/Oslo

Der Herr Minister habe wichtige Termine außer Haus, hatte es geheißen. Eine persönliche Unterredung sei frühestens am nächsten Tag möglich. Natürlich wisse man, wer Aksel Strand sei. Selbstverständlich genieße seine Angelegenheit allerhöchste Priorität. Und ja, man verstehe, dass es sehr dringend sei. Ob man dem Herrn Minister etwas ausrichten könne? Ob sich die Sache vielleicht telefonisch klären ließe? Ein sensibles Thema – das verstehe man voll und ganz. Aber leider sei es momentan vollkommen unmöglich ...

Nichts zu machen.

Wutschnaubend hatte Aksel Strand seinen Flug in letzter Minute umgebucht und einen eintägigen Zwischenstopp in Stavanger eingelegt. Zu Hause angekommen, führte er sofort ein längeres Krisentelefonat mit Tore Melling, das eine erneute unvorhergesehene Wendung brachte. Strand hielt das Telefon in der einen Hand und riss mit der anderen ungeduldig die Großpackung Rohypnol auf, die er am Flughafen mittels eines fotokopierten Rezepts erworben hatte. Er drückte mehrere Tabletten durch die Folie in die Handfläche und warf sie in den Mund.

»Wie bitte? Kannst du das noch mal wiederholen?« Strand spülte mit einem Schluck Wasser nach.

»Ich sagte, es war eine temporäre Undichte des Ein-Ventil-Uranspeichers.«

Melling hob zu weitergehenden Erklärungen an, doch Strand wehrte ab. »Und was gedenkt ihr, diesbezüglich zu unternehmen?«

»Thorvaldsen und sein Team sind seit gestern Abend dran. Das entsprechende Modul wurde bereits ausgetauscht.«

»Wie seid ihr überhaupt darauf gekommen?«

»Thorvaldsen äußerte den Verdacht.«

»Einfach so?«

»Tja, also ...«

Strand seufzte. Auch das noch. Immerhin ersparte es ihm die Mühe, sich Melling gegenüber erklären zu müssen. »Wie viele Leute wissen von der Emission?«

»Nur wir beide, Thorvaldsen und seine Techniker. Also fünf. Allerdings ...«

»Ja?«

»Ich hatte gestern Besuch von der hiesigen Kriminalpolizei. Man interessiert sich für unsere Aktivitäten auf Melkøya.«

»*Was?*«

»Im Zusammenhang mit den Badeunfällen. Aksel – ein zweites Grindøysundet würde die Firma nicht überstehen. Spätestens seit Økokrim immer sofort auf den Plan tritt, ist es in Norwegen so gut wie unmöglich, eine Umweltsünde zu vertuschen. Daher haben wir, was Sektion 42 betrifft ...«

Aksel Strand tupfte sich mit seinem Taschentuch die Stirn ab. Glücklicherweise taten die Benzodiazepine inzwischen ihre Wirkung. »Nicht am Telefon. Ich habe morgen einen Termin im Ministerium. Danach komme ich nach Tromsø.«

Er legte auf und übergab Nora die Handschuhe. Wenn sie sich freute, so bemühte sie sich jedenfalls, es nicht zu zeigen.

Und natürlich verbrachte er die Nacht auf dem Sofa. Trotzdem schlief er tief und traumlos. Kein frierendes kleines Mädchen in einem Erdloch erschien ihm. Es lag wohl am Flunitrazepam. Oder auch daran, dass er seit Malins Tod sowieso zu keiner menschlichen Regung mehr fähig war.

Die Maschine setzte gegen neun Uhr in Gardermoen auf. Strand nahm ein Taxi zum Ministerium. Er kämpfte sich an der mäkelnden und zu viel Make-up tragenden Vorzimmerdame vorbei, die er bereits am Vortag am Telefon gehabt hatte, ignorierte Bent Wallström und drang endlich ins Ministerbüro vor.

Morten Kolberg stand mit dem Rücken zu ihm am Fenster. Aksel Strand holte Luft und setzte zu dem Kurzvortrag an, den er sich während des Fluges mühsam erarbeitet hatte. Jetzt war es wichtiger denn je, die Übersicht zu behalten. Niemand brauchte Dinge zu erfahren, die er nicht ohnehin schon wusste. Folgerichtig musste der Minister nur wissen, dass man aus der militärischen Option etwas Zeitdruck nehmen würde. Die Rahmenbedingungen – die *politischen* Rahmenbedingungen – machten es erforderlich, zunächst die zivile Schiene weiterzuverfolgen. Eine mehrgleisige Strategie war natürlich immer angedacht gewesen. Die Markteinführung der Katalysatortechnologie im Versorgungsbereich würde neue Spielräume eröffnen, die man derzeit brauchte. Strand würde alle Detailfragen mit Forsvaret klären, der Verteidigungsminister brauchte nicht weiter involviert zu werden, die Dinge gingen ihren Gang, und zu gegebener Zeit ...

Obwohl Aksel Strand kein Politiker war, verstand er sich sehr wohl auf die Kunst, mit vielen bedeutungsschweren Worten exakt *nichts* zu sagen.

Doch Morten Kolberg ließ ihm keine Gelegenheit dazu. Er drehte sich ruckartig um, sodass der dunkelbraune Inhalt seines Glases bedenklich hochschwappte und den schneeweißen Hochflorteppich unter dem ausladenden Schreibtisch zu beflecken drohte.

»Es war Wallström!«, gab er von sich, und sein Tonfall ließ nichts Gutes erahnen.

Aksel Strand runzelte die Stirn. »Entschuldige – wovon sprichst du?«

»Er ist eingebrochen!«

»Wie bitte?«

»Du hast richtig gehört. Bent Wallström hat mein Büro kompromittiert.«

»Er ist in dein Büro eingebrochen?«

»Und in meinen Computer.«

Strand schüttelte verständnislos den Kopf. »Das ergibt keinen Sinn. Er braucht die Position als Spindoctor. Und er macht seinen Job gut, oder nicht? Warum also sollte er das alles aufs Spiel setzen?«

»Sag du's mir.«

»Morten ...«

»Nein, Strand. Bevor nicht abschließend geklärt ist, was es mit dieser Sache auf sich hat, wird es keinerlei Absprachen mehr zwischen dem Energieministerium und dem Verteidigungsministerium geben. Wenn irgendwas von der Geschichte durchsickert und es zu einer Untersuchung kommt, werde ich von Melkøya nie etwas anderes gewusst haben, als dass dort Flüssiggas verschifft wird. Sauberes norwegisches Off-Shore-LNG. Sollte dort jemals etwas anderes stattgefunden haben, dann waren es kriminelle Machenschaften, die mit der ganzen Härte des Gesetzes verfolgt werden. Und falls es erforderlich sein sollte, werde ich nicht zögern, in diesem Zusammenhang deinen Namen zu nennen. Verstehen wir uns?«

»Wenn du dieser Meinung bist, warum sitzt Wallström dann immer noch da draußen?«

»Ich habe eben erst von der Sache erfahren. Gestern war ich außer Haus, wie du weißt. Die internen Ermittlungen laufen noch. Aber es trifft sich gut, dass du jetzt hier bist …«

»Der eigentliche Grund meines Hierseins …« Strand unternahm einen letzten Versuch, das Gespräch auf eine andere Schiene zu bringen, doch Morten Kolberg hatte nicht die Absicht, sich in die Rolle des Zuhörers zu begeben. Nicht an diesem Tag.

»Eine weitere Sache, die ich dir nicht vorenthalten will und die der Anlass meiner gestrigen Abwesenheit war: Die Partei wird zeitnah eine Presseerklärung herausgeben, in der sie meine Kandidatur für den Vorsitz bekannt geben wird. Gegenkandidaten gibt es nicht, daher ist die Bestätigung eine reine Formsache. Ich denke, du weißt, was das bedeutet.«

Natürlich wusste er das. Es bedeutete, dass der fabrikneue, fast bezugsfertige D-Block für Kolberg jetzt in greifbare Nähe gerückt war. *Statsminister.* Als Parteivorsitzender war er automatisch Spitzenkandidat für das höchste Amt im Land. Und das ganz ohne sein, Strands, Zutun.

»Bent Wallström ist *dein* Mann«, fuhr Kolberg eisig fort. »Ich werde mir an ihm nicht die Finger schmutzig machen. Ich gehe davon aus, dass du jetzt da rausgehst und die Sache klärst. Ein für alle Mal.«

Strand atmete durch. Die Machtverhältnisse drohten sich in eine Richtung zu bewegen, die es dringend erforderlich machte nachzujustieren.

Zwanzig Minuten später saß Bent Wallström neben Aksel Strand auf einer Bank im unteren Bereich des menschenleeren Kampen Parks und kaute auf seinem Leberwurstsandwich herum.

»Also, was gibt's denn so Dringendes? Hätten wir das nicht im Büro besprechen können?«

»Ich denke nicht.«

Wallström schluckte und ließ das Brot sinken.

Strand schüttelte resigniert den Kopf. »Junge, du enttäuschst mich auf ganzer Linie. Ich irre mich selten in Menschen, aber hier ... Ich hatte dich für ein cleveres Kerlchen gehalten und für einen halbwegs fähigen Computerfreak noch dazu. Leider stimmt anscheinend weder das eine noch das andere.«

»Wovon redest du?«

»Bist du wirklich so scharf drauf, in Grønland einzufahren? Was hattest du an Kolbergs Rechner verloren?«

Wallströms Miene gefror.

»Hast du schon vergessen, dass ich dich an den Eiern habe?«

Bent Wallström schwieg.

»Wenn auch nur ein einziges Wort über das Ministerium jenseits dessen, was im Storting diskutiert wird, in der Presse auftaucht, wird der tragische Todesfall eines jungen, aufstrebenden samischen Politstars namens Elias Várri eine völlig neue Wendung nehmen. Dann sorge ich nämlich dafür, dass du nicht nur für ein oder zwei Jahre einfährst. Du kommst da nie wieder raus, das garantiere ich dir. Hast du das *verstanden*?«

Einen Augenblick lang klangen die Worte in der kristallklaren Nachmittagsluft nach.

»Ich hoffe für dich, dass du keine persönlichen Gegenstände mehr im Ministerium hast. Alle deine Zugangsberechtigungen sind mit sofortiger Wirkung gesperrt. Wenn ich du wäre, würde ich mich in naher Zukunft um ein ziemlich teures Flugticket kümmern. Irgendwohin, wo es warm ist und die Drinks bunt sind. Ohne Rückflug. In *sehr* naher Zukunft.«

Aksel Strand stand auf, drehte sich um und ließ den aschfahlen Wallström auf der Parkbank sitzen. Als er den Kampen Park verließ, fühlte er sich bereits bedeutend besser.

Wie gewöhnlich hielt der Zustand exakt bis zum nächsten Klingeln seines Handys an, noch bevor er an der Ecke ein Taxi heranwinken konnte. Es war Grønn.

»Willst du erst die gute oder die schlechte Nachricht hören?«

Strand schwitzte. Er war nicht in der Verfassung für weitere Hiobsbotschaften. »Die gute.«

»Ich hab was ausgegraben. Ich denke, es wird reichen.«

»Lass hören.«

»Es scheint, als hätte unser Freund Juul ein Doppelleben geführt. In der Stricherszene ist er alles andere als ein unbeschriebenes Blatt. Er hat sich zwar bemüht, keine Spuren zu hinterlassen, aber du weißt ja, was ich immer sage: Keine Spuren gibt es nicht. Schon lange nicht mehr.«

»Du hast ja keine Ahnung, wie recht du hast«, murmelte Strand mit einem kurzen, grimmigen Blick zurück zum Park. Immerhin schien es noch Leute zu geben, die etwas von ihrem Geschäft verstanden.

»Wie bitte?«

»Nichts. Geht's etwas genauer?«

»Ist ziemlich eklig.«

»Kinder?«

»Minderjährige auf jeden Fall. Wenn er getrunken hat, kommt es schon mal vor, dass einer im Krankenhaus landet. Natürlich ist derjenige dann immer unglücklich hingefallen.«

»Beweise?«

»Schwierig. Sie haben Angst. Aber ich arbeite daran.«

Immerhin. Das war doch schon mal was. Strand holte Luft.

»Und die schlechte?«

»Er ist weg.«

»Was heißt das – weg?«

»Ich hab ihn seit vorgestern auf dem Handy nicht erreicht. Es ließ sich auch nur bis Oulu tracken. Er muss die SIM-Karte rausgenommen haben. In Lappeenranta ist er jedenfalls nie angekommen, ich bin gerade dort.«

»Was ist mit Nordvern?«

»Bis es dort auffällt, wird es wohl noch eine Weile dauern. Er war sowieso beurlaubt.«

»Warum das?«

»Hat vergangenen Monat eine Kommandooperation gründlich in den Sand gesetzt. Kurz nachdem er zum Generalmajor befördert worden war. Im Moment weint ihm im FOH jedenfalls keiner eine Träne nach.«

»Okay. Finde ihn.«

Strand hob den Arm, das Taxi kam neben ihm zum Stehen.

»Gardermøen. Schnell, bitte. Ich muss dringend die Mittagsmaschine nach Tromsø kriegen.«

Der Fahrer warf einen Blick auf die Uhr am Armaturenbrett und schaltete den Taxameter ein. »Kein Problem«, sagte er grinsend mit unverkennbar kvenischem Dialekt.

Tromsø

Tore Melling bugsierte Aksel Strand auf ein weiteres Jella & Jorg-Sofa – beige, mit roséfarbenem Hauch – und drückte ihm ein kühles Glas in die Hand.

»Nur Soda, bitte.«

Melling füllte sprudelnde Flüssigkeit ein und setzte sich ihm gegenüber. »Gut, dass du da bist …«, begann er.

Aksel Strand ging davon aus, dass Melling wie auch immer geartete Erklärungen von ihm erwartete, und machte einen zweiten Anlauf für den Kurzvortrag, den er bereits bei Morten Kolberg hatte halten wollen – doch auch dieses Mal kam er über das Luftholen nicht hinaus.

»Es geht um das Tritium«, sagte Melling in einer Stimmlage, die Strand ganz und gar nicht gefiel.

»Ich dachte, das Leck sei geschlossen?«

»Ist es. Nur leider, wie es aussieht, etwas zu spät. Diese … unglückliche Geschichte hat bereits Spätfolgen gezeitigt.«

»Was soll das heißen?«

»Das heißt, dass die Bade*unfälle* nicht rein zufällig dort stattgefunden haben, wo sie stattgefunden haben.«

Allmählich dämmerte Strand, worauf das Ganze hinauslief, doch noch wehrte sich sein Verstand instinktiv dagegen.

»Hmm«, grunzte er.

»Ich erspare dir die Details. Aber wir müssen leider davon ausgehen, dass wir die Verursacher sind.«

»Woher weißt du das?«

»Immerhin gibt es bei PolarLys ein paar Leute, die mit Tritium eine gewisse Erfahrung haben – und ich spreche jetzt nicht von Halvar Thorvaldsen. Der hält sich bedeckt. Wie ich dir gestern schon gesagt habe, ist das Letzte, was PolarLys sich leisten kann, ein Gridøysundet 2.0. Eher blasen wir die ganze Sache ab. Dann war Sektion 42 nie etwas anderes als das, was es auf dem Papier immer war – ein rein administrativer Seitenarm des LNG-Prozessmanagements mit einem hochdekorierten Physiker in der Funktion eines quantitativen Analysten.«

Strand stöhnte. Es wurde nicht besser. »Ist das schon raus?«

»Einen kleinen Spielraum haben wir noch. Aber Framsenteret und die Polizei sind dicht dran. Es ist nur eine Frage der Zeit, bis Økokrim …«

In diesem Moment klingelte der Festnetzapparat auf dem Schreibtisch.

»Entschuldige bitte ganz kurz.«

Melling nahm das Gespräch entgegen, und Strand sah aus dem Augenwinkel, wie sich seine Gesichtsfarbe dem Ton des Sofas annäherte. Es dauerte nicht lange, dann kam er zurück, jedoch nicht ohne sich vorher eine weitere Flüssigkeit ins Glas gekippt zu haben. Strand begann sich zu fragen, mit welchen unliebsamen Überraschungen der Tag noch aufwarten würde.

Melling leerte sein Glas und stellte es ab. »Das war Hammerfest. Es geht um Thorvaldsen. Scheinbar hatte seine Enkelin einen … tja … Unfall oder irgend so was in der Art. Jedenfalls liegt sie aktuell in der Uniklinik, und er ist auf dem Weg dorthin.«

Strand trippelte mit den Fingern auf der Armlehne.

»Uniklinik – wo?«

»Hier.«

Aksel Strand hätte um ein Haar sein Glas fallen lassen.

»Ja, du hast richtig gehört. In *Tromsø*.«

Minutenlang waberte der Name der Stadt in der Luft. Unnahbare, kühle Schönheit. Paris des Nordens. Kulminationspunkt. Untrüglicher Instinkt eines charismatischen Visionärs, den Sitz seiner Firma hierherzulegen. Tore Melling, wie immer tadellos in Christiania Skreddersøm, starrte ihn an. Dann hatte Aksel Strand sich wieder im Griff.

»Trifft sich doch ausgezeichnet«, sagte er ruhig.

So wie es aussah, würde er seinen Aufenthalt um mindestens einen Tag verlängern müssen. Er stand auf und griff nach seinem Mantel.

»Strand …«

»Es wird kein Grindøysundet 2.0 geben. Ich kümmere mich darum.«

Er verließ das Gebäude und wanderte gemächlichen Schrittes zum Stadtzentrum zurück. Lange stand er sinnierend vor dem Polaria-Museum, dessen preisgekrönte Architektur an sich an Land schiebende Eisschollen erinnern sollte. Für Strand sah es eher aus wie ein in sich zusammengestürztes Kartenhaus. Unmittelbar dahinter kontrastierte das siebenstöckige Framsenteret den aschegrauen Himmel – das berühmte interdisziplinäre, aus einundzwanzig Einzelinstituten bestehende nordnorwegische Forschungszentrum für Klima und Umwelt.

Irgendwie passte alles zusammen. *Stürzte* alles zusammen. Sein Lebenswerk, das Einzige, was ihm seit Malins Tod noch geblieben war, drohte sich aufzulösen wie die schmelzenden

Gletscher Grönlands. Er selbst war nicht mehr als ein verhungernder, ertrinkender Eisbär, Relikt einer längst vergangenen Zeit. Mit bleischweren Gliedern bog er schließlich in die Storgata ein, wo er immerhin eine akzeptable Pizzeria fand. Mit etwas Handfestem im Magen fühlte er sich anschließend wieder ein bisschen besser.

Er besorgte ein paar Toilettenartikel und Wäsche zum Wechseln und checkte anschließend im Smarthotel an der Vestregata ein. Dort verbrachte er einige Zeit damit, einen größeren AK-47-Deal mit einem zypriotischen Zwischenhändler auf den Weg zu bringen. Es musste schließlich noch andere Dinge geben als Sektion 42. Der Deal versprach lukrativ und erfolgreich zu werden, und allmählich erwachten Aksel Strands Lebensgeister wieder. Solange sie ihn nicht tot aus einer Hotelbadewanne fischen würden, war Aufgeben keine Option, und vielleicht war ja noch nicht alles verloren.

Gegen fünf hatte er alle Telefonate erledigt und kam zu der Überzeugung, dass Halvar Thorvaldsen inzwischen eingetroffen sein musste. Da das bevorstehende Zusammentreffen alles andere als angenehm zu werden versprach, war es am besten, es so schnell wie möglich hinter sich zu bringen.

Eine halbe Stunde später traf Strand mit dem Taxi vor der Klinik auf der Nordseite der Insel ein. Er betrat das Gebäude durch den Haupteingang und begab sich zum Empfang, als ihm bewusst wurde, dass er nicht einmal den Nachnamen des Kindes kannte, das er aufzusuchen beabsichtigte. Er plante um, ging wieder nach draußen und rief Matias Grønn an.

Der Chef von Viridi Technologies zeigte sich weit weniger überrascht von Mellings Neuigkeiten, als es Strands Meinung nach zu erwarten gewesen wäre.

»Ja«, sagte Grønn nach einer Pause. »Es gibt leider noch andere schlechte Nachrichten. Ich hab es gerade erfahren.«

Strand schwieg. Der Tag hatte es wahrlich in sich.

»Touristen haben heute am frühen Morgen ein herrenloses Boot vor Bunes Beach entdeckt. Bei der daraufhin erfolgten Suchaktion wurde in einer nahe gelegenen Höhle ein lebloser Körper gefunden. Bei dem Toten handelt es sich wahrscheinlich um einen gewissen Anders Ris Karlsen, der das Boot am Vortag in Ramberg gemietet hatte. Man geht von einem tragischen Unfall aus, aber die näheren Umstände sind noch ungeklärt.«

»Was um …«, schnaubte Strand, musste jedoch aufgrund eines plötzlichen Hustenanfalls abbrechen. Er war definitiv zu viel im Norden unterwegs in letzter Zeit. Er vertrug einfach dieses Klima nicht.

»Ich hab keine Ahnung, was er vorhatte, aber aus irgendeinem Grund muss Juul auf die Lofoten zurückgefahren sein.«

»Und wurde … zu diesem Zeitpunkt auch das Kind gefunden?«, fragte Strand, als er wieder Luft bekam.

»Von einem Kind war in der Meldung nicht die Rede.«

»Nachrichtensperre?«

»Möglich.«

Strand überlegte. »Was ist mit Forsvaret?«

»Bisher kennen sie die Verbindung zu Juul noch nicht, aber es wird nicht lange dauern, bis sein Doppelleben auffliegt.«

Aksel Strand biss auf seiner Unterlippe herum. »Da ist noch eine andere Partei im Spiel«, murmelte er düster. »Die Russen?«

Grønn sagte nichts.

»Okay, Matias. Hör mir jetzt ganz genau zu: Forsvaret wird erfahren, dass ihr geschätzter Mitarbeiter leider ein paar sehr dunkle Flecken in seinem Privatleben hatte. Flecken, die niemand in der Öffentlichkeit ausgebreitet sehen will, verstehst du. Es darf *unter keinen Umständen* eine Verbindung zu Melkøya und den Ministerien geben. Nicht zu Tore Melling und nicht zu mir. Du bist jetzt die Schlüsselposition.«

Am anderen Ende der Leitung blieb es still.

»Und«, fügte Strand nach einer Pause hinzu. »Wir müssen rausfinden, wer die dritte Partei ist. Was sie wissen und was sie wollen. Schnell! Ich verlasse mich auf dich.« Er wollte bereits auflegen, beim Blick auf den Eingang des Universitätshospitals fiel ihm jedoch der eigentliche Grund seines Anrufs wieder ein. »Ach ja – ich brauche ein paar Informationen über das Kind. Damit sie mich zu ihm lassen. Ich gehe davon aus, dass ich Thorvaldsen bei ihm finde.«

»Kein Problem. Ich schick es dir aufs Handy.«

Aksel Strand blickte unschlüssig durch das kleine Fenster, das das Krankenzimmer mit dem langen hellgrauen Flur verband. Das weiß bezogene Bett wirkte zu groß für den kleinen Körper, der reglos, fast puppenhaft darin verschwand. Daneben, mit dem Rücken zum Sichtfenster, standen Thorvaldsen und eine Frau, eine zweite Frau saß am Kopfende und hielt eine Hand des schlafenden Kindes. Strand konnte ihr Profil sehen. Die Augen schienen gerötet, verweint.

Noch hatte Strand nur eine unklare Vorstellung davon, wie er die verfahrene Situation wieder in halbwegs gangbare Bahnen lenken sollte, aber da er schon mehr als einen haarigen Deal fast gegen die Wand gefahren und die Angelegenheit im letzten Augenblick noch gerettet hatte, machte er sich darüber keine allzu großen Sorgen, sondern verließ sich auf seine Intuition. Während er noch überlegte, näherten sich von hinten auf dem Linoleum leise quietschende Gummiclogs.

»Entschuldigung, aber Zutritt zur Patientin haben aktuell nur die engsten Familienangehörigen.«

Die Bemerkung der Schwester, die ein kleines Tablett mit Medikamentenbechern in der Hand hielt, war zugleich Feststellung und Frage.

Strand wandte sich um. »Ja – nein, ich meine ... Ich wollte eigentlich nur kurz mit Professor Thorvaldsen sprechen.«

»Ach so.«

Sie verschwand im Zimmer und schloss die Tür hinter sich. Strand sah, dass sie ein paar Worte an den breitschultrigen Professor neben dem Bett richtete, woraufhin dieser sich umdrehte und ihn durch die Plexiglasscheibe anstarrte. Eine Minute später blickte Aksel Strand im gedimmten Neonlicht in kühle wässrig blaue Augen.

Sie waren sich nicht oft begegnet. Jetzt, wo sie sich direkt gegenüberstanden, wurde Strand zum ersten Mal bewusst, wie groß Halvar Thorvaldsen war. Deutlich größer und breiter, als er ihn in Erinnerung hatte. Trotz seines fortgeschrittenen Alters bot er zweifelsfrei eine imposante Erscheinung.

»Was kann ich für dich tun?«

Es klang neutral. Weder verbindlich noch abweisend.

»Vielleicht besprechen wir das draußen«, schlug Strand vor.

Wortlos folgte Thorvaldsen Strand auf die Straße und das kurze Stück zum Wasser hinunter. Jenseits des Sundes – die pudergezuckerten Sandkuchenhügel des Festlands.

»Ich hoffe«, begann Strand zögernd, »dass es deiner Enkelin gut geht ...«

»Ach ja?«, gab der Professor zurück. Sein Tonfall war jetzt deutlich frostiger als die milde Abendbrise.

»Darf ich fragen, was genau passiert ist?« Strand versuchte, sich in eine neutrale Beobachterrolle zu manövrieren. Leider ohne durchschlagenden Erfolg.

»Vielleicht kannst *du mir* ja etwas darüber erzählen?«

Aksel Strand räusperte sich unbehaglich. Es war ein Spiel mit verdeckten Karten, und keiner wollte sein Blatt offenlegen.

»Ich sehe, ehrlich gesagt, nicht, was wir zu besprechen hätten«, löste Thorvaldsen die Situation auf. »Morgen früh werde ich bei der Polizei vollumfänglich zu den Ereignissen der vergangenen Wochen aussagen. Und für den Fall, dass mir vorher ein unglücklicher *Unfall* passieren sollte, liegt noch immer ein verschlossener Umschlag an einem sicheren Ort. Und jetzt würde ich, wenn es dir nichts ausmacht, gerne wieder zu meiner Familie reingehen.« Er wandte sich um.

»Professor, bitte hör mir einen Augenblick zu. Ich möchte dir ein Angebot machen.«

»Ich glaube nicht, dass ich an weiteren *Angeboten* interessiert bin.«

Strand schüttelte den Kopf. »Ich kann dein Misstrauen sehr gut verstehen. Aber was, wenn ich dir die Möglichkeit bieten würde, dein Lebenswerk zu vollenden? Mit der Option auf ausschließlich zivilwirtschaftliche Nutzung – und umfassenden Sicherheitsgarantien für dich und deine Familie? Nicht zu vergessen die prozentuale Beteiligung an allen Erlösen?«

Halvar Thorvaldsen drehte sich wieder zu Aksel Strand, machte einen Schritt auf ihn zu und blickte ihm fest in die Augen.

»*Was* hast du da gerade gesagt?« Ingrid wurde schlagartig so bleich, dass Halvar fürchtete, sie würde im nächsten Augenblick zusammenbrechen.

Nach seiner Rückkehr war Lea in die Cafeteria hinuntergegangen, um eine Kleinigkeit zu essen, daher befanden sie sich allein im Krankenzimmer. Ida schlief noch immer, die Ärzte zeigten sich mit ihrem Zustand jedoch sehr zufrieden. Da die Dosis des Sedativums, das ihr verabreicht worden war, glücklicherweise nicht hoch gewesen sei, bestünde diesbezüglich keine Gefahr. Ob und wann die Erinnerung an die vergangenen Tage zurückkehren werde, könne man nicht voraussagen. Alle körperlichen Folgen des Geschehens sollten zeitnah so weit behoben sein, dass sie entlassen werden könne. Sie brauche jetzt vor allem die geschützte und vertraute Umgebung ihres Zuhauses und ihrer Familie. Eine kinderpsychologische Nachsorge war ihnen zusätzlich dringend empfohlen worden.

Halvar fasste Ingrid am Arm, drückte sie behutsam in einen der Besuchersessel und setzte sich selbst auf die Bettkante.

»Versteh doch – es ist die beste Lösung.«

»Die beste Lösung? Für wen?«

»Für uns alle.« Er blickte in Ingrids kreidebleiches Gesicht. »Und nicht nur für uns. Für Norwegen. Für das ganze Land. Für die gesamte *Welt*.«

Sie sah ihn an, als sei er geisteskrank oder mindestens größenwahnsinnig geworden, und er wusste, dass sie genau das dachte.

»Du verkaufst deine Familie für – *was*? Eine Bombe?«

»Nein!«, rief er empört aus und blickte erschrocken auf Ida, deren tiefer Schlummer jedoch durch nichts gestört zu werden schien. War es ein Segen, ein Kind zu sein?, schoss es ihm seltsamerweise durch den Kopf. Actmo verharrte währenddessen im Ruhezustand auf dem kleinen Tisch, der unter dem Fenster stand, und beobachtete die Szene mit seinen quadratischen LED-Augen.

»Natürlich nicht. Von einer militärischen Anwendung ist

nicht mehr die Rede. Das hat mir Aksel Strand ausdrücklich versichert. Es geht um eine rein zivile Nutzung. PolarLys wird den Katalysator gemeinsam mit einem Joint-Venture-Partner produzieren und vertreiben. Und ausschließlich renommierte privatwirtschaftliche Unternehmen werden ihn einsetzen – reguliert und überwacht durch demokratisch legitimierte Institutionen. So, wie es von Anfang an geplant war. Die Energieversorgung der Menschheit wäre auf unabsehbare Zeit gesichert. Fossile Energieträger wären obsolet. Erneuerbare Energien müssten nicht mehr mit Gewalt gegen den Willen ganzer Bevölkerungsgruppen durchgesetzt werden. Weißt du, was das bedeutet? Klimawandel, Ressourcenkriege, Massenmigration – Tausende, vielleicht Millionen Tote wären Geschichte! Ein für alle Mal!« Er spürte, dass ihm Tränen in den Augen standen.

»Rein zivile Nutzung. Das hab ich schon mal gehört.«

»Ingrid, hör mir zu. Der Hyde-Katalysator war nur der erste Schritt. Das Nachfolgemodell ist schon seit Monaten in Planung. Uns fehlen nur noch ein paar Wochen, dann sind wir so weit, den Neutronenfluss mit reinem Deuterium stabil zu halten. Kein Tritium bedeutet keinerlei radioaktives Restrisiko mehr. Aber – was noch viel wichtiger ist – mit reinem Deuterium ist eine waffenfähige Nutzung per Design ausgeschlossen.«

»Und der Wohltäter der Menschheit, der dieser disruptiven Technologie zum Durchbruch verhilft, soll ausgerechnet Aksel Strand sein?«, murmelte Ingrid tonlos. »Der Mann ist doch Waffenhändler, oder nicht? Er hat die ganze Katastrophe doch erst ins Rollen gebracht. Du machst den Wolf zum Hüter der Schafe!«

»Nein, so ist es nicht, Ingrid. Aksel Strand ist in erster Linie

Lobbyist – Kapitalist, meinetwegen. Ihm geht es nur um Geld. Um die Marktsituation von PolarLys. Die andere Sache ... das war Forsvaret ... oder dieser Juul. Er hat versucht, das Projekt zu kapern. Und er ist auch ganz allein für die Entführung von Ida verantwortlich. Das wollte *niemand*. Aber er ist keine Gefahr mehr für uns.«

»Was heißt das – keine Gefahr?«

»Strand deutete an, dass er bei einem Unfall ums Leben kam.«

»Und du glaubst diesem Mann?«

»Es geht nicht darum, was ich glaube, sondern darum, was ich weiß. Tore Melling ist mein Arbeitgeber. Und auch wenn auf Melkøya in der Grauzone operiert wurde – was wir schließlich alle wussten und in Kauf zu nehmen bereit waren –, ist er ein absolut integrer Mensch. Außerdem ist er zu hundert Prozent Geschäftsmann. Hast du eine Vorstellung davon, wie viele Existenzen, wie viele Karrieren an der Sache hängen? Keiner kann es sich leisten, dass die Sache weiter entgleist, glaub mir. Ihr seid sicher. *Wir* sind sicher.«

»Das meinst du doch nicht wirklich ernst? Genauso wie alle neuen digitalen Technologien zur Überwachung genutzt werden, genauso wie der unschuldig aussehende kleine Kerl da drüben eine Abhörmaschine ist, genauso wie die Atombombe gebaut und eingesetzt wurde, wird früher oder später auch jemand die Kalte Bombe bauen. Und einsetzen. Tritium hin oder her. Kannst du damit leben?«

»Haben wir diese Diskussion nicht oft genug geführt? Wissenschaft kann immer alles sein. Dampfmaschine, Atomspaltung, Kernfusion, künstliche Intelligenz – das Rad lässt sich weder anhalten noch zurückdrehen. Ich bin Wissenschaftler, Ingrid. Das wusstest du, als du mich geheiratet hast.«

Sie nickte müde.

»Bereust du es?«
»Wie könnte ich das.«
»Erklärst du es Lea?«
Ingrid seufzte. »Und wenn Ida sich erinnert?«
»Woran?«

An diesem Abend tranken Simen Sundby und Mikael Holt noch ein schnelles Bier an der Bar der Polizistenkneipe in Gimle.

Sundby blickte seinen Kollegen ernst an. »Wie viele Fälle haben wir hier, Mikael? Drei, zwei – oder einen?«

»Ich würde sehr gerne diesen Tore Melling noch mal besuchen.«

»Machen wir. Gleich morgen. Nachdem wir mit Halvar Thorvaldsen gesprochen haben.«

Als sie etwas später zu ihrem nahe der Universitätsklinik geparkten Wagen zurückschlenderten, eilte eine von Süden kommende dunkel gekleidete Gestalt an ihnen vorbei. Das Gesicht war von der Kapuze eines Parkas verdeckt, der Mann verschwand in Richtung des Klinikgeländes, und sie beachteten ihn nicht weiter.

Als Eric sich lange genug in seinem Hotelbett von einer Seite auf die andere gewälzt hatte, zog er sich an und trat in die kalte Nachtluft hinaus. Er hatte keinen Plan, dachte nicht nach, lief einfach mit schnellem Schritt nach Norden, immer am Ufer entlang. Die Nähe des Wassers und die Bewegung beruhigten ihn allmählich. Er geriet außer Atem, nahm die Pforte kaum wahr, das Treppenhaus, die grau getünchten, neonbeschienen Gänge. Eine Stunde, nachdem er das Clarion verlassen hatte, stand er wieder neben Cais Bett.

Lautlos zog er einen Stuhl heran, setzte sich und betrachtete das friedlich schlafende Gesicht seines Freundes. Erics Kopf war leer, sein Handy seit Tagen abgeschaltet. Aber natürlich wusste er, dass er sich etwas vorlog, dass er feige Reißaus nahm, flüchtete vor dem, was er immer gefürchtet hatte. Der Kollision zweier Welten. Zweier Leben. Vielleicht war es eine Erfahrung, die seine Mutter lange vor ihm gemacht hatte. Und vielleicht hatte es sie das Leben gekostet. Das *eine* Leben, das jeder nur zur Verfügung hat. Doch ein anderes Leben würde weitergehen, und das war ein Trost.

Idas Familie war inzwischen sicher längst eingetroffen. Halvar Thorvaldsen hielt sich vielleicht nur ein paar hellgraue Flure von ihm entfernt auf. Und es würde nicht mehr lange dauern, bis irgendjemand kommen und Fragen stellen würde. Nein – er konnte sich nicht verstecken, nicht eintauchen in tiefes, geräuschloses Blau, so wie er es bisher immer getan hatte, wenn es schwierig wurde. Aber das hier war nicht seine Sache, es war nicht seine Entscheidung ...

Eric schreckte hoch. Für einen Moment war er wohl doch eingeschlafen. Verwirrt blickte er sich um. Da war ein neues Geräusch, das sich zum monotonen Piepen des Vitalzeichen-Überwachungsmonitors gemischt hatte. Ein gedämpftes Brummen. Er stand auf, öffnete den Kleiderschrank und zog Cais Handy aus der vibrierenden Jackentasche. Auf dem Display wurden in einer verschlüsselten Verbindung bereits zehn unbeantwortete Anrufe angezeigt. Alle kamen von derselben Nummer.

Unschlüssig hielt Eric das Telefon in seiner Hand. Schließlich nahm er den Anruf an.

»Endlich!«, erklang es ungeduldig auf der anderen Seite. »Wo hast du gesteckt? Wir müssen dringend ...«

»Bent?«, fragte Eric. »Bent Wallström?«

Einen Moment war es still. »Wer spricht da?«

»Hier ist Eric.«

Erneut Stille.

»Wo ist Cai?«

»Er hatte … einen Unfall«, improvisierte Eric. »Er kann gerade nicht sprechen.«

»Geht es ihm gut? Es ist wichtig! Wann …?«

Eric blickte zu Cai hinüber, der bleich und reglos auf dem Kissen lag. »Ich wünschte, ich könnte es dir sagen.«

»Es ist doch nichts Ernstes, oder? Was ist passiert?«

Für einen Augenblick erwog Eric, die Neuigkeiten mit Bent auszutauschen, entschied sich dann aber dagegen. »Am besten versuchst du es heute im Lauf des Tages noch mal.«

»Okay.«

Bent beendete den Anruf.

Eric steckte das Handy in Cais Jackentasche zurück und setzte sich wieder zu ihm ans Bett. Draußen war die Mitternachtssonne bereits einer fahlen Dämmerung gewichen. Milchige Schwaden zogen aus der Bucht herauf.

Freitag. Tag 18.

Tromsø

Der rechteckige graue Klotz am Stakkevollvegen war im dichten Nebel kaum zu sehen. Halvar Thorvaldsen drückte dem Fahrer einen Zweihundertkronenschein in die Hand, tastete sich über die Straße und betrat den Eingangsbereich der neu gebauten Politistasjon. Er meldete sich am Empfang an, wurde in Ebene 2 begleitet und fand sich wenig später mit einem dampfenden Pappbecher in der Hand vor einem großen Fenster wieder, das an einem anderen Tag wahrscheinlich einen großartigen Ausblick auf den Fjord und bis hinüber zum Tromsdalstinden geboten hätte. In diesem Moment sah man nur eine weiße Wand.

»Danke, dass du gekommen bist.«

Der Beamte, der nach ein paar Minuten den mittelgroßen Besucherraum betreten und die Tür hinter sich geschlossen hatte, stellte sich als Simen Sundby vor. Das sympathische, offene Gesicht mit den wachen Augen ließ ihn jünger wirken, als er vermutlich war. Er drückte Halvar kurz und fest die Hand und bot ihm Platz an dem ovalen Eichenholztisch an, der die Mitte des Raumes dominierte.

»Wie geht es deiner Tochter und deiner Enkelin?«

»Danke. Ida ist ein sehr tapferes Mädchen, also …«

Sundby legte eine Akte auf den Tisch und blätterte darin. »Die Kollegen in Leknes haben den Vorfall aufgenommen«, rekapitulierte er. »Das war, wenn ich richtig informiert bin, vor fünf Tagen. Eine groß angelegte Suchaktion wurde eingeleitet, zu der auch Svolvær hinzugezogen wurde. Diese musste jedoch nach drei Tagen ergebnislos abgebrochen werden. Befragungen der Anwohner ergaben ebenfalls keine brauchbaren Hinweise über den Verbleib der vermissten Siebenjährigen. Dann taucht das Kind einen weiteren Tag später plötzlich wieder auf. Unter ziemlich … mysteriösen Umständen.« Er musterte Thorvaldsen eindringlich. »Ich muss sagen, das ist ein ungewöhnlicher Fall.«

»Man hat mir … uns noch gar nichts darüber gesagt, wie sie genau gefunden wurde. Nur, dass die Erstversorgung in Leknes stattfand.«

»Hat denn Ida bisher etwas erzählt?«

Thorvaldsen schüttelte den Kopf. »Im Moment kann sie sich an nichts erinnern. Die Ärzte fanden Spuren eines starken Beruhigungsmittels in ihrem Blut. Es wird noch dauern, bis sie wieder richtig ansprechbar ist.«

Simen Sundby notierte etwas in einem kleinen schwarzen Notizbuch. »Zwei junge Männer, allem Anschein nach Touristen aus der Finnmark, haben sie auf Moskenesøy unbegleitet aufgefunden. Cai Nygard und Eric Perrain.« Er entnahm der Akte zwei Fotos und drehte sie in Thorvaldsens Richtung. »Hast du einen von ihnen vielleicht schon einmal gesehen?«

Schweigend betrachtete Halvar die Fotos.

»Professor?«

»Nein«, sagte er mit fester Stimme. »Ich kenne sie nicht. Wo sind sie jetzt?«

»Aktuell werden auch sie medizinisch versorgt. Wir ermitteln in alle Richtungen. Zum jetzigen Zeitpunkt steht noch keiner der Beteiligten unter konkretem Verdacht.« Sundby blätterte erneut in seinen Unterlagen. »Du lebst und arbeitest in Hammerfest?«

»Das ist richtig.«

»Worin genau besteht deine Tätigkeit?«

Halvar zögerte nur unmerklich. »Es geht um die Optimierung von Produktionsabläufen. Quantitative Analysen.«

»Innerhalb der LNG-Anlage?«

»Ja.«

»Und der Arbeitgeber ist PolarLys – nicht Equinor?«

»Das stimmt.«

»Aha. Ist das nicht etwas ungewöhnlich für einen Plasmaphysiker?«

»Es ist nicht ungewöhnlich für einen Forscher, in die Privatwirtschaft zu wechseln. Außerdem ...« Halvar Thorvaldsens Hals fühlte sich plötzlich trocken an, und er nahm rasch einen Schluck seines mittlerweile erkalteten Getränks. »Es ist kein Geheimnis, dass ich meine Professur verloren habe.«

Sundby nickte, und Thorvaldsen ging davon aus, dass der Kommissar seine Hausaufgaben gemacht hatte. Doch zu seiner Erleichterung thematisierte er die alte Geschichte nicht weiter.

»Ida und ihre Eltern leben ebenfalls in Hammerfest?«, fragte er stattdessen.

»Ja.«

»Was war der Grund für ihren Aufenthalt auf den Lofoten?«

»Meine andere Tochter, Sara, betreibt dort ein Gästehaus. Lea und Ingrid, meine Frau, haben sie mit den Kindern besucht.«

»Verstehe. Gab es vielleicht irgendeinen Streit in der Familie? Hätte Ida einen Grund gehabt, wegzulaufen?«

»Nein, nein, natürlich nicht. Sie ist ganz sicher nicht weggelaufen. Sie wollte nur zum Spielen nach draußen, und dann ... verschwand sie einfach.«

»Hm. Niemand hat gesehen, dass sie mit einem Fremden sprach oder in ein Auto einstieg?«

»Nein. Krister, mein Schwiegersohn, hat mit Ingrid, Lea und den anderen Kindern einen Tagesausflug nach Svolvær gemacht. Und Sara war allein an der Rezeption, also ...«

»Warum ist Ida nicht mitgefahren?«

»Ich glaube, weil sie lieber mit ihrem Roboter spielen wollte.«

»Ihrem Roboter?«

»Ja, ich habe ihr vor Kurzem einen Actmo-Roboter geschenkt. Sie liebt ihn über alles. Sie ist sehr ... technikaffin.«

Der Anflug eines Lächelns huschte über das ernste Gesicht des Kommissars. »Das scheint in der Familie zu liegen.«

Einen Augenblick war es still.

»Professor«, sagte Sundby dann mit Nachdruck. »Gibt es irgendjemanden, der dir oder deiner Familie schaden will?«

»Nicht dass ich wüsste.«

»Eine Lösegeldforderung oder etwas in dieser Art hat es nicht gegeben?«

»Nein. Das wäre auch völlig sinnlos gewesen. Ich habe vor zehn Jahren nicht nur meinen Ruf und meine Arbeit verloren, sondern im Zuge der Heimild-Insolvenz auch praktisch unsere gesamten Ersparnisse. Außerdem hätten wir das den Behörden in Leknes längst mitgeteilt.«

»Es kommt vor, dass die Angehörigen die Polizei aus der Sache heraushalten wollen, aus Angst, dem Entführungsopfer damit zu schaden.«

Thorvaldsen schwieg.

»Gibt es vielleicht *irgendetwas*, das du mir sagen möchtest?«

»Wir werden doch nicht ... verdächtigt, etwas mit der Sache zu tun zu haben, oder?«

»Bisher nicht. Aber ich will ganz ehrlich zu dir sein. In Fällen wie diesem befindet sich der Schlüssel zu neunundneunzig Prozent innerhalb der Familie oder des engsten Umfelds. Bitte ruf mich sofort an, sollte Ida sich doch noch an irgendetwas erinnern.«

Nachdem Halvar Thorvaldsen gegangen war, stand Simen Sundby eine Zeit lang vor den feuchten Scheiben, hinter denen sich der Nebel allmählich in feinen Nieselregen auflöste. Dann wandte er sich um, verließ den Besucherbereich und fuhr mit dem Aufzug in den fünften Stock hinauf.

Oben angekommen, wäre er fast mit Mikael zusammengestoßen, der mit langen Schritten den Gang heruntergehetzt kam.

»Da bist du ja! Es gibt Neuigkeiten aus Leknes.«

Sundby machte Mikael ein Zeichen, ihm in sein Büro zu folgen, und schloss die Tür hinter ihm.

»Sie haben die Identität des Toten.« Mikael ließ Sundby nicht die Zeit, sich zu setzen. »Generalmajor Helge Juul. Forsvarets operative hovedkvarter, Reitan.«

Jetzt setzte Simen sich doch und stützte die Ellbogen auf den Schreibtisch. Nach drei Jahrzehnten in diesem Beruf gab es nicht mehr allzu viel, was ihn überraschen konnte.

»Es kommt noch besser. Das Boot hatte er unter dem Namen Anders Ris Karlsen gemietet.« Mikael grinste. »Das Ganze fängt allmählich an, mir zu gefallen. Denkst du, es wäre an der Zeit für einen Besuch in meiner alten Heimat?«

Sundby strich sich mit Daumen und Zeigefinger über sein Kinn, das im Gegensatz zu Mikaels Dauer-Dreitagebart glatt rasiert war. »Eins nach dem anderen. Irgendwelche Anhaltspunkte zu den Hintergründen?«

Da eine kleine Dienststelle wie Leknes mit einer Ermittlung dieser Dimension naturgemäß überfordert war, wäre der Fall zu diesem Zeitpunkt unter normalen Umständen nach Bodø weitergereicht worden.

Mikael erriet Sundbys Gedanken und legte einen Finger auf die Norwegenkarte an der Wand. »Fundort.« Er ließ den Finger wenige Zentimeter über ein kleines Stück Blau gleiten. »Bodø – Løding – Reitan.« Die letztgenannten Punkte waren auf der Karte fast nicht zu unterscheiden.

Sundby nickte. Es waren diese speziellen Momente. In denen es keiner Worte bedurfte. In denen sie automatisch und zwangsläufig dieselbe Schlussfolgerung zogen. Synchron dachten und handelten. Das war es, was eine herausragende Gruppe von einer guten Gruppe unterschied. Gute Gruppen gab es viele, herausragende Gruppen sehr wenige. Simen Sundby hatte sich schon mehr als einmal die Frage gestellt – stellen müssen –, welche Gegebenheit die Preisgabe einer Gruppe dieser Qualität rechtfertigen würde.

»Dass die Sache an uns geht, ist bereits geregelt«, fuhr Mikael fort. »Die Obduktion wird ebenfalls hier stattfinden. Erst dann wird man auch Genaueres zum Todeszeitpunkt sagen können, da der Körper sich mehrere Stunden im Wasser befand.«

»Gut. Was ist mit den beiden Fundorten?«

»Nach Aussage der KT handelt es sich zweifelsfrei um ein und dieselbe Höhle. Es wird höchste Zeit, dass wir uns mal mit den beiden Hobbyhöhlenforschern unterhalten.«

»Sobald mindestens einer anwesend und ansprechbar ist.«

»Hat wenigstens die Thorvaldsen-Befragung was gebracht?«

»Er war nicht gerade auskunftsfreudig, was seine aktuelle Tätigkeit betrifft.«

»Es ist nicht ungewöhnlich, dass ein Unternehmen Mitarbeiter zur Verschwiegenheit verpflichtet, aus Angst vor Industriespionage oder Sabotage. Die Erlkönig-Geschichte. Da muss nicht unbedingt was dahinterstecken.«

»Ich weiß nicht. Plasmaphysiker und Flüssiggas. Irgendwie kriege ich das immer noch nicht zusammen.«

»Hm. Wollten wir nicht sowieso noch mal zu Melling?«

Sundby sah auf die Uhr. »Lass uns noch auf Jonna warten. Anscheinend hat sie es geschafft, kurz mit dem Kind zu sprechen. Sie müsste jeden Augenblick hier sein.« Er öffnete die Akte. »Dieser Franzose ... hat einen interessanten beruflichen Hintergrund.«

»Du denkst, sie haben Detektiv gespielt? Aber warum dann auf den Lofoten? Die Unfälle fanden doch viel weiter nördlich statt.«

»Das werden wir klären. Auf jeden Fall sind mir da ein paar Zufälle zu viel im Spiel.«

In diesem Moment klopfte es, und Jonna betrat den Raum. »Habe ich etwas verpasst?«

Sundby gab ihr die neuesten Informationen.

»Tja ...«, begann sie. »Allzu viel Neues hab ich leider auch nicht. Idas Erinnerung setzt aus, nachdem sie das Haus ihrer Tante in Vestersand verlassen hat, und kehrt bruchstückhaft erst wieder zurück, als die Altaer sie aus der überfluteten Höhle bringen – unter Inkaufnahme nicht unerheblicher Risiken, nebenbei bemerkt. Was diesen Teil betrifft, decken sich die Aussagen jedenfalls.«

»Okay. Bist du mit der LNG-Anlage weitergekommen?«

»Bei Equinor hält man sich bedeckt, was die Rolle von PolarLys auf Melkøya angeht. Bisher konnte ich nicht viel mehr erfahren, als das, was wir schon wissen. Prozessmanagement. Sicherheitsmanagement. Immerhin haben sie dort so etwas wie eine Pressestelle. Bei Viridi Technologies kriegt man erst gar keinen ans Telefon.«

Mikael wippte ungeduldig auf seinem Stuhl hin und her. »Was ist jetzt – fahren wir?«

Sundby griff nach seiner Jacke. Jonna stand unschlüssig in der Tür.

»Simen – da ist noch etwas. Es war etwas, was das Kind gesagt hat. Sie meinte, ihr Großvater mache das, was die Sonne macht. Sie sprach von einer großen Maschine in Deutschland.«

Mikael lachte kurz auf. »Na klar. In seinem früheren Leben war Halvar Thorvaldsen einer der weltweit führenden Experten für Fusionstechnologien. Ich würde meiner Enkelin in diesem Fall auch den Wendelstein 7-X zeigen.«

»Wendelstein 7-X?« Sundby runzelte die Stirn.

»Ein Forschungsreaktor in Deutschland«, erklärte Jonna. Zu Mikael gewandt, fuhr sie fort: »Ja, ja, das weiß ich schon. Aber sie sagte auch, dass ihr Großvater es viel besser könne und keine große Maschine brauche.«

Einen Augenblick war es still im Raum.

»Er hat damals an der Kalten Fusion geforscht«, entgegnete Mikael, »und ist daran gescheitert, wie so viele andere vor und nach ihm.«

Jonna schüttelte den Kopf. »Ich weiß nicht … Irgendwie klang es so, als sei das Ganze keine Story aus der Vergangenheit. Als beziehe es sich auf das Hier und Heute.«

Sundby und Mikael tauschten einen Blick. »Ein geheimes Forschungsprojekt? Auf Melkøya? Willst du das damit andeuten?«

»Wäre das nicht möglich?«

»Möglich vielleicht, aber ziemlich unwahrscheinlich.«

Mikael stutzte. »Moment mal, Jonna – hast du nicht gesagt, dein Kontakt beim Framsenteret hätte Tritium erwähnt?«

»Sehr vage. Aber ja – der Begriff ist gefallen.«

Angestrengt dachte er nach. »LENR – Low Energy Nuclear Reactions, besser bekannt als die Kalte Fusion … Es ist zwar schon ein paar Tage her, dass ich mich mal damit beschäftigt habe, aber wenn mich nicht alles täuscht, kommen dabei Wasserstoffisotope zum Einsatz.« Ohne zu zögern, trat er neben Sundby und ließ seine Finger über dessen Tastatur fliegen. Dann drehte er den Bildschirm, sodass auch Jonna darauf sehen konnte. »Hier! Tritium. Ein schnell flüchtiger Betastrahler von geringer Radiotoxizität, dabei hochgradig anspruchsvoll im Processing.«

»Das heißt?«, fragte Sundby.

»Die radiologischen Wirkungen des Stoffes wurden lange Zeit unterschätzt. Seit ein paar Jahren ist man sich aber darüber bewusst, dass Tritium sich in flüssiger Form in die DNA einlagern kann. Für Menschen ist das im Normalfall ungefährlich, außer im Fall einer Schwangerschaft.«

»Aber bei Kleinstlebewesen …«, setzte Sundby an.

»Wenn es als Tritiumoxid zum Beispiel ins Wasser gelangte, könnte es bei Spezies mit kurzen Fortpflanzungszyklen sehr schnell zu Mutationen führen.«

Sundby stand auf. »Gute Arbeit. Wir wissen jetzt, wonach wir suchen. So wie sich die Sache aktuell darstellt, können sie sich bei PolarLys nicht mehr auf Verschwiegenheitsklauseln zurückziehen. Jonna, wir müssen dringend wissen, was Nygard und Perrain über Tritium-Mutationen wissen. Wahrscheinlich eine ganze Menge. Mikael und ich fahren zu PolarLys.«

Allmählich schien immerhin ein bisschen Licht in diesen undurchsichtigen Fall zu kommen. Doch noch war Sundby nicht sicher, um wie viele Fälle genau es sich eigentlich handelte.

Als Halvar Thorvaldsen das Zimmer endlich gefunden hatte, wäre er fast mit einer Krankenschwester zusammengestoßen, die in diesem Moment aus der Tür trat. Er war bereits auf unangenehme Nachfragen gefasst, doch die Schwester hatte es offenbar eilig und beachtete ihn nicht weiter.

Er fand Cai wach in den Kissen liegend. Blass, doch mit klarem Blick. Als Halvar eintrat, richtete er sich mühsam auf.

»Professor!« Die Stimme klang rau, aber fest.

Nachdem Thorvaldsen sich mit einem raschen Blick in die Nasszelle davon überzeugt hatte, dass sie allein waren, zog er sich einen Stuhl heran und setzte sich.

»Danke«, war das Einzige, was er hervorbrachte. Und noch einmal: »Danke!«

Jetzt, hier, an Cais Bett, schien es, als bräche auf einmal der Damm, als fielen all der Druck und die Anspannung der vergangenen Tage von ihm ab. So viel, was zu sagen war, doch er war nicht in der Lage, weiterzusprechen.

»Geht es ihr gut?«, fragte Cai.

»Sie wird wieder gesund. Du hast ihr das Leben gerettet.«

»Ich denke, das war Eric.« Er gab Thorvaldsen eine kurze Zusammenfassung der Ereignisse.

»Anders Ris Karlsen ... ich meine ... Helge Juul – ist also tatsächlich tot?«

Cai nickte. »Es war Notwehr. Er hat mich mit einem Messer angegriffen. Jetzt, wo Ida außer Gefahr ist, können wir das Ganze öffentlich machen. Ich habe einen Kontakt in Oslo. Die Affäre zieht Kreise bis in die höchsten Ebenen der Politik. Energieministerium. Verteidigungsministerium. Wir haben Beweise. Das ist der Moment, auf den Verdigheten so viele Jahre vergeblich gewartet hat. Es wird ein norwegisches Church Committee geben. Diesmal wird der Tiefe Staat nicht gewinnen. Die gesamte Regierung könnte stürzen ...«

Halvar Thorvaldsen schüttelte den Kopf. »Nein«, sagte er entschieden.

Cai starrte ihn verständnislos an.

Thorvaldsen zog ein Taschentuch aus der Jackentasche und wischte sich damit über die Stirn. »Cai – ich verstehe dich. Aber die Welt *braucht* die Kalte Fusion! Ich kann sie ihr geben. Jetzt.«

»Was hat das eine mit dem anderen zu tun? Soweit ich weiß, hast du kein Verbrechen begangen. Und Tore Melling auch nicht.«

»Ich wünschte, es wäre so einfach, aber das Spielfeld teilt sich nun mal nicht in schwarz und weiß. Wenn die ganze Geschichte publik wird, wird es juristische Konsequenzen geben. Für alle Beteiligten, einschließlich meiner Person. Das fängt beim Ausheben sämtlicher Sicherheitsvorgaben in einem Explosionsschutzgebiet an und hört bei der Umgehung aller behördlichen Auflagen zum Umgang mit radiotoxischen Stoffen noch längst nicht auf. Vermutlich wird es irgendwo bei einer schweren, staatsgefährdenden Straftat enden. Die Öffentlichkeit, die Presse – eine Meute! Es würde keinen Unterschied mehr machen, wer was *wollte* oder nicht. Sie würden alles in Stücke reißen. PolarLys würde das nicht überstehen. Und ich habe starke Zweifel, dass ich jemals wieder einen Fuß in ein Versuchslabor setzen würde. Glaub mir, ich weiß sehr genau, wovon ich rede! Irgendwann käme ein anderer, natürlich, und würde den Katalysator bauen. Irgendwo auf der Welt. Vielleicht in fünf, vielleicht in zehn Jahren.«

»Strand soll damit durchkommen? Nach allem, was sie dir angetan haben?«

»Strand, Juul, Grønn – sie sind austauschbar. Zehn andere stehen bereits in der zweiten Reihe, um ihre Plätze einzunehmen. Hast du eine Vorstellung davon, wie viele Menschenleben es kosten wird, wenn die Energiewende ein weiteres Jahrzehnt verschleppt wird? Die Zwei-Grad-Grenze ist doch jetzt schon nicht mehr haltbar. Was das bedeutet, brauche ich dir nicht zu erklären.«

»Also heiligt der Zweck die Mittel?«

Quälend blieb die unbeantwortbare Frage im Raum stehen.

»Und was ist mit den Menschen, die durch tritiumverseuchtes Wasser sterben oder gestorben sind?«, setzte Cai wieder an. »Was ist mit toxischen Planktonmutationen? Das alles könnte nur die Spitze des Eisbergs sein.«

Thorvaldsen schüttelte den Kopf. »Es hat eine Emission gegeben, das stimmt, aber das war ein Unfall. Der Fehler ist längst behoben. Und innerhalb einer Industrieproduktion werden die Standards sogar noch erheblich höher sein. Außerdem gehe ich fest davon aus, dass wir schon in sehr naher Zukunft auf radioaktive Ausgangsstoffe vollständig verzichten können. Die ökologischen Risiken von LENR sind nichts im Vergleich zu allem, was wir bisher gesehen haben, die Erneuerbaren eingeschlossen!«

»Wenn wir die Quelle finden konnten, kann es Framsenteret auch.«

»Jetzt nicht mehr.«

»Und die Wasserproben, die aktuell ausgewertet werden?«

»Eine relativ unbedeutende, temporäre, schwach radioaktive Kontamination – die viele Ursachen haben kann.«

Cai schwieg.

»Und die Bombe?«, fragte er schließlich.

»Die gibt es doch längst. Kalt oder heiß – was macht das für einen Unterschied? Wenn die Menschheit sich vernichten will, kann sie das tun. Jeden Tag. Ich bin kein Politiker und auch kein Militär. Ich bin *Wissenschaftler*.«

Halvar sah, wie Cai eine Entgegnung auf der Zunge lag, doch sein Gegenüber schwieg und nickte nur bitter. Dann stand er auf. »Cai – ich werde dir nie vergessen, was du für uns getan hast. Aber ich glaube an meine Technologie. An ihren *Nutzen*. Das steht an erster Stelle. Ich kann dir und deinen Freunden nicht vorschreiben, was ihr zu tun oder zu sagen habt. Aber was mich und meine Familie betrifft, so hat das, was meiner Enkelin passiert ist, nicht das Geringste mit meiner Arbeit zu tun.«

London

Sie hatte sich nicht verändert. Ihre zierliche, grazile Gestalt und ihre weichen, fließenden Bewegungen waren noch immer die einer Tänzerin. Das zeitlos schöne Gesicht, matter sepiafarbener Teint, dunkle mandelförmige Augen, die immer fragend blickten, langes schwarz glänzendes Haar, das ihre schmalen Schultern umspielte. Alles an ihr hatte sich samtig angefühlt, wie das Fell einer Katze, und ihr Duft war der von reifen Pfirsichen gewesen.

Als er sie jetzt aus dem Eingangsbereich des postmodernen, pyramidenförmigen Luxuswolkenkratzers The Shard kommen sah, gab es für ihn keinen Zweifel, dass sie ebenso ins Shangri-La Hotel gehörte wie nach Kailua Kona. Fast meinte er, den melodiösen Ruf des goldenen Palila zu vernehmen, der vom im Abendlicht schimmernden Mauna Kea herüberklang. Doch Bent Wallström stand nicht im Schatten eines Lichtnussbaumes, um zu beobachten, wie Sue, mit einem rückenfreien schwarzen Jumpsuit bekleidet, ein gelbweißes Waveboard von der Veranda des zweistöckigen Cottage holte, wo sie ein kleines Einliegerapartment bewohnte, und aufs Heck des am Straßenrand geparkten Pick-ups gleiten ließ. All das entsprang nur den Träumen der vergangenen Nächte, bevor er herausgefunden hatte, dass sich Sue im

Augenblick eines Projektes wegen für einige Wochen in der britischen Hauptstadt befand und er sein Ticket in aller Eile vom Kona International Airport auf London-Heathrow umgebucht hatte. Er hatte noch keine Zeit gehabt, sich darüber klar zu werden, ob es sich dabei um eine glückliche Fügung handelte oder nicht. Jetzt, frierend, nach einer kalten Nacht am Ufer der Themse im Nieselregen des Undergroundausgangs stehend, sehnte er sich in den Traum zurück, in dem er in der sanften Brandung von Pine Tree Beach hinter ihr auf das Board gesprungen war und sich, die Hände locker auf ihre Hüften gelegt, mit ihr im endlosen Tanz der Elemente gewiegt hatte. Dann, später, während die rote Sonne in den Horizont eintauchte, atemlos neben ihr im Sand liegend, hatte er ihr ebenmäßiges Profil betrachtet, die kleinen Salzkrusten, die ihre vollen Lippen nachzeichneten. Und für eine kurze, kostbare Spanne hatte die Zeit verharrt, war das vorwurfsvolle Antlitz von Elias Várri verloschen. Doch er hatte gewusst, dass es nicht mehr als die Spanne eines einzigen Atemzugs sein würde.

Mit ihrem hellgrünen Kostüm, den schwarzen Pumps und dem leichten Regencape hob sie sich kaum von den Tausenden anderer Citybewohner ab, die an diesem Morgen in ihre Büros strömten. Ohne ihn wahrzunehmen, eilte sie an ihm vorbei, durch die Unterführung unter den Gleisen, hinüber zur nahe gelegenen London Bridge. Kurz vor der Brücke holte er sie ein.

»Sue ...«

Sie drehte sich um, blickte ihn einen Moment lang fragend an, dann erstarrte sie, als hätte sie einen Geist gesehen. Wie in seinem Traum stand schlagartig alles still, als seien sie herausgefallen aus dem Strom der Zeit, dem Strom der Menschen, die sie umspülten, dem Strom eines grauen Londoner Alltagsmorgens.

»Schön ... dich zu sehen«, brachte Bent endlich hervor, als habe sie ihn gerade zu einem fucking Wellnesswochenende eingeladen. Vom nahe gelegenen London City Airport schwang sich ein A318 in die wolkenschwere Luft.

»Was willst du hier?«, flüsterte sie.

Ich will dich, wollte er sagen. *Ich habe nie etwas anderes gewollt als dich. Seit du weggegangen bist, hat nichts mehr funktioniert in meinem Leben, und es wird auch nie wieder irgendetwas funktionieren ohne dich. In diesem Augenblick hältst du mein Leben in deiner Hand.*

»Ich könnte ... deine Hilfe brauchen«, sagte er.

Wortlos wandte sie sich um und ging weiter. Er folgte ihr. Sie überquerten den Fluss, bogen in die King William Street ein, dann Princess Street, schließlich Moorgate, am Finsbury Circus vorbei.

»Wohin gehst du?«, wagte er irgendwann zu fragen.

»Ich muss zur Arbeit.«

Der Nieselregen hatte aufgehört. Nach knapp dreißig Minuten bogen sie in die Chiswell Street ein und standen endlich vor einem gigantischen blaugrünen Glaspalast. Bent blieb der Mund offen stehen. »Hier arbeitest du? Was ist das?«

»ICE Futures.«

Bent kramte in seinem Gedächtnis. »Die ... Terminbörse für Öl und Gas?«

»Und elektrische Energie.«

»Wow. Bist du unter die Trader gegangen?«

Er glaubte, für einen Augenblick den Anflug eines Lächelns auf ihrem Gesicht wahrgenommen zu haben.

»Wir kümmern uns nur ein bisschen um die IT.«

»Für Booz Allen? Ich dachte, die sind nur in US unterwegs?«

»Die ICE Futures ist eine hundertprozentige Tochter der ICE Intercontinental Exchange.«

»Und sie haben ein Sicherheitsproblem?«

»Darüber darf ich nicht sprechen.«

Sie standen einander gegenüber und sahen sich an.

»Also«, sagte Sue. »Was willst du von mir?«

»Es geht darum ... einen Eintrag in einer Datenbank zu ändern. Eine IP-Adresse, um genau zu sein. Keine große Sache.«

Das entsprach der Wahrheit. Fast. Bis auf die letzten drei Worte.

»Seit wann brauchst du für so was mich?«

Er holte tief Luft. »Eine Top Secret Clearance wäre hilfreich.«

Sue zuckte zusammen. »Unmöglich.«

»Ich weiß, dass ich das nicht von dir verlangen kann.«

»Ich muss jetzt da rein.«

»Vielleicht könnten wir ... heute Abend darüber reden?«

Sie zögerte, musterte ihn. Er konnte sich ungefähr vorstellen, was er für einen Anblick bot. Nass, frierend, übernächtigt, eine Umhängetasche über der Schulter.

»Hast du eine Unterkunft?«

Er schüttelte den Kopf. Bisher hatten ihm Zeit und Kraft gefehlt, sich darum zu kümmern.

Schließlich zog sie einen kleinen Schlüsselbund aus der Tasche und hielt ihn ihm hin.

Skeptisch griff er danach. »Ich dachte, in Etablissements wie dem Shangri-La wären Schlüsselkarten Standard.«

Jetzt konnte sie das Lächeln nicht mehr unterdrücken. »Wir sind zwar recht komfortabel untergebracht, aber ganz so luxuriös dann doch nicht. Das Shard ist nur eine c/o-Adresse, wohin mir meine private Post nachgeschickt wird. Die Firma hat ein paar Apartments ganz in der Nähe.« Sie nannte ihm eine Adresse in Southwark.

»Klingt konspirativ.«

»Nimm ein heißes Bad. Handtücher sind im Badezimmerschrank.«

Tromsø

»*Les bras m'en tombent!*«, rief Eric aus, als er das Zimmer betrat. Nach dem Anruf von Bent am frühen Morgen war er stundenlang am Ufer entlanggewandert und anschließend in Toms Hotelzimmer in einen kurzen, bewusstlosigkeitsartigen Tiefschlaf gefallen. Jetzt stürzte er auf Cai zu und umklammerte seine Hand, als müsse er sich davon überzeugen, dass sein Freund tatsächlich da und kein Traumbild war. »Du bist wach?«

Cai grinste. »Du weißt doch, dass Hacker nie schlafen.«

»Ich dachte, du bist kein Hacker.«

»In dem Fall mach ich eine Ausnahme. Lass mich lieber los, sonst kommt die Krankenschwester noch auf falsche Gedanken. Du weißt schon, die mit den langen blonden Haaren ...«

Eric lachte kurz auf. Dann wurde er ernst und setzte sich. »Bist du okay?«

Cai nickte. »Halb so wild.«

»Gut. Sehr gut. Wir müssen reden.«

Rasch erzählte er Cai von Bents Anruf. Noch während er sprach, hatte Cai bereits das Telefon in der Hand und klickte darauf herum, doch nach kurzer Zeit ließ er es mit versteinerter Miene wieder sinken.

»Was ist?«

»Der Teilnehmer wurde deaktiviert.«

»Was bedeutet das?«

»Nichts Gutes, fürchte ich.«

»Vielleicht hat er nur das Handy gewechselt ... oder die SIM-Karte. Vielleicht befürchtete er, getrackt zu werden.«

Cai schüttelte den Kopf. »Sein Handy war nicht trackbar. Wie hat er geklungen, als du mit ihm gesprochen hast?«

»Er klang aufgeregt ... beunruhigt, würde ich sagen. Er wollte dich so schnell wie möglich sprechen.«

»Wenn Bent sich abgesetzt hat, haben wir *nichts*.«

»Du denkst, er hat kalte Füße bekommen?«

»Bent war immer der Radikalste von uns allen. Er wäre eher gestorben, als die Sache zu verraten.«

»Menschen ändern sich.«

»Nicht Bent. Wenn Strand ihn unter Druck gesetzt hat, muss er etwas sehr Schwerwiegendes gegen ihn in der Hand haben. Viel mehr als ein paar geleakte Dokumente.«

»Hast du eigentlich mit ihm über diese Geschichte gesprochen ... Wie hieß dieser samische Minister?«

»Elias Várri. Nein, dazu kam es leider nicht mehr.«

»Ich glaube, Synni weiß mehr darüber.«

Cai warf Eric einen raschen Blick zu. »Du siehst scheiße aus.«

»Danke. Ich hab wohl nicht so gut geschlafen wie du ... Es könnte ihm auch etwas passiert sein.«

»Bent? Unwahrscheinlich. Sie werden sich keine weiteren mysteriösen Todesfälle leisten wollen.«

»Dann hängt alles an der Aussage von Thorvaldsen. Jetzt, wo Ida in Sicherheit ist, gibt es ja keinen Grund mehr für ihn, irgendetwas zu verheimlichen.«

Cai schwieg.

»Was ist?«

»Er ist hier gewesen. Ist noch nicht lange her. Er wollte sich bedanken – und dieser Dank gilt natürlich vor allem Bent und dir.«

»Wie geht es Ida?«

»Den Umständen entsprechend gut.« Er zögerte. »Wie hast du es eigentlich geschafft, mit ihr da rauszukommen – ohne Seil?«

»Es gab ein Seil.«

Cai blickte Eric fragend an.

»Juul hat es durchtrennt, das stimmt. Aber es ist nicht ganz heruntergefallen, sondern hat sich ungefähr auf halber Höhe an einem Felsvorsprung verfangen. Mit etwas Glück konnte ich es notdürftig festzurren.«

»Woher wusstest du, dass es euch tragen würde?«

»Wusste ich nicht.«

Cai atmete durch. »Und dann?«

»Die letzten Meter waren kritisch. Ich habe die Schuhe ausgezogen und gehofft, dass es Haltepunkte geben würde. Ich bin kein Boulderer, aber mit der Situation, auf den letzten Metern nach oben nicht zu wissen, ob die Kraft noch bis zum Tageslicht reicht, kenne ich mich dafür umso besser aus. Ida war unglaublich. Wenn sie in Panik geraten wäre, hätten wir es nicht geschafft.«

»Eric ...«, flüsterte Cai ins Leere starrend, »es tut ... mir leid ... ich hätte dich da nicht reinziehen sollen.«

»*Vi lever.*«

Eine Zeit lang schwebten die beiden kurzen Worte im Raum, dann erinnerten Schritte auf dem Gang daran, dass die Zeit ablief.

»Ich muss der Polizei irgendwas erzählen«, sagte Eric. »Wenn ich weiter untertauche, stehe ich bald selbst unter

Mordverdacht. Bent hat sich allem Anschein nach in Sicherheit gebracht. Spricht aus deiner Sicht etwas dagegen, bei der Wahrheit zu bleiben?«

»Ja. Allerdings.« Cai wandte seinen Blick von der Leere draußen wieder der Leere im Rauminneren zu. »Halvar Thorvaldsens Wahrheit ist nicht unsere Wahrheit.«

»Was soll das heißen?«

Cai gab Eric den Inhalt seines Gesprächs mit dem Professor wieder. Danach schwiegen sie lange. Als wüssten sie plötzlich nichts mehr zu sagen.

»Dann benutzen wir eben Synnis Material«, schlug Eric irgendwann vor. »Die Aufnahmen von Melkøya.«

»Was ist darauf schon zu sehen? Geschäftsleute nach einer Besprechung, die sich hingezogen hat. Nein, Eric. Der Einzige, der *wirklich* etwas hatte, war Bent.«

»Und woher willst du wissen, dass er damit nicht doch noch rausrückt?«

Cai starrte vor sich hin. »Eric – der Ökologe von uns beiden bist du, nicht ich. Ich bin auch kein Physiker. Und schon gar kein Philosoph. Alles, was ich tue, was ich immer getan habe, ist zu versuchen, die Welt zu verstehen. Und sie vielleicht ein winziges bisschen besser zu machen. Auf meine Art.«

»Was redest du da?«

»Man kann Thorvaldsens Argumente nicht vom Tisch wischen.«

»Du meinst, dass er geil auf den Nobelpreis ist und dafür schon mal ein paar Leute, einschließlich der eigenen Familie, über die Klinge springen lässt?«

»Nein. So tickt er nicht.« Cai dachte einen Augenblick nach, sein Blick flog zum Schrank. »Wo ist mein Computer – du hast doch …«

»Keine Sorge. Dein wichtigstes Utensil ist in Sicherheit. Er hat nur ein paar kleine Spritzer abbekommen. Aber ich hab ihn drüben im Hotel gelassen, ich konnte ja nicht wissen, dass du schon …«

Sichtlich erleichtert griff Cai nach dem Smartphone. »Okay. Dann muss es eben so gehen.«

»Was hast du vor?«

»Ich treffe Entscheidungen nicht gerne auf der Grundlage einer unzureichenden Datenbasis. Gib mir einen Moment.«

Still beobachtete Eric, wie Cai tat, was er am besten konnte: In den Tiefen des Netzes nach Informationen suchen. Daten und Fakten in lange Reihen gliedern. Statistiken und Wahrscheinlichkeiten errechnen. Da er dafür nur ein Telefon zur Verfügung hatte, zog sich der Moment in die Länge.

»Hier. Schau«, sagte Cai endlich.

Gemeinsam blickten sie auf den kleinen Bildschirm, auf dem allmählich, erst skizzenhaft, dann immer klarer der Entwurf eines vollkommen neuen Konzepts der Energieversorgung der gesamten Weltbevölkerung in Zahlen und Grafiken Gestalt annahm.

Ungeduldig stand Eric auf und ging zum Fenster. Sah eine reale Nachmittagssonne, die einen realen Fjord beschien. »Das ist virtueller Nonsens, Cai. Das überzeugt mich nicht.«

»Dass die Auswirkungen einer Technologie, wie Thorvaldsen sie in den Raum stellt, in ihrer Gesamtheit – geostrategisch, wirtschaftlich, ökologisch – sehr schwer abschätzbar sind, ist eine Tatsache, die du anerkennen musst.«

Eric zeigte auf das Telefon in Cais Hand. »Wenn ich das, was du da ausgegraben hast, richtig verstanden habe, ist er aber beileibe nicht der Einzige, der in dem Bereich unterwegs ist.«

»Das ist es ja gerade. Weltweit liefern sich Dutzende Forschergruppen und private Start-ups mit verschiedenen technischen Ansätzen ein Rennen, einschließlich MIT und Google. Wobei es nach den Informationen, die zugänglich sind, erhebliche Unterschiede in der finanziellen Ausstattung und dem jeweiligen Realisierungsstand gibt. Entgegen dem publizierten – natürlich interessengesteuerten – Mainstream ist aber der Beweis, dass der Ansatz grundsätzlich physikalisch umsetzbar ist, längst erbracht worden. In den Laborumgebungen fanden immer wieder nachweislich Cold Reactions statt. Das Scale-up bis zur kommerziellen Nutzbarkeit ist also allein eine technische Fragestellung.«

»Was wäre dann so schlimm daran, wenn ein anderer das Rennen macht?«

Cai sah Eric durchdringend an. »Und wenn es ein Land wäre, das es mit den Menschenrechten und ethischen Standards etwas weniger genau nimmt?«

»Weniger genau als ein musterdemokratischer skandinavischer Freiheitsstaat, in dem sich die Welt hinter den Kulissen der vom Volk berufenen Mandatsträger ausschließlich im Rahmen seiner Weltklassekriminalliteratur abspielt?«

»So ähnlich.«

Langsam ging Eric zur Tür.

»Eric ...«

Er wandte sich noch einmal um.

»Frag nach Kriminaloberrat Simen Sundby.«

»Simen Sundby? Sicher, dass es nichts gibt, was ich wissen sollte?«

»Er ist jemand, mit dem man reden kann.«

»Was ist mit dir?«

»Es gibt zu viel, was ich im Moment nicht erklären kann. Noch nicht. Ich brauche ... nur ein bisschen mehr Zeit.«
»Du willst Zeit kaufen? Für wen? Thorvaldsen? Bent?«
»Lass uns morgen früh nach Hause fahren. *Sehr* früh.«
Eric öffnete die Tür. »Okay. Deine Entscheidung.«

Auch für Aksel Strand hatte der Tag neblig begonnen. Er fühlte sich elend, als er in seinem Hotelzimmer vom Klingeln des Handys geweckt wurde. Das Smarthotel war zwar zentral gelegen, aber schlecht isoliert, und die Vestregata war definitiv zu laut. Er nahm sich vor, dass er sich, sollte eine weitere Übernachtung erforderlich sein, ein neues Domizil suchen würde. Er sehnte sich danach, zurück ins frühlingshafte Stavanger zu fliegen oder wenigstens nach Oslo, um mit dem frisch gekürten Spitzenkandidaten von Norwegens größter Partei einen gepflegten Aquavit auf seinen bevorstehenden Wahlsieg zu trinken. Strand zweifelte keinen Moment daran, dass es dazu kommen würde. Er widerstand der Versuchung, das Kissen über den Kopf zu ziehen und das Handy klingeln zu lassen, wälzte sich widerwillig auf die andere Seite und warf einen Blick auf seine Armbanduhr auf dem Nachttisch. Sieben Uhr früh. Beim achten Klingeln nahm er das Gespräch an. Es war Matias Grønn.

Nach dem Telefonat wirkte die weiße Wand vor dem Fenster schon wesentlich weniger bedrohlich. Grønn hatte es geschafft, Forsvaret unauffällig auf die richtige Fährte zu führen. Als kleine Beigabe hatte er schon mal etwas an die Presse durchsickern lassen. Die Medien würden sich wie eine Meute hungriger Wölfe auf die Story vom gefallenen Trachtenträger stürzen. Das war die perfekte Ablenkung von anderen, weniger mit der breiten Masse kompatiblen Themen. Dieser

Gedanke ließ Strand schließlich die Willenskraft aufbringen, seine schmerzenden Gliedmaßen einzusammeln und sich aus dem Bett zu stemmen. Zu der nicht weniger bedeutsamen Frage der ominösen dritten Partei, die jüngst das Spielfeld betreten hatte, gab es leider noch keine neuen Erkenntnisse, aber Grønn war dran.

Strand zog sich an, ohne vorher in der Dusche vorbeigeschaut zu haben. Danach trank er im fast leeren Frühstücksraum einen schwarzen Kaffee, der nach Spülmittel schmeckte, und blätterte kurz in der Morgenausgabe der *Troms Avis*. Noch war die Nachricht nicht raus, aber lange würde es nicht mehr dauern.

Vor dem Hotel spannte Strand seinen schwarzen Taschenschirm auf und spazierte im Nieselregen die ausgestorbene Storgata hinunter. Noch immer lag unten am Hafen das umgestürzte Kartenhaus. Und noch immer dachte Aksel Strand, dass der Eisbär wohl absaufen würde – aber vielleicht war ja noch etwas Zeit bis dahin.

Er ließ das Polaria links liegen und steuerte energisch den Haupteingang des nordnorwegischen Zentrums für Klima- und Umweltforschung an.

Im Prinzip war es ganz einfach. Die übergeordnete Instanz, das Klima- og miljødepartmentet in Oslo, kurz KLD, war über genauso vertrauenswürdige wie vertrauliche Quellen in den Besitz ernst zu nehmender Hinweise auf die Ursache der radioaktiven Emissionen gelangt, die zu der folgenschweren Kontamination des Küstengewässers in mehreren Kommunen der Finnmark in den vergangenen Wochen geführt hatten. Sie lagen in russischen Altlasten begründet, genauer gesagt, in den mehreren über die Jahrzehnte in der Barentssee versenkten atomar bestückten U-Booten. Er war sich nicht mehr ganz sicher, wann ihm diese Idee gekommen war, aber sie war ohne jeden Zweifel genial. Vielleicht das Beste, was ihm eingefallen war, seit er beide Bürgerkriegsparteien mit jeweils der Hälfte einer Wagenladung aus US-Militärbeständen ausgemusterter Mk2s beliefert hatte. Das war irgendwo in Zentralafrika gewesen und ein paar Jahre her. Er schlug damit gleich eine ganze Handvoll lästiger Fliegen mit einer einzigen Klappe.

Bevor er das Gebäude betrat, wählte er eine Osloer Nummer, und diesmal wurde er klaglos durchgestellt. Damit er mit seiner Geschichte vom Framsenteret aus nicht direkt ans Politihus überstellt wurde, war es zwingend erforderlich, dass in der Akersgata jemand noch rasch ein paar Anrufe tätigte. Doch da es sich dabei um den zukünftigen norwegischen Statsminister handelte, in dessen Augen sich bereits der D-Block spiegelte wie seinerzeit bei Dagobert Duck die Dollarzeichen, sollte das kein größeres Problem sein.

Zufrieden lächelnd, beendete Aksel Strand nach wenigen Minuten das Gespräch und klappte den Schirm zusammen, den er noch immer aufgespannt in der einen Hand gehalten hatte. Verhaltenes Sonnenlicht glitzerte in den zahllosen Fensterscheiben vor ihm.

Das kurze Stück nach Bjerkaker hinunter verbrachten Simen Sundby und Mikael Holt schweigend. Es war früher Nachmittag, als sie auf den Firmenparkplatz einbogen. Wieder wurden sie höflich und zuvorkommend empfangen und sogleich zur Chefetage geleitet, wo sie den Vorstand dieses Mal in Gesellschaft vorfanden. Der abgekämpft wirkende Mittfünfziger auf dem Sofa – Halbglatze und schlecht sitzender Anzug in derselben schmuddeligen Farbe wie ihr Dienstwagen draußen – bot einen skurrilen Gegenentwurf zu Melling, der an diesem Tag einen blaugrauen Dreiteiler mit hauchfeinem Karo und entsprechender Krawatte präsentierte. Sundby schätzte das Ensemble auf ein Mehrfaches seines aktuellen Monatsgehalts, und der Gedanke streifte ihn, ob er nicht vielleicht doch den falschen Beruf gewählt haben könnte. Ein Blick auf Mikael verriet ihm, dass dieser den vierten Mann im Raum erkannt hatte.

Ungerührt wandte Sundby sich an Melling. »Danke, dass du dir noch einmal die Zeit nimmst. Seit unserem letzten Gespräch haben sich neue Fragen ergeben.«

»Natürlich. Worum geht es?«

Sundby warf einen kritischen Blick zum Sofa hinüber, doch der Besucher machte keinerlei Anstalten, sich zu erheben. »Es geht noch einmal um die Zweigstelle deines Unternehmens in Hammerfest.« Er sah sich dazu gezwungen, deutlicher zu werden. »Vielleicht sollten wir diese Unterhaltung lieber unter sechs Augen führen?«

Tore Melling wirkte nicht im Mindesten verlegen. »Oh, das ist nicht nötig«, gab er liebenswürdig zurück. »Vielleicht kann Aksel helfen. Er kennt sich mit den Abläufen auf Melkøya wahrscheinlich sogar besser aus als ich.« Er lachte leicht, und es war nicht ganz klar, ob die letzte Aussage ernst zu nehmen war. »Bitte, setzt euch doch. Kaffee? Oder etwas anderes?«

»Danke.« Sundby blieb auf Melling fokussiert, während Mikael Aksel Strand musterte. »Wir würden gerne etwas mehr über die Tätigkeit von Professor Thorvaldsen innerhalb des LNG-Terminals erfahren.«

»Quantitative Analysen im Flüssiggasprozessmanagement«, ergänzte Mikael, »sind uns bisher noch nicht ganz geläufig. Insbesondere vor dem Hintergrund einer umfassenden Verschwiegenheitsklausel, auf die er sich beruft.«

Melling zögerte, und sein Blick streifte Aksel Strand. »Tja, also...«

»Es handelt sich um ein vom Energieministerium unterstütztes Modellprojekt«, sprang Strand ein.

Sundby sah von einem zum anderen. »Aha. In Kooperation mit Equinor?«

Der nun folgende Blickwechsel zwischen Melling und Strand dauerte eine Sekunde zu lange.

»Nicht ganz«, erklärte Melling, während Sundby ihn genau beobachtete. »Das Projekt wurde von PolarLys in Kooperation mit Viridi Technologies gelauncht. Die Auskunft von Professor Thorvaldsen war vollkommen korrekt im Sinne seiner Verschwiegenheitsverpflichtung.«

»Also geht es auf Melkøya in Wirklichkeit um etwas ganz anderes?«, fragte Mikael.

Wieder kam Aksel Strand Melling zuvor: »Im Hinblick auf die enorm hohen Sicherheitsvorgaben war es erforderlich, diesen etwas unorthodoxen Weg zu wählen. Wie gesagt, erfolgte alles in enger Koordination mit den zuständigen Ministerien.«

Da scheinbar niemand den Mut hatte, das Kind endlich beim Namen zu nennen, übernahm es Sundby. »Das sogenannte Modellprojekt bezieht sich also auf Low Energy Nuclear Reactions, kurz LENR – im Volksmund auch Kalte Fusion genannt?«

»Das stimmt«, bestätigte Melling.

»Und in welchem Stadium befindet sich das Projekt aktuell?«

»Der Prototyp des von Professor Thorvaldsen entwickelten Katalysators hat Marketability erreicht und kann jetzt in Abstimmung mit unseren Vertragspartnern in Serie gehen. Ich glaube, ich muss nicht betonen, wie sensibel derartige Forschungen sind. Wir sprechen hier von einer disruptiven Technologie, die nichts weniger als den globalen Energiesektor komplett revolutionieren wird. Vor diesem Hintergrund ...«

»Wir sind nicht von der Abteilung für Wirtschaftskriminalität. Wir ermitteln in einem Fall von mutmaßlicher Kindesentführung und mindestens einem ungeklärten Todesfall.«

»Darf ich fragen, was das mit den Aktivitäten meiner Firma zu tun hat?«

»Genau das versuchen wir herauszufinden. Ist es richtig, dass im Rahmen der Abläufe auf Melkøya auch Tritium zum Einsatz kommt?«

»In kleinen Mengen, ja. Es ist als Neutronenlieferant unerlässlich.«

»Stimmt es, dass die Gefahren, die von diesem Stoff ausgehen, nicht unerheblich sind und der Umgang damit einen hohen technischen Aufwand erfordert?«

Tore Melling schien wieder Trittsicherheit gefunden zu haben. »PolarLys kann glücklicherweise auf eine langjährige Erfahrung mit fluoreszierenden Gaslichtquellen zurückblicken. Und mit Halvar Thorvaldsen konnten wir den qualifiziertesten LENR-Entwickler gewinnen, der damals wie heute in Europa, wahrscheinlich sogar weltweit verfügbar war.«

»Die Badeunfälle, von denen wir beim letzten Mal bereits gesprochen haben, sind nach Angaben des Marine-Instituts am hiesigen Klima- und Umweltforschungszentrum aller Wahrscheinlichkeit nach auf eine radioaktive Kontamination des Küstengewässers zurückzuführen.«

Melling runzelte die Stirn. »Ich bin mir der Tatsache sehr wohl bewusst, dass es einen dunklen Fleck in der Firmengeschichte gibt. Aber das ist viele Jahre her. Wir haben unsere

Lektion gelernt. Der Schutz von Natur und Bevölkerung steht bei uns an allererster Stelle.«

»Das heißt, du schließt aus, dass Tritium ausgetreten sein könnte?«

»Absolut. Gibt es denn ... ich meine, wurde Tritium nachgewiesen?«

»Das ist momentan Gegenstand weiterer Untersuchungen.«

»Ich verstehe aber immer noch nicht, was eine Entführung mit alldem zu tun haben soll? Und um was für einen Todesfall handelt es sich, wenn ich fragen darf?«

»Die Enkelin von Professor Thorvaldsen wurde während eines Aufenthalts auf den Lofoten Opfer einer mutmaßlichen Entführung.«

Melling wurde bleich. »Um Himmels willen!«

»Du wusstest nichts davon?«

»Nein. Ich hatte nur gehört, dass sie nach einem Unfall im Krankenhaus war.«

»Es geht ihr den Umständen entsprechend gut. Es gibt aber noch eine Reihe offener Fragen. Unter anderem, ob der Fall in direktem Zusammenhang mit dem Fund einer männlichen Leiche steht. Beide Tatorte befinden sich in unmittelbarer Nähe voneinander.«

Aksel Strand hörte schweigend zu, ohne eine Miene zu verziehen.

»Wenn es sich um eine so disruptive Technologie handelt, ist sicher eine ganze Menge Geld im Spiel«, ließ sich Mikael vernehmen.

»Der materielle Wert ist zu diesem Zeitpunkt überhaupt noch nicht zu beziffern«, antwortete Melling.

»Das weckt sicher Begehrlichkeiten.«

»Das genau ist der Hintergrund für unsere außergewöhnlich hohen Sicherheits- und Verschwiegenheitsstandards in dieser Angelegenheit. Auch die Sicherheit unserer Mitarbeiter steht bei uns an erster Stelle. Es tut mir wirklich leid, dass ich euch nicht weiterhelfen kann, aber ich bin mir absolut sicher, dass keines dieser beklagenswerten Vorkommnisse irgendetwas mit PolarLys zu tun hat. Und selbstverständlich genießen sämtliche Aktivitäten der Firma im Zusammenhang nicht nur mit diesem, sondern mit allen unseren Projekten hundertprozentige juristische Absicherung. Unsere Rechtsabteilung steht in permanentem Austausch mit dem Justizministerium, und was die Kommunikation mit dem Energieministerium angeht, hattet ihr ja sogar das Glück, unseren Sonderbeauftragten hier und heute persönlich kennenzulernen.«

»Sonderbeauftragter ...«, murmelte Sundby auf dem Weg zurück zum Politihus abwesend.

Mikael grinste. »Da, wo ich herkomme, würde man wohl eher Schmeißfliege sagen. Ist nicht leicht, an ihn heranzukommen. Aber wir finden schon was, keine Sorge.«

»Halt mal bitte am Hafen«, sagte Sundby plötzlich.

»Pizza-Express?«, fragte Mikael hoffnungsvoll.

Simen schüttelte den Kopf. »Framsenteret. Es wird höchste Zeit, dass unsere Wissenschaftler dort drüben Farbe bekennen.«

Eine halbe Stunde später schlugen sie erneut die Türen des Passats zu.

Während Mikael den Motor startete, schüttelte er ratlos den Kopf. »Was war das denn? Bilde ich mir das ein, oder sind wir

bei denen als durchgeknallte Aluhutträger rübergekommen?«
»Den Eindruck hatte ich leider auch.«

Nachdem es ihnen mit einiger Mühe gelungen war, zu einem Wissenschaftler vorzudringen, der im Hinblick auf die mysteriösen Vorfälle rund ums Kap mit den entsprechenden Kompetenzen ausgestattet war, und ihn mit ihrer Tritiumtheorie konfrontiert hatten, erhielten sie die überraschende Information, die Sache sei mit an Sicherheit grenzender Wahrscheinlichkeit aufgeklärt. Tritium kam in der Framsenteret-Version allerdings nicht mehr vor. Stattdessen verfüge man über »sich verdichtende« Hinweise darauf, dass es sich tatsächlich um eine durch radioaktive Strahlung ausgelöste Mutation mindestens einer Amphipodenart handele. Als Ursprung der Kontamination gehe man jedoch aufgrund der aktuellen Informationslage von einem Leck in einem der auf dem Grund der Barentssee liegenden russischen U-Boote aus. Die zuständigen Stellen in Oslo seien zurzeit damit befasst, aufzuklären, ob es in der jüngsten Vergangenheit möglicherweise einen missglückten Bergungsversuch eines der Wracks von russischer Seite aus gegeben habe. Um politische Verwicklungen zu vermeiden, seien diese Informationen jedoch bisher noch nicht offiziell und mit äußerster Diskretion zu behandeln. Darüber hinaus bezögen sich alle Untersuchungen des Instituts ausschließlich auf den Honningsvåg-Fall sowie auf den Zwischenfall vor dem Nordkap. Hammerfest sei nie Objekt irgendwelcher Untersuchungen gewesen. Eine Emission aus dem Umfeld des LNG-Terminals? Das halte man doch für etwas, nun ja, abwegig. Mehr könne man zu diesem Zeitpunkt nicht sagen. Am besten wendeten sich die Herren Kommissare direkt an die übergeordneten Stellen.

»Lass uns Pizza holen«, seufzte Sundby.

Der Pizza-Express war zu dieser Uhrzeit gut besucht. Während Simen noch damit beschäftigt war, zur Bestellung vorzudringen, hatte Mikael bereits die druckfrische Sonderausgabe der *Troms Avis* von der anderen Straßenseite geholt und durchgeblättert. Mit theatralischer Geste platzierte er sie auf dem Stehtisch.

Unter normalen Umständen war die in kleiner Auflage erscheinende regionale Tageszeitung weniger für grellbunte Aufmacher als für seriösen investigativen Journalismus bekannt. Doch was ist in diesen Tagen schon normal, dachte Sundby, der die fetten Lettern auf dem Titelblatt betrachtete, nachdem er es endlich geschafft hatte, drei Margaritas zu bestellen. Fragend wandte er den Blick zu Mikael.

»Ja«, sagte sein Kollege, als hätte er es schon die ganze Zeit über gewusst. »So viel zu Forsvaret.«

»Kannst du dich vielleicht etwas weniger kryptisch ausdrücken?«

»Da haben wir nichts weniger als einen handfesten norwegischen Militärskandal. Ein hochdekorierter Generalmajor mit weitreichenden Entscheidungskompetenzen in Reitan führte offensichtlich ein ziemlich unappetitliches Doppelleben. Und wie es aussieht auch schon recht lange. Das FOH hat bisher nicht dementiert, was einer Bestätigung gleichkommt. Unser mutmaßlicher Kindesentführer ist ein in einschlägigen Kreisen sehr gut bekannter zahlender Kunde extravaganter Dienstleistungen. Und ein ernst zu nehmendes Alkoholproblem scheint er überdies gehabt zu haben.«

»Passt eine Siebenjährige da irgendwie rein?«

Mikael schüttelte den Kopf. »Keine Chance. Ausschließlich Jungs. Und immerhin ein ganzes Stück älter.«

»Hm.«

Er blätterte weiter. »Außerdem hat Juul vor Kurzem, wahrscheinlich im Kontext eines suchtbedingten Rückfalls, eine hochsensible Kommandooperation so episch versemmelt, dass ihm die unehrenhafte Entlassung aus dem Militärdienst drohte. Das JOC versuchte, die Sache unter dem Deckel zu halten, aber irgendjemand hat wohl Interesse daran, die Katze aus dem Sack zu lassen.«

»Das macht die Sache nicht einfacher.« Sundby griff nach den Pappkartons, die man vor sie hingestellt hatte, und sie stiegen wieder in den Wagen.

»Ich hab es auch gerade gelesen«, sagte Jonna mit Blick auf die Zeitung, die Mikael in der Hand hielt, während Sundby einen Pizzakarton auf ihrem Schreibtisch abstellte.

Er nickte. »Kommst du bitte für einen Faktencheck rüber?«

»Vielleicht willst du zuerst mit Eric Perrain sprechen, bevor er wieder verschwindet.«

»Perrain? Er ist hier?«

»Wartet unten auf der Zwei.«

»Hervorragend. Dann treffen wir uns anschließend. Sagen wir in einer Dreiviertelstunde.«

Jonna stand auf und griff verlegen nach ihrer Jacke.

»Simen –«, begann sie. »Ich muss … leider weg. Die Schule hat gerade angerufen. Es gab wohl … einen Zwischenfall.«

Simen Sundby kannte sein Team besser als sich selbst. Die Achillesferse jedes Einzelnen von ihnen. Das musste er auch, schließlich hielt er sich für einen guten Chef. Jonna war ein Ausbund an Pflichtbewusstsein und Arbeitsmoral, was man nicht zu jeder Zeit von jedem in der Gruppe behaupten konnte. Sie vergaß nichts, kam nicht zu spät und verbockte keine Vernehmungen. Normalerweise. Außer, es war etwas mit ihrem Sohn.

»In Ordnung. Wir treffen uns morgen früh zum Briefing.«

»Soll ich mit runterkommen?«, fragte Mikael, als Jonna aus der Tür war.

»Nein. Versuch du inzwischen, ob du beim FOH etwas mehr in Erfahrung bringen kannst. Wir reden dann später.«

Während sich die Aufzugstüren schlossen, warf Sundby einen raschen Blick in die Akte. Eric Perrain, wohnhaft in Biarritz, Frankreich, vor zweiunddreißig Jahren als Eric Andresen in Alta geboren. Viel mehr stand nicht da. Nun gut. Eric Perrain war am Leben, vernehmungsfähig und befand sich im Augenblick genau zweieinhalb Stockwerke unter ihm. Das war immerhin ein Anfang.

Als er eine Stunde später in seinem Büro im fünften Stock die Aufzeichnung der Vernehmung abspielte, wusste er allerdings immer noch nicht viel mehr.

Mikael lehnte sich zurück und streckte die Beine aus. »Tja ... an sich ist die Geschichte stimmig. Er besucht einen Freund aus Kindertagen, sie machen ein paar Ausflüge und geraten in eine aus dem Ruder gelaufene Kindesentführung rein. Man kann ihnen schlecht einen Strick draus drehen, dass sie der Kleinen das Leben gerettet haben.«

»Sorry, aber den Naiven, den der Franzose da gerade gegeben hat, kaufe ich ihm nicht ab. Der Mann ist Experte für marine Mikrobiologie. Außerdem ein international bekannter Freediver. Du willst mir doch nicht erzählen, dass diese ›Ausflüge‹ quer durch Finnmark, Troms und Nordland rein touristischer Natur waren?«

»Franko-Norweger«, verbesserte Mikael. »Kann sein, dass sie tatsächlich ein bisschen Detektiv gespielt haben. Vielleicht sogar für Ifremer. Inoffiziell. Die feine norwegisch-französische Art ist das zwar nicht gerade – dann hätte Ifremer sich formell um eine Kooperation mit Framsenteret bemüht. Es ist aber auch kein Verbrechen.«

»Und bei der Rettungsaktion stürzt dann einer von beiden unglücklich und fällt in sein eigenes Jagdmesser?«

»Ein forensischer Beweis für das Gegenteil dürfte nicht leicht zu erbringen sein. Jedenfalls nicht zum jetzigen Zeitpunkt.«

»Was sagt das FOH?«

»Die reiten für meinen Geschmack ein bisschen zu wild auf der Story von der gescheiterten Existenz herum. Sehr bedauerlicher Einzelfall, den man aber nie völlig ausschließen könne ...«

»Bleib dran. Notfalls fliegst du runter. Ich fahre morgen früh als Erstes noch mal in die Klinik und versuche, mit diesem Nygard zu sprechen.« Sundby sah Mikael durchdringend an.

»Was ist?«

»Erzähl mir was über diesen Juul.«

Mikael neigte den Kopf zur Seite. »Du meinst, wie ein Profiler mit den entsprechenden einschlägigen Erfahrungswerten?«

»In der Art.«

»Ich steh nicht auf Kinder.«

»Nein. Aber ...«

»Ich kann es dir nicht sagen. Zuerst hab ich auch daran gedacht, aber ich glaube nicht, dass er der Typ für eine Suicidemission war. Es steht außer Frage, dass der hochdekorierte Mitarbeiter unserer honorigen Streitkräfte ein paar ernste persönliche Probleme hatte, aber ganz sicher war er nicht rein zufällig unter falschem Namen genau dort unterwegs.«

Sundby nickte. »Ich schätze, wenigstens eine zentrale Frage

wäre damit geklärt. Es sieht ganz danach aus, als hätten wir es hier nur mit einem einzigen Fall zu tun.«

»Und wie geht es jetzt weiter?«

Eric blickte in Synnis stahlgraue Augen. Wieder war er bei ihr gelandet. In ihrem Zimmer. In ihrem Bett. Auf der Flucht vor neuen Fragen von der Polizei, von wer weiß wem. Fragen, auf die er keine Antworten hatte. Jetzt weniger denn je. Und nun stellte auch sie ihm eine Frage, die er nicht beantworten konnte. Er rieb sich mit den Händen übers Gesicht. »Cai hat recht. Keiner von uns überblickt die Folgen dessen, was sich da gerade abspielt. Wir haben einen Blick hinter den Vorhang erhascht, aber im Endeffekt sind wir auch nur Zaungäste ... Er hat es nicht direkt gesagt, aber ich glaube, er will Bent Zeit geben, seine Entscheidung zu treffen. Im Moment zählen nur harte Fakten, und Bent ist der Einzige, der sie hat.«

Synni sah ihn mit einem Ausdruck an, den er nicht deuten konnte. »Immerhin kannst du dem LRHA etwas mitbringen.«

»Nicht allzu viel bisher. Wie lautet die offizielle Version?«

»Ich habe gestern mit Askard Hemming gesprochen. Die abschließende Stellungnahme des Instituts wird für die nächsten Tage erwartet. Radiotoxizität als Ursache für die Mutationen ist unstrittig. Aber scheinbar konnte weder der genaue Stoff noch die Emissionsquelle zweifelsfrei ermittelt werden. Es gibt wohl eine Hypothese, zu der er nichts Genaueres sagen konnte oder wollte. Um Melkøya scheint es dabei aber nicht zu gehen.«

Eric nickte. So war es. Melkøya, die kleine Felseninsel vor Hammerfest, die so viel gesehen hatte – Krieg, Zerstörung, Wiederaufbau, Ruhm –, sie würde ihr jüngstes Geheimnis wohl für sich behalten. Tief im Inneren ihres Herzens aus Stahl und Eis.

»Er hat mir auch gesagt, dass der Signalmann gestorben ist.«

Eric fuhr hoch. »Was? Ich dachte, es ginge ihm besser? Dass er über den Berg sei?«

»Das dachten wir alle. Aber kurz nachdem er von der Intensiv- auf eine Normalstation verlegt wurde, bekam er einen Schlaganfall. Sie führen es mittelbar auf das Toxin der Gammariden zurück. Eine Art Flashbackreaktion des Körpers auf die Überdosis Blutverdünner. Aber auch der Stress kann natürlich eine Rolle gespielt haben.«

»Was wirst du jetzt tun? Was wird aus euren Aufnahmen?«

»Wissen wir noch nicht. Was wir veröffentlichen und was nicht, ist keine einfache ethische Abwägung. Wir haben entschieden, noch einmal neu anzusetzen. Bei Elias Várri. Er war das erste Opfer.«

»Was meinst du damit – das erste Opfer?«

»Ich kann es noch nicht beweisen, aber mit ihm als Energieminister wären einige Dinge sicher anders abgelaufen. Für mich ist es nach wie vor Mord.«

»Und wen machst du dafür verantwortlich?«

»Der jetzige Energieminister wird wahrscheinlich unser nächstes Regierungsoberhaupt«, entgegnete Synni düster, ohne seine Frage zu beantworten.

Erics Blick streifte die Sonderausgabe der *Troms Avis*, die zerfleddert auf dem Nachttisch lag. Er griff nach der danebenstehenden Wasserflasche und trank einen Schluck.

»Wie geht es Cai?«, fragte Synni nach einer Weile.

»Er hat wie immer seine eigenen Vorstellungen. Ich hoffe nur, er weiß, was er tut.«

»Heißt das … ihr fahrt nach Alta zurück?«

Eric atmete durch. Bisher hatte er es vermieden, über den Rand dieser Nacht hinauszublicken. Matt schien das Licht der Mitternachtssonne durch die zugezogenen Jalousien.

»Synni …«

»Nein – nicht. Ich habe mit Tom gesprochen. Ich fliege morgen früh nach Kristiansand. Dann fahren wir gemeinsam nach Oslo.«

Sie wandte sich rasch ab. Doch er hatte die Tränen bereits gesehen, die in ihren Augen aufschimmerten.

Samstag. Tag 19.

Tromsø

Majestätisch erhob sich ein neuer Morgen über dem äußersten Norden Europas.

Aksel Strand öffnete die Augen und blickte in einen grauweißen Himmel hinaus. Er war jetzt schon zwei Tage länger hier, als er ursprünglich beabsichtigt hatte. Das Smarthotel hatte sich zwar doch als ganz passabel erwiesen, dennoch wurde es allerhöchste Zeit, dass er wegkam. Er duschte kurz, trank einen letzten Kaffee im üppig bestückten Frühstücksraum, checkte aus und nahm sich ein Taxi zum Flughafen. Während er auf das Boarding der SAS-Maschine nach Gardermoen wartete, auf die er gebucht war, trank er dort einen weiteren Kaffee und führte zwei Telefonate. Das erste war kurz und betraf den AK-47-Deal. Ein durchaus erfreuliches Gespräch. Der zweite Anruf ging nach Bodø.

»Ich bin auf dem Weg in die Hauptstadt.«

»Okay…«, sagte Matias Grønn abwartend.

»Hast du mit Melling gesprochen?«

»Bin informiert.«

»Jetzt, wo die Katze aus dem Sack ist, müssen wir die Sache schnell über die Bühne bringen.«

»Das Labor wird von Melkøya abgezogen. Wir arbeiten schon an der Logistik. Der Prototyp ist voll funktionsfähig, und was die Serienproduktion betrifft, fädelt Tore gerade einen ziemlich vielversprechenden Deal ein. Die Verträge sind unterschriftsreif. Wenn wir damit an die Öffentlichkeit gehen, wird das Harstad-Debakel kein Thema mehr sein.«

»Immerhin. Es war schwierig genug, Melling wieder runterzubringen, nachdem diese unsägliche Lofoten-Geschichte aufgeflogen ist. Leider hat der Ermittler, den wir hier neuerdings an den Hacken haben, wohl ein bisschen zu viel Nesbø gelesen. Er will alles ganz genau wissen und hat auf die Schnelle für meinen Geschmack ein paar Schlussfolgerungen zu viel gezogen. Bisher konnten wir uns die Emission und Juul gerade noch so von der Pelle halten. Die politischen Entwicklungen der jüngsten Zeit sind vielversprechend. Das dürfen wir auf keinen Fall riskieren – nicht so kurz vor den Wahlen! Ich fahre sofort in die Akersgata und werde mit allen involvierten Parteien ...«

»Aksel ...«

Strand hielt inne. Sein Flug wurde aufgerufen.

»Es gibt etwas, das du wissen solltest – *bevor* du die Ministerien aufsuchst. Insbesondere das Energieministerium.«

Strand warf den leeren Becher in den nächsten Mülleimer und griff nach seiner kleinen Tasche, dabei streifte sein Blick eine verspiegelte Metallsäule. Erschaudernd nahm er zur Kenntnis, dass sein Anzug unübersehbar nach einer chemischen Reinigung verlangte. Andererseits hatte leichtes Gepäck Vorzüge, insbesondere vor dem Hintergrund der steigenden Anzahl verloren gegangener Koffer. In der Hauptstadt würde er Gelegenheit haben, sich mit allem Notwendigen auszustatten. Während Grønn weitersprach, zeigte sich ein schmales, feuchtes Rinnsal auf der haarlosen Frontpartie seines Oberkopfes.

»Ein Kollege, der gut vernetzt ist – du weißt schon –, hat heute Nacht einen Datenbankdump auf einer relativ unbekannten Leaking-Seite gefunden ...«

»Ich muss zum Boarding.«

»Wenn du Glück hast, schaffst du es noch nach Oslo, bevor es knallt.«

»Matias!«

»Okay, okay ... was ich sagen will, ist ... Es handelt sich um einen Auszug aus einem Überwachungsprogramm. Topsecret, NOFORN. Über die Herkunft kann man im Moment nur spekulieren, aber so viele Möglichkeiten gibt es da ja nicht.«

Strand hatte die Abfertigungshalle verlassen und befand sich am Eingang zur Fluggastbrücke, wo ihm eine bildhübsche Stewardess unmissverständlich signalisierte, dass er das Handytelefonat beenden sollte. Er machte eine Geste, um ihr zu zeigen, dass er verstanden hatte.

»Und?«

»Es scheint sich um eine Sammlung der IP-Adressen und Onlineaktivitäten aller Rechner des norwegischen Regierungsnetzes der vergangenen sechs Wochen zu handeln.«

»Dass befreundete Geheimdienste bei befreundeten Regierungen gerne mal diskret mithören, ist doch bekannt. Damit lockst du seit Snowden keinen Hund mehr hinter dem Ofen vor.«

»Damit allein noch nicht. Aber für den Fall, dass an dem sich in der samischen Community hartnäckig haltenden Gerücht, Elias Várris X-Account sei gehackt worden, irgendwas dran sein sollte, und für den weiteren – hoffentlich unwahrscheinlichen – Fall, dass der verhängnisvolle Post von einem Rechner innerhalb des internen Netzes abgeschickt wurde, befände sich der Beweis dafür in diesen Daten.«

»Und habt ihr danach schon gesucht?«

»Gäbe es einen Anlass dafür, das zu tun?«

Strand trat beiseite, um die anderen Passagiere vorbeizulassen, und dachte einen Augenblick nach. »Könnte der Leak manipuliert sein?«

»Die Authentizität steht außer Frage. Unwahrscheinlich, dass daran irgendwas verändert wurde. Es könnte allerhöchstens seitens des abhörenden Dienstes geschehen sein. Mit hohem Risiko und Topsecret-Freigabe. Aber welche Motivation sollte so jemand haben? Für mich sieht das eher nach einer neuen transatlantischen Antiüberwachungs-Whistleblower-Aktion aus.«

»Was ist mit der Sofacy Group? Die kommen doch überall rein und haben immer Motivation, Unruhe in den westeuropäischen Demokratien zu schüren.«

»Nein. APT28 hätte das Regierungsnetz direkt angegriffen. Nicht diesen aufwendigen und riskanten Umweg gewählt.«

Strand seufzte. Wenn man die Russen nicht nur für eine dilettantische geheime U-Boot-Bergungsaktion, sondern obendrein noch für einen potenziellen Umsturzversuch und vielleicht sogar für das Kidnapping eines norwegischen Kindes hätte verantwortlich machen können, wäre das annähernd eine Rechtfertigung dafür gewesen, mit einer disruptiven Nuklearwaffe aufzufahren. Der genialste Scoop seit der Tonkin-Lüge! Aber es sah nicht danach aus. »Apropos – wissen wir jetzt endlich, wem wir die wundersame Rettung von Thorvaldsens Enkelin zu verdanken haben?«

»Da scheinen irgendwelche Zivilisten reingeraten zu sein. Ob mehr Kontext dahintersteckt als purer Zufall, prüfen wir noch. Aber wahrscheinlich wird es nicht mehr lange dauern, bis dein Nesbø lesender Ermittler die restlichen dots connected hat.«

Strand wischte sich mit dem Taschentuch übers Gesicht.
»Kriegt man dieses Datenbankding noch aus der Öffentlichkeit raus?«

»Keine Chance. Erstens ist die Seite sicher schon zigmal gemirrort, und außerdem hat *The Tap* gerade eben eine Stellungnahme angekündigt.«

»The *was*?«

»Lebst du unter einem Stein?«

»Schon möglich. Klärst du mich auf?«

»The Tap ist eine von einem kleinen Team argentinischer investigativer Journalisten betriebene publizistische Website. Die Gründer haben es sich zur Aufgabe gemacht, brisante Enthüllungen aufzuarbeiten, zu bewerten und in eine für die breite Öffentlichkeit zugängliche Form zu bringen, da die etablierte internationale Presse bei dieser Aufgabe ihrer Ansicht nach in den vergangenen Jahren kläglich versagt hat.«

»Mhm«, grunzte Strand.

»Mindestens zwei von ihnen sind ehemalige Kriegsreporter. Die Seite bescheinigt sich selbst Unabhängigkeit, wird aber von Beobachtern in die Nähe der UCR gerückt. Na ja, egal. Jedenfalls sind sie schnell, gründlich und gut, und erfahrungsgemäß dauert es danach nicht lange, bis sich alle anderen Medien dranhängen. Eingefärbt in der Schattierung ihrer jeweiligen politischen Ausrichtung.«

»Okay. Das ist nicht gut. Mach den Rechner ausfindig, von dem der Várri-Post kam. Und gib mir sofort Bescheid.«

Die Angelegenheit wurde glitschig wie gekochte Gelatine. Blieb zu hoffen, dass sich nach Helge Juul nicht noch jemand darauf den Hals brach. Strand klickte das Gespräch weg, lächelte der Stewardess freundlich zu und ging durch die Gangway zur Maschine.

Zwölf Stunden früher.

London

Das geräumige Apartment befand sich im vierten Stock eines modernen Cityhauskomplexes aus sandfarbenem Blendmauerwerk mit großzügigen Loggien. Die Türen nach draußen standen offen, milde Nachtluft erfüllte die Räume.

Bent Wallström lag voll bekleidet auf dem breiten Boxspringbett, Sue saß mit dem Rücken zu ihm an dem schmalen Tisch, der ihr als Arbeitsplatz diente, vor ihr ein großer Monitor, ein MacBook und ein iPad. Bent fühlte sich matt, schwindelig und benebelt vom Schlafentzug, der pulsierenden Metropole und dem langen Gespräch, das sie geführt hatten, irgendwo am Ufer der träge dahinfließenden Themse, bis es um sie herum nur noch das Lichtermeer der Skyline gab, Myriaden künstlicher Sterne, die die Nacht zum Tag erhellten. Er wusste nicht mehr, worüber sie genau gesprochen hatten, nur dass es noch unendlich viel mehr zu sagen gab. Irgendwann waren sie wieder in Southwark angekommen, und Sue hatte sich kommentarlos an die Arbeit begeben.

Mühsam richtete Bent sich auf, trat auf die Loggia hinaus und starrte in die Straßenschlucht hinunter. Dann griff er sich einen der olivgrünen Fiberglassessel und setzte sich neben Sue.

Mit einem letzten kräftigen, fast wütenden Tastenanschlag auf *Enter* schloss sie das aktive Fenster und anschließend eine

Reihe weiterer offener Anwendungen. Dann sah sie ihn an. Er versuchte herauszufinden, was in ihrem Blick lag, aber heute wie damals vermochte er nicht, darin zu lesen, war alles an ihr perfekt verschlüsselt. OpSec auf höchstem Niveau war schon immer ihre Spezialität gewesen. In dieser Situation war das ohne jeden Zweifel ihre Lebensversicherung.

»Das war's. Es ist raus.«

Bent atmete durch. »Du hast doch …", begann er.

»Keine Sorge. Auch dein fiktiver X-Hacker hat sich natürlich unsichtbar gemacht. Nur wurde leider sein Proxy gehackt. Die entsprechenden Logs sind schon in Umlauf.«

Ein anerkennendes Lächeln huschte über Bents Gesicht, doch sofort wurde er wieder ernst. »Wäre es nicht besser gewesen, es The Tap direkt zu geben – kommentiert? Wer weiß, wie lange es dauert, bis sie …«

Sue schüttelte den Kopf. »Zu gefährlich. Nur so kann ich absolut sicher sein, dass die Sache nicht zu mir zurückverfolgt werden kann. Sie werden den Zusammenhang schnell herstellen, verlass dich drauf. Sie sind mit indigenen Gruppierungen weltweit vernetzt und haben schon einiges über Várri gebracht.«

Bent zuckte unmerklich zusammen. Jetzt war er wieder da. Stand überlebensgroß im Raum. Elias Várri. Das Gespenst in seinem Leben, das er wohl niemals wieder loswerden würde. Ganz egal, wie diese Sache hier ausging.

»Was ist?«

Plötzlich drehte sich alles um ihn. Er hätte sie niemals darum bitten dürfen. Vielleicht hatte er es nur getan, weil er nicht damit gerechnet hatte, dass sie ihn überhaupt anhören würde. Vielleicht hatte er nur die letzte, endgültige Bestätigung gesucht, dass er sein Dasein verwirkt hatte, nicht nur einmal, sondern mindestens zweimal und wahrscheinlich noch viel öfter. Vielleicht hatte er sie nur aus einer sentimentalen Laune heraus wiedergefunden oder aus dem absurden Gedanken, bei ihr wäre er dem Himmel näher, wenn er den letzten, unvermeidlichen Schritt tat, den Schritt, den der andere hatte tun müssen. Durch seine Schuld. Sicher war es Vorsehung, ausgleichende Gerechtigkeit, Schicksal. Er spürte nicht, wie die Tränen über seine Wangen zu rinnen begannen, längst schon war alles verschwommen, hatten die letzten klaren Konturen sich aufgelöst. Undeutlich nahm er wahr, wie Sue ihn hochzog, zum Bett zurückbrachte und ihm mit einem feuchten Tuch über die Stirn strich.

»Es tut mir leid«, war alles, was er hervorbrachte, immer und immer wieder. »Es tut mir so unendlich leid.«

Sie saß bei ihm, hielt seine Hand, wartete ab, bis der Strom der Tränen allmählich versiegte.

»Bent, hör mir zu. Es ist *nicht deine Schuld*.«

»Was? Was ist nicht meine Schuld? Der Tod von Elias Várri? Das Auseinanderbrechen von Verdigheten? Dass ich ... dass du ...« Unmöglich. Er konnte es nicht aussprechen.

Sue Han schwieg lange. »Wie hätte ich bleiben können, als du mir nicht mehr vertraut hast?«

»Es geht nicht darum, dass ich dir nicht mehr vertraut habe. Wir waren zu dicht dran. Wir hätten die Grindøysundet-Katastrophe aufgeklärt und die Verantwortlichen zur Rechenschaft gezogen. Aber solange die Identität des Maulwurfs nicht aufgedeckt war, konnte *niemand niemandem* mehr vertrauen.«

Traurig schüttelte sie den Kopf. »Du hast es immer noch nicht begriffen.«

»Was begriffen?«

Sue sprach leise und langsam. Sie betonte jedes einzelne Wort. »In der Gruppe gab es nie einen Maulwurf.«

Ruckartig richtete Bent sich auf. »Was redest du da? Natürlich waren wir unterwandert, wie sonst hätten sie …« Mehr brauchte er nicht zu sagen. Er konnte in ihren Augen sehen, dass sie sich genauso glasklar an jedes Detail aus jener Zeit erinnerte wie er selbst.

»Manchmal sind die Dinge viel einfacher, als sie scheinen. Wurden die RAF-Häftlinge in Stammheim in ihren Zellen abgehört? Ziemlich sicher. War es also ein staatlich autorisierter Suizid? Sehr wahrscheinlich. Waren es Staatsmorde? Ziemlich sicher *nicht*.«

»Was willst du damit sagen?«

»Dass es immer so ist. Warum sollte es ausgerechnet bei uns anders gewesen sein? PolarLys, die politischen Entscheidungsträger, der militärisch-industrielle Komplex, wer auch immer – sie brauchten keinen Maulwurf. Sie mussten nur zusehen, wie wir uns unser eigenes Grab schaufelten.«

»Das glaubst du wirklich?«

»Warum, denkst du, bin ich zu Booz Allen gegangen? Um zu sehen, dass es so läuft. *Any given day!*«

Sue stand auf und schloss die Balkontüren, an denen die Vergangenheit wie Tapetenkleister herabtroff.

»Und warum hilfst du mir jetzt?«

Sie setzte sich wieder neben ihn. »Weil das alles lange her ist. Es ist vorbei und hat keine Bedeutung mehr. Bedeutung hat, was jetzt ist.«

»Und was ist *jetzt*?«

»Verhindern, dass jemand wie Aksel Strand entscheidet, welche Regierung die Menschen in einem wunderbaren Land wie Norwegen bekommen?«

»Aber machen wir uns damit nicht mit ihnen gleich? Tun wir nicht gerade exakt dasselbe?«

»Die Metafrage. Darf man ein ziviles Flugzeug abschießen, wenn es als Waffe benutzt wird? *Muss* man es abschießen?«

Bent seufzte. Eine Diskussion mit Sue war nicht zu gewinnen. War es noch nie gewesen.

»Du bist jetzt derjenige, der bestimmt, wie die Geschichte weitergeht. Du solltest ein paar Entscheidungen treffen.«

Etwas ganz Ähnliches hatte Aksel Strand zu ihm gesagt. Es war erst wenige Tage her, und doch fühlte es sich an, als sei es in einem anderen Leben gewesen. Er hasste es, derjenige zu sein, der entschied, wie die Dinge zu laufen hatten.

»Solange ich nicht sicher weiß, ob es nicht doch einen forensischen Beweis dafür gibt, dass ich unautorisiert in Morten Kolbergs Büro gewesen bin, können wir das Melkøya-Material nicht benutzen. Obwohl ich nach wie vor davon ausgehe, dass es nur ein Bluff war, der auf reinen Vermutungen basiert.«

»Das würde bedeuten, dass Sektion 42 weiterbesteht.«

»Warum warten wir nicht erst mal ab, was geschieht, wenn The Tap deinen Dump ausgewertet hat? Vermutlich werden in Oslo die Karten dann neu gemischt.«

In diesem Augenblick surrte eines von Sues anonymen Prepaidhandys, die im Zimmer verstreut lagen. Sie sprang auf und warf einen Blick aufs Display. »Das ist Cai.«

Obwohl ihm nicht danach zumute war, musste Bent kurz lächeln. Es hatte nicht lange gedauert, bis sein alter Kampfgefährte eins und eins zusammengezählt hatte. »Sue – warte noch.«

Tromsø/Alta

»Fuck! Sie gehen immer noch nicht ran.«

Sie waren früh aufgebrochen und befanden sich jetzt irgendwo hinter Olderdalen. Da Cai zwar transportfähig, aber mitnichten fahrtüchtig war, hatte er Eric widerstrebend das Steuer des Mietwagens überlassen. Deutlich schwieriger war es gewesen, Cai davon zu überzeugen, direkt nach Alta zu fahren und nicht erst die Giulia zu holen, die immer noch auf einem Parkplatz in Å stand. Aber schließlich hatte Eric seinen Freund doch noch zur Vernunft bringen können. Cais Gesundheit ging vor. Um das Auto konnten sie sich später kümmern.

»Was macht dich so sicher, dass Bent bei dieser – wie hieß sie gleich – ist?«

»Sue. Sue Han. Ich weiß es einfach. Weil ich ihn *kenne*.«

»Aha.« Eric sah auf das Armaturenbrett. »Wir sollten tanken.«

»Na, dann fahr mal sparsam. Die nächste Möglichkeit ist Sørstraumen. Wir sind hier in der bescheidenen Finnmark und nicht an der Côte Basque.«

Als sie vor den Zapfsäulen einbogen, hatte sich die Nadel auf dem Anzeiger dem Ende des roten Bereichs bereits gefährlich genähert. Eric füllte den Tank bis zum Anschlag und brachte aus dem kleinen Laden zwei Coffee to go, zwei Käsesandwiches und die neueste Ausgabe der *Troms Avis* mit. Das Titelblatt wurde von einem überfetten Aufmacher dominiert.

Cai pfiff durch die Zähne.

»Was?« Fröstelnd nahm Eric wieder hinter dem Steuer Platz, der Wind war kalt und schneidend hier draußen. Er trank einen Schluck Kaffee und biss in sein Sandwich, bevor er den Wagen auf die E6 zurücklenkte.

»So, wie es aussieht, steht dem Land ein politisches Beben bevor. Es sind Hinweise darauf aufgetaucht, dass der X-Post, der Elias Várri das Amt gekostet hat, vom Rechner eines Staatssekretärs im Energieministerium kam. Ziemlich stichhaltige Hinweise.«

»Also stimmt es, was Synni immer schon gesagt hat.«

»Brisant wird es aber, wenn sich bestätigt, dass auf den fraglichen Rechner in der fraglichen Zeit nur ein einziger Mitarbeiter Zugriff hatte.«

»Und steht da, wer das sein soll?«

»Allerdings. Es handelt sich um unseren amtierenden Energieminister und designierten Ministerpräsidenten Morten Kolberg.«

Der Name des gefeierten neuen Shootingstars der Osloer Politszene klang nach, während Eric die Heizung aufdrehte und der Innenraum des Wagens sich mit muffiger, trockener Luft füllte. Sie passierten die Sørstraumen bru, und Eric überholte zwei dicht hintereinander herfahrende 32-Tonner. Plötzlich verengte sich unmittelbar vor ihnen die ohnehin schon schmale Brücke und wurde einspurig. Eric schnitt den vorderen Lkw und schaffte es gerade noch vor der Baustellenabsperrung zurück auf die rechte Spur. Hinter ihnen erklang ein lang gezogener, tiefer Hupton.

»Fährt man so bei euch zu Hause?«, unkte Cai. »Du wirst

uns doch nicht auf den letzten paar Kilometern noch umbringen?«

Tatsächlich fühlte sich Eric von der einfachen Überlandstraße, die sich von sattgrün bewaldeten Hügeln und tiefblauem Wasser flankiert gleichmütig durch eine atemberaubende Landschaft zog, an Südfrankreich erinnert. Er fand, dass der Unterschied zwischen hier und dort – der Gegend um das zwischen Biskaya und Pyrenäen gelegene Saint-Jean-Pied-de-Port – gar nicht so groß war.

»Es war Bent.«

Sie befanden sich schon kurz vor Hjemmeluft, als Cai Eric aus seinen Gedanken riss. »Was meinst du?«

Cai klopfte auf die Zeitung auf seinem Schoß, die er in der vergangenen Stunde akribisch studiert hatte. »Das ist kein Zufall. Das war Bent. Wahrscheinlich mit Sues Hilfe.«

»Du meinst den Zusammenhang zwischen Morten Kolberg und dem Várri-Post?«

»Ich weiß nicht, was dahintersteckt. Warum er es getan hat. Und warum er es gerade jetzt getan hat. Aber ich find's raus.«

Kurz darauf passierten sie Bossekop, und Eric konnte nicht umhin, hinunterzusehen zur Bucht, wo sich die Silhouette des kleinen mintgrünen Holzhauses in der Mittagssonne abzeichnete. Er parkte an der Ecke vor Cais Wohnung, zog die Handbremse an und schaltete den Motor aus.

Nachdem er Cai, der sich mithilfe seiner Krücken stöhnend die beiden Treppen hinaufgequält hatte, aufs Sofa gepackt, notdürftig aufgeräumt und Tee gekocht hatte, setzte Eric sich zu ihm.

»Was Neues?«

Cai sah von seinem Notebook auf. »Der Showdown kann

beginnen. Die versammelte skandinavische Medienlandschaft kennt kein anderes Thema mehr als die Anschuldigungen gegen den Energieminister. Für den Nachmittag ist eine Pressekonferenz angesetzt, auf der sowohl Kolberg als auch der amtierende Ministerpräsident Erklärungen abgeben wollen. Sametinget hat eine Krisensitzung einberufen. Es gibt bereits erste Protestkundgebungen, weitere sind geplant. Alle indigenen Gruppen und Organisationen mobilisieren. Man rechnet mit Ausschreitungen. Fennoskandia brennt, mein Freund! Demgegenüber ist die zweite Nachricht des Tages nur eine Randnotiz, die wahrscheinlich kaum jemand zur Kenntnis nehmen wird.«

»Die wäre?«

»Das Framsenteret hat offiziell bestätigt, dass die Badeunfälle auf eine Mutation innerhalb der polaren Gammaridenpopulation zurückzuführen sind, verursacht mit an Sicherheit grenzender Wahrscheinlichkeit von einer radioaktiven Emission aus einem der in der Barentssee liegenden russischen Atom-U-Boote. Ob es von russischer Seite einen missglückten geheimen Bergungsversuch gegeben hat, konnte bisher nicht bestätigt werden. Bei den Messungen und Tests vor Ort wurde allerdings keine Kontamination der Küstengewässer festgestellt. Außerdem weisen die ausschließlich männlichen Mutanten multiple Degenerationen auf. Man geht davon aus, dass sie nicht lange überlebensfähig sind und die Mutation nicht auf eine Nachfolgegeneration übergehen kann. Da die Gefahrensituation nach Ansicht der Wissenschaftler nicht mehr besteht, sollen alle Beschränkungen und Vorsichtsmaßnahmen in den betroffenen Gebieten zeitnah aufgehoben werden – was ein kollektives Aufatmen in der Tourismusbranche zur Folge haben dürfte.«

Eric seufzte. »Du hattest recht.«

»Womit?«

»Dass sich schon ein Sündenbock finden würde.«

»Na klar. Im Zweifel war es immer der Russe. Das ist bequem und passt schön ins Narrativ.«

»Wir haben es nicht verhindert.«

»Nein. Haben wir nicht. Bisher.«

»Willst du noch mal versuchen, Bent zu erreichen?«

»Sinnlos. Wenn er mit uns sprechen will, wird er sich melden.«

»Was ist mit Synni und Tom? Sie sind auf dem Weg nach Oslo, sollten wir nicht …«

»Ich schätze, sie können auf sich aufpassen.«

Minutenlang starrte Eric auf einen Punkt, der sich weit draußen hinter der sonnenbeschienenen Fensterscheibe befand. »Cai, kommst du klar? Ich muss noch mal kurz weg. Ich sollte vielleicht nach meinem Vater sehen.«

»Sicher. Ich komme klar. Eric – sei vorsichtig.«

Tromsø

Als Simen Sundby am Morgen eintraf, war Jonna gerade dabei, die Stellungnahme des Ifremer auszudrucken, die sie am Vortag angefragt hatten.

»Was steht drin?«, wollte er wissen.

»Offiziell weiß man in Frankreich von überhaupt nichts. Man ist sehr dankbar für die Information und ebenfalls besorgt, und wenn man in irgendeiner Weise helfen kann … und so weiter.« Jonna legte den Ausdruck auf den Tisch.

Mikaels Platz war noch leer.

»Wie geht es Emil?«

Sundby blickte in Jonnas außergewöhnlich große Augen, und hinter ihrer professionellen Sachlichkeit ahnte er etwas von dem, was er selbst nur allzu gut kannte. Natürlich hatte sie ihrem Sohn seit dem ersten Vorfall in Honningsvåg eingeschärft, auf keinen Fall auch nur in die Nähe des Küstenstreifens zu gehen. Ihre Sorge diesbezüglich war zwar unbegründet, denn seit dem Tod seines Vaters mied Emil das Wasser ohnehin, wann immer es möglich war, allerdings ließ der kleine Rabauke ansonsten selten einen wilden Streich aus. Der Junge in Honningsvåg, der durch – was auch immer sich da in den Fjorden herumtrieb – um Haaresbreite beide Beine verloren hätte, war nur wenig älter als Emil, und der Gedanke an ihn jagte auch ihm selbst noch immer eiskalte Schauer über den Rücken. Es brauchte wahrlich nicht viel Fantasie, um zu ermessen, wie es ihr damit ging. Und nun war scheinbar noch ein weiteres Problem hinzugekommen.

Jonna lächelte Sundby scheu an. »Es geht ... ihm gut.«

»Aber?«

Sie schwieg.

Sundby wartete.

»Dem anderen Jungen«, sagte sie schließlich leise, »geht es nicht so gut.«

Sundby runzelte die Stirn. »Was heißt das?«

Es lag ihm fern, sie auszuhorchen. Er fragte als Vater, vielleicht als Kollege, jedenfalls aus freundschaftlicher Anteilnahme heraus – keinesfalls als Vorgesetzter. Und er hoffte, dass sie das wusste.

»Emil hat ... er hat auf dem Pausenhof einen Mitschüler verprügelt. Der andere Junge musste ärztlich versorgt werden. Emil hat ihm die Nase gebrochen.«

»Das hatte doch sicher einen Grund?«

»Der Junge hat ihn wohl damit aufgezogen, dass Emil ... also, dass er keine richtige Familie hat ...«

Sie hatten nie darüber gesprochen. Sundby wusste nur, dass Emils Vater zwei Jahre zuvor gestorben war. Ein tragischer Unfall auf einer Fähre der Viking Line zwischen Helsinki und Tallinn. Jonna hatte sich kurz danach von der finnischen Hauptstadt aus auf die vakante Stelle in Tromsø beworben, weil sie wohl irgendwelche Verwandten oder Freunde in der Stadt hatte. Sie brachte alle nötigen Qualifikationen sowie ein paar Bonuspunkte mit, und er war sofort der Meinung gewesen, dass sie in die Gruppe passte. Also hatte Sundby es nicht für nötig erachtet, in ihrem Privatleben herumzugraben. Und ganz sicher war dies nicht der Moment, um damit anzufangen.

»Nimm dir die Zeit für ihn, die du brauchst.«

Insgeheim wünschte er sich, jemand hätte ihm dasselbe gesagt, damals, als Lasse ihn gebraucht hätte.

Jonna nickte. »Was hat deine Befragung von Nygard gebracht? Du warst doch gerade dort, oder?«

Sundby zog sich einen Stuhl heran. »Eine Befragung war leider nicht möglich.«

»Geht es ihm noch immer so schlecht?«

»Ganz im Gegenteil. Er hat sich selbst entlassen und bereits die Heimreise angetreten.«

»Was? Gestern hatte ich noch den Eindruck, er sei dem Tod gerade eben so von der Schippe gesprungen.«

»Tja. Dieser Eindruck sollte wohl auch entstehen.«

»Du meinst, er hat sich der Vernehmung bewusst entzogen?«

»Wer hat sich entzogen?«, fragte Mikael, der einmal mehr sein Gespür für Timing unter Beweis stellte und mit langen Schritten hereingeeilt kam.

Sundby setzte ihn ins Bild.

Mikael lachte kurz. »Wersín wird sich freuen, das zu hören.«

»Ja, ja«, gab Sundby zurück. »Ist nicht gerade glücklich gelaufen. Aber Alta ist ja nicht aus der Welt. Zu gegebener Zeit werde ich ihn mir persönlich vornehmen.«

Mikael runzelte die Stirn, und Sundby wusste, was er dachte. Es sah ihm absolut nicht ähnlich, einen Zeugen und potenziell Verdächtigen im Zusammenhang mit einem ungeklärten Todesfall, der sich leicht als Mordfall entpuppen konnte, so einfach durchs Netz gehen zu lassen. Um nicht zu sagen, es grenzte an professionellen Leichtsinn. Aber aus einem unerklärlichen Grund fühlte er sich im Hinblick auf Cai Nygard vollkommen entspannt. Mehr als das. Eine Theorie hatte begonnen, sich vor seinem inneren Auge abzuzeichnen. Noch war sie vage, diffus, ließ sich nicht greifen. Aber da er in all seinen Dienstjahren gelernt hatte, seinem Instinkt zu vertrauen, beließ er es für den Moment dabei.

»Das Framsenteret hat doch …«, begann Jonna.

»Solange es keine stichhaltigen Beweise für das Gegenteil gibt, ist es für mich nach wie vor eine Tritiumemission, die in Zusammenhang mit den LENR-Aktivitäten steht. Russisches U-Boot, gescheiterte Bergung – das klingt mir ein bisschen zu sehr an den Haaren herbeigezogen! Und dann diese beiden Hobbydetektive. Sie wissen mehr, als sie sagen, so viel ist sicher. Aber solange wir nicht nachweisen können, dass es einen Kontakt mit Juul gegeben hat, haben wir nichts gegen sie in der Hand. Wir brauchen dringend den exakten Todeszeitpunkt. Wann können wir mit dem Ergebnis der Obduktion rechnen, Mikael?«

»Auf keinen Fall vor Montagnachmittag, eher Dienstag. In der Rechtsmedizin sind sie im Moment krankheitsbedingt noch unterbesetzter als sonst.«

Sundby seufzte. »Na gut. Was die Aktivitäten auf Melkøya angeht – wäre es vielleicht nicht schlecht, sich einmal direkt mit dem zuständigen Ministerium in Verbindung zu setzen.«

»Das dürfte kaum der richtige Augenblick dafür sein!« Mikael legte die Morgenausgabe der *Troms Avis* auf den Tisch. »In Oslo bricht gerade ein Orkan los. Von samischer Seite wird vehement der Rücktritt des Energieministers gefordert. Die gesamte Regierung könnte über der Várri-Affäre stürzen. Und hier oben wird es auch bald heiß hergehen. In Karasjok und Kautokeino brennen schon die ersten Mülltonnen.«

»Hmm ...« Sundby strich sich übers Kinn.

»Immerhin bin ich mit Juuls sonstigen Kontakten weitergekommen«, fuhr Mikael fort. »Es scheint zumindest eine Verbindung zu Viridi Technologies zu geben, der Softwareschmiede von PolarLys. Die sitzt ja bekanntlich nur einen Steinwurf vom JOC entfernt. Matias Grønn, der Chief in Charge von Viridi, hat bestätigt, dass es Kontakt gab, aber er behauptet, es sei dabei lediglich um einen Überwachungstrojaner gegangen. Ausschließlich für den Auslandseinsatz bestimmt, versteht sich.«

»Und dann turnt da auch noch dieser Aksel Strand dazwischen herum«, sinnierte Sundby.

»Der bekanntlich in Waffen macht«, gab Mikael zurück.

»Waffen«, wiederholte Sundby. Einen Moment herrschte Stille. »Jonna, check doch mal bitte die Einsatzmöglichkeiten von dieser ... Kalten Fusion durch.«

»Machen wir eine kleine Dienstreise?«, wollte Mikael wissen.

»Ich spreche mit Wersín«, sagte Sundby und stand auf.

»In seinem Büro wirst du ihn nicht antreffen.«

Der Kalender an der Wand rief unmissverständlich ins Gedächtnis, dass Samstag war. Und der Gedanke streifte Simen Sundby, dass die Position des Polizeidirektors ja vielleicht doch den einen oder anderen Vorzug mit sich brachte.

Alta

Eric wusste nicht, warum er den Umweg durch den Ortskern gewählt hatte und nicht direkt zur Bucht hinuntergelaufen war. Tief in seine Gedanken versunken, hatte er die Bibliothek hinter sich gelassen und war am Einkaufszentrum vorbeigegangen. Jetzt blieb er vor der Nordlichtkathedrale stehen. Er mochte den spiralförmigen modernen Bau aus Beton und Titanplatten, den es damals noch nicht gegeben hatte. Fast war er versucht, einzutreten, besann sich dann jedoch anders und drehte ab, um an der alten Kirche, der Kirche seiner Kindheit, vorbei zum Hafen hinunterzuschlendern.

Er hatte die Straße noch nicht überquert, da sah er sie. Es waren vielleicht acht oder neun, und er hätte nicht zu sagen vermocht, aus welcher Richtung sie gekommen waren. Nahezu schien es ihm, als seien sie plötzlich einfach da gewesen, hätten sich aus dem Nichts heraus materialisiert oder wären aus einem Zeitloch gefallen. Das tiefe Blau ihrer Gáktis und das Blutrot ihrer bestickten Gürtel und Halstücher zerschnitten das verhalten dunstige Nachmittagslicht. Unter den Gáktis trugen sie Lederhosen in Erdtönen und bunt geschnürte Stiefel mit nach oben gerollten Spitzen. Um den Hals baumelte der traditionelle Brustschmuck. Sie waren jung, deutlich jünger als er selbst. Ein paar hatten in den Farben der Gáktis gehaltene Hüte auf den Köpfen, andere hatten Tücher um die Stirn gebunden.

Eric starrte gebannt auf die kleine Prozession, die sich zielstrebig in die Richtung bewegte, aus der er gerade gekommen war. Dann, ohne Vorwarnung, erhob sich der monoton-gutturale Klang über Stadt und Fjord, mehrstimmig, preisend und klagend zugleich. Eric stand wie angewurzelt und spürte, wie eine Gänsehaut seinen gesamten Körper überzog. Er begann zu frösteln, obwohl der Wind nachgelassen hatte. Jetzt erst wurde ihm bewusst, dass der ganze Ort wie ausgestorben wirkte. Abgesehen von der Gruppe und ihm selbst, schienen sich kaum Menschen auf den Straßen aufzuhalten. Auch Autos waren nicht zu sehen. Bis sich der Schatten eines Wagens mit der typischen retroreflektierenden Beklebung der Einsatzfahrzeuge vom hinter der Kathedrale gelegenen Gebäude der Politistasjon löste und im Schritttempo den Altaveien entlangrollte. Nichts unmittelbar Bedrohliches lag in der Szene. Es war eher ein Abwarten, das vorsichtige Abtasten des Gegners Sekunden vor dem alles entscheidenden Punch.

Erst als Sámi und Fahrzeug außer Sichtweite waren, setzte Eric langsam seinen Weg fort.

Das tragbare Sauerstoffgerät hing wie gewöhnlich um den Hals von Kjell Andresen, die Augen blickten besorgt inmitten dunkler Schatten.

Eric trat hinter ihm ein. Erstaunt stellte er fest, dass sich etwas verändert hatte. Das ganze Haus schien heller als bei seinem letzten Besuch, luftiger. Bettzeug und Matratze waren vom Bettgestell verschwunden, das in die Mitte des Raumes gewandert war. Halb gefüllte Pappkartons versperrten den Weg zur Küche. Erst jetzt bemerkte Eric, dass die viele Jahre lang verschlossenen Türen zu den beiden angrenzenden Zimmern weit geöffnet waren. Währenddessen verkündete das kleine Fernsehgerät auf der Kommode in der Ecke in einer Dauernachrichtensendung beunruhigende Meldungen über die jüngsten politischen Entwicklungen in der Hauptstadt.

Unschlüssig blieb Eric an der Eingangstür stehen. Kjell Andresen ging zum Fernseher hinüber, blickte eine kurze Weile auf den Bildschirm und schaltete ihn dann ab.

Während Eric noch verzweifelt nach den richtigen Worten suchte, hatte Kjell bereits mit erstaunlicher Kraft die an der Wand lehnende Matratze gepackt und damit begonnen, sie ins angrenzende Zimmer zu schleppen.

»Was ist? Willst du da drüben festwachsen, oder hilfst du mir mal?«

Lächelnd stieg Eric über die Kartons und griff nach dem hinteren Ende der Matratze.

Zwei Stunden später war der Nebenraum wieder ein Schlafzimmer. Eric hatte den Boden gewischt und die Vorhänge in die Waschmaschine geworfen. Die Kartons mit Catherines Sachen standen ordentlich übereinandergestapelt an der Wand im Wohnzimmer.

»Nächste Woche ... lasse ich sie abholen.« Kjell Andresen atmete schwer.

»Du solltest dich etwas ausruhen.« Eric ging in die Küche und setzte Wasser für Ingwertee auf.

Dann, zu Beginn der Blauen Stunde, saßen sie einander gegenüber an dem rustikalen Holztisch, der so viele Mahlzeiten gesehen hatte, und Erics Blick glitt hinüber zur halb geöffneten Tür des neben dem Schlafzimmer gelegenen dritten Raums im Haus. Es war das kleinste Zimmer, und das Fenster war in Richtung des Ortes ausgerichtet. Die Wände trugen noch immer dieselbe hellblaue Farbe, die ihn einst in den Schlaf begleitet hatte. In einen blauen Schlaf. Einen blauen Traum.

Kjell war seinem Blick gefolgt. »Es ist dein Zimmer. Du entscheidest, wie es in Zukunft aussehen soll.«

Eric hielt seine Teetasse mit beiden Händen umschlossen. »Warum jetzt?«

»Es ist an der Zeit«, sagte Kjell Andresen leise, und Eric war sich nicht sicher, ob sich in den Schweiß auf seinem Gesicht Tränen gemischt hatten. »Es ist an der Zeit.«

Irgendwann später schaltete Kjell Andresen das Fernsehgerät wieder ein. Blauschwarzer Rauch erschien über dem Platz vor dem Storting-Gebäude. »Manche Dinge ändern sich scheinbar nie«, seufzte er kopfschüttelnd.

»Erzähl es mir«, sagte Eric, als Kjell sich wieder gesetzt hatte. »Bitte erzähl mir von damals … Papa.«

Dann griff er nach der faltigen, zitternden Hand des Vaters.

Oslo

Als Tom den Wagen endlich durch die verstopfte Osloer Innenstadt manövrierte, fühlte Synni sich müde und ausgelaugt. Sie war früh am Morgen aufgebrochen, hatte mit etwas Glück einen schnellen Flug mit nur einem kurzen Zwischenstopp in Bergen erwischt und war um die Mittagszeit in ihrer Wohnung im Parkveien angekommen. Sie pflückte die Post-it-Nachrichten ihrer Mitbewohnerin vom Kühlschrank und entsorgte die wenigen darin verbliebenen Lebensmittel, die sich ausnahmslos in grünes Angora gehüllt präsentierten. Wenig erstaunlich, dass eine Nordvision-Korrespondentin angesichts der aktuellen Nachrichtenlage den Haushalt auf der Prioritätenliste weit nach hinten verschoben hatte.

Synni ging nach oben, sprang eilig unter die Dusche, zerrte die Kleider aus ihrem Koffer, warf sie aufs Bett und packte stattdessen eine kleine Reisetasche. Am frühen Nachmittag traf sie Tom bei Starbucks gegenüber der Bibliothek. Ohne weitere Zeit zu verlieren, fuhren sie auf die E18 und hatten die Hauptstadt bei Einbruch der Dämmerung erreicht. Während der Fahrt brachten sie sich gegenseitig auf den neuesten Stand und planten die bevorstehenden Dreharbeiten, die durch die sich überstürzenden politischen Entwicklungen eine Dynamik entfalteten, die so nicht vorauszusehen gewesen war. Mit

Erleichterung stellte Synni fest, dass für Privates in der aktuellen Situation keine Zeit bleib. Nicht um darüber zu reden oder auch nur darüber nachzudenken. Das Autoradio spuckte die Breaking News im Minutentakt aus.

15 Uhr. Pressekonferenz im Storting. Der Ministerpräsident stellt sich hinter seinen Energieminister, der mit Nachdruck dementiert, etwas mit dem fraglichen Social Media Statement zu tun zu haben oder etwas darüber zu wissen.

15:15 Uhr. Morten Kolberg sieht keinen Anlass dafür, politische Konsequenzen aus der Angelegenheit zu ziehen. Die Rechtspartei gibt bekannt, dass sie an ihrem Spitzenkandidaten festhält und weiterhin uneingeschränktes Vertrauen in ihn setzt.

15:30 Uhr. In ganz Sápmi formiert sich der Widerstand. Aus Karasjok und Kautokeino werden erste Ausschreitungen gemeldet. Sowohl NRK als auch NRK Sápmi sprechen von der schwersten Krise in den norwegisch-samischen Beziehungen seit dem Alta-Konflikt.

16 Uhr. Sametinget beendet seine Krisensitzung und ruft alle Seiten zur Besonnenheit auf.

16:30 Uhr. Es wird bekannt, dass eine separatistische Gruppierung, die sich den Namen OEV – *Oktavuohta Elias Várri* – gegeben hat, zum Sturm auf das Storting aufruft. Aus Alta wird von ersten brennenden Pkw berichtet.

17 Uhr. In der Hauptstadt riegelt ein Großaufgebot an Polizeikräften die Gegend um das Parlamentsgebäude weiträumig ab. Wasserwerfer werden gegen die bereits versammelten Demonstranten in Stellung gebracht.

»Fahr schneller!«, raunte Synni heiser.

Tom trat das Gaspedal durch.

Dank ihrer Presseausweise durften sie die Absperrungen passieren, checkten in aller Eile in einem billigen Hotel am Bahnhof ein und liefen das kurze Stück zum Parlament hinüber. Wütende Parolen erfüllten die kühle Abendluft bis hinüber zur Domkirche, und als sie den Eidsvolls plass erreicht hatten, quoll dieser über von Menschen.

Tom hielt mit der Kamera auf das Geschehen, während Synni sich durch die Menge kämpfte und versuchte, mit einzelnen Aktivisten zu sprechen, was sich jedoch aufgrund des Lärmpegels als nahezu aussichtslos erwies. Der schwarze Metallzaun, der das Storting-Gebäude vom Eidsvolls plass trennte, war geschlossen und mit mobilen Barrieren verstärkt worden. Jenseits des Zauns sowie zu allen Seiten des kleinen Platzes hatten Einheiten der Ordnungskräfte in schwarzen Overalls Position bezogen. Menschliche Gesichter waren hinter den getönten Visieren der Schutzhelme nicht erkennbar, und Synni fühlte sich an dystopische Szenen aus Science-Fiction-Filmen erinnert. Es waren Bilder, die sie vielleicht aus Zentraleuropa, nicht aber von ihrem friedlichen Land kannte.

»Synni, pass auf!«

Der Stein war nicht groß. Er flog über die behelmten Köpfe hinweg zum Oval des Storting-Eingangsbereichs. Tom setzte die Kamera ab und zog Synni von der vorderen Reihe der Demonstrierenden weiter nach hinten, während ein blecherner Lautsprecher dazu aufrief, den Platz unverzüglich zu räumen.

Plötzlich sah Synni, wie ganz in ihrer Nähe ein schmaler junger Mann in brauner Lederhose und hellblau-rotem Kolt eine improvisierte Tribüne erklomm und ein Megafon an den Mund führte.

»Wir wollen keine Gewalt«, rief er. »Aber wir werden hier nicht weggehen, ohne dass es Gerechtigkeit für Elias Várri gibt!«

»*Oktavuohta Elias Várri!*« und »*Friddja Sápmi!*«, skandierte die Menge.

Erneut wurde zum Räumen des Platzes aufgefordert sowie der Einsatz des Wasserwerfers angedroht. Unmittelbar danach zischte ein Molotowcocktail durch die Luft.

»Nein«, flüsterte Synni. Tränen liefen über ihre Wangen.

Tom bemühte sich weiter, sie aus der Gefahrenzone zu manövrieren. »Synni, wir müssen hier weg.«

Synni blieb wie angewurzelt stehen und schüttelte den Kopf. »Nein«, krächzte sie. »Nein, nein, nein ...«

»Synni«, beschwor Tom sie. »Du kannst nichts tun. Komm!«

Schon drohten die Absperrungen nachzugeben, schob sich der wogende Körper der Menge unaufhaltsam Zentimeter um Zentimeter nach vorne. Dann erklang ein dumpfer Knall, und einen entsetzlichen Augenblick lang glaubte Synni, es sei geschossen worden, bevor sie realisierte, wie die erste Reihe der Protestierenden buchstäblich weggefegt wurde. Im nächsten Moment verlor auch sie unter dem eiskalten Wasserstrahl das Gleichgewicht.

Tom hatte die Fontäne gerade noch kommen sehen und versuchte jetzt, die Kameraausrüstung mit seiner Jacke zu schützen. Gleichzeitig zerrte er Synni mit sich über die Grünanlage, die sich im Handumdrehen in eine einzige glitschige Pfütze verwandelt hatte. Mit Mühe schafften sie es um die Ecke bis zur Nedre Vollgate. Nach Luft ringend, sank Synni auf einen Mauervorsprung.

»Alles okay? Bist du verletzt?«

Sie schüttelte den Kopf. »Ist die Kamera in Ordnung?«

»Ich denke schon.«

Die Sonne war hinter dem Horizont verschwunden, und ein eisiger schwarzer Hauch zog über die Stadt. Tom setzte sich neben Synni, schloss sie in die Arme und hielt sie fest. Wasser troff aus ihrem Haar und ihren Kleidern und mischte sich mit den Tränen, die über ihr Gesicht strömten.

»Warum tun sie das?«, schluchzte sie, zitternd vor Erschöpfung, Kälte und Wut. »Warum, warum?«

»Alles wird gut, Baby«, flüsterte Tom. »Alles wird wieder gut, du wirst sehen.«

Er wusste, dass er sinnlose Phrasen drosch, und das war nicht seine Art. Aber er wusste auch, dass er diese Frau, die so hemmungslos weinte, nicht ob ihres eigenen Leids, aber angesichts des Leids derer, die auf der schwächeren Seite des Lebens geboren waren, liebte. Dass er sie immer geliebt hatte und immer lieben würde.

Wenige Meter entfernt, im Inneren des ockerfarbenen Natursteingebäudekomplexes aus dem Jahr 1866, wischte sich Morten Kolberg den Schweiß von der Stirn. Eigentlich wäre er längst wieder im Ministerium in der Akersgata gewesen, doch im Anschluss an die überstürzt anberaumte Pressekonferenz hatte eine Krisensitzung die nächste gejagt, und seit zwei Stunden traute sich ohnehin kein Parlamentarier mehr auf die Straße hinaus. Noch nicht einmal durch den Hinterausgang.

Er hatte ein Vieraugengespräch mit dem Ministerpräsidenten und eine vertrauliche Unterredung mit dem Verteidigungsminister gehabt, die jeweils in einem durchaus als positiv zu bezeichnenden Grundtonus stattgefunden hatten. Das Justizministerium gehörte allerdings dem Koalitionspartner, und dort stand momentan niemand zur Verfügung, was wiederum kein gutes Zeichen war. Mindestens eine Stunde hatte er mit seinem neuen Berater verbracht, der redlich bemüht war, ein halbwegs plausibles Konstrukt zu zimmern, das die katastrophale Situation in ein annähernd kommunizierbares Narrativ goss – eine Aufgabe, die ohne jeden Zweifel der Quadratur des Kreises gleichkam. Der Neue wirkte zwar etwas bieder und war mit Sicherheit nicht annähernd ein so begnadeter Redenschreiber wie Bent Wallström, dafür aber mindestens ebenso kreativ im Erfinden windiger Euphemismen. Darüber hinaus verfügte er über einen einwandfreien Leumund.

Jetzt schob sich sein schwerfälliger Körper erneut durch die Tür des kleinen Sitzungssaals, der Kolberg seit dem Mittag als Ersatzbasis diente.

»Aksel Strand versucht schon den ganzen Tag ...«, begann er.

»Ich weiß«, blaffte Kolberg genervt. »Ich bin nicht zu sprechen.«

Es war eine verworrene Geschichte. Der ebenso plötzliche wie tragische Ausfall seines Amtsvorgängers hatte ihm diese langersehnte Chance eröffnet, und natürlich hatte Morten Kolberg keine Sekunde gezögert, sie zu ergreifen. Die Politik war ein hartes Geschäft, da kam es schon mal vor, dass jemand dem Druck nicht standhielt. Elias Várri war dafür einfach nicht geschaffen gewesen. Entscheidungsverantwortung zu tragen, war nichts für Utopisten und Idealisten. Die Spitze, die Elite – das war der Ort für Machtmenschen, die bereit waren, mit harten Bandagen zu kämpfen; die genauso austeilen wie einstecken konnten. Menschen wie Aksel Strand.

Kolberg kannte die genauen Zusammenhänge hinter dem Sturz seines Vorgängers nicht. Niemand hatte ihn je eingeweiht, und aus gutem Grund hatte er auch nicht nachgeforscht. Bis vor wenigen Stunden war er der Überzeugung gewesen, dass die Sache erstens nicht seine Angelegenheit war und zweitens im Strudel der tagtäglichen Nachrichtenflut ohnehin bald untergegangen sein würde. Die wunde samische Volksseele würde notdürftig zugepflastert werden und im Anschluss stärkeren Lobbyinteressen weichen, so wie es schon immer gewesen war. Nichtsdestoweniger war Kolberg Profi genug, um zu wissen, dass es eine Geschichte hinter dem offiziellen Narrativ gab. Und dass Aksel Strand darin vermutlich eine nicht unerhebliche Rolle spielte. Nicht zu vergessen Strands Protegé Wallström, den er sich ausgerechnet als PR-Berater hatte unterjubeln lassen. Ein unverzeihlicher Fehler, der ihn jetzt buchstäblich alles kosten konnte. Vor diesem Hintergrund sah Kolberg aktuell keinerlei Anlass, ausgerechnet mit derjenigen Person in Kontakt zu treten, der er diesen ganzen Schlamassel maßgeblich zu verdanken hatte.

»Okay, aber er ...«

»*Nicht* zu sprechen!«

»Okay.« Unentschlossen blieb der Dicke in der Tür stehen.

Kolberg blickte vom Tisch auf. Es war ein rechteckiger Konferenztisch, um den sich eine Anzahl schlichter Stühle gruppierte. Bis vor wenigen Stunden noch war er der gefeierte olje- og energiminister gewesen. Shootingstar. Hoffnungsträger seiner Partei. Aspirant für das höchste Amt im Land. Und jetzt? Brauchte es nicht mehr als ein laues Lüftchen, um seine Lebensleistung, um alles, wofür er so viele Jahre geschuftet hatte, dem er nicht nur eine, sondern zwei Familien geopfert hatte, irreversibel in einen Scherbenhaufen zu verwandeln.

»Es sieht nicht gut aus, da draußen.«

Die blickdichten Vorhänge vor den hohen romanischen Fenstern waren zugezogen, doch der Lärm war unüberhörbar. Kolberg fühlte, wie sich das finale laue Lüftchen unaufhaltsam näherte.

»Das sehe ich. Noch was?«

»Morten, der Ministerpräsident bittet dich erneut zum Gespräch.«

»Ich dachte, wir hätten das geklärt? Wir waren uns doch einig, dass wir der Presse und den Sámi-Vertretern gegenüber voll auf die Geheimdienstaffäre einschwenken. Jedenfalls so lange, bis sich alles abgekühlt hat.«

»Angesichts der Situation auf der Straße hält die Justizministerin diese Strategie nicht mehr für praktikabel. Die Freiheitspartei macht Druck und droht jetzt offen mit dem Koalitionsbruch. Der Ministerpräsident wird dir sagen, dass du eine Stunde hast, um zurückzutreten und die volle politische Verantwortung zu übernehmen. Ansonsten wird er dich entlassen müssen.« Er machte eine Pause. »Die Bunten sind seit der Várri-Beerdigung sowieso nicht gut auf uns zu sprechen. Jetzt verlieren wir auch noch die Unterstützung der Rechtspopulisten. Wenn die Liberalen kippen, stürzt die Regierung. Das wäre dann ... nichts weniger als eine Staatskrise. Darauf will es keiner in der Partei ankommen lassen.«

Natürlich nicht. Man war schließlich lange genug in der Opposition gewesen. Das war es also. Das Ende. An diesem Punkt war auch er nur ein Bauernopfer. Wie zuvor Elias Várri. Eine Pointe der Geschichte, die tatsächlich einer gewissen Ironie nicht entbehrte.

Morten Kolberg stützte sich auf dem Tisch ab und stemmte sich hoch. »Ich komme.«

Auf der anderen Seite der Stadt, im Kongeveien, schleuderte Aksel Strand wütend sein Handy aufs Bett.

Da sich bei seiner Ankunft am Vormittag bereits abgezeichnet hatte, dass Matias Grønn recht behalten und es nicht eben ein ruhiger Tag in der Hauptstadt werden würde, hatte er sich vorsorglich für das Scandic am Holmenkollen entschieden. Optisch war es zwar nicht gerade sein Fall – er bevorzugte es moderner –, aber im Inneren bot es jeden nur erdenklichen Komfort. Und auf jeden Fall war es immer gut, aus der Schusslinie zu sein. Er hatte eine kleine Suite im obersten Stock mit Blick auf die Schanze gebucht. Der AK-47-Deal war so gut wie unter Dach und Fach, da konnte man sich schon etwas Luxus erlauben.

Den jüngsten unerfreulichen Entwicklungen zum Trotz hatte ihn während des Fluges seine zuversichtliche Grundstimmung nicht verlassen. Das Wichtigste war schließlich, dass Thorvaldsen wieder im Boot war. Jedenfalls so lange, bis der Prototyp in Serie ging. Alles andere konnte man dann getrost als tolerablen Kollateralschaden verbuchen. Seine Gefühlslage erhielt allerdings einen herben Dämpfer, als sich um die Mittagszeit allmählich abzuzeichnen begann, dass Morten Kolberg ihn kaltgestellt hatte.

Aksel Strand verbrachte den Nachmittag in seiner Suite vor dem Fernseher. NRK TV hatte sein Programm geändert und berichtete in einer Dauernachrichtensendung über die aktuellen Entwicklungen. Schwerpunkt der Berichterstattung war Oslo, wiederholt wurden jedoch auch Korrespondentenbeiträge aus den nördlichen Landesteilen eingespielt.

Die Nachricht hatte im ganzen Land buchstäblich eingeschlagen wie eine Bombe. Alle etablierten Medien beriefen sich auf The Tap, deren Auswertung des Datendumps den Beweis erbracht hatte, dass sich der Rechner, von dem aus der Várri-Post gesendet worden war, innerhalb des Regierungsnetzes befand. Kurze Zeit später hatte sich die Presse festgelegt: Die Indizien, die auf Morten Kolberg als Urheber der Aktion hindeuteten, waren nicht mehr plausibel widerlegbar.

Als wenig später das Handy surrte und Matias Grønns Nummer auf dem Display erschien, sah Strand bereits keine Veranlassung mehr, den Anruf anzunehmen, denn es gab ohnehin nur eine einzige denkbare Erklärung für die Geschichte. Er, Strand, hatte den Kardinalfehler begangen. Den Fehler, den er seit seiner Jugend immer versucht hatte zu vermeiden – er hatte den Gegner unterschätzt.

Bent Wallström!

Strand drückte eine Anzahl Rohypnoltabletten aus der Packung, nahm ein Fläschchen mit irgendetwas Hochprozentigem aus der Minibar und spülte sie damit hinunter. Dann trat er ans Fenster und starrte zum Holmenkollbakken hinüber, der wie ein skurril gekrümmter, mahnender Finger aus dem Hang herausragte, hässlich und schön zugleich. Hinter ihm dudelte der Fernseher unbeirrt weiter.

Irgendwann war Morten Kolbergs Stimme zu vernehmen. Er könne nur wiederholen, was er bereits gesagt habe, nämlich, dass er nichts, aber auch gar nichts mit der ganzen Sache zu tun habe und sich nicht erklären könne, wie es zu derartig unsäglichen Anschuldigungen komme. Gleichwohl habe er sich nach reiflicher Überlegung dazu entschlossen, die politische Verantwortung zu übernehmen und mit sofortiger Wirkung von allen Ämtern zurückzutreten, um weiteren Schaden von seinem Land, seiner Partei, vor allem aber von seiner Familie abzuwenden.

Es dauerte nicht lange, bis der Name des designierten Nachfolgers im Energieministerium bekannt wurde. Jens Vegard Skodvin – ein gemäßigter Konservativer aus der zweiten

Reihe, der sich aufgrund seiner Besonnenheit und seiner vielseitigen wissenschaftlichen Kompetenzen eines guten Rufs im gesamten politischen Spektrum erfreute. Nachdem darüber hinaus verlautbart wurde, dass eine Gesetzesinitiative auf den Weg gebracht werde, die dem Sameting umgehend ein Vetorecht gegenüber allen Beschlüssen des Stortings garantieren sollte, die samische Belange betrafen, kannte der Jubel keine Grenzen. Alle Ausschreitungen, die man in den vergangenen Stunden insbesondere in Oslo, Karasjok, Kautokeino und Alta gesehen hatte, wichen ausgelassenen Siegesfeiern.

Aksel Strand genehmigte sich ein weiteres Fläschchen aus dem kleinen Kühlschrank. Er machte sich nicht einmal die Mühe, aufs Etikett zu schauen. Dann ging er in das geräumige Badezimmer, drehte das Wasser in der weiß glänzenden, frei stehenden Wanne auf, bis die Luft mit Dampf erfüllt und der Spiegel beschlagen war. Langsam ließ er seine Kleidungsstücke, eines nach dem anderen, zu Boden fallen. Er stieg in die Wanne, fühlte die wohlige Wärme seinen Körper durchströmen, bis das Wasser seine gesamte Haut bedeckte. Dann stellte er es ab. Er lehnte den Kopf an den Wannenrand und musterte die Wand neben sich. Das gesamte Badezimmer war weiß gefliest. Nur direkt hinter der Badewanne waren zehn Kacheln angebracht, die ein farbiges Bild zeigten. Es handelte sich um zwei sich gegenüberstehende, schlanke Fabelvogelwesen mit blauem Gefieder. Sie krallten sich auf zwei ebenfalls einander gegenüberliegenden grünen Zweigen fest, die am oberen Ende von einer Anzahl kleiner Blätter gekrönt wurden. Umrahmt wurde die Kachelgrafik von einer blau-braun-gelben gezackten Linie.

Das ganze Bild wirkt irgendwie ägyptisch, dachte Strand, während allmählich eine schwere, bleierne Müdigkeit in ihm aufstieg.

London/Alta

Bent Wallström wog das Handy mit der kleinen Toxic App hin und her. Steckte es weg. Nahm es wieder in die Hand. Er ging hinüber zu den rechteckigen Panoramafenstern und blickte auf den weißen Aluminiumkörper eines A350. Der marineblaue Schriftzug British Airways reflektierte die tief stehende Sonne.

Sue war schon am Vormittag zur ICE gegangen. Sicherheitskritische Meetings, hatte sie gesagt, die sich nicht remote abhandeln ließen. Zu jeder anderen Zeit hätte Bent alles gegeben, um einen Blick hinter die Kulissen von Europas größter Derivatebörse für Energiewerte werfen zu können. In diesem Moment interessierte es ihn nicht. Irgendwann hatte er es nicht mehr ertragen, allein in dem leeren Apartment zu sitzen. Stundenlang war er durch die Stadt gewandert, hatte auf unzähligen Brücken gestanden und in den Abgrund gestarrt. Für den letzten Schritt hatte ihm der Mut gefehlt. Dann hatte ihn ein Zug hierher ins Nirgendwo gebracht. Ende oder Anfang? Er wusste es nicht.

Zum hundertsten Mal schaute er auf seine Armbanduhr. Auf dem Handy hatte er den ganzen Tag über die NRK-Nachrichten verfolgt. Und nicht ein einziger Augenblick war vergangen, ohne dass er sich gefragt hätte, ob er die richtige Entscheidung getroffen hatte. Immerhin war die Rechnung aufgegangen. Morten Kolberg war jetzt derjenige, der Elias Várri auf dem Gewissen hatte, nicht länger er, Bent Wallström. Was an den Tatsachen natürlich nicht das Geringste änderte, wohl aber an den Auswirkungen. Die Nominierung von Jens Vegard Skodvin war ohne Zweifel ein strategisch kluger Schachzug des Ministerpräsidenten ...

Er fragte sich, wo Cai sein mochte. Noch in Tromsø? In Oslo? Zu Hause? Und wie ging es ihm? Was hatte es mit dem mysteriösen Unfall auf sich, von dem sein Freund Eric gesprochen hatte? Als er es nicht länger aushielt, reaktivierte er den Account und klickte die verschlüsselte Verbindung an. Cai nahm den Anruf sofort entgegen, sagte jedoch nichts. Bent lauschte angestrengt ins Telefon hinein, als hoffte er, ein unsichtbarer Souffleur würde ihm den Text vorgeben. Keine Chance.

»Wo bist du?«, fragte er.

»Zu Hause. In Alta. Ganz unspektakulär. Und du bist auf Hawaii, nehme ich an.«

Bent schwieg.

»Ich gehe mal davon aus, dass du weißt, was es mit der jüngsten Veröffentlichung auf sich hat, die gerade die nationale Politik aufmischt?«

»Elias Várri hat es verdient.«

»Bent – was weißt du über den Tod von Elias Várri?«

Schweigen.

»Hat wirklich Morten Kolberg die X-Nachricht gepostet? Aber wenn es so war, kann er unmöglich allein gehandelt haben.«

Langes Schweigen.

»Bent, ich glaube, ich habe es verdient, dass du mir sagst, was da vor sich geht. Hat Aksel Strand da irgendwie seine Finger drin?«

»Ich war es.«

»Was?«

»Ich habe die Nachricht gepostet.«

»Warum?«, flüsterte Cai.

»Strand. Er hatte mich in der Hand.«

»Und Kolberg?«

»Wusste von nichts. Weiß immer noch von nichts.«

»Und du? Bist du sicher, dass *du* weißt, was du tust?«

»Hättest du eine Marionettenregierung gewollt, die von Militär und Petro-Industrie gesteuert wird?«

»Aber warum hast du nicht ...«

»Was? Das Material von Kolbergs Rechner benutzt? Es war in dem Moment wertlos, als im Raum stand, dass es Beweise dafür gibt, dass ich in seinem Büro war. Man hätte mir untergeschoben, dass ich die Dateien manipuliert habe. Strand hätte mich für den Tod von Elias Várri verantwortlich gemacht, und ich wäre das gewesen, was auch schon Oswald und Pettersson waren.«

»Und gibt es diese Beweise?«

»Ich weiß es nicht.«

»Es gab einmal eine Zeit, da fühltest du dich der Wahrheit verpflichtet.«

»Ja. Das war die Zeit, in der es so etwas wie Wahrheit noch gab. Jetzt leben wir in einer Zeit, in der es die Kalte Fusion gibt.«

»Das eine wiegt das andere auf?«

»Ich bin der Letzte, der das entscheiden kann, Cai. Aber ich musste eine Entscheidung treffen.«

»Die ich respektiere. Aber Bent – Aksel Strand ist kein Gegner, der eine Niederlage akzeptiert. Er wird dich jagen.«

»Und wenn schon.«

Einen Moment war es still.

»Und wie geht es dir?«, fragte Bent dann. »Ich meine, gesundheitlich.«

»Ist nur ein Kratzer. Viel wichtiger ist, dass es Thorvaldsens Enkelin gut geht. Und das haben wir in allererster Linie dir zu verdanken.«

Erneut Stille.

»Was wirst du jetzt tun?«

»Tja, ich denke ... ich bleibe erst mal bei Sue. Jedenfalls so lange, bis sie mich rausschmeißt.«

»Pass auf dich auf.«

»Ja. Du auch.«

Bent schob das Telefon in die Jackentasche zurück und zog stattdessen ein Ticket heraus. Minutenlang musterte er es unentschlossen, während über Lautsprecher die darauf abgedruckte Flugnummer der Norwegian durch die Halle tönte.

Letzter Aufruf.

Er ging auf einen Mülleimer zu, hielt das Stück Papier darüber und sah zum Ausgang.

Zögerte.

Kaum hatte Cai das Gespräch beendet, hörte er, wie sich der Schlüssel, mit dem er Eric ausgestattet hatte, im Türschloss drehte. Er atmete auf.

»Wird Zeit«, sagte er. »Ich wollte schon eine Vermisstenanzeige aufgeben.«

Eric trat ins Zimmer, zog seine Jacke aus und ließ sich Cai gegenüber in einen Sessel fallen.

»Hast du die Nachrichten verfolgt?«

Eric nickte.

»Es war Bent. Ich habe gerade mit ihm gesprochen. Ich schätze, ein paar Fragen haben sich aufgeklärt.«

In kurzen Worten gab er das Gespräch wieder, doch Eric blickte nur abwesend ins Leere.

Cai sah seinen Freund eindringlich an. Er bemerkte einen feuchten Glanz in seinen Augen. »Geht es deinem Vater gut?«

Eric nickte wieder. »Er macht sich aber große Sorgen wegen der Dinge, die gerade geschehen ...«

»Ist auch nicht ganz unbegründet. Es hat bereits eine Anzahl Verletzte gegeben. Natürlich fast ausschließlich auf samischer Seite.«

»Hast du etwas von Tom und Synni gehört? Sind sie noch in Oslo?«

Cai seufzte. »Nein. Hoffen wir mal, dass sie nicht zu dicht dran sind.«

Sie schwiegen eine Weile.

»Da ist doch noch was anderes?«, sagte Cai dann. »Komm schon, mir kannst du nichts vormachen.«

»Er hat ... einiges verändert. Im Haus. Er hat es nicht so direkt gesagt, aber er wünscht sich, Zeit mit mir zu verbringen.«

»Weil er nicht mehr viel davon hat?«

Eric schwieg.

»Und was denkst du?«

»Ich weiß es nicht. Noch nicht.«

Sonntag. Tag 20.

Tromsø

Im fünften Stock des Tromsø Politihus lehnte sich Kriminaloberrat Simen Sundby seufzend in seinem Schreibtischsessel zurück. Er nahm die Lesebrille ab und strich sich mit beiden Händen über das Gesicht. Er hatte wenig geschlafen. Nachdem er den ganzen Abend die sich überschlagenden Nachrichten aus der Hauptstadt und den nördlichen Landesteilen verfolgt hatte, saß er nun, obwohl Sonntag war, bereits seit sieben Uhr morgens wieder in seinem Büro und versuchte, die sich verdichtenden Teile zu einem Gesamtbild zusammenzufügen. An die dem Schreibtisch gegenüberliegende Wand waren wie gewöhnlich kleine Karteikarten und Fotos mit allen den Fall betreffenden Fakten, Indizien und Hinweisen geheftet.

Er stand auf und trat vor die Pinnwand, die inzwischen bereits eine ansehnliche Größe angenommen hatte. Gedankenverloren gruppierte er sämtliche am Geschehen beteiligten Personen ein ums andere Mal um. Malte mit einem dicken Marker verschiedenfarbige Linien zwischen ihnen. Umkreiste. Strich aus. Notierte kurze Anmerkungen. Fragezeichen. Ausrufezeichen. Verwarf. Gruppierte neu. Nach einer halben Stunde hatte sich das gesamte Wandbild zyklisch um einen einzigen, mehrmals umkringelten Namen gereiht. Er war es, der die meisten Verbindungslinien auf sich vereinigte. Sundby trat einen Schritt zurück und begutachtete sein Werk.

Auch Jonna war früh da gewesen und hatte ihm das Ergebnis ihrer Recherche bereits mitgeteilt. Noch bevor Sundby Gelegenheit hatte, die neuen Informationen abschließend zu bewerten, kam Mikael in sein Büro. Er ließ sich auf einem der bequemen Håg-Besucherstühle nieder und schlug die Beine übereinander. Mit kritischem Blick musterte er die Wand.

»Unser spezieller Freund tanzt tatsächlich auf erstaunlich vielen Hochzeiten.«

Sundby ging um den Schreibtisch herum, nahm wieder dahinter Platz und sah Mikael fragend an.

»Die Insider haben ausgepackt. Es lief gerade über alle Ticker. PolarLys wird morgen ein Joint Venture mit dem Brennstoffzellenhersteller John ASA bekannt geben, der sich mit dem heutigen Tag in CoRe ASA umbennent – CoRe für Cold Reactions. Gemeinsam wollen sie bei Notodden eine Gigafactory für die Katalysatoren hochziehen. Der Kat soll sauber, effizient und nahezu universell einsetzbar sein. Dabei risikoarm und kostengünstig. Scheinbar sind alle Tests so erfolgreich verlaufen, dass man unverzüglich in Serie gehen kann. Zusammen verkünden sie also nichts weniger als das neue Zeitalter der Energieerzeugung. Beide Unternehmen sind im OBX gelistet, und ihre Kurse haben seit den ersten Gerüchten gestern im OTC-Handel derartige Freudensprünge vollführt, dass die Papiere an der Börse ab morgen für mindestens einen Handelstag ausgesetzt werden. Halvar Thorvaldsen ist als leitender Ingenieur nicht nur vollständig rehabilitiert, sondern wird bereits als heißer Anwärter auf den Physik-Nobelpreis gehandelt. Nicht zu vergessen die Rechtspartei, die schon ihren dritten Hoffnungsträger im entsprechenden Ministerium innerhalb weniger Wochen am Start hat. Der dürfte sich nach dem gestrigen Tag über seinen für morgen geplanten fulminanten Auftritt umso mehr freuen.« Erneut warf Mikael einen Blick auf die Pinnwand. »Wir reden hier vom Energieministerium, wohlgemerkt, nicht etwa vom Verteidigungsministerium«, fügte er hinzu.

Sundby legte die Stirn in Falten. »Hm. Das ist an dieser Stelle hoffentlich eine gute Nachricht. Jonnas Recherchen zufolge ist es zwar nicht völlig undenkbar, kalte Fusionsreaktionen für eine waffenfähige Neutronentechnologie nutzbar zu machen – also so etwas wie eine neuartige Wasserstoffbombe –, aber technisch enorm anspruchsvoll. Bisher ist nicht bekannt, dass so etwas auch nur in Ansätzen ausgeforscht wäre. Dafür fehlte schlicht der Anreiz, da bisher ja keine stabilen Cold Reactions realisiert werden konnten.«

»Was sich Stand jetzt allerdings schlagartig geändert hat. Das eine schließt das andere nicht aus.«

In diesem Moment klopfte es, und Jonna streckte den Kopf durch die Tür.

»Komm rein«, sagte Sundby.

Jonna trat ein und starrte auf die Pinnwand, in deren Mitte der dick umkringelte Name prangte. »Also wisst ihr es schon«, murmelte sie.

»Ich hoffe, du hast dich rechtzeitig mit einem entsprechenden Aktienpaket eingedeckt«, scherzte Mikael.

Jonna blickte ihn verständnislos an.

»Du meinst doch die Tatsache, dass Norwegens langfristiges Verweilen auf der Sonnenseite der materiellen Welt jetzt auch jenseits seiner naturgemäß begrenzten Ölvorräte gesichert ist?«

Sie schüttelte den Kopf und zeigte auf den Namen im Zentrum der Wand. »Es geht um ihn. Er wurde früh am Morgen in einem Osloer Viersternehotel aufgefunden. Im Scandic am Holmenkollen, um genau zu sein.«

»Was heißt das – *er wurde aufgefunden*?«, fragte Sundby, obwohl es kaum einen Zweifel daran geben konnte, wie die Formulierung zu verstehen war.

Mikael richtete sich in seinem Stuhl auf.

»Tot«, sagte Jonna. »Er lag tot in der Badewanne. In seiner Suite. Bisher gibt es nur eine einzige Kurzmeldung. Auf der Seite des *Norske Nyheter*. Ich hab sie zufällig entdeckt, als ich noch etwas tiefer in die Sache mit der Neutronentechnologie reingehen wollte. Über die genauen Umstände weiß man scheinbar noch nichts.«

Sundby setzte die Lesebrille wieder auf. »Okay. Wir haben eine neue Situation. Mikael – sprich mit Stipe. Bring mir alles, was er hat. Gebt mir eine halbe Stunde. Dann treffen wir uns noch mal und entscheiden über die weitere Vorgehensweise.«

»Und was machst du in der Zwischenzeit?«, wollte Mikael wissen.

»Einen Anruf«, sagte Sundby.

Während seine Kollegen den Raum verließen und er zum Telefon griff, fixierte er den Namen, den er kurz zuvor markiert hatte. In diesem Augenblick schien es weniger ermittlungstechnisches Gespür oder simple Deduktion gewesen zu sein als vielmehr eine unheilschwangere Ahnung. Eine Art sechster Sinn, den man vielleicht nach vielen Jahren in diesem Beruf entwickelte. Irgendwie liefen alle Fäden bei ihm zusammen.

Bei Aksel Strand.

Odin Jóhannesson, Leiter des Osloer Dezernats für Gewaltverbrechen, nahm den Anruf sofort an.

»Simen! Was für eine Freude! Ist lange her! Lass dir ganz herzlich gratulieren!«

Sundby war eine Sekunde perplex. Sein Geburtstag war am siebzehnten Januar gewesen, also bereits eine Weile her. Abgesehen davon war ihm nicht bewusst gewesen, dass sein alter Studienkollege das Datum überhaupt kannte. Sie hatten den Kontakt über die Jahre und die Distanz hinweg zwar locker aufrechterhalten, Freunde im engeren Sinn waren sie aber nie gewesen. Sundby schätzte Odins glasklares Urteilsvermögen, das mit nahezu unerschöpflicher Einsatzbereitschaft gepaart war. Nicht von ungefähr hatte dieser in der Hauptstadt die Karriereleiter in schwindelerregendem Tempo erklommen.

»Deine Beförderung. Du weißt ja – der Behördengerüchteküche entgeht nichts. Jetzt sind wir also gleichauf«, scherzte Jóhannesson, der die Sprechpause richtig gedeutet hatte. »Ich hab ja immer gesagt, du wirst mich noch mal überholen. Wann übernimmst du die Regie da oben?«

Sundby lachte kurz. »Ach so, das ... also, das ist nun wirklich keine große Sache. Und danke, aber an reiner Schreibtischarbeit bin ich nicht interessiert!«

Das entsprach durchaus der Wahrheit. Ambitionen auf die Position des Polizeidirektors hatte er noch nie gehabt, obwohl der Gedanke angesichts seiner Dienstjahre und Ermittlungsquote alles andere als abwegig war. Darüber hinaus war er dank seiner ruhigen und besonnenen Art einer der am meisten geschätzten Kollegen im ganzen Haus. Vereinzelt war sogar schon die Vermutung geäußert worden, seine Erhebung in den Grad des Oberrats habe so ungewöhnlich lange auf sich warten lassen, weil man ein paar Türen weiter befürchtete, sich eine unwillkommene Konkurrenz heranzuzüchten – was aus Sundbys Sicht natürlich völliger Unsinn war.

»Wie geht's Lena?«, fragte Odin gut gelaunt weiter. »Und Lasse natürlich.«

»Lasse geht es sehr gut. Ich hoffe, er wächst allmählich aus den wilden Jahren raus. Und Lena, also, weißt du ... wir haben uns im vergangenen Jahr getrennt.«

»Oh, das tut mir leid.«

»Nenn es Berufsschicksal. Und wie läuft es bei dir?«

»Tja, ich schätze mal, wir haben es hier ein bisschen weniger beschaulich als ihr dort oben. In den düsteren Winkeln der Stadt schlagen sie sich immer wieder gern gegenseitig die Köpfe ein. Der Zeitgeist des einundzwanzigsten Jahrhunderts macht eben auch vor dem Land der Glücklichen nicht halt. Unser Dezernat wurde unlängst um drei Stellen aufgestockt, sonst wären wir nicht mehr nachgekommen mit dem Rausfischen der Leichen aus dem malerischen Oslofjord. Aber du rufst doch nicht an einem Sonntagmorgen an, um uns Amtshilfe anzubieten, oder?«

»Um so etwas wie Amtshilfe geht es, ehrlich gesagt, tatsächlich. Allerdings eher unter umgekehrten Vorzeichen.«

»Aha.«

»Es handelt sich um den Interessenvertreter Aksel Strand, der vor wenigen Stunden in einem Hotel am Holmenkollen tot aufgefunden wurde.«

»Ja, das wirbelt hier gerade etwas Staub auf. Allerdings ist es nicht mein Fall.«

»Nicht?«

»Nein. Nach erster Sichtung der Indizienlage wurde die Sache als Suizid eingestuft. Ob absichtlich oder versehentlich, ist unklar – und lässt sich in derartigen Fällen ja oft auch nicht mehr eindeutig bestimmen. Soviel ich weiß, ist die Kriminaltechnik im Moment noch vor Ort, aber bisher scheint es keinerlei Hinweise zu geben, die auf Fremdeinwirkung schließen lassen, also ...«

»Sein beruflicher Kontext legt allerdings eine gewisse Gefährdungssituation nahe.«

»Schon. Aber ein erstes Screening hat ergeben, dass er seit Jahren schwer benzodiazepinabhängig war. Mit Alkohol gemixt haut das Zeug den stärksten Gaul um.«

»Odin – Strand ist eine Schlüsselfigur in einem recht undurchsichtigen Fall, den ich hier liegen habe. Wir waren drauf und dran, ihn zur Vernehmung einzubestellen. Ich würde mir wirklich gerne den Tatort mal anschauen und ... wenn möglich einen Blick in die Unterlagen werfen, die er wahrscheinlich dabeihatte.«

Jóhannesson zögerte keinen Moment. »Natürlich. Wenn dir das weiterhilft. Wann kannst du hier sein?«

»Ich nehme den nächsten Flug und bin heute Nachmittag da.«

»Schön. Schick mir die Daten, dann hole ich dich in Gardermoen ab und fahr dich zum Holmenkollen rauf.«

»Danke, Odin, das ist ... aber hast du denn Zeit dafür?«

»Die nehm ich mir. Ich muss sagen, ein bisschen neugierig hast du mich schon gemacht. Und danach stoßen wir mal wieder so richtig an.«

»Du willst *was*?«, fragte Jonna mit aufgerissenen Augen.

»Ich kann mir nicht vorstellen, dass *er* davon begeistert ist«, kommentierte Mikael und deutete mit dem Kopf in Richtung der verschlossenen Tür des Polizeidirektors.

»Mag sein. Aber er ist ja nicht da«, sagte Sundby.

Mikael grinste. »Soll ich mitkommen?«

»Nein. Du fliegst nach Bodø und schaust dir dieses Viridi Technologies mal vor Ort an. Knöpf dir Matias Grønn vor. Und bei der Gelegenheit kannst du auch dem JOC einen Besuch abstatten. Ich will alles über diesen Helge Juul wissen. Und über Art und Umfang der Kontakte von beiden zu Strand.«

»Soll ich in der Zwischenzeit Verbindung zu Cai Nygard aufnehmen?«, wollte Jonna wissen.

»Noch nicht. Wir warten das Ergebnis der Obduktion ab. Was hast du von der Wirtschaft bekommen, Mikael?«

»Bei Strands Finanztransaktionen ist auf jeden Fall etwas zu holen. Um ihn aus dem Verkehr zu ziehen, hätte es aber wahrscheinlich nicht gereicht. Sein Tod verändert die Situation natürlich grundlegend.« Er machte eine Pause. »Was denkst du, Simen?«

»Wir haben es jetzt mit zwei unklaren Todesfällen im Umfeld dubioser Waffengeschäfte innerhalb weniger Tage zu tun. Das ist jedenfalls mindestens einer zu viel.«

»Waffengeschäfte?«

»Wahrscheinlich reden wir hier sogar von einer Verschwörung gegen den norwegischen Staat. Aber wir brauchen etwas Konkretes.«

Løding

Am Kreisel hinter der Tverlandsbrua hielt Mikael Holt an, stieg aus dem Wagen und urinierte, da sich gerade kein anderes Fahrzeug in Sichtweite befand, rasch auf dem Grünstreifen. Er wischte sich die Hände an seiner perfekt sitzenden Slim-fit-Chino ab und ließ den Blick Richtung offene See schweifen. Der Saltfjorden lag aufgewühlt vor ihm in der Nachmittagssonne und der Wind, der von drüben, vom Saltstraumen, herüberzog, hatte inzwischen nahezu Sturmstärke erreicht.

Er setzte sich wieder hinters Steuer und nahm den letzten Schluck Solo aus der kleinen Plastikflasche, die er am Flughafenkiosk auf dem Weg zum Mietwagenschalter gekauft hatte. Der süße, klebrige Orangengeschmack prickelte durch seinen Mund, wo er eine seltsam ambivalente Empfindung hinterließ. Eine Erregung, angenehm und abstoßend zugleich, die bewirkte, dass sich die Härchen auf seinen Armen aufrichteten. Sein Blick wanderte zu der ledernen Aktentasche hinüber, die auf dem Beifahrersitz lag, und zu dem kleinen Seitenfach, das er nie …

Mikael fluchte, als ihm bewusst wurde, dass er soeben unabsichtlich einen Trigger gesetzt hatte. Er atmete durch, drehte den Schlüssel im Zündschloss, fixierte die Straße und fuhr die kleine Ortschaft entlang, zwischen Østre Løding und Vestre

Løding hindurch. Die Bezeichnungen der Ortsteile muteten ihn seltsam an, da sich Østre im Norden und Vestre ganz eindeutig im Süden befand. Im geografischen Osten lag hingegen nur wenige Kilometer Luftlinie entfernt das JOC – das operative Kommandozentrum der norwegischen Streitkräfte. Er überlegte einen Moment, ob er seinen Besuch dort vorziehen sollte, entschied sich dann aber, beim geplanten Ablauf zu bleiben, und hielt am östlichen Ortsausgang auf einem Schotterplatz vor einem flachen grauen Betonklotz.

Das Gebäude, das aktuell als Sitz der zwielichtigsten und intransparentesten Softwareschmiede des Landes – oder eher ganz Skandinaviens, wenn nicht ganz Europas – diente, sei ursprünglich ein Materiallager der Streitkräfte gewesen, hatte er gehört – und genau so sah es auch aus. Kein Firmenlogo, keine Hinweisschilder. Besuch schien hier eher unerwünscht zu sein. Zwei Überwachungskameras deckten den Eingangsbereich und Teile der Zufahrt ab.

Mikael wollte aussteigen, hielt jedoch inne. Er wurde einfach diesen Limonadengeschmack nicht los! Nachdem er sich vergewissert hatte, dass er sich außerhalb des Radius der Kameras befand, griff er nach seiner Aktentasche. Für einen Augenblick, der einer Ewigkeit gleichkam, lag seine Hand auf dem Seitenfach. Dann atmete er tief durch, befreite einen Mentholkaugummi vom Papier und schob ihn sich zwischen die Zähne. Seine Kiefer fühlten sich verspannt an. Als er anschließend mit wehendem Trenchcoat auf den Eingang zuschritt, spürte er erneut den scharfen Ostwind.

Matias Grønn war etwa im selben Alter wie er selbst, jedoch etwas kleiner und mit kompakterem Körperbau. Er schien recht gut in Form zu sein. Und obwohl er mit seinem Balbobart und dem angegrauten Lockenkopf aussah, als sei er gerade aus dem Bett gestiegen, umgab ihn diese ungebügelte Casual-Lässigkeit, so lässig, dass es schon wieder elegant war. Amerikanisch, dachte Mikael.

Grønn führte ihn in ein spartanisch ausgestattetes Büro – sofern man den an die zum Hackerspielplatz umfunktionierte Lagerhalle angrenzenden winzigen Raum als Büro bezeichnen konnte – und bot ihm ein Getränk an. Mikael schüttelte den Kopf. Sie nahmen an einem kleinen runden Tisch Platz, dem einzigen Ort, der nicht mit Computerequipment zugestellt war.

»Also, wie kann ich der Tromsøer Polizei helfen?«

»Aktuell versuchen wir, uns einen Überblick über die Zusammenhänge zu verschaffen, die zum Tod von mehreren Menschen geführt haben.«

»Ah ja? Ich dachte, es ginge um ...«

»In erster Linie geht es um Generalmajor Helge Juul. Aber nicht ausschließlich.«

Grønn schüttelte betreten den Kopf. »Eine tragische Geschichte. Ich hatte natürlich keine Ahnung von ...«

»Juuls Verbindungen zum Rotlichtmilieu? Oder seinem Alkoholproblem?«

»Ich habe ihn als kompetenten und besonnenen Mann kennengelernt.«

»Worin genau bestand die Geschäftsbeziehung?«

»Wir stellen eine Reihe von Instrumenten und Dienstleistungen bereit, die sowohl im privatwirtschaftlichen Kontext zum Einsatz kommen als auch von internationalen Behörden genutzt werden. Unter anderem zählen auch die norwegischen Streitkräfte zu unseren Kunden.«

»Deren strategisches Hauptquartier sich praktischerweise in der unmittelbaren Nachbarschaft befindet.«

»Ausschlaggebend für die Standortwahl war eigentlich eher die günstige geografische Lage zwischen dem Hauptsitz unseres Mutterkonzerns PolarLys und den südlichen Landesteilen.«

»Instrumente und Dienstleistungen – heißt im Klartext Schnüffelsoftware. Digitale Waffen.«

Matias Grønn verzog keine Miene.

»Wie dem auch sei. Wir ermitteln weder im Bereich der Wirtschaftskriminalität, noch überprüfen wir die Einhaltung der Rüstungskontrollgesetze. Unsere Zuständigkeit bezieht sich auf Gewaltverbrechen.«

»Der Tod von Generalmajor Juul war aber doch ein bedauerlicher Fall von Suizid, oder nicht?«

»Das ist jedenfalls die offizielle Version. Gab es private Kontakte?«

»Zwischen mir und ihm? Nein. Wie ich schon am Telefon erklärt habe, ging es um Fragen im Zusammenhang mit unseren Produkten. Er war zwei- oder dreimal kurz hier.«

»Und Aksel Strand?«

Grønn neigte den Kopf zur Seite. »Aksel Strand? Er … gehört zu unseren …« Er schien nach der richtigen Bezeichnung zu suchen.

»Vermittlern? Akquisiteuren?«

Da Grønn schwieg, präzisierte Mikael: »Gehörte.«

»Wie bitte?«

»Gehörte – nicht gehört. Er wurde heute Morgen tot aufgefunden.«

Schlagartig wechselte Matias Grønns Gesichtsfarbe. »*Was?*«

»Es ist nicht ganz unwahrscheinlich, dass sein plötzliches Ableben – ebenso wie das von Helge Juul – in direktem Zusammenhang mit den behördlich nicht genehmigten Aktivitäten auf der Insel Melkøya steht.«

Grønn räusperte sich. »Melkøya vor Hammerfest? Viridi Technologies war am Sicherheitskonzept des Terminals beteiligt.«

»Was ist mit der Kalten Fusion?«

»Wir haben für die Forschungsarbeit von Professor Thorvaldsen einen Algorithmus optimiert, das stimmt. Aber an dem Projekt als solchem war Viridi Technologies nicht beteiligt, das war ausschließlich Sache des Mutterkonzerns. Abgesehen davon sehe ich nicht, was daran ungesetzlich oder verwerflich sein sollte, wenn ein Traditionsunternehmen wie PolarLys ein enormes Investitionsvolumen und entsprechende wirtschaftliche Risiken in Kauf nimmt, um der Menschheit eine neue Energiequelle zu erschließen.«

»Hmm.« Mikael kaute auf dem Kaugummi herum, der seinen Geschmack bereits verloren hatte. »Wie sieht es mit der Bombe aus?«

»Der – was?«

»Der Kalten Bombe. Eine Wasserstoffneutronenwaffe auf der Basis von LENR – Low Energy Nuclear Reactions. Ist es deiner Meinung nach genauso wenig ungesetzlich oder verwerflich, der Menschheit eine neue Massenvernichtungswaffe zur Verfügung zu stellen?«

»Das kann doch ... jetzt aber wirklich nur ein Scherz sein.«

Mikael lehnte sich in seinem Stuhl zurück und dachte nach. Dann stand er auf, legte den hellen Trenchcoat ab und schloss die Jalousie vor dem Fenster zum angrenzenden Raum, obwohl sich dort im Augenblick niemand befand. Im Gegensatz zu ihm hatten offenbar selbst die Berufshacker so etwas wie ein Wochenende. Allerdings war er sich nicht einmal sicher, ob er sich ein freies Wochenende überhaupt gewünscht hätte. Wahrscheinlich hätte er gar nicht gewusst, was er damit anfangen sollte. Vor allem hätte er nicht gewusst, *mit wem* er etwas damit hätte anfangen können.

Matias Grønn folgte ihm befremdet mit dem Blick.

»Ich schlage vor, wir beenden den Small Talk«, sagte Mikael ruhig, nahm seinen Kaugummi aus dem Mund und warf ihn in den neben dem Tisch stehenden Papierkorb. »Und reden mal Klartext.«

Oslo

Sie saßen sich im Holmenkollen Restaurant gegenüber, vor sich zwei Teller mit ebenso liebevoll dekoriertem wie verführerisch duftendem Graved Laks an Honig-Senf-Sauce und Rahmkartoffel. Aber obwohl Simen seit dem frühen Morgen nichts gegessen hatte, stocherte er ohne rechten Appetit mit der Gabel auf seinem Teller herum. Odin hingegen langte herzhaft zu und spülte mit großen Schlucken des edlen Rosés nach, den er sich nicht hatte ausreden lassen.

Simen Sundby legte das Besteck beiseite, nippte an seinem Glas und ließ den Blick durch die großen Panoramafenster über die mit orangefarbenem Abendlicht begossene Stadt wandern. Ein guter Ort, ging es ihm durch den Kopf. Um zu leben. Und vielleicht auch, um zu sterben.

Jóhannesson musterte ihn aufmerksam. »Also«, sagte er schließlich. »Was denkst du?«

Sundby riss sich vom Oslo-Panorama los und fixierte die vor ihm liegende schneeweiße Serviette. Wie auf einem Bluescreen spulten sich darauf die Eindrücke der vergangenen Stunde ab. Die Suite im wenige Hundert Meter entfernt gelegenen Scandic, ein imposanter Holzbau, rustikal und modern zugleich. Er selbst war zwar alles andere als ein Fan von Hotels und mied sie, wo immer es möglich war, doch das Domizil ließ keine Wünsche seiner solventen Gäste offen. Dementsprechend hatte man dort, bestürzt über den Vorfall, nachdrücklich um Diskretion gebeten.

Abgesehen von den Kriminaltechnikern, die akribisch jeden Winkel des Wohn- und Arbeitsbereichs und vor allem des fast schon obszön luxuriösen Badezimmers inspizierten, hatte die Szenerie seltsam blutleer auf ihn gewirkt. Achtlos fallen gelassene Kleidung. Ein halb volles Wasserglas, ein paar leere Fläschchen aus der Minibar. Penibel saubere weiße Bodenfliesen. Keine Anzeichen eines Kampfes. Die Leiche war bereits in die Rechtsmedizin abtransportiert worden, aber Odin hatte ihm zahlreiche Fotos gezeigt, die zuvor gemacht worden waren. Deutlich waren mehrere Hämatome am Kopf zu sehen, die jedoch ohne Weiteres vom Rand der Wanne verursacht worden sein konnten. Ob Ertrinken oder ein Kreislaufkollaps infolge der Vergiftung die eigentliche Todesursache war, würde sich erst nach Abschluss der Obduktion mit Sicherheit sagen lassen.

So weit alles ermittlungstechnische Routine, und Sundby hatte keinen Zweifel daran, dass die Osloer Kollegen ausnahmslos einen hervorragenden Job machten. Dennoch spürte er ein seltsames Rumoren in seinen Eingeweiden – ein untrügliches Zeichen dafür, dass ihn irgendetwas störte. Er konnte in diesem Moment jedoch beim besten Willen nicht sagen, ob sich das Störgefühl auf etwas bezog, das er am Tatort wahrgenommen hatte, ohne dass es bis ins Bewusstsein gedrungen war, oder ob es mit der Verworrenheit der ganzen Geschichte zu tun hatte. Aber vielleicht hatte er sich auch ganz einfach nur den Magen verdorben.

Er hob den Blick und sah Odin in die Augen. »Es wird also keine Ermittlung geben?«

»Jedenfalls keine Mordermittlung. Sofern bei den noch laufenden Routineuntersuchungen keine neuen Hinweise auftauchen.«

»Was hat die Auswertung des Handys ergeben?«

»Er hat gestern mehrmals mit dem Büro des zurückgetretenen Energieministers Morten Kolberg Kontakt aufgenommen. Scheinbar hat er es sogar auf seiner Privatnummer versucht, jedoch ohne Erfolg. Das war aller Wahrscheinlichkeit nach auch der Grund für seinen Aufenthalt in der Stadt. Aber vor dem Hintergrund der gestrigen Ereignisse ist es nicht verwunderlich, dass man in den Ministerien andere Probleme hatte als Unterredungen mit Lobbyisten. Wir haben natürlich die Familie informiert. Die letzten geschäftlichen Kontakte werden noch überprüft.«

»Hm. Und du bist sicher, dass bei seinem Gepäck keinerlei Papiere waren? Auch kein Laptop oder Tablet?«

Jóhannesson schüttelte den Kopf. »Tut mir sehr leid, dass ich dir damit nicht weiterhelfen kann. Er scheint mit leichtem Gepäck unterwegs gewesen zu sein.«

»Wahrscheinlich war die Reise so gar nicht geplant.«

Odin Jóhannesson winkte der Bedienung zu und bestellte zwei Espresso. »Möchtest du mir vielleicht auch etwas erzählen?«

Wieder wanderte Sundbys Blick aus dem Fenster. Die Sonne war jetzt im Fjord versunken und hatte einer tiefen blauschwarzen Dunkelheit Raum gegeben. »Wir leben in einem wunderbaren Land, weißt du das? Einem friedlichen Land.«

»Erstaunliche Aussage für einen profilierten Mordermittler.«

»Jahr für Jahr wird dort unten«, Sundby deutete hinaus,

»der Friedensnobelpreis vergeben. Gerade erst an die Anti-Atomwaffenkampagne. Norwegen ist zwar NATO-Mitglied, aber nicht an die nukleare Teilhabe angeschlossen. Wir haben den Transit und die Stationierung von nuklearen Waffen sogar unter Strafe gestellt. Die UK-Norway-Initiative war weltweit die erste Kooperation einer Atommacht mit einem Nichtatomwaffenstaat im Hinblick auf Rüstungskontrolle und Abrüstung.«

»Was willst du damit sagen?«

Sundby schwieg eine Zeit lang. »Wir haben ernst zu nehmende Hinweise darauf, dass es konspirative Operationen gab – oder gibt –, die darauf abzielen, diese Entwicklungen zu unterlaufen. Beziehungsweise umzukehren.«

Die Kellnerin stellte zwei dampfende Tässchen auf den Tisch.

Jóhannesson schüttelte seufzend den Kopf. »Nicht, dass ich befürchtet hätte, es würde langweilig werden, wenn du mich mal hier besuchst. Aber ganz ehrlich – etwas kleiner hättest du's nicht gehabt?«

Eine halbe Stunde später zündete sich Odin Jóhannesson eine Zigarette an. Sie saßen jetzt in seinem Büro in der zentralen Polizeidienststelle im Zentrum der Hauptstadt.

»Nein«, sagte Odin. »Ich rauche nicht. Schon lange nicht mehr.«

Sundby schmunzelte. »Aha.«

Die grauen Schwaden zogen im Licht der Schreibtischlampe zur Zimmerdecke.

»Es kann nicht mehr lange dauern, bis der endgültige Obduktionsbericht da ist. Hast du eigentlich ein Hotel gebucht?«

»Ach ja ... also, weißt du ...«

»Kein Problem. Du kannst bei uns übernachten.«

»Das ist aber wirklich nicht nötig.«

»Ach was, Astrid wird sich freuen. Platz haben wir genug.«

»Na dann ...« Bevor Sundby weitersprechen konnte, klingelte sein Handy. Er sah auf das Display. »Entschuldige, da muss ich kurz rangehen.« Er nahm den Anruf an. »Ja – Mikael?«

Knapp tausend Kilometer weiter nördlich massierte sich Mikael Holt die bläulich verfärbten Mittelhandknochen seiner Rechten. »Er hat's ausgespuckt.«

»Wie bitte?«, fragte Simen. Die Mobilfunkverbindung war tadellos. Das Rumoren in seinen Eingeweiden wurde allerdings stärker.

»Der Oberhacker. Er hat ausgesagt, Helge Juul habe ihm gegenüber Andeutungen gemacht, es existierten Pläne, wie Thorvaldsens Technologie militärisch nutzbar gemacht werden könnte. Er habe das allerdings nur für eine etwas überspannte Fantasie gehalten. Mehr war auf die Schnelle nicht aus ihm rauszukriegen, aber wenn du willst, kann ich noch mal ...«

»Nein. Was sagt Forsvaret?«

»*Plausible Deniability*. Sie streiten alles ab. Dürfte schwierig werden, dort jemandem irgendwas nachzuweisen.«

»Was Neues zu Aksel Strand?«

»Nichts, was wir nicht schon gewusst hätten. Sein Tod hat bei Grønn allerdings Bestürzung ausgelöst. Er wusste nichts davon. Das war nicht gespielt.«

»Okay.«

»Und bei dir?«

»Wir sind noch dran. Ich melde mich später.« Sundby steckte das Handy zurück in seine Jackentasche und wandte sich wieder Odin zu. »Das war mein Kollege. Aus Bodø. Unsere Hypothese scheint sich zu bestätigen.«

Odin sog an seiner Zigarette. »Atomare Massenvernichtungswaffen! Und das Ganze unter Mitwirkung mindestens eines hochrangigen Angehörigen der Streitkräfte. Das wäre Hochverrat.«

»Nur haben wir leider bisher keinerlei Beweise. Einen Haufen Indizien. Beteiligte und Zeugen, die sich ausschweigen. Viele unterschiedliche Akteure mit noch unterschiedlicheren Interessen. Und im Zentrum der ganzen Geschichte – dein Toter, der aber allem Anschein nach keinem Verbrechen zum Opfer gefallen ist.«

»Gut möglich, dass ihm einfach alles über den Kopf gewachsen ist. Seine Tochter hat sich vor fünf Jahren das Leben genommen, wusstest du das?«

Sundby schüttelte den Kopf und beobachtete aufmerksam, wie Odin die Zigarette ausdrückte, sie im Mülleimer entsorgte und anschließend den kleinen Aschenbecher hinter ein paar Büchern im Regal verschwinden ließ. Er dachte über die Worte seines Kollegen nach. Ohne jeden Zweifel war der Verlust eines Kindes allein schon Grund genug, dem eigenen Erdendasein ein mehr oder weniger bewusst herbeigeführtes Ende zu bereiten. Und im Fall Strand kam offensichtlich noch einiges dazu.

»Was denkst du?«, fragte Odin nach einer Weile.

Sundby lehnte sich in seinem Stuhl zurück. »Ich weiß nicht ... irgendetwas ...« Irgendetwas passte nicht, und er war sich jetzt sicher, dass es mit dem Tatort zu tun hatte. Mit der Auffindesituation. Der Raum, in dem man das Opfer fand, sprach zu einem, gab einem die ersten und oft genug die wertvollsten Hinweise. War der Fundort der Tatort? Wie viele Tatbeteiligte hatte es gegeben? War es tatsächlich, wie es aussah, oder sollte es aussehen, wie es war? Immer dieselben Fragen, nie dieselben Antworten. Jeder Raum hatte seine eigene, unverwechselbare Sprache, die man verstehen musste, und hier kam erschwerend hinzu, dass er selbst ihn erst viele Stunden später betreten hatte. Zu diesem Zeitpunkt war die Stimme bereits verhallt, der Mensch, um den es ging, nicht mehr anwesend ...

»Zeig mir doch bitte noch mal die Fotos.«

»Von der Leiche, meinst du?« Odin kramte in seiner Aktenmappe und breitete eine Anzahl Tatortfotos auf dem Tisch aus.

Sundby musterte eines nach dem anderen lange und intensiv. Eingefallene Wangen. Die Haut gelblich, wächsern. Blauschwarze Verfärbungen auf Stirn, Nase und Kinn. Die Augen geschlossen, der Mund leicht geöffnet, als wollte er etwas sagen. *Sprich mit mir ...* Er war so in die Szene versunken, dass er zusammenzuckte, als das Telefon auf Jóhannessons Schreibtisch klingelte. Der Austausch war kurz.

»Aha. Gut. Danke. Wir sehen uns, *hei*.« Odin legte auf. »Das war die Rechtsmedizin. Der Obduktionsbefund lautet Tod durch Ertrinken infolge eines durch Benzodiazepineinwirkung ausgelösten Krampfanfalls. Das Wasser in der Lunge ist identisch mit dem Wasser in der Wanne.«

Sundby runzelte die Stirn.

»Was?«

»Du hast gesagt, der Hotelverwaltung zufolge wurde die Suite vor Aksel Strands Einzug akribisch gereinigt. Nach seinem Ableben und bis zum Eintreffen der KT hat niemand den Tatort betreten. Das Zimmermädchen, das ihn gefunden hat, ist nur bis zur Tür gegangen und dann schreiend rausgerannt, woraufhin der Sicherheitsdienst den Bereich sofort dichtgemacht hat.«

Odin nickte. »So steht es im Bericht. Und wir reden hier von einem hervorragend geführten Betrieb, nebenbei bemerkt.«

Erneut fixierte Sundby die Bilder. Gekachelte Wände. Eine Vogelgrafik. Der Rand der Wanne. Weiß. Wasser. Bodenfliesen. Weiß ... Ruckartig richtete er sich auf. »Hat die KT Proben vom Wannenrand genommen?«

»Was meinst du?«

»Passen die Spuren auf dem Rand der Wanne zu den Verletzungen in Strands Gesicht?«

»Ich bezweifle, dass man das aussagekräftig rekonstruieren kann. Immerhin ist die Wanne randvoll mit Wasser, also dürfte das meiste, wenn nicht alles, weggespült worden sein.«

»Das ist genau der Punkt.«

Odin Jóhannesson hob fragend die Brauen.

»Der Boden.« Sundby atmete durch. »Der Boden passt nicht zur Geschichte.«

Jetzt beugte auch Odin sich über die Aufnahmen, zog eine Brille aus der Westentasche, setzte sie auf.

»Er ist staubtrocken«, schloss Sundby. »Nicht ein einziger Wassertropfen vor der Wanne. Ganz egal wie Aksel Strand zu Tode gekommen sein mag, es hat auf jeden Fall erhebliche Wellen verursacht. Und ich denke, wir können getrost davon ausgehen, dass er anschließend nicht noch einmal aus der Wanne gestiegen ist, um aufzuwischen.«

»Das Wasser könnte getrocknet sein. Immerhin waren ein paar Stunden vergangen.«

»Dann gibt es entsprechende Spuren. Wurde das abgeklärt?«

Odin Jóhannesson nahm die Brille ab, sammelte die Fotos ein, packte sie in die Mappe zurück und stand auf. »Komm«, sagte er. »Astrid wartet. Und ich glaube, ich brauche vorher noch etwas frische Luft.«

Alta

Eric saß mit dem Skizzenblock auf den Knien am Ufer des Sees Oldervikvannet und versuchte einmal mehr, die unzähligen Farbtöne der Insel in Kreide zu bannen. Jetzt, im beginnenden Abendlicht, hüllte sich Sievju in Schleier überirdischer Schönheit. Bot sich ihm an, wieder und wieder, nur um sich im nächsten Augenblick zu entziehen und danach noch lasziver, noch verführerischer wiederaufzutauchen. Nach allen Regeln der Kunst hatte sie ihn verzaubert, seit er am frühen Morgen im milchigen Licht der Mitternachtssonne bei Hakkstabben angelegt hatte.

Kjell Andresen hatte nicht gefragt, noch hatte er gezögert, Eric die *Catherine* anzuvertrauen. Nein, es hatte keiner Worte bedurft. Der Vater, der so viel gesehen, so viel durchlebt hatte, wusste genau, was in ihm vorging. Eric hatte es in seinen Augen gesehen. Diese Augen, die gleichzeitig ernst und fürsorglich, mitfühlend und mahnend blickten. Alta und seine Bewohner hatten noch in tiefem Schlaf gelegen, und für einen kurzen Augenblick war es gewesen, als befänden der Vater und er sich allein auf einem unendlichen Ozean. Dann hatte Kjell die Leinen gelöst und ihm von dem kleinen Steg vor seinem Haus aus nachgesehen, wie er im Dunst verschwand, hinübersteuerte zu dem zwischen Alta und Hammerfest gelegenen Eiland, das Eric aus Kindertagen kannte. Oft war es Ziel kleinerer und größerer Ausflüge gewesen. Auch damals schon hatte er mit großen Augen majestätische Seeadler, Merlins und Bussarde bei ihrem Flug an den schroffen Berghängen entlang beobachtet, hatte der Vater ihm Fischotter und Marder gezeigt, die die üppigen grünen Senken bevölkerten. Den Nationalpark, der nun einen Großteil der Insel einnahm, hatte es noch nicht gegeben, ansonsten schien sich im menschenfernen Königreich in den vierundzwanzig Jahren nicht viel verändert zu haben. Königreich – so hatte er den Ort insgeheim genannt, von dem er das Gefühl gehabt hatte, ein geheimer, unerklärlicher Zauber ginge von ihm aus.

Der Zauber war noch immer da. Alles war vertraut und fremd zugleich, wie vieles, was ihm in den vergangenen Tagen begegnet war. Stunde um Stunde erwanderte Eric die eingekerbte Küste, den Store Kufjorden, der sich tief ins Innere, bis fast zur Mitte des Vulkangesteins fraß, und auf dessen Ostseite der vierzehn Quadratkilometer große Seilandsjøkelen lag, der nach dem Abschmelzen des Nordmannsjøkelen einzige verbliebene Gletscher der Insel.

Wandernd und zeichnend, schmolzen auch Erics Gefühle. Die Zerrissenheit, die ihm noch wenige Stunden zuvor den Schlaf geraubt und ihm kaum eine ruhige Minute gegönnt hatte, wich einer tiefen, nahezu mystischen Ehrfurcht. Und ein Gedanke, der ihn seit Längerem begleitet hatte, nahm mit jedem Zentimeter, den die große gelbrote Sonne höher stieg und anschließend wieder tiefer sank, Gestalt an, bis er jetzt im Abendlicht am Ufer des Sees zur Gewissheit wurde.

Eric lehnte sich zurück und beobachtete eine junge Samin, die mit ihrem Hund eine Herde Rentiere die saftige Wiese entlangtrieb. Mehrere schwarz-weiße Gryllteisten umkreisten ihre in Felsspalten versteckt gelegenen Nistplätze, tauchten sodann tief ins Wasser hinein und mit ihrer eiweißhaltigen Beute wieder auf. Es war der Beginn der Brutzeit.

Als die eleganten Alkenvögel aus seinem Blickfeld verschwunden waren, klappte Eric den Block zu, stand auf und wanderte langsam und nachdenklich nach Hakkstabben zurück. Er spürte, dass es an der Zeit war, in die Welt der Menschen in seinem Leben zurückzukehren. Etwas in ihm wehrte sich dagegen, wie er es von unzähligen Tauchgängen her kannte, etwas in ihm verlangte danach, in der Stille, in der Einsamkeit zu verweilen. Dennoch war nun keine Furcht mehr in ihm, kein Zagen oder Zaudern.

Er hatte seine Entscheidung getroffen.

Spät am Abend fand er Cai, dem er eine kurze Nachricht hinterlassen hatte, auf dem Sofa mit seinem Notebook und einem Lervig Lucky Jack in der Hand vor.

»Willst du auch eins?« Cai zeigte auf die leere Dose.

»Hältst du das für eine gute Idee? Ich meine, du hast dich erst gestern gegen die ausdrückliche Empfehlung deiner behandelnden Ärzte ...«

»Ich werd's überleben.« Er versuchte aufzustehen, hielt jedoch mit zusammengebissenen Zähnen mitten in der Bewegung inne.

»Lass es langsam angehen.« Eric ging in die Küche, kam mit zwei frischen Dosen zurück, reichte Cai eine davon, öffnete die andere und trank einen Schluck. Eric hätte sich nicht gerade als Biertrinker bezeichnet. Er trank überhaupt sehr selten Alkohol, höchstens ab und zu einen Pastis mit Philippe, wenn er, was selten genug vorkam, zu Besuch an der Côte Bleue war.

Jetzt schmeckte ihm das American Pale Ale allerdings überraschend gut. Er nahm einen weiteren großen Schluck und setzte sich Cai gegenüber.

Cai klappte das Notebook zu und sah ihn erwartungsvoll an.

»Ich war auf Sievju – Seiland. Nach allem ... was geschehen ist, brauchte ich etwas Zeit. Um nachzudenken.« Eric machte eine Pause. »Ich habe entschieden, das Angebot eines alten Freundes anzunehmen. Rouven De Vries.«

Cai hob mit einer abwehrenden Geste die Hände. »Moment, Moment – was redest du da?«

»Vielleicht, weil ich heute verstanden habe, was wirklich wichtig ist.« Eric suchte nach den richtigen Worten. »Was in diesen Tagen geschehen ist ... was vor Hammerfest geschehen ist, das war kein Unfall. Es war ein Verbrechen. Es *ist* ein Verbrechen. All das hier ...« Er trat an die Verandatür und ließ den Blick über das sich verdunkelnde Panorama schweifen. »All das ist so unglaublich verletzlich, so zerbrechlich – und so kostbar.«

»Aus diesem Grund bist du geworden, was du bist.«

Er schüttelte den Kopf. »Das reicht nicht.«

»Was versuchst du, mir zu sagen?«

»Dieser ... Gedanke ist nicht hier entstanden. Ich habe ihn schon länger. Sehr lange. Das Ifremer ist nicht der Ort, an dem ich tun kann, was ich tun will. Was ich tun *muss*.«

»Und wo kannst du das?«

»Ich hatte Kontakt mit Rouven De Vries. Immer wieder über die Jahre. Er hat mir angeboten, in leitender Funktion auf der *Breakers Brave* anzuheuern.«

»Ocean Herdsmen? Damit würdest du dich vom Prinzip der Gewaltfreiheit verabschieden.«

»Vollkommen gewaltlos ist dieser Kampf nicht zu gewinnen. Vielleicht ist es das, was ich in den vergangenen Tagen verstanden habe. Ich würde es aber eher Notwehr nennen.«

»Du wärst monatelang unterwegs.«

»Ich war vierundzwanzig Jahre unterwegs.« Eric blickte ins Leere.

»Wenn es das ist, was du willst …«

Eine Zeit lang klangen die Worte im Raum nach.

»Ich habe auch ein paar Neuigkeiten«, begann Cai dann erneut. »Da du ja auf dem Handy den ganzen Tag nicht zu erreichen warst.«

»Ich hatte es ausgeschaltet.«

»Hab ich gemerkt. Dann ist wahrscheinlich auch die Breaking News des heutigen Tages an dir vorbeigegangen.« Als Cai das Gefühl hatte, dass Eric mit seiner Wahrnehmung ansatzweise wieder im Hier und Jetzt angekommen war, sprach er weiter. »Aksel Strand ist tot.«

Augenblicklich hatte er Erics ungeteilte Aufmerksamkeit.

»Was? Was sagst du da? Wie …?«

»Einzelheiten sind noch nicht bekannt, aber er wurde wohl in der Badewanne des Scandic Holmenkollen gefunden.«

»In Oslo?«

Cai nickte. »Es ist von Suizid die Rede. Zumindest in der offiziellen Version.«

»Und deine?«

»Gefährliche Menschen machen sich gefährliche Feinde.«

»Für Bent dürfte das immerhin eine entlastende Nachricht sein.«

Cai blickte Eric lange und ernst an. »Da bin ich mir nicht so sicher.«

»Was meinst du damit?«

»Unwahrscheinlich, dass man einen so spektakulären Todesfall in der Hauptstadt auf sich beruhen lässt. Es wird Ermittlungen geben.«

»Du willst doch nicht andeuten, dass Bent irgendwas damit zu tun hat, oder?«

»Natürlich nicht. Aber es lässt sich leider nicht leugnen, dass mein alter Freund eine gewisse Tendenz hat, in Schwierigkeiten zu geraten. Wenn er in diesem Augenblick nicht elftausend Kilometer und zwei Ozeane weit weg wäre, würde ich mir wahrscheinlich Sorgen machen.«

Eric dachte einen Moment nach. »Was ist mit Synni? Sie dreht einen Film über Elias Várri. Sie war die Erste, die sich öffentlich hinter ihn gestellt hat, und sie hat recht behalten. Denkst du nicht, sie sollte die Wahrheit kennen?«

»Welche Wahrheit?«

»Du solltest mit ihr sprechen.«

»Ist das nicht eher dein Job?«

Eric schüttelte den Kopf. »Nicht jetzt.«

Oslo

Synni lag neben Tom in dem weiß bezogenen Hotelbett und blickte in seine sanften braunen Augen. Es war spät. Sicher weit nach Mitternacht. Alles an ihm war vertraut. Roch vertraut. Fühlte sich gut an. Sicher. Warm. Zu spät ...
Zärtlich strich er eine Haarsträhne aus ihrer Stirn. »Was denkst du?«
Ja, was dachte sie? Dass es ein Fehler gewesen war, in der Nacht davor nicht ihr eigenes Zimmer aufgeschlossen zu haben, sondern ihm in seines gefolgt zu sein. Erklärungen dafür gab es zuhauf. Die verstörenden Ereignisse vor dem Storting. Das Hotel am Bahnhof, in dem die Zimmer ganz offensichtlich in der Regel stundenweise vermietet wurden und das wie eine skurrile norwegische Variante des Cecil Hotels anmutete. Wirklich kein Ort, an dem man gerne eine Nacht allein verbrachte. Am nächsten Morgen, den sie erstaunlicherweise ohne größere Kollateralschäden erlebten, hatten sie so schnell wie möglich ausgecheckt und waren, nachdem sie sich kurz über das weitere Vorgehen beraten hatten, in ein deutlich vertrauenerweckenderes Domizil am Frognerpark umgezogen. Sie waren sich einig gewesen, ein oder zwei Tage länger in der Hauptstadt zu bleiben, um das Filmmaterial noch etwas aufzustocken, was sich kurz darauf in gänzlich unvorhergese-

hener Weise als die richtige Entscheidung entpuppt hatte. Ihre Versuche, mehr über das überraschende Ableben des prominenten Stavanger Interessenvertreters herauszufinden, waren bisher allerdings nicht sonderlich erfolgreich verlaufen.

Ebenso wenig erfolgreich gestalteten sich in diesem Augenblick Synnis verzweifelte Versuche, die weitere Nacht in Toms Armen vor sich selbst zu rechtfertigen. Sie hatte sich vorgemacht, für ihn bedeutete es dasselbe wie für sie. Eine nostalgische Erinnerung. Das gute Gefühl, nicht allein zu sein. Für einen Moment. Aber sie konnte in seinen Augen sehen, dass es bei ihm anders war.

Sie wälzte sich aus dem Bett, streifte einen Morgenmantel über und trat ans Fenster. In der Dunkelheit wirkte der Park wie ein großes schwarzes Loch, aus dem die Vigeland-Skulpturen bedrohlich aufstiegen. Die ganze Stadt kam ihr mit einem Mal bedrückend vor. Klaustrophobisch. Plötzlich erschien es ihr nahezu als Selbstverständlichkeit, ja als zwingend, was Aksel Strand nur wenige Kilometer entfernt geschehen war. Sie empfand das unwiderstehliche Bedürfnis, sich zurück in Toms starke Arme zu flüchten, zu vergessen, weshalb sie hier waren und weshalb der andere, an den sie nicht denken wollte, nicht hier war.

»Es tut mir leid«, flüsterte sie. »Es geht nicht.«

Auch Tom war aufgestanden und stand jetzt dicht hinter ihr. Sie spürte seinen Atem über ihren Hals streichen.

»Es ist seinetwegen, oder?«

»Ich bin ein Junkie. Das weißt du doch.«

»Wovon redest du?«

»Hier sind sie gestorben. Hier, in dieser Stadt. Beide. In derselben Nacht ... So etwas vererbt sich.« Sie drehte sich um und blickte ihn direkt an.

»Nein. Tut es nicht. Synni! Was deinen Eltern geschehen ist, ist tragisch. Entsetzlich. Aber das bist nicht *du*!«

Ungeduldig schüttelte sie den Kopf. »Lass uns über die Arbeit reden. Was haben wir?«

»Mit Aksel Strands Tod jedenfalls eine neue Situation. Wir haben ein Framsenteret, das sich auf eine ziemlich abenteuerliche These festgelegt hat, einen zweiten Ex-Energieminister und einen Physik-Nobelpreisanwärter. Alles recht unübersichtlich, wenn du mich fragst. Immerhin hast du mit deiner These zu Elias Várri recht behalten. Jetzt redet das ganze Land von nichts anderem – aber du warst die Erste, die den Mut hatte, es öffentlich auszusprechen.«

Elias Várri. Mahnend stand der Name im Raum. Ein weiteres Opfer dieser Stadt – oder?

»Ich weiß nicht ...«, murmelte Synni, mehr zu sich selbst.

»Was meinst du?«

»Morten Kolberg, Tom. Irgendwie passt das nicht zusammen. Er ist zwar nicht gerade das, was ich mir unter einem integren Politiker vorstelle – aber so eine Sache? Das traue ich ihm einfach nicht zu. Das ist doch mindestens zwei Nummern zu groß für ihn.«

»Noch ein Bauernopfer? Wenn die forensischen Beweise nicht ausgerechnet von The Tap aufgearbeitet worden wären, hätte ich wahrscheinlich auch Zweifel.«

»Ist es nicht seltsam, dass der Originalleak auf einer relativ unbedeutenden Plattform auftaucht, wo er dann erst mal von einem Investigativteam runtergekratzt werden muss?«

»Damit hat sich der Whistleblower ja scheinbar selbst geschützt.«

»Das ist das Problem. Bisher weiß niemand, wer hinter der Geschichte steckt. Und welche Agenda er verfolgt.«

»Alle Experten, die sich die Daten angesehen haben, halten es für äußerst unwahrscheinlich, dass sie manipuliert wurden.«

»Aber nicht für unmöglich. Einem wie Strand würde ich den Fake-X-Post weit eher zutrauen.«

Tom ging zum Tisch hinüber und schenkte sich ein Glas Wasser ein. »Er dürfte allerdings kaum über die technischen Fähigkeiten verfügt haben, die man für so eine Aktion braucht.«

»Genauso wenig wie Kolberg. Aber die Leute, mit denen Aksel Strand Geschäfte gemacht hat, schon. Wie hieß noch mal gleich diese Cyberwaffen-Produktionsschmiede?«

»Viridi Technologies.«

»Das passt für mich schon eher zusammen. Strand könnte jemanden dort benutzt haben, um Várri mit der Diffamierungskampagne aus dem Amt zu drängen. Und dann Kolberg aufzubauen, um die Ölindustrie wieder zu stärken. Vielleicht war die Sache mit Kolbergs IP-Adresse ja einfach nur ein Fehler.«

»Von wem?«

»Einem der IT-Leute.«

»Und dann wird auch noch ganz zufällig der Anonymisierungsproxy gehackt, und genau dieser Fehler wird publik?«

»Verkettungen unglücklicher Umstände gibt es. Kannst du dich noch daran erinnern, wie das WikiLeaks-Depeschen-Passwort in Umlauf kam? Das hätte sich der drittklassigste Drehbuchautor so nicht ausdenken können!«

Tom überlegte. »Okay. Mal angenommen, du lägst mit deiner Hypothese ungefähr im Bereich des Möglichen – wäre das ein Szenario, das einen Suizid erklärt? Ich meine Strand.«

»Nein. Nie im Leben. Er war nicht der Typ, der wegen so etwas aufgibt. Aber es wäre doch möglich, dass er sich in einen Interessenkonflikt reinmanövriert hat, denn die Petro-Industrie kann kein allzu großes Interesse an der Kalten Fusion haben.«

»Jetzt verlierst du dich aber endgültig in Spekulationen.«

»Jedenfalls wird in den Medien bisher von *mutmaßlichem* Suizid gesprochen. Das bedeutet, es gibt Ermittlungen.«

»Ja, aber das ist nicht unser Job. Ich dachte, wir waren uns einig, dass wir uns auf das Anliegen der Sámi konzentrieren.«

»Mit der neuen Gesetzesinitiative hat sich die Situation doch vollkommen verändert.«

»Bisher sind das nur Lippenbekenntnisse.«

»Keiner in der Rechtspartei kann es sich leisten, jetzt noch zurückzurudern. Aber das ist nicht der Punkt. Der Punkt ist, dass ich keine wachsweiche Mainstream Story will. Nicht nach allem, was wir gesehen haben. Nicht nach allem, was wir wissen.«

»Wissen vielleicht – nur nicht beweisen können. Deine Enthüllungen dürften in einem Land, das sich aktuell im Energierauschfreudentaumel befindet, politisch eher weniger opportun sein. Aber wenn du unbedingt an deiner Investigativreportage festhalten willst, solltest du vielleicht mal mit Cai sprechen.«

»Wozu? Inzwischen scheint doch klar zu sein, dass er die Seiten gewechselt hat.«

»Synni, ich kann nicht gerade behaupten, dass ich zuletzt immer einer Meinung mit ihm war – aber findest du nicht, dass du jetzt zu weit gehst? Ich glaube, du bist nicht mehr objektiv, weil du …«

Ruckartig drehte Synni sich um und bedachte ihn mit einem Blick, der ihn zurückweichen ließ. »Weil ich *was*? Sprich es aus!«

»Hier geht es nicht um Cai. Und das weißt du auch ganz genau.«

»Ich bin sehr wohl noch in der Lage, eigene Entscheidungen zu treffen. Das POD liegt genau um die Ecke. Morgen früh. Danach fahren wir zurück nach Kristiansand und bearbeiten das Material.«

»Das Politidirektoratet? Im Ernst?«

»Wir reden hier von einer Angelegenheit nationaler Tragweite. Also – wer ist dann zuständig?«

Tom zuckte mit den Schultern. »Du bist der Boss.« Fröstelnd kroch er unter die Decke zurück.

»Was ist, kommst du – oder gehst du?«, fragte er leise.

Montag. Tag 21.

Skagerrak/Alta

Sie war geblieben, und seltsamerweise fühlte es sich gut an. Während die letzten Häuser von Drammen im Rückspiegel verblassten, begann Synni damit, die Videosequenzen in eine logische Reihenfolge zu bringen.

»Okay«, sagte sie schließlich. »Wir machen es.«

Tom, der am Steuer saß und kein Wort gesprochen hatte, seit sie vierzig Minuten zuvor Oslo verlassen hatten, blickte kurz zu ihr hinüber. Ein Lächeln huschte über sein Gesicht. Die Tatsache, dass man sie im POD mit höflicher Herablassung behandelt, jede Zuständigkeit im Fall Aksel Strand negiert und sie an die zuständigen Ermittlungsbehörden verwiesen hatte, hatte den Pitbull in ihr geweckt.

»Machen was?«

»Wir werden alles benutzen. Der Unfall vor dem Nordkap. Melkøya. Die Verbindung zu Forsvaret. Die Todesfälle Strand und Juul. Das Ganze in Form einer Collage. Die Schlusssequenz wird die Eskalation vor dem Storting sein. Gefolgt vom PolarLys-Kurs-Chart der letzten drei Tage. Es soll anonyme Calls in siebenstelliger Höhe sowohl auf PolarLys als auch auf John beziehungsweise CoRe ASA gegeben haben. Das ist Frontrunning.«

»Siebenstellig in Kronen?«

»Euro.«

»Wow. Dir ist aber schon klar, dass du damit ein neues *Loose Change* in die Welt setzt, oder? Du riskierst damit deinen Ruf als seriöse Dokumentarin.«

»Das sollen die Zuschauer beurteilen.«

»Bei NRK wird dir das niemand abkaufen.«

»Dann stellen wir es eben auf YouTube.«

Bevor Tom zu einer Entgegnung ansetzen konnte, zirpte ein Handy auf der Ablage zwischen ihren Sitzen. »Das ist deins«, sagte er.

Synni blickte auf das Display, dann wieder durch die Windschutzscheibe. Sie hatten den inneren Oslofjord hinter sich gelassen und näherten sich dem offenen Skagerrak. Sie atmete auf, als sie spürte, wie die klaustrophobische Atmosphäre der Hauptstadt allmählich von ihr abfiel. Es war ein gutes Gefühl, nach Hause zu kommen. Ein freundlicher, idyllischer Ferienort. Eine vertraute Umgebung ...

Das Telefon zirpte weiter.

»Was ist? Willst du nicht rangehen?«

»Es ist Cai.«

»Das sehe ich.«

Endlich nahm Synni den Anruf an. Sie stellte das Gespräch auf Lautsprecher, sodass Tom mithören konnte.

»Synni?«

»Ja. Tom sitzt neben mir. Wir sind auf dem Rückweg nach Kristiansand.«

»Geht es euch gut?«

»Alles okay.«

»Habt ihr ...?«

»Wir waren dabei. Vor dem Storting. Wir haben jetzt Material, das sich nicht mehr so einfach wegdiskutieren lässt. Es ist vielleicht weniger beweiskräftig, als eures es gewesen wäre, aber zumindest haben wir den Mut, es publik zu machen.«

Einen Moment war es auf der anderen Seite still.

»Was genau meinst du?«

»Ich bin jetzt ziemlich sicher, dass Aksel Strand die treibende Kraft hinter den Vorgängen im Energieministerium war. Wahrscheinlich mithilfe von IT-Spezialisten aus dem Umfeld von PolarLys. Wirtschaftskriminalität und Insiderhandel dürfte das Mindeste sein, was wir ...«

»Synni – warte einen Moment. Ich kann dich gut verstehen. Aber es gibt Dinge, die du nicht weißt. Wichtige Dinge. Wenn du mit allem, was du zu wissen glaubst, an die Öffentlichkeit gehst, wirst du damit Menschen schaden. Menschen, denen wir viel verdanken, die uns geholfen haben. Ganz zu schweigen von allen, die durch die Forschungsarbeit von Professor Thorvaldsen nicht ihre Lebensgrundlage verlieren werden.«

»Im Moment sehe ich eher ein paar skrupellose, kriminelle Großkapitalisten durch uns bedroht. Wenn du das anders siehst, musst du mir das schon etwas genauer erklären.«

»Das kann ich nicht, Synni. Zumindest nicht jetzt. Nicht am Telefon.«

»Alles, was mit der Entführung zu tun hat, lassen wir raus.«

»Davon spreche ich nicht. Überleg es dir noch mal.«

»Tut mir leid, Cai. Aber ich glaube, an dieser Stelle liegen meine Prioritäten woanders.«

Sie klickte das Gespräch weg und starrte finster auf den tiefblauen Skagerrak hinaus. Tom warf ihr einen kurzen Blick zu. Den Rest der Fahrt verbrachten sie schweigend.

Tromsø

»Was? Ja, aber ... Nein, nein, das muss ein Missver... Ja, das ist richtig. In der gegebenen Situation hielt ich diese Maßnahme aber für ... Nein, auf keinen Fall. Meine Mitarbeiter genießen mein vollstes Vertrauen. Ja, das gilt für jeden in der Gruppe. Ohne Ausnahme. Wie bitte? Auf Weisung des POD? Aber das kann doch nur ... Wir haben Anhaltspunkte dafür, dass ... Ja. Ja, ich verstehe. Natürlich. Absolut.«

Simen Sundby legte den Telefonhörer auf und blickte in die geweiteten Pupillen von Mikael Holt, der ihm an seinem Schreibtisch im Tromsø Politihus gegenübersaß.

»Warum ruft dich dein direkter Vorgesetzter, der bekanntlich auf demselben Flur arbeitet, auf deinem Dienstapparat an?«

Sundby atmete durch. »Es könnte damit zu tun haben, dass Wersín in diesem Augenblick nicht das Bedürfnis verspürt, sich mit mir im selben Raum aufzuhalten.«

»Wegen der nicht autorisierten Dienstreise?«

»Unter anderem.« Auf Sundbys Stirn zeigte sich eine tiefe, senkrecht stehende Falte. »Was ist da in Løding gelaufen?«

»Was meinst du?«

Sundby deutete auf Holts blau verfärbte rechte Mittelhand.

»Du hast gesagt, nimm ihn dir vor. Nichts anderes habe ich getan.«

»Du weißt ganz genau, wie ich das gemeint habe.«

»Dann hätten wir aber seine sehr aufschlussreiche Aussage nicht.«

»Die uns jetzt allerdings nicht mehr viel nützen wird.«

»Weil er sich über mich beschwert hat?«

»Das POD hat interveniert.«

Mikael öffnete den Mund wie ein Fisch, der überlegt, ob er in den Angelhaken beißen soll. Er entschied sich dagegen. Schloss den Mund wieder.

Es kam sehr selten vor, dass sich das Politidirektoratet Oslo in laufende Ermittlungen einschaltete. Genau genommen kam es nie vor. Es gehörte nicht zu ihren Aufgaben. Es sei denn, es handelte sich um eine Angelegenheit von nationaler Tragweite.

Er neigte den Kopf zur Seite. »Aber nicht wegen meiner Vernehmung von Matias Grønn?«

»Nein. Übergeordnete Interessen.«

»Was soll das denn bitte schön heißen?«

»Irgendwie müssen sie Wind davon bekommen haben, dass bei PolarLys und in den zuständigen Ministerien nicht alles mit rechten Dingen zugegangen ist. Da hat anscheinend jemand – wissentlich oder unwissentlich – schlafende Hunde geweckt. Und in der momentanen Situation reicht das offensichtlich aus.«

»Wofür?«

»Um die Akte zu schließen.«

»Was?«

»Wir sind gerade haarscharf an einer Staatskrise vorbeigerauscht. Jetzt haben sich die politischen Wogen wieder geglättet, und Norwegen sonnt sich im Ruhm seiner fabrikneuen technologischen Vormachtstellung. Wegen ein paar ungeklärter Todesfälle will das in Oslo wohl keiner aufs Spiel setzen.«

Mikael stand auf. »Ich informiere Jonna.«

»Mikael – setz dich.« Sundby wartete, bis Mikael wieder Platz genommen hatte. »Du bist mein Freund. Du bist mein bester Ermittler. Und das nicht erst seit gestern, das weißt du.«

»Was wird das?«

»So kann es nicht weitergehen.«

»Heißt?«

»Das heißt, du kriegst dein Problem in den Griff. Sofort.«

»Weil sonst?«

»Wenn es noch mal einen Vorfall gibt – ganz egal, was es ist –, der eine laufende Ermittlung gefährdet, werde ich dich nicht mehr decken.«

»Verstehe.«

»Was gedenkst du zu tun?«

»Ich gehe wieder zu den Meetings.«

»Tu das.«

Ein paar Sekunden lang sahen sich die beiden Männer in die Augen. Damit war die Angelegenheit für den Moment erledigt.

»Bezieht sich die Weisung des POD auch auf die Strand-Ermittlung?«, wollte Mikael wissen.

In diesem Augenblick klingelte das Telefon auf Sundbys Schreibtisch erneut. Auf dem Display erschien eine externe Nummer mit Osloer Kennung.

»Ich schätze, das werden wir gleich erfahren. Sag Jonna, wir treffen uns zum Briefing in fünfzehn Minuten.«

Mikael verließ das Büro, und Sundby griff zum Hörer.

»Du hattest recht«, ließ sich Odin Jóhannessons klangvoller Bass vernehmen. »Eine zweite kriminaltechnische Untersuchung des Tatorts hat Ungereimtheiten ergeben.«

»Der Boden?«

»Ist mit ziemlicher Sicherheit aufgewischt worden, und zwar nicht vom Personal. Außerdem fehlt nachweislich Inventar.«

Simen Sundby kratzte sich mit seinem Fineliner am Kopf.

»Zwei Handtücher und zwei Fläschchen aus der Minibar. Alles wird genau abgezählt und für jeden Gast neu bestückt. Meine alte Freundin bei der Rechtsmedizin war zwar alles andere als begeistert, aber sie schließt Fremdeinwirkung inzwischen nicht mehr völlig aus.«

»Was Neues zum Computer?«

»Laut Strands Frau ein dunkelgrüner 14-Zoll-Dell-Inspiron, ohne den ihr Mann keinen Schritt machte. Er ist nach wie vor unauffindbar, aber es ist unwahrscheinlich, dass er ihn nicht dabeihatte.«

»Wenn jemand Handtücher und Fläschchen verschwinden lässt, dann wahrscheinlich auch den Computer. Fragt sich, warum das Handy zurückgelassen wurde.«

»Wahrscheinlich hoffte man, dass die Sache als Suizid durchgeht, was ja auch fast geklappt hätte. Ein fehlendes Handy hätte sofort Verdacht erregt.«

»Was auf eine gewisse Planung schließen lässt.«

»Das Handy wird aktuell von unserer Technik auseinandergenommen. Gut möglich, dass etwas gelöscht worden ist. Ob sich Teile davon rekonstruieren lassen, ist ungewiss.«

»Was die Frage aufwirft, wer daran ein Interesse gehabt haben könnte.«

»*Follow the money.* Die Ermittlungen diesbezüglich gestalten sich allerdings schwierig, da sich auf dem heimischen Desktoprechner nichts von Belang befindet.«

»Also ist es jetzt doch eine Mordermittlung?«

»Unklarer Todesfall bisher. Aber es hat gereicht, um ihn auf meinen Schreibtisch zu befördern.«

Sundby schwieg einen Moment. »Und keine – übergeordneten Interessen stehen dem entgegen?«

»Übergeordnete Interessen? Was meinst du?«

Er setzte Jóhannesson kurz ins Bild.

»Das tut mir leid für dich.«

»Dir könnte dasselbe passieren. Vielleicht nur etwas diskreter.«

»Ganz ehrlich? Das halte ich für ausgeschlossen. Der spektakuläre Tod eines Waffenlobbyisten in einem Osloer Luxushotel lässt sich im Gegensatz zu deiner Ermittlung nicht so einfach sang- und klanglos unter den Teppich kehren.«

Eine kurze Weile war es still am Osloer Ende der Leitung, während Sundby über das Gehörte nachdachte.

»Simen«, sagte Odin dann, »ohne dich hätten wir die Sache zu den Akten gelegt …«

Sundby hatte das unbestimmte Gefühl, dass der Satz noch eine Fortsetzung hatte, und so war es auch.

»Ich hätte dich gern dabei.«

»Du meinst das ernst, oder?«

»Das Gästezimmer steht für dich bereit, und Astrid kann es kaum erwarten, dich zu bekochen.«

»Das klingt zwar sehr verlockend, aber wie stellst du dir das vor? Ich habe hier in Tromsø eine Gruppe zu leiten und ganz abgesehen davon auch einen Sohn, um den ich mich kümmern muss.«

»Und der praktisch erwachsen ist, wenn mich nicht alles täuscht. Es wäre ja nur vorübergehend. Die verwaltungstechnischen Dinge lassen sich regeln. Idealerweise auf dem kleinen Dienstweg.«

»Mein Chef ist gerade nicht allzu gut auf mich zu sprechen, fürchte ich.«

»Na dann passt es doch umso besser.«

Sundby unterdrückte ein Schmunzeln.

»Denk darüber nach.«

Alta

Der Notebook-Timer zeigte elf Uhr vormittags. Cai beobachtete vom Sofa aus, wie Eric einige Gepäckstücke in den Wohnungsflur trug. Seine Augen hatten den Ausdruck einer Tiefe, die keinen Grund fand, ihn auch am tiefsten Punkt der Weltmeere nicht finden würde. Es war der Blick, den Cai nur zu gut kannte. Und er wusste, dass es eine Welt gab, in die sie ihm niemals würden folgen können. Er selbst nicht und wahrscheinlich nicht einmal Synni, in der Eric offensichtlich eine Art Seelenverwandte gefunden zu haben glaubte.

»Könntest du die Tauchausrüstung für mich zurückbringen?«

Er nickte. »Und es gibt wirklich nichts, was dich noch umstimmen könnte?«

Eric schüttelte den Kopf. »Meine Flüge sind gebucht. Heute Nachmittag über Tromsø nach Oslo. Morgen früh weiter nach Amsterdam, wo ich Rouven treffe. Ich schätze, ich werde dann gerade noch Zeit für eine ausgedehnte Shoppingtour haben, bevor wir mit der *Breakers Brave* Richtung Färöer aufbrechen.«

»Hm.«

»Das Grindadráp ist genauso grausam und unmenschlich wie das, was in der Taiji-Bucht immer noch passiert. Wakayama wird hoffentlich unsere nächste Station sein.«

»Was ist mit deinem anderen Job?«

»Nur eine temporäre Freistellung.«

»Und dann?«

Eric hatte die letzte Tasche an der Eingangstür deponiert und setzte sich Cai gegenüber. »Gibt es Perspektiven.«

Cai zog die Augenbrauen hoch.

»Gerade finden ein paar sehr interessante Gespräche zwischen Ifremer und Framsenteret statt. Die Rede ist von einer Kooperationspartnerschaft im Hinblick auf die Überwachung biochemischer Veränderungen innerhalb des marinen ...«

Cai begann zu lachen. »Warte. Nur damit ich das richtig verstehe. Geht das vielleicht in die Richtung eines franko-norwegischen Küsten-Ghostbusters, falls wieder mal irgendwo blutsaugende Monster aus dem Wasser steigen sollten?«

»So was in der Art. Es wird etwas dauern, das entsprechende Budget bereitzustellen, aber die Verantwortlichen auf beiden Seiten sehen aus gegebenem Anlass einen gewissen Nachbesserungsbedarf.«

»Du hast damit natürlich nichts zu tun?«

Eric zuckte mit den Schultern. »Abgesehen davon, dass ich ganz gut ins Profil der angedachten Position passe ...«

»Das bedeutet, du wirst von Tromsø aus arbeiten?«

»Jedenfalls für eine gewisse Zeit. Sobald das Projekt bewilligt ist. Und was später ist – wird man sehen.«

»Ein paar Leute werden sich sicher sehr freuen, das zu hören. Für den Moment hast du Synni in Oslo leider knapp verpasst.«

Erics Miene verdunkelte sich. »Du hättest ihr alles sagen sollen.«

»Konnte ich nicht. Nicht über eine ungesicherte Verbindung.«

»Erzähl mir nicht, dass dieses Problem unlösbar gewesen wäre.«

»Ich hatte nicht das Gefühl, dass sie es hören wollte. Sie hatte ihre Entscheidung getroffen, so wie du deine.«

»Und du?«

»Ich schätze, ich werde mir noch eine kleine gesundheitsbedingte Auszeit gönnen und mich dann wieder mit unspektakulären Recherchen für die Städtische Wohnungsbaugesellschaft beschäftigen. Irgendwas müssen wir Normalsterblichen ja machen, während du die Welt rettest.«

»Die Welt wahrscheinlich nicht. Aber hoffentlich ein paar unschuldige Meeressäuger.«

Unaufhaltsam bewegten sich die Zeiger der Uhr vorwärts.

»Ich muss langsam los. Cai …«

Cai winkte ab und stemmte sich vom Sofa hoch. »Werd jetzt bloß nicht sentimental! Ich fahre dich.«

»Kommt nicht infrage. Ich gebe den Mietwagen am Flughafen ab.«

»Keine Widerrede. Ich zieh mich nur rasch um. Checkst du inzwischen mal, ob auf deiner Maschine nach Tromsø noch ein Platz frei ist?«

»Was?«

»Dann weiter über Bodø nach Leknes. Oder wie lange, dachtest du, lasse ich die Giulia noch unbeaufsichtigt da unten in der Pampa stehen?«

Einige Tage später.

Alta

Sie waren den Malmveien hinausgewandert bis zur Spitze der schmalen Landzunge, wo sich der kleine Bootshafen Skaialuft befand. Ein graublauer Himmel spiegelte sich im rauschgoldenen Wasser. Es war frühlingshaft mild, und etwas fast Versöhnliches schien in der zart salzigen Luft zu liegen.

Ein Treffen, hatte Sundby gesagt. Unter vier Augen. Nichts Offizielles. Und Cai hatte zugestimmt. Er hinkte zwar noch und benutzte einen Gehstock, doch ansonsten schien er wiederhergestellt zu sein.

»Warum bist du hier, Kriminaloberrat Simen Sundby?«, fragte er jetzt und blickte hinüber zur anderen Seite des Altafjords, wo die Schatten auf den Hügeln bereits länger wurden.

»Nur Simen, bitte. Ich bin hier, weil ich in Tromsø keinen Fall mehr habe. Und weil ich trotzdem gerne die ganze Geschichte kenne. Und weil ich denke, dass du derjenige bist, der sie erzählen kann.«

Was Simen Sundby am besten konnte, war zuhören. Und das tat er nun. Lange, ruhig und konzentriert.

»Ich danke dir für deine Offenheit«, sagte er, nachdem Cai geendet hatte. »Ist dir eigentlich klar, dass du quasi im Alleingang eine Verschwörung nationalen Ausmaßes aufgedeckt und – zumindest in Teilen – verhindert hast?«

»Ich habe nur die richtigen Fragen gestellt. Beantwortet haben sie andere. Die Entscheidung zwischen Wissenschaft und Wahrheit fiel klar zugunsten der Wissenschaft. Wahrscheinlich werden wir alle erst in ein paar Jahren beurteilen können, wie richtig oder falsch das war.«

»Das Video, das Synni Opland online gestellt hat, kommt deiner Wahrheit recht nahe.«

»Mit dem Erfolg, dass sie jetzt als neuer Dylan Avery gefeiert wird.«

Sundby lächelte. Cai Nygard war ein Mann der klaren Worte, das gefiel ihm. Dennoch erschien ihm der Vergleich einer landesweit bekannten seriösen Dokumentarfilmerin mit dem Schöpfer der kontroversen 9/11-Dokumentation *Loose Change* etwas gewagt. Im Hinblick auf die Reaktionen andererseits aber auch nicht vollkommen abwegig. »Was ist deine Meinung zu ihrer Hypothese über den Tod von Elias Várri?«

Cai richtete den Blick auf den Fjord hinaus. »Zu den Vorgängen in den Ministerien kann ich nichts sagen. Es wäre reine Spekulation. Eric und ich haben uns auf Melkøya konzentriert ...«

Eine Weile standen sie schweigend nebeneinander. Möwengeschrei durchbrach die Stille.

»Du hast gesagt, dass du zurzeit in der Verwaltung der Städtischen Wohnungsbaugesellschaft arbeitest. Ist das nicht ein bisschen unterfordernd?«

»So habe ich viel Zeit für meine Hobbys.«

»Hm. Mal angenommen, du würdest im Zuge der Ausübung eines deiner *Hobbys* einen Blick in ein relativ gut gesichertes System werfen wollen. In bester Absicht, versteht sich. Wie würdest du es machen?«

»Wer sagt, dass ich so etwas kann?«

Simen Sundby sah Cai lange und fest in die Augen. »Rein hypothetisch.«

Cai hielt dem Blick stand. »Rein hypothetisch würde ich sagen, ein System mit unvollständig deaktivierten VBA-Makros fällt nicht gerade unter die Kategorie ›relativ gut gesichert‹.«

»Ich schätze, da stimmt unser oberster IT-Techniker dir hundertprozentig zu«, gab Sundby zwinkernd zurück. »Und aus welchem Grund würde wohl ein rein hypothetischer anonymer Besucher, der aus hehren Motiven handelt, unverrichteter Dinge wieder von der Bildfläche verschwinden?«

»Weil er vom Systemadministrator rausgeworfen wurde?«

»Sicher?«

Cai atmete durch. »Vielleicht weil ihm klar geworden ist, dass es nicht an ihm ist, über das Schicksal anderer zu entscheiden.« Leise fügte er hinzu: »Zu viele Leben standen auf dem Spiel.«

»Warum ich?«

Cai schwieg eine Weile. »Vor ein paar Jahren wurde die Leiche einer jungen Frau unter der Fjellheisen-Seilbahn gefunden.«

Trotz der frühlingshaften Temperatur fröstelte Simen Sundby plötzlich. Er sah sie noch immer vor sich, als sei es gestern gewesen. Wie sie am Hang des Storsteinen im Gras lag. Friedlich, als schliefe sie. Fast noch ein Kind. Zunächst hatte alles auf Suizid hingedeutet, doch dann wollten auffällig viele Beteiligte den Fall so schnell wie möglich bei den Akten sehen – einschließlich Polizeidirektor Wersín.

»Ihr Name war Yrsa«, sagte Cai. »Sie leitete die Bibliothek im Sameting in Karasjok. Sie liebte Matti Aikio und Bjørg Vik. Ihr großer Traum war, selbst zu schreiben – später, irgendwann...«

Sundby vergrub die Hände in den Manteltaschen.

»Ohne jemanden, der bereit war, *alles* aufs Spiel zu setzen«, fuhr Cai fort, »wäre der Fall nie aufgeklärt worden und der Bürgermeister wahrscheinlich heute noch im Amt.«

»Ich habe mir damals nicht viele Freunde gemacht.«

»Einen schon.«

Wieder schwiegen sie, während die Möwen ungerührt ihre weiten Bahnen zogen.

»Es gibt also Ermittlungen im Fall Aksel Strand?«, fragte Cai schließlich.

»Ja. Sie werden von meinem langjährigen Bekannten Odin Jóhannesson geleitet. Wenn es etwas aufzuklären gibt, dann wird er das tun, daran habe ich keinen Zweifel.« Er wollte noch etwas hinzufügen, unterließ es dann aber. Es war nicht sein Fall, und daran würde sich auch nichts ändern. So schmeichelhaft Odins Angebot auch sein mochte, sein Platz war woanders. Hier wurde er gebraucht.

Cai nickte nachdenklich.

Die Sonne stand jetzt knapp über dem Horizont, der Wind frischte auf, und sie schlenderten langsam zurück.

»Cai, es gibt noch etwas anderes, worüber ich mit dir sprechen wollte. In meiner Ermittlungsgruppe in Tromsø ist seit Längerem eine wichtige Position unbesetzt. Ich könnte einen Mann mit deinen Fähigkeiten dort sehr gut gebrauchen.«

Sundby beobachtete sein Gegenüber genau. Allem Anschein nach glaubte Cai für den Bruchteil einer Sekunde an einen Scherz. Überraschung, Verwirrung, ein Anflug von Belustigung spiegelten sich in seinen Zügen.

Dann blieb Cai unvermittelt stehen, schüttelte den Kopf. »Ich bin kein Polizist.«

»Ich denke, deine ermittlungstechnischen Qualitäten hast du eindrucksvoll unter Beweis gestellt. Von deinem kleinen Fehler mal abgesehen.«

»Welchem Fehler?«

»Die Kameraanzeige.«

Cai lachte kurz. »Das wäre allerdings ein Anfängerfehler gewesen.«

»Also war es Absicht?«

»Zu diesem Zeitpunkt schien mir eine gewisse Eile geboten.«

»Du hast darauf spekuliert, dass die LED am Wochenende Aufmerksamkeit erregen würde?«

»Wie bist du auf mich gekommen, Simen?«, antwortete Cai mit einer Gegenfrage.

»Ich habe geraten.«

Erneut sahen sie sich in die Augen.

»Cai. Du hast eben den Fjellheisen-Fall erwähnt. Jedem Mitglied meiner Gruppe vertraue ich bedingungslos. Zu jeder Zeit. Ich brauche Leute, auf die ich mich rückhaltlos verlassen kann und die nicht davor zurückschrecken, die nächste Tür zu öffnen – ganz gleich, wer oder was sich dahinter befindet.«

»Verstehe.«

»Du hast gesagt, dass das, was dir immer wieder gefehlt hat, Beweise waren. Nicht nur damals, als es um Grindøysundet ging. Auch bei uns trägt beileibe nicht immer die Gerechtigkeit den Sieg davon. Leider. Ich weiß aber sicher, dass ich mich mit Beweisen auskenne.«

Wenig später bestieg Simen Sundby ein Taxi, um den letzten Flug des Tages zurück nach Tromsø zu nehmen. Er drückte Cai eine Visitenkarte in die Hand.

»Ruf mich an.«

Spät am Abend stand Cai am Fenster, rauchte, musterte das rechteckige Stückchen Karton in seiner Hand und dachte über die Begegnung mit Simen Sundby nach. Er war ehrlich zu ihm gewesen, denn jetzt hatte es keinen Grund mehr gegeben, es nicht zu sein. Die meisten Puzzleteile hatte der Kommissar ohnehin bereits zusammengesetzt, und Cai hatte sie ihm nur bestätigt. Mit einer Ausnahme. Eine Figur war auf dem Spielbrett nicht aufgetaucht. Cai drückte die Zigarette aus und fixierte die Toxic App auf seinem Handy. Er hatte das untrügliche Gefühl, dass er schon sehr bald wieder von Bent Wallström hören würde. Er war sich nur nicht sicher, ob es ein gutes Gefühl war.

Seufzend schloss er das Fenster, setzte sich an den Computer und machte sich auf die Suche nach einem netten, ruhigen Apartment mit Blick auf den Tromsøysund.

Zwei Wochen später.

Tromsø

Tore Melling hatte einmal mehr sein untrügliches Gespür für Stil unter Beweis gestellt. Man sah der großzügigen, kuppelbedachten Halle, die sich elegant unterhalb der Brücke in Sichtweite der Eismeerkathedrale an den Sund schmiegte, wahrlich nicht mehr an, dass sie in ihrem früheren Leben Bestandteil des ortsansässigen Abfallentsorgungsunternehmens gewesen war.

Unter dem frenetischen Applaus des begeisterten Publikums verließ Halvar Thorvaldsen die Bühne, zog Ingrid von ihrem Sitzplatz in der ersten Reihe und trat mit ihr nach draußen. Er brauchte dringend frische Luft. Drinnen erfreute sich die illustre Gesellschaft geladener Gäste, bestehend aus hochrangigen Wirtschaftsvertretern, Politikern sowie Angehörigen der norwegischen Finanz- und Medienwelt, derweil am reichhaltig mit Lachs und Champagner bestückten Büfett.

Arm in Arm am Ufer stehend, blickte das Paar auf das in der Dämmerung strahlende Lichtermeer der Insel Tromsøya hinüber. Irgendwas zwischen Paris und Brooklyn, dachte Halvar, während er Ingrid in der kühlen Abendbrise näher an sich zog.

Lächelnd blickte sie zu ihm auf. »IDA – ist das Akronym nicht etwas weit hergeholt?«

»Im Gegenteil. Der *Integral Deuterium Alternator* ist der weltweit erste vollintegrierte Energieerzeuger, der auf reinem Deuterium basiert. Er wird die Hyde-Serie perfekt ergänzen und wahrscheinlich schon bald komplett ersetzen. Damit ist auch das letzte Restrisiko radioaktiver Kontaminationen ausgeschaltet.«

»Was dein Arbeitgeber da drin soeben in beeindruckender Weise ausgeführt hat. Trotzdem hat deine Namensgebung irgendwie etwas vom Apple Lisa, finde ich...« Sie musste lachen.

»Wenn IDA die Welt genauso revolutioniert – wovon ich fest überzeugt bin –, passt es doch sehr gut.«

»Ich wünsche dir jedenfalls, dass du nicht ein paar Tausend Stück wegen Unverkäuflichkeit auf einer Müllhalde in Utah verbuddeln musst.«

»Nein. Bestimmt nicht.« Jetzt musste auch er lachen. »Jedenfalls nicht in Utah!« Er warf einen Blick zur Halle hinüber. Dann wurde er wieder ernst. »Ich wünschte nur, die Namensgeberin hätte die Geburtsstunde der neuen Zeit, in der sie ihr Leben verbringen wird, auch selbst miterleben können.«

»Ich bin sicher, sie ist momentan in ihrem heimischen Kinderzimmer, beschützt von ihren Eltern und Geschwistern, am besten aufgehoben. Wir sollten dankbar dafür sein, dass sie sich inzwischen wieder stabilisiert hat und ihre Versetzung in die zweite Klasse nicht gefährdet ist.«

Halvar schüttelte den Kopf. »Was redest du denn da? Versetzung gefährdet? Wir sollten uns eher darüber Gedanken machen, dass sie in Oslo so schnell wie möglich eine adäquate Hochbegabtenförderung erhält.«

Ingrid löste sich von ihm, zog das weiche Kaschmirschultertuch, das sie über ihrem schlichten schwarzen Kleid trug, um sich zusammen und machte ein paar Schritte aufs Wasser zu. Sie sähe aus wie Edith Piaf, hatte er gesagt, als sie sich acht Stunden zuvor für den Abflug fertig gemacht hatten – nur noch schöner.

»Denkst du nicht, dass es dafür etwas zu früh ist? Oslo ... Eine Veränderung ihrer gewohnten Umgebung könnte eine erneute Erschütterung bedeuten. Jetzt, wo sie gerade damit beginnt, Vertrauen zu ihrer Therapeutin aufzubauen.«

»Ein Ortswechsel könnte ihr aber auch guttun. Ida ist nicht wie andere Kinder, das weißt du. Sie braucht Anregungen und Möglichkeiten, die sie im Norden niemals hätte.«

»Bist du sicher, dass du deiner Wissenschaft nicht das Seelenheil eines Kindes opferst?«

Die Wahrheit war, dass er es kaum erwarten konnte, sich wieder in der Hauptstadt niederzulassen und dort seinen Lebensabend seinen wissenschaftlichen Publikationen zu widmen. Als voll rehabilitierte und finanziell sanierte Respektsperson würde er sich wieder erhobenen Hauptes in der Öffentlichkeit sehen lassen können. Und auch an die Beziehung zu seinem Sohn Oskar würde er endlich wieder anknüpfen. Er hatte nie aufgehört, diesen Traum zu träumen, und nun war er in greifbare Nähe gerückt. Aber daran, dass seine hochbegabte Enkelin weiterhin einen wissenschaftlichen Mentor brauchte, bestand natürlich auch nicht der geringste Zweifel. Folgerichtig befand er sich bereits in Verhandlungen mit seinem Schwiegersohn, der erstaunlicherweise Gesprächsbereitschaft signalisiert hatte.

»Wir werden sehen. Zuerst schauen wir uns nach einem passenden Haus um. Ich verspreche dir, dass sich von jetzt an alles ändern wird. Durch meine prozentuale Beteiligung an den Erlösen der Katalysatoren spielt Geld ab sofort keine Rolle mehr für uns. Ist dir klar, was das bedeutet?«

Ingrid seufzte. »Ich bin mir nicht sicher, ob ich mir darüber überhaupt klar werden will.«

Halvar trat hinter sie und legte die Arme um sie. »Du weißt, dass ihr mir wichtiger seid als alles andere.«

»Natürlich weiß ich das. Und ich werde dich immer lieben. Aber jetzt müssen wir uns mit der Situation auseinandersetzen, dass du der Menschheit eine Technologie geschenkt hast, die vieles verändern wird. Nicht nur unser Leben.«

»Macht dir das Angst?«

»Es könnte einem Angst machen.«

»Es wird nicht von heute auf morgen geschehen. Eher eine Evolution als eine Revolution. Die Katalysatoren müssen erst in großer Menge produziert und vertrieben, dann in alle Bereiche bestehender Infrastruktur integriert werden. Bis wir Flugzeuge mit Fusionsantrieb sehen, wird es noch einige Jahre dauern. Außerdem kann LENR nicht alles abdecken. Große Kraftwerke, wie sie in Cadarache und Greifswald entwickelt werden, brauchen wir trotzdem noch. Die Stellarator-Architektur ist das anspruchsvollste Stück Technik, mit dem die Menschheit derzeit aufzuwarten hat. Mein Beitrag ist nur eine Ergänzung dazu.«

»Ich glaube, da drin gibt es eine Menge Leute, die es kaum erwarten können, diese Dinge mit dir zu diskutieren. Komm – wir sollten wieder reingehen.«

Am Eingang kam ihnen ein gut aussehender, unauffällig gekleideter Fünfzigjähriger entgegen, der sich mit seinem wachen, ernsten Blick deutlich von den anderen Gästen abhob, denen es ganz offensichtlich weniger ums Sehen als ums Gesehenwerden ging. Ingrid musterte ihn neugierig, doch Halvar war bereits damit beschäftigt, sich der Fragen zu erwehren, die auf ihn einstürmten.

Simen Sundby stand an derselben Stelle, an der wenige Augenblicke zuvor Halvar und Ingrid Thorvaldsen gestanden hatten, und stellte sich ähnliche Fragen. Was würde die neue Technologie den Menschen in seinem Land und weltweit bringen? Obwohl er weder Naturwissenschaftler noch in besonderem Maße technikgläubig war, hatte er das Privileg seines Amtes gerne genutzt, um die Präsentation zu besuchen. Er war jedoch Realist genug, um zu wissen, dass dem Rausch in aller Regel rasch die Ernüchterung folgte und dass die Dinge immer mehr als eine Facette hatten. Dennoch konnte auch er sich der Magie des Momentes nicht ganz entziehen. Unbestreitbar lag Zukunft in der Luft. Etwas Neues. Veränderung. Die Stimmung erinnerte ihn an die unvergesslichen Jahre der Perestroika, die schließlich zum Ende des Kalten Krieges und zur Wiedervereinigung des geteilten Deutschlands geführt hatten, und eine Sekunde lang wäre er fast der Versuchung erlegen, zu testen, ob er es, was das Pfeifen betraf, mit dem Frontmann der Scorpions aufnehmen konnte. Es gelang ihm gerade noch, sich zu beherrschen, als er ein Stück hinter sich die Stimmen einiger offensichtlich alkoholisierter Eventgäste vernahm.

Die Hoffnung auf Weltfrieden hatte leider nicht lange angehalten. Zu viele Triebe, die unauslöschlich Teil der menschlichen Natur zu sein schienen, standen dem entgegen. Und jetzt? Würde seine Spezies, wenn sie schon nicht in der Lage war, vom gegenseitigen Töten abzusehen, wenigstens der ungebremsten Zerstörung ihres eigenen Lebensraumes Einhalt gebieten? Niemand, nicht einmal Halvar Thorvaldsen selbst, würde diese Frage an diesem Abend beantworten können.

Immerhin war es Sundby gelungen, einen Neuzugang im IT-Bereich zu rekrutieren, den man in jeder Hinsicht als

Hauptgewinn bezeichnen konnte. Erstaunlicherweise hatte er sogar das Kunststück fertiggebracht, ihn allen Meinungsverschiedenheiten zum Trotz Wersín gegenüber durchzusetzen. Insofern entschied er, das Schicksal des Planeten einstweilen anderen zu überlassen und sich auf das zu konzentrieren, was er am besten konnte.

Zur selben Zeit fügte Odin Jóhannesson im Osloer Dezernat für Gewaltverbrechen der Akte zum mutmaßlichen Mordfall Aksel Strand einige neue Blätter hinzu.
Die interne Bezeichnung der Ermittlung war *Vestre Aker*.

Personenverzeichnis

Kjell Andresen
Kupferbergarbeiter aus Alta. Hat den frühen Tod seiner Frau nie verkraftet. Leidet an Silikose und an Schuldgefühlen seinem Sohn Eric gegenüber, den er im Alter von acht Jahren weggegeben hat.

Tom Flagstad
Kameramann, enger Freund und zeitweise Beziehungspartner von Synni.

Matias Grønn
IT-Experte. Leitet die in Løding bei Bodø ansässige, zum PolarLys-Konzern gehörende Softwarefirma Viridi Technologies.

Olafur Hallgrimsson
Isländischer Studienfreund von Halvar Thorvaldsen.

Sue Han
Südkoreanisches Hackergenie. Als Studentin Mitglied der Aktivistengruppe Verdigheten, inzwischen Systemadministratorin bei Booz Allen Hamilton. Große Liebe von Bent Wallström.

Askard Hemming
Leitender Wissenschaftler auf dem Forschungsschiff *Fram 21*.

Mikael Holt
Aus Narvik stammender engster Mitarbeiter und Freund von Simen Sundby. Lebt für seinen Beruf und kämpft mit inneren Dämonen.

Odin Jóhannesson
Leiter des Osloer Dezernats für Gewaltverbrechen.

Helge Juul alias Anders Ris Karlsen
Generalmajor beim FOH, Forsvarets operative hovedkvarter – Hauptquartier der norwegischen Streitkräfte, in Reitan bei Bodø. Homosexuell, gewaltbereit, harter Alkoholiker.

Morten Kolberg
Skrupelloser Machtpolitiker innerhalb der konservativen Partei. Wird nach dem Tod von Elias Várri Energieminister und strebt das Amt des Regierungsoberhaupts an.

Tore Melling
Stilbewusster CEO des in Tromsø ansässigen Mischkonzerns PolarLys ASA. Tut alles, um das von Insolvenz bedrohte Traditionsunternehmen zu retten.

Cai Nygard
Sandkastenfreund von Eric in Alta. Wirtschaftsinformatiker, Gelegenheitshacker. Gründete während des Studiums die Aktivistengruppe Verdigheten.

Synni Opland
Dokumentarfilmerin aus Kristiansand. Traumatisiert durch ein tragisches Ereignis in ihrer frühen Kindheit. Engagiert sich für die samische Minderheit Nordnorwegens.

Eric Perrain
Meeresbiologe, Weltklasse-Apnoetaucher. Kam im Alter von acht Jahren nach dem Tod seiner Mutter von Nordnorwegen nach Südfrankreich. Eigenwilliger, hochkomplexer Charakter, Beziehungsprobleme, außergewöhnliches Wahrnehmungsvermögen.

Arne Persson
Leiter der Nordkapp politistasjon Honningsvåg.

Aksel Strand
Waffenhändler und Lobbyist. Nach dem Suizid seiner Tochter Malin schwer depressiv und benzodiazepinabhängig.

Lars »Lasse« Sundby
Sohn von Simen und Lena. Lebt nach der Trennung seiner Eltern bei seinem Vater.

Simen Sundby
Kriminaloberrat in Tromsø. Genialer Ermittler mit kompromisslosem ethischen Kompass.

Halvar Thorvaldsen
Pionier der Plasmaphysik in fortgeschrittenem Alter. Spezialgebiet: Fusionstechnologien. Lebt zurzeit in Hammerfest. Verheiratet mit Ingrid, vier Kinder, acht Enkel.

Ida Thorvaldsen
Technikbegeisterte, hochbegabte Lieblingsenkelin von Halvar.

Elias Várri
Schreibt als jüngster und außerdem samischer Energieminister im Storting Politikgeschichte.

Andreas Vik
Journalist beim *Dagens Rapport*.

Jonna Vinter
Aus Helsinki stammende Finnlandschwedin. Mitglied in Simen Sundbys Ermittlungsgruppe. Alleinerziehende Mutter des siebenjährigen Emil.

Bent Wallström
Weltklassehacker mit schwedischen Wurzeln. Wurde von Aksel Strand als Spindoctor ins Energieministerium gebracht. Gründete gemeinsam mit Cai die Aktivistengruppe Verdigheten.

Fredrik Wersín
Polizeidirektor in Tromsø.

Glossar

APT28/Sofacy Group
Advanced Persistent Threat (APT) 28, Sofacy Group u. a. bezeichnet nach Einschätzung westlicher Geheimdienste eine als Hackerkollektiv auftretende Einheit des russischen Militärgeheimdienstes GRU.

Bjørvika
Neubaugebiet am ehemaligen Hafen von Oslo. Standort des 2021 eröffneten neuen Munch-Museums.

Brute-Force-Methode
Verfahren, bei dem sehr viele bzw. alle existierenden Möglichkeiten durchprobiert werden, bis die Lösung gefunden ist.

CANDU-Reaktor
CANada Deuterium Uranium. Schwerwasserreaktor-Typ, der von dem kanadischen Unternehmen Atomic Energy of Canada Limited entwickelt wurde.

Chirped Pulse Amplification
Methode in der Laserphysik, die es erlaubt, Laserpulse mit sehr hoher Intensität zu erzeugen.

CMVINX-Index
Skandinavischer Index, in dem die hundert größten Unternehmen Norwegens, Schwedens, Finnlands und Dänemarks gelistet sind.

Fennoskandia
Auch Fennoskandinavien oder Fennoskandien. Bezeichnung für die nordeuropäische Halbinsel, bestehend aus der Skandinavischen Halbinsel, Finnland, Karelien und der Halbinsel Kola.

Frontrunning
Ausnutzen von vertraulichem Wissen in Bezug auf die Handelsstrategie des Auftraggebers durch Vertreter des ausführenden Instituts zum eigenen Vorteil.

Gladio
Hier: Oberbegriff für geheime Stay-behind-Organisationen in Europa im Kalten Krieg. Weiter gefasst auch Synonym für Staatsterror im Allgemeinen.

Grindadráp
Umstrittener und von Tierschützern als grausam kritisierter Grindwalfang auf den Färöern.

Hotfix
Eilige Softwareaktualisierung zur Behebung eines schwerwiegenden Fehlers.

Høyblokka
Auch H-Block bzw. Hochhausblock. Höchstes Gebäude im Osloer Regierungsviertel und ehemaliger Sitz des Ministerpräsidenten. Wurde bei den Anschlägen vom 22. Juli 2011 stark beschädigt.

Jan Mayen
Im Europäischen Nordmeer nördlich von Island gelegene und zu Norwegen gehörende Insel.

Large Helical Device
Neben dem deutschen Wendelstein 7-X das zweite große Fusionsexperiment, welches nach dem Stellarator-Prinzip betrieben wird. Die Anlage befindet sich im japanischen Toki.

Ophcrack
Programm, das verschlüsselte (gehashte) Passwörter mithilfe von Rainbow Tables bricht.

OpSec
Operations Security bzw. Operational Security. Ein aus dem militärischen Kontext stammender Terminus, der den Selbstschutz des Hackers bezeichnet, also alle Maßnahmen, die er trifft, um nicht enttarnt zu werden.

Oswald & Pettersson
Lee Harvey Oswald und Christer Pettersson. Verdächtige in den Mordfällen John F. Kennedy bzw. Olof Palme. In beiden Fällen gab es erhebliche Zweifel an ihrer (Allein-) Täterschaft.

PGP
Pretty Good Privacy. Programm zur Verschlüsselung und zum Unterschreiben von Daten.

Rainbow Table
Datenstruktur, die eine schnelle, effiziente Suche nach der ursprünglichen Zeichenfolge (ein Passwort) für einen gegebenen Hashwert ermöglicht.

Rocambole
Kurz: ROC. Bezeichnung der norwegischen Stay-behind-Verteidigungstruppe.

Rorbu (Pl.: Rorbuer)
Traditionelle norwegische Fischerhütte aus Holz, oft mit einem roten Tranfarbenanstrich gegen Witterungseinflüsse geschützt. Heute vielfach touristisch genutzt.

ROV
Remotely Operated Vehicle. Ferngesteuertes Unterwasserfahrzeug bzw. Tauchroboter.

Scale-up
Übertragung dimensionsloser Kennzahlen (Parameter) von einer maßstäblich verkleinerten Laborapparatur auf eine größere technische Produktionsanlage.

Schallwellen-Kavitation/Sonofusion
Konzept einer mittels Schallwellen ausgelösten Kavitation (Bildung dampfgefüllter Hohlräume) mit dem Effekt einer kontrollierten Fusionsreaktion.

Sniffer
Software, die den Datenverkehr eines Rechnernetzes analysieren kann.

Sør-Norge
Südnorwegen

Tøyen
Stadtteil im Osten von Oslo, wo sich das alte Munch-Museum befand.

T2O/HTO
Wasserstoffoxide. Tritiumoxid bzw. tritiiertes Wasser.

UCR
Unión Cívica Radical. Linksgerichtete argentinische Partei.

VBA-Makros
Kleine Programme in Microsoft-Office-Anwendungen, die in der Skriptsprache Visual Basic for Applications programmiert sind und bestimmte Aufgaben automatisiert ausführen können. Sie gelten als ein Einfallstor für Schadsoftware.

WikiLeaks-Depeschen-Passwort
Durch eine Verkettung unglücklicher Umstände gerieten 2011 sowohl eine unredigierte Originaldatei der Enthüllungsplattform mit brisantem Inhalt als auch das dazugehörige Passwort in Umlauf.

Dank

Mein ganz besonderer Dank gilt meinem Agenten Christian Dittus, ohne den es dieses Buch nicht gäbe.

Ich danke meinem Lektor René Stein für seine unermüdliche Arbeit und Geduld sowie dem ganzen Team von Blanvalet unter der Regie von Jana Breunig für professionelle Begleitung und Gestaltung.

Meinen treuen und kritischen Erstlesern Maren, Ina und Bernd danke ich für unerschöpfliches Feedback und Inspiration. Maren insbesondere für regelmäßiges intensives Sparring, ohne das nichts wäre, was es ist; Ina für ihre einzigartige Sprachbrillanz; Bernd für unbestechliche Detektivarbeit.

Carola danke ich für die bereichernden Diskussionen über alles, was sich vor, hinter und auf den verschiedenen Bühnen so abspielt.

Ein weiterer großer Dank geht an meine hochkarätigen wissenschaftlichen Berater, die mir großzügig ihre Zeit und Expertise zur Verfügung stellten.

Gabrielle und Andi danke ich für – einfach alles.

Und dann ... *just one more little thing*: Ohne Linus Neumann wäre ein kleiner Roboter in der Nordländischen Einöde nie gefunden worden, und ein kleines Mädchen hätte nicht aus einer Erdhöhle gerettet werden können. *Linus, you're the very best!*